Van Danielle Steel zijn verschenen:

Hartslag
Geen groter liefde*
Door liefde gedreven*
Juwelen*
Kinderzegen*
Spoorloos verdwenen
Ongeluk*
Het geschenk
De ring van de hartstocht*
Gravin Zoya*
Kaleidoscoop*
Souvenir van een liefde*
Vaders en kinderen*
Ster*
Bliksem*
Het einde van een zomer*
Vijf dagen in Parijs*
Vleugels*
Stille eer
Boze opzet*
De ranch*
Verslag uit Vietnam*
De geest
De lange weg naar huis

*In POEMA-POCKET verschenen

DANIELLE STEEL

VERSLAG UIT VIETNAM

POEMA POCKET

POEMA-POCKET is een onderdeel van Luitingh ~ Sijthoff

Tweede druk

Oorspronkelijke titel: *Message from Nam*
Vertaling: Marianne Lakens Douwes
Omslagontwerp: Pete Teboskins

CIP/ISBN 90 245 3627 8

Voor mijn grote liefde, John, die elk moment van het leven de moeite waard maakt.

En voor onze geliefde jongens Trevor, Todd, Nicholas en Maxx, in de hoop dat jullie nooit ofte nimmer in een oorlog als deze hoeven te vechten.

Met heel mijn hart en al mijn liefde,

d.s.

'*De toorts is doorgegeven aan een nieuwe generatie.*'
Uit de inaugurele rede van John Fitzgerald Kennedy.

De jongens die vochten in Vietnam

Doorgegeven van man tot man,
de wensen,
de dromen,
de hoop
van een hele generatie,
een hele natie
de oorlog ingestuurd,
de wrok
van oude mannen
die al onze jongens
naar hun dood leidde,
terwijl wij toekeken
met ontzetting,
met pijn,
met smart,
het ongeloof
zoveel jongens
te verliezen,
hun speelgoed
nauwelijks achter zich gelaten,
hun ogen
zo jong,
zo helder,
zo vol van hoop,
het gevecht
zo lang,
zo triest,
de pijn
zo hevig,
de wonden
zo diep
totdat onze jonge mannen
uiteindelijk weer
in de armen van hun schepper slapen,
hun namen gekerfd
in steen,

nooit meer naar huis,
nooit meer onze tranen
beroeren...
opdat we niet vergeten,
al worden we oud,
onze harten mogen nooit
zo koud worden,
we moeten er niet onze ogen voor sluiten,
we mogen hen niet vergeten,
de jongens die
stierven...
laat het niet voor niets zijn,
laat ons niet vergeten
de pijn,
de kreten,
de kwellingen,
de moed,
de helden,
en de glimlach,
de tijd
zo lang geleden,
zo ver verwijderd
in een land zo stralend
zo groen,
gevangen
tussen
hoop en leugen,
we moeten ons blijven herinneren,
moeten beloven dat
we altijd hun hart
blijven beroeren
zolang
we kunnen,
vergeet niet, vrienden...
vergeet niet...
de jongens die stierven,
die leefden,
die huilden,
de jongens
die vochten
in Vietnam.

Deel een

Verenigde Staten:
Savannah en Berkeley

NOVEMBER 1963 – JUNI 1968

I

Het was een kille, grijze dag in Savannah en vanuit zee woei een stevige, frisse wind. De grond van Forsyth Park was bedekt met blaadjes en er wandelden wat stelletjes hand in hand. Een paar vrouwen zaten te kletsen en nog een laatste sigaretje te roken voor ze weer aan het werk gingen. Op de middelbare school van Savannah was de gang verlaten. De bel was om één uur gegaan en de leerlingen zaten weer in hun klassen. Uit een van de lokalen klonk gelach, bij de andere was het stil. Daar klonk alleen het schrille gepiep van krijt, en op het gezicht van de leerlingen die slecht waren voorbereid op het onverwachte proefwerk over maatschappijleer lag een uitdrukking van wanhoop. In de hoogste klas werd gesproken over het toelatingsexamen voor de universiteit dat ze de volgende week, vlak voor Thanksgiving, moesten doen. En terwijl ze luisterden barstte er, ver weg in Dallas, geweervuur los. Een man in een autocolonne werd in de armen van zijn vrouw gegooid, zijn achterhoofd was op gruwelijke wijze verbrijzeld. Niemand begreep nog wat er was gebeurd, en terwijl de stem in Savannah maar doordreunde over de examens, zat Paxton Andrews te vechten tegen de verveling. In de stille klas had ze ineens het gevoel dat ze haar ogen niet langer kon openhouden.

Gelukkig ging de bel van tien voor twee. Alle deuren gingen open en hele hordes leerlingen stroomden de gangen in, bevrijd van proefwerken, lezingen, Franse literatuur en Egyptische farao's. Iedereen ging naar het volgende lokaal, waarbij een enkeling even stopte bij zijn kastje om boeken te verwisselen, een grapje te maken en in lachen uit te barsten. Ineens klonk er een gil. Een lang smartelijk gejammer, een geluid dat de lucht doorboorde als een pijl die op grote afstand was afgeschoten. Toen was er het gedreun van voetstappen; een stormloop op de kamer in de hoek, die normaal alleen door leraren werd gebruikt, waar de televisie was aangezet en honderden verontruste jonge gezichten zich verdrongen bij de deuropening. Mensen gilden 'néé!' en schreeuwden en riepen. Niemand kon verstaan wat er op de televisie werd

gezegd, en weer anderen schreeuwden dat ze stil moesten zijn. 'Stil nou, jongens! We kunnen niets verstaan!'
'Is hij gewond? Is hij...?' Niemand durfde het uit te spreken. Steeds weer hoorde je dezelfde woorden: 'Wat gebeurt er...? wat is er gebeurd...? Er is op president Kennedy geschoten... de president... ik weet het niet... in Dallas... Wat is er gebeurd...? President Kennedy... Hij is toch niet...?' Niemand kon het geloven in het begin. Iedereen wilde denken dat het een slechte grap was. 'Heb je gehoord dat er op president Kennedy geschoten is?' 'Ja... en toen? Waar is de rest van de grap, man?' Er was geen rest van de grap. Er was alleen hectisch gepraat, eindeloze vragen en geen antwoorden.
Op het scherm kwamen verwarde beelden van herhalingen van de autocolonne die uiteenviel en snel wegreed. Walter Cronkite kwam op het scherm, hij zag lijkbleek. 'De president is ernstig gewond.' Er steeg een gemompel op uit de menigte in Savannah en het leek wel of elke leerling en elke leraar van de middelbare school van Savannah zich in dat kleine kamertje had geperst of er nog probeerde binnen te komen.
'Wat heeft hij gezegd? Wat zéí hij?' vroeg een stem uit de verte.
'Hij zei dat de president ernstig gewond is,' riep iemand die vooraan stond terug. Drie meisjes uit de brugklas begonnen te huilen terwijl Paxton in het gedrang van lichamen somber in een hoek naar hen stond te kijken. Plotseling hing er een angstaanjagende stilte in de kamer, alsof niemand durfde te bewegen, alsof ze bang waren de broze balans in de lucht te verstoren, alsof zelfs de geringste beweging de loop die zijn leven zou nemen zou kunnen veranderen. En Paxton dacht terug aan een andere dag, zes jaar geleden, toen ze nog maar elf was. 'Papa is gewond, Pax...' Haar broer George had haar het nieuws verteld. Haar moeder was in het ziekenhuis geweest, bij haar vader. Hij vloog graag met zijn eigen vliegtuig naar vergaderingen overal in de staat en hij had moeten landen in een plotseling opgekomen onweersbui bij Atlanta.
'Is hij...? Wordt hij weer beter...?'
'Ik...' Er was een vreemde hapering in Georges stem geweest en een vreselijke waarheid in zijn ogen waarvan ze weg had willen rennen om zich te verstoppen. George was toen vijfentwintig. Ze scheelden veertien jaar en verscheidene mensenlevens. Paxton was een 'ongelukje' geweest, fluisterde haar moeder nog steeds tegen

vriendinnen. Een ongelukje waar Carlton Andrews altijd dankbaar voor was gebleven en waar Paxtons moeder nog steeds door geschokt leek te zijn.

Beatrice Andrews was zevenentwintig toen hun zoon George geboren werd. Ze had er vijf jaar over gedaan om zwanger te worden en wat haar betrof was haar zwangerschap een nachtmerrie geweest. Negen maanden lang was ze elke dag misselijk geweest en de bevalling was een verschrikking die ze nooit meer zou vergeten. Na tweeënveertig uur van barensweeën was hij eindelijk met de keizersnede verlost. Hoewel George een grote, mooie baby was van bijna acht pond, nam Beatrice zich voor nooit meer een kind te krijgen. Het was een ervaring die ze voor geen goud nog eens wilde meemaken en ze zorgde er nauwgezet voor dat dat ook niet meer zou gebeuren. George was het soort jongen waar elke vader dol op zou zijn. Hij was een blijmoedige, gemakkelijke, tamelijk atletische jongen die graag studeerde, hetgeen zijn moeder ook fijn vond. Ze hadden een rustig, gelukkig leven. Carlton had een goedlopend advocatenkantoor, Beatrice speelde een belangrijke rol bij het Historisch Genootschap, The Junior League, en de Dochters van de Burgeroorlog. Ze had een vol en bevredigend leven. En elke dinsdag speelde ze bridge.

Het was daar dat ze de eerste scheut voelde, dat ze zich voor de eerste keer ontzettend misselijk voelde. Ze nam aan dat ze iets verkeerds had gegeten bij het ontbijt op de League die ochtend en ging meteen na het bridgen naar huis om te gaan liggen. En drie weken later wist ze het. Op eenenveertigjarige leeftijd, met een zoon van veertien die op het punt stond naar de middelbare school te gaan en een echtgenoot die niet eens de tact had om zijn vreugde te verbergen, was ze zwanger. Deze zwangerschap was gemakkelijker dan de eerste, maar dat scheen voor haar geen verschil te maken. Ze vond het een vreselijke vernedering. Het was beschamend om weer in verwachting te zijn terwijl andere vrouwen van haar leeftijd al aan kleinkinderen dachten. Ze wilde geen nieuwe baby. Ze had helemaal geen kind meer gewild, en wat haar man ook zei, hij kon haar niet tot andere gedachten brengen. Zelfs het perfecte, engelachtige kleine blonde meisje dat ze in haar armen kreeg toen ze wakker werd, scheen haar nauwelijks op te vrolijken. Maandenlang kon ze over niets anders praten dan over hoe dwaas ze zich voelde. De verzorging van het kind liet ze helemaal over aan de kolossale, moederlijke, zwarte kinderverzorgster die ze tijdens haar zwangerschap al had aangenomen. Ze heette Elizabeth McQueen, maar iedereen noemde haar Queenie. Ze was niet echt kinderverzorgster van beroep, maar ze had zelf elf kinderen ter wereld gebracht van wie er maar zeven in leven waren gebleven, en ze was het schoolvoorbeeld van de zeldzaamste van alle zeldzame gaven van het Zuiden: de geliefde zwarte kindermeid. Ze zat vol liefde voor iedereen, maar haar liefde ging voornamelijk uit naar baby's en kinderen. Van Paxton hield ze met een intensiteit die door geen enkele moeder overtroffen kon worden, zeker niet door Beatrice Andrews. Die bleef zich ongemakkelijk voelen in de nabijheid van het kleine meisje en, al wist ze zelf niet precies waarom, ze bleef op een afstand van haar. Het kind scheen altijd kleverige handjes te hebben, of ze wilde de fragiele parfumflesjes die op de kaptafel van Beatrice stonden aanraken en gooide ze dan steevast om. Op de een of andere manier leken moeder en kind elkaar altijd nerveus te maken. Queenie was degene die Paxton troostte als ze huilde, naar wie ze toe rende als ze zich bezeerd had of bang was. Queenie die haar nooit in de steek liet, zelfs niet voor even. Vrije dagen bestonden niet in Queenies leven. Er was niets waar ze echt naartoe wilde op een vrije dag. Haar kinderen hadden nu hun eigen leven, en ze moest er niet aan denken wat er met Paxton kon gebeuren als zij er niet was om haar te helpen. Haar vader was altijd lief voor haar en hij hield ontzettend veel van het kind, maar haar moeder, dat was een heel ander verhaal.

Naarmate Paxton ouder werd, werd het verschil tussen haar en haar moeder groter en toen Paxton tien was begreep ze al dat ze vrijwel niets gemeen hadden. Het was moeilijk te geloven dat ze zelfs maar verwant waren. Wat haar moeder belangrijk vond waren haar clubs, haar vriendinnen, haar bridgedagen en benefietvoorstellingen voor de Dochters van de Burgeroorlog. Dat leven betekende alles voor haar. Het leek haar nauwelijks te interesseren als haar man thuiskwam. Ze luisterde beleefd naar wat hij vertelde als ze 's avonds aan tafel zaten, maar zelfs Paxton merkte dat ze kennelijk verveeld was door haar man. En Carlton merkte het ook, hoewel hij dat nooit aan iemand zou toegeven. Hij voelde dezelfde kilte bij zijn vrouw die Paxton al jaren voelde. Beatrice was plichtsgetrouw, loyaal, ordelijk, goed gekleed, aardig, beleefd, zeer welopgevoed en ze had in haar hele leven geen enkel gevoel voor wie dan ook kunnen opbrengen. Het zat gewoon niet in haar. Queenie wist het ook, hoewel zij het anders onder woorden bracht dan Carlton het zou hebben gedaan. Ze had al een hele tijd geleden tegen haar dochters gezegd dat het hart van Beatrice kouder en kleiner was dan perzikpitten in de winter.

Het dichtst bij 'houden van' kwam het gevoel dat ze voor haar zoon George had. Ze hadden een soort verstandhouding die ze met Paxton nooit had gehad. Ze bewonderde en respecteerde hem. Hij had al lang geleden een soort onaangedane, afstandelijke manier om de dingen te bekijken ontwikkeld die hem ten slotte in de geneeskunde had doen belanden en dat imponeerde haar ook. Ze vond het prettig dat haar zoon dokter was. Hij was zelfs nog intelligenter dan zijn vader, zei ze heimelijk tegen haar vriendinnen. Hij deed haar eigenlijk aan haar eigen vader denken, die verbonden was geweest aan het Hooggerechtshof van Georgia, en ze was ervan overtuigd dat George nog grootse dingen zou doen. Maar wat zou Paxton ooit doen? Ze zou naar school gaan en een diploma halen en uiteindelijk trouwen en kinderen krijgen. Voor Beatrice leek dat een niet erg indrukwekkend pad, en toch was dat wat ze zelf ook had gedaan. Op aandringen van haar vader was ze naar Sweet Briar gegaan, en was twee weken nadat ze haar diploma had gekregen met Carlton Andrews getrouwd. Maar in werkelijkheid, hoewel ze graag in hun gezelschap was en dat bij iedere gelegenheid opzocht, had ze niet veel respect voor vrouwen. Het waren mannen die indruk op haar maakten, die grootse dingen tot stand brachten. En ze was ervan overtuigd dat het mooie blonde kind dat met haar kleverige vingertjes altijd overal aanzat, bepaald niet was voorbestemd tot grootse daden.

De stem van Walter Cronkite dreunde voort terwijl Paxton en de anderen zwijgend naar het televisiescherm op school staarden. De paar mensen die nog praatten, deden dat fluisterend. En om de paar minuten schakelde Cronkite over naar de verslaggevers die nu in de hal van het Parkland Memorial Hospital in Dallas stonden, waar de president naartoe was gebracht.

'We hebben nog geen echt antwoord voor u,' zei het gezicht op het scherm, 'alles wat we weten is dat de toestand van de president kritiek is, maar we hebben gedurende de laatste minuten geen nieuwe communiqués ontvangen.' Op dat moment ging de hand van de leraar naar het toestel en schakelde hij over naar een ander station, net op tijd om Chet Huntley vrijwel hetzelfde te horen zeggen. De leerlingen keken elkaar met ontstelde gezichten aan. En weer herinnerde Paxton zich dat George haar kwam ophalen van school en haar vertelde wat er met hun vader was gebeurd. Het ongeluk, het neergestorte vliegtuig... en het gezicht van George toen hij het haar vertelde. Hij had op dat moment zijn studie aan de medische faculteit net voltooid en wachtte op het begin van zijn co-schap in het Grady Memorial Hospital in Atlanta. Hij had zijn hele opleiding in het Zuiden gedaan, hoewel hun vader aan de universiteit van Harvard had gestudeerd en hem had aangemoedigd naar het Noorden te gaan. Maar Beatrice vond het belangrijk om dicht bij huis te blijven en de opleidingsinstituten van het Zuiden te steunen, en dat zei ze ook regelmatig.

Het was twee uur en Paxton stond ademloos in de hoek van de kamer. Ze deed haar best in zijn herstel te geloven, vocht tegen haar tranen en wist niet of ze nu huilde om hun president of om haar vader. Haar vader was de dag na het neerstorten van zijn vliegtuig gestorven; zijn vrouw en zoon waren bij hem en Paxton wachtte thuis met Queenie. Met haar elf jaar vonden ze haar te jong om bij hem te zijn in het ziekenhuis en hij was trouwens niet meer bij kennis gekomen. Ze had hem nooit meer gezien. Hij was heengegaan, met al zijn warmte en liefde, zijn grote wijsheid over de wereld en zijn fascinatie voor mensen en geschiedenis en dingen die ver, ver van Savannah waren. Hij was een echte zuidelijke gentleman van de oude school, maar toch paste hij op een bepaalde manier niet in het patroon waarin hij geboren was, en juist daarom hield Paxton zo van hem. Maar niet alleen daarom, ook vanwege de manier waarop hij haar stevig in zijn armen nam als ze naar hem toe kwam rennen, de manier waarop hij praatte als ze lange wandelingen maakten en het hadden over dingen waar zij benieuwd naar was, zoals de oorlog, en Europa, en hoe het was geweest op Harvard. Ze was dol op de manier waarop hij praatte en hoe hij rook – zijn aftershave liet altijd een frisse geur na in de kamer – en de rimpeltjes om zijn ogen als hij lachte, en de dingen die hij zei om haar te laten blijken hoe trots hij op haar was. Ze voelde zich of ze zelf gestorven was toen ze 'Amazing Grace' speelden bij zijn begrafenis. Queenie zat op de achterste rij en huilde zo hard dat Paxton, die vooraan tussen haar moeder en George zat, haar kon horen.

Haar leven was na de dood van haar vader nooit meer hetzelfde geweest. Het was alsof hij een deel van haar had meegenomen, het deel dat samen met hem aan wilde bloemen rook, dat naar zijn kantoor ging om hem op te zoeken als hij op zaterdagochtend moest werken, het deel dat met hem kon praten alsof ze de wereld werkelijk begreep en dat hem alle mogelijke vragen kon stellen. Ze voelde mensen griezelig goed aan, en ze had een keer tegen hem gezegd dat ze niet geloofde dat haar moeder echt van haar hield. Paxton zat daar niet meer echt mee. Het was gewoon zo. En ze had Queenie en haar vader.

'Ik denk... ik denk dat ze meer iemand als George moet hebben. Hij maakt haar niet van streek en hij praat over dingen waar ze om geeft. Hij is een beetje zoals zij, vind je ook niet, papa? Soms als ik zeg dat ik ergens écht van hou, vindt ze dat geloof ik eng.' Haar waarnemingsvermogen was groter dan ze zelf wist. Carlton Andrews wist dat ze er niet ver naast zat, maar gaf dat nooit toe tegenover zijn enige dochter.

'Ze uit haar gevoelens niet zoals jij en ik,' zei hij oprecht terwijl hij in de gemakkelijke oude leren stoel zat waarin ze zo graag ronddraaide tot hij van zijn voet dreigde te schieten. 'Maar dat betekent niet dat ze die niet heeft.' Hij voelde zich verplicht zijn vrouw te verdedigen, zelfs tegenover Paxton, ook al wist hij dat Paxxie gelijk had. Beatrice was zo koud als ijs. Plichtsgetrouw en loyaal en een 'goede echtgenote' in haar eigen ogen. Hun huis zag er altijd gezellig uit, ze was altijd beleefd tegen hem, ze zou hem nooit ontrouw zijn of hem grof bejegenen, en hem nooit bedriegen. Ze was op en top dame, maar hij vroeg zich net als Paxxie af of ze ooit van iets of iemand gehouden had, behalve dan van George. Zelfs hem hield ze op een kille, veilige afstand, maar omdat hun zoon zoveel op haar leek, verwachtte die ook niet meer dan dat. Maar Carlton deed dat wel en Paxxie ook, en beiden wisten dat ze het van Beatrice nooit zouden krijgen. 'Ze houdt heus van je, Pax.' Maar zelfs terwijl hij dat zei wist Paxton dat hij loog. Ze begreep de fijne nuances van waar de vrouw al dan niet toe in staat was nog niet helemaal. Carlton had een veel duidelijker beeld.

'Ik hou van je, papa.' Ze had zonder enige aarzeling of terughouding haar armen om hem heen geslagen. Ze was altijd volkomen open tegen hem, en hij lachte toen ze hem bijna van de oude draaistoel stootte.

'Hé, jij... je gooit me nog op de grond op die manier!' Hij droomde ervan dat ze op een dag naar Radcliffe zou gaan, en terwijl hij haar dicht tegen zich aan hield, kon hij zich voorstellen hoe ze zou zijn als ze volwassen was: mooi, en de trots van zijn levensavond. Ze was alles waar hij ooit van had gedroomd: warm en liefdevol, attent en zorgzaam. Ze was alles wat hij zelf ook was, hoewel hij dat zelf niet wist.

En toen was hij er niet meer, en Paxton was alleen met hen, en Queenie natuurlijk. Ze deed haar best op school en las voortdurend. Ze schreef brieven aan haar vader alsof hij op zakenreis was en ze de brieven aan hem kon sturen, maar dat kon dus niet. Soms borg ze de brieven op en soms verscheurde ze die gewoon. Maar het hielp haar hem te schrijven. Het was een manier om met hem te 'praten', aangezien ze niet met 'hen' kon praten. Haar moeder leek op te schrikken van alles wat ze zei, was het nooit met Paxtons uitspraken eens, en soms had Paxton bijna het gevoel dat ze van een andere planeet kwam. Ze waren in ieder opzicht zo verschillend. En George was precies zoals hun moeder. Hij drong er bij Paxton op aan zich te 'gedragen' en te proberen de dingen te zien zoals haar moeder dat deed, 'redelijk' te zijn en eraan te denken wie ze was, wat haar alleen nog maar meer in verwarring bracht. Wie was ze? Haar vaders dochter of hun dochter? Wie had gelijk? Maar diep in haar hart was geen verwarring. Ze wist dat zijn kijk op de wereld de enige manier voor haar was, en tegen de tijd dat George zijn co-schap beëindigd had en zij zestien was, wist ze zonder de geringste twijfel dat ze uit het Zuiden weg wilde. Ze wilde naar Radcliffe. Haar moeder wilde dat ze naar Agnes Scott of Mary Baldwin zou gaan, of naar Sweet Briar waar ze zelf op had gezeten, of desnoods naar Bryn Mawr. Het idee om naar Radcliffe te gaan vond ze belachelijk.

'Je hoeft helemaal niet naar een school in het Noorden te gaan. We hebben hier alles wat je nodig hebt. Kijk naar je broer. Hij had alle kans om waar dan ook heen te gaan in het land, maar hij bleef hier in Georgia.' Paxton kreeg het al benauwd bij de gedachte alleen. Ze wilde weg van hun bekrompen ideeën, van haar moeders vriendinnen, van de dingen die ze hoorde over de 'verschrikkingen' van rassenintegratie. Over burgerrechten sprak ze met haar vrienden, of met Queenie, zachtjes in de keuken. Maar zelfs Queenie hield vast aan de oude denkbeelden en vond dat zwarte mensen moesten blijven waar zwarte mensen hoorden, en dat was niet dezelfde plaats als die van blanke mensen. De gedachte dat die twee groepen zich zouden vermengen maakte haar bang, en alleen haar kinderen en kleinkinderen wilden dezelfde veranderingen als Paxton. Maar Paxton vond de waarden waarmee ze was opgegroeid verkeerd en was ook niet bang om dat te zeggen of er verhandelingen over te schrijven op school. Ze wist dat haar vader het met haar eens zou zijn, dat was hij altijd al geweest, en dat spoorde haar nog extra aan. Ze had geleerd om over dit onderwerp niet met haar moeder of haar broer te praten.

Dat najaar had ze bij een stuk of vijf scholen in het Noorden en bij twee in Californië een aanvraag ingediend. Ze had geschreven naar Vassar, Wellesley, Radcliffe, Smith, en in het Westen naar Stanford en Berkeley, de universiteit van Californië. Ze wilde eigenlijk niet naar een school voor meisjes, en Radcliffe was de enige waar ze echt heen wilde. Ze had een aanvraag ingediend bij de twee scholen in het Westen omdat haar mentor vond dat ze dat doen moest, en ze had uiteindelijk, zij het niet van ganser harte, ook een aanvraag voor toelating ingediend bij Sweet Briar om haar moeder tevreden te stellen. En haar moeders vriendinnen bleven haar maar vertellen hoe gelukkig ze daar zou zijn, alsof het al een uitgemaakte zaak was dat ze naar Sweet Briar ging.

Maar daar dacht ze nu niet aan terwijl haar ogen op de klok waren gericht. Het was pas twee uur, een halfuur nadat de president was neergeschoten, tien minuten sinds ze het nieuws over hem op de televisie volgden. En terwijl het hele land voor hem bad, wist zijn familie wat Paxton zes jaar geleden hoorde toen haar vader stierf... het was voorbij.

Om één minuut over twee keek Walter Cronkite met een verslagen blik in de camera en vertelde het Amerikaanse volk dat hun president dood was. In het kleine kamertje op de school in Savannah klonk een verdrietig gemompel dat algauw overging in huilen en de kamer was plotseling vol geluiden van snikken. Leraren en leerlingen omhelsden elkaar, onsamenhangend mompelend hoe zoiets nu toch had kunnen gebeuren. Walter Cronkite praatte verder, er werden twee dokters geïnterviewd, en Paxton had het gevoel dat ze zich onder water bewoog. Alles leek vertraagd te zijn, en alles leek op grote afstand te gebeuren. Overal stonden mensen te huilen en Paxton kon nauwelijks iets zien door de tranen die over haar wangen stroomden en ze voelde een ademloosheid die ze één keer eerder had gevoeld, alsof iemand alle lucht uit haar geperst had en ze die nooit meer terug zou krijgen. De pijn en het verdriet waren bijna niet te dragen. Op een vreemde manier was het alsof ze hem weer opnieuw verloor. Haar vader was zevenenvijftig geweest toen hij stierf en John Kennedy was pas zesenveertig. Ze waren beiden weggerukt in de bloei van hun leven, waren beiden vol vuur en ideeën en levenslust geweest en beiden hadden een gezin en kinderen die zielsveel van hen hielden. Jack Kennedy zou beweend worden door de hele wereld, Carlton Andrews werd alleen beweend door hen die hem hadden gekend. Maar voor Paxton was het hetzelfde en ze kon voelen wat zijn kinderen nu moesten voelen, het ontzettende verdriet, het verlies, de smart, de woede. Dit was zo verschrikkelijk, zo verkeerd, hoe kon iemand zoiets doen? Blindelings liep ze, zonder iets tegen iemand te zeggen, door de gangen de school uit en rende door de vijf straten naar hun huis in Habersham. Ze sloeg de voordeur met een klap achter zich dicht toen ze, nog steeds huilend en met wapperende manen, de hal binnenstormde. Ze zag er ook uit zoals haar vader er als jongen had uitgezien, met glanzend blond haar en grote groene ogen die altijd op zoek leken te zijn naar antwoorden. Nu zag ze er angstwekkend bleek uit toen ze haar boeken en haar tas neergooide en zich naar de keuken haastte om Queenie te zoeken.

Queenie neuriede terwijl ze druk in de weer was in de keuken waar ze dol op was. De koperen potten die aan rekken boven haar hoofd hingen glommen en er hing een heerlijke baklucht. Ze draaide zich verbaasd om en zag dat Paxton haar met een wilde blik stond aan te staren en dat haar mooie jonge gezicht bang en betraand was. Om dat moment was Paxton het symbool van een heel volk.

'Wat is er gebeurd, kind?' Queenie keek geschrokken terwijl ze met haar enorme lijf naar Paxton toe liep, het meisje dat ze had opgevoed en van wie ze hield als van geen ander.

'Ik...' Heel even wist Paxxie niet wat ze moest zeggen. Ze kon de woorden niet vinden, wist niet wat ze haar moest vertellen. 'Heb je vandaag geen televisie gezien?'

Queenie was verslaafd aan soaps, maar schudde nu alleen het hoofd en staarde Paxton aan. 'Nee, je mama heeft het toestel uit de keuken gisteren weggehaald om te laten maken. Het is kapot. En ik kijk nooit naar het grote toestel in de zitkamer.' Ze keek gekwetst bij de suggestie. 'Waarom?' Ze vroeg zich af of er iets vreselijks was gebeurd in het centrum van Savannah... misschien dokter George... of mevrouw Andrews... of misschien was er iets met haar eigen kinderen... misschien een van die verschrikkelijke demonstraties voor burgerrechten... misschien... Maar ze was absoluut niet voorbereid op wat Paxton haar vertelde.

'President Kennedy is neergeschoten.'

'O, mijn god...' Geschokt liet Queenie haar formidabele lichaam in de dichtstbijzijnde stoel zakken. Haar ogen keken Paxton aan met een onuitgesproken vraag.

'Hij is dood.' Paxxie begon weer te huilen, zakte naast Queenie op haar knieën en sloeg haar armen om haar heen. Het was alsof ze haar vader opnieuw kwijtraakte. Dat vreselijke gevoel van verlies en wanhoop en smart en verraad. Queenie drukte haar tegen zich aan en beiden huilden ze om een man die ze nooit hadden gekend en die zo jong geveld was, en waarvoor? Waarom? Waarom hadden ze dat gedaan? Hoe kwaad kon iemand zijn? Wat voor doel had het? En waarom hij als voorbeeld? Waarom een man met twee kleine kinderen en een jonge vrouw? Waarom wie dan ook? En waarom iemand die zo actief was en zo vol hoop en belofte voor zo velen? Paxxie rouwde om hem in Queenies armen, en de oude zwarte vrouw hield haar vast en wiegde haar zoals ze dat vroeger deed, terwijl zij zelf huilde om een man die ze nooit had gekend maar die ze als een goed mens zag.

'God, kind... ik kan het nauwelijks geloven. Waarom zou iemand zoiets doen? Weten ze wie het gedaan heeft?'

'Ik geloof het niet.'

Maar toen ze naar de zitkamer gingen en de televisie aanzetten, hoorden ze het laatste nieuws. Een man die Lee Harvey Oswald heette had een politieagent in Dallas die hem probeerde te ondervragen doodgeschoten. Hij was gevolgd naar het boekenmagazijn vanwaar om halftwee de fatale schoten op de autocolonne waren afgevuurd. Hij werd verondersteld de moordenaar van president Kennedy te zijn. Oswald was gearresteerd. De agent en de president waren dood, een agent van de geheime dienst ook, de gouverneur van Texas, John Connally, was zwaargewond maar buiten gevaar. Het lijk van de president werd, met zijn vrouw aan zijn zijde, met een toestel van de luchtmacht naar Washington gebracht. President en mevrouw Johnson waren ook aan boord, en de vorige berichten dat hij lichtgewond was, bleken later niet meer dan geruchten te zijn. Een heel volk verkeerde in een shocktoestand. Paxton en Queenie stonden daar zwijgend,

nog steeds niet in staat te geloven wat ze hoorden en zagen.
Ze stonden daar nog steeds te kijken, terwijl de tranen over hun gezicht rolden, toen Paxtons moeder een paar minuten later thuiskwam. Ze ging elke vrijdagmiddag naar de kapper en kwam net terug van haar wekelijkse afspraak. Ze had het nieuws daar gehoord en ze zag er somber uit toen ze stil naast hen kwam staan. Verscheidene vrouwen waren met natte haren naar huis gegaan, en de meeste kappers konden het niet opbrengen om af te maken waar ze aan begonnen waren. Iedereen was in tranen en Beatrice Andrews' haar werd net gespoeld toen ze het nieuws voor het eerst hoorden. Maar ze was gebleven tot alles was gedaan en had zelfs een van de meisjes overgehaald haar nagels te doen. Ze had er een hekel aan om dingen uit te stellen. Ze had dat weekend een hoop te doen voor Thanksgiving en haar bridgeclub organiseerde een diner. Het drong absoluut niet tot haar door dat niemand ook maar iets zou organiseren. Elke denkbare festiviteit zou worden afgelast nu de mensen aan hun televisie gekluisterd zaten en een heel volk in de rouw was. Maar dat was niet bij haar opgekomen en ze was wel enigszins bedrukt thuisgekomen, maar zeker niet hysterisch. Ze vond dat sommige vrouwen zich iets te veel lieten gaan. Zij wist wat echt verdriet was, ze had tenslotte haar man verloren, en het was onmogelijk om hetzelfde gevoel te hebben voor een publieke figuur.
En toch voelden de mensen dat voor hem, dat intense persoonlijke verdriet alsof ze hem gekend en van hem gehouden hadden. Hij had iedereen nieuwe hoop gegeven, de belofte van de jeugd die oude taken ging vervullen en de magie van een wereld die men anders nooit had leren kennen en waar men alleen maar van had kunnen dromen. En zijn mooie vrouw deed iedereen aan een sprookjesprinses denken.
Beatrice stond ernstig naast haar dochter en de vrouw die haar had grootgebracht, en ging toen zitten om naar Lyndon Johnson te kijken die de ambtseed aflegde in het toestel van de luchtmacht, maar ze vroeg Queenie niet ook te gaan zitten. De camera's toonden rechter Sarah Hughes die de eed afnam van Lyndon Johnson, terwijl Jacqueline Kennedy ernaast stond, en iedereen die keek besefte ineens dat ze nog hetzelfde roze pakje droeg dat ze aanhad toen hij werd vermoord, het pak dat nog steeds vol bloed zat, zíjn bloed. Haar gezicht was getekend door verdriet terwijl Lyndon Johnson president werd. Paxton liet zich langzaam in een stoel

naast haar moeder zakken. De tranen stroomden over haar wangen en ongelovig staarde ze naar het scherm, ze kon het gebeurde nauwelijks verwerken.
'Hoe kon iemand zoiets doen?' snikte ze. Queenie schudde haar hoofd en liep huilend terug naar de keuken.
'Ik weet het niet, Paxton. Er wordt over een samenzwering gesproken. Maar volgens mij weet nog niemand waarom het is gebeurd. Ik heb medelijden met mevrouw Kennedy en de kinderen. Het is vreselijk voor hen.'
Paxton moest weer aan haar vader denken. Hij was dan wel niet vermoord, maar hij was ook heel onverwachts gestorven en zijn afwezigheid deed haar nog steeds pijn. Misschien zou dat altijd zo blijven. En de kinderen van de president zouden zijn afwezigheid vast ook altijd blijven voelen. Waarom moest dit gebeuren?
'We leven in roerige tijden,' ging haar moeder verder, 'al die rassenonlusten... de veranderingen die hij wilde bewerkstelligen... misschien is dit de prijs die hij er ten slotte voor moest betalen...'
Beatrice zette met een rechtschapen gezicht de televisie uit en Paxton keek haar aan, zich afvragend of ze haar ooit zou begrijpen.
'Denk jij dat dit iets met burgerrechten te maken heeft? Denk je dat het daarom gebeurd is?' Paxton klonk ineens boos. Waarom dacht ze zo? Waarom wilde ze alles houden zoals het in de duistere Middeleeuwen was geweest? Waarom moesten ze toch in het Zuiden wonen? Waarom was ze in Savannah geboren?
'Ik zeg niet dat het daarom gebeurd is, Paxton. Ik zeg dat het mogelijk is. Je kunt niet een heel land op z'n kop zetten, tradities waar mensen zich al honderden jaren prettig bij voelen veranderen en er zonder kleerscheuren afkomen. Misschien was dit de prijs die betaald moest worden. Een verschrikkelijke prijs, dat is zeker.'
Paxton staarde haar vol ongeloof aan. Het was niet de eerste keer dat deze discussie tussen hen plaatsvond. 'Moeder, hoe kun je zeggen dat mensen zich "prettig" voelen bij rassenscheiding? Hoe kun je zoiets zeggen? Denk je dat de slaven zich ook "prettig" hebben gevoeld?'
'Sommigen wel. Sommigen hadden een beter leven dan ze nu hebben, als ze van mensen met verantwoordelijksheidgevoel waren.'
'O, mijn god.' Maar haar moeder geloofde daarin. En dat wist

Paxton. 'Kijk eens hoe de zwarten er nu voorstaan. Ze kunnen niet lezen, ze kunnen niet schrijven, ze werken als paarden, ze worden misbruikt en gescheiden. Ze hebben geen van de privileges die jij en ik hebben, mama.' Ze noemde haar moeder zelden zo, alleen als ze wanhopig was of meegesleept werd, of boos was zoals nu. Maar Beatrice Andrews scheen het niet te merken.

'Misschien zouden ze deze privileges niet aankunnen, Paxton. Ik weet het niet. Ik zeg alleen dat je de wereld niet zonder onaangename gevolgen van de ene dag op de andere kunt veranderen. En dat is precies wat er nu gebeurd is.'

Paxton zei niets meer. Ze ging naar haar kamer en lag tot etenstijd op bed te huilen. Toen haar broer arriveerde voor het gebruikelijke vrijdagavonddiner kwam ze met een bleek gezicht en opgezwollen ogen te voorschijn. Hij kwam elke vrijdagavond eten tenzij hij moest werken of een belangrijke afspraak had, hetgeen zelden scheen voor te komen. En net als zijn moeder stond hij lijnrecht tegenover zijn veel jongere zuster. Hij glimlachte alleen maar toen zij haar opvattingen kenbaar maakte, of bagatelliseerde die en zei dat ze er wel anders over zou denken als ze wat ouder was. Dat was de reden waarom ze haar opvattingen zelden onder woorden bracht tegenover hen en in betrekkelijke stilte leefde en op afstand bleef. Ze had tegen hen niets te zeggen en het maakte haar alleen maar dol als ze probeerde een filosofische of politieke discussie met hen aan te gaan. Haar denkbeelden bewaarde ze voor haar vrienden op school, of voor haar meer ruimdenkende leraren, of voor de opstellen die ze schreef. En als ze dacht dat Queenie het zou begrijpen, praatte ze met haar, want de oude vrouw had een wijsheid die niet in overeenstemming was met haar gebrekkige scholing. Ze had een soort wereldwijsheid en was vaak een goede gesprekspartner voor Paxton. Paxton had haar zelfs naar haar mening gevraagd over de universiteiten waarnaar ze een aanvraag had gestuurd. Paxton was heel gedecideerd toen ze haar uitlegde waarom ze niet in het Zuiden wilde blijven, en Queenie begreep dat. Ze werd verdrietig bij de gedachte dat Paxton weg zou gaan, maar ze wist dat het goed voor haar zou zijn. Ook daarin leek ze te veel op haar vader.

'Ik denk dat het een Cubaanse samenzwering is,' zei George tijdens het eten die avond. 'Ik vermoed dat als ze de zaak grondiger gaan onderzoeken, er heel wat meer achter blijkt te zitten dan men op het eerste gezicht denkt.' Paxton keek hem aan en vroeg zich af of er enige waarheid school in wat hij zei. Hij was een intelligente man, ook al was hij niet erg opwindend. Het grootste deel van de tijd hield hij zich bezig met medische zaken, en buiten dat was er eigenlijk niets dat hem interesseerde. Hij hield er bijzonder kortzichtige denkbeelden op na, en als hij zich al ergens over opwond, was het over nieuwe ontwikkelingen in het onderzoek op het gebied dat hem interesseerde, voornamelijk de eerste symptomen van diabetes bij volwassenen, hetgeen Paxton niet overdreven boeiend leek. Hij was eenendertig, en had zich een jaar geleden bijna verloofd maar dat was niet doorgegaan en Paxton had het idee dat haar moeder opgelucht was. Hoewel het meisje uit een familie kwam die haar moeder kende, had Beatrice meer dan eens gezegd dat ze George te jong vond om te trouwen. Hij moest zich eerst vestigen voor hij aan een vrouw en kinderen begon.

Paxton was trouwens nooit zo dol op de meisjes met wie hij uitging. Ze zagen er altijd leuk uit maar waren onnozel en oppervlakkig. Ze hadden weinig inhoud en je kon geen behoorlijk gesprek met hen voeren. De laatste die hij had meegebracht voor een etentje bij zijn moeder, was tweeëntwintig en had de hele avond zitten giechelen. Ze vertelde dat ze niet naar college ging omdat ze zulke slechte cijfers had, maar dat ze het heerlijk vond om voor de Junior League te werken en dat ze die week mee zou doen aan hun modeshow en dat ze zich daar zo op verheugde. Tegen het eind van de avond kon Paxton haar wel wurgen. Ze was zo stom en zo irritant dat ze niet kon begrijpen hoe haar broer dat verdroeg, behalve dan dat ze heel aanhankelijk en koket leek toen ze weggingen. Ze giechelde nog steeds toen ze in zijn auto stapten om nog ergens wat te gaan drinken. Paxton had zich er allang bij neergelegd dat ze waarschijnlijk een hekel zou hebben aan het meisje met wie George uiteindelijk zou trouwen. Ze zou lief, onnozel, inschikkelijk, leeghoofdig, saai en buitengewoon Zuidelijk zijn. Paxton kwam ook uit het Zuiden, maar in haar geval was het niet meer dan een geografisch gegeven en geen excuus voor een aandoening. Er schenen nog heel veel meisjes te zijn die graag de 'Zuidelijke schone' uithingen en het als excuus gebruikten voor hun onwetendheid, of hun stommiteit. Paxton had een bloedhekel aan dat soort meisjes, maar haar broer dacht daar kennelijk anders over.

Paxton kon die nacht niet slapen en werd geobsedeerd door de tv. Ze bleef ernaar terugkeren en om drie uur in de ochtend zat ze er nog. Om 4.34 uur zag ze hoe de kist, begeleid door mevrouw Kennedy, het Witte Huis werd binnengedragen. En de daaropvolgende drie dagen had Paxton het gevoel alsof ze helemaal niet van de tv was weggeweest. Op zaterdag keek ze toe hoe leden van de familie en hooggeplaatste regeringsleden een laatste bezoek brachten aan de man van wie ze hadden gehouden. En op zondag zag ze hoe de kist op een door paarden getrokken affuit naar het Capitool werd gebracht. Ze zag Jacqueline Kennedy en haar dochter Caroline met smartelijke gezichten neerknielen naast de kist, en het kleine meisje schoof haar hand onder de vlag die over de kist hing. En toen zag Paxton dat Lee Oswald, terwijl hij werd overgebracht naar een andere gevangenis, doodgeschoten werd door Jack Ruby. Ze zat verbijsterd te kijken en dacht eerst nog dat het een vergissing was of een of andere verwarring. Het leek onmogelijk dat er weer iemand werd vermoord in deze eindeloze verschrikking.

Op maandag keek ze naar de begrafenis en huilde onbeheerst terwijl ze naar het trieste geluid van het onophoudelijke tromgeroffel luisterde. En toen ze het paard zonder ruiter weer zag, deed haar dat om een of andere reden aan haar vader denken. De smart leek oneindig, de pijn één die altijd zou blijven, het verdriet bodemloos. Zelfs haar moeder zag er tegen maandagavond overstuur uit, en zij en Paxton spraken nauwelijks onder het avondeten. Als altijd schenen ze niets tegen elkaar te zeggen te hebben, elkaar niet te kunnen bemoedigen of troosten. Ze stonden te ver van elkaar af, dat was altijd zo geweest. Later, toen Paxton naar de keuken ging om met Queenie te praten, veegde deze nog haar ogen af. Paxton zat gedachteloos te kijken hoe ze de boel opruimde en hielp haar toen met afdrogen. Haar moeder was naar boven gegaan om een vriendin te bellen.

'Ik weet niet hoe het komt, maar ik voel me aldoor hetzelfde als toen papa stierf... alsof ik nog iets verwacht. Alsof hij zo thuis kan komen en me zal vertellen dat het niet waar is, dat het allemaal een grap is. Of dat Walter Cronkite op het nieuws komt en zegt dat het om een test ging, dat de president in werkelijkheid het weekend in Palm Beach doorbrengt met Jackie en de kinderen, en dat het ze vreselijk spijt dat ze ons van streek hebben gemaakt. Maar dat gebeurt niet, het blijft zoals het is... Het is echt... het is een vreemd gevoel.'

Queenie schudde haar oude, wijze hoofd. Ze wist, zoals altijd, precies hoe Paxton zich voelde. 'Ik weet het, kind. Zo gaat dat als iemand sterft. Je hoopt dat iemand komt vertellen dat het niet waar is. Zo voelde ik me ook toen mijn kindjes stierven. Het duurt een hele tijd voordat dat overgaat.'

Het was moeilijk om nu aan Thanksgiving te denken. Moeilijk om dankbaar te zijn voor een verwarde, boze wereld die mensen wegnam vóór hun tijd. Het was moeilijk om aan de vakantie te denken, en Paxton kon zich voorstellen hoe de Kennedy's zich voelden. Het moest een vreselijke nachtmerrie voor Jacqueline Kennedy en haar kinderen zijn. Ze had prachtig werk geleverd met de begrafenis, had alles perfect georganiseerd, tot aan de miskaarten, gedrukt op papier van het Witte Huis, toe. Met de hand had ze er zelf opgeschreven: 'Lieve God, neem alstublieft Uw dienaar John Fitzgerald Kennedy onder Uw hoede,' en ze had ook passages uit zijn inaugurele rede laten afdrukken. Het was het einde van een tijdperk, het einde van een moment in de tijd, van een tijd die bijna was gekomen... kortstondig, vergankelijk, voorbij. De fakkel was inderdaad doorgegeven aan een nieuwe generatie, die hem stevig vasthield maar er niet meer zo zeker van was waar hij naartoe gebracht moest worden.

Toen Queenie die avond de lichten in de keuken had uitgedraaid en Paxton welterusten had gekust, stonden ze nog even in het donker; oud en nieuw, blank en zwart, gehuld in het verdriet van het grote verlies. Toen ging Queenie naar boven naar haar kamer en Paxton ging naar de hare om na te denken over wat verloren was en wat ging komen. Ze had het gevoel de president iets schuldig te zijn zodat hij niet voor niets was gestorven. Net zoals ze haar vader iets schuldig was... en zichzelf. Voor hen moest ze iemand worden, iets belangrijks doen met haar leven, iets dat verschil zou maken. Maar wat? Dat was de vraag.

Ze lag in bed en dacht aan beiden, aan dat waar ze voor hadden gestaan, waarin ze hadden geloofd. Van de ene man had ze zoveel gehouden en ze had hem zo goed gekend, naar de ander kon ze alleen maar raden. En plotseling wilde ze boven alles met haar leven beginnen, ermee verder gaan. Alles waaraan ze nu kon denken was haar droom om naar Harvard te gaan, net als zij. Ze lag in bed en sloot haar ogen. In stilte beloofde ze beiden om iets van haar leven te maken, om iemand te worden op wie ze trots zouden zijn. Het was haar geschenk aan hen, de erfenis die ze haar hadden nagelaten, en ze wist dat ze haar belofte zou houden. Ze hoefde nu alleen nog maar op de lente te wachten... en te bidden dat ze toegelaten zou worden op Radcliffe.

2

De laatste enveloppen arriveerden in de tweede week van april. Sweet Briar had in maart al laten weten dat ze kon worden toegelaten. Vassar, Wellesley en Smith stuurden hun acceptatie in de eerste dagen van april. Geen van alle interesseerde Paxton. Ze legde de brieven netjes op haar bureau en wachtte op die ene die van belang was: Radcliffe. De twee scholen in Californië hield ze in gedachten voor als het toch misging. Ze hoopte dat haar eerste keus door zou gaan en er was inderdaad weinig reden om aan te nemen dat het niet zou lukken. Haar vader was tenslotte op Harvard geweest en ze had hoge cijfers. Geen voortreffelijke cijfers, maar wel heel goede. Het enige waar ze zich zorgen over maakte was dat ze niet zo goed was in sport en nooit veel belangstelling voor het buitengebeuren had ontwikkeld. Ze schreef graag gedichten en korte verhalen, volgde met plezier de fotografielessen en had als kind op ballet gezeten. In haar eerste schooljaar was ze lid geweest van de toneelvereniging, maar dat had ze laten vallen omdat ze vond dat het haar studie in de weg stond. Ze had meer dan eens gehoord dat Harvard mensen wilde die goed in alles waren en een sterke buitenschoolse belangstelling hadden, maar ze was er toch tamelijk zeker van dat ze aangenomen zou worden.

Haar moeder was heel tevreden en blij geweest toen de brief van Sweet Briar kwam, en wat haar betrof had Paxton bericht gehad van de enige school die van belang was. Het deed haar plezier dat ze kon zeggen dat Paxxie ook door de andere Ivy League-scholen was geaccepteerd, maar net als Paxton kon ze er niet warm voor lopen. En wat Beatrice Andrews betrof konden de scholen in Californië net zo goed op een andere planeet zijn. Ze drong er bij Paxton op aan 'verstandig' te zijn en Sweet Briar te kiezen en niet meer te wachten op bericht van de andere scholen.

'Dat kan ik niet doen, moeder,' zei Paxton kalm terwijl haar grote groene ogen het gezicht dat altijd van een vreemde leek, onderzoekend opnamen. 'Ik heb mezelf lang geleden iets beloofd.'

Maar het was meer dan een belofte aan zichzelf, voor haar gevoel was het iets dat ze haar vader verschuldigd was.

'Je zou nooit gelukkig zijn in Boston, Paxton. Het weer daar is afschuwelijk. En het is een enorme school. Dichter bij huis, in je eigen omgeving zou je je veel prettiger voelen. Je kunt later altijd nog een paar lessen volgen op Harvard.'

'Laten we eerst maar afwachten of ik er aangenomen word, dat lijkt me zinvoller.' Maar voor haar was zinvol iets anders dan voor haar moeder. Het ergerde Beatrice enorm dat Paxton er zo koppig aan vasthield naar een school in het Noorden te gaan terwijl ze naar Sweet Briar kon en dicht bij huis kon blijven.

Op een zaterdagmiddag kwam George aanzetten om lucht te geven aan zijn opvattingen en Paxton moest inwendig lachen terwijl ze naar hem luisterde. Praten met George was hetzelfde als praten met haar moeder. Ze vonden beiden dat ze haar leven dicht bij hen behoorde te slijten en dat het dwaasheid was dat ze haar vleugels wilde uitslaan en haar blikveld wilde verruimen.

'En papa dan, George? Hij scheen het er toch wel goed af te brengen, ondanks het feit dat hij het aangedurfd heeft om naar het Noorden te gaan en met yankees naar school te gaan.' Ze plaagde hem, wat zij wel grappig vond maar hij niet. Hoewel hij veel deugden bezat, was haar broer George niet gezegend met hun vaders gevoel voor humor.

'Dat is niet hetzelfde, Pax. En je weet dat ik me niet blind staar op het Zuiden. Ik vind alleen dat Sweet Briar een betere keuze is voor een vrouw. Moeder heeft gelijk. Er is geen enkele reden voor jou om helemaal naar Boston te gaan.'

'Als iedereen er zo over dacht, zouden ze Amerika niet eens ontdekt hebben, George. Stel je voor dat koningin Isabella tegen Columbus had gezegd dat er voor hem geen enkele reden was om helemaal naar de nieuwe wereld te gaan...' Ze lachte hem uit en hij vond dat niet leuk.

'Moeder heeft gelijk. Je bent nog een kind en het is bespottelijk om dit te doen om je gelijk te bewijzen. Je bent geen man en er is dus absoluut geen reden om naar Harvard te gaan. Je wilt geen carrière opbouwen in medicijnen of rechten of zo, dus hoef je helemaal nergens heen. Je zou dicht bij huis, bij ons moeten blijven. Wat gebeurt er als mama ziek wordt? Ze is niet meer zo jong als ze was, en ze heeft ons hier nodig.' Hij probeerde van alles, zelfs haar een schuldgevoel aan te praten, met als enig resultaat dat hij

zijn zuster woedend maakte. Ze begreep niet waarom ze haar vleugellam wilden maken. Maar ze schenen te denken dat ze hun eigendom was.
'Ze is achtenvijftig, niet drieënnegentig, George! En ik ga niet hier voor de rest van mijn leven zitten wachten of ik haar misschien verzorgen moet. En hoe wil jij verdomme weten wat voor carrière ik nastreef? Misschien wil ik wel hersenchirurg worden. Is dat een reden om naar het Noorden te gaan of moet ik hier blijven en koekjes bakken, alleen maar omdat ik een vrouw ben?'
'Dat bedoelen we niet.' Hij leek beledigd door haar ongezouten uitspraak.
'Dat weet ik wel.' Ze probeerde haar zelfbeheersing terug te krijgen. 'En Sweet Briar is een geweldige school. Maar ik heb er mijn hele leven van gedroomd naar Radcliffe te gaan.'
'En als je niet toegelaten wordt?' Hij keek haar strak aan.
'Dat word ik wel. Het moet.' Ze had het haar vader beloofd en ze voelde zich verplicht aan zijn nagedachtenis. Ze had gezworen dat hij trots op haar zou kunnen zijn en dat ze in zijn voetsporen zou treden.
'En als je niet toegelaten wordt?' hield haar broer genadeloos aan. 'Ga je er dan mee akkoord in het Zuiden te blijven?'
'Misschien... ik weet het niet...' De drie scholen van de Ivy League trokken haar ook niet erg aan, en over Stanford of Berkeley had ze nog niet echt nagedacht. Ze kon zich niet eens voorstellen dat ze daarheen zou gaan en ze kende ook niemand in Californië. 'Ik zie wel.'
'Ik vind dat je daar eens goed over na moet denken, Paxton. En je moet ook heel goed nadenken voor je mama van streek maakt.'
Waarom deed hij haar dit aan? Het was niet eerlijk. Waarom moest zij haar leven voor hen opofferen? Wat wilden ze van haar, en waarom wilden ze dat ze in Savannah bleef? Het leek zo zinloos. Alleen maar om met haar moeder naar lunches en bijeenkomsten van de Dochters van de Burgeroorlog te gaan, en ten slotte lid te worden van een bridgeclub zodat Beatrice niet 'te schande gemaakt' zou worden en Paxton in het gareel zou blijven. Maar ze wilde geen gareel. Ze wilde meer. Ze wilde naar de school voor de journalistiek op Radcliffe.
Ze had het vaak tegen Queenie gezegd, en Queenie was de enige die haar aanmoedigde, die genoeg van haar hield om bereid te zijn haar te laten gaan. Ze wist wat Paxton nodig had en ze wilde dat

Paxton zich zou losmaken van de twee mensen die zoveel van haar verwachtten, maar haar altijd zo weinig gegeven hadden. Ze had recht op meer dan dat in haar leven, en ze was zo intelligent en zo vol nieuwe ideeën. Ze verdiende meer dan het leven dat ze zou hebben als ze in Savannah bleef. En als ze wegging naar school en daarna terug wilde komen, zou Queenie er zijn en haar met open armen ontvangen. Maar ze ging haar niet smeken om te blijven of aan haar hoofd zeuren zoals de anderen.

De brief kwam op een dinsdagmiddag, hij lag samen met een van Stanford in de brievenbus toen ze thuiskwam. Paxton hield haar adem in toen ze de brieven zag. Het was een warme lentemiddag en ze was langzaam naar huis gewandeld terwijl ze dacht aan de jongen die haar die middag had gevraagd met hem naar het lente-schoolfeest te gaan. Hij was groot, donker en knap. Ze vond hem al een jaar heel aantrekkelijk, maar hij had iemand anders. En nu was hij plotseling vrij, en Paxtons hoofd zat vol dromen en wensen. Ze zou Queenie een keer alles over hem vertellen, maar nu was er ineens die brief waar ze op had gewacht. Haar hele toekomst op een velletje wit papier, gevouwen en verzegeld in een envelop van Harvard. Beste juffrouw Andrews, het doet ons genoegen u te kunnen mededelen dat u bent aangenomen... Beste juffrouw Andrews, het spijt ons u te moeten mededelen dat... Welke van de twee zou het zijn?

Haar handen beefden toen ze de enveloppen uit de bus haalde en probeerde te beslissen welke ze het eerst zou openmaken. Ze ging op het stoepje voor het solide bakstenen huis zitten en besloot die van Radcliffe het eerst te openen omdat het eigenlijk de enige was die belangrijk voor haar was. Ze kon daar niet op wachten tot ze de andere geopend had. Ze gooide haar lange blonde manen over haar schouders op haar rug, sloot haar ogen, leunde tegen de smeedijzeren balustrade en bad voor haar vaders zegen op hun antwoord. Alsjeblieft... alsjeblieft... o, alsjeblieft, laat ze me aannemen... Ze deed haar ogen open en scheurde de envelop zo snel als ze kon open. De openingszin was helemaal niet wat ze had verwacht, daar viel nog niets uit op te maken. Men zeurde eindeloos door over wat een voortreffelijk instituut Harvard was, en wat een voortreffelijke aanvraagster zij was, pas in de tweede alinea stond wat ze wilde weten, en ze voelde haar hart bijna stilstaan toen ze het las.

'Hoewel u alle kwalificaties bezit om een uitstekende kandidate voor Radcliffe te zijn, zijn we van mening dat... op dit moment... wellicht een ander instituut... tot onze spijt... We zijn ervan overtuigd dat u op welk academisch instituut van uw keuze dan ook uitstekende resultaten zult behalen... We wensen u het beste...'

Vol verdriet en met door tranen vertroebelde ogen keek ze naar de woorden die door haar hart leken te snijden. Ze had hem teleurgesteld. Ze hadden haar afgewezen. Al haar dromen spatten in één klap uiteen. Radcliffe had haar afgewezen. Wat moest ze nu? Waar moest ze nu heen? Moest ze echt in het Zuiden blijven met alle kortzichtigheid, de bekende thema's, de nabijheid van haar moeder en broer? Was het dat? Was het dan zover gekomen? Of zou ze naar Vassar gaan? Naar Smith of Wellesley? Op de een of andere manier leken ze haar zo saai.

Aarzelend scheurde ze de tweede envelop open, inmiddels knap nerveus. Misschien was het tijd om serieus aan Stanford te gaan denken. Maar daar hoefde ze niet lang over na te denken. Zij zeiden het al in de eerste alinea in plaats van in de tweede, en hun antwoord was vrijwel gelijk aan dat van Radcliffe. Ze wensten haar het beste, maar waren van mening dat ze op een ander instituut beter op haar plaats zou zijn. Dus wat overbleef was... niets. De keuzemogelijkheden die ze al had, en de onbekende grootheid op Berkeley. Haar humeur zakte tot het nulpunt toen ze opstond, het trapje opliep en het huis binnenging. Ze zag er heel erg tegen op het haar moeder te moeten vertellen.

Uiteraard vertelde ze het eerst aan Queenie en de oude vrouw was in eerste instantie verdrietig voor haar, maar bekeek het toen van de filosofische kant.

'Als ze je niet aannemen, heeft het zo moeten zijn. Er komt een dag dat je hierop terugkijkt en weet dat het zo is.' Maar onderhand waren de vooruitzichten die overbleven bepaald deprimerend. Ze wilde niet in het Zuiden blijven, wilde niet naar een school voor meisjes en Berkeley zag ze helemaal niet zitten. Wat nu? Maar Queenies gedachtegang was wat vooruitstrevender dan die van Paxton. 'Wat dacht je van Californië? Het is ver weg, maar het zou je best eens heel goed kunnen bevallen.' Een van haar dochters was een jaar of wat geleden naar Oakland verhuisd en hoewel ze nooit in San Francisco was geweest, had ze gehoord dat het er erg mooi was. 'Ik heb gehoord dat het er prachtig is. En het is daar niet zo koud als in het Noorden.' Ze glimlachte teder tegen het kind dat ze vanaf de geboorte had gekoesterd en ver-

zorgd, het deed haar pijn te zien hoe bitter teleurgesteld ze was. 'Je moeder zou me vermoorden als ze hoorde wat ik tegen je zeg, maar ik denk dat je aan Californië moet gaan denken.'
Paxton grijnsde. Haar moeder zou hen alle twee vermoorden als ze de helft van hun gesprekken kon horen. 'Het lijkt zo ver weg... zo... ik weet niet... zo buitenlands...'
'Californië?' grinnikte Queenie. 'Doe niet zo mal! Het is maar een paar uur met het vliegtuig, dat vertelt mijn Rosie me tenminste altijd. Denk daar ook maar over na. Bid er maar om vannacht. Misschien is die school in Berkeley wel de oplossing voor je.'
Maar die avond aan tafel met haar moeder en George bleek dat zij nog steeds vonden dat de oplossing voor haar een heel stuk dichter bij huis lag, en wat hen betrof gaf het antwoord van Radcliffe de doorslag. Ze waren niet eens teleurgesteld voor haar, ze waren opgelucht. En net als Queenie zeiden ze dat het zo had moeten zijn. Maar in tegenstelling tot de oude zwarte vrouw leken zij wel blij te zijn dat haar dromen voorbij waren. En door alles heen had Paxton het gevoel of ze haar vader op de een of andere manier had teleurgesteld, of ze hem in de steek had gelaten omdat ze afgewezen was door zijn alma mater. Ze wilde dat tegen iemand zeggen, zeggen hoe akelig ze zich voelde, maar deze keer dacht ze niet dat Queenie het zou begrijpen. Het lag voor de hand dat haar moeder en broer het ook niet zouden begrijpen en haar vrienden gingen op in hun eigen tegenslagen en meevallers. Iedereen was geobsedeerd door de scholen die ze hadden aangeschreven en de vraag of ze afgewezen of aangenomen zouden worden.
De jongen die haar voor het feest had uitgenodigd belde die avond en ze probeerde hem deelgenoot van enkele van haar gevoelens te maken, maar hij had het er alleen maar over dat hij was aangenomen op Chapel Hill en leek haar niet eens te horen. Het scheen een tijd van eenzaam verdriet of van feestvreugde te zijn. Toen ze die avond naar bed ging, lag ze te denken aan wat Queenie die middag had gezegd en vroeg zich af of het idee wel zo bespottelijk was, of dat het de moeite waard was erover na te denken. Nog belangrijker was of ze haar zouden aannemen. Maar tegen het eind van de week hadden haar moeder en George haar zover gekregen dat ze ermee instemde zich de volgende week voor Sweet Briar op te geven. In stilte beloofde ze zichzelf het volgend jaar opnieuw bij Radcliffe te proberen en net zo lang te blijven pro-

beren tot ze toegelaten werd, hoe hard ze er ook voor moest werken of wat ze ook moest doen om hen te overtuigen. Met dat voornemen voelde ze zich al wat beter. Ze dacht dat het draaglijker zou zijn dicht bij huis te blijven zolang ze wist dat het niet voor eeuwig was.

En toen, op maandag, kwam het antwoord van Berkeley. Het was hen een genoegen haar mee te kunnen delen dat ze aangenomen was. En hoewel ze niet eens precies wist waarom, sloeg haar hart over en was ze ineens opgewonden. Ze haastte zich naar de keuken om de brief aan Queenie te laten zien.

De oude vrouw straalde en keek haar aan met een gezicht alsof dit de oplossing voor alles was en dat ze aldoor al geweten had dat dit zou komen. 'Zie je wel? Daar heb je je antwoord.'

'Waarom ben je daar zo zeker van?' Hoe kon ze dat weten? Hoe kon ze zo stellig zijn? Maar de andere mogelijkheden trokken haar beslist niet aan.

'Wat voor gevoel geeft het je?'

'Goed eigenlijk. Een beetje opgewonden en bang... maar blij.'

'En die andere scholen waar je het over had? Wat voor gevoel geven die je?'

'Deprimerend... vervelend... nogal rot.'

'Dat klinkt mij niet als een gelukkige oplossing in de oren. Volgens mij is deze beter. Denk er maar over, liefje. Bid. Luister naar de Heer, en luister naar je binnenste. Altijd naar je hart luisteren, altijd luisteren naar wat je voelt. Dan wéét je het. Dat doen we allemaal. We weten het hier.' Met een ernstig gezicht wees ze op haar omvangrijke buik. 'Als je je goed voelt, is het ook goed, maar als je een soort van misselijkheid voelt, je een beetje ongemakkelijk en ellendig voelt, dan heb je een gróte fout gemaakt, of ga je er een maken als het nog niet gebeurd is!'

Paxton moest lachen om de simpele wijsheden, maar ze wist dat Queenie gelijk had, zoals gewoonlijk. Ze had altijd gelijk. De oude vrouw wist het gewoon. Ze was heel wat slimmer dan Paxtons moeder, of George, of zelfs Paxton. 'Het gekke is dat ik denk dat je gelijk hebt, Queenie.' Knabbelend op een worteltje ging Paxton op een keukenstoel zitten en keek nadenkend. Ze was jong en mooi en haar gezicht straalde een zekere rust uit. Ze was iemand die zichzelf gevonden had, dat had ze al een hele tijd geleden. Ze was rustig en sterk en compleet, en dat was iets zeldzaams voor een meisje van haar leeftijd. Maar sinds de dood van haar vader, bijna zeven jaar geleden, had ze heel wat nagedacht. 'Wat moet ik tegen ze zeggen?'

'De waarheid, als je weet wat de waarheid is. En je moet niet iets doen omdat ik het zeg. Daar ben je te slim voor, meisje. Je moet datgene doen wat jíj wilt en waarvan je weet dat het goed is. Denk er eerst over na. Je zult weten wanneer het goed is.' Ze wees weer op haar buik.

Paxxie lachte en stond op. Ze was lang, slank en soepel zoals haar vader was geweest, en ongewoon gracieus. Ze was langer dan de meeste van haar vriendinnen, maar dat had haar nooit gestoord. En tot Queenies grote verbazing was ze niet bijzonder geïnteresseerd in haar uiterlijk. Ze was mooi, maar het leek wel of ze het niet wist of dat het haar niet kon schelen. Haar belangstelling ging uit naar andere dingen, dingen die met het hart, het hoofd en de ziel te maken hadden. Ze leek te veel op haar vader om zich bewust te zijn van haar knappe uiterlijk. Haar onverschilligheid ten opzichte van haar blonde schoonheid irriteerde haar moeder nogal eens. Beatrice zou graag zien dat ze als mannequin de modeshows van de Junior League zou lopen en evenementen van de Dochters van de Burgeroorlog zou opluisteren, maar Paxton wilde niets van dat alles. Ze was stil en bedeesd en vond de druk en het gekonkel die met deze evenementen gepaard gingen nogal amusant, maar was er verder hoegenaamd niet in geïnteresseerd. Ze voerde graag serieuze gesprekken met de leraren op school over de recente ontwikkelingen in Vietnam, de nasleep van Kennedy's dood, Johnsons standpunten betreffende burgerrechten, Martin Luther King en zijn marsen en sit-ins. Ze had een passie voor de belangrijke gebeurtenissen in de wereld en de schakels en verbanden daartussen en het effect dat ze op elkaar hadden. Dat was waar ze graag over schreef en dacht en waar ze zich mee bezighield.

Later die week zocht ze een van haar favoriete leraren op en vroeg hem wat hij vond van Berkeley.

'Ik denk dat het een van de beste scholen in het land is. Waarom?' Hij keek haar recht aan en ze aarzelde heel even.

'Ik probeer tot een beslissing te komen of ik erheen zal gaan.'

'Was het antwoord van Radcliffe niet waar je op had gehoopt?' Hij wist hoe ontzettend graag ze daarheen had gewild, hoezeer ze daarop had gerekend en waarom. Hij zou teleurgesteld zijn voor haar als ze niet aangenomen was.

'Ze hebben me afgewezen. Stanford ook. Alle anderen wilden me aannemen.' Ze vertelde hem wat de andere mogelijkheden waren en zonder aarzeling adviseerde hij haar naar Berkeley te gaan. Hij kwam zelf uit het Noorden en geloofde er sterk in dat men verscheidenheid moest aanbrengen in zijn ervaringen. Hij vond dat kinderen uit het Westen voor een paar jaar naar het Oosten moesten gaan, kinderen uit het Oosten naar het Westen, en kinderen uit het Zuiden zouden naar het Noorden moeten trekken om eens wat anders te zien.

'Ik zou geen moment aarzelen, Pax. Grijp de kans nu het nog kan en denk maar niet meer aan Radcliffe. Je kunt daar altijd nog heen om je bul te halen. Laat ze nu maar stikken en ga naar het Westen.' Hij glimlachte naar haar. 'Je zult het er heerlijk vinden.'

Terwijl ze naar hem luisterde voelde ze de opwinding door haar hele lichaam trekken. Misschien had Queenie uiteindelijk toch gelijk. Misschien was dit het antwoord.

De daaropvolgende dagen zei ze niets tegen haar moeder. Aan het einde van de week stuurde ze haar acceptatie weg, en op vrijdagavond, tijdens het eten, vertelde ze het hun.

'Ik heb mijn acceptatie vandaag weggestuurd,' zei ze kalm en wachtte op de storm waarvan ze wist dat die zou komen.

'Brave meid,' complimenteerde haar broer haar. Ze had ten slotte gedaan wat ze haar gezegd hadden te doen. Ze was uiteindelijk toch niet zo moeilijk als hun moeder beweerde. 'Ben je trots op jezelf, Pax? Daar heb je alle reden toe.'

Ze glimlachte om de kwistige lof, wist wat er nog zou komen. 'Ja, eigenlijk ben ik dat best wel. Ik heb er veel over nagedacht en ik denk dat ik de juiste beslissing heb genomen. Daar ben ik eigenlijk wel zeker van.'

Haar moeder keek haar bedachtzaam aan, bang om te veel te zeggen. 'Ik ben blij dat het zo gelopen is, Paxton,' zei ze zuinig.

'Ik ook,' antwoordde Paxton.

'Heel wat leuke meisjes gaan naar Sweet Briar, Paxton. Het is een fantastische school,' zei haar broer opgewekt terwijl Paxton stilletjes naar beiden keek.

'Ja, dat is het,' beaamde ze, 'maar daar ga ik niet naartoe.' Heel even stond alles stil in de eetkamer. Dit was niet wat ze hadden verwacht. 'Ik ga naar Berkeley, de Universiteit van Californië.'

Een ogenblik waren ze met stomheid geslagen, toen ging haar broer achterover in zijn stoel zitten en gooide zijn servet op tafel.

'Hoe haal je het in je hoofd om zoiets stoms te doen?' Queenie liep met een glimlach de kamer uit om de schaal met rosbief bij te vullen.
'Ik heb er met mijn mentor en een paar van mijn leraren over gesproken. Zij vinden het een uitstekende school en een goede keus voor mij nu ik niet op Radcliffe ben aangenomen.'
'Maar Californië?' zei haar moeder wanhopig. 'Waarom zou iemand daar in godsnaam naartoe willen? Waarom zou je daar helemaal naartoe gaan?' Maar ze wisten allemaal waarom, of ze het wilden toegeven of niet. Paxton wilde weg van hen. Ze was sinds de dood van haar vader ongelukkig geweest, en ze hadden bitter weinig gedaan om daar verandering in te brengen. Haar moeder en haar broer waren verder gegaan met hun eigen leven. Af en toe hadden ze een poging gedaan haar erbij te betrekken, of ze datgene waar ze mee bezig waren nu leuk vond of niet. Er werd van haar verwacht dat ze in hun manier van leven 'paste', of het haar schikte of niet. Voor hen was dat gewoon niet van belang. Nu wilde ze haar eigen leven, haar eigen bestemming volgen. En op dit moment leidde dat pad naar Californië.
'Ik vind dat ik dit doen moet,' zei ze kalm, en haar doordringende groene ogen keken diep in die van haar moeder. Ze was niet met haar aan het discussiëren, maar ze was absoluut gedecideerd over wat ze deed. En haar vader had haar die weelde verschaft. Hij had haar een klein kapitaaltje voor haar opleiding nagelaten, hetgeen betekende dat haar moeder niet kon dreigen het collegegeld niet te betalen als ze niet deed wat haar werd gezegd. Ze had de vrijheid haar eigen keuze te bepalen, en ze had gebruik gemaakt van die vrijheid toen ze voor Berkeley koos.
'Je vader zou heel erg teleurgesteld in je zijn,' zei haar moeder bits, wat nogal vals was om te zeggen, en Paxton voelde dat goed.
'Ik heb geprobeerd op Harvard te komen, moeder,' zei ze zo kalm als ze kon. 'Het is gewoon niet gelukt. Ik denk dat hij dat wel zou begrijpen.' Ze herinnerde zich zijn verhalen over Princeton en Yale waar hij heen wilde en waarvoor hij afgewezen was, en dat hij toen 'genoegen' had moeten nemen met Harvard. Nou, zij had 'genoegen' genomen met Berkeley.
'Ik bedoel dat hij teleurgesteld zou zijn door je plotselinge vertrek van huis, en dat je zo ver van ons weggaat.'
'Ik kom terug,' zei ze zacht, maar op het moment dat ze het zei vroeg ze zich af of ze dat werkelijk meende. Zou ze terugkomen?

Zou ze dat willen? Zou ze, als ze eenmaal weg was, ernaar snakken weer naar huis te gaan, of zou ze zo verliefd worden op Californië dat ze er nooit meer weg wilde? In sommige opzichten verlangde ze ontzettend naar haar vertrek, in andere opzichten speet het haar dat ze wegging. Ze vond het verdrietig haar vrienden achter te laten, maar ze was opgelucht van huis te gaan. Ze had altijd het gevoel gehad dat ze er niet echt in paste. Ze deed eigenlijk nooit wat haar moeder wilde. Maar ze kon niet, dat was te veel gevraagd. Ze kon niet in het Zuiden blijven, kon niet bij hen blijven, kon niet blijven doen alsof ze iets met hen gemeen had terwijl dat niet zo was. Ze kon niet langer doen of ze een van hen was. En ineens was ze eraan toe te erkennen hoe anders ze was en dat ze er klaar voor was haar eigen leven te beginnen, op Berkeley.

'En hoe vaak denk je dat je thuis zult komen?' vroeg haar moeder op beschuldigende toon, terwijl Queenie over haar schouder toekeek.

'Ik neem aan dat ik met Kerstmis thuiskom, en in de zomer natuurlijk.' Het was alles wat ze hun te bieden had, alles wat ze geven kon, en het enige dat ze van hen wilde was haar vrijheid. 'Ik kom zo vaak als ik kan naar huis.' Ze glimlachte onzeker tegen hen, wilde dat ze blij voor haar zouden zijn, maar dat waren ze niet. 'En als je wilt kunnen jullie mij opzoeken, in Californië.'

'Je vader en ik zijn een keer in Los Angeles geweest,' zei haar moeder met een blik van opperste afkeuring. 'Een vreselijke plaats. Daar ga ik nooit meer naartoe.'

'Berkeley ligt net buiten San Francisco.' Maar ze had net zo goed kunnen zeggen 'net buiten de hel', te oordelen naar de uitdrukking op haar moeders gezicht. De rest van de maaltijd verliep in stilte.

3

Op de ochtend van haar vertrek stond Paxton in de gezellige keuken en keek om zich heen met een gezicht alsof ze gedwongen werd het huis te verlaten. Haar ogen schoten vol tranen en haar hoofd rustte op Queenies zachte, troostende schouder.

'Hoe moet ik leven als ik jou niet elke dag zie?' fluisterde ze, zich weer kind voelend. Ze had ineens weer hetzelfde gevoel van droefheid en verlies als toen haar vader gestorven was. Ze wist dat ze haar niet meer zou zien, en hoewel Queenie er nog wel zou zijn, kon ze niet meer gewoon haar hand uitsteken en haar aanraken.

'Het komt wel goed met jou,' zei Queenie, die dapper haar eigen tranen terugdrong. Ze was vastbesloten Paxxie niet te laten merken hoe zij zich voelde. 'Wees een braaf meisje in Californië. Denk eraan dat je je groenten eet, voldoende slaap krijgt, en eens per week dat mooie haar van je met citroensap spoelt.' Dat had ze bijna vanaf haar babytijd voor haar gedaan en ze eiste alle eer op voor het feit dat Paxton nog net zo blond was als achttien jaar geleden. 'Zet een hoed op in de zon, pas op dat je niet verbrandt...' Er waren wel duizend dingen die ze wilde zeggen, maar wat ze haar werkelijk wilde vertellen was hoeveel ze van haar hield. Ze drukte Paxton dicht tegen zich aan, en de warmte van haar hart en haar lichaam zei genoeg toen Paxton haar net zo vurig omarmde.

'Ik hou zoveel van je, Queenie... Zorg goed voor jezelf... beloof me dat je goed voor jezelf zult zorgen. En als je van de winter weer zo'n lelijke hoest hebt,' zoals ze ieder jaar had, 'ga dan nu wél naar de dokter.'

'Maak je over mij maar geen zorgen, kind. Ik red me wel. En gedraag je daarginds in... Californië...' Ze durfde het woord bijna niet uit te spreken, en toch was het Queenie die haar had aangemoedigd om te gaan, die haar had geholpen haar vrijheid te pakken. Ze lieten elkaar los en Queenies ogen waren vochtig, maar over Paxtons zachte gezicht stroomden de tranen en haar ogen leken groener dan ooit.

'Ik zal je zo ontzettend missen.'
'Ik jou ook.' Queenie veegde haar ogen af met haar schort, glimlachte en gaf een klapje op de schouder van het jonge meisje. Ze had toen ze klein was van haar gehouden als van een eigen kind, en hield zelfs nog meer van haar nu ze een jonge vrouw was. Ze wisten beiden dat ze een band voor het leven met elkaar hadden en die kon door afstand, tijd noch plaats verbroken worden.
Paxxie gaf nog een keer een kneepje in haar hand, kuste de zachte zwarte wang en ging toen de keuken uit, naar haar moeder en broer. 'Ik zal je bellen,' fluisterde ze terwijl ze wegliep, en Queenie gaf haar een knipoog.
Maar toen ze weg was ging Queenie naar beneden naar haar kamer en snikte in haar schort. Het brak haar hart Paxton te zien vertrekken, maar ze wist als geen ander dat Paxton nu verder moest gaan. Haar leven was niet meer hetzelfde geweest sinds haar vaders dood, en ze wist wel dat ze niet met opzet onaardig voor haar waren, het kwam gewoon omdat ze zo verschillend waren. Zij was vol vuur en leven en opwinding over alles. En ze had zoveel warmte en liefde in zich die ze dolgraag wilde delen met de mensen om haar heen. Maar de liefde die ze te geven had schrikte haar moeder af, en George had geen idee wat hij ermee aan moest. George en zijn moeder waren hetzelfde en Paxton was precies haar vader. Queenie had het gevoel of ze achttien jaar voor een zeldzaam tropisch vogeltje had gezorgd, het warm en veilig en in leven had gehouden, gevoed had uit het diepst van haar ziel en dat ze het nu vrijliet om naar een gastvrijer klimaat te gaan. Paxton hoorde hier niet meer, allang niet meer, en al was ze met haar achttien jaar erg jong om van huis te gaan, Queenie wist dat ze zonder hen beter af zou zijn. Er wachtte een heel nieuwe wereld op haar, en in sommige opzichten kon Queenie haast niet wachten tot ze die gevonden zou hebben. Maar diep in haar hart deed het pijn haar te verliezen, niet meer naast haar te kunnen staan, haar 's middags in de ogen te kijken, of boven op haar hoofd het zachte glanzende haar te kussen als ze 's morgens aan het ontbijt zat. Maar ze was bereid dat offer te brengen omdat ze van haar hield. Ze rende naar het raam toen ze hen hoorde vertrekken, net op tijd om naar Paxton te wuiven die met haar blonde manen zo ver als ze kon uit het raampje hing.
Haar moeder keek ernstig toen ze de stad uitreden, en George zei geen woord terwijl ze koers zetten naar het vliegveld.

'Het is nog niet te laat om van gedachten te veranderen,' zei haar moeder kalm. Misschien was dit haar manier om te zeggen dat ze haar zou missen.

'Ik denk niet dat ik dat kan,' zei Paxton net zo kalm. Ze dacht nog steeds aan Queenies gezicht voor ze vertrok, en de warmte van haar schouders, de veiligheid van haar armen toen ze haar omhelsde.

'Ik ben er zeker van dat de decaan van Sweet Briar het graag zou regelen,' zei haar moeder kil. Ze vatte het nog steeds op als een persoonlijke belediging dat Paxton het Zuiden verliet. Het was al erg genoeg dat ze uit Savannah weg wilde.

'Misschien als het niet goed uitpakt in Californië,' zei Paxton beleefd. Ze begon haar hand uit te steken om die van haar moeder te pakken, maar bedacht zich toen en trok haar hand weer terug. Haar moeder deed geen poging om dichter bij haar te gaan zitten en er werd verder niet meer gesproken op weg naar het vliegveld. Paxton wist dat ze verondersteld werd verteerd te worden door schuldgevoelens, en ze voelde zich verdrietig over haar vertrek, maar ook heel erg opgewonden. Ze had de laatste tijd veel interessante dingen gehoord over Berkeley en verlangde er hevig naar Californië te zien.

Ze had een hutkoffer en twee plunjezakken vooruit gestuurd en haar broer haalde nu haar ene reistas uit de kofferbak en gaf die aan een kruier. Toen gaf hij Paxton het bagagebonnetje en ging de twee vrouwen voor naar binnen om de juiste uitgang te zoeken en op Paxtons vlucht naar Oakland te wachten.

'Het zal wel lekker weer zijn daar,' zei haar moeder op geforceerde toon, en Paxton knikte. Ze keek haar moeder aan en haar ogen vulden zich met tranen. Het was een heel emotionele ochtend geweest. Er waren zelfs tranen gekomen toen ze haar kamer thuis verliet. Ze had om zes uur 's morgens een paar minuten in de werkkamer van haar vader gezeten. Ze was tegenover zijn bureau gaan zitten waar ze hem nog steeds kon zien, en had hem op zachte, maar hoorbare fluistertoon verteld wat er gebeurd was.

'Ik ben niet toegelaten op Harvard, pap...' Het was een bekentenis waarvan ze dacht dat hij die wel al zou weten. '... Maar ik ga naar Berkeley.' En ze hoopte dat hij daar blij om zou zijn. Ze was in bepaald opzicht bedroefd van huis weg te gaan, bedroefd om de bekende mensen en plekken achter te laten. Maar ze wist ook dat ze, in tegenstelling tot de anderen, haar vader altijd bij zich

zou hebben. Hij was nu een deel van haar zoals hij een deel was van de ochtendhemel en de zonsondergang waar ze zo graag naar keek als ze de auto leende en naar zee reed. Hij maakte deel uit van alles wat ze deed en wat ze was. Ze zou hem nooit verliezen.
'Mam.' Ze schraapte haar keel terwijl ze op het vliegtuig wachtten. 'Het spijt me... van Sweet Briar bedoel ik... Het spijt me als ik je gekwetst heb.' De directheid van haar woorden bracht haar moeder even in verlegenheid en ze wist duidelijk niet wat ze moest antwoorden. Het scheelde niet veel of ze deed een stapje achteruit en deinsde terug van haar dochter, maar waar ze in werkelijkheid voor terugdeinsde was de oprechte emotie, de intimiteit die ze altijd bedreigend had gevonden en die zo bij Paxton hoorde. 'Het spijt me... dat wilde ik je alleen maar zeggen voor ik vertrek.' Ze had al vroeg geleerd dat je dingen niet ongezegd moest laten bij mensen om wie je gaf omdat je nooit wist of je er ooit nog de kans toe zou krijgen. Het was een les die ze te vroeg en tegen een te hoge prijs had geleerd.
'Ik... eh...' Haar moeder struikelde over haar eigen woorden. 'Het geeft niet. Misschien pakt dit goed uit voor je, Paxton. Zo niet, dan kun je volgend jaar altijd nog veranderen.'
Het was een enorme tegemoetkoming voor haar doen, en Paxton was dankbaar dat ze zich zover gewonnen gaf. Ze vond het afschuwelijk om met een slechte verstandhouding uit elkaar te gaan. Zelfs George keek niet meer zo geërgerd toen hij haar gedag kuste en haar waarschuwde zich netjes te gedragen in Californië. Maar hij wist dat ze dat zou doen, ze was van nature een goed meisje, ook al was ze wat eigenzinnig. En als je bedacht wat andere kinderen van haar leeftijd allemaal uitspookten tegenwoordig, had ze haar moeder eigenlijk maar weinig last bezorgd.
Beiden wuifden toen ze in het vliegtuig stapte, en ze vertrok met een gevoel van opluchting en bevrijding. Alleen Queenie miste ze toen het toestel opsteeg en langzaam over Savannah cirkelde. Ze wist dat ze die plaats niet zou missen en bovendien zou ze met Kerstmis toch terugkomen. Veel van haar vrienden gingen ook weg. Ze gingen naar universiteiten die in het Zuiden lagen. Er waren maar twee die voor een universiteit in het Noorden hadden gekozen en zij was de enige die naar Californië ging. Ze leunde achterover in haar stoel en sloot haar ogen toen het vliegtuig in westelijke richting naar Californië vloog.
Door het tijdverschil was het pas twaalf uur toen ze in Californië

aankwamen. Het was een prachtige, zonnige dag toen Paxton uit het toestel stapte en om zich heen keek. Het vliegveld was klein en de meeste mensen droegen T-shirts en jeans, of gebloemde shirts, en een heleboel vrouwen droegen minirokjes of koel uitziende, met de *tie and dye*-techniek geverfde, gaasachtige jurken, en iedereen had lang haar. Ze voelde zich meteen thuis en geweldig onafhankelijk toen ze haar bagage ophaalde en naar buiten liep om een taxi te vinden.

De chauffeur vertelde haar alles wat hij voor haar van belang achtte, over de beste restaurants in de buurt van school, de kroegen waar alle jongelui naartoe gingen, de activiteiten op Telegraph Avenue. Hij maakte een paar keer een opmerking over haar accent en zei dat hij het leuk vond. Toen ze bij de campus aankwamen, wees hij op een verzameling tafels op de hoek van Telegraph en Bancroft, en vertelde dat ze daar neergezet waren om verscheidene doelen te dienen. Er hingen overal borden van de 'Commissie Studenten voor Geweldloosheid', van het 'Congres Raciale Gelijkheid', vredessymbolen, en er stond een gigantisch bord met de tekst: CAMPUSVROUWEN VOOR VREDE. En plotseling vond ze alleen al het feit dat ze daar was opwindend. Het inademen van de lucht hier was al spannend en ze wist nu heel zeker dat ze er goed aan had gedaan hierheen te komen. Ze kon haast niet wachten tot ze uit kon stappen en rond kon kijken, mensen zou ontmoeten en naar de lessen zou gaan.

Ze kende de naam van het gebouw waarin ze zou wonen al. De chauffeur bracht haar daar rechtstreeks heen, gaf haar een hand en wenste haar geluk voor hij vertrok. Iedereen scheen hier vriendelijk en open te zijn. Het kon niemand wat schelen of je zwart of blank was, arm of rijk, Junior League of landloper, noorderling of zuiderling; al die etiketten en verschillen waar ze zo genoeg van had na een jeugd in Savannah tussen haar moeders vriendinnen, voor wie het alles betekende als je grootvader of je overgrootvader in de burgeroorlog had gevochten en of je al dan niet een plantage en slaven had bezeten. Het was alsof je in het verleden leefde, een verleden dat ze verfoeide en waar ze niets mee te maken wilde hebben.

De kamer die haar was toegewezen lag op de eerste etage, helemaal aan het eind van een lange gang. Het bleek de allerlaatste kamer te zijn, eigenlijk een vierpersoonsflatje met twee slaapkamers, elk voor twee meisjes, en een zitkamer. Er stond een bruine tweed bank die bezaaid was met veelkleurige lapjes, die erop waren genaaid om de mishandelingen van vorige bewoners te bedekken. Overal hingen posters, er stonden enkele gehavende meubelstukken, op de grond lag een oranje kleedje en er stond een avocado-groene leunstoel. Paxton stond even stil toen ze de kamer in zich opnam. Hij was verre van mooi, en wel even wat anders dan de rustige elegance van haar moeders huis in Savannah. Maar aan de andere kant, het was geen te hoge prijs voor haar vrijheid.

De slaapkamer die haar was toegewezen was kleiner en nog soberder. Het was een heel klein kamertje met twee ijzeren veldbedden, een bureau, twee ladenkasten, een stoel met rechte rug en een kleerkast die nauwelijks groot genoeg was voor een bezem. Ze zouden heel goede vrienden moeten zijn om samen in zo'n kamertje te wonen, maar ze hoopte op het punt te staan drie nieuwe mensen te ontmoeten die algauw boezemvriendinnen zouden worden. Ze had in de andere kamer drie opgestapelde koffers zien staan en even later, toen ze terugliep naar de zitkamer en zich afvroeg hoe ze die kamer een beetje minder afschuwelijk konden maken, zag ze dat een van haar kamergenotes er was. Het was een heel mooi meisje met lange benen en een zachte koffiekleurige huid en ze vertelde Paxton dat ze uit Alabama kwam en Yvonne Gilbert heette.

'Hallo.' Paxton keek haar vriendelijk glimlachend aan. Ze zag er werkelijk prachtig uit, met intelligente, levendige, haast gitzwarte ogen en een indrukwekkend afrokapsel. 'Ik ben Paxton Andrews.' Maar om de een of andere reden aarzelde ze toen ze wilde vertellen waar ze vandaan kwam. Maar het meisje had het al gehoord.

'North Carolina?'

'Georgia. Savannah.' Paxton glimlachte ongedwongen, maar Yvonne kreeg meteen iets behoedzaams.

'Geweldig. Daar zat ik echt op te wachten. Een conservatieve hypocriet. Wat willen ze, dat we de burgeroorlog nog eens dunnetjes overdoen? Degene die de kamers heeft ingedeeld heeft een heel bijzonder gevoel voor humor.' Ze zag er zeer geïrriteerd uit, maar Paxton bleef er luchtig over doen.

'Maak je geen zorgen. Ik sta aan jouw kant.'

'Ja. Vast. Ik popel gewoon om te horen waar de anderen vandaan komen. Wat dacht je van Mississippi en Tennessee? Misschien kunnen jullie een vereniging van de Dochters van de Burgeroorlog beginnen, dit kan echt leuk worden, liefje. Dat wordt genieten voor me, met jullie samen te wonen.' Ze overdreef haar eigen lijzige manier van praten, wierp Paxton een giftige blik toe, struinde haar eigen kamer binnen en sloeg de deur dicht terwijl Paxton verbijsterd op de bank ging zitten. Het zou in elk geval interessant worden. En beslist ongewoon.

De volgende die aankwam was een bleek, etherisch uitziend meisje met een spierwit gezicht, gitzwart haar tot aan haar middel en porseleinblauwe ogen. Ze leek een bijna doorzichtige, witte nachtpon aan te hebben. 'Hallo,' fluisterde ze, 'ik ben Dawn.' Ze kwam uit Des Moines. Haar eigenlijke naam was Gertrude. De naam Dawn had ze zich niet zo lang geleden tijdens haar laatste schooljaar met behulp van een beetje LSD aangemeten, en ze had besloten die te blijven gebruiken. Dawn Steinberg. Ze had ook een gespecialiseerd studieprogramma, ze had altviool gespeeld bij het plaatselijke orkest en had een studiebeurs aangeboden gekregen voor Stanford. Ze was ingedeeld in de andere kamer en ze opende de deur die Yvonne net dichtgeslagen had, deed hem zachtjes dicht en niemand kwam te voorschijn. Er kwam geen geschreeuw uit de kamer. Er kwam helemaal geen geluid en Paxton nam aan dat juffrouw Gilbert tevreden was met haar nieuwe kamergenote. Des Moines had niet de racistische reputatie waarvan Yvonne Savannah had beschuldigd.

Paxton dacht nog even na over de twee jonge vrouwen die ze net had ontmoet en ging toen haar koffers uitpakken. De twee plunjezakken en de hutkoffer waren de vorige dag al in haar kamer gezet, en ze besloot beide bedden op te maken. Het zou er dan wat gezelliger uitzien als haar kamergenote arriveerde. Ze hoopte maar dat ze niet zwart, boos en met een afschuw voor vrouwen uit Georgia zou zijn... Alstublieft, God, fluisterde ze, ik weet dat ik het misschien niet verdien, en dat u wel wat beters te doen hebt vandaag... maar wilt u er alstublieft voor zorgen dat ze me aardig vindt?

Om vier uur was haar kamergenote er nog steeds niet, en Paxton besloot hun kleine koelkast te bevoorraden. Voor ze op weg ging naar de dichtstbijzijnde winkel, klopte ze op de deur van de andere meisjes. Het duurde nogal lang, maar eindelijk deed Dawn de deur open.

'Ja?' fluisterde ze tegen Paxton, alsof ze bang was dat iemand haar zou horen. Hoewel ze een goed gehoor had vond Paxxie het bijna onmogelijk om Dawn te verstaan. En je kwam in de verleiding ook te gaan fluisteren. Zelfs als je op normale geluidssterkte sprak klonk het te hard als je met deze etherische schoonheid wilde praten.

'Kan ik iets voor je meebrengen?' fluisterde Paxton tegen haar. 'Ik wilde iets te eten gaan halen. Ik rammel.' Ze miste opeens Queenies welvoorziene keuken. Voor haar was het nu zeven uur in de avond en was ze aan eten toe.

'Ik wil graag wat kruidenthee en honing, en een paar citroenen... en misschien wat bruin brood.'

Het klonk Paxton allemaal niet erg aanlokkelijk in de oren, maar ze was bereid om wat dan ook mee te brengen om vrienden te maken en schreef Dawns bestelling snel op.

'En Yvonne?' zei ze voorzichtig. 'Wil zij iets?' Paxton keek even in de kamer en zag dat ze aan het uitpakken waren geweest. Dawn had wat posters opgehangen en Yvonne had overal kleren liggen, en er lagen bonte dekens en een paar roze satijnen spreien die meer aan Alabama deden denken dan aan Des Moines, maar het was moeilijk te zeggen in die warboel. 'Kan ik iets voor jou meebrengen?' Paxton vroeg het rechtstreeks aan Yvonne die met een vijandige blik op Paxton bij de deur verscheen.

'Ja. Martin Luther King. Denk je dat je hem kunt vinden, schatje?'

'Hou eens op met die onzin,' zei Paxton geërgerd. 'Je houdt er nogal misselijke veronderstellingen op na als je bedenkt dat we elkaar pas twee uur geleden ontmoet hebben. Je kent me niet eens.' Paxton was niet bang voor haar en de vooringenomenheid van het meisje maakte haar kwaad.

'En wat moet ik dan veronderstellen?' Yvonne stond bijna neus aan neus met haar, maar Paxton week niet voor haar. Ze wist dat ze zich nu moest bewijzen tegenover het meisje, anders kon ze het wel vergeten. Ze aarzelde niet om voet bij stuk te houden. Paxton was emotioneel en sterk en op een rustige manier moedig. Haar moeders constante koelheid had haar al lang geleden geleerd sterk te zijn, en ze was niet bang voor het toornige meisje uit Alabama. 'Je komt toch uit Georgia?' ging Yvonne door. 'Wat verwacht je dan dat ik denk?'

'Ik verwacht van je dat je me een kans geeft. Net zoals ik jou een kans moet geven. Is dat niet precies waar burgerrechten over gaan?

We beoordelen elkaar naar wie we zijn, wat we denken, wat we geloven, waar we voor staan, wat we dóén, niet naar de kleur van onze huid... of omdat jouw huid zwart is en mijn kenteken aangeeft dat ik uit Georgia kom. Misschien is het niet eens mijn auto. Misschien zit je er volkomen naast wat mij betreft. Misschien is er een reden waarom ik niet met een muntcocktail tussen de magnoliabloesem in het diepe Zuiden zit. Heb je daar wel aan gedacht? Dat is nog niet eens bij je opgekomen, hè? Niet iedere blanke in het Zuiden is familie van George Wallace. Geef me verdomme een kans. Wie weet is het de moeite waard.' Daar ging het toch om, of niet soms? Daar had Martin Luther King toch zijn mars voor gehouden?
'Ja. Prima, hoor. Breng maar zes blikjes cola en een pak drinkyoghurt voor me mee.' Geen alsjeblieft, geen dank je wel. Ze draaide zich gewoon om en liep haar slaapkamer weer in. Paxton schreef haar bestelling zonder een woord te zeggen op haar boodschappenlijstje en liep hun flatje uit om de dichtstbijzijnde winkel buiten de campus te zoeken. Het zou interessant worden met Yvonne om te gaan, dacht ze bij zichzelf. Ze was boos en vol haat, en Paxton vroeg zich af of het hun ooit zou lukken. Bij vrijwilligersprojecten en bij een kampeertocht van de kerk had ze geprobeerd vriendschap te sluiten met een paar zwarte meisjes die ze had ontmoet, tot ontzetting van haar moeder én van Queenie. Hun generatie was daar nog niet aan toe, en Queenie was nog meer geschokt geweest dan haar moeder. Maar zij dacht daar heel anders over. Ze was een keer met een zwart meisje dat ze oppervlakkig kende ergens gaan lunchen, maar ze werden niet bediend en Paxton was des duivels geweest. Ze waren naar drie restaurants gegaan en hadden het ten slotte maar opgegeven en hadden toen op een bankje in Forsyth Park een zak chips gedeeld. Maar het zwarte meisje begreep het. Ze was eraan gewend, en ze was geroerd geweest dat Paxton het zich zo aantrok en zo meelevend was.
Paxton had allang met een protestmars mee willen lopen, maar ze had het nog niet gedurfd omdat ze wist dat haar moeder haar een jaar huisarrest zou geven als ze werd gearresteerd. Bovendien zou het voor Paxtons moeder een grote vernedering tegenover haar vriendinnen zijn, en Paxton had niet het hart om haar daaraan bloot te stellen. Maar op een dag, wist ze, zou ze het doen. Op een dag zou ze moeten. En nu zat ze hier en woonde samen met

een zwart meisje dat haar haatte, alleen omdat ze uit Georgia kwam. En plotseling lachte ze terwijl ze de Telegraph Avenue overstak. Ze lachte zo hard dat een paar mensen zich omdraaiden, omdat ze zich ineens bewust werd van wat haar moeder zou zeggen als ze wist dat een van haar kamergenotes zwart was. En Queenie! Paxton was blij. En ze zou vriendschap sluiten met Yvonne, wat daar ook voor nodig was.

Ze kocht alles wat op de lijst stond, repen voor hen allemaal, een paar blikjes cola voor haarzelf, wat spullen om broodjes te maken, en een doos donuts. Ze liep met de tas terug naar haar kamer. Toen ze de trap opging, zag ze een iets te mollig, maar aantrekkelijk roodharig meisje dat probeerde drie koffers tegelijk de trap op te slepen, terwijl een heel aantrekkelijke, grote, blonde jongeman worstelde met een gigantische hutkoffer, die heel wat meer leek te wegen dan hijzelf.

'Wat heb je hier in godsnaam ingestopt, Gabby? Keien? Of halters?'

'Alleen een paar boeken. Er zit echt niet veel in, ik zweer je...'

'Gelul. Draag dat ding zelf maar. Ik verdom het om me een hernia op de hals te halen door jouw verrekte bagage door de hele school te slepen.' Hij zag er buitengewoon geïrriteerd uit. Paxton probeerde langs hen te komen, maar besloot toen een handje te helpen, hoewel de hutkoffer er niet erg aanlokkelijk uitzag.

'Als we hem eens met z'n drieën droegen?' zei ze aarzelend terwijl ze van de een naar de ander keek, haar boodschappen op een heup gooide en hoopte dat ze niet bloosde terwijl ze voelde dat de knappe jongen haar goed bekeek.

'Je moet haar geen dienst bewijzen,' gromde hij, 'ze verdient het niet.' En hij keek zo geërgerd, dat Paxton zich even afvroeg of ze getrouwd waren. Maar iets in de overeenkomst van hun profiel duidde erop dat ze verwant waren.

'Als je wilt kan ik wel helpen,' bood Paxton opnieuw aan en gooide haar lange blonde haar uit haar gezicht terwijl ze de glimlachende roodharige aankeek.

'Dat is reuze aardig van je. Mijn broer wordt al onuitstaanbaar als hij één kleine koffer moet dragen.'

'Een kléíne koffer!' schreeuwde hij en zijn woorden galmden door het trappenhuis. 'Heb je enig idee wat dit ding weegt? Minstens driehonderd pond, als het niet meer is. En ik ben er niet eens zeker van dat we het met z'n drieën redden.'

'We zouden het kunnen proberen,' zei Paxton en hij wierp haar weer een hevig waarderende blik toe.
'Waarom laten we haar niet achter bij die puinhoop die ze zelf veroorzaakt heeft en gaan jij en ik een biertje pakken bij Kips? Daar heb ik veel meer zin in.'
Paxton lachte, en zijn zuster wierp hem een blik toe die verre van geamuseerd was. 'Peter Wilson, als je dat doet wurg ik je. Vergeet niet dat jóúw lakens in mijn andere koffer zitten, en als je deze troep niet voor me draagt kun je wat mij betreft de rest van het jaar op je matras slapen.'
'Je breekt mijn hart.' Hij keek langs haar heen naar Paxton en glimlachte. 'Kom op, laten we haar lozen en een biertje gaan pakken.'
Paxton lachte ook, maar probeerde dapper, samen met het rode meisje, het andere einde van de hutkoffer op te tillen. 'Kom op, klootzak... pak hem aan jouw kant op!' beval het meisje hem. Eindelijk, onder protest, deed hij het en lukte het hun de koffer de trap op te krijgen, zij het met veel moeite. Hij had gelijk, besefte Paxton. Het ding woog een ton, en ze kon zich niet voorstellen wat die rooie erin had gestopt.
'Waar is je kamer?' Hij was alweer geïrriteerd en keek op zijn horloge. Hij had wel wat beters te doen op zondagmiddag dan kruier te spelen voor zijn zuster.
'Weet ik nog niet.'
'Jezus, ben je wel in het goede gebouw?' Hij zag eruit of hij haar zou gaan vermoorden, maar ze knikte.
'Ja!' Ze rommelde in haar handtas en vond een stukje papier. Ze droeg jeans en een gebloemd shirt en een paar loafers die er heel duur uitzagen. Maar verder was er niets aan haar waaruit je iets kon opmaken, behalve dan dat ze blijkbaar baren goud in haar hutkoffer had, en dat haar hele bagage van leer was. 'Oké, ik heb het al.' Ze las het kamernummer voor.
Paxton keek haar verrast aan en glimlachte toen. Ze had geluk. Het bleek toch goed uit te pakken. Ze vond haar nu al aardig. 'Je bent mijn kamergenote,' verkondigde Paxton.
De lange jongeman kreunde en ging op de koffer zitten met een meelevende blik naar Paxton. 'Arme ziel. Je hebt geen idee wat je boven het hoofd hangt.' En toen stak hij zijn hand uit en schudde die van Paxton. 'Ik ben overigens Peter Wilson.'
'Paxton Andrews.'
'Ik ben Gabrielle. Gabby Wilson,' verklaarde de rooie en ze glim-

lachte hartelijk tegen Paxton. 'Waar kom je vandaan? Je hebt een hartstikke leuk accent.'
'Ik wist niet eens dat ik er een had tot ik hier kwam,' zei Paxxie lachend. 'En ik ben blij dat iemand het leuk vindt. Zoals je over een paar minuten zult zien, is een van onze kamergenotes er niet bepaald dol op.'
'Zeg maar dat ze dood kan vallen,' zei Gabby opgewekt, terwijl Peter met een afkeurende blik opstond en weer met de koffer ging worstelen.
'Dat is mijn kleine zusje, een echte dame. Kom op, praatjesmaker, als je dit spul kunt inpakken, kun je het dragen ook. Help me eens dit naar je kamer te brengen. Ik heb om halfzes een afspraak.'
'Je breekt mijn hart,' zei Gabby hardvochtig, terwijl ze, geholpen door Paxton, het andere eind oppakte.
'Jij breekt mijn rug, wat nog erger is,' klaagde hij. Maar even later hadden ze de enorme hutkoffer in de zitkamer, zetten hem op het oranje kleed en gingen alle drie terug voor de rest van haar bagage. 'Waar laat je al die rommel?' vroeg Peter, wetend dat er absoluut geen plaats voor was.
'Dat heb ik nog niet uitgepuzzeld.' En toen keek Gabby naar Paxxie. 'Wie heeft de zitkamer ingericht? Dracula? Mijn god, waar hebben ze die troep vandaan? Het Leger des Heils?'
'Waarschijnlijk van de dump,' zei Peter opgewekt. 'Daar hebben wij onze spullen ook vandaan.'
Gabby keek hem aan en schudde vertwijfeld haar hoofd, en Paxton glimlachte weer tegen Peter terwijl ze een van Gabby's enorme reistassen droeg. Ze vroeg zich ook af waar Gabby alles zou laten. Het was een interessant probleem, gezien de piepkleine kast in hun slaapkamer.
'Ben je een vierdejaars?' vroeg Paxxie hem.
'Dat was ik. Ik heb in juni mijn diploma gehaald. Ik ga nu rechten studeren. Maar de afgelopen twee jaar heb ik buiten de campus gewoond. Goddank heeft dat mormel mijn ouders daar niet toe overgehaald, dan had ze me echt gek gemaakt.' Ze waren weer bij de zitkamer en hij zag eruit of hij op het punt stond te vertrekken en daar blij mee was. 'Nou, ze is helemaal voor jou.' Hij wierp nog een blik op de berg reistassen die ze midden in de kamer hadden gedeponeerd, pakte een donut uit Paxtons tas en wuifde terwijl hij ontsnapte.

Gabby keek Paxton glimlachend aan.
'Bedankt voor je hulp. En m'n excuses voor hem,' zei ze zodra haar broer vertrokken was. 'Het is een hopeloze zak, maar ik hou wel van hem. Tegenover hem zou ik dat niet toegeven, maar tegen jou kan ik dat wel. Hij is hopeloos, en hij sloeg me altijd in elkaar... probeerde dat althans.' Maar ze waren duidelijk dol op elkaar en Paxton benijdde hen een beetje. Dit soort plagerige genegenheid hadden zij en George nooit gekend. Maar hij was ook tien jaar ouder dan Peter en had hoegenaamd geen gevoel voor humor.
De andere twee hadden hun gepraat blijkbaar gehoord, want terwijl Paxton en Gabby donuts en cola namen, kwamen Dawn en Yvonne uit hun kamer en staarden naar Gabby's stapel reistassen.
'Mijn god, waar komt dat allemaal vandaan,' zei Yvonne met een ontzettend geïrriteerd gezicht. 'Heb je mijn drinkyoghurt meegebracht?' vroeg ze Paxton.
'Ja.' Paxton gaf het aan haar, en Yvonne betaalde haar met gepast geld. Ze wilde niets cadeau hebben van Savannah. Nadat Paxton hen aan Gabby had voorgesteld ging Dawn de rest van de boodschappen uitpakken. Yvonne stak een sigaret op, bekeek Gabby argwanend en vroeg meteen waar ze vandaan kwam.
'San Francisco. Ik heb me niet bepaald ver van huis gewaagd,' verontschuldigde ze zich met een klein schouderophalen. 'Maar ik vind het hier heerlijk. Ik heb hier vier jaar lang mijn broer bezocht en al mijn vrienden zitten hier, althans degenen die naar de universiteit zijn gegaan.' Ze keek de andere drie enthousiast aan. 'Het zal jullie hartstikke goed bevallen.' Yvonne wierp een snelle blik op Paxton die erop duidde dat ze daar nog niet zo zeker van was, en zelfs Dawn keek een beetje onzeker.
'Ik wilde eigenlijk helemaal niet naar de universiteit,' zei ze, 'maar mijn ouders stonden erop dat ik hierheen ging.' Haar vader was leraar Engels.
'Wilde je liever bij jou in de buurt naar school?' Gabby was in hen allemaal geïnteresseerd, en ze leek een open, probleemloos en gelukkig iemand te zijn.
'Nee.' Dawn schudde met een droevige glimlach haar hoofd. 'Ik wilde trouwen. We wilden naar India gaan om oosterse godsdiensten te bestuderen.'
'Ik wil rechten gaan studeren,' bekende Yvonne. Ze rookte haar

sigaret en gebruikte een stokoude, half gesmolten olijfgroene plastic asbak. 'Maar er is nog een lange weg te gaan. Ik zit hier op een beurs en ik moet aan de eisen voldoen, of ik zit voor ik het weet weer op m'n zwarte kont in Alabama. En ik ga niet terug voor ik iets kan doen om het te veranderen. Hoe zit het met jou, Savannah?'

Paxton wilde niet dat ze haar zo noemde, maar ze besloot haar niet verder tegen zich in het harnas te jagen. 'Ik ga journalistiek doen.' Ze glimlachte. 'Zodat ik over de veranderingen in het Zuiden kan schrijven.' Yvonne grinnikte ondanks zichzelf en stak een nieuwe sigaret op zodra ze de eerste had uitgedrukt. Ze was nerveus, maar ook ontzettend mooi en Paxton vroeg zich af of het zwarte meisje modellenwerk had gedaan.

'Ik weet niet wat ik wil worden,' bekende Gabby. 'Ik wil gewoon een leuke tijd hebben en op school blijven tot ik trouw.'

'Ben je verloofd?' Dawn keek haar hoopvol aan, dacht een verwante ziel gevonden te hebben, maar Gabby schudde droevig haar hoofd.

'Nog niet. Ik heb nog niemand gevonden, maar ik ben op zoek.' Paxton en Yvonne lachten, en de gedachte kwam bij Paxton op dat heel wat jongens achter Gabby en Yvonne aan zouden zitten.

'Ik denk dat je hier keus genoeg zult hebben,' zei Yvonne bemoedigend. 'Ik heb heel wat leuke jongens gezien sinds ik hier ben.'

'Ik ook,' bekende Paxton met een verlegen glimlach. Ze had er op weg naar de winkel verscheidene gezien, maar Gabby's broer zag er het beste uit van allemaal, en het feit dat hij iets ouder was maakte hem nog extra aantrekkelijk. Maar ze vermoedde dat de meeste studenten van de Faculteit der Rechtsgeleerdheid voor geen prijs met een eerstejaars gezien zouden willen worden. Het was dus extra verrassend toen hij een paar uur later weer bij hen aankwam. Dawn was al naar bed, en Yvonne zat in een zeer verleidelijke ochtendjas op de bank te lezen toen Peter plotseling verscheen met een vriend die een pak bierblikjes droeg. Hij zag Paxton uit de andere kamer komen en bood haar met een verlegen glimlach een blikje aan.

'We zijn teruggekomen om te zien of jullie misschien hulp nodig hadden.' Ze was verbaasd hem te zien en Gabby was nog verbaasder.

'Wat doe jíj hier?' vroeg ze argwanend. 'En nee, ik kan geen cheque verzilveren.' Ze wendde zich samenzweerderig tot Paxton. 'Hij geeft me altijd ongedekte cheques, denk erom dat je er nooit een voor hem verzilvert.' Toen zag ze zijn vriend die in de deuropening stond. 'Hoi, Sandy, kom binnen, niemand is bloot.'

'Hè, verdorie, wat een teleurstelling,' zei hij, maar hij bloosde niettemin.

Peter keek van Yvonne naar Paxton en zag er meer op zijn gemak uit. 'We hadden eigenlijk gehoopt dat jullie dat wel zouden zijn. Wil er iemand een biertje?'

Zelfs Yvonne glimlachte tegen hem, ze bood Sandy een sigaret aan en de twee jongens maakten het zich gemakkelijk op de grond en op de stoel, terwijl Gabby en Paxton op Gabby's hutkoffer gingen zitten, die ze tot salontafel hadden gepromoveerd. Sandy studeerde ook rechten en hij was een van Peters zeven huisgenoten. Ze hadden een huis op Ellsworth, het was er gezellig en leuk en het was een volslagen varkensstal.

'We zullen jullie een keer voor het eten uitnodigen,' zei Peter opgewekt, 'zodra we een bulldozer hebben om de keuken uit te mesten. Ik denk dat er in de oven nog steeds een pizza van vorig jaar zit, maar ik durf niet te kijken.' Hij dronk zijn blikje leeg en glimlachte blij. 'En jij?' Hij keek Paxton plotseling recht aan en de intensiteit van zijn blauwe ogen verraste haar. 'Kun je koken?'

'Ik probeer het,' zei ze verlegen.

'Kun je grutjes maken?' vroeg Yvonne opeens geïnteresseerd, en Paxton wist niet of dat weer provocerend bedoeld was. 'Of koteletten, of krabbetjes?'

Maar Paxton besloot de waarheid te zeggen. Queenie kon dat, maar zij niet. 'Ik kom eigenlijk niet veel verder dan biefstuk, omelet en gebakken aardappelen.'

'Dat is voldoende,' zei Peter rustig. 'Misschien vinden we een plek waar we een keer kunnen koken. Of misschien moeten we gewoon in de stad gaan eten.' Hij kon zich een erger lot voorstellen en er viel even een stilte in de kamer terwijl Yvonne hen belangstellend zat te bekijken. Sandy zat intussen Yvonne te bekijken. Hij vond haar oogverblindend, waar Gabby nogal de pest over in had. Ze had hem altijd al leuk gevonden. Het begon er allemaal heel interessant uit te zien, en zo snel al. Ze waren allemaal pas vandaag aangekomen, maar Paxton zag al allerlei leuks in het verschiet.

De jongens bleven nog wat hangen en gingen toen weg. Ze had-

den met vrienden afgesproken bij Kips, en toen ze weggingen moest Paxton toegeven dat ze moe was. Voor haar was het nu twee uur 's nachts en ineens voelde ze dat.
'Je zag er helemaal niet moe uit toen Gabby's broer hier was,' plaagde Yvonne. 'Volgens mij zag je er toen prima uit.'
'En jij zag er prima uit voor Sandy,' gaf Paxton meteen terug, en nu lachten ze allebei. Yvonne zat nog steeds op de bank te lezen toen Gabby en Paxton naar hun kamer gingen om hun nachtpon aan te trekken.
'Het is niet te geloven,' zei Gabby tegen haar toen ze een paar minuten later haar pon over haar hoofd trok. 'Hij heeft altíjd een hekel aan mijn vriendinnen. Ik kan geen enkele vriendin bedenken die hij aardig vond, en ineens komt hij binnenvallen met een pak bier om gezellig te keuvelen. Niet te geloven.' Ze keek Paxton volkomen verbijsterd aan. 'Het komt door jou. Het komt echt door jou. Jij bent het eerste meisje dat hij door of met mij ontmoet dat hij aardig vindt. Ongelooflijk.'
'Het is gewoon nieuwsgierigheid. Hij komt heus niet terug. Er zijn heel wat interessantere meisjes hier en op zijn faculteit.'
'Ik betwijfel het.' Gabby was ook onder de indruk van haar. Ze was echt een plaatje om te zien, en het aardige was dat ze zich daar niet van bewust was. Ze was rustig en slim, en als je wat met haar praatte was ze echt geestig en Gabby vond haar accent nog steeds leuk. Daar kwam nog bij dat Paxton heel wat meer in huis had dan je op het eerste gezicht zou denken, meer wijsheid, meer mededogen en meer innerlijke schoonheid. Gabby wist uit ervaring dat haar broer geen dwaas was. Hij had een goede uitgepikt. Misschien zelfs wel de ware.
'Hij komt terug. Dat zul je zien.' Gabby kreunde toen ze op het smalle, ongemakkelijke bed ging liggen, en dacht erover na. 'Het zou weleens kunnen zijn dat ik hem dit jaar vaker te zien krijg dan ik ooit heb gedaan. Ik weet niet zeker of ik dat wel leuk vind.'
'Geloof me. Volgende week is hij ons allemaal vergeten, behalve misschien Yvonne...' En toen fluisterde ze tegen Gabby: 'Ze ziet er ongelooflijk uit, vind je niet? Ze is gewoon prachtig!'
'Maar zo'n kreng!' fluisterde Gabby.
'Ik denk niet dat ze echt zo'n kreng is,' verdedigde Paxton haar, 'ik denk dat ze alleen maar zo venijnig doet door mij, omdat ik uit Georgia kom.'
'Ik weet het niet.' Gabby dacht er even over na. 'Het lijkt me geen

gemakkelijke. Ik weet niet of ik haar graag tegen me zou hebben.'
'Misschien is het leven niet gemakkelijk voor haar geweest. Zwarten hebben het moeilijk in Alabama. Ze hebben het overal moeilijk, behalve hier misschien. Misschien heeft ze goede redenen om te zijn zoals ze is.'
Gabby haalde haar schouders op en maakte zich er niet bijzonder druk over terwijl ze naar Paxton keek. 'Wat vind je van Dawn?'
'Volgens mij is ze bang, het arme kind. Ik denk dat ze hier helemaal niet wil zijn.'
'Ze slaapt de hele tijd.' Ze had die middag twee keer een dutje gedaan. 'Misschien heeft ze een ziekte. Je weet wel, narcolepsie of zo, of iets heel exotisch.' Gabby keek hoopvol.
Paxton lachte, ze was zo opgelucht dat ze een kamergenootje had dat ze graag mocht. En ze mocht haar werkelijk. Gabby Wilson was leuk en grappig en Paxton zou geen betere kamergenote weten te bedenken. 'We moesten maar eens gaan slapen,' fluisterde Paxton uiteindelijk. Ze sliep eigenlijk al half en het was al erg laat. Gabby ratelde maar door en klonk of ze daar nog uren mee door zou gaan, maar Paxton kon geen moment langer wakker blijven. 'We hebben morgen "oriëntatie" en ik moet naar mijn mentor om te kijken welke vakken ik neem.'
'Zit daar maar niet over in. Je neemt gewoon de gemakkelijke, de vakken die je al op de middelbare school hebt gehad.' Paxton moest lachen bij het idee. 'Het heeft geen zin je uit de naad te werken zolang je hier bent, Paxton. We zijn hier voor de lol. Vergeet dat niet.' Gabby meende het. Ze was naar Berkeley gekomen om lol te trappen. En om een echtgenoot te vinden. 'Onthoud dat, Pax, we zijn hier om ons te amuseren.'
'Ik zal eraan denken...' fluisterde Paxton, en ze viel in slaap. Ze droomde over Queenie, over een mooi zwart meisje, en over een knappe prins die haar steeds maar bier aanbood, terwijl ergens in de verte haar broer met een maffe roodharige danste.

4

Paxton en Gabby deden precies wat ze van plan waren geweest toen ze naar Berkeley kwamen. Gabby schreef zich in voor de gemakkelijkste lessen die ze kon vinden en zag kans om vrijwel iedere avond uit te gaan. Ze had de tijd van haar leven, hoewel ze nog geen echtgenoot gevonden had. Paxton daarentegen had zich voor de moeilijkste vakken die ze kon nemen ingeschreven, vooral voor cursussen die met journalistiek of met schrijven te maken hadden. Ze had zich ook ingeschreven voor politieke economie, en dat was zo moeilijk dat ze er bang van werd, en verder nog fysica, wiskunde en Spaans. Haar mentor had haar bij alles gesteund, behalve bij Spaans en wiskunde. Maar ze scheen het goed te doen bij alle vakken, behalve fysica, en dat was trouwens een verplicht vak dat ze deed op het voldoende-onvoldoende systeem. Maar ze was opgetogen over alles wat ze leerde en deed. Het lukte haar ook om zo nu en dan met Gabby en haar vrienden uit te gaan, en meestal vond ze die heel leuk. Het was een stel feestnummers en ze leken overal bij betrokken te zijn. Twee van hen hadden te maken met het Congres Raciale Gelijkheid, en een aantal probeerde geld bij elkaar te krijgen voor de Commissie Studenten voor Geweldloosheid. Dit waren doelstellingen die Paxton ook aanspraken, omdat ze ten goede kwamen aan zwarten in het Zuiden. Op een avond ontmoette ze Mario Savio, de leider van de radicale studenten. Gabby scheen iedereen te kennen, zowel de mensen die zich ergens voor inzetten als de gezelligheidstypes. De meesten van haar vrienden waren echter nogal tam, wat lekker probleemloos was voor Paxton.

Toen de eerste maand om was had Paxton al diverse woordenwisselingen met Yvonne gehad. Het zwarte meisje scheen vastbesloten te zijn Paxton geen enkele kans te geven, en als er iets misging, nam ze als vanzelfsprekend aan dat het Paxtons schuld was. Het begon Paxxie behoorlijk te irriteren. Het was vooroordeel in tegengestelde richting, en het werd een uitdaging voor haar om haar kalmte te bewaren.

Gezien haar spectaculaire uiterlijk was het niet verwonderlijk dat Yvonne in de tweede schoolweek al een vriendje had gevonden. Het was een enorme, knappe zwarte jongen, sterspeler van het *football*-team, en door die vriendschap en haar eigen persoonlijkheid was Yvonne algauw een populair persoontje op de campus. Alle jongens zaten achter haar aan, maar ze was kennelijk serieus wat Deke betrof, en ze had diverse aanbidders al duidelijk gemaakt dat ze geen belangstelling had voor blanke jongens.
Met fysica zat ze bij Paxton in de klas, maar ze zei nooit iets tegen haar. Behalve als ze elkaar in de zitkamer tegen het lijf liepen en er niet onderuit konden, spraken ze eigenlijk nauwelijks met elkaar, en wat ze zeiden was nooit erg vriendelijk.
Dawn leek ook haar eigen leven te leiden. Ze sliep nog steeds het grootste deel van de tijd, en Paxton vroeg zich vaak af of ze ooit wel lessen volgde. 'Als ze zo door blijft gaan, haalt ze het nooit,' zei ze weleens tegen Gabby, maar die vond dat niet haar probleem. Ze had haar eigen leven te leiden. Ze ging veel uit met twee vrienden van haar broer die ook rechten studeerden en amuseerde zich kostelijk. En haar voorspelling was uitgekomen. Ze zag haar broer vaker dan ze in jaren had gedaan, en hoewel ze daar constant over klaagde, vond ze het best leuk. Hij had er een gewoonte van gemaakt om om de paar dagen langs te komen om te kijken of ze 'het goed maakte', of om dingen te brengen. Hij kwam dan met een kartonnetje bier of een pizza of met wat gebakjes waar hij toevallig tegen aangelopen was, of een fles goedkope wijn. Gabby wist dat hij zich geen zorgen maakte over haar, maar dat Paxton de trekpleister was.
Die twee zaten soms met koffie, bier of gewoon cola, urenlang op de gehavende bank of op de grond tot diep in de nacht te praten over de dingen waar ze in geloofden. Ze leken overal dezelfde mening over te hebben en het kwam zelden voor dat ze het niet met elkaar eens waren. Paxton vond het soms gewoon beangstigend hoeveel ze op elkaar leken en hoezeer ze dezelfde kijk hadden op van alles en nog wat. Het leek wel of ze waren voorbestemd om elkaar te ontmoeten en vrienden te worden. In het begin zat Paxton er wel mee omdat ze, in tegenstelling to Gabby, bepaald niet op zoek was naar een echtgenoot. Ze was naar Berkeley gekomen om te leren en om iets van zichzelf te maken, en eens zou ze een groot journaliste zijn, of op z'n minst een hard werkende, op reis gaan en schrijven over de wereld. Ze wilde naar Europa en Afri-

ka en naar de Oriënt. Ze had er zelfs weleens over gedacht een jaar bij het Vredescorps te gaan. Het laatste dat ze wilde was verliefd worden, trouwen, naar een buitenwijk verhuizen en kinderen krijgen. Dat had ze tegen Peter gezegd en hij had erom gelachen. Zelfs zijn blonde uiterlijk stemde overeen met dat van haar. Mensen zeiden dat ze op elkaar leken en Paxton zag er meer uit als zijn zuster dan Gabby.

'Zie ik eruit als het type dat gaat trouwen en naar de buitenwijken trekt? Jezus, wat een belediging.' Het was twee uur 's nachts. Hij zat op de grond van haar zitkamer toen hij dat zei en hij lachte. Gabby kwam net thuis van een afspraakje, Dawn sliep al uren en Yvonne sliep nu meestal in Dekes appartement buiten de campus.

'Hoorde ik iets over trouwen?' Gabby hield gekscherend haar hand bij haar oor en stopte op weg naar haar kamer.

'Nee, dat hoorde je níét!' zei Paxton meteen. Ze droeg jeans en een T-shirt en lag op de grond naast Peter. Ze hield ervan dicht bij hem te zijn, ze hield van zijn gedachten, van wie hij was en waar hij voor stond. Maar ze wilde niet meer dan dat, ze wilde niet verliefd op hem worden, nóg niet tenminste. Dat mocht ze gewoon niet.

'Je vriendin heeft me zojuist beledigd,' zei hij tegen zijn jongere zusje, maar terwijl hij dat zei streelde hij Paxxies gouden haar en keek glimlachend in de groene ogen waarop hij verliefd aan het worden was. 'Ik geloof dat ze me kleinburgerlijk noemde, of nog erger.'

'Dat heb ik niet gezegd!' Paxton ging zitten en lachte. 'Ik zei alleen dat ik niet wil trouwen, naar een voorstad verhuizen en kinderen krijgen. Ik wil eerst de wereld zien.'

'En denk je dat ik dat niet wil?' Hij keek nog steeds enigszins beledigd.

'Hij wil de wereld zien,' verzekerde Gabby haar. 'Monte Carlo, Cap d'Antibes, Parijs, Londen, Acapulco, St. Moritz. Je weet wel, plaatsen waar je af moet zien.' Ze moesten alle drie lachen.

'Wat denken jullie dat ik ben?' wilde hij weten. 'Lui?'

Zijn zuster wist wel beter en ze schudde haar hoofd toen ze antwoordde: 'Nee, alleen verwend. Net als ik.' Ze glimlachte minzaam en hij gooide een leeg colablikje naar haar.

'Nou, het is waar. Zie jij een van ons de neiging krijgen om zich aan te sluiten bij het Vredescorps, zoals Pax? Het idee alleen al geeft me de kriebels en ik zie jou ook nog geen greppels graven of latrines maken, jij wel?' vroeg ze hem ronduit.

Hij schudde zijn hoofd. 'Waarom denk je dat ik rechten doe?' plaagde hij, maar er stak een zekere waarheid in. Hij zou op zijn vijfentwintigste afgestudeerd zijn, en met een beetje geluk zou hij de dienstplicht kunnen vermijden tot z'n zesentwintigste, als het probleem niet langer aan de orde was. Hij vond het prettig dat hij door zijn rechtenstudie uitstel van militaire dienst kreeg. Hij verlangde er absoluut niet naar deel te nemen aan de politionele acties in Vietnam. Het was nog maar twee maanden geleden, na het incident in de Golf van Tonkin, dat een Amerikaans vliegtuig Vietnam voor het eerst had gebombardeerd, waarmee een einde was gekomen aan de jarenlange passieve rol van Amerika als adviseur. 'Eerlijk gezegd zie ik mezelf niet in Vietnam of ergens anders dat er ook maar op lijkt. Waarom wil jij bij het Vredescorps, Pax?'

'Ik weet nog niet zeker of ik dat wel wil. Ik wil alleen op de een of andere manier een bijdrage leveren,' zei ze ernstig toen Gabby hen weer alleen liet. 'Ik heb mijn hele leven tussen mensen gezeten die heel goed voor zichzelf zorgden en die het geen moer kon schelen hoe een ander het maakte. Dat wil ik niet. Mijn vader gaf om mensen. Ik denk dat hij zoiets gedaan zou hebben als hij de kans had gekregen en niet getrouwd was.'

'Hij was vast een aardige man,' zei Peter zacht toen hij zag hoe teder haar gezicht werd als ze aan hem dacht.

'Dat was hij ook.' Er kwam een brok in haar keel toen ze sprak. 'Ik hield heel veel van hem... Mijn leven werd... heel anders na zijn dood.'

'Hoezo?' Zijn stem klonk vriendelijk in de nacht, er was zoveel aan haar waar hij al van hield, maar het beangstigde hem ook, soms, net zoals het Paxton beangstigde.

'Mijn moeder en ik zijn... nogal verschillend...' Ze wilde niet meer kwijt, nog niet, het had geen zin. En het klonk zo afschuwelijk om te zeggen dat ze altijd had gedacht dat haar moeder niet van haar hield.

'Ging het daarom, dat Vredescorps-idee? Om aan haar te ontsnappen?'

'Nee.' Paxton glimlachte. 'Maar Berkeley wel.' Ze was heel openhartig tegen hem, dat waren ze alle twee. Zo zaten ze gewoon in elkaar.

'Daar ben ik blij om,' zei hij en zijn lippen raakten de hare terwijl ze dicht bij elkaar, steunend op hun ellebogen, op de grond lagen.
'Ik ook,' fluisterde ze terug, en toen nam hij haar in zijn armen en kusten ze elkaar langdurig tot Gabby plotseling haar kamerdeur opendeed en met grote belangstelling op hen neerkeek.
'Gaan jullie apart of samen naar bed vanavond, of blijven jullie hier alleen maar wat liggen vrijen? Het kan mij niet schelen, hoor, ik wil alleen weten of ik op moet blijven voor Pax of dat ik kan gaan slapen.' Peter kreunde en Paxton lachte terwijl ze met verwarde haren en blozende wangen van het kussen van hem wegrolde.
'Heeft iemand jou de laatste tijd nog verteld dat je een ongemanierde lastpak bent, Gabrielle?' Hij wist dat ze een bloedhekel aan die naam had, en hij gebruikte hem graag om haar te pesten. 'Jezus, ik moet natuurlijk net weer op de kamergenote van mijn zuster verliefd worden.' Hij stond op en zei tegen Paxton: 'Ik denk dat je maar moest gaan slapen, pop, als die kakelaar je tenminste de kans geeft. Ik begrijp niet hoe je het uithoudt.'
'Als ik moe ben val ik zo in slaap.'
'En zij blijft waarschijnlijk gewoon doorpraten.' Ze moesten alle drie lachen omdat dat waar was. Hij gaf Paxton een afscheidskus en ging weg. Zodra hij weg was zette Gabby haar onder druk.
'Is het serieus, Pax?'
'Doe niet zo mal. We kennen elkaar pas zes weken en we hebben ons hele leven nog voor ons. Hij zit nog drie jaar aan zijn rechtenstudie vast en ik heb nog vier jaar college voor de boeg. Hoe kan het dan serieus zijn?' In haar hart wist ze echter dat het dat was, hoewel ze het nog niet wilde toegeven, niet tegenover Gabby en niet voor zichzelf.
'Je kent mijn broer niet. Zo heb ik hem nog nooit gezien. Hij geeft echt om je. Volgens mij houdt hij van je.' En toen vroeg ze met een ernstige, onderzoekende blik in haar ogen: 'Heeft hij gezegd dat hij van je houdt?'
'Jeetje, nee... natuurlijk niet...' Maar dat hoefde hij ook niet. Paxton wist het. Gabby had gelijk. En Paxton had zich ook nog nooit zo gevoeld. Het was alleen stomme pech dat het zo snel was gebeurd, zo vroeg. Het vinden van de man van haar dromen was wel het laatste dat Paxton op dit moment wilde.
'Shit. Dat heb ik weer,' klaagde Gabby toen ze in bed stapten. 'Ik

zoek een man en jij niet en wat gebeurt er, jij zit met een dwepende Peter die eruitziet of hij zich wil verloven, en wie heb ik? Niemand. Ja, een of ander watje met krulletjes tot aan zijn middel dat volgend jaar met mij naar Tibet wil, tenminste, als ik zijn vliegticket betaal. Sommige mensen hebben toch maar geluk.'

'Karma.' Paxton lag in bed te grinniken terwijl ze naar Gabby luisterde.

'Wie is dat? Is dat niet die vent van de radicale beweging op Bancroft?'

'Nee, het is waar Dawn het altijd over heeft. Karma. Noodlot. Kismet.'

'Het moeten slaappillen zijn. Jezus, heb je haar gisteren horen overgeven? Volgens mij gaat ze dood.'

'Misschien is ze in verwachting,' zei Paxton aarzelend.

'Wanneer zou zij zwanger moeten raken? Ze slaapt altijd.' Toen draaiden ze zich lachend om en gingen slapen. Zelfs Gabby had niets meer te zeggen en ze moest morgenochtend naar haar moderne-muziekles. Daarna had ze veel te doen. Het was de dag voor Halloween, en ze moest haar kostuum nog afmaken. Ze ging als goudlamé pompoen.

Het was ook de dag dat de Vietcong de luchtmachtbasis van Bien Hoa, een kilometer of vijfentwintig ten noorden van Saigon, aanviel, de eerste grote Amerikaanse militaire basis die getroffen werd. Vijf Amerikanen werden gedood, zesenzeventig gewond. En Johnson gaf geen opdracht tot een vergeldingsaanval. Hij probeerde zich rustig te houden, vooral zo vlak voor de verkiezingen die vier dagen later zouden plaatsvinden. Goldwater beloofde de boel plat te gooien en de Amerikaanse betrokkenheid in Vietnam te beëindigen door het Noorden te verlammen, en Johnson beloofde dat we er niet verder in verwikkeld zouden raken, en dat was wat iedereen wilde horen. En Johnson haalde een verpletterende overwinning op de derde november. Men had gereageerd op de angst dat Goldwater het land nog verder bij Vietnam zou betrekken.

De week daarop vroeg Peter aan Paxton wat ze met Thanksgiving ging doen.

'Niets bijzonders. Voor die paar dagen is het te ver om naar huis te gaan.' Te ver en te duur, hoewel een Thanksgiving zonder Queenies kalkoen geen echte Thanksgiving zou zijn. Paxton probeerde er maar niet aan te denken en ze was van plan die dag te

studeren voor een proefwerk fysica en om in de kantine een broodje kalkoen te nemen, als ze eraan dacht tenminste.
'Ik vroeg me af of je het leuk zou vinden met ons mee naar huis te gaan. Ik heb het er vorige week met mijn moeder over gehad en ze vond het een heel goed idee. Je kunt de logeerkamer gebruiken, dan kun je een beetje bijkomen van Gabby's eeuwige nachtelijke gekwebbel.'
'Misschien zou ik dat missen,' zei Paxton schuchter. 'Is het echt niet te lastig?'
'Helemaal niet. Daar gaat het toch om bij Thanksgiving? Mensen die zich met z'n allen volproppen en naar *football* kijken. Mijn vader en ik gaan zaterdag trouwens naar een wedstrijd, en ik zou het fijn vinden als je meeging. En ik dacht dat we vrijdag misschien naar Stinson Beach konden rijden.'
'Dat lijkt me leuk.' Ze glimlachte. Gabby had er een paar dagen geleden al vagelijk iets over gezegd, maar ze was er toen niet verder op doorgegaan. Maar Paxton kon niets fijners bedenken dan Thanksgiving met hen door te brengen. Ze had hun ouders nog niet ontmoet, maar ze dacht dat ze hen aardig zou vinden na alles wat ze over hen had gehoord. Maar het was ook een beetje beangstigend om daarheen te gaan, het zou haar weer zoveel dichter bij Peter brengen. Maar dat scheen onvermijdelijk te zijn. Meestal gingen ze met vrienden op stap en ze was maar een paar keer met hem alleen uit geweest, maar zelfs in een menigte was hun wederzijdse aantrekkingskracht zo sterk dat er niet tegen te vechten viel.
Die middag vertelde Peter het aan Gabby en die stormde hun zitkamer binnen terwijl Paxton aan het studeren was.
'Ik hoor dat je met ons mee naar huis gaat voor Thanksgiving, Pax, dat is fantastisch!' Ze glimlachte enthousiast. Ze had die middag nog met haar moeder gesproken en Marjorie Wilson wilde haar dochters kamergenootje beter leren kennen en weten of Peters belangstelling voor haar serieus was. Ze had het vreemd gevonden dat niet Gabby, maar hij had gebeld om te vragen of Paxton met hen mee mocht komen. 'Je zult mijn moeder hartstikke aardig vinden.'
'Daar ben ik zeker van.' Dat deed ze al op grond van Gabby's verhalen. Die twee hadden een verbluffend sterke band en je kon aan alles wat Gabby zei horen dat ze dol op haar moeder was. Zo te horen zat Marjorie in allerlei doelgroepen en verenigingen en

bridgeclubs, net als haar eigen moeder. Maar in tegenstelling tot Beatrice Andrews, hield ze blijkbaar oprecht van haar kinderen. Paxton wist niet precies wat hun vader deed, maar ze nam aan dat hij in zaken was.

Peter haalde hen op woensdagmiddag laat op. Zoals gewoonlijk had Gabby weer te veel bagage, terwijl Paxton alleen een kleine tas bij zich had. Ze droeg een keurige, marineblauwe jurk en haar grijze winterjas en het enige paar nette schoenen dat ze had meegenomen, een paar eenvoudige zwarte schoenen met hak. Ze zag er heel bekoorlijk en elegant uit, ze had haar haar met een blauw satijnen lint in een paardenstaart gebonden, en ze droeg haar grootmoeders kleine, Victoriaanse paarlen oorknopjes.

'Je ziet eruit als Alice in Wonderland,' zei Peter glimlachend toen ze in zijn gehavende Ford stapte. Hij had het erover gehad dat hij een van de nieuwe Mustangs wilde kopen, maar zei dat hij daar van de zomer niet genoeg geld voor had. Zijn vader had hem een reis of een auto aangeboden als cadeau voor zijn einddiploma, en hij had voor twee maanden Europa gekozen. Hij was in Schotland, Engeland en Frankrijk geweest en had er geen spijt van terwijl hij rondreed in hetzelfde oude wrak waar hij zijn hele collegetijd in had gereden.

'Had ik iets gekleders aan moeten trekken?' vroeg Paxton zenuwachtig aan Gabby. Ze had haar zwart fluwelen jurk aan kunnen doen, maar die bewaarde ze liever voor het Thanksgiving-diner dan hem bij hun aankomst te dragen.

'Je bent prima zo. Je moet niet naar hem luisteren.' Gabby droeg een rood fluwelen minirokje, een zwarte sweater en rode hoge hakken, en haar rode haar danste om haar hoofd als dat van Shirley Temple. 'Mijn moeder heeft een eenvoudige, zwarte jurk aan met parels, en mijn vader een geruite broek en een fluwelen jasje. Dat is hun uniform.'

Paxton lachte nerveus en hoopte dat ze hen niet in verlegenheid zou brengen, vooral Peter. Het was plotseling allemaal zo belangrijk voor haar en dat vond ze doodeng. Ze was nog nooit 'mee naar huis genomen' door iemand als mogelijk serieuze vriendin en ze vreesde dat dat was wat Peter aan het doen was.

Ze kwamen in volle vaart over de Bay Bridge en reden in westelijke richting over Broadway langs Carol Doda's zaak en al de topless bars, en zodra ze door de Broadway Tunnel kwamen en Van Ness over waren, passeerden ze de statige huizen van Broadway. Paxton was onder de indruk en werd nog nerveuzer. En toen waren ze er. Peter bracht de auto met piepende remmen tot stilstand, Gabby sprong eruit en belde aan. Even later stonden ze in de enorme hal van een heel groot huis met Peters ouders die exact zo gekleed waren als Gabby had voorspeld en die haar het gevoel gaven welkom te zijn. Hun moeder was een kleine vrouw met vervagend rood haar in een keurige wrong en heldergroene ogen die wel wat op die van Paxton leken. Hun vader was lang en slungelachtig, net als zijn zoon, met haar dat eens blond was geweest maar dat nu spierwit was, en hij maakte een aristocratische, goedgehumeurde indruk. Zijn vrouw was hartelijk, en toen ze Paxton omhelsde, leek ze het te menen.

Ze liet Gabby haar haar kamer wijzen, en even later waren ze allemaal beneden in een mooie bibliotheek met houten panelen en vol met in leer gebonden boeken, fraai gestoffeerde antieke meubelen, een oosters tapijt en een brandend haardvuur. Het was het soort kamer waarover je in boeken las; Paxton had geen idee gehad dat ze zó rijk waren. Ze maakte zich ineens weer zorgen over haar jurk, maar het scheen niemand iets te kunnen schelen wat de anderen aanhadden. Terwijl haar moeder opmerkingen gemaakt zou hebben over Gabby's minirok, scheen Marjorie Wilson het wel grappig te vinden. Ze praatten geanimeerd over het feest waar Gabby vorig weekend was geweest en over de jongen die ze had ontmoet en die ze 'reuze veelbelovend' vond, haar favoriete term voor het soort jongen waarmee ze zou willen trouwen. Aan de andere kant van de kamer hoorde Paxton dat Peter zijn vader vroeg hoe het op de krant ging.

'Interessant, sinds die laatste toestand in Vietnam. Die aanval op Bien Hoa zou weleens verandering in de zaak kunnen brengen, of Johnson dat nou wil of niet. We kunnen daar niet eeuwig niets blijven doen.' Peter zei niet veel omdat hij wist dat zijn vader een trouw supporter van Goldwater was, hoewel dit een gezichtspunt was dat hij liever niet met Peter besprak.

'Ik geloof niet dat onze aanwezigheid daar een oplossing is. We zouden daar als de bliksem weg moeten gaan voordat we er tot over onze oren in zitten, zoals met de Fransen is gebeurd,' zei Peter somber tegen zijn vader.

'We zijn slimmer dan zij, jongen.' Zijn vader glimlachte. 'En we kunnen de communisten toch niet de wereld laten overnemen?' Het was een gesprek dat ze al jaren voerden en dat tot niets leidde, omdat ze er verschillende opvattingen op na hielden. Peter vond dat de Amerikaanse strijdkrachten daar niets te zoeken hadden, maar zijn vader vond van wel, zoals de meeste mensen van zijn leeftijd. Hij dacht dat ze snel konden toeslaan, hun een lesje leren, misschien zelfs wat goed werk verrichten, en er dan zonder te veel kleerscheuren uitspringen. De hamvraag was altijd: hoeveel was 'te veel'?

Ze kwamen toen bij de vrouwen zitten om met hen te praten, en Paxton vond het leuk om te zien hoeveel Peter op zijn vader leek. Hij had hetzelfde vuur, dezelfde levenslust, dezelfde levendige ogen die ze bij Peter zo leuk vond, en dezelfde hartelijke manier van doen. Het waren allemaal hartelijke, levendige mensen. Ze merkte dat ze zich volkomen op haar gemak voelde tijdens de maaltijd, meer op haar gemak dan ze zich ooit bij haar eigen familie in Savannah had gevoeld. Het viel haar ook op dat ze het constant over de ochtendkrant hadden en halverwege het diner besefte ze dat Peters vader daar werkte. Toen ze praatten over wat Peter de volgende zomer zou gaan doen, ontdekte ze nog iets, en een ogenblik was ze verbijsterd.

Peter had het over zijn twijfel of hij bij gelijksoortige kranten in het land wilde gaan werken, en terwijl ze luisterde werd het Paxton allemaal duidelijk. Het werd haar ook duidelijk waarom Peters vader zijn voorkeur voor Goldwater geheim moest houden op de redactie: omdat de *Morning Sun* officieel zijn voorkeur had uitgesproken voor Johnson en de krant altijd loyaal aan de democratische partij was geweest. Maar de eigenaar was dat niet. En die eigenaar was de vader van Gabby en Peter. In feite was de *Morning Sun* al meer dan honderd jaar in handen van de familie Wilson en toen dat tot haar doordrong, begon Paxton te lachen. Peter keek haar verbluft aan. Hij had net gezegd dat hij nog niet wist of hij de volgende zomer wel voor een krant wilde werken, maar dat hij eraan dacht zich aan te melden voor een studieproject in Mississippi, of bij dr. Martin Luther King te gaan werken, vooral nu hij in november de nobelprijs had gewonnen. En zij zat te lachen.

'Wat is daar zo grappig aan?' Peter zag er verbaasd uit. Meestal reageerde Paxton nogal serieus op dat soort dingen en hij wist dat ze over de meeste dingen net zo dacht als hij, helemaal hierover.

'Niets, het spijt me. Er dringt net iets tot me door; jullie hebben geen van beiden de moeite genomen me dat te vertellen. Ik dacht

dat je het altijd over de *Morning Sun* had omdat je vader daar werkt. Het is nooit bij me opgekomen dat je... dat...' Ze zag er een beetje verlegen uit en Peter grinnikte toen zijn vader lachte.
'Trek het je niet aan, Paxton. Toen hij klein was vertelde hij zijn vriendjes dat ik kranten verkocht op Mission Street. Zo ver gaat zijn nederigheid tenminste niet meer, of misschien ook wel. Is dat wat hij jou heeft verteld?'
'Nee.' Ze schudde lachend haar hoofd, en Gabby grijnsde. Zij had ook nooit iets tegen Paxton gezegd. Ze hadden er nooit van gehouden om op te scheppen tegen hun vrienden en Paxton begreep nu ook waarom. Hoewel ze prachtig woonden waren het geen mensen die graag de aandacht trokken. Het was dit soort van 'oud geld' en beschaving dat haar moeder echt zou imponeren. 'In feite heeft geen van beiden ooit iets gezegd, en ik heb er nooit over nagedacht.'
'Ik dacht niet dat het belangrijk was,' verklaarde Peter zacht, wetend dat ze om hem gaf om hemzelf en niet om wat zijn vader bezat.
Paxton haastte zich hem gerust te stellen. 'Dat is het ook niet. Maar het is wel interessant. Jij kunt thuis tenminste over iets intelligents praten. Het enige waar wij over praten is wie er gaat trouwen, wie een nieuw huis heeft gekocht, en wie van mijn broers patiënten dood zal gaan.'
'Is je vader ook arts?' vroeg Marjorie Wilson met een vriendelijke glimlach.
'Nee,' zei Paxton kalm. Ze voelde zich een beetje triest, ze wilde dat ze nog een vader had, zoals Gabby en Peter. 'Mijn vader was advocaat. Hij is zeven jaar geleden bij een vliegtuigongeluk om het leven gekomen.'
'O, dat spijt me,' zei Gabby's moeder zacht.
'Ja, mij ook.' Het was bij hen zo anders, alles was zo normaal en gezellig. Die avond speelden ze domino en ze plaagden elkaar en lachten samen. Peter zat heel lang voor de open haard met zijn vader te praten en betrok toen Paxton bij het gesprek. Ze hadden het weer over Vietnam, en Diem, en over Johnsons positie ten opzichte van de Russen sinds de recente staatsgreep in september Khrushchev zijn macht had ontnomen. Paxton raakte steeds meer onder de indruk van Edward Wilson. Hij was intelligent en redelijk en had een groot inzicht in de toekomst, hetgeen ze respecteerde, ook al hadden ze verschillende opvattingen over Vietnam.

Ze hadden het over de realiteit van de integratie in het Zuiden, over Martin Luther King en zelfs over de laatste ontwikkelingen en studentenonlusten op Berkeley. Met de radicale studenten was het de laatste dagen een beetje uit de hand gelopen en de bestuurscommissie van de universiteit nam een onverzettelijk standpunt in, ze weigerden met de studenten te onderhandelen. Peters vader was het daarmee eens en Paxton zei dat dat ook haar mening was hoewel dat geen populair standpunt was op de campus. Het bleek dat voorzitter Kerr een vriend van hem was en dat ze diezelfde ochtend een lang gesprek hadden gehad.
'Hij gaat het niet op een akkoordje gooien met die jongelui. Er staat te veel op het spel. Als hij toegeeft, verliezen ze de hele controle over de campus.'
Peter was het totaal niet met hem eens en ze praatten er heel lang over, maar Paxton vond hun discussies boeiend en verfrissend. Het was stimulerend om met mensen te zijn die intelligente gesprekken voerden en die zich bewust waren van wat er omging in de wereld. In Savannah voelde ze zich soms zo afgesneden van de echte wereld, zo belemmerd door het Zuiden en door hun wanhopige strijd om vast te houden aan het verleden en een manier van leven die aan de kant geschoven moest worden. En dat zei Paxton ook tegen Ed Wilson.
'Niettemin hebben jullie daar een prima krant. W.S. Morris en ik zijn oude vrienden.'
'Ik hoop volgende zomer voor hem te gaan werken, voor de krant dan. Journalistiek is mijn hoofdvak, althans, dat is het volgend jaar.'
Peter glimlachte trots tegen haar, stak zijn hand uit en pakte die van haar, hetgeen zijn vader niet ontging. Ed Wilson zei niets tegen hem, maar die avond toen ze zich uitkleedden in hun slaapkamer zei hij wel iets tegen Marjorie.
'Ik geloof dat je zoon het goed te pakken heeft, liefje.'
Hij keek liefdevol naar zijn vrouw. Ze hield zoveel van haar kinderen, hij vroeg zich af of het moeilijk voor haar zou zijn als ze echt verliefd zouden worden en gingen trouwen en hun eigen leven hadden, los van hun ouders. 'Iets zegt me dat hij echt van dat meisje houdt.'
'Dat denk ik ook,' zei ze peinzend terwijl ze aan haar kaptafel zat en het eens rode haar borstelde. 'Maar weet je, ik mag haar wel. Ze was in het begin nogal stil, maar ze heeft een hoop kwalitei-

ten. Ze geeft echt om hem, en ze is fatsoenlijk, recht door zee en heel erg eerlijk.'

'En veel te jong om te trouwen,' voegde haar man eraan toe. 'Het zou gekkenwerk zijn om op je achttiende zelfs maar aan trouwen te denken.'

'Ik denk niet dat ze dat doet. Volgens mij wil ze heel wat doen met haar leven. Ik denk dat ze nog evenwichtiger is dan Peter.'

'Ik hoop het.' Hij zuchtte. Toen bukte hij zich en kuste met een tedere glimlach de hals van zijn vrouw. 'Ik ben nog niet aan kleinkinderen toe.'

'Ik ook niet.' Ze lachte. 'Maar in dat geval zou ik met Gabby praten.'

'O, nee. Niet zeggen, niet nóg een ware liefde deze week. Moet ik me zorgen maken, of is het aanstaande dinsdag weer van de baan?'

'Lang daarvoor. Goddank neemt niemand dat kind al serieus. Ze wordt nog eens mijn dood.'

'Werkelijk?' Hij kwam weer bij Marjorie terug in de pyjama die hij bij een van zijn bezoeken aan Londen had gekocht, nam de haarborstel uit haar hand en legde die op de kaptafel. 'Ik hou van je, weet je dat wel?'

Ze knikte en zonder iets te zeggen sloeg ze haar armen om zijn nek en kuste hem. Toen deed ze de lichten uit en ging naast hem in bed liggen, met zijn armen om haar heen. Ze waren een gelukkig stel met een leven dat veel voor hen betekende, en een gezin dat ze altijd gekoesterd hadden.

En dat was de volgende dag, toen ze bij elkaar zaten voor Thanksgiving, ook te zien. Paxton had haar zwart fluwelen jurk aangetrokken en Gabby droeg een wit pakje van Chanel dat haar moeder vorig jaar voor haar had meegebracht uit Parijs. Ze zag er daarin ineens erg volwassen uit en het deed Paxton denken aan de tijd dat Jackie Kennedy de toon aangaf op modegebied. Toen Ed Wilson het dankgebed uitsprak zag hij er bedaard en gedistingeerd uit, maar Paxton ving een glimp op van een heimelijk en nogal pikant glimlachje dat hij met Gabby's moeder wisselde.

Ze genoten van een enorme maaltijd die hen allemaal versuft van voldoening achterliet en zelfs Paxton moest toegeven dat het maal dat van Queenie bijna evenaarde. Ze vertelde hun over hun Thanksgiving-diners en ze sprak met onmiskenbare liefde over de vrouw die haar had opgevoed.

's Middags kwamen er vrienden op bezoek en Paxton was onder

de indruk toen ze besefte dat een van hen de gouverneur van Californië was. Iedereen had het over de demonstratie die diezelfde middag op Berkeley werd gehouden en die geleid werd door Mario Savio en de andere leden van de radicale studentenbeweging. Joan Baez zong er blijkbaar, en talloze studenten hadden een sit-in georganiseerd waarmee ze protesteerden tegen de opstelling van de universiteit tegen hun beweging, die inhield dat zij, noch andere actiegroepen voortaan het universiteitsterrein mochten gebruiken om geld in te zamelen of folders uit te delen. De universiteit zei dat het verkeer gehinderd werd en dat de folders de campus vervuilden. Ten slotte was de universiteit tot een tussenoplossing gekomen die inhield dat dezelfde ruimte als voorheen kon worden gebruikt, maar dat er niet meer tot actie mocht worden aangezet.

Voor Paxtons gevoel was het allemaal een storm in een glas water, maar de emoties waren hoog opgelopen. Vrijheden werden in twijfel getrokken, en de tijd was rijp voor een krachtmeting en een forse uitbarsting. Tegen de avond waren er bijna achthonderd studenten gearresteerd. Paxton vond het fascinerend bij de Wilsons thuis te zijn waar iedereen zich zo bewust was van wat er in de wereld omging, en in nauw contact stond met mensen van macht en aanzien.

De volgende dag zagen ze op het nieuws de aanhoudende demonstraties, en daardoor gingen zij en Peter niet naar Stinson. Op zaterdag ging ze met Peter en zijn vader naar een *football*-wedstrijd, terwijl Gabby en haar moeder gingen winkelen. Paxton had op Thanksgiving naar huis gebeld en had met haar moeder, George en Queenie gesproken. Ze leken het goed te maken en zij verzekerde hun dat ze een fijne Thanksgiving had, hoewel alleen Queenie zich daar zorgen om leek te maken. Queenie had in de telefoon gefluisterd dat ze dit jaar niet haar beste pasteitjes had gemaakt omdat Paxton er niet was om ervan te genieten.

Paxton amuseerde zich prima bij de wedstrijd en tegen het einde van het weekend voelde ze een band met hen allen. Ze voelde zich een lid van het gezin toen ze afscheid nam en hen bedankte voor een geweldige Thanksgiving. Het was de beste die ze in jaren had gehad, de beste sinds haar vader was overleden, en haar ogen glansden blij toen ze Peter en Gabby op de terugweg naar Berkeley bedankte.

Er waren nog sporen van onrust toen ze terug op school kwamen.

Overal stond oproerpolitie voor het geval er nieuwe demonstraties zouden uitbreken. Paxton was geschokt toen ze hoorde dat Yvonne en Deke betrokken waren geweest bij de demonstratie en gearresteerd waren. Ze waren inmiddels alweer vrijgelaten, maar Yvonnes armen zaten vol blauwe plekken van toen ze door het overvalcommando in de arrestantenwagen werd gesleurd.
'Het was knap rottig,' gaf ze met een somber gezicht toe. 'En waar waren jullie dit weekend?' vroeg ze op beschuldigende toon aan Gabby en Paxton toen Peter hun spullen uit de auto naar boven bracht.
'In San Francisco,' antwoordde Gabby vinnig, niet bereid meer los te laten. Ze was niet van plan zich schuldig te voelen omdat ze niet gearresteerd was. 'Je hoeft niet naar de gevangenis te gaan om te bewijzen dat je je betrokken voelt, Yvonne. Het bewijst helemaal niets als ik blauwe plekken op mijn armen krijg, en om je de waarheid te zeggen kan het me geen bliksem schelen waar ze die verdomde folders uitdelen.' Het was de eerste keer dat ze Yvonne aanpakte, maar haar hatelijke opmerkingen en verholen beschuldigingen begonnen Gabby behoorlijk te irriteren.
'Wat kán jou eigenlijk iets schelen?' kaatste Yvonne terug terwijl Peter en Paxton stonden te luisteren.
'Misschien wel hetzelfde als jou. Ik laat me iets gelegen liggen aan zwarte mensen, aan Vietnam, of mensen wel een faire behandeling krijgen en in leven blijven om ervan te genieten, maar ik laat me verdomme niet door de straat sleuren en in een boevenwagen gooien om dat te bewijzen.'
'Dan zal er nooit iemand naar je luisteren. Je kunt niet in je zitkamer je nagels gaan zitten vijlen en denken dat iemand je dan zal horen, dat gebeurt namelijk niet. In het Zuiden luisterde niemand tot er mensen neergeschoten en gedood en gearresteerd werden.'
'Hoe komt het dan dat je hier bent en niet daar?' kaatste Gabby meteen terug.
'Omdat ik het spuugzat ben. Omdat ik genoeg heb van de achterkant van de bus, liefje. Dat heb ik mijn hele leven gehad. En ik blijf net zo lang hier tot ik terug kan gaan en zoveel heisa kan maken dat ze wel naar me moeten luisteren.'
'Best. Maar zit niet op mij te hakken zolang je hier bent, want ik ben hier gewoon om me met mijn eigen zaken te bemoeien.'
'Ik ga hier de volgende maand toch weg,' gooide Yvonne er nij-

dig uit, niet helemaal zeker of Gabby het nou van haar gewonnen had of niet. Misschien had ze wel in het Zuiden moeten zijn. Misschien had ze niet hier in Berkeley moeten zitten, maar in Birmingham om tegen de makkers van Wallace te vechten. Maar dat had ze allemaal wel gehad, daarom was ze zo blij geweest met haar studiebeurs voor Berkeley.

'Trek je bij Deke in?' vroeg Gabby, een beetje nieuwsgierig. Ze had genoeg van Yvonne en van haar overgevoeligheid, die zo groot was dat hij haar meestal het uitzicht op de werkelijkheid belemmerde. Paxton, met haar kennis van het Zuiden, wist daarentegen nog niet zo zeker of het haar wel te verwijten viel.

Yvonne schudde haar hoofd in antwoord op Gabby's vraag. 'Nee... ik ga...' Ze zag er ineens wat opgelaten uit, alsof ze besefte dat ze te ver was gegaan, alsof ze wist dat ze haar woede op hen gekoeld had en dat ze dat niet verdienden. 'Ik trek niet bij Deke in. Ik ga buiten de campus wonen met een stel vrienden.'

Paxton begreep dat ze ervoor gekozen had om met mensen zoals zij te leven, mensen die nog te kwaad waren om te genieten van de integratie die uiteindelijk een feit was, maar waar ze nog niet goed mee wisten om te gaan.

'Dat is geweldig,' zei Paxton kalm. 'Ik hoop dat je daar gelukkig zult zijn.'

'En je kamer?' vroeg Gabby op zakelijke toon, onaangedaan door Yvonnes mededeling.

'Ik neem aan dat je wel iemand zult vinden om mijn plaats in te nemen.' Terwijl ze dat zei, kwam Dawn in haar nachtpon de kamer binnen.

'Ik ga ook verhuizen,' zei ze aarzelend, 'tenminste, ik bedoel... ik ga weg.' Ze keek hen met een verontschuldigende, maar tevreden glimlach aan. 'Ik ga naar huis.'

'Stop je ermee?' Gabby was verbijsterd, ze kon zich niet voorstellen dat iemand hier weg wilde terwijl zij het zo geweldig naar haar zin had. Maar toegegeven, Dawn had in de drie maanden dat ze hier was alleen maar geslapen.

'Ik ga trouwen, denk ik... met Kerstmis. Ik ben...' Ze bloosde en keek hen aan, haar enige vrienden in Berkeley. Ze had bijna geen les bijgewoond sinds ze hier was. 'Ik krijg in april een baby.'

De drie meisjes keken haar verbijsterd aan, hoewel Paxton later bedacht dat ze allemaal nogal stom waren geweest. Ze vertoonde alle symptomen die je maar bedenken kon, maar toen ze zeiden dat ze misschien zwanger was, was dat voor de grap geweest. 'Zodra de baby geboren is gaan Dave en ik naar Nepal om onze goeroe op te zoeken.'

'Dat is geweldig,' zei Gabby, nog steeds verbluft, en Peter wendde zich af om zijn glimlach voor de meisjes te verbergen. 'Dat is echt geweldig, Dawn.' Toen de andere twee naar hun kamer waren gegaan, wendde Gabby zich met een geïrriteerd gezicht tot Paxton. 'Shit, en wat moeten we nou met hun kamer? God weet wie we krijgen als de universiteit daar mensen voor zoekt, en ik ken niemand die midden in het jaar van kamer wil veranderen, jij?'

'Waarom ruilen we niet?' zei Paxton peinzend. 'Ik ken twee stellen meisjes met tweepersoonsflatjes die dolgraag een vierpersoons zouden willen hebben. We zouden dit hier aan hen kunnen geven en zelf een van de tweepersoonsflats kunnen nemen.'

'Jullie zouden ook van hun kamer een bergruimte kunnen maken. Of bij mij intrekken,' zei Peter hoopvol terwijl hij Paxton aankeek. Ze hadden zich bijzonder goed gedragen dat weekend bij zijn ouders. Hoewel hij heel sterk de neiging had gehad om naar haar kamer te gaan en haar te verleiden, had hij zich weten te beheersen. Hij wist hoe geschokt ze geweest zou zijn om zoiets in het huis van zijn ouders te doen. Bovendien wist hij van Gabby dat Paxton nog maagd was. Hij dacht er al een tijdje over en vroeg zich af of ze ergens heen zou willen gaan met hem, maar tot nu toe was het moment om het haar te vragen nog niet aangebroken. Hij was bereid te wachten tot zij eraan toe was. Paxton was iemand die hij voor altijd bij zich wilde hebben. 'Weet je, eigenlijk is dat helemaal niet zo'n slecht idee,' zei hij tegen hen beiden voor hij wegging. 'Misschien kunnen we volgend jaar samen iets huren buiten de campus.'

Het idee trok hen wel aan, maar volgend jaar leek nog zo ver weg, en Paxton vroeg zich af of Peter haar dan nog steeds leuk zou vinden. Er kon heel wat veranderen in een jaar. Er was nu al zoveel veranderd. In drie maanden tijd waren Gabby en zij goede vriendinnen geworden, waren zij en Peter verliefd op elkaar geworden, waren ze twee kamergenotes kwijt, en was één van hen in verwachting. Het was verbazingwekkend, dacht ze die avond toen ze naar bed gingen. De weken tot de kerstvakantie leken om te vliegen. Peter ging na de kerst met vrienden op wintersport en Gabby ging met haar ouders naar Puerto Vallarta in Mexico. Peter had Paxton gevraagd of ze met hem meeging, maar ze had geantwoord dat het een beetje raar zou zijn om haar familie voortijdig in de steek te laten om weer naar Californië te gaan, en dat begreep hij.

Hij bracht haar op de eenentwintigste wel naar het vliegveld en terwijl ze in de vertrekhal gezellig over Kerstmis stonden te babbelen, keek hij plotseling op haar neer en zag er ineens bijna net zo volwassen uit als zijn vader. Haar hart stond stil toen hij zei: 'Weet je, dit wordt niks.' Het was bijna Kerstmis en hij ging nu vast zeggen dat de romance voorbij was.

'Wat... ik... ik... het spijt me...' Ze kon niet naar hem opkijken, het deed te veel pijn, en ze stribbelde tegen toen ze zijn vingers onder haar kin voelde die haar hoofd omhoogdwongen om hem aan te kijken. Haar ogen waren verblind door de tranen die hij net veroorzaakt had.

'Je weet niet wat ik bedoel, hè Pax?' Zijn ogen waren ook vochtig. Ze schudde ongelukkig haar hoofd toen ze hem aankeek. 'Ik kan dit spel niet verder spelen en doen alsof we alleen goede vrienden zijn en dit alleen maar wat geflirt tussen studenten is. Ik hou van je, Pax. Ik heb nog nooit zo van iemand gehouden als van jou. Ik wil ooit met je trouwen. Jij hoeft alleen maar te zeggen wanneer. Morgen, volgende week, over tien jaar. Je wilt je aansluiten bij het Vredescorps, je wilt naar Afrika, naar de maan, prima. Ik zal wachten. Ik hou van je.' Zijn stem trilde en zijn lippen ook. Hij trok haar zo hard in zijn armen dat het haar de adem benam, en deze keer kuste ze hem met heel haar hart. Ze kon ook niet meer met hem spelen. Ze wist hoeveel ze van hem hield.

'Peter, wat moeten we doen?' Ze glimlachte door haar tranen heen, en hij ook. Alleen al door haar te omhelzen, haar te voelen, haar te kussen, wist hij dat ze van hem hield. 'Ik heb nog drieëneenhalf jaar school voor de boeg, en dat móét ik afmaken,' voegde ze eraan toe.

'Dan wachten we dus. Geeft niet. Misschien dat we ons een keer kunnen verloven. Ik wil alleen maar weten of je van me houdt.' Zijn ogen boorden zich in de hare en ze knikte ernstig.

'Ik hou van je... ik hou zoveel van je...' fluisterde ze.

Nu nam hij haar in zijn armen en kuste haar tederder. 'Ik vind het afschuwelijk dat ik met de kerst niet bij je ben,' fluisterde hij in haar haar. 'Wil je dat ik na Kerstmis naar Savannah vlieg?'

Dat wilde ze inderdaad, maar ze durfde niet. Als haar moeder wist

dat ze met haar achttien jaar al een serieuze relatie had, en helemaal als dat met een jongen uit Californië was, zou ze razend zijn.
'Nee, daar is het te vroeg voor. Ze zullen het niet begrijpen.'
'Kom dan maar gauw terug.'
Haar vlucht werd voor de laatste keer omgeroepen en iedereen was al aan boord. 'Ik moet gaan. Ik bel je als ik thuis ben.' Thuis... waar was dat nu? 'Ik hou van je.' Maar stel dat hij haar tijdens de vakantie vergat? Als hij nou eens iemand anders vond? Als hij bij het skiën iemand ontmoette? Al deze gedachten stonden op haar gezicht te lezen toen ze zich van hem losmaakte en hij lachte haar uit.
'Hou daarmee op, suffie. Ik hou van je. Zorg er maar voor dat jíj dat niet vergeet. Er komt een dag dat je Paxton Wilson zult heten.' Hij gaf haar nog snel een kus en ze rende weg om haar toestel te halen. Ze wuifde nog naar hem en riep over haar schouder dat ze van hem hield.

5

Het was vreemd om weer in Savannah te zijn. Het was koud en donker en heel laat. Door het tijdverschil en de vertraging die het vliegtuig had gehad, was het bijna middernacht toen ze thuiskwam. Haar broer kwam haar ophalen, maar haar moeder was met een zware verkoudheid naar bed gegaan. Alleen Queenie zat op haar te wachten met warme chocolademelk en Paxtons favoriete havermoutkoekjes, vers uit de oven. De twee omhelsden elkaar zonder een woord te zeggen en Paxton wilde zo graag haar geluk met haar delen. Tijdens de vlucht had ze constant aan Peter gedacht, en nu kon ze haast niet wachten om het Queenie te vertellen. Maar George scheen niet weg te willen gaan. Hij voelde zich blijkbaar verplicht om te wachten tot ze haar chocola op had. Hij vertelde haar de nieuwtjes over de mensen in de stad en ook dat haar moeder een onderscheiding had gekregen van de Dochters van de Burgeroorlog. Paxton deed haar best om enthousiast te reageren, maar ze kon alleen maar naar Queenie kijken en glimlachen en haar met haar ogen vertellen hoeveel ze van haar hield.

Ten slotte ging ze naar boven naar bed, en George ging naar huis. Ze probeerde zich hier thuis te voelen. Maar niets was hetzelfde, niets was uitnodigend en warm en het enige dat ze kon doen was aan Peter denken en aan Californië. Ze voelde zich eenzaam zonder Gabby's gekwebbel en het duurde uren voor ze eindelijk in slaap viel.

's Morgens was het nog erger. Ze voelde zich een vreemde toen ze met haar moeder zat te ontbijten. Ze feliciteerde haar met haar onderscheiding, en na een koel knikje om te bedanken, verviel Beatrice in een pijnlijk stilzwijgen. Ze hadden elkaar blijkbaar helemaal niets te zeggen, en Paxton pijnigde haar hersens om iets te vinden wat ze over haar lessen kon vertellen. Haar moeder vroeg niet één keer naar Paxtons kamergenootjes, en voor geen prijs zou ze tegen haar over Peter beginnen. Beatrice zei dat George een 'nieuwe vriendin' had en vertelde dat ze haar die avond bij het avondeten zou ontmoeten. George had zelf met geen woord over haar gerept toen hij Paxton van het vliegveld afhaalde. En Paxton werd er weer aan herinnerd wat een verschil er was tussen haar familie en de Wilsons. Onwillekeurig vroeg ze zich af of ze niet heel anders waren geweest als haar vader nog had geleefd om hun harten te verwarmen en hen allen een beetje menselijker te maken.

Het was al laat in de middag toen ze Queenie eindelijk alleen trof in de gezellige keuken, en meteen vertelde ze haar alles over Gabby en Peter en de Wilsons.

'Je hebt toch niets gedaan waar je spijt van krijgt, hè meisje?' vroeg ze streng.

Paxton schudde haar hoofd, al was de gedachte wel bij haar opgekomen, en nu ze elkaar hadden verteld hoe serieus hun gevoelens voor elkaar waren, kon met redelijkheid worden aangenomen dat vroeger of later iets 'ingrijpends' zou kunnen gebeuren. Maar ze antwoordde Queenie naar waarheid; tenslotte waren er bepaalde gedachten die je met niemand deelde, zelfs niet met Queenie. 'Nee, Queenie, dat heb ik niet. Maar hij is fantastisch. Jij zou hem ook geweldig vinden.' Ze vertelde haar weer alles over hem, en de oude vrouw keek met tederheid naar haar, naar haar stralende ogen als ze praatte over de jongen op wie ze verliefd was geworden in Californië.

'Bevalt het je daar? Ben je gelukkig?'

'Ja, dat ben ik zeker. Het is geweldig. Het is zo opwindend.' Ze vertelde over de lessen die ze volgde, de mensen die ze had ontmoet en de plaatsen die ze had gezien. Queenie zag het helemaal voor zich. Toen vroeg Paxton haar, samenzweerderig fluisterend, hoe de nieuwe vriendin van George was.

'Dat zul je wel zien.' De oude vrouw lachte. 'Ik denk dat deze best eens de ware zou kunnen zijn.' Maar Paxton voelde aan dat Queenie niet dol op haar was.

'Waarom denk je dat?' vroeg Paxton nieuwsgierig, maar Queenie lachte alleen maar.

Twee uur later kon Paxton voor zichzelf vaststellen waarom Queenie geen hoge pet van haar op had. De nieuwe vriendin van George, Allison, was het evenbeeld van haar moeder. Ze droeg haar haar op dezelfde manier, had dezelfde kille uitstraling, dezelfde keurige 'dame uit het Zuiden'-manieren, en was nog veel en veel beheerster. Alles aan haar was zo strak en gespannen dat ze gevaar leek te lopen te barsten. Maar George leek volkomen op zijn gemak te zijn met haar. Hij was gewend aan dat type vrouw, hoewel zelfs George ze in zijn jeugd liever een beetje spontaner had. Paxton zat de hele avond naar haar te kijken. Haar mond was zo preuts en strak dat ze nauwelijks kon praten, maar dat weerhield haar er niet van vrijelijk haar mening te uiten. Na het eten ging Paxton gauw naar de keuken, en toen ze alleen waren kon ze zich eindelijk laten gaan bij Queenie. 'Mijn god, wat een verwaande, bekrompen troel! Hoe kan hij haar in vredesnaam verdragen?' Maar ze was precies wat hij wilde. In zijn ogen was ze de perfecte zuidelijke vrouw. Hij was goed afgericht door hun moeder. 'Wat vindt mama van haar?' Daar was ze benieuwd naar. Queenie haalde haar schouders op. 'Weet ik niet. Ze vertelt me niks.'

'Het moet zijn alsof ze in een spiegel kijkt, maar misschien ziet zij dat niet.'

De rest van de avond was verschrikkelijk saai, en de rest van haar verblijf thuis ook. Ze gingen op kerstavond naar de kerk en de volgende ochtend weer. Ze zag een paar van haar vriendinnen en was geschokt toen ze hoorde dat twee van hen die dat jaar niet naar college hadden gewild, gingen trouwen. Een andere die meteen na de diploma-uitreiking in juni was getrouwd, was al in verwachting. Ze hadden zich al helemaal op een volwassen leven met mannen en kinderen gestort, terwijl zij zich nog jaren te jong voelde om zulk soort verantwoordelijkheden ook maar te overwegen. Het herinnerde haar weer aan Peter, zoals alles dat nu deed. Hij belde haar om de paar dagen op, en meestal nam ze zelf de telefoon aan zodat niemand zou merken hoe vaak hij belde. Haar moeder maakte maar één keer gewag van hem en zei dat ze het raar vond dat een jongen uit Californië Paxton helemaal in Savannah opbelde en dat ze hoopte dat het niet iets onaangenaams betekende. 'Iets onaangenaams' was dan een relatie met een jongen die niet van Savannah, Georgia was.

Nu ze hier toch was, ging Paxton naar de afdeling personeelszaken van de krant. Hoewel meneer Wilson had aangeboden de weg voor haar te effenen, maakte ze daar geen gebruik van. Desondanks kreeg ze een baan voor de periode juni-augustus, als ze hier met vakantie was. Ze verheugde zich erop, maar alles wat haar van Peter scheidde deprimeerde haar nu. En dat zat haar dwars. Ze wilde niet totaal afhankelijk zijn van hem, er was nog zoveel dat ze met haar leven wilde doen. Ze wilde de beloftes die ze zichzelf had gedaan waarmaken. Maar hij had beloofd te wachten, en ze wist dat hij dat ook zou doen. Hij had die belofte keer op keer herhaald toen hij haar tijdens de kerstdagen belde in Savannah.

Ze had ermee ingestemd om de dag voor oudejaarsavond terug te vliegen. Haar moeder leek zo bezig met George en Allison en haar eigen vriendinnen dat Paxton niet de indruk kreeg dat het haar veel kon schelen. Ze bekende zelfs dat ze oudejaarsavond graag met haar vrienden op school wilde doorbrengen, en hoewel haar moeder te kennen gaf dat ze het 'onaardig' van haar vond, scheen ze het zowaar te accepteren. Paxton bracht een rustige ochtend door in de keuken bij Queenie, die inmiddels weer haar jaarlijks terugkerende kou op de borst had, en Paxton liet haar beloven dat ze naar de dokter zou gaan. George bracht haar toen naar het vliegveld.

Paxtons moeder was naar de kapper gegaan voor ze vertrok, en had haar vroeg in de ochtend al gedag gezegd. Toen Paxton afscheid nam van George vroeg ze hem de groeten te doen aan Allison. Hij kromp zowat ineen door de ongedwongen manier waarop ze dat zei.

'Het is menens met jullie, hè?' Ze kon niet nalaten het hem in de vertrouwelijkheid van het moment te vragen, maar vertrouwelijkheid was een begrip dat haar broer haatte.

'Ik heb geen idee wat dat wil zeggen,' zei hij op een kille, geërgerde toon, waar ze zachtjes om moest lachen. Hij was net drieëndertig geworden en als hij daar nu nog niet achter was, had hij een ernstig probleem. 'Het is heel ongemanierd van je om dat te vragen, Paxton.'

Ze dacht eraan hoe probleemloos Gabby en Peter met elkaar omgingen en het stemde haar treurig te beseffen hoe anders haar eigen familie was en hoe stijf en vormelijk haar relatie met haar eigen broer was. 'Ik geloof dat ze je echt mag, George. En ik denk dat moeder haar mag.' Dat was alles wat ze naar waarheid kon zeggen. Ze wilde niet liegen en zeggen dat zij haar ook aardig vond.

'Ja, dat denk ik ook,' zei hij ongelukkig. George wou dat zijn zus die vraag niet had gesteld.

'Pas goed op jezelf.' Ze boog zich naar hem toe en gaf hem een kus op zijn wang. Toen nam ze zonder een woord de tas van hem over en liep, terwijl ze nog eens vriendelijk naar hem wuifde, naar het vliegtuig. Ze had veel aan Peter gehad. Ze kon het niet meer opbrengen hun spel mee te spelen, het spel van kille gevoelens, constante beheersing en eindeloze, zwijgende diners. En terwijl George haar nakeek, dacht hij ongelukkig over wat er met zijn zuster gebeurde in Californië.

Toen Paxton uit het vliegtuig stapte, in San Francisco deze keer, stond Peter op haar te wachten. Haar voeten raakten nauwelijks de grond toen hij haar zag. Hij tilde haar op, nam haar in zijn armen, drukte zijn lippen op de hare en hield haar dicht tegen zich aan. Ze lachten en kusten elkaar, terwijl voorbijgangers glimlachend naar hen keken. Het was leuk een jong stel zo verliefd te zien, het was hartverwarmend en het herinnerde mensen eraan hoe zij zich eens hadden gevoeld.

'God, wat heb ik je gemist,' zei hij gloedvol toen hij haar eindelijk neerzette en ze langzaam arm in arm naar de bagage-afhaalruimte liepen. 'Ik dacht het geen minuut langer vol te houden.'

'Ik ook niet.' Ze straalde.

'Hoe was het in Savannah?'

'Afgrijselijk!' Ze vertelde hem weer over Allison, over George, over haar vakantiebaan, over alles wat Queenie over hen had gezegd en, met enige spijt, over hoe teruggetrokken en afstandelijk haar moeder was geweest. 'Ik denk dat ze zich nog steeds verraden voelt omdat ik naar Berkeley ben gegaan. Eigenlijk denk ik dat ze altijd al zo is geweest, maar dat het me nu meer opvalt omdat ik gezien heb hoe het ook kan.' Zoals bij de Wilsons.

'Het doet er niet toe, schat. Je hebt mij nu.' Dat was een moedige uitspraak en ze werd erdoor geraakt. Maar toch, iets in haar was nog steeds bang om helemaal op hem te rekenen. Stel dat hij van gedachten veranderde, of wegging, of verliefd werd op iemand anders... Ze had lang geleden geleerd hoe gevaarlijk het was om zoveel van iemand te houden. Die les had ze geleerd met de man van wie ze zo intens had gehouden, de man die alles voor haar was geweest, en het was in een ogenblik voorbij, toen zijn vliegtuig neerstortte.

'Wat gaan we vanavond doen?' vroeg ze blij terwijl ze naar de garage liepen voor zijn ouwe rammelkast. Het kon haar eigenlijk niet schelen wat ze deden, als ze maar bij hem kon zijn. Ze was nog nooit zo gelukkig geweest. Misschien hadden haar vriendinnen in Savannah die getrouwd waren en kinderen kregen wel gelijk. Ze had hem ook over hen verteld en wat voor een raar gevoel haar dat gaf, maar hij begreep dat ze daar nog niet aan toe was. Hij scheen alles te begrijpen, en ze had nog nooit zoveel van hem gehouden als toen ze in zijn oude auto zaten en elkaar kusten tot geen van beiden meer helder kon denken.

'Wat gaan we vanavond doen?' Hij probeerde na te denken, en zij lachte. 'Ik was van plan je vanavond terug te rijden naar Tahoe, zodat we daar het weekend konden doorbrengen. Maar het stormt er en ze hebben de Donner Pas afgesloten. We zullen tot morgenochtend moeten wachten en kijken of de pas dan weer opengaat. Zullen we ergens gaan eten en dan naar de bios?'

'Best.' Hij reed naar de stad en ze wist niet zeker of ze de nacht in haar studentenflat ging doorbrengen of in de logeerkamer van de Wilsons. Zijn ouders en Gabby waren nog weg en het personeel had vrij, maar hij hield vol dat er geen enkele reden was waarom ze niet daar zou slapen. Terwijl ze haar gedachten daarover probeerde te bepalen vroeg ze eerlijk: 'Denk je dat we ons zullen gedragen?'

'Wíl je dat ik me gedraag?' vroeg hij, terwijl hij haar teder omarmde.

'Ik weet niet meer wat ik wil, Peter. Ik denk steeds dat we moeten wachten... ook daarop... en dan kijk ik naar mijn vriendinnen en vind mezelf een idioot.'

'Je moet niet naar hen kijken,' zei hij vriendelijk. 'Kijk naar mij, kijk naar jezelf. Ik pas me aan jouw wensen aan, Paxxie.'

Ze keek hem dankbaar glimlachend aan. 'Ik slaap wel in de logeerkamer.' Ze had geen zin om in haar eentje in een lege flat te slapen. Eigenlijk wilde ze tegen hem aankruipen in bed. Ze wilde veel meer dan dat, maar vond nog steeds dat ze dat niet moest doen. Zij was bijna negentien en hij werd drieëntwintig. Ze waren oud genoeg om te trouwen, om kinderen te krijgen, om van alles en nog wat te doen, maar ze mochten nog niet vrijen omdat ze niet getrouwd waren.

Toen ze bij het huis van de Wilsons aankwamen droeg hij haar bagage naar boven en ging vervolgens weer naar beneden om de krant te pakken en een film uit te zoeken. Paxton voelde zich heerlijk thuis in de pracht en praal van het huis dat door Ed Wilsons vader was gebouwd en ze lachte toen ze ging zitten en de mooie logeerkamer in zich opnam. De bekleding van de meubelen was van een bekoorlijk roze gebloemd chintz, het tapijt was van een licht zonnig geel, en de badkamer was helemaal in roze en wit marmer uitgevoerd. Het was de droom van elk meisje, en dat was Peter ook.

'Wat dacht je van *Goldfinger*, de nieuwe James Bond-film?' vroeg hij toen hij bovenkwam met twee pilsjes en een zak chips die hij haar voorhield. 'Heb je gegeten in het vliegtuig?' Hij besefte opeens dat ze misschien echt honger had.

'Ik heb twee keer gegeten.' Ze glimlachte. 'Ik krijg geen hap meer naar binnen.' Ze had haar schoenen uitgegooid en een spijkerbroek aangetrokken. Hij ging op het bed zitten en nestelde zich dicht tegen haar aan. Alleen al het feit dat ze daar met hem samen was gaf haar het gevoel dat ze thuisgekomen was.

'Je kunt je niet voorstellen hoe ik je gemist heb.'

'Ik heb jou ook gemist,' zei ze zacht, en ze sloeg haar armen om hem heen. Ze kusten elkaar en langzaam rolden ze achterover op het bed en bleven daar een hele tijd liggen terwijl ze elkaar kusten, omhelsden, aanraakten en streelden. Ze waren gerust en op hun gemak in de gezellige kamer.

Na een poosje hield hij op en hij leek om zich heen te kijken. 'Ik ben me er nooit van bewust geweest hoeveel ik van deze kamer hou. Of misschien komt het omdat hij nu van jou lijkt te zijn.' Hij glimlachte, kuste haar weer, hield haar dichter tegen zich aan en genoot van de subtiele geur van haar parfum. Ze gebruikte 'Femme', en hij vond het heerlijk. Alleen al de naam deed hem aan haar denken. Vrouw. 'We moesten maar eens opstaan.' Hij keek haar aarzelend aan en vroeg zich af of ze dat wel zouden doen omdat hij daar steeds minder voor voelde.

'Ja,' zei ze zacht. 'Het zal wel moeten.'

Ze stonden op. Ze trok haar schoenen aan en een warme trui, en toen gingen ze de deur uit, naar de bioscoop. Daarna gingen ze naar de Hippo voor een hamburger en lang voor middernacht waren ze weer thuis. Hij kuste haar welterusten in de gang voor haar deur en ging toen naar boven naar zijn eigen kamer. Zoals altijd hadden ze die avond over van alles wat hen bezighield gepraat, over hun familie, hun vrienden, hun denkbeelden, en nu ook over hun toekomst. Een paar minuten nadat hij naar boven was gegaan en zij al in haar nachtpon was, hoorde ze een zachte klop op de deur.

'Ja?' Ze wist dat hij het was omdat ze de enigen in huis waren.

'Ik ben het,' zei hij met een grijns toen hij zijn hoofd om de hoek van de deur stak.

'O, gelukkig.' Ze lachte. 'Ik dacht al, als jij het niet bent, moet het een inbreker zijn.'
'Ik mis je,' zei hij. Hij zag eruit als een klein jongetje, en toen hij de deur helemaal opendeed, zag ze dat hij een roodflanellen pyjama aanhad. Hij lachte toen hij haar zag kijken. 'Het heeft me tien minuten gekost om deze te vinden, anders was ik hier eerder geweest.' Ze lachten alle twee en ze voelde zich jong, gelukkig en verliefd toen ze langzaam op hem afliep.
'Ik mis jou ook,' zei ze zacht. Zonder een woord te zeggen schakelde hij het licht uit en toen stonden ze in het maanlicht dat door de ramen naar binnen stroomde.
'Ik weet niet wat te doen, Pax... Ik wil niets doen dat jou pijn zal doen, nu of later... Ik hou zoveel van je, maar het is... het is moeilijk om bij je weg te blijven.'
'Ik denk ook niet dat ik dat wil.' Ze gingen op bed zitten, alleen om te praten, en toen kusten ze elkaar weer en lag ze in zijn armen.
Voorzichtig trok hij haar nachtpon uit.
'Ik wil alleen maar naar je kijken.' Hij zei het zo teder, zo lief, en zijn hele lichaam hunkerde naar haar terwijl hij naar haar pure schoonheid keek in het maanlicht. Ze was lang, slank, mooi en perfect gevormd, als een prachtig roze marmeren beeldhouwwerk.
'O, god... wat hou ik van je...'
En zij hield ook van hem. Ze maakte zonder aarzeling de knopen van zijn pyjama los. Ze lagen heel lang met de armen om elkaar heen, durfden niet verder te gaan en wilden toch zo graag meer dan dat, wilden alles wat ze elkaar te geven hadden, voor altijd. Hij streelde haar lange zachte haar, liet zijn handen zachtjes over haar borsten glijden en naar beneden naar haar dijen, en dan weer naar boven, maar durfde nauwelijks dichter bij wat hij wilde te komen. Het was ten slotte Paxton die voor hem besliste. Ze kon er niet langer tegen, haar verlangen naar hem was te groot. Voorzichtig trok ze zijn pyjamabroek uit, waarbij zijn verlangen werd onthuld, zijn vurige verlangen naar haar dat hij niet langer onder controle had toen hij haar in zijn armen nam.
'Paxxie,' fluisterde hij met hese stem, 'weet je het zeker?'
Zij knikte met een glimlach en kuste hem toen hij haar behoedzaam op haar rug rolde, haar benen uit elkaar duwde met de zijne en datgene zocht wat ze tot aan dat moment voor hem had bewaard.

Hij was oneindig teder voor haar en er was vrijwel geen pijn, alleen passie, begeerte en jeugd, en de gaven van liefde die ze elkaar te geven hadden. Ze lagen die hele nacht in elkaars armen en beminden elkaar keer op keer, en toen hij 's morgens wakker werd lag ze naast hem te slapen. Haar haar lag als een waaier over zijn arm uitgespreid, haar gezicht als dat van een kind en haar hand lag in de zijne. Hij voelde een traan in zijn ogen prikken terwijl hij naar haar keek. Ze was waar hij zijn hele leven van had gedroomd, wat hij had gewild, wat hij op een dag had gehoopt te vinden, en alleen zij wist nu hoeveel hij van haar hield.

6

De rest van het schooljaar leek voorbij te vliegen, met maar een paar belangrijke gebeurtenissen om het te markeren. Tijdens de kerstdagen hadden de Vietcong-terroristen het Brinks-hotel, het onderkomen van de Amerikaanse officieren in Saigon, gebombardeerd. Het was kerstavond en uit heel Saigon waren officieren samengekomen voor de viering die eindigde in hevige emotie en droefenis. Twee van hen werden gedood, achtenvijftig gewond. En opnieuw weigerde Johnson vergeldingsbombardementen uit te voeren. Er volgde nog een aanval, en eindelijk, op 7 februari, gaf de president opdracht voor de eerste grote aanval op het Noorden. En tweeënhalve week later begon operatie 'Rolling Thunder', de eerste langdurige bombardementen op Vietnam. Twee weken daarna arriveerden de eerste grondstrijdkrachten. Op 8 maart landden de stoottroepen in Da Nang, na jaren van nutteloos adviseurschap.

Twee weken daarna werd de Amerikaanse ambassade in Saigon aangevallen en het Amerikaanse publiek begon te begrijpen dat het een ernstig probleem had in Vietnam.

In Amerika moest op hetzelfde ogenblik de nationale garde de Selma-Montgomery Vrijheidsmars beschermen, en de universiteit van Michigan organiseerde het eerste anti-oorlogsdebat.

Maar het debat beëindigde de oorlog niet, en de bombardementen stopten de Vietcong niet. De bevoorrading bereikte het Zuiden nog steeds via de ongrijpbare Ho Chi Minh-route. En op de Dag van de Strijdkrachten in mei waren er weer protestmarsen tegen de oorlog. Peter en Paxton namen deel aan de mars op Berkeley.

Het was voor hen bijna het einde van het schooljaar en Paxton werd een beetje zenuwachtig bij de gedachte hem te verlaten en terug te gaan naar Savannah. Ze vond het nu bijna een beangstigend idee om niet elke dag bij hem te zijn. Ze kon zich een dag zonder hem haast niet voorstellen.

Hij had zich opgegeven voor het studieproject waarover hij eerder gesproken had en zou het grootste deel van de zomer in Mississippi doorbrengen. Maar hij had beloofd haar zo vaak hij kon op te zoeken. Zij ging in Savannah werken, bij de krant. Gabby zou weer met haar ouders naar Europa gaan, ze had de suggestie van haar vader om een baantje te nemen met enige minachting van de hand gewezen. Ze had beloofd om volgend jaar te gaan werken maar wilde 'alleen nog deze keer' met vrienden plezier maken aan de Rivièra, en met haar moeder in Parijs. Ed Wilson had op zijn vrouw gemopperd omdat ze Gabby haar zin gaf, maar die vond, net als Gabby, dat 'nog één jaartje' haar geen kwaad zou doen.

Ze vertrokken alle drie van Berkeley op de eerste juni. Peter en Paxton brachten een rustig weekend door in een huisje bij Lake Tahoe dat hij had gehuurd. Het was de laatste keer dat ze samen in bed lagen voor ze uit elkaar zouden gaan voor de zomer.

'Ik word gek zonder jou,' fluisterde hij, met zijn neus in het lange gouden haar. 'Het zal zo eenzaam zijn in Mississippi.'

'Savannah wordt nog erger,' zei ze mistroostig, maar ze vergaten alles toen ze elkaar weer in de armen vielen en het was een lang, gelukkig weekend. Zijn ouders vermoedden dat er iets gebeurd was tussen hen, en Gabby ook, maar noch Peter noch Paxton gaven iets toe. Ze waren voortdurend samen, maar hun cijfers waren uitstekend, dus niemand had iets te klagen. En Peter, Paxton en Gabby hadden al afgesproken om samen een huis te zoeken voor de herfst zodat ze met z'n drieën buiten de campus konden wonen. Paxton wist dat hun verhouding dan wel duidelijk zou worden voor Gabby, maar tegen die tijd waren ze bereid het haar te vertellen. Het zou het waard zijn als dat betekende dat ze heerlijk samen konden wonen buiten de campus.

Gabby en Marjorie verlieten San Francisco het eerst. Ze vlogen naar Londen om vrienden op te zoeken en zouden in het Claridge-hotel logeren voor ze verder reisden naar Parijs. Toen ging Paxton weg en ze wuifde verdrietig naar Peter op het vliegveld. Peter vertrok diezelfde middag om op tijd in Jackson, Mississippi, te zijn voor een stemprotest dat bijna duizend mensen in de gevangenis deed belanden. Peter was een van hen maar hij werd weer snel op borgtocht in vrijheid gesteld en had het gevoel dat hij op passende wijze gedoopt was.

Voor Paxton was het begin van haar baan heel wat rustiger, en ze was bitter teleurgesteld toen ze ontdekte dat ze was toegewezen aan de redacteur die het sociale nieuws deed. Ze moest berichten verzamelen over wie bij wie te gast was, wat ze aanhadden, en wat de Junior League en de Dochters van de Burgeroorlog deden. Dit was werk dat haar moeder eindelijk begreep en waar ze waarachtig een zeker respect voor had, maar dat Paxton een gevoel van volslagen nutteloosheid gaf. Ze zat dan bij de krant en bekeek wanhopig de telex die sit-ins in Alabama rapporteerde, de verdubbeling van de Amerikaanse grondtroepen in Vietnam, waardoor het totaal op 'slechts' honderdtachtigduizend man kwam, wat een ontstellend aantal was. En Johnson verdubbelde de oproep voor de dienstplicht die zomer. Paxton wist dat daar jongens bij waren met wie ze op school had gezeten, en in twee gevallen hun jongere broers. Een was er al gesneuveld, en ze kon het niet aanhoren. En plotseling werd ze doodsbang. Als ze nou eens, op een of andere krankzinnige manier, Peter te pakken kregen?

Ze belde hem bijna iedere dag en hij belde haar net zo vaak. Eind juli lukte het hem een weekend naar Savannah te komen. Hij had al eerder willen komen, maar hij had al twee keer in de gevangenis gezeten, en het werk dat hij deed was heel wat veeleisender dan hij had verwacht. Maar Paxton had er nooit zo gelukkig uitgezien als toen ze een taxi nam en hem afhaalde van het vliegveld. Hij zwaaide haar rond in zijn armen, zag er knap en gebruind uit, en zijn haar had dezelfde gouden kleur als dat van haar toen hij haar kuste.

'Sjonge, ben ik even blij je te zien!' Hij grijnsde. 'Ik heb er zo genoeg van om mensen uit de gevangenis te krijgen, het duizelt me gewoon.'

'Je kunt er nooit zo genoeg van hebben als ik van tuinfeesten en namiddagconcerten! Ik dacht verdorie dat ik iets zinvols zou gaan doen, maar ik heb de hele zomer niets anders gedaan dan over mijn moeders vrienden schrijven.'

Hij grinnikte, kuste haar opnieuw en wenste dat ze ergens onderweg van het vliegveld met elkaar naar bed konden gaan. 'Hoe is het trouwens met je moeder?'

'Hetzelfde als altijd. Ze kan bijna niet wachten je te ontmoeten.'

'O jee, dat klinkt gevaarlijk.' Hij kuste haar weer. Hij kon niet ophouden haar te kussen. Het was haast twee maanden geleden dat hij haar voor het laatst had gezien. Maar zij verlangde net zo naar hem. Ze had een kamer voor hem gehuurd in een leuk, rus-

tig hotel net buiten de stad, waar ze niet de kans liep een van haar moeders vriendinnen tegen het lijf te lopen, en dat vertelde ze hem toen ze Savannah binnenreden.
'Mag ik een voorstel doen?' Hij grijnsde en boog zich naar haar over in zijn huurauto om haar te kussen.
'Je zegt het maar.' Ze straalde.
'Zullen we het hotel even bekijken op weg naar je huis?' Hij grinnikte ondeugend en ze lachte.
'Dat lijkt me een uitstekend idee.' Ze was helemaal voor hem. Ze had twee dagen vrij genomen van de krant, ondanks het feit dat er een societyhuwelijk zou plaatsvinden dat zij had moeten verslaan. Kort daarna kwamen ze bij het kleine hotel aan en Peter zag er in zijn pak en stropdas buitengewoon serieus en verantwoordelijk uit toen hij hen inschreef als mevrouw en meneer Wilson en de enkele koffer naar een eenvoudige, schone kamer droeg die voor de daaropvolgende uren hun wittebroodssuite werd.
Het was al bijna avond toen hij op zijn horloge keek en Paxton zei geschrokken: 'Lieve help, mijn moeder verwacht je voor een aperitiefje.'
'Ik weet niet eens of ik nog overeind kan komen, laat staan drinken,' zei hij plagend en hij trok haar weer terug in bed, heel even maar. Toen douchten ze samen en kleedden zich aan. Eventjes leek het wel of ze getrouwd waren. 'Weet ze dat we dit jaar in hetzelfde huis gaan wonen?' Hij wilde geen stommiteit begaan en het was maar goed dat hij het vroeg want Paxton slaakte een gil bij het idee alleen al.
'Ben je gek? Ze denkt dat het om mij en Gabby en nog een meisje gaat, en zelfs daar is ze niet blij mee.' Maar ze had uiteindelijk toegegeven.
'Geweldig. Ik neem aan dat ik dus nooit de telefoon kan opnemen.' Hij zag er geamuseerd uit, en hij vond het niet erg. Alles wat hij wilde was samenwonen met Paxton, zelfs als dat betekende dat hij zijn zuster voor lief moest nemen. Zijn moeder had hem opgebeld in Jackson en hem verteld dat Gabby achter elke man boven de dertig aanzat aan de Rivièra. 'Ik geloof dat ze een beetje wanhopig begint te worden,' zei hij tegen Paxton toen ze terugreden naar de stad. 'Ze is een dwaas, ze is te jong om te trouwen.' Paxton glimlachte bij zijn woorden, en hij boog zich naar haar toe en gaf haar een kus. 'Dat is wat anders. Zij is een kind, jij niet. Maar ik vind dat jij ook te jong bent. Nog een jaartje of

drie. En dan... pas op!' Ze lachten alle twee. Ze wist hoe redelijk hij was geweest en ze voelde zich dan ook nooit door hem onder druk gezet. Hij wilde dat ze deed wat ze voor zichzelf nodig vond, zoals het werken in Savannah deze zomer, maar ze moest toegeven dat ze zich ellendig voelde zonder hem.

George en haar moeder wachtten al op hen toen ze thuiskwamen en haar moeder keek Paxton ronduit afkeurend aan.

'Ik verwachtte je al uren geleden.' Allison was er en haar moeder vond dat Paxton zich had moeten verkleden voor hun 'gast', maar Paxton negeerde haar.

'Ik heb Peter de bezienswaardigheden laten zien. Peter,' zei ze formeel, 'mijn moeder, Beatrice Andrews, mijn broer George, en zijn... "vriendin", Allison Lee.' Haar moeder liet nooit een kans voorbijgaan om te vertellen dat Allison verwant was aan de grote generaal Lee van de confederatie van de Zuidelijke staten. Paxton had de hele zomer verwacht dat George zich met Allison zou verloven, maar om de een of andere reden was dat niet gebeurd. Hij was drieëndertig, maar wenste geen overhaaste beslissingen te nemen. Met niets. Hoewel Allison, die eenendertig was, bepaald nerveus leek te worden. 'Dit is Peter Wilson,' zei ze tegen hen op een toon alsof ze nooit eerder van hem hadden gehoord. 'Zijn zuster Gabby is mijn kamergenote.'

Iedereen mompelde beleefd 'hoe maakt u het' en schudde handen. George bood Peter iets te drinken aan en Peter vroeg om een gintonic. Het was verschrikkelijk heet en de ventilator aan het plafond haalde niet veel uit, hoewel allen deden of ze het niet merkten. Queenie had haar lekkerste hors-d'oeuvres gemaakt, en Allison gaf ze door en zag er als gewoonlijk nuffig en preuts uit. Paxton had allang vastgesteld dat ze haar niet kon uitstaan.

Maar Peter was tegen iedereen even aardig en haar moeder was overdreven beleefd, terwijl George er verveeld uitzag en Allison niet leek te merken dat er nog iemand in de kamer was. Ze zei bijna nooit iets tegen Paxton en tegen George had ze verscheidene malen gezegd dat ze haar niet begreep. Heimelijk vond ze Paxton onhebbelijk en veel te eigenzinnig. Allison praatte die avond aan een stuk door tegen George over de nieuwe gordijnen die ze voor haar slaapkamer had besteld. Peter probeerde uit te leggen wat hij in Mississippi deed, maar dat scheen niemand te interesseren en Paxtons moeder bleef nadrukkelijk van onderwerp veranderen. Het duurde even voor hij in de gaten kreeg dat het kwam omdat ze het niet eens was met wat hij daar deed en dat ze probeerde hem voor een pijnlijke situatie te behoeden. Toen hij daar eenmaal achter kwam, was hij geschokt. Ze waren nog erger dan Paxton had gezegd. Ze waren afstandelijk en koud, ze leefden nog in de duistere Middeleeuwen.

Hij schakelde toen maar over op de reis van zijn ouders naar Europa, wat een veiliger onderwerp leek. Paxtons moeder scheen onder de indruk te zijn van het feit dat ze in Zuid-Frankrijk waren en ze vroeg hem op haar deftigste toontje wat voor werk zijn vader deed. Peter was verbaasd dat Paxton haar dat niet had verteld. 'Hij... eh... werkt bij een krant in San Francisco...' Het leek op de een of andere manier aanmatigend om te zeggen dat hij de eigenaar was.

'Wat leuk,' zei Beatrice Andrews met een onmiskenbare blik van afkeuring. 'En jij wordt jurist?' Hij knikte, sprakeloos door de ijzigheid van haar stem. Ze was alles wat Paxton had gezegd en meer... of minder eigenlijk. Ze was ijskoud. 'Paxtons vader was advocaat. Haar broer,' haar ogen richtten zich op de dodelijk saaie George, 'is arts.' En dat was kennelijk een beroep dat van betekenis was in haar ogen.

'Dat is geweldig,' zei Peter, die zich krampachtig voelde en zich afvroeg hoe lang hij die conversatie zou volhouden, en hoe Paxton ze dag in dag uit kon verdragen. Geen wonder dat ze zo ongelukkig was als ze thuiskwam. Ze was zo anders dan zij. 'En Allison, wat doe jij?'

'Ik... nou... eh...' Ze was zo geschrokken van de vraag, ze had geen idee wat ze moest antwoorden. Ze had dertien jaar op een echtgenoot zitten wachten, vanaf het moment dat ze van de middelbare school kwam. 'Wel eh... ik... ik ben reuze dol op mijn tuin.'

'En ze doet geweldig werk voor ons bij de Junior League, is het niet, m'n beste?' zei mevrouw Andrews aanmoedigend. En toen tegen Peter: 'De vader van haar oudoom was generaal Lee. *De* generaal Lee. Je weet vast wel wie dat is.'

'Ja, inderdaad.' Peter kreeg de neiging om gillend de kamer uit te rennen. Het was het langste diner van zijn leven met eindeloze stiltes en rare brokstukken conversatie, en alleen af en toe een knipoog of een zacht duwtje van Queenie, of een blik van Paxton om hem op te vrolijken. Het leek eeuwen te duren voor ze teruggingen naar het hotel. Daar deed hij zijn das af en liet zich op bed vallen met een gekreun dat niet in staat was uit te drukken hoe hij over de avond dacht. Toen ging hij rechtop zitten en keek Paxton aan. Ze hadden gedaan of ze nog even gingen dansen. 'Mijn god, liefje, hoe hou je het bij ze uit? Het zijn de meest vooringenomen en onvriendelijke mensen die ik ooit heb ontmoet. Ik weet dat ik dit niet hoor te zeggen over jouw familie, maar ik dacht dat ik nooit door dat diner heen zou komen.'

Ze grijnsde van oor tot oor. 'Ik weet het. Zijn ze niet vreselijk? Ik weet nooit wat ik tegen ze moet zeggen. Ik voel me altijd een buitenstaander.'

'Dat ben je ook. Jullie lijken niet eens familie van elkaar. Je broer is de saaiste man die ik ooit heb ontmoet, zijn vriendin is nuffig, preuts, onnozel en onuitstaanbaar, en je moeder... goeie god, dat is een ijsberg.'

Paxton grinnikte verheugd en hield meer dan ooit van hem. Ze voelde zich ineens gewroken, en alsof ze meer in de wereld had dan alleen Queenie. 'Ja hoor, dat is mijn mammie.'

Peter kon nog steeds niet geloven dat er zulke mensen bestonden. Ze waren compleet anders dan zijn eigen familie, en compleet anders dan Paxxie. 'Ik wou dat ik je vader had gekend.'

'Ik ook. Hij zou je vast heel aardig hebben gevonden.'

'Ik weet zeker dat ik hem ook aardig zou hebben gevonden. Maar na alles wat je over hem verteld hebt, Paxton, kan ik me hem niet met je moeder voorstellen.'

'Ik denk niet dat hij erg gelukkig met haar was. Ik was pas elf toen hij stierf, dus de fijne nuances van hun relatie zijn me min of meer ontgaan.'

'Misschien is dat maar goed ook. Goddank ben je naar Berkeley gegaan.' Hij wilde er niet aan denken wat met haar had kunnen gebeuren als ze bij hen in Savannah was gebleven. Ze zouden haar uiteindelijk geestelijk kapot hebben gemaakt. Hij had drie gin-tonics gedronken om het diner te doorstaan, en ze dachten nu waarschijnlijk dat hij een alcoholist was.

Paxton bleef zo lang als ze kon bij hem. Toen bracht hij haar in zijn huurauto naar huis en keek haar na toen ze naar binnen ging. Tot haar grote verbazing zat haar moeder op haar te wachten, iets wat ze anders nooit deed, en dat was niet bepaald een goed voorteken.

'Wat betekent die jongen precies voor jou?' vroeg ze toen Paxton maar net door de deur was.

'Hij is mijn vriend, ik vind hem aardig.'
'Je bent verliefd op hem.' Haar moeder slingerde haar de woorden toe als kanonskogels, en alsof ze verwachtte dat Paxton op haar knieën zou vallen en om genade zou smeken.
'Kan zijn.' Ze wilde niet tegen haar liegen, maar ze wilde ook niets oprakelen. Haar moeder zat in haar ochtendjas op de bank, en er stond een glaasje sherry naast haar. 'Ik mag zijn familie heel graag. Zijn zusje is mijn vriendin, en zijn ouders zijn erg aardig voor me geweest.'
'Waarom?'
Het was een bespottelijke vraag en Paxton wist werkelijk niet wat ze daarop moest antwoorden.
'Wat bedoel je met "waarom"? Omdat ze me aardig vinden.'
'Misschien zien ze jou als een treetje op de maatschappelijke ladder voor hun zoon. Heb je daar weleens aan gedacht?'
Paxton schoot bijna in de lach bij die veronderstelling, maar ze wilde niet onbeleefd zijn tegen haar moeder. 'Dat lijkt me niet erg waarschijnlijk.'
'Waarom niet?'
'Moeder...' Paxton wist niet goed wat ze moest zeggen, de waarheid leek haar de enige oplossing. 'Ze bezitten de op één na grootste krant van San Francisco. De *Morning Sun*. Ze hebben mij nergens voor nodig. Ze vinden me gewoon aardig.'
'Ze klinken ordinair,' zei haar moeder zuur, maar volgens haar waren alle westerlingen dat, met inbegrip van, en misschien vooral, Peter Wilson. Westerlingen waren nog erger dan noorderlingen.
'Ze zijn niet ordinair.' Paxton voelde zich gekwetst door het gebrek aan warmte van haar moeder voor de jongen van wie ze hield. Het was zo verschillend van de hartelijkheid die ze van de familie Wilson ondervonden had. 'Het zijn beschaafde mensen, moeder. Echt waar.'
'Ik wil niet dat je teruggaat naar Berkeley.' De woorden schoten als vlammen uit haar mond.
Paxton ging in een stoel zitten en wenste dat dit alles niet nodig was. 'Ik vind het daar fijn. Het is een geweldige school. Ik doe het goed. Moeder, ik blijf niet hier.'
'Dat doe je wel als ik het zeg. Je bent negentien jaar oud, en laat dat kleine bedrag dat je vader je heeft nagelaten je niet naar het hoofd stijgen. Op jouw leeftijd ben je niet onafhankelijk.'

'Het spijt me dat je er zo over denkt.' Paxton deed haar best om kalm te blijven en ze was haar leeftijd ver vooruit als het om inzicht ging. 'Maar ik blijf niet in Savannah.'
'Mag ik vragen waarom niet?'
'Omdat ik hier niet gelukkig ben. Ik wil een ruimer blikveld. En als ik van school kom, wil ik een tijdje naar het buitenland.' Zelfs Peter begreep dat.
'Je gaat met hem naar bed, hè?'
Het was een valse aanval, en één die ze niet had verwacht.
'Natuurlijk niet.'
'Ja, dat doe je wél, ik zie het aan je, als bij een goedkope hoer. Je bent naar Californië gegaan en een slet geworden. Zelfs je broer en Allison zagen het verschil.' Het was een gemeen iets om te zeggen en hun mening kwetste haar.
'Het spijt me dat te horen.' Paxton stond op, vastbesloten niet nog meer van dat soort opmerkingen aan te horen. 'Ik ga nu naar bed, moeder.'
'Ik wil dat je nadenkt over wat ik heb gezegd.'
'Over dat ik een hoer ben?' vroeg Paxton op kille toon, maar haar moeder leek niet onder de indruk.
'Over hier blijven. Ik wil dat je goed nadenkt voor je teruggaat naar Californië.'
'Dat lijkt me niet nodig,' zei Paxton triest en ze liep de trap op naar haar kamer.
De volgende dag ontmoette ze Peter in het hotel en ze zei heel weinig over wat er was voorgevallen. Maar hij begreep het. Hij zag het aan haar gezicht. 'Ze heeft iets gezegd, hè? Was ze van streek?'
'Van streek?' Paxton lachte, en voor de eerste keer klonk dat bitter. 'Nee, mijn moeder raakt nooit "van streek". Teleurgesteld. Ze wil dat ik overstap op een school hier.' Peter keek ontzet toen hij dat hoorde, maar Paxton kuste hem snel om hem gerust te stellen. 'Ze zegt dat ik in Californië in een slet verander, zelfs mijn broer en Allison zien dat. En dat is héél verontrustend voor hén.
'Rotzakken... hebben ze...' Hij kwam niet uit zijn woorden van woede, en zij legde hem het zwijgen op met weer een kus, te wijs voor haar leeftijd, te bedroefd door wat er was gebeurd.
'Het geef niet. Over vier weken ben ik weer in Berkeley. En ik weet niet of ik hier ooit nog terugkom. Ik weet niet of ik dat kan opbrengen. Ik word er te depressief van. Ze zijn er altijd op uit me te kwetsen.'

'Kan ze je toelage stopzetten?' vroeg Peter bezorgd, hoewel hij zo'n situatie met liefde meteen verholpen zou hebben. Paxton schudde haar hoofd. Ze zag er nog steeds bedroefd, maar ook ouder en onafhankelijker uit. 'Nee, dat kan ze niet. Mijn vader heeft me net genoeg nagelaten om naar school te gaan en voor mijn levensonderhoud in die periode. En daarna moet ik sowieso gaan werken, dus dat maakt niet uit. Ze zou me waarschijnlijk financieel ondersteunen als ik weer thuis wilde komen en de rest van mijn leven bij de Junior League zou doorbrengen, maar dat wil ik niet, dus dat is geen verlies. Het maakt echt geen enkel verschil. Ik kan hier gewoon niet meer terugkomen. In elk geval niet om hier te wonen.' Ze zag er overtuigd uit.

'En Queenie dan?' Hij wist hoeveel die voor Paxton betekende.

'Ik kom wel terug om haar op te zoeken. Dat moet ik wel,' zei Paxton glimlachend, maar haar leven lag nu in Californië, met hem. En wat nog belangrijker was, ze wist dat haar leven nu haar toebehoorde. Dat wist haar moeder ook, en dat was nou precies wat haar huiverig maakte. Ze had nog maar heel weinig over Paxton te zeggen.

Hij vertrok de volgende dag. Paxton zag hem met lede ogen gaan en hij vond het vreselijk haar achter te laten bij mensen die niet van haar hielden. Hij beloofde haar minstens een keer per dag te bellen, vaker als hij kon en niet net in de gevangenis zat, zei hij lachend toen hij afscheid van haar nam op het vliegveld. Hij kuste haar lang en intens en zei dat ze eraan moest denken hoeveel hij van haar hield en dat ze zich niet door haar familie van streek moest laten maken.

Maar dat gebeurde toch. Hij moeder deed vijandig na Peters vertrek en haar broer liet niet na haar bij elke gelegenheid te vertellen dat ze het aan hun moeder verplicht was niet terug te gaan naar Californië.

'Ik ben het aan mezelf verplicht iets van mijn leven te maken, George,' zei ze botweg. Ze was niet meer bang voor hem en hij imponeerde haar ook niet meer ondanks het feit dat hij zoveel ouder was. Hij leek eerder meelijwekkend nu, een kleinsteeds doktertje dat nog steeds aan moeders rokken hing en bang was een relatie aan te gaan met iemand met enige inhoud. Ze was ervan overtuigd dat haar relatie met Peter gezonder en volwassener was dan die van hem.

'Je kunt hier óók iets van jezelf maken,' drong George aan op de avond voor haar vertrek toen hun moeder naar haar bridgeclub was.

'Dat is geklets!' viel ze uit. 'Kijk naar jezelf. Kijk naar de mensen die we kennen. Kijk naar Allison... kijk naar de meisjes met wie ik op school heb gezeten.'

'Let op je woorden, Paxton!' Hij was woest door de beledigingen aan hun aller adres, maar dat was zij ook. Ze had veel te lang te veel gepikt en ze had er genoeg van. 'Je hebt je een hoop losbandige ideeën en lelijke woorden in je hoofd gehaald, Paxton, en die passen niet bij jou.'

'Dit hier ook niet. Dit ben ik niet. Nooit geweest. En papa ook niet. Hij heeft het waarschijnlijk allemaal geslikt omdat hij een aardige man was en het zijn plicht vond.'

'Je weet niets van hem af. Je was een kind toen hij stierf.'

'Ik weet dat hij een goed mens was met een groot hart en ik hield van hem.'

'Je weet niet wat hij mama heeft aangedaan.' Hij zei het op een toon alsof hij iets verschrikkelijks voor haar verborgen hield, en dat kon ze niet geloven van haar vader.

'Wat kan hij haar nou helemaal aangedaan hebben?' Ze kon zich niets voorstellen, maar George kon niet nalaten haar nog meer te kwetsen. Het was zijn wraak voor haar onafhankelijkheid, de onafhankelijkheid die hij nooit had gekend en ook nooit zou kennen omdat hij te veel op zijn moeder leek en niet genoeg op zijn vader, in tegenstelling tot Paxton.

'Er was een vrouw bij hem toen hij verongelukte.'

'Echt waar?' Paxton keek eerst geschrokken en toen, langzamerhand, nadenkend. Dat verklaarde heel veel. De houding van haar moeder. Maar het was ook goed te begrijpen waarom hij een andere vrouw had gewild. Ze was niet echt verbaasd. En op een vreemde manier was ze blij als hij iemand had gevonden van wie hij hield en die van hem hield. Hij had het verdiend. Hij verdiende het niet ervoor te sterven. Maar dat was niet de oorzaak van zijn dood. Het toeval had hem gedood. Pech. Zijn naam was opgeschreven door een hand in de hemel. 'Ik ben niet echt verbaasd,' zei ze zacht, en hij keek teleurgesteld. 'Mama deed altijd zo kil tegen hem. Hij had waarschijnlijk meer nodig dan zij te bieden had.'

'Wat weet jij daar nou van op jouw leeftijd?'

'Ik weet hoe het is om haar dochter te zijn,' zei ze openhartig, en hij was geschokt. 'En jouw zuster. We zijn erg verschillend.'

'Dat zijn we zeker,' zei hij met boze trots. 'Dat zijn we zeker. En ik zou er nog maar eens goed over nadenken wat je van jezelf wilt maken in Californië. Daar met al die drugs en hippies en demonstraties, al die idioten die zich in lakens hullen en bloemen in hun haar dragen en demonstreren voor de zwarten terwijl ze er nog nooit een gezien hebben.'
'Misschien weten ze meer dan jij, George. Misschien raakt het hen meer. En misschien is dat wel goed.'
'Je bent een dwaas.'
'Nee.' Ze schudde haar hoofd terwijl ze hem aankeek. 'Nee. Maar dat zou ik zijn als ik hier bleef. Dag, George.' Ze stak haar hand naar hem uit, maar hij nam hem niet aan. Hij keek haar alleen even aan, verliet een paar minuten later het huis en ze zag hem niet meer voor ze uit Savannah vertrok.
Haar afscheid van Queenie deed deze keer meer pijn omdat ze al besloten had dit jaar niet met Kerstmis terug te komen, hoewel ze dat niet tegen Queenie had gezegd. Maar Queenie voelde gewoon dat ze haar heel lang niet meer zou zien. Ze hield haar dicht tegen zich aangeklemd en keek haar bedroefd aan. 'Ik hou van je, kind. Pas goed op jezelf.'
'Jij ook. En ga naar de dokter als je die hoest weer krijgt.' Maar Queenie leek ouder en trager te zijn geworden, zelfs zonder de hoest. 'Ik hou van je,' fluisterde Paxton. Ze kuste de warme, zwarte wangen en liet Queenie toen achter.
Haar moeder bracht haar deze keer niet naar het vliegveld, en George evenmin. Haar moeder zei haar bij de voordeur gedag en liet door de toon van haar stem weten dat Paxtons terugkeer naar Californië een grote teleurstelling was. Niet omdat ze gemist zou worden, maar omdat ze op de een of andere manier tekort was geschoten als mens, als inwoner van Georgia, als haar moeders dochter en als Georges zuster. Het was allemaal nogal uitputtend.
'Je verdoet je tijd daarginds.'
'Ik vind het jammmer dat je er zo over denkt, mama. Ik doe mijn best om mijn tijd niet te verspillen.'
'Ze zeggen dat je goed werkte bij de krant.' Het was het enige compliment dat ze, voor zover ze zich kon herinneren, ooit van haar moeder had gekregen. 'Je zou daar op een dag een baan bij de societyredactie kunnen krijgen, als je goed je best zou doen.'
Paxton zei maar niet dat ze liever doodging dan voor de rest van

haar leven artikeltjes over de bruiloften van haar vriendinnen te schrijven.
'Dat is leuk. Pas op jezelf,' zei ze zacht. Ze was opgelucht dat ze kon vertrekken, maar ook bedroefd, vooral bedroefd om alles wat ze nooit voor elkaar waren geweest.
'Pas op voor die jongen. Die deugt niet.'
'Peter?' Wat vreemd om dat over hem te zeggen. Hij was zo hartelijk, zo goed en zo fatsoenlijk dat de woorden van haar moeder haar schokten. Wat wist haar moeder dat zij niet wist?
'Dat zie je zo aan hem. Als je hem z'n gang laat gaan, zal hij je gebruiken en vervolgens weggooien. Dat doen ze allemaal.' Die bewering sloeg meer op haarzelf dan op Paxton, en Paxton had medelijden met haar. Het moest een enorme slag voor haar moeder zijn geweest toen ze hoorde dat haar man met een andere vrouw in het vliegtuig had gezeten. En hij was nooit meer bij kennis gekomen om het uit te kunnen leggen. George had niet gezegd wie ze was en of ze het ongeluk had overleefd, maar dat deed er misschien niet toe. En Paxton wilde niet meer weten dan hetgeen hij haar had verteld.
'Ik bel zodra ik mijn nieuwe nummer heb.' Ze moesten nog steeds een huis of een appartement zoeken in Berkeley.
Haar moeder knikte en keek haar na toen ze wegging. Ze had geen echt contact met haar gezocht of zelfs maar geprobeerd haar een kus te geven. De hele weg in de taxi naar het vliegveld kon Paxton aan niets anders denken dan aan teruggaan naar Berkeley en naar Peter. En toen ze eenmaal aan boord van het vliegtuig zat op weg naar hem, dacht ze geen moment meer aan Savannah.

7

Ze hadden het geluk om na twee weken al een huis te vinden. Het stond in Piedmont en het was precies wat ze nodig hadden. Het huis had twee slaapkamers en een enorme zitkamer, een grote, zonnige keuken en een heerlijke tuin. En het was geen schok voor Gabby toen ze ontdekte dat ze haar slaapkamer niet met Paxton zou delen maar hem voor zich alleen zou hebben, en dat Paxton en Peter de grotere slaapkamer namen. Zijzelf was haar maagdelijkheid dat jaar aan de Rivièra kwijtgeraakt aan een knappe jonge Fransman en ze beschouwde zichzelf nu als een vrouw van de wereld. Ze vond het buitengewoon spannend te merken dat haar broer en haar beste vriendin al maanden een verhouding hadden waarvan zij niets had geweten. Maar Peter was iets minder blij met haar reactie op hun verhouding. Hij verzekerde haar dat als ze het aan iemand zou vertellen, Paxxie op welke manier dan ook zou compromitteren, of hun ouders liet weten dat niet zij, maar hij een kamer met Paxton deelde, ze het bitter zou berouwen.

Maar de regeling werkte uitstekend. De Wilsons kwamen op bezoek en de meisjes kookten voor hen. En het drietal kon het voortreffelijk met elkaar vinden. De verhouding tussen de tortelduifjes was perfect, en Paxton en Gabby waren nog net zo dik met elkaar als voorheen. Het enige probleem was dat Gabby iedere week met een andere man kwam aanzetten, en het was moeilijk voor Peter om zich te beheersen en zich niet als haar oudere broer, maar gewoon als huisgenoot te gedragen. Paxton wees hem er steeds op dat hij geen misbruik van de situatie mocht maken, maar hij moest zich constant inspannen om zijn mond te houden.

De andere belasting was de verbluffende hoeveelheid werk die hij moest verrichten om zijn cijfers op peil te houden in zijn tweede studiejaar. Paxton had ook heel wat werk op zich genomen, zodoende brachten ze het grootste deel van de tijd met studeren door – of in de bibliotheek, of in bed – en gingen ze maar heel weinig uit. Paxton deed in haar vrije tijd wat vrijwilligerswerk, schreef af en toe een artikeltje voor de universiteitskrant en vond het elke keer weer reuze spannend als ze haar naam in de krant zag staan. Het was een idyllisch leven dat ze leidden en ze waren zielsgelukkig.

Het grootste deel van de tijd waren ze met school bezig. Het was midden oktober toen Peter met volledige instemming van Paxton zijn oproep voor het leger verbrandde. In die tijd werden B52-bommenwerpers naar Vietnam gestuurd om de grondtroepen te steunen en de luchtstrijdkrachten werden een belangrijke factor in het bevechten van de Vietcong; helikopters werden naar het heetst van de strijd in de jungle gestuurd. De oorlog begon enorm te escaleren en Paxton werd bang als ze dacht aan wat daar allemaal gebeurde. Maar toen ze met Peters vader hierover praatten, bleef hij volhouden dat er meer bommen, meer manschappen en een onverzettelijkere houding tegenover het Noorden nodig waren. Alles wat Peter en Paxton wilden was de totale terugtrekking van de Verenigde Staten, maar het was onmogelijk om zijn vader hiervan te overtuigen.

Thanksgiving bracht ze dat jaar weer bij zijn familie door, en nu voelde ze zich als een lid van het gezin en volkomen op haar gemak bij de Wilsons. Het was niet te geloven dat zij en Peter nog maar een jaar bij elkaar waren, het leek alsof ze altijd samengewoond hadden. Zijn ouders hadden zo hun vermoedens, maar hielden zich erbuiten, hoewel Marjorie Ed meer dan eens vroeg of hij niet vond dat ze er iets over moest zeggen.

'Waarom? Ze kunnen hun eigen beslissingen nemen. Denk je dat er iets verandert als je met ze praat?'

'Misschien zouden ze zich moeten verloven, als ze doen wat we denken.'

'Wat maakt het uit? Als ze willen trouwen, trouwen ze. En als ze dat niet willen, doen ze het niet. Ze zijn trouwens toch te jong om te trouwen. Peter wordt volgende maand vierentwintig en zij is nog niet eens twintig. Wacht maar gewoon af. Geloof me maar, die twee weten heus wel wat ze doen.'

Paxton bracht de kerstdagen ook bij hen door en was geschokt toen ze in de *Morning Sun* las dat de troepenmacht was opgelopen tot tweehonderdduizend.

'Dat is krankzinnig!' zei ze bij het ontbijt tegen Peter.

'Ik weet het.' Hij keek haar ongelukkig aan en bad dat hij niet van de universiteit gestuurd zou worden. Het begon zo verdomd moeilijk te worden dat het hem soms beangstigde. En het voor-

uitzicht in dienst te moeten beangstigde hem nog meer. Het was benauwend.
'Waarom zien de mensen niet wat daarginds gebeurt? Iedere dag sterven er jongens. Niet alleen Vietnamese, ook onze jongens. En ze sturen er achttienjarigen naartoe om te vechten.'
'Ik ben te oud voor deze oorlog,' bromde hij terwijl hij nog een kopje koffie inschonk.
'Als ze jou ooit oproepen, zal ik je maar meteen vertellen dat ik je of persoonlijk in je achterste schiet, of je mijn zwartkanten ondergoed leen en een kaartje naar Toronto voor je koop.'
'Daar kon ik je weleens aan houden. Dat ondergoed tenminste. Zolang jij er nog in zit.'
'Kan geregeld worden.' Ze kuste hem over de ontbijttafel heen.
Gabby, die net in haar nachtpon de keuken binnenkwam, kreunde. 'Zijn jullie wéér bezig? Ik word er beroerd van.' Maar in werkelijkheid was ze dol op die twee. Ze wilde nu alleen weleens iemand voor zichzelf.
Maar na Kerstmis, toen ze met z'n allen gingen skiën, gebeurde het eindelijk. Toen Gabby op een dag de helling afstormde kwam ze in botsing met een man die eerst door de lucht vloog en vervolgens boven op haar terechtkwam. Ze lagen even ademloos in een verwarde kluwen, haalden hun ledematen en hun ski's uit elkaar en probeerden vast te stellen of er niets vermist, beschadigd of gebroken was.
'Dat was een forse dreun, is alles in orde met je?' vroeg hij bezorgd. Hij richtte zich in zijn volle lengte op en stak zijn hand uit om haar op de been te helpen en Gabby keek in verwarring naar hem op. Hij heette Matthew Stanton, droeg een zwart skipak en was zo knap als een filmster. Hij had donker haar, blauwe ogen en een goed verzorgde baard. Terwijl ze zich afklopte en zich verontschuldigde dat ze niet beter uitgekeken had, keek hij haar geboeid aan. Hij skiede samen met haar terug naar het hotel en nodigde haar daarna elke dag voor de lunch en het diner uit. Peter en Paxton zagen haar nauwelijks nog, behalve als ze naar elkaar zwaaiden vanuit de lift of als ze binnen kwam rennen om zich te verkleden voordat ze met Matthew uitging. Hij was tweeëndertig, zat in de reclame en scheen buitengewoon geamuseerd te zijn door Gabby's constante capriolen. Zozeer dat hij na hun terugkeer in Berkeley voortdurend bij hen op de stoep stond, en elke keer als Gabby met hem uitging, kwam ze niet voor de volgende ochtend terug.

‘Denk je dat hij het ernstig meent?’ vroeg Paxton aan Peter toen ze een maand na kerst zaten te studeren voor hun examen.
‘Wie zal het zeggen met die twee? Ik snap niet hoe hij het uithoudt met haar.’
Maar elke keer als ze Matt en Gabby samen zag, vond ze dat ze een gelukkige indruk maakten.
Hij had Gabby verteld dat hij gescheiden was maar geen kinderen had, en hij leek een hoop geld aan Gabby te spenderen. Hij stuurde haar voortdurend bloemen en gedichtenbundels, armbanden en dingen waarvan hij wist dat ze ze leuk vond: snuisterijtjes, en poppen en malle dingen die haar plezier deden. Hij leek fantasierijk en gezellig en speels te zijn. ‘En te oud om naar Vietnam gestuurd te worden,’ voegde Paxton nog toe aan de reeks voordelen. ‘Dat is tegenwoordig een pluspunt.’
‘Dat is walgelijk,’ zei Peter. Maar dat was het niet. Elke dag werden er jonge mannen naartoe gestuurd om voor hun land te sterven. En op 11 januari waren demonstrerende studenten geclassificeerd als 1-a, wat grote verontwaardiging teweeg had gebracht in Californië. Drie weken later, na de kerstonderbreking, hervatte Johnson de bombardementen op Noord-Vietnam. Het had precies achtendertig dagen geduurd, en nu begon het allemaal weer opnieuw. Paxton kon bij tijden alleen maar aan de oorlog denken en aan het gevaar dat die ten slotte ook Peter zou bereiken.
Paxton had tijdens de kerstvakantie verscheidene malen met haar familie gesproken en haar moeder zinspeelde er nogal nadrukkelijk op dat George in de lente weleens een verrassing voor haar kon hebben. Maar dat was nauwelijks mogelijk. Het zou heel wat verrassender zijn als hij zich op z’n vierendertigste nog steeds níét zou verloven. En Queenie was weer ziek en had daar ook naar geklonken aan de telefoon. Paxton maakte zich zorgen over haar, maar kreeg een hele tijd niet de gelegenheid om weer te bellen, en toen ze dat eindelijk deed, bezwoer haar oude vriendin haar dat ze zich veel beter voelde.
‘Je liegt toch niet tegen me, hè?’
‘Zou ik tegen mijn kleine meisje liegen?’ Ja, dat zou ze zeker, dat wisten ze alle twee, maar Paxton zei niets.
In maart 1966 namen regeringstroepen Da Nang weer over van de communisten, en Peter en Paxton namen deel aan drie dagen van protesten tegen de oorlog.
Paxton had alweer een vakantiebaan. Peters vader had haar een

geweldige baan als leerling-journalist bij de krant aangeboden. Ze had eerst geaarzeld, wilde geen misbruik maken van haar relatie met Peter. Maar het was te mooi om te weerstaan en Peters vader had beloofd dat ze de hele zomer geen enkel tuinfeest en geen enkele modeshow zou hoeven te verslaan. Nu moest ze alleen nog haar moeder vertellen dat ze de zomer niet in Savannah zou doorbrengen.

Met de paasvakantie ging ze naar huis om het hun uit te leggen. George verloofde zich eindelijk en ze waren van plan in de zomer te trouwen. Allison vroeg Paxton niet om bruidsmeisje te zijn, waardoor het gemakkelijker werd om te zeggen dat ze alleen voor de bruiloft zou komen en daarna weer terug zou vliegen naar San Francisco. Ze vertelde hun dat ze daar een baan bij een krant had genomen. Haar moeder herinnerde zich wat Paxton over zijn familie had gezegd en gaf onmiddellijk Peter de schuld voor Paxtons afvalligheid.

'Dat heeft er niets mee te maken. Ze hebben me een fantastische baan bij een belangrijke krant aangeboden. Zo'n aanbieding sla je niet af voor een baantje bij een krant hier.'

'Waar ligt jouw loyaliteit eigenlijk?' zei haar moeder beschuldigend. 'Daar of hier?'

'Daar gaat het niet om. Ik moet loyaal zijn aan mezelf en mijn toekomst.'

'Dat is het enige waar jij aan denkt,' zei haar moeder door opeengeklemde tanden, en Paxton probeerde het gesprek weer op George en Allison en hun aanstaande huwelijk te brengen. De receptie zou in de Oglethorpe Club gegeven worden, en ze zeiden dat ze maar ongeveer honderd vrienden zouden uitnodigen. Allison was tegen die tijd zo oud dat Paxton het nogal bespottelijk vond om een tweeëndertigjarige bruid het middelpunt van een enorme trouwerij te laten zijn.

Paxton zag kans een paar van haar vroegere vriendinnen op te zoeken en ontdekte tot haar verbazing dat er inmiddels nog meer getrouwd waren en nog veel meer verloofd, en dat sommigen van de al langer getrouwden al aan hun tweede baby toe waren. Het gaf haar het gevoel stokoud te zijn, hoewel ze net twintig was geworden.

'Denk je dat hij met je trouwt?' vroeg Queenie op een avond over Peter. Paxton glimlachte en haalde haar schouders op. Ze hadden het eigenlijk nooit meer over trouwen. Het lag niet in de planning voor de nabije toekomst, maar Paxton wist dat het er uiteindelijk wel van zou komen als hij het niet erg vond om te wachten tot zij al haar onafhankelijkheids-zwerftochten achter zich had. Maar ze was zo ontzettend aan hem gewend geraakt. Ze vond het heerlijk met hem samen te wonen, en een leven zonder hem kon ze zich absoluut niet meer voorstellen.

Het bezoek viel deze keer wel mee en het enige dat haar dwarszat was hoe moe Queenie eruitzag toen ze vertrok. Ondanks haar gigantische omvang lukte het haar er teer uit te zien en Paxton drong er bij haar broer op aan een oogje op Queenie te houden. Niemand wist precies hoe oud ze was, maar het was duidelijk dat ze niet meer jong was en niet meer zo sterk als ze was geweest.

Er was nog steeds een zekere spanning tussen haar en haar moeder, maar daar probeerde ze niet aan te denken en ze beloofde dat ze naar huis zou komen voor de bruiloft. Toen ze terugkwam in Berkeley wachtte Peter vol ongeduld op haar. In vele opzichten was hun relatie als een huwelijk.

En toen Gabby de volgende dag thuiskwam van een trip naar Hawaï met Matt had ze sterretjes in haar ogen en een blik die Paxton ergens eerder had gezien, maar ze kon zich niet meer herinneren bij wie, en het was eind mei voor ze het weer wist. Plotseling lag Gabby voortdurend in bed te slapen. Ze ging nergens meer heen, behalve 's avonds uit met Matt, maar ze had altijd die slaperige uitdrukking en een blik in haar ogen die Paxton meteen herkende toen het kwartje eenmaal gevallen was.

Op een dag toen ze alleen thuis waren en niemand hen kon horen, confronteerde ze Gabby ermee. Het was twee uur, Gabby was net opgestaan en Paxton kwam net terug van school. Ze kon alleen maar aan Dawn denken, het meisje uit Des Moines dat de eerste drie maanden van school had verslapen, en toen met Kerstmis naar huis was gegaan om haar baby te krijgen.

'Je bent in verwachting, hè?' Ze had besloten er geen doekjes om te winden en Gabby draaide zich met een verbaasde uitdrukking om.

'Dat is bespottelijk. Hoe kom je daar nu bij?' Ze zag er even angstig uit.

'Omdat het zo is. Waar of niet?'

'Ik ben... nee, ik ben niet... wat een onzin... ik ben... ik...' Maar ze kon niet doorgaan met liegen. Ze liet zich op een keukenstoel zakken, verborg haar gezicht in haar handen en begon te huilen. Paxton keek even naar haar, ging toen naast haar zitten en sloeg een arm om haar schouders. 'Wat ga je nu doen?' vroeg ze vriendelijk.

'Ik weet het niet... ik bleef maar denken dat ik over tijd was, maar... ik weet gewoon niet wat ik nu moet doen.'

'Heb je het Matt verteld?' De roodharige schudde haar hoofd. 'Hoe ver ben je?'

'Ik weet het niet. Misschien een week of zes. Ik ben vorige week eens gaan informeren naar mogelijkheden voor een abortus, maar iedereen heeft gruwelverhalen over Mexico of East Oakland. Zoiets wil ik niet doen. Stel dat ik doodga.'

'Je zou naar Tokio kunnen gaan, of naar Londen.'

'Ja hoor, en wat zeg ik dan tegen mijn ouders? Ik ga op zakenreis? Een project voor mijn kunstklas? Shit, Paxxie, wat moet ik nou?'

'Wat wil je? Wil je de baby?'

'Ik weet het niet.' En dat wist ze ook echt niet. Ze dacht er constant over na en kwam er niet uit. Ze was zo in de war, het was een opluchting om er met Paxton over te praten.

'En Matt? Wil je hem wel?'

'Ik denk van wel. Hij is zo aardig voor me. En zo lief. Ik denk dat ik van hem hou.' Dat was niet genoeg, althans niet voor Paxton. Maar Gabby's maatstaven waren niet zo hoog als de hare.

'Je moet er zeker van zijn, helemaal als je een baby krijgt.'

'Hoe kan ik dat? Hoe weet je zoiets zeker? Jij gaat nu bijna twee jaar om met Peter, ben jij zeker van hem?'

'Ja,' zei Paxton eerlijk. 'Ik ben niet zo zeker van mezelf. Ik geloof niet dat ik al helemaal volwassen ben. Maar ik weet wel zeker dat ik van hem hou.'

'Dan bof je. Maar jij bent anders dan ik.'

Gabby ging pas sinds de kerst met Matt om en Paxton dacht weleens dat het door zijn minzame, zelfbewuste en zo perfect uitgebalanceerde gedrag moeilijk was om vast te stellen wie hij eigenlijk was onder dat vernis. Het was begrijpelijk dat Gabby niet zeker was. Paxton had zo'n vermoeden dat het hem heel goed uitkwam om Gabby Wilson als vriendin te hebben. Hij wist heel goed wie haar vader was en leek deze connectie, ook al was het indirect, wel te kunnen waarderen.

'Wat ga je nu doen?' vroeg Paxton weer. 'Je moet wel snel be-

slissen, anders heb je geen keus meer.' Dat was waar, na drie maanden kon ze een abortus wel vergeten.
'O god, Paxxie, zeg dat niet.'
'Waarom vertel je het hem niet?'
'En als hij me dan in de steek laat?'
'Dan weet je in ieder geval wat voor soort man hij is. En misschien heb je dan je antwoord.'
'En als hij het niet doet?'
'Dan moet je daar ook over nadenken. Maar Gabby, denk na over wat jíj wilt. Een kind is voor altijd.' Ze had heel wat vriendinnen die op hun eenentwintigste al spijt hadden van de kinderen die ze hadden en van hun huwelijk waartoe ze overhaast besloten hadden of waartoe ze gedwongen waren geweest.
Ze waren er die middag nog over aan het praten toen Peter binnenkwam, en beiden vielen stil. 'Jeetje, wat is er met jullie? Heb ik iets verkeerds gezegd?'
'Nee. En doe niet zo paranoïde.' Paxton kuste hem verlangend. 'Hoe gingen je examens?' Hij was bijna klaar met zijn tweede jaar, en ze wisten dat dit het moeilijkste was.
'Ik denk dat ik alles verknald heb. Ik zit waarschijnlijk morgenochtend al op een vlucht naar Vietnam.'
'Dat zijn geen dingen om grapjes over te maken.' Paxton keek geschokt toen ze hem zijn koffie inschonk.
'Je moet niet zo gevoelig zijn,' zei hij terwijl hij zijn kopje neerzette en haar weer kuste. Toen zag hij zijn zuster de keuken uit lopen. Ze zag eruit of ze gehuild had. 'Wat is er met haar aan de hand?' vroeg hij fluisterend. 'Is het uit met die vent?' Peter scheen nooit zijn naam te kunnen onthouden, hetgeen geen goed teken was. 'Hij is trouwens toch te oud voor haar. En hij heeft te veel belangstelling voor mijn vader.'
Dat vond Paxton ook, maar gezien de omstandigheden was ze niet van plan dat tegen Peter te zeggen. 'Ik denk dat ze gewoon een beetje bonje hebben. Vast niets bijzonders,' zei ze vaag. Peter wist meteen dat ze loog, maar drong niet verder aan. Ze wist er kennelijk meer van, maar wilde er blijkbaar niet over praten.
Toen Matthew Gabby die avond kwam ophalen, droeg ze een fel oranje mini-jurk en enorme kubusvormige plastic oorbellen. Maar ze zag er verbazend somber uit, haar outfit in aanmerking genomen. En toen ze in minder dan een uur terugkwam, grensde ze eerder aan hysterie. Ze richtte haar blik direct op Paxton alsof

haar broer niet bestond. 'Hij zegt dat hij erover na moet denken. Wat zeg je daarvan?' Ze barstte in tranen uit, rende haar kamer binnen en gooide de deur met een klap dicht terwijl Peter haar verbluft nastaarde.

Ineens werd het hem duidelijk en hij keek Paxton aan. 'Shit. Het is niet waar, hè? Zeg dat ze niet... alsjeblieft... ik vermoord haar... en dan hem.' Zijn hele kaak was gespannen, maar Paxton greep hem snel bij zijn arm en schudde hem haast door elkaar.

'Jij gaat helemaal niets doen. Laat ze er zelf maar uitkomen.'

'O, Paxxie...' Met tranen in zijn ogen staarde hij haar vol ongeloof aan. 'Hoe kon ze dat nou doen. Die vent is een zak, ziet ze dat zelf niet?'

'Misschien is hij dat niet. Misschien valt hij reuze mee. Misschien doet hij wel wat er van hem verwacht wordt.' Ze hoopte het in elk geval. Anders zat Gabby behoorlijk in de problemen.

'Ik vind dat ze zich moet laten aborteren. Ze ís toch zwanger, hè?' Hij had natuurlijk gelijk, en ze knikte. 'Hoe kon ze zo stom zijn?'

'Het was een ongelukje.'

'Dit soort ongelukjes gebeurt niet. Jou gebeuren ze niet. Slikt ze de pil niet?' Paxton schudde verdrietig het hoofd. 'Jezus. Wat zullen mijn ouders zeggen?'

'Niemand gaat iets zeggen. Laat haar eerst zelf een oplossing vinden. Ze weet nog niet eens wat ze wil.'

'Ze wilde zo verdomd graag trouwen, en moet je haar nou zien, zwanger van een ski-klojo.'

Paxton lachte. 'Hou eens op. Hij is geen ski-klojo. Ze heeft hem op een skihelling ontmoet, en hij kan best de perfecte echtgenoot voor haar zijn.' Ze had het nog niet gezegd of er werd aangebeld. Het was Matthew die er somber en tobberig uitzag, en hij vroeg of hij Gabby kon spreken.

'Ze is in haar kamer,' zei Paxxie zacht. Toen keek ze naar Peter en ze hoopte dat hij de vader van de baby niet zou wurgen. 'Waarom gaan we niet ergens een pizza of zoiets eten?'

'Omdat ik geen honger heb!' snauwde Peter terwijl hij Matt aanstaarde, maar hij liet zich toch door Paxton mee naar buiten nemen. Toen ze buiten waren zei hij: 'Waarom mag ik niet met hem praten?'

'Omdat hij niet is gekomen om met jou te praten, maar met Gabby. Laat ze in 's hemelsnaam even alleen.'

'Waarom? Je ziet wat ervan komt als je ze alleen laat.'

'Dat kan niet nog eens gebeuren. Dus bemoei je met je eigen zaken.'
'Ze is mijn zusje.'
'Ik denk dat hij nu voorrang heeft. Bovendien heb ik honger.'
'Ga me niet vertellen dat jij ook in verwachting bent, of ik kap ermee.'
'Zou je dat doen?' Ze keek hem aandachtig aan toen ze bij zijn auto waren aangekomen, en hij zag er plotseling ernstig uit.
'Nee, voor de goede orde, dat zou ik niet doen. Als ons dat ooit overkomt, Pax, wil ik niet dat je iets stoms doet. Jezus, we zijn al min of meer getrouwd. We zouden het dan alleen officieel moeten maken, en ik zou voor je op de baby passen terwijl jij naar het Vredescorps gaat.'
'Zoals jij het stelt klinkt het bijna aanlokkelijk.'
Hij plaagde haar een beetje, maar hij wilde dat ze wist dat hij haar ter plekke zou trouwen. Peter liep om de auto heen naar haar toe en sloeg zijn armen om haar heen. 'Ik hou van je, liefje... heel veel. Ik zou het fijn vinden als je op een dag mijn baby krijgt.'
'Ik ook,' fluisterde ze tegen zijn nek, maar ze kon het zich nu nog niet voorstellen. En Gabby kon ze zich ook niet met een baby voorstellen.
Gabby en Matt zaten op de stoep voor de deur toen ze terugkwamen. Gabby huilde niet, wat Paxton een goed teken vond. Matt stond zenuwachtig op en keek Peter aan.
'Ik wil graag even met je praten,' zei hij, hem recht aankijkend.
'Waarover?' Peter was niet van plan het hem gemakkelijk te maken.
Maar Gabby was te nerveus om te luisteren. Ze sprong op en keek haar oudere broer aan. 'We gaan trouwen.' Ze keek naar hem en toen naar Paxton, en begon toen te huilen terwijl Paxton haar armen om haar heen sloeg en zei dat ze blij voor haar was.
'Heb je al met mam en pap gesproken?' vroeg Peter voorzichtig, terwijl hij maar al te goed wist dat ze dat niet hadden gedaan.
'Matt gaat morgen lunchen met papa.'
Peter keek naar hen beiden, en hij was duidelijk nog steeds van streek. 'Gaat hij hem dan ook vertellen dat je in verwachting bent?'
'Nee,' zei Gabby met een trillende lip, 'jij wel?'
'Dat weet ik nog niet,' zei Peter.
Maar nu mengde Matt zich erin en sloeg een arm om Gabby's schouders. 'Zo is het wel genoeg. Het is niet nodig om het iemand

te vertellen.' Hij keek zijn aanstaande zwager aan. 'Dat is iets tussen ons vieren. Er is geen reden om je ouders of Gabby van streek te maken. Dit is voor iedereen traumatisch geweest. Het overrompelde mij ook nogal toen Gabby het me vertelde. Maar we moeten er maar het beste van maken. Ik hou van haar, zij houdt van mij, en we krijgen een fantastische baby.'

Hij trok haar weer dicht tegen zich aan en gaf haar een kus op haar kruin, terwijl zij tegen haar tranen vocht en hem dankbaar aankeek. Hij had ook kunnen zeggen dat ze naar de hel kon lopen, maar dat had hij niet gedaan. Maar Peter wist dat er ook heel wat voordelen aan een huwelijk met Gabby Wilson zaten. Hij had heel wat minder te verliezen dan zij.

Peter keek zijn zuster strak aan. 'Weet je zeker dat dit is wat jíj wilt?'

Ze keek hem aan en knikte. 'Ja, heel zeker. Ik wist alleen in het begin niet wat ik moest doen.' Ze keek zenuwachtig naar Paxton. Het was een grote stap. Van studentje werd ze ineens vrouw en moeder.

'Wat ga je tegen mam en pap zeggen?'

'Dat we willen trouwen... binnenkort... over een paar weken of volgende maand of zo.'

'Denk je niet dat ze het zullen begrijpen? Het zal een grote teleurstelling voor mam zijn als je geen grote bruiloft wilt.'

'Ik zeg gewoon dat Matthew er nogal op tegen is omdat hij gescheiden is.' Ze haalde haar schouders op. 'En dan is de baby twee maanden te vroeg. Dat komt meer voor.' Ze glimlachte gelukkig naar Matt, terwijl Paxton hen bekeek. Het was verbazingwekkend, in slechts twee uur tijd was het leven van haar vriendin totaal veranderd en plotseling leek ze niet meer bij hen, maar bij Matthew, te horen. Ze ging die avond met hem mee naar huis, en toen Paxton haar een paar dagen later weer zag, leek ze totaal veranderd te zijn. Hij had een ring voor haar gekocht en zij kon alleen nog maar over haar aanstaande huwelijk praten. Ze had eindelijk gekregen wat ze wilde, een echtgenoot. Maar Paxton was er nog steeds niet zo zeker van of Matthew Stanton wel de juiste persoon was.

Ed Wilson dacht er net zo over, maar al zijn smeekbeden om het nog wat uit te stellen, haalden totaal niets uit en ten slotte gaf hij het op. Gabby was zo eigenzinnig, hij wist dat ze desnoods naar Mexico zou gaan om met Matthew te trouwen.

Hun trouwdag zou in juni zijn, en ze hadden volgehouden dat ze er alleen maar een paar vrienden bij wilden hebben, en een lunch thuis. En zoals Peter had voorspeld, was Marjorie Wilson vreselijk teleurgesteld.

Op hun trouwdag, de vierde juni, stond Paxton naast haar en huilde omdat ze wist dat Gabby iets deed waar ze niet echt zeker van was. En in januari zou de baby komen. Ed Wilson vermoedde dat wel, en zelfs Marjorie trapte er niet in. Maar ter wille van Gabby speelden ze het spel allemaal mee en hoopten dat Matt toch een goede echtgenoot zou blijken te zijn.

Na afloop reden Peter en Paxton terug naar het huis in Berkeley. Ze gingen volgende week verhuizen en moesten nog het een en ander inpakken. Ze gaven het huis op om naar iets kleiners te gaan, en ze deden ook niet meer of ze alleen maar huisgenoten waren. Alleen Paxtons moeder wist het niet zeker en er was geen enkele reden om het haar te vertellen. Ze was ver genoeg weg om de poppenkast die ze het afgelopen jaar hadden opgevoerd te geloven. Maar nu Gabby weg was, lag het een beetje anders.

Toen ze thuiskwamen zette Paxton haar hoed af en keek naar de enorme hoeveelheid dozen die overal stonden. Gabby en Matt waren al op huwelijksreis. Ze waren 's middags naar New York gevlogen en zouden, na twee dagen de Pierre, doorvliegen naar Europa. 'En,' zei Paxton ernstig, 'wat denk je? Denk je dat hij geschikt zal zijn?'

'Ik weet het niet, Pax.' Niemand wist het. Ze konden het alleen maar voor Gabby hopen.

'Hij is in ieder geval wel lief voor haar.'

'Dat is hem geraden ook,' gromde Peter, en zij boog zich naar hem toe en kuste hem. 'Wat gaan we met al deze troep doen?'

'Ik weet het niet. Weggeven?' Het grootste gedeelte bestond uit boeken, en veel daarvan waren van Paxton.

'Ik heb nooit genoeg tijd om dit allemaal in te pakken voor ik naar Savannah ga.'

'Maak je daar maar geen zorgen over. Ik doe het wel.'

'Je bent een schat.' Ze glimlachte. De volgende week vertrok ze naar haar broers bruiloft in Savannah. Zij hadden ook besloten om in juni te trouwen. Ze had het gevoel in een mallemolen te zitten; pakken, verhuizen, uitpakken, en dan nog naar Savannah voor de bruiloft.

Toen Paxton daar aankwam vond ze Queenie er weer helemaal

niet goed uitzien, maar haar moeder leek wat meer ontspannen dan gewoonlijk. Ze scheen goed met Allison te kunnen opschieten en dat nam iets van de druk bij Paxton weg.

Twee dagen later, na de bruiloft, kwam Paxton terug in San Francisco om met haar baan bij de krant te beginnen. Peter had een baan bij een advocatenkantoor in Berkeley aangenomen voor de zomer. Ze waren net een getrouwd stel nu ze verhuisd waren. Ze hadden een schattig huisje met een grote zitkamer, een keuken, een eetkamer, een tuin en boven een grote slaapkamer met een kleine studeerkamer waar Peter al zijn juridische boeken had. Zij kookte voor hem als ze thuiskwam van haar werk, en soms spraken ze af in de stad en gingen daar ergens eten. En ze was dol op haar baan bij de krant. Ze gaven haar interessante opdrachten, en soms als ze stond te lezen wat er binnenkwam op de telex, voelde ze zich alsof ze haar vinger aan de pols van de wereld had. Ze was nog nooit zo gelukkig geweest.

En Gabby ook niet. Tegen september, toen Peter en Paxton weer naar school gingen, kwam ze opdagen en ze vond het heerlijk dat ze een jaar vrij genomen had. Paxton vermoedde dat ze helemaal niet terug zou gaan. Haar ouders wisten nu van de baby en Matt was goed voor haar, dus iedereen was gelukkig.

De tijd vlóóg voorbij dat jaar. Het was haar derde jaar in Berkeley. Paxton ging deze keer naar huis met de kerstdagen en het was duidelijk dat Queenie echt ziek was. Ze zag bleek, voor zover dat mogelijk was, en ze hoestte aan een stuk door. Maar hoewel haar dochters vonden dat ze nu maar eens met pensioen moest gaan, wilde ze per se blijven werken, vooral als Paxxie thuis was, wat Paxton angstig vond. George hield vol dat hij niets voor haar kon doen, ondanks de druk die Paxton op hem uitoefende. Hij was trouwens ook niet bijzonder geïnteresseerd. Hij kon alleen maar aan Allison denken. Ze verwachtte in augustus hun eerste kind.

Gabby's baby kwam drie weken nadat Paxton weer thuis was van de kerstvakantie. Het was een klein meisje met helderrood haar, net als haar moeder. Toen Paxton in het ziekenhuis naar haar stond te kijken kon ze zich maar moeilijk voorstellen dat Gabby nu moeder was. Maar Matt was dolgelukkig en de Wilsons ook. En Paxxie voelde een vreemde leegte in haar hart toen ze met Peter terugreed naar Berkeley.

'Alles in orde?' Hij had het gemerkt. Ze had niet veel gezegd op

weg naar huis, maar ze keek hem aan toen hij dat vroeg, en glimlachte op een wonderlijke manier.
'Ja hoor. Het is wel gek haar met een baby te zien, hè? Wij zijn al zo lang samen, meer dan twee jaar, en we kennen elkaar zo goed. En zij kennen elkaar pas een jaar en zijn al gelukkig getrouwd en hebben een baby. Een beetje raar is het wel, vind je niet?'
'Ja, misschien wel.' Toen grinnikte hij. 'Maar daar kan iets aan gedaan worden als je wilt.'
'Nee. In elk geval niet nu.' Ze glimlachte haast droevig, omdat ze in sommige opzichten wel wilde. Ze wilde van alles, en de school ging haar vervelen. Ze miste de baan die ze die zomer had gehad bij de krant. En nu was het weer terug naar de examens, de testen, de mondelinge tentamens en het registratieboekje.
Er waren inmiddels vierhonderdduizend Amerikaanse jongens in Vietnam en niets had nog zin. Het was gemakkelijker als je je er niets van aantrok. Maar dat deed zij wel. Ze trok zich er te veel van aan, en over vijf maanden zou Peter klaar zijn met zijn studie.
Ze was nog steeds verdrietig toen ze die avond naar bed gingen, en toen Peter haar in zijn armen hield besefte ze dat ze jaloers was op Gabby's baby.
'Waar denk je aan?' vroeg Peter in het donker.
'Aan mijn eigen domheid.' Ze grinnikte en hij lachte. 'Een prettige gedachte.'
'Ik loop mezelf soms een beetje voorbij.'
'Denk je weer aan die baby?'
De baby was schattig, maar wat haar het meest getroffen had, was hoe gelukkig ze waren, en hoe compleet. Toch zag ze zichzelf de komende jaren nog niet met kinderen, hoewel iets in haar wist dat ze het heerlijk zou vinden.
'Luister eens, als je wilt kunnen we trouwen als ik in juni afgestudeerd ben. Tegen die tijd heb ik wel een baan. Liefje, ik zou dat echt fijn vinden.' Hij straalde in het donker, en wat de dienstplicht betrof zou het ook veiliger zijn.
'Ik denk niet dat we dat moeten doen. Kijk naar Gabby, die gaat nooit meer terug naar school. Ik wil afmaken waar ik aan begonnen ben.'
'Hoe zit het met het Vredescorps?'
Ze grinnikte. 'Ik denk dat ik dat wel kan opofferen. Ik weet niet

zo zeker of ik wel zo geweldig zou zijn met al die kakkerlakken en bloedzuigers.'
'Is dat dan afgesproken?' Hij glimlachte ook. 'Juni '68, als jij je diploma gehaald hebt?' Dat was al over zeventien maanden, en Paxton vond het wel goed klinken. 'Wat zeg je ervan, schat?'
'Ik zeg ja... en ik hou van je...'
'Ik hou ook van jou.' Hij straalde. 'Betekent dit dat we nu verloofd zijn?'
'Daar klinkt het wel naar, hè?' Ze giechelde bijna.
'Zal ik een ring voor je kopen?'
'Misschien moeten we nog even wachten.' Het was tenslotte nogal een stap. Bovendien zou ze het haar moeder moeten vertellen en die zou gaan zeuren en een tirade afsteken omdat ze niet met iemand uit Savannah trouwde. 'Waarom wachten we niet tot Kerstmis? Dan duurt het ook niet meer zo lang tot de trouwdag.'
'Ik begin alvast te sparen,' zei hij en hij kroop lekker dicht tegen haar aan voor ze in slaap vielen in het knusse huisje in Berkeley.

8

Peter voltooide zijn rechtenstudie in juni 1967 en zijn ouders gaven een enorme lunch voor hem in de Bohemian Club in San Francisco. Het was een gewichtige aangelegenheid waar ieder belangrijk personage uit de stad bij aanwezig was, met inbegrip van Peters nieuwe baas bij een zeer achtenswaardig advocatenkantoor. De Wilsons stelden Paxton aan iedereen voor als hun toekomstige schoondochter en daar leek zij niets op tegen te hebben. Matt en Gabby waren er ook. Gabby zag er heel mooi en slank uit en praatte constant over de baby.

'Ik ben wel aan een tweede kindje toe,' vertrouwde ze Paxton toe toen ze naar het damestoilet gingen. Het viel Paxton op dat ze er mooier en beter uitzag dan ooit.

'En hoe moet het dan met school?'

'Ik wil toch niet meer terug. Ik ben niet zoals jij. Jij wilt journaliste worden, je wilt carrière maken, je wilt iets bewijzen. Verdorie, Pax, ik wil gewoon getrouwd zijn en kinderen krijgen.'

Paxton glimlachte meesmuilend naar haar. 'Je klinkt als mijn moeders droom. Allison houdt tenminste de druk van me af. Zij krijgt haar baby in augustus en ik zal er wel heen moeten om hem te bekijken.' Ze was echter wel van plan die zomer weer voor de *Morning Sun* te gaan werken. Ze moest nog maar één jaar naar school, en dan kreeg ze bij hen een vaste baan als verslaggever.

'En wanneer komt de volgende?' plaagde Paxton. Hun baby heette Marjorie Gabrielle, en ze noemden haar Marjie.

'Ik neem aan dat het deze keer een jongen moet worden?'

'Dat is wat Matt graag wil.' Gabby straalde.

Ze was eenentwintig jaar oud, getrouwd en moeder. Paxton woonde al drie jaar met Peter samen, hij was advocaat en zij was alleen nog maar studente. Ze wilde nu weleens een beetje opschieten. De school afmaken, een echte baan hebben en dan trouwen. In die volgorde. 'Is hij goed voor je?' Paxton wist dat die vraag overbodig was.

'Ja,' zei Gabby zacht, terwijl ze haar vriendin, voormalig kamer-

genootje en toekomstige schoonzuster ernstig aankeek. 'Ik heb geluk gehad. Hij had uiteindelijk best een klootzak kunnen zijn, maar dat is hij niet. En hij is grandioos met de baby.'
'Daar ben ik blij om,' zei Paxton oprecht toen ze weer terugliepen naar hun tafel.
'Wat deden jullie daar? Ik heb je overal gezocht,' klaagde Peter toen hij haar eindelijk gevonden had. 'Ik wilde je aan de vrouw van mijn baas voorstellen. Ze is Engelse en ik denk dat je haar wel aardig zult vinden.'
Maar ze konden haar niet meer vinden. Het was een lange, fijne dag geweest en ze waren beiden doodmoe toen ze ten slotte naar het huisje in Berkeley gingen. Ze hadden besloten het huis nog een jaar aan te houden, omdat dat gemakkelijker was voor Paxton in haar laatste jaar op Berkeley. Als ze haar diploma had en voor de krant ging werken, en als ze getrouwd waren... dan zouden ze naar de stad verhuizen.
'Het was een heerlijke dag.' Ze glimlachte tegen hem. 'Ik ben zo trots op je... het is je gelukt!' Hij zag er ook heel tevreden uit, en zijn ouders waren zo trots geweest. Ze waren blij met hun beide kinderen, en van Paxton hielden ze ook, en zij was werkelijk dol op hen. Die hele avond kletsten ze over deze dag waarop hij zijn bul had gekregen.
De rest van de zomer vloog voorbij. Peter had het druk op zijn werk, en Paxton was dag en nacht bezig voor de krant. Vlak voor ze weer naar school moest vloog ze naar huis om haar moeder en Georges nieuwe baby te zien. Hij had een zoontje en hij knapte zowat van tevredenheid over zichzelf. Ze hadden de baby James Carlton Andrews genoemd. Het was een schatje en Allison voelde zich prima. Zelfs haar moeder was een beetje uit de plooi gekomen. Alleen Queenie leek wel tien jaar ouder te zijn geworden en ze was nauwelijks in staat zich te bewegen door de artritis.
'Waarom doe je niet iets voor haar?' zei Paxton beschuldigend, maar George scheepte haar af. Hij had wel wat anders te doen dan zich druk te maken over de oude bediende van zijn moeder.
'Ze gaat naar niemand anders toe, George. Ze vertrouwt op jou.'
'Ik kan echt niets doen. Ze is oud, Pax. Allemachtig, ze moet tegen de tachtig lopen.'
'Nou en? Ze kan wel honderd worden als iemand goed voor haar zorgt.' Maar hoewel hij dat niet zei, dacht hij daar heel anders over. Queenie was de laatste jaren steeds zwakker geworden en

of Paxton dat nou wilde inzien of niet, ze had niet het eeuwige leven.

Paxton herinnerde hem er nog eens aan voor ze wegging, en ze bracht het grootste deel van haar laatste middag daar met Queenie door.

'Ga je nou eindelijk met hem trouwen?' vroeg ze mopperig toen Paxton het over Peter had.

'We hebben het over aanstaande juni gehad, als ik mijn diploma haal, of ergens in de zomer.' Ze wilde echt liever eerst gaan werken. Het was nog steeds heel belangrijk voor haar om onafhankelijk te blijven.

'Waar wacht je op, meisje? Grijs haar of volle maan? Je houdt nu al drie jaar van hem.'

'Ik weet het. Maar ik wil afmaken waar ik mee bezig ben.'

'Je kunt getrouwd zijn en evengoed naar school gaan. Je bent slim genoeg om beide te doen. Wat is dus het probleem?'

'Het zal wel dwaas van me zijn, maar ik denk altijd dat ik het ene moet afmaken voor ik aan het volgende begin.'

'Wacht niet te lang.' Ze keek het meisje dat ze had grootgebracht doordringend aan en dacht bij zichzelf dat Paxton mooier was dan ooit. Ze zag er ouder en volwassener uit, haar trekken waren wat duidelijker omlijnd en haar lichaam was op de juiste plaatsen iets voller geworden.

'Wat bedoel je?' Paxton zag er ineens bezorgd uit.

'Misschien vindt hij iemand anders die niet wil wachten, of misschien een of ander meisje dat achter hem aanzit en hem nog te pakken krijgt ook... of, ik weet niet... Het kan soms raar lopen in het leven, soms krijg je spijt als je ergens te lang mee wacht, spijt omdat het dan te laat is en je het niet hebt gedaan toen je de kans had... Kindlief, ik denk dat je moet gaan trouwen.' Maar Paxton dacht dat de oude vrouw haar alleen maar getrouwd wilde zien zolang zij er nog van kon meegenieten. Bovendien wist ze dat Peter zou wachten. Hij was niet het type dat er met een ander vandoor gaat. Daar was ze zeker van. En ze hadden al zo lang gewacht dat dat ene jaar tot volgende zomer er ook nog wel bij kon.

Op de dag dat Paxton naar huis vloog, werd in Zuid-Vietnam president Thieu gekozen. En een maand later waren er in Vietnam 13000 Amerikanen gesneuveld en werden er 756 vermist.

Gabby vertelde haar dat ze weer in verwachting was en dat de ba-

by in juni zou komen. Het leek Paxton nog zo ver weg, bijna net zo ver als hun trouwdag.
Haar vierde jaar in Berkeley was een beetje een anticlimax. Paxton had het gevoel dat de dagen voorbijvlogen, en zij en Peter praatten veel over hun plannen voor na haar afstuderen.
De kerstdagen brachten ze dat jaar allemaal bij de Wilsons door en na de kerst gingen Peter en Paxton, zoals ze eerder hadden gedaan, skiën in Squaw Valley. Ze hadden een fantastische tijd en lachten erover hoe Gabby en Matt elkaar twee jaar geleden hadden ontmoet en over hoeveel er gebeurd was in de drieëneenhalf jaar dat ze samen waren. De wachttijd leek niet meer zo lang. Juni en Paxtons diploma-uitreiking leken vlakbij te zijn. Dan ging ze over een echte baan nadenken en tegen het einde van de zomer gingen ze trouwen. Het was niet eens meer een jaar.
Maar toen ze thuiskwamen lag er een brief van het rekruteringsbureau in de bus. Peter werd opgeroepen. Paxton dacht dat haar hart stilstond toen ze de brief las.
'Jezus, wat moeten we doen?' vroeg ze met een blik van ontzetting.
'Bidden,' zei hij. Later op de avond belde hij zijn vader. Zijn vader erkende dat hij wat de dienstplicht betrof geen invloed kon uitoefenen, maar vroeg hem op de man af of Paxton bereid was om te trouwen. 'Ik ben ervan overtuigd dat ze dat wel wil,' zei hij zacht, en zij raadde meteen wat zijn vader had gevraagd, 'maar we willen eigenlijk liever tot volgende zomer wachten.' Hij wist hoe belangrijk het voor Paxton was om de dingen in de juiste volgorde te doen.
'Ik denk niet dat je moet wachten. Als het een manier is om hier onderuit te komen, doe het dan.' Ze wisten allen dat het zou kunnen, maar niets was meer zeker. Het was aan je eigen rekruteringsbureau of ze het huwelijk als uitstel van militaire dienst accepteerden. En de laatste tijd werden huwelijken die ter elfder ure werden gesloten niet meer als zodanig geaccepteerd. Het was waarschijnlijk te laat. En Peter wilde er bij Paxton ook niet op aandringen om te trouwen voor ze haar studie had beëindigd.
'We zien wel, pap. Misschien veranderen ze bij de keuring nog van gedachten. Over zes weken ben ik zesentwintig. Het is de moeite niet waard. Ze willen de jonkies.' Maar toen hij opgehangen had, zag hij tranen in Paxtons ogen. Ze was doodsbang dat ze hem zouden nemen.

'Doe niet zo mal, liefje.' Hij trok haar dicht tegen zich aan. 'Ik ben te oud. Ze nemen mij heus niet.'
'En als ze dat wel doen?'
'Doen ze niet.'
'Laten we trouwen.' Dat was wat ze nu wilde, maar hij dacht echt niet dat het nog zou helpen.
'Dat is niet de goede manier. We hebben niet drieëneenhalf jaar gewacht om ons nu ineens in paniek in een gedwongen huwelijk te storten.'
'Waarom niet? Peter, ik wil niet meer wachten.' Plotseling herinnerde ze zich Quenies woorden: soms krijg je spijt als je ergens te lang mee wacht... 'Ik wíl trouwen.'
'Niet in paniek raken.' Hij deed zijn best om kalm te klinken. Hij had haar nog nooit zo bang gezien. 'Ik zal morgen met mijn baas praten.' Maar die was het met Peter eens. Ze gingen niet iemand oproepen die nog maar een maand van de leeftijdsgrens af was, dat zou onzin zijn. En als ze het wilden, kon hij waarschijnlijk tijd rekken. Het was tenslotte nog maar zes weken.
Maar toen hij voor de keuring naar het inlijvingscentrum in Oakland ging, namen ze hem aan. Het was gebeurd. Hij zat erbij. En ze konden het geen van allen geloven. Voor Paxtons gevoel was dit het einde van de wereld. Ze wilde hem verstoppen, maar dat wilde hij niet. Hij geloofde niet in oorlog. Hij had zelfs zijn oproepkaart verbrand, hielp ze hem herinneren. Maar hij was een verantwoordelijke en volwassen man, zei hij, de zoon van de uitgever van de *Morning Sun*. En hij moest wel gaan, zo zag hij het tenminste, zelfs al vond hij het verschrikkelijk.
En als hij nu zou trouwen zou het toch te laat zijn. Hij zat erin, en daar viel niets meer aan te doen.
Het was als een boze droom. En in Vietnam, een naam die Paxton nu nachtmerries bezorgde, trokken twintigduizend communistische troepen naar het zuiden voor een verrassingsaanval tijdens de Tet, de viering van het Chinese nieuwjaar. Op 23 januari legden de Noord-Koreanen beslag op de *USS Pueblo*. Het was op de dag dat Peter zich bij Fort Ord moest melden voor de basistraining. Paxton zou hem zes weken niet meer zien, en daarna, alleen God wist waar ze hem dan heen zouden sturen. De enige hoop die hij had was dat ze hem als advocaat ergens een kantoorbaantje zouden geven en dat hij niet naar het front hoefde. Maar hoewel hij zijn ouders en Paxton gerustStelde, was hij toch

nog bang. Dit was niet wat hij met zijn leven van plan was geweest, zeven maanden nadat hij zijn rechtenstudie had voltooid. 'Peter, alsjeblieft... laten we naar Canada gaan... ik zal wat dan ook doen,' smeekte ze voordat hij vertrok, maar hij wilde er niets van weten.

'Doe niet zo absurd. Ik wil dat je je school afmaakt.' Hij wist hoeveel het voor haar betekende en hoe goed ze het daar deed, en hij wilde nu niet weglopen. Hij moest het maar onder ogen zien en er het beste van zien te maken. Het zou zeker een hinderpaal voor zijn carrièreplanning zijn, maar twee jaar was nu ook weer niet zo vreselijk, hield hij zichzelf voor. Hij had de officierstraining kunnen volgen, maar dan zou hij nog langer moeten dienen. Hij gaf er de voorkeur aan om twee jaar infanterist te zijn zodat hij sneller weer thuis kon zijn.

Hij kon het niet meer ongedaan maken. Maar tot aan het moment van zijn vertrek smeekte Paxton hem om niet te gaan. Ze bracht hem zelfs naar Fort Ord en ze huilde wanhopig toen ze hem achterliet. 'Ik zie je over een paar weken, lieveling. Hou nu op.' Hij had erop aangedrongen dat ze terug zou gaan naar San Francisco en bij zijn ouders zou logeren. Maar na een paar dagen ging ze terug naar het huis in Berkeley. Ze wilde in het huis zijn dat ze met hem had gedeeld en waar ze zo gelukkig met hem was geweest. En elke avond zat ze op zijn telefoontje te wachten. Toen hij eindelijk kon bellen, had zij het gevoel gestorven te zijn terwijl ze wachtte op een levensteken van hem. Het was zes weken geleden dat ze zijn stem voor het laatst had gehoord, en ze had helemaal niet gestudeerd. Ze kon aan niets anders denken dan aan Peter. Maar toen hij haar belde zei hij meteen dat hij het weekend naar huis zou komen. Dat deed hij ook, maar hij bracht geen prettig nieuws. Hij was thuisgekomen om haar te vertellen dat hij over vijf dagen naar Saigon zou gaan.

9

Peters laatste dagen in de stad waren een kwelling voor iedereen en voor Paxton in het bijzonder. Ze wilden allemaal bij hem zijn en met hem praten om hem te laten weten hoeveel ze van hem hielden. Zijn vader probeerde nog zijn invloed aan te wenden, maar zonder succes. Zijn enige vriend bij het rekruteringsbureau zei dat hij niets voor hem kon doen. Iedereen verkeerde tegenwoordig in dezelfde situatie, veel families probeerden wanhopig hun zoon te redden, maar niemand kon er iets aan veranderen. Als hij geroepen werd moest hij gaan, en het enige dat hem te doen stond als hij eenmaal daar was, was in leven blijven. Hij werd naar Vietnam gestuurd voor de gebruikelijke periode van dertien maanden. 395 dagen, zei hij tegen Paxxie. Daarna zou hij ergens in Amerika gestationeerd worden en dan was alles achter de rug. Het betekende dat hun plannen een poosje uitgesteld moesten worden, meer niet, zei hij, maar ze wisten wel beter. Het betekende dat ze allebei dertien maanden lang hun adem in zouden houden en bidden dat er niets met hem zou gebeuren, dat hij in leven zou blijven en weer thuis zou komen. En Paxton voelde zich bovenal schuldig omdat ze niet eerder met Peter was getrouwd.

'Laten we naar Canada gaan,' fluisterde ze op een avond toen ze in het logeerbed bij zijn ouders lagen. De Wilsons wilden dat hij de laatste paar dagen thuis zou zijn, en hadden Paxton ook meegevraagd. Ze verwachtten nog steeds dat ze apart sliepen, maar Peter sloop 's nachts zachtjes naar haar kamer en ging 's morgens vroeg weer terug. Ze konden trouwens toch niet slapen. Paxton was te veel van streek en hij was gespannen. Overdag was hij bezig iedereen gerust te stellen, maar 's nachts had hij met zijn eigen angsten te kampen.

Tijdens de twee maanden in Fort Ord was hij afgevallen en gespierder geworden, maar er was nu een pijn in zijn ogen die Paxton hartverscheurend vond. Het waren ogen die zeiden: ik wil niet! Maar hij vond dat hij moest gaan.

'We kunnen niet naar Canada gaan, Pax,' zei hij kalm, terwijl hij

de ene sigaret na de andere opstak. Voorheen had hij vrijwel nooit gerookt, maar in het opleidingskamp was het een vaste gewoonte geworden. 'Wat zou ik daar in godsnaam moeten doen?'
'Je bent nu advocaat. Je zou hun rechtsstelsel over kunnen nemen en daar beginnen in plaats van hier.'
'En mijn vaders hart breken. Pax, ik zou hier nooit meer terug kunnen komen.'
'Kletskoek. Op een bepaald moment laten ze iedereen weer terugkomen. Er zijn er daar te veel, ze zullen wel moeten.'
'En als dat niet gebeurt? Dan kan ik niet meer thuiskomen. Lieve schat, het is het niet waard.' En als hij helemaal nooit meer thuiskwam? Was dat het dan waard? Ze werd weer overspoeld door ongeloof. Dit kon hen toch niet overkomen. Hij was nu zesentwintig, jurist, verloofd, en ze stuurden hem naar Vietnam. Het was een nachtmerrie.
'Peter, alsjeblieft...' In het donker probeerde ze hem om te praten. Hij hield haar in zijn armen toen ze huilde, en hij huilde ook maar stemde niet in met wat zij wilde. Hij zou niet vluchten. Hij had nooit willen gaan, geloofde niet in de oorlog. Het was jaren geleden dat hij zijn oproepkaart had verbrand. Maar toch wist hij dat hij moest gaan, en als het erop aankwam, was hij bereid zijn land te dienen. In het opleidingskamp waren ze allemaal opgehitst geraakt over 'Nam' en over 'Charlie' en hoezeer ze die zouden haten. Ze vertelden gruwelijke verhalen over kinderen die met machinegeweren rondliepen, en de Vietcong die zich in het struikgewas schuilhield, en boobytraps, en tunnels vol Vietcongtroepen die erop wachtten hen te doden. Maar er waren andere dingen waarover ze niet spraken: het hartzeer, de doodsstrijd, het verdriet om een gesneuvelde vriend, de verschrikking als je op een landmijn stapte, of het doden van een vrouw met haar baby omdat je zo bang was dat je niet helder kon denken.
Toch had hij het gevoel voorbereid te zijn, en keer op keer verzekerde hij Paxton in die laatste dagen dat hij voorzichtig zou zijn en geen gekke dingen zou doen.
'Zweer je dat?' Ze ontlokte hem nog een belofte voor hij terugging naar zijn kamer.
Hij kuste haar. 'Ik zweer het.' En toen zei hij met en trage glimlach: 'Ik zweer dat ik bij je terugkom... in één stuk... en klaar om te trouwen en veertien kinderen te krijgen. Bereid je er maar vast op voor, Pax. Ik ben een oude man tegen die tijd.'

Maar ze zou meer dan bereid zijn en al haar hang naar onafhankelijkheid overboord hebben gezet. 'We zouden al vóór die tijd kunnen trouwen, weet je.' Ze wilde nu wel meteen met hem trouwen, en dat wist hij. Maar hij wilde het niet op deze manier, niet holderdebolder, hysterisch, bang. En hij wilde ook niet het risico lopen haar tot weduwe te maken. Hij was bereid om te wachten en hij wist dat zij op hem zou wachten. Daar was hij niet bang voor, en na al die jaren samen voelden ze zich alle twee getrouwd. 'Ik hou van je...' fluisterde ze weer. Hij kuste haar en ging terug naar zijn eigen kamer toen de zon al opkwam. Het was de laatste dag van maart 1968, en de volgende dag zou hij naar Vietnam vertrekken. Hij had nog een heleboel te doen vandaag. Het was zondag.

Gabby, Matt en de baby kwamen die dag lunchen. Marjie was vijftien maanden, ze had net leren lopen en vond alles interessant. Gabby was alweer zeven maanden zwanger. Peter praatte een hele tijd met haar en na de lunch gingen ze in de tuin wandelen. Ze zagen er alle twee uit of ze hadden gehuild toen ze terugkwamen, maar iedereen huilde die dag. Zelfs Peters vader.

Nadat Gabby en Matt 's avonds naar huis waren gegaan, luisterden ze naar Lyndon Johnson. Hij beloofde de bombardementen te verminderen, en hij beloofde vrede. En toen verbijsterde hij iedereen met de mededeling dat hij zich niet herkiesbaar zou stellen. Het was tenminste iets om over te praten. Iets anders dan het feit dat Peter in de ochtend zou vertrekken.

Die avond kwam hij naar Paxtons kamer nog voor zijn ouders naar bed waren gegaan. Hij wilde geen moment langer wachten en hij hield haar de hele nacht in zijn armen, terwijl ze allebei huilden. Hij wilde niet sterven, wilde niemand doden, en wilde het meisje van wie hij hield niet verlaten, en toch stond het voor hem vast dat hij moest gaan.

Paxton verweet zichzelf nog steeds dat ze niet al lang geleden met hem was getrouwd, maar het had zo verstandig geleken om te wachten tot ze klaar was met haar studie. Maar wat was nu verstandig? Wat had het allemaal voor zin? Een oorlog aan de andere kant van de wereld, op een plek waarvan niemand het iets kon schelen of er gewonnen of verloren werd, een oorlog die niet te winnen was in een land waar het Amerikaanse leger zich niet kon verdedigen omdat men te bang was voor vergelding. Niemand begreep er meer iets van. En voor Paxton sloeg niets meer ergens op.

Ze stonden bij het raam en keken naar de zonsopgang. Toen gingen ze terug naar bed en beminden elkaar voor de laatste keer en toen Peter ten slotte haar kamer verliet en naar zijn eigen kamer liep, kwam hij zijn vader tegen.

'Morgen, pap.' Hij glimlachte bedroefd tegen hem, en Ed Wilsons ogen vulden zich met tranen terwijl hij knikte. Hij had hem in zijn armen gehouden toen hij een baby was, nu was hij een man, en hij was doodsbang hem te verliezen.

Ze ontbeten die ochtend samen. Ze waren allen perfect gekleed, klaarwakker, hun gezichten waren waakzaam en ernstig, en ze aten in stilte. Peter was de eerste die eindelijk iets zei, terwijl hij zijn stoel langzaam terugschoof.

'Nou, mensen, zo'n ontbijt zal ik waarschijnlijk een hele tijd niet meer krijgen.' Zeker niet opgediend door een bediende in uniform, in een heuse eetkamer op Limoges-porselein, van een zilveren servies en met Porthault-servetten. Noch met mensen van wie hij hield en die van hem hielden, in schone kleren en in een kamer waar niemand hem kon verwonden. 'Ik zal jullie missen.' Door deze gemeende woorden kwamen alle opgekropte gevoelens los en begon iedereen te huilen. Peter, zijn ouders en Paxton beloofden elkaar allemaal dapper te zijn, zeiden dat hij gauw weer thuis zou komen en hoe erg ze hem zouden missen. En Paxton besefte als geen ander hoe gezegend ze waren dat ze hun gevoelens konden uiten en hem konden zeggen hoeveel ze van hem hielden. Als haar broer weg zou moeten, zou niemand in staat zijn geweest iets te zeggen over hun angst of hun verdriet of over hun liefde voor hem.

Een halfuur later gingen ze met z'n vieren op weg naar Travis Air Force Base in Fairfield, Peter in zijn gloednieuwe uniform en met een enorme plunjezak. Hij moest zich daar om twaalf uur melden. Hoe laat hij aan boord van het vliegtuig zou gaan wist hij niet precies, maar als hij hen eenmaal achtergelaten had, deed dat er ook niet meer toe.

Het was een warme, zonnige dag en de chauffeur van meneer Wilson zei tijdens de hele rit geen woord, maar toen ze er waren, stapte hij uit en schudde Peter vol genegenheid de hand.

'Het allerbeste, jongen. Geef ze op hun donder.' Hij had in de Eerste Wereldoorlog gevochten en voor hem had de idee oorlog nog enige betekenis. In zijn tijd had hij geweten wie de vijand was, wie de goeden waren, en waarvoor hij vocht.

Peter was daar minder zeker van toen hij knikte. 'Dank je, Tom. Hou je haaks.' Hij herhaalde die woorden tegen iedereen, en hij omarmde zijn moeder iets langer. 'Pas goed op jezelf, mam... Ik hou van je...' Ze had de neiging om op haar knieën te zakken en te weeklagen bij de gedachte dat haar zoon de oorlog werd ingestuurd, maar ze knikte dapper. Ze kuste hem opnieuw door haar tranen heen, en kneep zo hard in Eds hand dat hij dacht dat zijn vingers zouden breken, terwijl Peter afscheid nam van Paxton. 'Ik hou ook van jou...' fluisterde hij, inmiddels niet meer in staat tot praten. 'Pas goed op jezelf...' Toen draaide hij zich om en verdween in het spelonkachtige gebouw. Verder konden ze niet met hem mee.

Ed Wilson dacht dat dat maar goed was ook. Het was al smartelijk genoeg om hier afscheid van hem te nemen, en het zou voor Marjorie te veel zijn om het vliegtuig dat haar kind naar het gevaar bracht, te zien vertrekken. Hij hielp hen weer in de limousine en de twee vrouwen hadden hun armen om elkaar heen geslagen en huilden.

'Ik had met hem moeten trouwen...' snikte Paxton.

Marjorie schudde vol angst en verdriet alleen haar hoofd. 'Je kon niet weten wat er ging gebeuren.' Dat kon niemand. Niemand wist iets over de oorlog waar hij nu naartoe ging, en over de prijs die hij misschien zou moeten betalen. 'Mijn god, ik hoop dat hij voorzichtig is,' zei zijn moeder zacht terwijl ze over Bay Bridge reden, terug naar San Francisco.

Paxton bleef bij hen lunchen, maar ze waren allemaal te neerslachtig om veel te zeggen, en 's middags pakte ze haar spullen en ging terug naar het huis in Berkeley. Ze had die middag een examen ecologie, maar ze had al besloten dat niet te doen. Ze kon zich trouwens toch niets herinneren, behalve waar Peter was en waar hij heen ging. Het enige dat ze wisten was dat hij eerst naar Hawaï vloog, dan naar Guam en dan verder naar Saigon en dat hij haar zou bellen zodra dat mogelijk was. Maar waar hij na Saigon heen zou gaan was nog onduidelijk. Paxton hoopte dat hij verder nergens naartoe hoefde. Met een beetje geluk zetten ze hem achter een bureau en lieten ze hem daar. Ze had er steeds bij hem op aangedrongen zijn voordeel te halen uit het feit dat hij advocaat was. Maar hij was niet bij de juridische staf ingedeeld. Als dat wel was gebeurd, was hij in Amerika gebleven. In Vietnam hadden ze geen juristen nodig. Ze hadden infanteristen nodig om hun oorlog uit te vechten en om mijnen op te sporen, en om Charlie te vangen in zijn grotten en tunnels.

Peters ouders hadden er bij haar op aangedrongen om wanneer ze maar wilde te bellen, en te komen eten of bij hen te logeren. Maar die eerste dag lag ze alleen maar op het bed dat ze hadden gedeeld en rook ze de geur van zijn aftershave in zijn kleren die hij had achtergelaten in hun kast. Hij had geen tijd gehad om iets in te pakken, ook al zouden ze in juli uit het huis trekken, en Paxton had dat ook niet gewild. Ze wilde daar met zijn spullen zijn, en met hem. Op deze manier had ze tenminste niet het gevoel dat ze hem kwijt was.

Gabby belde haar die middag en ze zaten allebei huilend aan de telefoon. Gabby zei dat het haar zelfs depressief maakte over de baby. 'Ik wil gewoon dat hij thuiskomt,' jammerde ze. Ze hadden altijd zo'n sterke band met elkaar gehad, helemaal de laatste jaren, sinds hij met Paxton was.

'Ik ook,' zei Paxton triest en ze keek om zich heen in de stille keuken.

'Weet je wat voor dag het vandaag is?' Typisch een vraag voor Gabby, maar Paxton wist het niet en het kon haar ook niet schelen, hoewel ze wist dat ze deze dag nooit zou vergeten. 'Het is één april.'

Paxton glimlachte haast. 'Bedoel je dat ze hem vanavond terugsturen met de mededeling dat het ze spijt?'

'Dat zouden ze moeten doen... de klootzakken...' Maar toen hoorde Paxton gehuil van Marjie op de achtergrond en moest Gabby afbreken nadat ze beloofd had later nog eens te bellen.

In plaats daarvan belde Peter tijdens zijn stop in Guam. Het was middernacht, maar Paxton sliep niet. Ze lag in bed aan hem te denken, en het was als een geschenk zijn stem te horen door de krakerige verbinding. Hij had maar een paar minuten tussen twee vluchten, maar hij wilde haar alleen vertellen dat hij van haar hield.

'Ik hou ook van jou... pas goed op jezelf...'

'Ik hou van je!' Toen was hij weg, en zij lag tot de ochtend klaarwakker in bed.

Die dag ging ze weer niet naar college. Ze had gewoon tijd nodig. Ze moest twee verhandelingen inleveren, maar de laatste tijd, sinds ze in Fort Ord was geweest, kon ze het niet opbrengen. De spanning was te groot voor haar en dat was aan haar cijfers te zien. Van een 10 was ze in bijna elk vak naar een onvoldoende afgezakt. Later ging ze naar de bibliotheek om wat boeken op te halen die ze vanaf begin maart voor haar hadden bewaard. Ze vond dat ze nu niets anders te doen had, en ze begon lichtelijk paniekerig te worden over die verhandelingen.

De volgende ochtend belde Peters moeder. Ze wist dat Paxton nog niets van hem gehoord zou hebben na dat telefoontje uit Guam, waarover Gabby haar had verteld. Maar ze wilde gewoon weten hoe het met Paxton ging. En het ging wel met haar, behalve dat ze dat vreemde gevoel weer had, hetzelfde gevoel als toen haar vader stierf en toen John Kennedy was neergeschoten, het gevoel dat ze zich onder water bewoog. Alles leek in slow motion te gebeuren en de stemmen die ze hoorde leken van heel veraf te komen. Het was alsof het haar niet raakte, alsof niets er iets toe deed. Het liefst zou ze ergens een winterslaap houden tot Peter weer terugkwam, wanneer dat ook zou zijn. Hij had al beloofd haar in Hawaï te ontmoeten als hij verlof had of wanneer ze hem lieten gaan, hij wist eigenlijk niet hoe ver hij kon gaan, of wanneer hij weg kon. Maar één ding was zeker, zodra hij ergens heen mocht zou hij Paxton ontmoeten.

'Pas goed op jezelf,' zei zijn moeder, en dat beloofde Paxton, net als Peter had gedaan. Nadat ze had opgehangen dacht Paxton er even over om Queenie te bellen in Savannah. Maar ze wilde haar niet van streek maken.

Paxton zette de volgende avond het nieuws aan, in de wetenschap dat Peter inmiddels in Saigon was. En plotseling was het allemaal belangrijk voor haar, elk rapport, elk woord, elk beeld, bang als ze was dat een van die soldaten Peter kon zijn. Maar het was niet het nieuws uit Vietnam dat haar schokte die avond, het was wat daarna kwam. Het was een samenvatting van iets dat bijna de hele dag was uitgezonden, maar hoewel ze de hele dag was thuisgebleven, had Paxton het niet gehoord. Ze spraken over doctor King en toonden verwarde beelden van rennende mensen, een hotel, iemand die iets schreeuwde. En toen drongen de woorden tot haar door. Martin Luther King jr. was gedood in Memphis. Vermoord. Dood. Neergeschoten. Ze staarde naar de televisie en kon het niet geloven. De wereld was krankzinnig geworden. Peter was in Vietnam, en Martin Luther was vermoord, doodgeschoten... Iemand had gewild dat hij, en alles waar hij voor stond, zou sterven. In het huis in Berkeley liet ze zich langzaam in een stoel zakken, staarde naar de tv en luisterde naar wat er gezegd werd. Maar niets leek nog enige logica te hebben. Die nacht hoorde ze het toen de rellen uitbraken. Ze begonnen in allerlei steden, het was de gekwelde schreeuw van een generatie die had geprobeerd door te leven na de moord op Kennedy vijf jaar geleden. Ze hadden de fakkel doorgegeven van hand tot hand, en nu waren hun handen en hun harten te moe om hem nog verder te dragen.

Paxton zat in de donkere zitkamer en huilde om hem. En toen de telefoon ging nam ze niet op, omdat ze wist dat het Peter niet kon zijn. Het zouden gewoon vrienden zijn die samen met haar wilden treuren, die zouden vragen of ze het al gehoord had, en hun ongeloof met haar wilden delen. Ze wilde het niet horen. Ze wilde met niemand praten. Ze wilde geen deel uitmaken van een wereld die mensen als hij vermoordde. Ze werd akelig van de gedachte, en toen ze die avond opnieuw naar het nieuws keek, merkte ze dat ze zat te huilen voor zijn kinderen.

'Waarom?' vroeg ze in de stilte van het huis. 'Waarom?' Ze schudde haar hoofd en droogde haar tranen, kon het niet begrijpen. En op vrijdagochtend, de volgende dag, werd ze wakker met een enorm gevoel van neerslachtigheid. Alles leek mis te gaan, te beginnen met Peters vertrek naar Saigon op maandag.

Het was een deprimerend weekend en hoewel ze dag na dag thuisbleef, scheen ze niet te kunnen studeren. Zondagnacht had ze een afschuwelijke nachtmerrie over twee vogels die op haar neerdoken en die het op haar gezicht hadden gemunt, en met een gevoel van opluchting werd ze op maandagochtend wakker van de telefoon. Ze herkende het geluid eerst niet toen ze de telefoon bij haar oor hield en besefte ineens dat het niet de telefoon was maar de voordeurbel. Ze had geen idee wie dat kon zijn, trok snel Peters badjas aan over haar nachtpon en liep naar een van de keukenramen om naar buiten te gluren. Maar ze kon niet goed zien wie daar was en ze ging ten slotte naar de voordeur, op blote voeten en nog steeds slaperig. Ze sperde haar ogen wijd open toen ze Peters vader zag.

'Hallo... ik... wat een verrassing... hoe gaat het?' Ze kuste zijn wang en zag meteen dat zijn ogen vochtig waren. Met een blik van panische angst stapte ze snel achteruit, alsof wat hem ook hierheen had gebracht haar niet kon raken als ze maar niet te dicht bij hem stond. 'Is er iets gebeurd?' Ze stond daar, zag er jong en mooi uit, en heel, heel erg bang.

Hij kon haar alleen maar aankijken en zijn hoofd schudden terwijl hij zijn tranen probeerde terug te dringen. Maar hij was hiernaartoe gekomen omdat hij het haar zelf wilde vertellen. Hij wist dat Peter dat gewild zou hebben. 'We zijn gisteravond gebeld...' Marjorie had een kalmerend middel van de dokter gekregen en lag nog in bed toen hij het huis verliet om naar Paxton te gaan. 'Paxxie... er is geen gemakkelijke manier om dit te zeggen.' Hij deed een stap in haar richting, naar waar ze zich teruggetrokken had, trok haar dicht tegen zich aan en sloeg zijn armen om haar heen en voor één seconde wilde ze voor zichzelf doen alsof het niet Ed maar Peter was. 'Hij is in Da Nang omgekomen.' Hij zei het zo zacht dat ze hem bijna niet verstond. 'Zodra hij daar aankwam hebben ze hem naar het Noorden gestuurd op een nachtelijke patrouille. Zo groen als hij was, maakten ze hem voorman.' Ze wist niet wat dat was en het kon haar niet schelen ook. Ze wilde haar handen op haar oren leggen zodat ze het niet hoefde te horen. 'Hij was degene die vooropging...' Ed Wilson begon te huilen. 'Hij bestormde geen heuvel, er werd niet op hem geschoten, hij maakte geen dorp met de grond gelijk, hij stapte niet eens op een mijn... hij werd gedood door wat ze "friendly fire" noemen. Een van onze eigen jongens raakte in paniek, dacht een Vietcongstrijder in het gewas te horen en schoot in plaats daarvan Peter dood... Het was een vergissing zeiden ze... Een vergissing, Pax...' Hij kon niet ophouden met huilen, al was hij hierheen gekomen om haar bij te staan. 'Maar hij is dood... onze jongen is dood... Zijn lichaam komt vrijdag thuis.' Toen hij die woorden zei had hij een gevoel alsof er een rotsblok omkantelde in zijn borst en zij dacht in zijn armen te zullen sterven. Maar eerst wilde ze hem slaan. Ze wilde hem dwingen zijn woorden terug te nemen. Ze begon tegen zijn borst te slaan waarbij haar handen en haar haar wild om haar heen vlogen.

'Nee! Nee! Dat is niet gebeurd! Niet waar! Niet! Ik wil het niet horen!'

'Dat wilde ik ook niet, maar je hebt er recht op het te weten...' Hij keek haar smartelijk aan. De man die van mening was geweest dat ze Vietnam maar plat moesten gooien, had er zijn zoon aan verloren. 'Hij is voor niets gestorven.' En alles wat hij zich op dit moment kon herinneren was hoe Peter er als klein jongetje had uitgezien en niet hoe hij eruitzag als man, toen hij een week geleden vertrok, op 1 april. Hij had een week geleefd in Vietnam, nog niet eens, want hij was daar pas woensdag, hun tijd, aangekomen, en was op zondag gestorven. Vijf dagen. Vijf dagen voor hij gedood werd. Voor niets. Gedood door 'friendly fire'. Hoe vriendelijk was dat als het de dood betekende van de man van wie hij hield, de man die zijn kind was geweest? 'De dienst wordt over een week gehouden. Maar Marjorie dacht dat je misschien nu met me mee zou willen gaan naar huis... Ik... ik denk dat het goed zou zijn voor haar...'

Paxton knikte zwijgend. Ze waren de enige familie die ze op dit moment had en ze wilde dicht bij hen zijn. Misschien zou hij terugkomen als ze bij hen bleef en zeggen dat het telefoontje uit Nam een grap was geweest, dat die jongen met losse flodders had geschoten, dat het prima met hem ging en dat hun afspraak voor Hawaï nog steeds van kracht was.

Paxton liep de slaapkamer die ze gedeeld hadden binnen, voelde zich verdoofd en vreemd, trok een spijkerbroek aan en stapte in haar loafers. Ze deed een van Peters sweaters aan die nog steeds naar hem rook, gooide van alles in een tas en liep naar buiten, naar de auto met meneer Wilson. Hij herinnerde haar eraan het huis af te sluiten en droeg de tas voor haar. Toen ze met hem in de auto zat, voelde ze zich apathisch.

'Het is mijn schuld, hè?' zei ze toen ze over de brug reden, en ze staarde recht voor zich uit naar de stad die nog in mist gehuld was. De stad zag er somber uit vandaag en daar was ze blij om. Er waren te veel mensen gestorven de laatste tijd. Dr. King, Peter... Het leek wel of iedereen doodging.

'Zoiets moet je niet zeggen, Paxton. Niemand heeft hier schuld aan, behalve die jongen die de trekker overhaalde. Het was een ongeluk. De hand van het lot. Dat moet je weten.'

'Als ik met hem was getrouwd, had hij uitstel gekregen.'

'Misschien ook niet. Misschien had zich dan iets anders aangediend. Hij had naar Canada kunnen gaan, kunnen vluchten, hij had een hoop dingen kunnen doen. Ik denk dat hij in feite het gevoel had te moeten gaan omdat hij geroepen werd. Ik had hem ook kunnen dwingen naar Toronto te gaan, maar dat heb ik niet gedaan. Ik kan het mezelf ook verwijten. We moeten niet... Als we dat doen, worden we gek...'

Ze keek hem recht aan terwijl hij reed, wilde de waarheid van hem weten. 'Haat u me omdat ik niet met hem ben getrouwd?'

'Ik haat niemand.' Zijn ogen vulden zich weer met tranen, en hij

gaf een klopje op haar hand terwijl hij de andere kant opkeek. 'Ik wou alleen dat hij nog hier bij ons was.'
Ze knikte, niet in staat nog iets te zeggen, en dankbaar voor de vergiffenis. Ze zat heel stil en rechtop, wilde dat de tranen zouden komen om haar pijn weg te wassen, maar na de eerste woede voelde ze alleen nog maar haat en rancune.
Gabby was er al toen ze thuiskwamen in Broadway, en Marjorie was net opgestaan en zag er nog versuft uit. Maar ze waren alle twee in tranen, en kleine Marjie waggelde maar wat rond en at koekjes. Meneer Wilson zei dat hij nog het een en ander te doen had en verdween naar de bibliotheek. Paxton bleef bij de andere twee vrouwen. En hier was ze in staat haar verdriet te uiten, samen met hen, de andere vrouwen die van hem gehouden hadden. Ze huilden om wat hij voor hen betekend had, om wat hij gezegd en bedoeld en gedaan had. De hele middag vertelden ze elkaar over Peter als kind, als man, als zoon, als broer, als minnaar. Soms lachten ze, soms huilden ze, en soms zaten ze alleen maar in stilte te denken. Het was haast niet te geloven dat hij niet meer ergens in leven was, dat hij niet meer zou bellen om te zeggen dat het goed met hem ging en dat het hem speet dat ze zo geschrokken waren. Maar toen twaalf uur na het telefonische bericht het officiële telegram kwam, werd het bevestigd. En opnieuw huilden ze allemaal. En toen Gabby, de baby en Matt die avond naar huis gingen, ging Paxton totaal uitgeput naar de logeerkamer.
De rest van de week bleef ze bij hen. Ze hielp mevrouw Wilson wat dingen uit te zoeken en liet haar praten als ze daar behoefte aan had, en zo had zij ook iemand om mee te praten. Ze dacht er meer dan eens over om naar huis te bellen, maar eigenlijk wilde ze dat niet. Ze wilde het zelfs niet aan Queenie vertellen. Door het hun te vertellen zou het echt een feit worden, en ze wilde nog niet dat het dat werd, nooit eigenlijk. Maar het werd een voldongen feit toen ze gebeld werden met de mededeling dat ze het 'stoffelijk overschot' konden ophalen. Meneer Wilson kwam met een somber gezicht de bibliotheek binnen en een halfuur later ging Paxton met de Wilsons naar het opvangcentrum voor nabestaanden, waar nog twee stel ouders stonden. De twee andere families waren zwart. Hun zoons waren beiden achttien jaar geweest en bovendien neven. Hun smart was net zo hevig, hun harten deden net zoveel pijn. De jongens van wie ze hadden gehouden waren voor altijd weg.

Meneer Wilson had ervoor gezorgd dat er een lijkwagen van Halsted met hen mee zou gaan en die stond al te wachten toen ze daar aankwamen. De Wilsons en Paxton werden in een kleine kamer gebracht waar een eenvoudige vurenhouten kist, bedekt met de vlag, stond. En daar was het, het bewijs – de jongen die hij geweest was en nu niet meer was – in de kist. Paxton begon te snikken, en mevrouw Wilson knielde stil naast hem neer terwijl haar man naast haar stond en haar probeerde te steunen.

'Rustig maar, schat...' kon Paxxie Peter tegen haar horen zeggen. 'Het is goed... Schat, ik hou van je...' De herinnering was zo duidelijk, de stem nog zo sterk, het was onmogelijk dat hij er niet meer was. Onmogelijk en onverdraaglijk. Maar hij was weg, voor altijd.

Ze bleven daar een hele poos, en ten slotte hielp Peters vader zijn vrouw overeind en pakte Paxtons arm. Samen liepen ze langzaam terug in de aprilzon. Het leven leek niet zoveel betekenis meer te hebben. Het was niet meer van belang wat ze deden, waar ze heen gingen, wat ze aanhadden, zagen of zeiden. Zonder hem deed niets er meer toe.

Ze reden langzaam terug naar huis. De lijkwagen nam Peter mee naar Halsted. 's Avonds, toen zijn lichaam in een andere kist was gelegd, ging Paxton erheen om hem te zien. Ze kon niet bevatten dat hij het was in die mahoniehouten doos, maar ze wilde niet kijken om te zien of het echt zo was. In plaats daarvan knielde ze naast de kist en raakte het hout en de koperen handvatten met haar vingertoppen aan.

'Hoi...' fluisterde ze in de stille kamer, 'ik ben het...'

'Weet ik...' hoorde ze hem bijna zeggen, met die zo bekende stem, die blauwe ogen, het haar dat zoveel op het hare leek... de lippen die haar nog maar een week geleden gekust hadden. Dat gezicht lag nu in die kist, die jongen was degene van wie ze hield, van wie ze altijd zou blijven houden, en toch wilden ze haar nu laten geloven dat hij haar verlaten had. 'Gaat het goed met je?' In haar hart wist ze dat hij dat vroeg, en ze kon alleen haar hoofd schudden terwijl haar ogen zich weer met tranen vulden. Het ging niet goed met haar, en het zou ook nooit meer goed gaan. Net zoals ze was toen haar vader stierf. Hoe kon het goed met je gaan als je iemand verloor van wie je zoveel hield? Waarin kon je daarna nog geloven, behalve aan verlies en pijn en smart? Een deel van je bleef zich voor de rest van je leven kwetsbaar voelen, en daar was je je diep vanbinnen altijd van bewust.

Ze knielde daar een hele tijd, en voelde hem dicht bij zich. Ze probeerde rust te vinden, maar dat lukte niet. Ze voelde alleen maar pijn en verlies, en boosheid op de jongen die per ongeluk de trekker had overgehaald. Zelfs de terminologie was fout. 'Friendly fire', alsof het dan niet zo erg was omdat hij gedood was door een Amerikaan en niet door het Noord-Vietnamese leger. Wat maakte het voor verschil als hij dood was?

De dienst die op maandag werd gehouden was kort en hartverscheurend. Het bericht over Peters dood had op de voorpagina van de *Sun* en diverse andere kranten gestaan. En iedereen met wie hij ooit op school had gezeten kwam, evenals leraren, vrienden, relaties en collega's. De Wilsons stelden Paxton aan iedereen voor. Uiteindelijk was het net of Peter en zij getrouwd waren geweest. En nu benijdde ze Gabby. Als zij een kind van Peter had gehad, had ze altijd een deel van hem bij zich gehouden. Ze was inmiddels tweeëntwintig, had van Peter gehouden vanaf haar achttiende, en had drie jaar met hem samengewoond. Ze wist dat wie en wat hij was, voor altijd in haar hart zou wonen.

Ze bleef nog een dag bij de Wilsons en ging toen, met een vreemd gevoel, terug naar Berkeley. Ze was zo ver achteropgeraakt dat het haast zinloos leek om daarheen terug te gaan, maar ze wist dat het moest. Het leek niet meer mogelijk om in juni af te studeren, maar dat kon haar niet zoveel schelen.

En in mei, ze had net uitstel gekregen om al haar lessen van die zomer in te halen, belde haar broer. Ze had zijn stem zo lang niet gehoord dat ze eerst niet besefte wie hij was, maar zijn accent verraadde hem al snel.

'Hoi,' zei ze, en toen kwam ineens de vrees. 'Is er iets gebeurd?' Het was het enige waar ze aan kon denken op het ogenblik. Vanaf het moment dat Peter gestorven was, een maand geleden, verwachtte ze alleen maar slecht nieuws, en het was haast een opluchting als niemand haar belde.

'Nee... ik...' Hij wilde niet tegen haar liegen, maar hij wist ook niet wat hij moest zeggen. Ze hadden elkaar nooit erg na gestaan, maar hij wist dat dit niet gemakkelijk voor haar zou zijn. 'Mama vond dat ik je moest bellen.'

'Is ze ziek?' Of was het Allison, of de baby. Paxton kon er geen hoogte van krijgen terwijl ze wachtte.

'Nee, met haar gaat het prima.' Hij aarzelde, en toen kon hij er niet meer omheen, hij moest het zeggen. 'Paxton... het gaat om Queenie.' Haar hart stond stil toen ze dat hoorde en het liefst had ze de telefoon heel zachtjes neergelegd voor hij het haar kon vertellen. In plaats daarvan zei ze geen woord en hield de telefoon stevig vast terwijl ze wachtte. 'Ze is vannacht in haar slaap gestorven, Pax. Ze heeft geen pijn gehad. Haar hart heeft het gewoon begeven, dat is alles... Moeder vond dat je het moest weten en ze heeft me gevraagd je te bellen.' Ze had zelf kunnen bellen en haar medeleven kunnen betuigen, maar dat deed ze niet.

'Ik... ja... ik...' De woorden wilden niet komen. Ze had het gevoel dat de laatste persoon die van haar had gehouden, verdwenen was, en dat er niemand meer over was. 'Dank je, George.' Haar stem klonk smartelijk, en hij had medelijden met haar. 'Weet je waar de dienst gehouden wordt?'

'Een van haar dochters heeft haar vandaag opgehaald, en ik geloof dat ze zei dat de dienst morgen is. Moeder zei dat ze bloemen namens ons allemaal zou sturen, maar ik denk niet dat je erheen moet gaan, als dat je bedoeling mocht zijn.' De begrafenis zou in de zwarte wijk zijn, en de meeste mensen zouden de liefde die die twee voor elkaar hadden gevoeld, niet begrijpen. En ze zou zonder enige twijfel de enige blanke zijn die de dienst bijwoonde.

'Ja, je zult wel gelijk hebben.' Ze klonk vaag. 'Bedankt voor het bellen.' Paxton hing toen op, liep wat door het huis en reed die middag naar de stad. Ze ging naar het strand, wandelde langs de golven en dacht aan hen, aan de mensen van wie ze zoveel had gehouden en die nu weg waren. Queenie, Peter... en, elf jaar geleden nu, haar vader. Het was alsof ze 'daarboven' vrienden had die op haar wachtten, mensen van wie ze hield en die echt van haar hielden, wist ze. Ze moest verder, zonder iemand. Er was niemand meer om wie ze gaf, en ze kon zich niet voorstellen dat ze ooit nog om iemand zou geven. Sinds Peters dood hadden een paar jongens haar mee uit gevraagd, maar dat vervulde haar met afschuw. Ze kon zich niet voorstellen dat ze met iemand uit zou gaan. Zelfs Gabby had geprobeerd haar aan een vriend van Matt te koppelen, maar Paxton zei botweg dat ze geen interesse had.

Op weg naar huis ging ze even bij de Wilsons langs, maar ze waren niet thuis. Ze vroeg zich af hoe ze door konden gaan met leven zonder hem, wetend dat hij dood en begraven was, dat hij voor niets gestorven was, in zekere zin vermoord was. Dat was

moeilijk te verwerken en er waren momenten dat Paxton ook wilde sterven, gewoon in slaap vallen en niet meer wakker worden, zodat ze niet zonder hem hoefde te leven.
De Wilsons belden haar de volgende dag toen ze hoorden dat ze aan de deur was geweest, en het viel haar op dat zijn moeder een stuk beter klonk. Ze was nu enthousiast over de baby. En ze praatte ook over Peter, maar kon haar emoties nu beter onder controle houden.
Paxtons eigen moeder belde die middag ook om te zeggen dat het haar speet van Queenie en om bijzonderheden over de diploma-uitreiking te vragen. Het was al over een maand en zij, Allison en George waren van plan om naar San Francisco te komen. Het lag al weken in Paxtons bedoeling hen te bellen, maar ze had het niet gedaan.
'De plannen zijn gewijzigd,' zei ze.
'Hoezo?' zei haar moeder geschrokken.
'Het wordt wel september voor ik afstudeer. Ik neem niet samen met mijn klas het diploma in ontvangst. Ik maak gewoon mijn werk af, en dan wordt het me toegestuurd.' En daarna ga ik voor de rest van mijn leven erachter proberen te komen waarom Peter en ik niet zijn getrouwd. 'Het is niet belangrijk, mam. Het spijt me dat je de diploma-uitreiking mist.' Maar het kon haar niet echt iets schelen. Niets kon haar meer iets schelen. Er was helemaal niets dat er nog iets toe deed.
'Doen ze dat daar zo? Stúren ze je gewoon je diploma? Wat teleurstellend.'
'Nee, hoor. Het geeft niet.' Paxtons stem was bijna toonloos.
'Waarom studeer je niet in juni af?' Het klonk licht beschuldigend.
'O... ik had een hoop aan mijn hoofd dit voorjaar. En ik heb het nogal druk gehad.'
'Met wat?' Ze was wel zo verstandig dat ze niet naar Peter vroeg en of ze nog steeds met hem omging. Ze zouden elkaar maar in de haren vliegen. En het afgelopen jaar had ze zelfs het vermoeden gekregen dat ze samenwoonden. Zolang ze dat soort onzin maar niet in Savannah uithaalde. Wat ze in Californië deed, moest ze zelf weten. Ze was boven de eenentwintig en Beatrice Andrews was slim genoeg om te weten dat ze haar toch niet kon tegenhouden. 'Te veel feestjes?' Ze babbelde gewoon maar wat.
'Niet bepaald.'

'Nou, als je niet in juni afstudeert, wanneer kom je dan terug naar Savannah?'

Ze zuchtte. 'Ik weet het niet... ik weet helemaal niets meer.' Ze vocht tegen haar tranen toen ze dat zei, maar Beatrice Andrews hoorde het niet. 'Als ik naar school moet, kan ik pas in september met werken beginnen.' Ze was van plan geweest voor de *Morning Sun* te gaan werken. Maar ze was ook van plan geweest dit jaar te trouwen, en dat ging ook niet door. Niets ging nog door. Er zou nooit meer iets met haar gebeuren. En temidden van dat alles was Savannah totaal onbelangrijk. 'Ik weet niet wanneer ik thuiskom, mama.'

'Probeer dan van de zomer een paar dagen naar huis te komen. Kleine James Carl is toch zo'n schatje...' Het kwam wat vreemd over om haar moeder zo enthousiast over haar kleinzoon te horen praten, maar Paxton was blij voor haar. Zelfs dat deed er niet meer toe. De hoop op een soort verstandhouding tussen hen was allang vervlogen.

'Ik zie wel hoe het op school gaat.' Maar dat was niet meer dan een zoethoudertje. Ze had geen enkele behoefte om daarheen te gaan. Ze wilde nu alleen maar de school afmaken, gaan werken, en misschien, als ze geen andere keus had, zou ze er met de kerst naartoe gaan.

Maar meestal dacht ze niet aan hen. Ze dacht alleen maar aan Peter terwijl ze haar studie probeerde te voltooien. Er waren tientallen essays die ze nog niet af had, tests die ze over moest doen. Als ze naar haar werk van de laatste vier, vijf maanden keek, was het een wonder dát ze haar lieten afstuderen, maar toen de decaan haar had laten komen en wilde weten waarom haar cijfers zo waren gekelderd, had ze hem verteld over Peters dood in Da Nang, en dat werd door hen als verklaring geaccepteerd.

Ze begon er net weer een beetje greep op te krijgen in juni en ze was op een avond van de bibliotheek op weg naar huis, toen ze een doordringende gil hoorde. Ze keek om zich heen en zag dichtbij een paar mensen rennen. Ze kon zich absoluut niet voorstellen wat er gebeurd kon zijn. Een ongeluk? Een demonstratie? Andere mensen hadden het ook gehoord en begonnen elkaar te vragen wat er aan de hand was. En het was weer net als in 1963. Mensen huilden en renden, grepen radio's en haastten zich naar binnen om naar de televisie te kijken, en Paxton voelde koude rillingen over haar rug lopen terwijl ze naar hen keek. Ze wist niet wat of wie, maar het was duidelijk dat er iets vreselijks gebeurd was.

'Wat is er?' vroeg ze aan iemand die naast haar stond toen ze allemaal om een meisje heen dromden dat een radio bij zich had en op de trap zat te huilen.

'RFK... Hij is neergeschoten... in Los Angeles.'

'Kennedy?' Iemand knikte. Nog een Kennedy. Nog een dode. Zijn broer, toen Martin Luther King en Vietnam... en Queenie... en Peter... en nu dit... Het was te veel, te vaak, te lang... en te veel om voor te lijden. Ze hadden zich allemaal om zoveel dingen bekommerd, en nu gingen alle mensen om wie ze gegeven hadden dood. Het was geen zachtzinnige manier van opgroeien, van oud worden, van hoop opgeven, van 'volwassen worden'. En wie kon het trouwens iets schelen? Wie stelde prijs op wat ze te bieden hadden? Wat was het toch voor duistere macht waardoor iedereen die betrokkenheid toonde moest sterven? De fakkel begon eindelijk ieders vingers te verbranden.

'Is hij... Sst!' De radio werd harder gezet en de stem van de nieuwslezer brak toen hij zei: 'Robert Kennedy is dood.' Hij was neergeschoten toen hij zijn overwinningsrede hield na de voorverkiezingen in Californië. Hij had gewonnen, en verloren, en was gestorven, alles in een ogenblik. En dat gold ook voor zijn vrouw en zijn kinderen, en de mensen die van hem hielden.

Paxton luisterde, draaide zich toen om en liep naar huis. Haar boeken liet ze achter op de trap van de bibliotheek. Het was niet belangrijk meer. Ze hoefde ze niet meer.

Die avond zat ze in haar eentje in haar keuken, dacht na en keek uit het raam. Er was niets meer over voor haar, niets dat ze wilde leren of doen of meenemen. Ze had alles wat ze wilde leren geleerd, en de lessen waren haar duur komen te staan. Nu voelde ze alleen nog maar droefheid. Geen verdriet, geen pijn, geen wanhoop, gewoon droefheid. Robert Kennedy was dood, en te veel anderen met hem. In Vietnam waren inmiddels 22951 mannen gesneuveld.

Die avond pakte Paxton wat dingen in en deed de rest van haar en Peters spullen netjes in de kast. In de ochtend reed ze naar de stad en ging Ed Wilson opzoeken op de krant. Hij keek haar aan toen ze binnenkwam en zag de tol die alle gebeurtenissen van haar hadden geëist. Iedereen op de krant was over z'n toeren van de moord op Kennedy. Nóg een Kennedy. Nóg een broer. Nóg een slachtoffer. Maar Paxton leek er ongewoon koud onder te blijven, vreemd onaangedaan, en jammer genoeg ouder. Het was een mooi meisje, maar ze was ouder geworden. De jaren waren in haar ogen, in de manier waarop ze bewoog, in de dingen die ze niet zei, maar voelde. Ze had te onvoorwaardelijk geloofd en te veel verloren. Ze had geloofd in het goede, in geluk, in vertrouwen. En dat waren allemaal leugens gebleken. Er was niet altijd een goed einde. En Camelot is niet voor eeuwig. Voor niemand. Je wordt oud en je gaat dood, en soms sterf je jong. Dat was met te veel mensen gebeurd in haar korte leven, en Ed Wilson met zijn vele jaren en zijn eigen verdriet over zijn zoon, had medelijden met haar.

'Wat kan ik voor je doen, Paxton?' Hij zag er ernstig uit maar glimlachte tegen haar toen hij zich vooroverboog om haar te kussen. 'Je wordt te mager, je moet wat vaker bij ons komen eten.'

'Ik heb Peters spullen zojuist achtergelaten in het huis in Berkeley.' Ze zei het op een eigenaardige manier.

Hij keek haar bevreemd aan. 'Ga je ergens heen?' Hij fronste terwijl hij haar bekeek. Er was zoiets droevigs in haar ogen, hij vroeg zich af of daar ooit nog iemand bij zou kunnen komen.

'Dat hangt van u af,' zei ze kalm. 'Ik heb besloten van school te gaan.'

'Ik dacht dat je uitstel had gekregen tot september.' Ze had het verteld toen ze het kreeg en hij was opgelucht voor haar geweest. Hij wist hoe belangrijk het voor haar was haar studie af te maken, dus haar mededeling van nu verbaasde hem nogal. 'Wat heeft dit te betekenen, Paxton?'

Hij klonk bijna als haar vader, en ze glimlachte. De afgelopen vier jaar was hij meer dan een vader voor haar geweest, en ze vroeg zich af of hij haar zou geven wat ze wilde. Maar als hij het niet deed, zou iemand anders het wel doen. 'Ik wil een baan.'

'Je kunt hier altijd werken, dat weet je. Maar is het niet verstandiger om deze zomer nog in Berkeley te blijven en je diploma te halen? Vanwaar die haast?'

'Ik ga niet terug naar school.' Ze wist die ochtend toen ze van huis ging, dat ze daar nooit meer naartoe zou gaan. Ze had de enige dingen die ze van Peter wilde hebben meegenomen. Drie gedichtenbundels die hij haar had gegeven, het horloge dat hij vanaf zijn jongensjaren had gedragen en dat zij nu droeg nadat de Wilsons het haar gegeven hadden, en zijn identiteitsplaatje. 'Ik wil voor u werken, meneer Wilson.'

'Hier?' Iets in haar ogen zei hem dat er meer achter zat. En hij had gelijk.

Ze schudde zwijgend het hoofd bij zijn vraag. 'Nee, niet hier. Nog niet tenminste. Ik wil naar Saigon.'

Ze zei het rustig en kalm, maar zijn ogen verwijdden zich terwijl hij haar aankeek. Haar motivatie deugde niet. Ze wilde gaan om Peter te vinden. Om te sterven. Om hem te wreken misschien. Of misschien gewoon omdat ze het vertrouwen in haar eigen land verloren had. Hij wist maar al te goed dat de dood van de tweede Kennedy, zo kort na de moord op Martin Luther King, de jongeren van het land tot in het diepst van hun ziel zou beroeren, en het was duidelijk dat Paxton erdoor beroerd was. Ze zat met een gedesillusioneerde blik in haar ogen stijf rechtop in zijn kantoor, een meisje dat alles had opgegeven, of het had verloren, of allebei. Maar wat ze ook wilde gaan doen in Saigon, om welke reden dan ook, hij ging haar daar niet bij helpen. 'Daar kan geen sprake van zijn.'

'Waarom niet?' Ze keek hem strak aan en hij zag dat ze het meende, ook al zat ze fout.

'Omdat dat een plaats is voor geharde correspondenten. In godsnaam, Paxton, dat is oorlogsgebied. Jij weet beter dan wie ook wat daar kan gebeuren. En zelfs al zouden we je niet naar de kritieke plekken sturen, je kunt opgeblazen worden terwijl je in een bar zit, of door "friendly fire" zoals Peter.' Alleen al het noemen van zijn naam deed beiden pijn, maar hij wist dat hij het zeggen moest, voor haar bestwil. En hij zou niet van gedachten veranderen, wat ze ook zei, dat dacht hij tenminste. Maar ze was buitengewoon volhardend.

'Er gaan mensen heen om te vechten en te sterven die vier jaar jonger zijn dan ik.'

'Is dat wat je wilt?' De tranen sprongen in zijn ogen toen hij haar dat vroeg. 'Sterven op dezelfde plek als hij? Is dat jouw geschenk aan hem? Is dat alles wat je met je leven kunt doen, Paxton? Ik weet hoe je je voelt. Jij en jouw hele generatie denken dat dit land in een handomdraai naar de verdommenis gaat en op dit moment denk ik er misschien ook zo over. Maar naar Saigon gaan voor een zelfmoordactie is níét de oplossing.'

'Ik wil de mensen hier de waarheid vertellen, wat die waarheid ook is. Ik wil het zelf zien. Ik wil weten wat er gaande is zonder het voorgeschoteld te krijgen door het acht-uurjournaal. Ik ben niet van plan om voor de rest van mijn leven lekker veilig in een bibliotheek te zitten, en te lezen hoe andere mensen sterven.'

'Dus je wílt werkelijk doodgaan, is het dat?' Hij probeerde het uit haar te krijgen, maar als dat al zo was zou ze het toch niet toegeven.

'Nee. Ik wil de waarheid. U niet? Wilt u niet weten hoe hij gestorven is? Wat er daar wérkelijk aan de hand is? Ik vind dat we als de bliksem uit Vietnam weg moeten, en ik wil weten waarom dat nog niet is gebeurd. Ik ben inderdaad geen oude correspondent met afgestompte politieke ideeën die zichzelf wil bewijzen en z'n eigen hachje goed beschermt. En nee, ik wil niet sterven, maar als het gebeurt, wat dan nog? Misschien zal ik dan voor een goed doel sterven – de waarheid – en misschien is het dat dan zelfs waard.'

'Paxton...' Hij schudde zijn hoofd van achter zijn bureau. 'Het zal het nooit waard zijn. Niets was het waard voor Peter om te sterven. En die ellende daar is het ook niet waard dat jij er je leven voor geeft. Ik had ongelijk. Jij hebt gelijk en dat had Peter ook. We horen daar niet. Ik denk niet dat we kunnen winnen. Ik zou ook willen dat we daar weggingen. Ik had nooit gedacht dat ik mezelf dat ooit zou horen zeggen. Vorige week heb ik met de minister van defensie, Clark Clifford, gesproken in Washington, en hij heeft me overtuigd. Als je een verhaal wilt, ga met hem praten. Natuurlijk, ik geef je een baan. Ga waar je maar wilt in dit land om een verhaal te verkrijgen. Word een reizende reporter, een troubleshooter, wat je maar wilt, maar ik stuur je niet naar Vietnam. Als er daar iets met jou zou gebeuren, zou ik niet meer met mezelf kunnen leven. We zijn het aan Peters nagedachtenis verschuldigd om goed op je te passen, en dat ben jij hem ook verschuldigd.' Hij keek Paxton streng aan, maar ze was niet overtuigd.

'Ik ben hem meer verschuldigd dan dat.' Ze kneep haar ogen een beetje dicht terwijl ze naar de man keek die bijna haar schoonvader was geweest, maar dat nu nooit zou worden. 'En u ook.' Ze stond op met een vastbesloten blik in haar ogen. 'Meneer Wilson, ik ga hier niet als een lafaard zitten wachten tot andere mensen met de oplossing komen. Ik ga, of u me stuurt of niet. Als het moet ga ik op eigen houtje en verkoop mijn artikelen van daaruit. Misschien wil iemand ze hebben.' Hij stond op en keek haar over zijn bureau heen aan terwijl hij zijn hand uitstak en haar arm aanraakte.

'Paxton, doe het niet...'
'Ik kan niet anders.'
Hij stond een hele poos naar haar te kijken. Ze was veranderd, was niet meer gewoon het meisje dat met zijn zoon zou trouwen. Ze was volwassen geworden, op de harde manier, met hartzeer, leed en bittere teleurstelling. 'Kan ik je niet overtuigen? Kun je niet wachten? Denk er een maand of zes over na. Misschien zijn we daar dan zelfs al weg.' Hij klonk hoopvol.
'Dat zijn we niet. Ze liegen ons wat voor. Dat is wat ik nu voor mezelf wil vaststellen.'
'Paxton, je hebt alleen nog maar in de zomer hier voor de krant gewerkt, je hebt er geen idee van wat het inhoudt om correspondent op zo'n plek te zijn. Het duurt jaren voor je voorbereid bent op zo'n opdracht.'
Ze glimlachte droevig terwijl ze luisterde. 'Grappig, ze nemen er geen jaren voor om de infanteristen voor te bereiden. Ze sturen ze gewoon daarheen om te sterven, of ze er klaar voor zijn of niet. Ik ben er klaar voor, meneer Wilson, dat weet ik.'
Iets in hem wist dat ze de juiste houding had. Ze was bedroefd, ze was onverzettelijk, ze was slim, en ze voelde zich betrokken... vanwege Peter. De oude krantenman was overtuigd, maar de vader van zijn zoon vond dat hij alles in het werk moest stellen om haar tegen te houden.
'Stuurt u me daarheen?'
Ze keek hem recht in de ogen en hij had moeite om niet weer te huilen. Hij wilde alles liever dan haar daarheen sturen, maar hij wist dat zij het ernstig meende. En als hij haar niet stuurde zou een ander het wel doen, iemand die haar rechtstreeks naar de gevechtszone zou sturen, wellicht haar dood tegemoet. Als hij haar aannam, kon hij haar misschien beschermen. 'Ik ga ermee akkoord als je zweert dat je alleen datgene doet wat we van je vragen en opdrachten stipt en naar de letter zult uitvoeren.' Haar ogen begonnen te schitteren en voor het eerst in maanden zag ze er gelukkig uit. 'Heb je me verstaan?' Hij zei het op een manier alsof ze een eigenzinnig kind was dat naar de kermis mocht, maar alleen onder bepaalde voorwaarden.
'Geen tuinfeesten en geen modeshows, hè?' Ze lachten beiden. Dat was waarschijnlijk geen dagelijkse kost in Saigon.
'Is dit echt wat je wilt, Pax? Kan ik je hier niet meer van afbrengen?' Hij liet zich met een verslagen blik in zijn stoel zakken toen

zij haar hoofd schudde. En ze straalde.
Ze had gewonnen. Gisteravond had ze geweten wat haar te doen stond, en voor het eerst sinds een lange tijd voelde ze zich zo niet gelukkig, dan toch tevreden. 'Ik weet dat ik goed werk voor u zal doen. Dat zweer ik.' Ze klonk enthousiast en opgewonden, en weer actief.
In zekere zin was hij blij voor haar, maar ook bang. Hij had liever gehad dat ze er zo uitzag vanwege een jongen die ze in de bibliotheek had ontmoet. Dat zou, zelfs in Berkeley, veiliger zijn geweest. 'Ik maak me er geen zorgen over dat je geen goed werk zult leveren, ik maak me zorgen over je hachje,' bekende hij botweg. 'Denk erom dat je voorzichtig bent, anders kom ik je hoogstpersoonlijk een pak rammel geven, en dat meen ik.' Toen kreunde hij en haalde zijn hand door z'n grijze haar dat zoveel op dat van Peter leek. Ze hadden dezelfde haarlijn, dezelfde uitdrukking, dezelfde ogen, maar Paxton probeerde daar niet op te letten. 'Marjorie vermoordt me als ze dit hoort. En Gabby – o, mijn god – dat vergeet ik bijna.' Hij keek Paxton ontzet aan. 'De baby is gisteravond geboren... een jongetje. Ze noemen hem Peter.'
Dat was geen verrassing. Dat was niets meer. Paxton was blij voor haar. Een leven voor een leven. Terwijl Robert Kennedy de wereld verliet door de handen van een gek, kwam Gabby's zoontje erop, met een leven vol hoop voor zich. En Peter keek toe, wenste het goede voor hen en schonk hem zijn naam, omdat hij die niet meer nodig had. De zielen kwamen en gingen, ruilden van plaats, gingen over van de een op de ander en sommige dromen eindigden als andere begonnen. Het was vreemd als je daaraan dacht. 'Ik ben heel blij voor ze. Is alles goed met haar?'
'Prima. Ze belde ons uiteraard meteen nadat hij was geboren, en volgens Matt is het heel gemakkelijk gegaan. Ik weet zeker dat ze je graag willen zien.'
Paxton knikte, maar het zou vreemd zijn het kleine jongetje te zien dat Peters naam droeg. Paxton wist dat er voor haar nu geen kinderen zouden zijn, en geen man. Ze wilde niets, behalve naar Vietnam gaan en de waarheid over de oorlog vinden. Raar hoe haar leven was veranderd. Al haar dromen waren verdwenen. Harvard, en toen Berkeley, en Peter... Nu wilde ze alleen maar zien wat er écht aan de hand was en dat aan het Amerikaanse publiek vertellen, opdat het zou weten waarom hun mannen en zonen stierven in Vietnam. 'Hoe snel kan ik gaan?'

Paxton wilde hem erop vastleggen en dat wist hij. Hij keek even op zijn kalender, maakte een paar aantekeningen en keek haar toen aan. 'Dit soort dingen vraagt even tijd. Ik moet met ons hoofd van het bureau daar praten, en zien wat we nodig hebben...'
'Ik ga niet zes maanden wachten.'
'Dat weet ik,' zei hij bedaard. 'Ik dacht aan een week, misschien twee, hoogstens drie. Die tijd heb je wel nodig om alles te regelen, geïnstrueerd te worden, je inentingen te halen. Laten we het op twee weken houden. Vind je dat redelijk?'
Ze knikte, verbijsterd dat ze had gewonnen. Ze glimlachte traag tegen hem. Ze had het geflikt. 'Heel redelijk. Ik dacht nog een paar dagen naar huis te gaan om afscheid van mijn moeder te nemen.'
'Doe dat. Ik bel je daar wel op om te zeggen wanneer we je hier nodig hebben. Je kunt daar vast met de inentingen beginnen. Ik weet dat je er nogal wat nodig hebt. Daar kan je broer wel voor zorgen als hij dat wil.' Hij vroeg zich af of haar familie nog zou proberen haar tegen te houden, maar hij kende haar goed genoeg om te weten dat ze er niet meer van af te brengen was, nu ze haar besluit genomen had. Het was een doortastend meisje met een goed hart, en hij wist beter dan wie ook, dat een deel daarvan geknakt was. Hij stond weer op en liep om het bureau heen naar haar toe. 'Het is een moeilijk jaar voor ons allemaal geweest, Pax. Ik hoop alleen dat je geen verschrikkelijke fout begaat.' Hij hield haar dicht tegen zich aan, en gaf haar een kus op haar hoofd. 'We willen jou niet ook nog kwijtraken.'
'Dat gebeurt niet,' fluisterde ze, zich aan hem vastklampend. En terwijl ze daar stond voelde ze, op een eigenaardige manier, dat het goed zou gaan met haar, omdat ze Peters zegen had.

10

Paxton kwam op vrijdagmiddag, twee dagen nadat Robert Kennedy was doodgeschoten, in Savannah aan. Zaterdag zag ze op de televisie het verslag van de trein die door het land reed, de trein die zijn lichaam naar huis bracht. In elke stad stonden mensen te wuiven en te huilen om weer een verloren hoop, nog meer hartzeer.

Deze keer was er niemand op het vliegveld om haar af te halen. Ze had haar moeder gebeld om te zeggen wanneer ze aankwam, maar haar moeder moest gaan teaën op de bridgeclub. Paxton vond het niet erg, ze kon nu alleen naar huis gaan en in de keuken aan Queenie denken.

Haar moeder had een nieuw meisje aangenomen na Queenies dood. Zij was ook zwart, maar jonger en ze werkte alleen overdag. Toen Paxton thuiskwam was ze net boodschappen aan het doen, wat in zekere zin een opluchting was. Het gaf haar de kans om alleen te zijn in Queenies keuken, maar het was vreemd daar zonder haar te zitten. Paxton voelde een vreselijke pijn toen ze dacht aan wat Queenie had gezegd de laatste keer dat ze thuis was geweest: soms, als je te lang wacht, krijg je niet meer de kans om te doen wat je wilt. Ze had gelijk gehad. Maar dat wist Queenie inmiddels. Want als er een hemel bestond, dan was ze daar nu met Peter.

Haar gedachten werden onderbroken door het dichtslaan van de deur en snelle voetstappen in de gang. Het was het nieuwe meisje dat een gilletje slaakte toen ze Paxxie zag.

'Sorry. Ik ben Paxton Andrews. Ik ben net thuisgekomen uit Californië. Het was niet mijn bedoeling je aan het schrikken te maken.' Het meisje keek haar even met schrikogen aan, maar ontspande zich toen. Ze was ongeveer van Paxtons leeftijd en ze had een lief gezicht, maar ze was klein en gezet en niet erg knap.

'Zit u in Californië op school?'

'Ja, dat klopt.'

'Bent u net afgestudeerd?' Ze zei het behoedzaam, of het over iets heel belangrijks ging.

Maar Paxton schudde haar hoofd. 'Nee, ik ben niet afgestudeerd.' Ze zei niet dat ze was thuisgekomen om afscheid te nemen van haar familie voor ze naar Vietnam vertrok. Ze moest het eerst aan haar moeder vertellen. Ze babbelde wat met haar en hielp het meisje de boodschappen naar de keuken te brengen. Een halfuur later kwam haar moeder thuis.

Paxton vond dat ze er op de een of andere manier ouder uitzag, hoewel ze niet wist waaraan dat lag. Ze zag er verzorgd uit, haar haar was net gedaan, maar haar gezicht zag er moe uit en had wat meer rimpels dan de laatste keer dat Paxton haar zag. Maar ze zei dat ze zich goed voelde, en tegen Paxton zei ze dat ze mager geworden was. Ze vroeg Emmalee om thee en kaneeltoost naar de salon aan de voorkant te brengen.

Na de eerste slok keek Beatrice haar doordringend aan en vroeg waarom ze naar huis gekomen was. Ze was geen dwaas en ze voelde dat deze reis niet zomaar een gezellig bezoekje was, maar een reden had. Ze wist dat Paxton niet graag thuiskwam en dat ze dat niet zonder reden zou doen. 'Ga je soms trouwen?' vroeg ze, met een eigenaardige blik. Uit die blik sprak teleurstelling omdat ze wist wie die jongen dan zou zijn, en die kwam niet uit het Zuiden. Maar er was ook een zekere opwinding omdat haar enige dochter bijna een bruid was.

Maar Paxton schudde alleen haar hoofd, het speet haar dat ze haar moeder moest teleurstellen. 'Nee, ik ga niet trouwen. Ik vrees dat dat van de baan is.' Ze klonk kalm toen ze dat zei en haar moeder keek haar bevreemd aan, voelde dat er meer was, maar Paxton wilde het niet zeggen.

'Heb je het uitgemaakt met die jongen?'

Peter was altijd 'die jongen' voor haar gebleven, en Paxton glimlachte nu om die woorden. Sinds zijn overlijden waren inmiddels twee maanden verstreken en de eerste, hevige smart begon langzaam iets te vervagen. Alleen de doffe pijn van ongeloof en het stille verdriet gaven haar het gevoel dat het altijd door zou blijven gaan. Maar ze kon ermee leven en niemand wist hoeveel pijn het deed, behalve misschien de Wilsons en diegenen die ook een dergelijk verlies geleden hadden. Maar nu ze naar Vietnam ging voelde ze zich merkwaardig genoeg een stuk beter, ook al was de pijn er nog.

'Ik... eh...' Ze zocht naar woorden. 'Het is een beetje moeilijk uit te leggen. Het is niet belangrijk.' Het is niet belangrijk, mam, hij is gewoon dood, dat is alles. Maar ze kon zich niet voorstellen dat haar moeder haar verdriet zou delen, daarom had ze het haar nooit verteld. Het zou gewoon te veel pijn doen het haar te vertellen.

'Is er iets mis?' Beatrice Andrews liet het niet rusten en haar onderzoekende blik gaf Paxton, tot haar grote ergernis, een ongemakkelijk gevoel. Je kon gewoon niet om haar heen. 'Wat is er gebeurd?'

'Hij... eh...' Ze kon het tikken van de grootvaderklok in de hoek van de kamer horen en ze concentreerde haar blik op de gordijnen om haar moeders gezicht niet te hoeven zien als ze het haar vertelde. 'Hij... is naar Vietnam gegaan... en hij is in april gesneuveld in Da Nang.' Er viel een eindeloze stilte en Paxton vervloekte zichzelf toen haar ogen volschoten. Plotseling voelde ze naast zich haar moeder bewegen. Ze draaide zich verbaasd om en zag dat de vrouw die haar hele leven een vreemde voor haar was geweest, naast haar zat te huilen.

'Ik vind het zo erg voor je... Ik weet hoe je je voelt... Wat vreselijk...' Ze sloeg haar armen om Paxton heen en voor ze het wist zat ze met haar armen om haar moeder heen te snikken. Ze huilde weer om Peter, om de Kennedy's, Queenie en Martin Luther King... en zelfs om haar papa... Waarom waren ze allemaal gestorven? Waarom waren ze heengegaan? Waarom was hij in een storm gaan vliegen? En waarom was ze niet met Peter getrouwd toen het nog kon? Ze probeerde haar moeder uit te leggen wat ze voelde, maar alle woorden kwamen er verward uit. Haar moeder wiegde haar zachtjes heen en weer, zoals ze nooit eerder had gedaan, wat Paxton aan Queenie deed denken. 'Waarom heb je het me niet verteld?' Het klonk als een mild verwijt, maar de blik in haar ogen vertelde Paxton dat haar moeder meer om haar gaf dan ze ooit had vermoed.

'Ik weet het niet. Misschien dat het zo echt een feit zou worden als ik het aan jou vertelde. Ik kon het gewoon niet, denk ik.'

'Wat vreselijk voor zijn familie.'

'Zijn zusje, Gabby, heeft twee dagen geleden een baby gekregen, hij heet Peter.' Maar daar begon Paxton weer opnieuw van te huilen omdat ze nu nooit meer kinderen van hem zou krijgen. Urenlang zaten ze daar, ze huilden, ze dronken thee en begonnen opnieuw te huilen. Ze leek voor alles en iedereen te huilen, ter compensatie van een heel leven lang. Ten slotte sloeg ze haar armen om haar moeder heen en bedankte haar. Het was voor het eerst dat ze echt contact hadden gehad.

'Ik weet hoe je je voelt,' zei haar moeder tot Paxtons verbazing. 'Ik herinner me hoe ik me voelde toen je vader stierf... Heel lang was ik confuus... en boos en bedroefd. Dit duurt een hele tijd, Paxton. De pijn kan voor altijd blijven. Niet elke dag, elke minuut, maar als je aan hem denkt zal er altijd droefenis om het gebeurde in je hart zijn.' Ze gaf haar dochter een klapje op de hand. 'Op een dag zal er iemand anders komen, je zult een man en kinderen hebben, maar de herinnering aan hem zal blijven en je zult altijd van hem blijven houden.' Paxton zei maar niet dat ze zich geen andere man in haar leven kon voorstellen, of kinderen die niet van hem waren, maar ze wist dat haar moeder gelijk had toen ze zei dat ze altijd van hem zou blijven houden. En toen stelde haar moeder de vraag die Paxton liever nog wat uitgesteld had. 'Kom je nu in september naar huis, lieverd? Het heeft nu niet zoveel zin meer om in Californië te blijven.' Ze hadden dan toch gewonnen. Ze kwam naar huis. Haar verhouding met 'die jongen' was over.

Maar Paxton schudde langzaam haar hoofd. Ze wachtte even terwijl ze naar de juiste woorden zocht om het haar moeder te vertellen. Ineens wilde ze haar niet kwetsen. Haar moeder had haar eindelijk gegeven waar ze al zo lang behoefte aan had, en ze wilde haar bedanken, niet kwetsen. Maar ze had geen keus. 'Ik ben gisteren van school gegaan.' En uit het huis waarin ik zo gelukkig ben geweest met Peter, dacht ze. Ik heb alles achtergelaten, omdat Robert Kennedy is vermoord en ik de krankzinnigheid van dit land niet langer kan verdragen. Dus ging ze ergens heen waar het nog krankzinniger was, maar daar was de krankzinnigheid tenminste voor iedereen duidelijk.

'Heb je de school voorgoed verlaten?' Haar moeder was geschokt, omdat ze wist dat het helemaal niets voor Paxton was om op te geven.

'Ik kon het gewoon niet meer. Ik zou er nog tien jaar kunnen blijven maar ik kan geen essay meer schrijven, geen test meer doen. Ik zie er het nut niet meer van in. Ik weet niet eens meer waarom ik om te beginnen zo graag wilde.'

'Maar dit is je laatste semester.' Beatrice zag er verbijsterd uit en ze vroeg zich plotseling af of Paxton misschien een beetje doorgedraaid was. 'Je kunt in de herfst afstuderen als je het nu afmaakt, Paxton. Je wilt toch niet alles wat je hebt gedaan zo vlak voor de eindstreep verloren laten gaan?'

Paxton knikte ongelukkig. Het was waar. Haar moeder had gelijk, maar ze kon het gewoon niet opbrengen. 'Ik weet het, maar sinds Peter weg is kan ik niet meer logisch denken. Vanaf januari, toen hij wegging voor de basistraining, heb ik niets meer op papier kunnen zetten.'

'Dat is natuurlijk begrijpelijk. Misschien kun je het hier afmaken. En een baan bij de krant nemen. Je weet hoe graag ze je willen hebben.' Ze deed haar best haar op te monteren, en Paxton had medelijden met haar. Ze had geen idee wat haar boven het hoofd hing.

'Mama...' Ze raakte haar moeders hand aan, nog dankbaar voor de troost in verband met Peter. 'Ik heb gisteren een baan aangenomen.' Paxton zei het heel zacht.

Het gezicht van Beatrice Andrews betrok. 'In San Francisco?'

Er viel een lange stilte waarin Paxton probeerde te bedenken hoe ze het moest formuleren. 'Bij de *Morning Sun*, maar niet in San Francisco.'

'Waar dan?' Ze zou niet weten waar dan wel.

'Ik word correspondent in Saigon.' Er viel een eindeloze stilte in de kamer. Toen liet haar moeder plotseling haar gezicht in haar handen vallen en begon te snikken, en deze keer was het Paxton die haar omarmde. Toen draaide ze zich om en keek naar het kind dat ze nauwelijks kende, alsof ze de volslagen vreemdeling was die ze altijd was geweest.

'Hoe kun je zoiets doen? Wil je soms dood? Zelfmoord plegen? Zo voelde ik me na de dood van je vader ook,' zei ze, en ze snoot op een elegante manier haar neus in een kanten zakdoekje, 'maar ik moest aan jou en aan George denken. En aan jullie toekomst. Ik weet dat je alles nu somber inziet, maar dat gaat over. Je moet geduld hebben, Paxton.'

'Ik weet het, mama... Ik weet hoe het lijkt. Maar het is iets dat ik nu doen moet. Ik kan niet gewoon hier zitten, of daar, en het leven op z'n beloop laten. Ik wil naar Vietnam. Ik wil begrijpen wat er is gebeurd. Ik wil een halt toeroepen aan datgene wat daar gebeurt. Ik wil eraan meewerken dat het sneller ophoudt. Ik wil de mensen zich betrokken laten voelen. We kijken elke avond hoe mensen sterven terwijl wij aan ons avondeten zitten, en niemand trekt zich er iets van aan, niemand vertrekt zelfs maar een spier.

Als door mijn toedoen de oorlog zelfs maar tien minuten korter duurt is dat misschien genoeg. In die tien minuten waren er anders misschien vijf mensen gedood... misschien kan ik iets doen om ze te redden.'

'En als jíj daarvoor om het leven komt, Paxton? Als jij het bent en niet iemand anders? Heb je daaraan gedacht? En wat dat voor míj betekent? Je bent een vrouw. Goeie god, jij hoeft niet naar oorlogsgebied. Je bent nog steeds van de kook omdat die jongen is gestorven. Je moet thuisblijven en je wonden helen. Blijf hier, ga niet terug.'

Ze smeekte nu, en het brak Paxtons hart, maar ze wist dat ze moest gaan. Dat was nu haar bestemming. 'Ik moet gaan, mama. Maar ik beloof je dat ik voorzichtig zal zijn. Ik ben er niet op uit om te sterven.' Ze wist dat Ed Wilson hetzelfde had gedacht en dat verbaasde haar. Er waren momenten dat ze in de verleiding kwam naar Peter te gaan. Als ze over een brug reed overwoog ze weleens om de auto stil te zetten en te springen. Maar ze had het niet gedaan. En nu wist ze dat er iets te doen was voor haar dat heel wat belangrijker was dan ontsnappen.

'Ga alsjeblief niet... Paxton, ik smeek je...'

'Mama, niet doen.' En voor de tweede keer in wat een mensenleeftijd leek, omhelsden de twee vrouwen elkaar. Het ijs was gebroken, de band was gesmeed, maar voor Paxton was het te laat om nog om te keren. Ze was thuisgekomen om afscheid te nemen, en haar moeder wist dat ook.

De twee daaropvolgende weken besteedden ze aan praten, praten over haar vader en hoe haar moeder zich had gevoeld toen hij stierf, en ten slotte praatte ze zelfs over de andere vrouw. Het was een vrouw met wie hij had samengewerkt, en Beatrice wist van de verhouding. Ze had geweten hoe eenzaam hij was, maar ze kon hem gewoon niet geven wat hij verlangde. En ze gaf zelfs toe dat ze opgelucht was geweest dat iemand anders dat wel kon. Maar het deed wel pijn toen hij stierf en iedereen erachter kwam dat er een andere vrouw in zijn leven was geweest. Paxton vond dat een nogal vreemde manier van denken, maar zelfs nu met hun pas ontdekte band, zag ze in dat haar moeder en zij toch heel verschillend waren. De ene zo koel en afstandelijk, zo ontoeschietelijk, zo bang zich te laten gaan, de zelfbeheersing te verliezen, bang voor te veel gevoel; de andere zo warm, zo open, zo emotioneel, zo diep betrokken en geëngageerd, zelfs in haar verdriet na Peters dood.

En Paxton leek in zoveel opzichten op haar vader.
Haar broer George probeerde ook nog haar van haar Vietnamplannen af te brengen, maar net als zijn moeder besefte hij binnen enkele dagen dat het zinloos was. Paxton was vastbesloten. Hij gaf haar de nodige injecties, en toen Ed Wilson ten slotte belde en zei dat ze terug moest komen om haar instructies te krijgen, brachten George en Allison en haar moeder haar naar het vliegveld, en deze keer huilde zelfs Paxton toen ze hen achterliet. Ze had het gevoel haar thuis voorgoed te verlaten. Zelfs al kwam ze terug, het zou nooit meer hetzelfde zijn, wist ze. Ze verliet hen als een kind, en ze zou veranderd terugkomen, getekend door de strijd, wijzer, of misschien nog meer verbitterd. Maar ze zou nooit meer een kind zijn. Het kind dat Paxton Andrews geweest was, was heengegaan, samen met de anderen.

11

Het afscheid in San Francisco was niet gemakkelijker dan het in Savannah was geweest. Eigenlijk was het in San Francisco nog moeilijker, ondanks haar moeders begrip voor haar gevoelens over Peters dood. Gabby huilde aan één stuk door, Peters moeder was er nog steeds kapot van dat haar man had ingestemd met de baan in Saigon en ze vertelde hem ook ronduit dat hij net zo gestoord was als Paxxie.

Op de avond van haar vertrek brachten ze haar met z'n allen naar het vliegveld. Ze had een plaats gekregen in een troepentransportvliegtuig dat van Travis Air Force Base vertrok. Ze had haar vaccinatiepapieren, haar paspoort met visa, haar papieren van de *Morning Sun* en alle instructies over bij wie ze zich moest melden en waar, en de naam van het hotel waar ze zou logeren. Ze hadden een kamer gereserveerd voor haar in Hotel Caravelle op de Tu Do, en de *Sun* had haar zelfs een woordenboek meegegeven. Maar dit was het moeilijke gedeelte. Het was afschuwelijk om afscheid van hen te nemen. Hun aanwezigheid op Travis deed hen allen denken aan de keer dat ze afscheid hadden genomen van Peter.

En zelfs Peters vader huilde toen hij Paxton in zijn armen hield, haar stevig op haar wangen zoende en haar voor de tienduizendste keer op het hart drukte toch vooral voorzichtig te zijn.

'En Paxton, als je daar bent en je verandert van gedachten, wees dan in godsnaam geen dwaas en kom meteen weer naar huis. Volgens mij maak je een enorme fout door daarheen te gaan, wees niet te trots om dat te erkennen en kom gauw terug.'

'Zal ik niet doen,' beloofde ze hem met tranen in haar ogen, 'ik hou van u.' Ze had geleerd dat te zeggen zolang dat mogelijk was. Je wist maar nooit wat er kon gebeuren. 'Passen jullie allemaal goed op jezelf.' Toen haar vlucht werd omgeroepen, kuste ze hen nog eens allemaal. 'Ik moet gaan. Beloof me dat jullie schrijven.'

'Wees voorzichtig,' vermaande Marjorie haar, terwijl ze probeerde niet aan haar zoon te denken. 'Kijk uit met wat je eet!' Ze lach-

ten allemaal, en Gabby en Paxton omarmden elkaar. Het was allemaal met hen begonnen. De twee meisjes die al vier jaar van elkaar hielden als zusters.
'Ik hou van je, gek mens dat je bent. Wees alsjeblieft voorzichtig, Paxxie... als er met jou iets gebeurt, overleef ik het niet...'
Paxton schudde alleen maar haar hoofd en maakte de rode krullenbol in de war. 'Zorg jij nou maar dat je niet wéér zwanger wordt voor ik terug ben.' De baby was pas drie weken oud en Gabby lachte door haar tranen heen.
'Pas op jezelf, Pax. We zullen je missen.' Matthew omhelsde haar teder.
Toen deed ze een stap achteruit en keek naar hen. 'Ik ben op tijd terug om de boom op te tuigen.' Dat was de afspraak die ze met Ed Wilson had gemaakt. Zes maanden Saigon. En thuis voor Kerstmis.
Ze wuifden toen ze haar grote tas over haar schouder gooide en haar koffertje oppakte. Ze droeg een paar stevige laarzen die eruitzagen als kistjes, een spijkerbroek en een T-shirt, en ze had een nieuwe Nikon over haar schouder geslagen. Bij de gate stopte ze en wuifde nog een laatste keer terwijl ze tegen haar tranen vocht omdat ze aan Peter dacht. Toen draaide ze zich om en holde naar het toestel. Toen ze de trap van de C141 oprende, botste ze op tegen, zo te zien, iemands kleine broertje. Hij had witblond haar zoals zij, een rond kindergezicht en hij zag eruit als een jaar of vijftien toen hij met zijn plunjezak achter haar aan de trap opliep. En toen wist ze wat hij was. Weer zo'n groen knulletje op weg naar Vietnam om te vechten. Terwijl zij haar plaats innam, haastte hij zich naar achteren en voegde zich bij zo'n honderd anderen als hij; achttien, negentien, twintig... Ze voelde zich een oude dame naast hen, en toen ze opstegen, op weg om de Stille Oceaan over te steken, keek ze naar beneden en bad dat de jongens die met haar naar Saigon vlogen, nog in leven zouden zijn met Kerstmis.
Ze hadden haar zes maanden gegeven. Zes maanden om zichzelf te vinden, de oorlog te zien, te verwerken wat er in Da Nang was gebeurd, en het allemaal met eigen ogen te zien... Zes maanden om haar hart eruit te scheuren en het aan hen te geven, om te boeten voor haar zonden en de wereld te vertellen wat daar werkelijk aan de hand was. Zes maanden in Vietnam. Misschien was ze wel gek, maar voor haar gevoel was ze het aan Peter verschul-

digd. Terwijl ze haar ogen sloot en haar hoofd tegen de rugleuning legde, werden achter hen de lichten van Californië snel kleiner.

Deel twee

Vietnam

JUNI 1968 – APRIL 1975

12

Het was bijna middernacht voor haar toen ze van Travis Air Force Base in Hawaï aankwamen, maar Paxton was nog klaarwakker. Zelfs het grootste deel van de reis naar Guam bleef ze wakker, en ze praatte met de mannen terwijl die in de rij stonden voor de wc's. De meeste jongens zagen eruit als degene tegen wie ze was opgebotst bij het instappen. Ze leken amper negentien, ze waren jong en bang, en als ze zich een beetje ontspanden, zaten ze vol streken. Sommigen vroegen haar mee uit, sommigen lieten haar foto's van hun vriendin of hun moeder of hun vrouw zien, en de meesten waren volkomen onervaren nieuwe rekruten. De belichaming van het woord dat ze na hun aankomst dag en nacht naar hun hoofd geslingerd zouden krijgen: groentjes.

Een paar ouderen die met hen meereisden waren al eerder in Vietnam geweest en hadden er zelf voor gekozen om weer terug te gaan en dat waren degenen in wie Paxton geïnteresseerd was. Twee van hen deelden de whisky in hun heupflesjes met haar terwijl ze de nacht probeerden door te komen op weg naar Guam, ongeveer halverwege San Francisco en Saigon.

Ze wilde weten hoe het daar was, de essentie ervan en wat die voor hen betekende, waarom ze terug wilden, waarom ze er een hekel aan hadden of juist niet. Maar terwijl ze naar hen luisterde betwijfelde ze of ze hen wel begreep. Ze hadden het erover wat een rotplek het was, over wat een smeerlappen het bij de Vietcong waren, over hoe Charlie hun vrienden had vermoord, en in dezelfde adem hadden ze het over de schoonheid van het land, de bergen, de rivieren, het groen van de heuvels, de herrie, de stank, de geuren, de vrouwen, de hoeren, geliefde vrienden, de maatjes die ze verloren hadden, het gevaar. Het was moeilijk om er kop of staart aan te ontdekken, tenzij je er zelf geweest was. En ze schenen een zekere bewondering te hebben voor de vijand, voor hun onwankelbare trouw aan het doel, hun vechtlust, hun onvermoeibaarheid en hun bereidheid door te vechten tot de dood. Het was een merkwaardig soort respect dat ze voor hun tegen-

standers hadden. Ze praatten veel over Charlie, over hun eigen bevelvoerende officieren die zulke klootzakken waren en dat ze nooit wisten wat er verdomme aan de hand was. En belangrijker nog, dat Amerika onmogelijk de oorlog in Vietnam kon winnen.
'Waarom gaan jullie dan terug?' vroeg ze zacht. Beide mannen keken elkaar aan en wendden hun blik toen af. Ze wachtte een hele tijd en toen ze haar antwoordden, begreep ze het bijna.
'Je voelt je niet lekker meer in Amerika,' legde een van hen uit. 'Het kan niemand een barst schelen. Alle jongeren haten je omdat je daar bent, en je voelt je een verrader als je thuiskomt. Maar in Vietnam sterven je maatjes in de modder, stappen op mijnen...'
De man die tegen haar praatte knarste met zijn tanden en was zich daar totaal niet van bewust. 'Ik heb gezien dat het gezicht van mijn beste vriend aan flarden werd geschoten... mijn andere twee beste vrienden zijn vermist... ik kan niet... ik kan niet naar huis gaan en daar op m'n kont blijven zitten... ik moet terug om ze te helpen tot iemand eindelijk eens zijn hersens gebruikt en ons er als de bliksem uit haalt.'
'Ja.' De andere man knikte, hij wist precies wat zijn maat bedoelde. 'Er is daar voor ons geen plaats meer. Wij zijn nu de schoften. Niet Charlie. Niet de president. Wij zijn de slechteriken... Wij, de kerels die voor hen sneuvelen. De waarheid is, dame, dat het niemand een barst kan schelen. We zitten eraan vast, en de lui die de leiding hebben geven ons niet de kans ze eens flink te grazen te nemen, omdat ze bang zijn dat de Russen of die spleetogen er de pest in krijgen. Dus mogen wij onze kloten eraf laten schieten in Vietnam. U wilt weten waarom ik terugga? Ik ga terug om mijn makkers te helpen tot we allemaal tegelijk naar huis kunnen.' Hij had geen vrouw en kinderen, en het enige waar hij om gaf waren zijn vrienden in het leger.
Maar zij waren ook nieuwsgierig naar haar en op een bepaald moment stelden ze haar de vraag. 'En u? Wat gaat u daar doen?'
'Ik ga kijken wat daar werkelijk aan de hand is.'
'Waarom? Waarom is dat voor u zo belangrijk?'
Daar dacht ze een hele tijd over na. Ze was niet van plan het aan iedereen te vertellen, maar het was laat en ze wist dat ze deze jongens nooit meer zou zien. Tot hun verbazing greep ze in haar shirt en haalde Peters identiteitsplaatje te voorschijn. Ze toonde hun het plaatje en de mannen knikten, ze wisten wat dat betekende. 'Hij is in Da Nang gesneuveld. Ik wil gewoon weten wat daar gebeurt.'

Ze knikten nog eens. 'Het is een gekkenhuis.' Toen glimlachte de oudere van de twee en vroeg: 'Hoe oud bent u?'
Ze aarzelde en glimlachte toen tegen hem. 'Tweeëntwintig. Hoezo?'
'Ik ben twee jaar ouder en dit is mijn derde detachering. Dame, ik heb daar dingen gezien waarvan ik niet graag zou willen dat mijn zusje ze zag. Weet u wel goed wat u doet? Saigon is verrekte ver van huis.'
'Dat had ik al bedacht.' In feite rekende ze daarop, maar ze kon het zich nog steeds niet voorstellen. En ten slotte zei ze welterusten, ging terug naar haar plaats en sliep de rest van de reis naar Guam.
Ze landden in Guam om wat voor hen negen uur 's morgens was, en twee uur 's morgens van de volgende dag plaatselijke tijd. Ze bleven daar een uur om bij te tanken en vlogen toen door naar Saigon. Ze zouden daar om vijf uur 's morgens plaatselijke tijd aankomen. Het was vreemd, maar ze moest er de hele tijd aan denken dat Peter deze reis ook had gemaakt, iets meer dan zes maanden geleden.
Ze landden op schema, kort na vijven, op Tan Son Nhut Airport, de belangrijkste militaire basis, en Paxton was teleurgesteld dat ze niets van het land kon zien. Iedereen zei altijd dat Vietnam zo groen was. In plaats daarvan zag ze alleen maar vuurwerk toen ze neerkwamen, en ze vroeg zich af waarvoor dat was. Maar de soldaat die naast haar zat schoot in de lach toen ze hem vroeg of het soms een nationale feestdag was.
'Ja, zo zou je het kunnen noemen. Dit noemen ze oorlog. Dat is artillerie, dat zijn lichtspoorkogels die afgaan. O... ik denk zo'n beetje in de buurt van Bien Hoa... Dame, u zult het geweldig naar uw zin hebben hier. Elke keer als onze vogels een ei leggen op Charlie, hebben we vuurwerk.' Zijn houding irriteerde haar, hij deed een tikkeltje neerbuigend en vond haar kennelijk nogal grappig. Het besef dat ze een blunder had gemaakt was tamelijk gênant.
Ze droeg haar eigen spullen toen ze uitstapten en de jongens met wie ze had gepraat leken haar inmiddels vergeten te zijn. Die hadden nu hun eigen zorgen. Ze waren nauwelijks op het vliegveld of ze werden allemaal in trucks geladen.
Er was niemand om haar op te halen, en toen ze haar tassen oppakte en op zoek ging naar een taxi, vond ze zichzelf buitengewoon moedig. Ze sprak geen woord Vietnamees, en plotseling

voelde ze zich of ze geen enkele vriend in de wereld had.
Er stond een hele rij gedeukte auto's buiten de aankomsthal, en overal liepen Amerikaanse soldaten. Dit was de belangrijkste militaire basis voor Saigon, en voor de laatste paar minuten voelde ze zich veilig hier.
'Hé, Donut Dollie, welkom in Saigon!' hoorde ze iemand roepen. Ze keek om om te kijken wie daarmee bedoeld werd, en merkte geërgerd dat de zwarte man met het accent van het diepe Zuiden haar bedoelde. 'Je wordt bedankt!' riep ze terug, en trakteerde hem op haar lijzige Savannah-accent.
'Louisiana?' vroeg hij.
Nu lachte ze. 'Georgia!'
'Jezus!' Hij glimlachte en ging gehaast verder. Het was nog niet eens dag, maar er waren al heel wat mensen in de weer. Ze gebaarde naar een van de chauffeurs van de wachtende taxi's. Het was een blauw met gele Renault; de chauffeur liep op sandalen en droeg shorts. Hij had een plat, smal gezicht en rommelig zwart haar.
'Jij Milva?' vroeg hij, te hard pratend. De geluiden hier waren verbluffend. Zelfs op dit vroege uur hoorde ze luide stemmen en claxons in de verte. En er hing een penetrante geur in de lucht, een soort parfum dat was gemaakt van bloemen, kruiden en olie. Overal rook je de vliegtuigbrandstof en er hing een waas van rook pal boven hen.
'Nee, geen Milva,' zei ze en ze vroeg zich af wat het hem kon schelen.
'Vrijwilligster?'
'Nee.' Ze wilde haar bagage in de auto zetten. Ze had meer dan twintig uur gereisd. 'Hotel Caravelle, alstublieft.'
'Jij prostituee?' vroeg hij, eindelijk geïmponeerd.
Ze wist niet of ze moest lachen of huilen of het maar gewoon toegeven. 'Nee,' zei ze kordaat, terwijl ze haar tassen in de auto zette. 'Journaliste.' Ze wist al uit de taalgids die ze had meegenomen dat ze in het Vietnamees een *bao chi* was, een correspondente. Maar ze durfde de vreemde taal nog niet te gebruiken.
Hij schudde zijn hoofd. Hij weigerde het te begrijpen, en toen hij achter het stuur klom keek hij nog eens naar haar en vroeg zich af wat ze nou écht was. 'Jij militair?'
Verdomme, zo kwam ze nooit naar Saigon. 'Krant,' probeerde ze nog eens.

Deze keer begon er iets te dagen. 'O. Heel goed!' Hij schreeuwde zowat tegen haar, en toen ze de basis verlieten, hield hij zijn hand onophoudelijk op de claxon. Het lawaai was oorverdovend, maar overal om hen heen was er een kakofonie van claxons, ondanks het vroege uur. 'Jij koopt drugs van mij?' vroeg hij op gezellige toon terwijl ze richting Saigon reden. Het ging hier allemaal zo gemakkelijk. Jij prostituee? Jij koopt drugs van me? Het moest nogal overdonderend zijn geweest voor die jonge jongens die ze had gezien en die nog nooit van huis waren geweest.

'Geen drugs. Hotel Caravelle.' Ze herhaalde het maar om er zeker van te zijn dat hij het begreep. 'Op de Tu Do.' Dat scheen de hoofdstraat te zijn, dat had de man die bij de *Sun* de leiding had over de correspondenten tenminste gezegd. En Ed Wilson had erop aangedrongen dat ze daar voor haar een kamer zouden boeken omdat het een van de beste hotels in de stad was, en het schoonste. Het kantoor van de CBS was daar gevestigd, en hij dacht dat ze daar veiliger zou zijn dan in sommige van de andere hotels in Saigon.

'Sigaret?' bood hij aan, en zij hoopte dat hij niet nog meer zou aanbieden tijdens de rit van zes kilometer naar Saigon. 'Ruby Queen,' verklaarde hij; dat was het favoriete rokertje in Vietnam.

'Nee, dank u, ik rook niet,' zei ze terwijl verscheidene scooters en een stokoude Citroën hen allemaal tegelijk leken te schampen. Hij reageerde door met beide handen op de claxon te drukken, en dat deden de anderen ook. Ze leunde achterover tegen de bank en probeerde diep adem te halen, maar de constante lucht van uitlaatgassen verstikte haar zowat.

Toen ze Saigon binnenreden zag ze dat de gebouwen om hen heen mooier werden, en toen ze het centrum naderden begon het een beetje op Parijs te lijken. Ondanks het vroege uur en de avondklok waren er ontzettend veel verkeer en mensen die zich voorthaastten. Sommigen waren op de fiets, anderen in fietstaxi's, en overal was er het geluid van stemmen en claxons.

Sommige gebouwen hadden pasteltinten, andere waren gewoon van steen. Hij reed langs het presidentiële paleis en langs de basiliek 'Our Lady of Peace', en toen over de Nguyen Hue Boulevard, die omzoomd werd door prachtige bomen, tot ze het stadhuis passeerden. Toen gingen ze langs het Salem-gebouw op het plein, en plotseling herkende ze het beroemde Marine-standbeeld. En toen ze dat zag, had Paxton een beter idee van waar ze was.

Ze wist dat ze in het Eden-gebouw daar op het plein de kantoren van de Associated Press en de NBC kon vinden. Toen ze een paar minuten later de Tu Do opdraaiden, herkende ze het Continental Palace. Van de man bij de *Sun* wist ze dat daar een leuke bar was die Terrasse heette, en ook het kantoor van het *Time*-magazine.
Toen ze langs het gebouw van de National Assembly kwamen, ging de chauffeur langzamer rijden en draaide zich naar haar om met een half tandeloze glimlach. Het was onmogelijk zijn leeftijd te schatten. Hij kon alles tussen de vijfentwintig en de zestig zijn.
'Wil je vanavond naar Pink Nightclub in hotel Catinat? Ik haal je af om te gaan eten.'
'Nee, dank u.' Ze probeerde een gedecideerde toon tegen hem aan te slaan. 'Hotel Caravelle. Nu, graag. Vanavond moet ik werken voor de krant.' Ze probeerde resoluut en niet uitnodigend te klinken.
'Geen prostituee?' bleef hij hoopvol doorvragen, terwijl zij bad dat hij haar nu naar het hotel zou brengen en nooit meer terug zou komen.
En toen waren ze er ineens, bij het Caravelle. Haar enige wens was: uitstappen en hem ontvluchten, inchecken en dan naar bed. Ze was uitgeput maar blij dat ze er was. Hij zei wat ze hem schuldig was en ze wist dat hij haar beduvelde, maar ze was te moe om zich daar druk over te maken. Ze liep met haar tassen het Caravelle binnen dat langzaam tot leven kwam toen een paar jonge Vietnamese meisjes de lobby begonnen schoon te maken. Het was nog vroeg in de ochtend, maar de zon zou nu snel opkomen en dan was het druk in het hotel. De lobby zou vol zijn met hoge officieren, buitenlandse gasten, meestal uit Europa, en de knappe Vietnamese meisjes die hen kwamen begroeten.
'Andrews,' zei ze tegen de knappe receptioniste in een witte *ao dai*, de traditionele Vietnamese kledij die bestond uit een broek en een nauwsluitende lange tuniek. De meeste waren wit, maar soms waren ze ook bedrukt of helder gekleurd.
'Andrews?' Ze keek Paxton niet-begrijpend aan.
'Paxton Andrews. Van de *Morning Sun* in San Francisco.' Paxton was te moe om vriendelijk of geduldig te zijn. Het enige dat ze wilde was een douche en een bed. Zelfs op dit vroege uur was het al snikheet. Ze was niet voorbereid geweest op deze verstikkende hitte, en de ventilatoren aan het plafond haalden niet veel uit. Het

meisje keek het gastenboek weer na en schudde haar hoofd tegen Paxton.
'Meneer Andrews nog niet hier. U zijn vrouw? Zijn dame?'
Verdomme, mopperde ze inwendig. 'Nee,' zei ze. 'Ik bén Paxton Andrews.' Ze zag dat twee Vietnamese jongens glimlachend naar haar stonden te luisteren en dat twee mannen elkaar in de lobby ontmoetten. De een was van het vliegveld gekomen, de ander kwam van buiten. Ze maakten zich op om vroeg te beginnen en beide mannen bekeken Paxton met een blik van grote waardering. De een zag er ruig uit, had donker haar en was een goede dertiger, de ander was duidelijk ouder, met een gegroefd gezicht dat er bezorgd uitzag. Ze merkte hen op, maar had geen zin met hen te praten en hoefde ook niet te weten wie ze waren. Op dit ogenblik wilde ze alleen maar haar kamer. En ondertussen scheen het meisje achter de balie haar nog steeds niet te begrijpen. 'Ik bén Paxton Andrews.'
'U meneer Andrews?' Het meisje giechelde en zelfs Paxton moest lachen. In de twee uur die ze in Vietnam was, was ze al voor een man, voor Donut Dollie en voor prostituee uitgemaakt. Het was in elk geval een interessant begin.
'Ja,' zei ze weer. 'Ik ben Paxton Andrews. Heeft u mijn kamer?'
Het meisje knikte eindelijk bevestigend, en terwijl de twee mannen zo onopvallend mogelijk stonden toe te kijken, gaf het meisje een teken aan een jongetje dat niet ouder dan acht kon zijn, en gaf hem de sleutel van een kamer op de tweede verdieping, ver onder de bekende bar in het penthouse.
Paxton volgde hem de trap op en hij worstelde met haar tas, terwijl zij de plunjezak voor haar rekening nam. Toen ze bij haar kamer kwamen gaf ze hem vijfentwintig piasters. Hij grijnsde, boog en rende de trap af. Het was een leuk jongetje en het was moeilijk te geloven dat dit de kinderen waren voor wie ze gewaarschuwd was. Ze hadden haar verteld dat de kinderen in Vietnam ofwel dieven ofwel bedelaars waren, of bij de Vietcong hoorden, of alle drie. Maar deze jongen zag er onschuldig uit zoals hij terugholde naar de lobby. Toen ze haar kamer binnenliep zag ze nog net een horde kakkerlakken over het vloerkleed schieten. Ze slaakte een gilletje, dwong zichzelf de kamer binnen te gaan, er zoveel mogelijk dood te maken en in de badkamer te kijken. Die was schoon, helemaal wit betegeld, en herinnerde aan de Franse invloeden op de stad. Er was niet zoveel veranderd sinds de Fran-

sen vertrokken waren. Zeker niet de hitte, de oorlog, of de kakkerlakken. Het enige dat was veranderd waren de gedeukte, rammelende airconditioners die nu in elke kamer constant draaiden. Het was een tikkeltje 'thuis' waar ze dankbaar voor was. Haar kleren plakten aan haar lichaam van de reis van het vliegveld naar het hotel in die verzengende, vochtige hitte. Ze voelde zich als een vaatdoek en zag er ook zo uit.

Ze waste haar gezicht en liet het bad vollopen. Het was acht uur in de ochtend plaatselijke tijd toen ze naar bed ging. Door het open raam rook ze nog steeds de benzinedampen van de straat en hoorde ze het lawaai van Saigon dat tot leven kwam. Die benzinestank leek alomtegenwoordig in de stad. Toen ze in bed lag vroeg ze zich af hoe het voor Peter was geweest toen hij hier aankwam, maar hij had waarschijnlijk niet veel gezien. Hij was een van de jongens geweest die meteen in trucks waren geladen en snel door de nacht naar plaatsen als Long Binh, Nha Trang, Pleiku, Da Nang, Vinh Long en Chu Lai waren vervoerd. De plaatsen waarvoor ze gekomen was, maar waarvan ze nu alleen maar kon dromen.

Ze sloot haar ogen, maar ze sliep erg onrustig. Ze had te veel aan haar hoofd, er was te veel om over na te denken, te zien en te ontdekken. Toen de zon hoog aan de hemel stond boven Saigon, werd ze wakker, deed haar ogen open en strekte zich uit. Ze glimlachte toen ze opkeek en een vogeltje zag dat op haar vensterbank luidkeels zat te zingen.

'Welkom in Vietnam.' Ze draaide zich langzaam om en toen ze de woorden uitsprak hoorde ze een geluid en voelde ze dat er iemand in de kamer was. Ze schoot verschrikt overeind en bedekte zichzelf met het laken toen een lange, knappe man haar kamer binnenliep. Hij was in werktenue waar geen naam op stond en ook geen US ARMY. 'Wat doet u hier?' Ze wilde gillen, maar wist niet goed of ze dat wel moest doen terwijl ze uit bed stapte met nog steeds het laken om zich heen.

'U heeft uw sleutel in de deur laten zitten. Dat zou ik niet doen als ik u was.' Hij zag hoe mooi ze was, maar aan zijn gezicht was dat niet af te lezen. Van een van de piccolo's had hij gehoord dat er een nieuwkomer in die kamer zat, een heel knap meisje, had de jongen gezegd. En Nigel had hem twintig piasters fooi gegeven. Hij had ook over haar gehoord van zijn twee collega's die haar 's morgens vroeg in de lobby hadden gezien. Met een ernstig gezicht reikte hij haar over het bed heen de sleutel aan. 'Ik was van plan hem op het nachtkastje te leggen.' Ze hoorde dat hij een accent had, en ze wist even niet of het Engels of Australisch was.

'Ik... eh...' Ze voelde zich vreselijk ongemakkelijk en vroeg zich af of hij door het laken heen kon kijken. 'Ik... dank u.'

Hij glimlachte, en was een tikje geamuseerd door haar kennelijke opgelatenheid. 'Geen probleem hoor. Tussen haakjes, ik ben Nigel Aucliffe. United Press. Uit Australië.' Een flikkering in zijn ogen zei haar dat hij toch niet zo heel erg onschuldig en onschadelijk was.

'Paxton Andrews, van de *Morning Sun* in San Francisco.' Ze deed echter geen poging om hem een hand te geven uit angst dat het laken dan af zou zakken.

'Ik ben ervan overtuigd dat ik meer van je te zien zal krijgen.' Door die dubbelzinnige uitspraak voelde ze zich nog ongemakkelijker. Met een korte groet ging hij de kamer net zo snel uit als hij erin was gekomen.

Paxton ging na deze ontmoeting, nog steeds in het laken gewikkeld en met bonzend hart, op bed zitten. Dit ging bepaald geen alledaagse ervaring worden. En hoe kon ze zo suf zijn om in oorlogsgebied haar sleutel in de deur te laten zitten?

'Jezus,' mopperde ze tegen zichzelf, 'over stom gesproken.' Deze keer sloot ze de deur aan de binnenkant af en ze keek uit het raam de To Du af. Als je je ogen een beetje dichtkneep, kon je je in Parijs wanen.

Ze moest zich die middag om twee uur melden bij het AP-kantoor in het Eden-gebouw op het plein. Ze nam een bad en trok een lichte katoenen lichtblauwe jurk aan die haar geschikter leek met dit weer dan een spijkerbroek. Toen haastte ze zich naar beneden naar het restaurant om te gaan lunchen. Er zaten nogal wat mensen te eten toen ze binnenkwam. Het merendeel bestond uit mannen van wie sommigen in werktenue of soortgelijke kledij waren, anderen droegen dunne overhemden en er waren twee Vietnamese vrouwen in beeldige witte 'ao dais', de traditionele witte jurken die over wijde broeken gedragen werden die er zo luchtig uitzagen en toch hun figuur zo gracieus lieten uitkomen. Op dit moment was Paxton de enige westerse vrouw in de zaal. In de hoek aan de andere kant zag ze Nigel Aucliffe lachen met een onbekende en de twee mannen die ze 's ochtends vroeg had gezien, en ze vroeg zich af of ze soms om haar lachten. Ze voelde zich ontzettend groen en onervaren in dit alles toen ze consommé en een omelet bestelde. De Franse invloed was hier nog te merken aan het decor, het eten en de menukaart.

Ze had haar omelet op. Terwijl ze bij een kopje koffie een paar aantekeningen voor zichzelf maakte, stopte Nigel Aucliffe met zijn gezelschap bij haar tafel.

'Nogmaals goedemorgen.' Zijn ogen waren nu openlijk plagerig en leken haar opnieuw te taxeren en de andere mannen bekeken haar, nieuwsgierig gemaakt door de suggestieve begroeting. Hij had hun al over haar verteld en gezegd dat ze zo groen als een lenteblaadje was, en dat ze kennelijk iemands eigenzinnige dochter was. Hij dacht dat het niet lang zou duren voor Vietnam haar een paar lesjes zou leren, en die gedachte amuseerde hem in hoge mate. 'Aan de brunch, zie ik.' Zijn ogen leken haar te strelen, en zijn gedrag ergerde haar.

'Goedemorgen,' zei ze koel. Hij had het op de een of andere manier laten klinken alsof hij de nacht met haar had doorgebracht en de kilte van haar toon gaf aan dat hij zich daar absoluut in vergiste. Met haar ogen nam ze de andere drie in zich op, en aangezien hij ze niet aan haar voorstelde, stak ze haar hand uit en stelde zichzelf voor. De jongere donkerharige man die ze had gezien toen ze net aankwam, was Ralph Johnson uit New York, Associated Press; de oudere was Tom Hardgood van de *Washington Post*; de derde man was Jean-Pierre Biarnet van *Le Figaro* in Parijs. Ze hadden vanaf zeven uur in de ochtend een belangrijke persconferentie bijgewoond en hadden zichzelf op een lange, luie lunch getrakteerd. Nigel en Jean-Pierre hadden het er net over er voor de rest van de dag mee te kappen, toen Nigel haar zag en hun vertelde wat voor prettige aanblik ze had geboden, gehuld in haar laken. De drie mannen bekeken haar met grote interesse, en de meesten van hen waren oud genoeg om haar vader te zijn, hoewel ze dat ontkend zouden hebben, mocht iemand dat zeggen. Ze stond op, klaar om weg te gaan. Ze zag er jong, mooi en waardig uit naast hen, en de vier mannen bekeken haar verlangend. Er viel een vreemde stilte toen zij hen aankeek, zich er heel goed van bewust dat ze zagen dat ze een nieuweling was.

'Wat doe je hier?' vroeg Johnson botweg. Hij was nieuwsgierig naar haar en naar wat ze hier in Saigon te zoeken had; dat waren de anderen ook, maar die waren te trots en te hooghartig om het haar te vragen.

'Hetzelfde als iedereen, denk ik. Op zoek naar een verhaal. De oorlog verslaan. Ik ben hier voor zes maanden voor de *Morning Sun* in San Francisco.'

Johnson keek verbluft. Het was een goede krant. En hij had de andere correspondent gekend die hier vorig jaar een tijdje voor ze gezeten had. Het verbaasde hem dat ze dit groentje stuurden, maar misschien was er een andere reden.

'Heb je zoiets al eerder gedaan?'

Ze schudde eerlijk haar hoofd, en heel even zag ze er met al haar lef bang uit, en dat was ze ook. Ze had absoluut geen idee wat ze aan het doen was. Ze hadden haar gezegd dat ze zich eerst bij het kantoor van de AP moest melden en de opdrachten die ze haar gaven moest uitvoeren. Ed Wilson had hun persoonlijk strenge instructies gegeven haar nergens alleen naartoe te laten gaan en haar ver van het oorlogsgeweld te houden.

'Hoe oud ben je?' vroeg Johnson weer op zijn botte manier.

Ze overwoog even om te liegen, maar besloot dat niet te doen. 'Tweeëntwintig. Ik kom net van Berkeley.' Ze vertelde er niet bij dat ze voortijdig gestopt was. Ze tekende de rekening af en ze liepen gezamenlijk langzaam naar de lobby.

Toen glimlachte hij tegen haar. 'Daar ben ik zestien jaar geleden afgestudeerd.' Johnson keek haar geamuseerd aan. 'En ik was net zo'n groentje als jij toen ik begon. Ik bestierf het zowat. Ik pakte toen alles wat ik krijgen kon, en de *New York Times* stuurde me naar Korea. Maar ik kan je wel vertellen dat ik dingen heb geleerd die ik nooit geleerd zou hebben als ik in New York op m'n kont was blijven zitten.' En hij verbaasde iedereen door zijn hand uit te steken en de hare te schudden. 'Succes, kind. Hoe zei je ook weer dat je heette?'

'Paxton Andrews.'

Ze schudden haar toen allemaal de hand en de groep ging uit elkaar. Nigel en Jean-Pierre besloten toch maar niet de middag vrij te nemen en gingen in plaats daarvan naar Xuan Loc om wat gevechtsoefeningen te verslaan. En Tom Hardgood ging naar het MacVee-hoofdkwartier bij Tan Son Nhut, waar Paxton 's nachts was aangekomen, voor een persoonlijk interview met generaal Abrams.

'Ga je naar het AP-kantoor?' vroeg Johnson toen ze naar buiten liepen, haast alsof dat nu pas bij hem opkwam. Ze knikte. 'Ik laat je wel zien waar het is,' zei hij en hij glimlachte weer tegen haar.

De anderen gingen een andere kant op en beloofden hem die avond te ontmoeten, terwijl Paxton naast hem voortstapte.
Het AP-kantoor was in de hoek van het gebouw dat ze 's nachts onderweg had gezien, het Eden-gebouw op het plein tegenover het marinestandbeeld dat een referentiepunt voor iedereen in Saigon scheen te zijn. Ze had de opdracht daar te wachten. Ze moest zich gaan 'oriënteren' in Saigon en om vijf uur in de gehoorzaal van de U.S. Information Service zijn, voor iets dat volgens Johnson de 'Vijf Uur Show' werd genoemd.
'Ik zie wel dat ze je of langzaam op gang laten komen, of je op geestelijk voedsel zetten. Op mijn eerste dag in Seoel werd ik meteen naar de frontlinies geschopt en vervolgens bijna neergeschoten. Dat is ook een manier om kennis te maken met de oorlog. Deze manier is wat aangenamer.' Maar ze voelde zich op de een of andere manier op haar plaats gezet, en ze vroeg zich af wat hij bedoelde met 'op geestelijk voedsel zetten'.
'Wat is de Vijf Uur Show?'
'Een hoop propaganda. Ze vertellen ons alles wat ze ons willen laten horen, hoe goed het gaat met de oorlog. We raken een heuvel kwijt, maar dat is niet zo. Een heel stel jongens sneuvelt, maar de vijand heeft grotere verliezen; Charlie maakt wat van onze installaties buit, geeft niks, ze waren toch verouderd. Aantallen gesneuvelden die veel beter klinken dan ze in werkelijkheid zijn, de gebruikelijke kul die ze je de mensen thuis willen laten voorschotelen om hen ervan te overtuigen dat we aan de winnende hand zijn.'
'En zijn we dat?'
'Wat denk je?' vroeg hij ijzig. Zijn ogen vertelden hun eigen verhaal.
'Daarom ben ik hier. Ik wil de waarheid weten.'
'De waarheid?' Hij bekeek haar met een cynische blik. 'De waarheid is, dat het hopeloos is.'
Dat was wat ze altijd al had gedacht, wat Peter altijd al had gedacht. Vóór het zijn dood was geworden. 'Wanneer denk je dat ze dat zullen toegeven en onze jongens naar huis laten gaan?' vroeg ze met argeloze gedrevenheid in haar ogen.
Hij schudde geërgerd zijn hoofd. 'Dat, lieve collega, is de hamvraag. We hebben hier nu een half miljoen mannen, en een gedemilitariseerde zone, hetgeen betekent dat er niet op Oom Ho's tenen getrapt mag worden, en jongens die bij duizenden in

lijkzakken teruggestuurd worden.' Toen hij dat zei, zag hij haar ineenkrimpen en dat irriteerde hem. 'Als je daar niet tegen kunt, moet je je daar maar snel overheen zetten, of naar huis gaan. Dit is geen plaats voor doetjes.' Hij vroeg zich af of ze wisten wat ze deden toen ze haar opdroegen zich te gaan oriënteren in Saigon. Misschien was ze gewoon iemands dochter die toeristje speelde. Maar iets aan haar zei hem dat er meer achter zat dan dat. Hij wist het zo net nog niet. 'Ik heb een afspraak met een paar kerels.' Hij keek haar vragend aan. 'Heb je interesse om iets van het echte Vietnam te zien, of ben je hier alleen maar een poosje voor de lol om de mensen thuis te kunnen vertellen dat je het hebt gezien?'

Het was een eerlijke vraag en ze waardeerde het dat hij haar tenminste de kans gaf om zich te bewijzen. Ze keek hem recht aan en liet hem weten dat ze het ernstig meende. 'Ik wil het échte Vietnam zien.'

Hij knikte. Ergens had hij dat wel verwacht. Ondanks haar fraaie uiterlijk en het blonde haar zag ze er niet uit als een Donut Dollie. 'Ik ga morgen met een groep naar een frontstelling in de buurt van Nha Trang. Zin om mee te gaan?' Zijn ogen waren nors, maar hij gaf haar een kans. Hij was ook jong geweest en ze hadden op hetzelfde college gezeten, en om de een of andere onbekende reden vond hij dat ze het verdiende.

'Dolgraag.' Toen voegde ze er heel gemeend aan toe: 'Dank je.'

'Heb je laarzen?'

'Zoiets, ja.' Ze had de stevigste gekocht die ze bij Eddie Bauer kon vinden.

'Ik bedoel echte. Ze moeten staal onder de zool hebben voor het geval dat je op een bamboespies stapt.' Ze keek hem niet-begrijpend aan, maar hij wist waarover hij sprak. Hij was al sinds 1965 in Saigon. 'Wat voor schoenmaat heb je?'

'Zeven.' Ze had respect voor hem. Als ze hier al iets van zichzelf maakte zou het dankzij hem zijn, en ze was oprecht dankbaar.

'Ik zal je een paar bezorgen.'

'Dank je.' Zodra ze dat had gezegd, was hij verdwenen. Hij had een afspraak met de tweede man van het bureau, die er zorgelijk uitzag toen Ralph binnenkwam.

'Wat is er met jou? Je ziet er zo opgewekt uit vanmiddag,' plaagde Ralph.

'Zo zou jij er ook uitzien. Ik heb deze week tien telexen gekregen uit San Francisco over een of ander groentje dat vast iemands neefje is. Ze willen niet dat hij naar het Noorden gaat. Ze willen niet dat hij buiten Saigon komt. Ze willen niet dat hij gewond raakt. Hij mag nergens heen, behalve theedrinken in dat verdomde Palace. Ik heb al genoeg problemen in mijn leven zonder hoge pieten, verveelde filmsterren en de verrekte neefjes van andere mensen.'

'Kalm maar. Misschien komt hij niet eens opdagen. De helft van die kinderen praat een hoop over hierheen gaan, maar ze hebben nooit het lef om echt te gaan. We hebben trouwens een nieuwe Donut Dollie in ons midden.'

'Geweldig. Daar zaten we net op te wachten. Hou je een beetje in, Ralph. Ik heb je nog een volle maand nodig, levend, als je dat klaarspeelt.' De twee mannen glimlachten tegen elkaar. Ze waren al jaren vrienden en hadden groot respect voor elkaar. 'Wie is dat meisje?'

'Vergeten. Van de westkust. Ze heeft op mijn college gezeten. Ze ziet er intelligent, maar bang en onervaren uit. Ik heb aangeboden haar morgen mee te nemen naar Nha Trang.'

'Voor wie werkt ze?'

'Ook vergeten. Ze is oké. En als ze dat niet is, zal ze zich morgen te pletter schrikken en op de eerste vlucht naar huis zitten.'

'Kijk maar uit. Het gaat er daar op het ogenblik heet aan toe. Maar ik wil dat je hier even voor me naar kijkt.' Het was een 'geleend' document dat iemand hem gegeven had, met een aanvraag voor een enorme hoeveelheid troepen voor nieuwe bataljons.

'Jezus, worden ze nou nooit wijs genoeg om die jongens naar huis te sturen?' Ralph Johnson zag er wanhopig uit terwijl hij het las.

'Geeft je te denken, hè?'

'Het is om te huilen.' Ze gingen over op andere zaken. Een rapport over toegenomen acties in de A Shau-vallei, en een paar idiote berichten over een ontbladeringsmiddel. Ze praatten over de trip van de volgende dag naar Nha Trang, en tegen die tijd was het nieuwe meisje totaal vergeten.

Ralph Johnson ging die dag theedrinken in de voorstad Gia Dinh waar hij een paar persoonlijke zaken af te handelen had. Tegen vijven was hij terug in de stad waar hij op kantoor de binnengekomen berichten ophaalde en was vervolgens maar tien minuten te laat bij de Information Service om het nieuws te horen dat bij de Vijf Uur Show werd bekendgemaakt. Het waren de gebruikelijke berichten. Wie er gesneuveld was en waar, enorme aantallen gesneuvelden bij de Vietcong, statistieken die niemand geloofde en al heel lang niet meer geloofde, en een document van de vijand dat iedereen mocht bekijken. Tom Hardgood was er en Jean-Pierre ook, maar Nigel niet. Jean-Pierre zwaaide toen hij Paxton zag. Toen het afgelopen was ging hij naar haar toe en vond dat ze er moe en warm uitzag en nog steeds een beetje van de kook door haar aankomst. Hij vertelde dat Nigel naar Xuan Loc was gegaan, maar dat hij besloten had in Saigon te blijven.

'En, mademoiselle.' Hij glimlachte. 'Hoe bevalt het?'

Paxton glimlachte vermoeid. De afgelopen twee uur had ze besteed aan het verkennen van de stad. Het was de hele middag ondraaglijk heet geweest en ze was ondersteboven van wat ze gezien had, van de geuren, het onophoudelijke lawaai, het geluid van vliegtuigen, de benzinelucht, en de rook in de Chinese wijk die brandde in haar ogen. Ze was verscheidene malen verdwaald, had tweemaal een fietstaxi genomen, was aangesproken door minstens tien Amerikaanse soldaten, en ze kon kop noch staart ontdekken aan haar Vietnamese taalgids. 'Ik weet het niet,' zei ze eerlijk, terwijl ze zich afvroeg wat deze vijf uur-sessies voor doel hadden. Het leek allemaal zo zorgvuldig voorbereid, zo kunstmatig. Maar als je dat wilde, kon je hier blijven zitten en de oorlog verslaan op basis van wat zij je vertelden. Daar was ze echter niet voor gekomen.

'Dit soort dingen is bespottelijk, dat kan ik je wel zeggen.' Jean-Pierre was nog in veldtenue en zag er heet en zweterig uit. Hij was fotograaf en was al sinds vier uur 's morgens op de been, en na zijn lunch met de anderen had hij nog een ontstellende gebeurtenis gefotografeerd.

Er was een groep kinderen omgekomen door een bom die door terroristen was geplaatst, en de foto's die hij had gemaakt waren gruwelijk. Hij probeerde haar dat uit te leggen, en hij vertelde het haar met een haast monotone stem. Hij kon zich niet veroorloven nog iets te voelen. Het was allemaal te verschrikkelijk.

'Ik heb de perfecte opname. Van twee dode kleine meisjes die elkaars hand vasthouden,' zei hij op volmaakt vlakke toon. 'Daar zal mijn krant heel blij mee zijn.' Er was iets spookachtigs in het hier zijn, dat wisten ze allemaal. Het vrat aan je en verwoestte iets in je binnenste. En toch wisten ze ook dat ze er moesten zijn, om welke reden dan ook.

'Waarom ben je hier gekomen?' vroeg ze zacht, terwijl de anderen zich begonnen te verwijderen. Ze was ontnuchterd door zijn woorden, maar toch nieuwsgierig naar iedereen.
'Omdat ik wilde weten wat er veranderd was. Ik wilde weten waarom de Amerikanen dachten te kunnen winnen, en óf ze zouden kunnen winnen, nadat het ons niet was gelukt.'
'En kunnen ze dat?' Ze scheen het aan iedereen te vragen, maar ze wilde weten wat de mensen dachten, mensen die het konden weten, de mensen die het echt gezien hadden.
'Nee. Het is onmogelijk,' zei hij terwijl hij er zeer Frans uitzag, 'en ik denk dat ze het nu wel weten maar het niet aan jullie mensen durven te zeggen. Ze zijn bang hun nederlaag te erkennen, te zeggen dat ze niet kunnen winnen en nu naar huis moeten komen. Het is niet Amerikaans, het is niet eervol, of dapper... Het duurde bij ons ook een hele tijd,' zei hij bij wijze van verklaring.
Ze was het met hem eens. De Amerikanen bleven in Vietnam om geen gezichtsverlies te lijden, maar dat hadden ze al gedaan. En intussen verloren ze dagelijks jongens aan de Vietcong, aan boobytraps, aan mijnen, aan sluipschutters, aan 'friendly fire', zoals met Peter was gebeurd. Het was vreemd, maar nu ze hier was, was ze minder van hem vervuld. Ze had de hele dag nauwelijks aan hem gedacht, ze had het te druk met alles door te krijgen, alles te zien en Saigon te ontdekken. In zekere zin was het een opluchting. Misschien zou nu de pijn wat afzwakken. Misschien kon ze het eens laten rusten. Misschien had ze er goed aan gedaan hierheen te komen.
Ze zag dat Jean-Pierre glimlachend naar haar stond te kijken, niet wetend waaraan ze dacht.
'Dit is een grimmige plek. Het was heel moedig van je om hierheen te komen. Waarom heb je het gedaan?'
'Dat is een lang verhaal,' zei ze vaag en ze keek om zich heen. Ralph en Tom Hardgood waren inmiddels vertrokken en Jean-Pierre vroeg of ze zin had om wat te gaan drinken bij de Terrasse van het Continental Palace Hotel.
'Het is een verbazingwekkende tent. Typisch Saigon. Je moet het echt zien.'
'Dank je,' zei ze verlegen, geroerd door hen allemaal. Hoewel ze wist dat Nigel haar met een zekere neerbuigendheid bekeek, was Ralph tenminste bereid haar zowel een kans als een helpende hand te bieden, en Jean-Pierre leek heel aardig. Ze zag dat hij een trouw-

ring droeg, en ze had de indruk dat zijn uitnodiging meer platonisch dan seksueel was. Ze had gelijk. Toen ze bij de Terrasse aankwamen vertelde hij haar van alles over zijn vrouw, een succesvolle mannequin in Parijs.
'Ik heb haar tien jaar geleden ontmoet toen ik nog modefotografie deed, toen raakte ik hierdoor gefascineerd, fotojournalistiek. Zij vindt dat ik gek ben. Eens in de maand ontmoeten we elkaar in Hongkong, dat houdt me geestelijk op de been. Ik denk niet dat ik het hier anders uit zou houden. Hoe lang ben jij van plan hier te blijven?' vroeg hij langs zijn neus weg.
'Zes maanden,' zei ze dapper.
Ze klonk heel jong, en hij glimlachte. 'Heb je een vriendje hier? In het leger?' Ze schudde haar hoofd, maar sommige vrouwen hadden dat wel. Hij kende heel wat verpleegsters die hiernaartoe gekomen waren omdat hun vriend naar Saigon was gestuurd. Maar vroeg of laat kregen ze allemaal spijt. Het was een frustrerende plaats; de vriendjes raakten gewond of ze sneuvelden, of ze werden teruggestuurd naar Amerika en de meisjes bleven en voelden zich in de steek gelaten terwijl ze voor verminkte kinderen zorgden. Sommigen vonden dat ze niet weg konden gaan, anderen weer wel, maar niemand was nog dezelfde. 'Als je eenmaal hier bent geweest,' zei hij welbewust, 'vergeet je het niet meer.'
Ze knikte, was bereid het erop te wagen, terwijl ze verbaasd om zich heen keek. Ze waren aan een tafel op het terras van het Continental Palace Hotel gaan zitten, en overal waren bedelaars zonder ledematen die als insecten tussen de tafeltjes door kropen. Eerst begreep ze niet wat er gebeurde. Ze dacht dat ze iets zochten, maar plotseling keek er een naar haar op, de helft van zijn gezicht was weggevaagd, beide armen ontbraken, en hij keek haar aan met het ene oog dat hij nog had en kreunde. Ze viel bijna flauw en Jean-Pierre joeg hem weg. Paxton was verbijsterd toen ze werden aangesproken door schoenpoetsers, prostituees, drugsdealers en verkopers van allerhande goederen. En overal die geur van bloemen en benzine, de stemmen, de claxons, het geschreeuw, de auto's, de fietsen, de mensen. Het leek wel een circus.
'Het spijt me,' verontschuldigde ze zich voor haar zwakheid toen ze werd geconfronteerd met de bedelaar zonder gezicht.
'Daar zul je aan moeten wennen. Dat zie je hier veel. In Saigon kun je soms net doen of er niets aan de hand is. Dan ontploft er op een dag een bom, een bar gaat de lucht in, een van je vrien-

den raakt gewond, of je ziet bloedende kinderen op straat die om hun moeder huilen die voor je ligt, gedood door een bom van de Vietcong. Je kunt je er niet altijd voor verschuilen. In het Noorden is het nog erger. Veel erger. Daar zie je pas echt wat oorlog is.' Hij bekeek haar aandachtig over hun drankjes heen, en was nieuwsgierig naar haar, ze was jong genoeg om zijn dochter te zijn. 'Weet je zeker dat je hier wilt blijven?'

'Ja,' zei ze kalm. Nu ze hier was, was ze zeker van zichzelf, zelfs al had ze de neiging om te huilen als ze de bedelaars zag, en de kinderen zonder ledematen. Maar ze was hier nog maar een paar uur. Veertien, om precies te zijn.

'Waarom?' vroeg hij op de man af.

Ze besloot eerlijk tegen hem te zijn, zoals ze dat tegen die jongen in het vliegtuig was geweest. 'Iemand van wie ik hield is hier omgekomen. Ik wilde het zien. Ik wilde begrijpen waarom hij is gestorven. Ik wilde hierheen komen en via mijn krant de waarheid spreken over de oorlog.'

Hij glimlachte droevig tegen haar. 'Je bent heel jong en idealistisch. Het zal niemand iets kunnen schelen, en als je huilt in het donker, zal niemand je horen. Je wilt van hieruit een boodschap sturen... maar naar wie? Voor je vriend is het te laat. En voor de anderen? Sommigen zullen hierheen komen als dat moet, sommigen zullen leven, anderen zullen sterven. Je kunt niets doen om daar verandering in te brengen.'

Zoals hij het zei klonk het allemaal zo hopeloos, maar Paxton geloofde hem niet. 'Waarom ben jij dan hier, Jean-Pierre?'

Ze keek hem recht in de ogen en hij vroeg zich af of ze met hem naar bed zou willen. Hij wist dat Nigel haar wilde. Ralph had France en haar zoon... en hij had natuurlijk zijn vrouw in Parijs. Maar ze was ver weg, en dit meisje was zo fris, zo puur, zo vol idealen, zo onschuldig en toch tegelijkertijd zo sterk, zo zeker. Hij glimlachte en toen Paxton hem vroeg waarom, lachte hij. 'Ik geloof dat je me aan Jeanne d'Arc doet denken. Ze geloofde in dezelfde dingen als jij. De waarheid, de macht van het zwaard in de naam van God, en vrijheid.'

'Dat klinkt niet onredelijk.' Paxton glimlachte. 'Maar je hebt mijn vraag niet beantwoord.' Ze was tenslotte journaliste en ze was de stad en de mensen daarin aan het observeren.

'Over waarom ik hier ben? Ik weet het niet.' Hij haalde zijn schouders op en was weer heel erg Frans. 'Ik wilde het zien, dus kwam ik hier voor *Le Figaro*. En ik ben gebleven omdat het me intrigeert. Ik wilde het "uitzingen"... en het bevalt me hier. Het is een zondige plek,' zei hij en hij glimlachte tegen haar, 'als je het zo wilt zien. Ik ben gesteld op mijn vrienden. En misschien...' Hij haalde zijn schouders weer op. 'Misschien hou ik net als alle mannen van gevaar. Paxton, laat je niets wijsmaken door mannen. We vinden het allemaal leuk om met wapens te spelen, te doen alsof we een vijand hebben, een heuvel van iemand in te pikken, of een huis, of een berg... of een land. We vinden het heerlijk, we vinden het logisch... tot het ons fataal wordt.'

Instinctief wist ze dat er waarheid school in wat hij zei. 'En is het het waard om voor te sterven?'

'Ik weet het niet.' Hij glimlachte triest. 'Vraag het de mannen die gestorven zijn... wat zullen die zeggen?'

'Ik denk dat ze zouden zeggen dat het het niet waard was,' zei ze kalm, maar daar was hij het niet mee eens.

'Dat komt omdat je een vrouw bent. Misschien vonden zij het het wel waard.' Hij hield van de discussie, de gedachtewisseling, de filosofie, en zij mocht hem. 'Maar voor een vrouw is het het nooit waard. De mannen die sneuvelen zijn hun zoons, hun minnaars, hun echtgenoten. Een vrouw heeft in een oorlog alleen maar iets te verliezen, niets te winnen, en voor haar zit er niets opwindends aan. De gezichten van de vrouwen die ik fotografeer zijn altijd getekend door smart als ze hun dode baby's, dode mannen of dode kinderen in hun armen houden. Ze vinden het niet erg om zelf dood te gaan. Ik denk dat ze heel wat moediger zijn dan mannen. Maar ze kunnen het niet verdragen hun dierbaren te verliezen.'

Zijn stem werd zachter toen hij vroeg: 'En jij? De man die je verloren hebt. Was hij een minnaar of een vriend?' Hij was nieuwsgierig naar haar.

'Beide,' zei ze en ze voelde zich kalmer dan ze in lange tijd was geweest. 'We zouden gaan trouwen. We waren al vier jaar bij elkaar... en ik had met hem moeten trouwen.' Ze keek een andere kant op, ze had nog steeds dat schuldgevoel. 'Ik had het moeten doen, maar ik deed het niet.' Haar stem was heel zacht geworden en hij raakte haar hand aan.

'Als je het niet deed, is het omdat het niet zo voorbestemd was. Mijn eerste vrouw is bij een ongeluk omgekomen. Met een vliegtuig waarin ik samen met haar had moeten zitten. Ik miste het vliegtuig. Zij ging toch maar. Ze is in Spanje verongelukt. En ik

ben me schuldig blijven voelen. Zij wilde kinderen, ik niet. Daarna dacht ik dat als ik haar die baby had laten krijgen, ik nog een deel van haar bij me zou hebben. Maar weet je,' hij haalde zijn schouders weer op, 'het heeft gewoon niet zo moeten zijn.'
'Heb je nu kinderen?' vroeg Paxton zacht.
Hij schudde glimlachend zijn hoofd. 'We zijn pas twee jaar getrouwd en mijn vrouw is achtentwintig. Ze wil pas kinderen als ze ophoudt met haar werk als mannequin.'
En als er iets gebeurt, vroeg Paxton zich af, zouden ze dan spijt krijgen? Had Gabby gelijk met haar ongecompliceerde getrouwde leventje en haar mooie kindjes? Was ze gek dat ze hier was? Had Jean-Pierre gelijk dat haar huwelijk met Peter niet voorbestemd was, of zou ze zich altijd schuldig blijven voelen?
'Hoe oud ben je, Paxton?' vroeg hij en hij voelde zich bij elke slok pernod meer tot haar aangetrokken. Uiteindelijk ging hij over op whisky en Paxton op water.
'Tweeëntwintig,' antwoordde ze, en hij glimlachte.
'Ik ben precies twee keer zo oud als jij.' Maar het scheen hem niet te hinderen. 'Ik geloof dat ik met absolute zekerheid kan zeggen dat je de jongste journaliste in Saigon bent. En gegarandeerd,' hij hief zijn glas op naar haar, 'de mooiste.'
'Je hebt me nooit 's morgens vroeg gezien,' zei ze bij wijze van conversatie en ze werd toen verrast door een stem achter haar.
'Nee, maar ik wel.' Ze draaide zich om in haar stoel en zag dat het Nigel was. 'Ik zou zeggen dat je er heel bekoorlijk uitziet in de ochtend. Hoezo, is dit een serieuze kwestie?'
'Niet bepaald.' Paxton glimlachte, opgelucht dat hij er was. Jean-Pierre had inmiddels een beetje te veel gedronken en ze had zo'n idee dat hij bij de volgende whisky amoureus zou gaan worden. Nu Nigel erbij was, zou het allemaal een stuk gemakkelijker zijn.
'Ik dacht dat je naar Xuan Loc was,' zei ze, en ze glimlachte tegen hem.
'Ik heb besloten om morgen te gaan.' De waarheid was dat hij een aantrekkelijke hoer was tegengekomen en daarom zijn trip tot de ochtend had uitgesteld. 'Hebben jullie al gegeten? Ik hoop van niet, ik rammel en ik wil niet alleen eten.'
'Nee, we hebben nog niet gegeten,' zei Jean-Pierre. Het was al negen uur en Paxton had nog steeds een beetje last van jetlag. 'Waar wil je gaan eten?'
'Ik weet niet. Zullen we ergens snel iets nemen en dan gaan dan-

sen in de Pink Nightclub?' Nigel had ook een oogje op Paxton, en de hoer had hem maar tijdelijk soelaas geboden.
Maar Paxton keek op haar horloge. Ze moest de volgende ochtend om vier uur op. 'Dat moest ik maar niet doen. Ik zal het te goed moeten houden. Ralph Johnson komt me morgenochtend om vijf uur afhalen.'
'Wat voert hij in zijn schild?' Nigel zag er geërgerd uit, en Jean-Pierre was inmiddels zo dronken dat het hem niet kon schelen. Het duurde trouwens nog maar een week voor hij zijn vrouw in Hongkong zou zien en er was nog tijd zat om Paxton te verleiden.
'We gaan naar Nha Trang met een filmploeg,' verklaarde Paxton.
'Het gaat er daar heet aan toe,' zei Nigel met gefronste wenkbrauwen. Toen bedacht hij hoe onervaren ze was. 'En ik bedoel niet alleen het weer. Massa's Victor Charlies in de buurt. Pas op dat mooie lijfje van je, want als ik Johnson goed ken, zal hij het niet voor je doen. Hij moet z'n verhaal hebben, al wordt het z'n dood. Hij is al twee keer gewond geraakt, en volgens mij is hij hier voor de Pulitzer-prijs, hoewel hij dat niet zal toegeven.' Paxton glimlachte om de kennelijke rivaliteit tussen hen.
'Ik zal voorzichtig zijn.'
'Kom je morgenavond terug?' Nigel bekeek haar met grote interesse, het was ook zo'n verdomd mooi meisje.
Maar ze was niet in hem geïnteresseerd, in geen van hen. Daarvoor was ze niet naar Saigon gekomen. Ze was gekomen om zoveel mogelijk te weten te komen en om goede verhalen voor haar krant te schrijven. Maar er waren hier mannen genoeg, als ze dat zou willen. 'Ik weet niet wanneer we terugkomen,' antwoordde ze op Nigels vraag. 'Ralph heeft het niet gezegd. Zou hij niet iets gezegd hebben als we niet terugkomen?'
Nigel lachte. 'Nee, niet per se.' Ze stonden op en meteen kwamen de bedelaars weer op hen af. Nigel en Jean-Pierre wuifden ze allemaal weg, en één kind ging Paxton echt aan het hart, een klein meisje zonder benen dat door een iets ouder broertje op een karretje werd voortgetrokken. Paxton keek een andere kant op, ze kon het niet langer aanzien. Je kon niets voor hen doen, kon de oorlog niet stopzetten, kon ze hun ledematen niet teruggeven.
'Je zou over de Quakers moeten schrijven,' zei Jean-Pierre toen ze wegliepen. 'Het American Friends Service Committee heeft een fantastisch instituut. Ze voorzien al deze kinderen van protheses.

Ik heb daar geweldige foto's gemaakt. Het is echt ongelooflijk wat ze daar doen.'
'Ik zal er eens gaan kijken. Bedankt.' Ze glimlachte tegen beiden en bedankte hen voor de drankjes. Ze zetten haar af bij haar hotel en gingen zelf naar een andere bar om nog meer en steviger te drinken. Ze hadden besloten het eten nog maar even te laten wachten aangezien zij toch niet met hen meeging. Toen ze het hotel binnenkwam zag ze goed geklede stelletjes naar boven, naar het penthouse-restaurant, gaan om te eten. Maar zij was te moe om ook maar aan voedsel te denken. Ze liep haar kamer binnen, ging op bed liggen, zette de wekker en viel met kleren en al in slaap.
Het leek nog maar een paar minuten later toen ze de wekker af hoorde gaan. Het was een raar, zoemend geluid en ze droomde dat ze achternagezeten werd door insecten, en toen door bijen. Ze probeerde te ontsnappen met een fietstaxi, maar de bestuurder snapte niet waar ze heen wilde en het gezoem ging maar door. Eindelijk deed ze haar ogen open en keek de hotelkamer rond. Het was nog donker. Ze nam een douche, en waste haar haar en trok een jumpsuit aan die ze voor dit soort gelegenheden had meegebracht. Het was een donkergroen kakipak en ze trok er haar eigen laarzen bij aan voor het geval Ralph geen tijd had gehad om de laarzen die hij haar had beloofd te regelen.
Om precies vijf uur was ze beneden. De lobby was nog verlaten, maar de straat kwam alweer tot leven met kooplui, fietsen en auto's, en mensen die zich naar huis of naar hun werk haastten of ergens anders heen. Ze zag vrouwen met hun puntige *non la*-hoeden en hun elegante 'ao dais'. Ze ging naar buiten en snoof de lucht op. Je kon nog het doordringende aroma van fruit en bloemen ruiken en de benzinelucht en de rookwolk die altijd boven de stad leek te hangen. Toen hoorde ze vlak achter zich voetstappen en toen ze zich omdraaide zag ze Ralph de trap van het hotel opkomen. Hij was in veldtenue en droeg een safarihoed en laarzen die hetzelfde waren als het paar dat hij in zijn hand had. Hij had een zwaar vest aan en eenzelfde exemplaar in zijn hand, en toen ze bij hem kwam gaf hij dat aan haar, samen met de beloofde laarzen.
'Je hebt de laarzen! Dank je.' Ze was echt verbaasd.
'Het was geen probleem.' En dat was het ook niet geweest. Hij had ze op de zwarte markt gekocht waar je letterlijk alles kon kopen dat was gestolen uit de belastingvrije militaire winkels, van

tampons en nylons tot militaire spullen. 'Ik heb ook een kogelvrij vest voor je meegebracht. Dat leek me een goed idee, als je er tenminste tegen kunt het te dragen.' Hij had ook nog een extra helm die hij haar gaf, en toen tilde hij haar in de truck waarmee ze de hele reis zouden maken. Ze hadden een legerchauffeur en Ralph had een ploeg van vier man bij zich: twee cameramannen, een geluidstechnicus en een assistent. Hij stelde haar aan iedereen voor en ze zagen er allemaal als soldaten uit. Iedereen was in camouflage-uitrusting. De geluidsman lachte nerveus toen hij om zich heen keek, en de assistent draaide de dop van een enorme thermoskan met hete koffie open.

'Shit, als die jongens van de Vietcong ons onderweg grijpen, denken ze dat ze een truck vol militairen te pakken hebben.' Hij keek naar Paxton, die vrijwel hetzelfde gekleed was. 'Heb je hoge hakken in je tas?'

'Die draag ik nooit, daar ben ik te lang voor.'

'Ik bedoelde voor mij.' Iedereen lachte en toen ze Saigon uitreden zagen ze de zon opkomen. Het was een prachtige zomerochtend. Het was eind juni, en Paxton besefte ineens waarom mensen het over de schoonheid van het land hadden. Toen ze de stad achter zich lieten werd alles welig en groen, en het was van een delicate eenvoud die Paxton deed denken aan een antieke zijdezeefdruk. Hier en daar zag je kraters die door bommen waren veroorzaakt, en langs de weg liepen kinderen op krukken.

De groep werd stil tijdens het rijden, en Paxton was vol ontzag voor de schoonheid van het land, de rode aarde en het rijke groen. Ze bleef kijken terwijl ze naar het noorden reden. Ralph Johnson draaide zich om op zijn stoel en bood haar een paar donuts aan. 'Mooi, hè?'

'Ik begin eindelijk te begrijpen wat ik heb gehoord. Saigon is heel anders.' Het was eens mooi geweest, toen de Fransen er nog zaten, maar nu was het vuil en lawaaiig en corrupt, en vol met prostituees en boefjes. Dit was van een natuurlijke schoonheid zoals Paxton nog nooit had gezien, en ze was diep onder de indruk. Toch had de strijd zelfs hier littekens nagelaten, zelfs ver, ver op het platteland.

'Ik was hier toen ze een halfjaar geleden Ben Suc in brand staken... dat was een prachtige plaats. Gewoon een misdaad om dat plat te branden.'

'Waarom deden ze dat?'

'Om de Vietcong te verjagen, ze van hun voedselvoorraden en hun schuilplaatsen af te snijden. Vaak weten ze niet wie de goeden en wie de slechten zijn. Daarom hebben ze het allemaal platgebrand en van het hele geval een parkeerplaats gemaakt. Ze beweren dat ze iedereen elders hebben ondergebracht, maar zoiets als dat kun je niet vervangen. Het was mooi en oud, en ze hebben iedereen naar golfijzeren barakken verhuisd.' Zo had hij France ontmoet, maar daar zei hij niets over. Daar kende hij Paxton nog niet goed genoeg voor. 'Hoe is het gegaan gisteren?' vroeg hij.
'Goed. Ik heb een beetje rondgescharreld in Saigon en verdwaalde om de haverklap.' Ze glimlachte. Toen besloot ze haar reserves te laten varen. 'Die Vijf Uur Show is echt geouwehoer, hè? Waar slaat dat allemaal op?'
'Ik geloof dat ze het pr noemen. Een ander woord ervoor is propaganda, voor onze kant.'
'Wat heeft het voor zin?' Ze zag er geïrriteerd uit. Ze was hier gekomen voor de waarheid en niet om leugens aan te horen. Onder het praten deed ze haar helm af en ze draaide haar paardenstaart in een knot. Het was gewoon te heet om zelfs maar haar te hébben, laat staan het onder de helm vandaan op je rug te laten hangen.
Maar Ralph lachte alleen maar. 'Dan hebben we iets om over te schrijven als er zich niets anders voordoet, hetgeen niet al te vaak gebeurt.' Toen grijnsde hij. 'Mijn vrienden op het AP-kantoor waren niet blij gisteren, blijkbaar was iemands neefje in aantocht, en iedereen had instructies gekregen ervoor te zorgen dat hem niets zou overkomen.'
'Wat doet hij hier?' Paxton zag er ook geamuseerd uit.
'Weet ik niet. Hij komt gewoon kijken, denk ik. Zal wel niet zo slim zijn. Iemand met verstand zorgt ervoor zo ver mogelijk uit de buurt van Vietnam te blijven.'
Ze keek hem met een vaste blik recht aan, terwijl de anderen zaten te kletsen en donuts aten. 'Betekent dat dat je mij ook dom vindt?'
'Misschien.' Hij was eerlijk tegen haar. Dat zou hij altijd zijn. 'Maar ik denk dat jij misschien anders bent. Zodra we door deze dag heen zijn zal ik je zeggen wat ik vind. Maar ik denk dat jij een van die gekken bent die journalist moeten zijn, wat er ook gebeurt, die de waarheid moeten kennen, al wordt het hun dood.'

'Dank je,' zei ze alleen, en ze zette de helm weer op haar hoofd en dronk haar koffie.

Ze stopten kort in Ham Tan en gingen toen snel verder naar Phan Rang en Cam Ranh, en in de verte hoorden ze al kanonvuur. Het leek wel onweersgerommel dat van de bergen kwam. De chauffeur van de truck stond in voortdurend radiocontact met zijn hoofdkwartier in Nha Trang, en hij waarschuwde ze voor ze er waren dat ze van de weg af zouden gaan. Ze waren op weg naar een frontstelling die zwaar onder vuur lag, en ze zouden die via de achterhoede bereiken. Ze verwachtten tamelijk veilig te zijn omdat de basis goed beveiligd en goed bewapend was, maar ze hadden de hele week zwaar onder vuur gelegen, en dat was precies het verhaal dat Ralph wilde hebben. Het had hem een volle week gekost om hier toestemming voor te krijgen.

'Ik hoor net dat het daar tamelijk heet is,' verklaarde de chauffeur, en Paxton wist nu dat 'heet' altijd Vietcong betekende en nooit het weer. Het weer was trouwens niet te beschrijven en ze vroeg zich af hoe ze moest ademen als ze daar waren. Toen ze de basis naderden, werd hun verteld zo laag mogelijk op hun stoelen te blijven, hun kogelvrije vesten aan te houden en hun helmen op. Het was zeven uur en drie kilometer voor hun doel, de afgelegen artilleriestelling, toen ze werden aangehouden.

'Ik heb journalisten in de wagen,' verklaarde de chauffeur toen hij aangehouden werd door zwaarbewapende wachtposten. Ze hadden standaard M-16's bij zich die, wist Paxton van Ralph, van mindere kwaliteit waren dan de Russische AK-47's die de Vietcong had, omdat deze wapens blokkeerden en die van hun niet.

De wachtposten keken naar binnen, en Paxton herkende een M-60-machinegeweer en het geluid van een 150 mm-houwitser in de verte. Ze had haar best gedaan zich van alles op de hoogte te stellen, maar nu ze de praktijk meemaakte was het heel anders en behoorlijk eng. Ze kon haar hart voelen kloppen, vooral toen ze naar haar keken en onderhand de chauffeur bleven ondervragen.

'En hoe zit het met de Delta Delta?'

De chauffeur glimlachte. 'Hetzelfde verhaal. Ook een journalist. Ja toch?' Hij draaide zich om en glimlachte vriendelijk tegen Paxton.

'Ja. Ik werk voor de *Morning Sun* in San Francisco.' Ze begon in haar papieren te zoeken, maar ze gebaarden dat ze door konden rijden, zonder verder nog iets te vragen. De chauffeur en Ralph wisselden een glimlach, en zij vroeg zich af wat er net tussen hen gaande was. 'Waar ging dat over? Dat Delta Delta-gedoe, bedoel ik.'

'Dat zul je hier nog wel vaker horen,' zei Ralph grinnikend.

'Hebben ze jou ook zo genoemd in het begin?' vroeg ze argeloos, en hij schoot in de lach.

'Dat lijkt me niet, liefje. Ik zal je vertellen wat het betekent. Delta Delta is de radiozender-code voor Donut Dollie.' Iedereen in de truck lachte en Paxton kon wel stampen.

'Shit! Ik ben goddomme niet helemaal hierheen gekomen om donuts uit te delen!'

'Vertel het ze maar, dame!' riep de chauffeur, en zelfs Paxton moest lachen. Het was om razend van te worden om behandeld te worden als een of andere schoonheidskoningin die gekomen was om naar zich te laten fluiten.

'Delta Delta, belachelijk!' Iedereen wist dat 'Donut Dollies' aardige vrouwen waren die veel voor het moreel deden, maar voor Paxton was het nog steeds geen compliment.

'Je went er wel aan,' zei Ralph lachend, en ze dreigde hem een lel te geven. Maar een paar minuten later werd gezegd dat ze op de grond moesten toen artillerievuur over hun hoofden begon te fluiten. Ze klommen allemaal voorzichtig uit de truck toen hun dat werd gezegd, en de cameraman en de geluidstechnicus begonnen hun uitrusting te monteren. Ralph vertelde wat hij van hen wilde, en nadat hij bij enige van de manschappen te rade was gegaan, legde de chauffeur aan Ralph uit welke ingangen van het kamp het veiligst waren. Maar zo te horen waren ze geen van alle helemaal veilig. Een jonge, zwarte soldaat kwam aanrennen om hun te vertellen wat ze al wisten, dat het 'heet, heet, heet' was, en terwijl hij dat zei, staarde hij verlangend naar Paxton.

'Hallo, waar kom jij vandaan?' fluisterde hij toen ze bij de truck in elkaar doken. Ralph bevestigde dat wat ze in de verte hoorde inderdaad houwitsers waren. Het Zuid-Vietnamese leger, de ARVN, ondersteunde de Amerikaanse acties, maar de Amerikanen vertrouwden liever op zichzelf. Naar hun mening waren hun eigen jongens altijd beter, en ze vochten tegen het NVL, het reguliere Noord-Vietnamese Leger, en niet tegen de Vietcong, die eigenlijk gewoon uit boeren bestond, maar dan wel dappere.

'Ik kom uit Savannah,' zei ze en ze probeerde kalm over te komen toen ze tegen de zwarte jongen praatte.

'Ja? Ik ook.'
Hij noemde een adres dat haar niet veel zei. Ze glimlachte, ze moest ineens aan Queenie denken. 'Hoe lang ben je hier al?' vroeg ze belangstellend.
'In Vietnam?' Hij grinnikte. 'Verdomme, schatje, ik heb nog twee weken te gaan. Mijn ticket ligt zogezegd al voor het grijpen. Ik moet nog twee weken heel zien te blijven en dan ga ik in die vrijheidsvogel naar huis, naar Georgia.'
Dat hij nog maar twee weken te gaan had, betekende dat hij hier al 380 dagen was, 375 dagen langer dan Peter had geleefd nadat hij hier aangekomen was. 'Hoe heet je?'
Ze was prachtig, en alles wat hij wilde was met haar praten en haar aanraken. Hij had een vriendinnetje thuis, maar dat was geen reden om niet met Paxton te praten.
'Paxton.'
'Ja?' Hij scheen dat leuk te vinden.
Ralph keek even over zijn schouder naar hen. 'Bukken!' zei hij gedecideerd tegen haar.
Toen werden ze meegenomen naar de basis en het was een ongelooflijk gezicht: die kleine pittoreske vallei, groen en mooi, en rokend door de constante vuurgevechten. Vliegtuigen vlogen er laag over en in de verte gooiden andere vliegtuigen bommen. De mannen noemden ze 'vogels die eieren leggen'. De commandant van de basis kwam Ralph en zijn ploeg begroeten, en Ralph stelde hem meteen aan Paxton voor.
'San Francisco, hè?' vroeg hij, al kauwend op zijn sigaar. 'Geweldige stad, mijn vrouw en ik zijn er gek op.' Iedereen was wel ergens gek op. San Francisco, Savannah, het Noorden, het Zuiden, New Jersey... het gaf niet waar je vandaan kwam. Je was een levend wezen en je was nieuw, en ze wilden allemaal zo wanhopig graag naar huis en gewoon in leven blijven. Alleen al iemand aan te raken die van een plek kwam die ze kenden betekende alles voor hen.
'We hebben hier heel wat hitte gehad,' verklaarde hij. 'Het NVL is vastbesloten erdoorheen te komen, en dat gaan wij dus niet toelaten. We hadden dit gebied vorig jaar behoorlijk stevig in handen en zijn het toen kwijtgeraakt. En nu we het terug hebben, laten we het niet meer los.'
Paxton vroeg zich af hoeveel levens dat had gekost. Het veroveren van een heuvel, een vallei, een stad, het betekende allemaal

verlies van levens. Zoveel jongens waren dood, en zoveel gewond. De commandant verklaarde weer dat het allemaal tamelijk goed ging. Ze hadden tot nu toe maar vijf jongens verloren, en enige tientallen gewonden gehad. Was dat dan goed, vroeg ze zich af, 'maar vijf jongens' was dus goed... maar wélke vijf? Hoe werden die gekozen? Hoe deed God dat? En waarom had hij Peter gekozen?

'Willen jullie een beetje dichterbij komen? Er vliegen hier een hoop granaten rond, blijf alleen in die gebieden die mijn jongens jullie aanwijzen.'

Ralph was tevreden. Hij wilde voor de camera een beter uitzicht op de voorwaartse acties. Ze bleven daar de hele middag, trokken zich ten slotte om drie uur even terug om wat te eten en gingen toen weer terug naar het strijdtoneel. Tot nu toe was niemand gewond geraakt. Het was al met al een tamelijk tamme dag geweest. Ze hielden gewoon stug hun positie, en zo nu en dan beweerden ze dat ze Charlie konden zien. Maar dat was niet waar. Je kon niets zien, behalve rook en geschutsvuur, en het struikgewas.

'En, kind, hoe voelt het? Je zit er nu middenin.' Ralph zat een paar minuten naast haar om een sigaret te roken en een kop koffie te drinken.

'Hoe voelde het toen de *Times* jou naar Korea stuurde?'

'Ik deed het zowat in mijn broek van angst,' zei hij met een grijns.

'Dat klopt wel zo ongeveer.' Ze glimlachte zenuwachtig naar hem. Haar maag had sinds de vroege ochtend in de knoop gezeten.

'Heb je gegeten?' Ze schudde haar hoofd. 'Moet je wel doen. Het helpt. Je moet blijven eten en slapen, wat ze daarbuiten ook doen, anders word je onvoorzichtig en doe je iets stoms. Dat is het beste advies dat ik je voor gevechtssituaties kan geven.'

Ze was hem dankbaar. Het was een aardige vent en een geweldige verslaggever. Ze begreep wel waarom de anderen jaloers op hem waren. Hij was goed, heel goed, en constant op zijn hoede voor wat er kon gebeuren. 'Nog bedankt voor de laarzen,' zei ze. Hij gaf haar een klopje op haar schouder. 'Als je je helm maar ophoudt en je hoofd laag, gebeurt er niks met je.' En toen was hij weer weg. Hij klom snel tussen wat bomen door naar een groep soldaten, terwijl zij zich afvroeg of ze hem bewonderde of dacht dat hij getikt was. Op dat moment kwam er een gigantische explosie. De cameramannen renden naar beneden naar waar Ralph net was, met de man van het geluid vlak achter hen. Zonder aan iets anders dan aan hem te denken rende ze ook en toen ze er was, lagen er overal mannen en hield hij een van hen in zijn armen, een jongen wiens borst wijd open lag.

'We moeten hospikken hebben,' zei hij kalm maar gedecideerd. Iemand rende weg om er een te halen, en plotseling was er een radioman in hun midden die om een luchtambulance vroeg. 'Ik zit met zes gewonden,' zei hij in de telefoon. Op hetzelfde moment voelde Paxton dat een van hen haar aanraakte. Zijn arm was eraf geschoten en overal was bloed. Hij had het gezicht van een kind toen hij naar haar opkeek, en alles wat hij zei was: 'Ik heb dorst.' Ze had een veldfles bij zich, maar ze wist niet of ze hem iets mocht geven. Stel dat hij helemaal niet mocht drinken. Als hij dood zou gaan omdat ze hem iets gegeven had... Er kwamen twee hospikken, en een geestelijke die bij de eenheid hoorde, en ze gingen naar de jongens die gewond waren. De jongen in Ralphs armen was al gestorven, en hij hielp hen met iemand anders.

'Ik heb dorst.' Er was nog niemand bij haar jongen gekomen, en hij keek haar aan met pijn en angst in zijn ogen. 'Hoe heet je?'

'Paxxie.' Ze streelde zijn gezicht en legde zijn hoofd voorzichtig op haar schoot terwijl bloed over haar benen stroomde en zij probeerde te doen of ze het niet voelde. 'Ik heet Paxxie,' zei ze zacht. Ze streek zijn haar zachtjes uit zijn gezicht en onderdrukte de neiging zich voorover te buigen en zijn wangen te kussen, als bij een baby, terwijl ze om hem huilde. Ze probeerde door haar tranen heen tegen hem te glimlachen, maar hij zag het niet.

'Hoe heet jij?' vroeg ze, om hem aan het praten te houden.

'Joe.' Hij klonk zwak door het bloedverlies en door de shock, en hij begon zijn ogen te sluiten terwijl zij hem vasthield.

'Kom op, Joe, wakker worden, je kunt nu niet gaan slapen. Zo is het goed... doe je ogen open.' Ze glimlachte tegen hem en om hen heen werd koortsachtig gewerkt. Ze probeerden de gewonde jongens naar de open plek te brengen. De geestelijke hielp hen en Ralph en de cameraman ook, en een van de hospikken stond op iemands borst te slaan. Na een minuut hoorde ze een helikopter brommen boven hun hoofd maar daar werd vanuit het struikgewas op geschoten en hij draaide weer weg. De hospik die op de borst van de jongen had staan stompen riep: 'Shit!' Het was vergeefs geweest.

'Waar kom je vandaan, Joe?'

'Miami.' Het was niet meer dan gefluister.
'Miami. Dat is geweldig.' Ze had tranen in haar ogen en een brok in haar keel. Ze was misselijk en haar benen zaten vol met zijn bloed. De radioman die vlak naast haar in het gras zat zei tegen de helikopter dat hij moest vertrekken. Het was gewoon te heet hier.
'Om de donder niet...' antwoordde een stem. 'Hoeveel hebben jullie er?' De stem was onverstoorbaar en krachtig en hij was niet van plan te vertrekken zonder hun gewonden. 'Ik heb er nog vier die jou nogal hard nodig hebben.' En net toen hij dat zei kwam er weer een enorme explosie.
'Shit!' zei iemand en de hospikken gingen er weer vandoor. Iemand kwam terug om met de radioman te praten en verslag uit te brengen over de gewonden. 'Maak er maar negen van. Ik heb er nog vijf voor je, Niner Zulu. Kun je snel nog een andere vogel hierheen sturen? We hebben een paar knapen die niet zo lang meer kunnen wachten.'
Terwijl ze luisterde sloot Paxton haar ogen, ze wist dat de jongen op haar schoot daar een van was. Ze probeerde de aandacht van de radioman te trekken, maar hij was te druk bezig met de telefoon, en Ralph was allang ergens anders heen met zijn cameraman.
'Hoe gaat het?' vroeg iemand die langskwam, en tot haar verbazing hoorde ze zichzelf antwoorden: 'Met ons prima. Hè, Joe? Goed...' Hij zakte langzaam in slaap en ze raakte zijn wang aan om hem wakker te maken, waarbij ze haar best deed niet te kijken naar de arm die er niet meer was en de stomp die op de grond naast haar bloedde. Ze dacht erover een soort tourniquet te fabriceren, maar ze was bang het alleen maar erger te maken, en een paar tellen later was de hospik bij hem.
'Je doet het prima, jongen, ronduit prima.' Toen keek hij met een glimlach op naar Paxton. 'En jij doet het ook goed.' Toen werd ze zich ervan bewust dat de man die haar geruststelde die jongen uit Savannah was, en ze kreeg het gevoel dat ze oude vrienden waren.
'Dit is Joe.' Ze hield haar stem opgewekt, maar keek onderhand bezorgd naar de arm. Boven hen hing de helikopter en ze kon de stem van de piloot horen door de radio die vlakbij was.
'Hier Niner Zulu. We komen eraan. Maar we doen het snel. We landen niet. Gooi ze er zo snel mogelijk in, dan maken wij dat we wegkomen.'

'Shit,' hoorde ze iemand zeggen. Het was het woord van de dag, maar te oordelen naar wat ze om zich heen had gezien, erg toepasselijk. 'Hoe denkt hij verdomme dat we dat klaarspelen, ze "erin gooien"?' vroeg de radioman aan iedereen die het horen wilde.

'Maak je geen zorgen,' zei een van hen somber. 'Als hij nog langer wacht, hoeft het niet meer.' Van de tweede vijf waren er al twee overleden. Ze hadden maar zeven gewonden die vervoerd moesten worden, en bij elkaar waren er vier gestorven. Het was een beroerde dag geweest, na een goed begin.

Maar de helikopter daalde en bleef lang genoeg hangen om vier mannen door de hospikken en soldaten aan boord te laten brengen, en er kwam een tweede helikopter voor de anderen. Het waren Huey-evacuatiehelikopters en voor Paxton waren ze prachtig toen ze landden. Ze keek toe terwijl twee van de mannen Joe erin droegen, en ze merkte dat ze hardop bad dat hij het zou halen. Toen ze zich omdraaide, zag ze ineens twee anderen op de grond liggen, hun niets ziende ogen wijd open, en de Zuid-Vietnamese jongens naast hen. Ze strompelde weg en gaf over in de bosjes.

Ralph vond haar daar even later. Ze zag er afgepeigerd en bleek uit, haar veldtenue was bedekt met bloed en het zat zelfs in haar haar. 'Trek het je niet aan, kind. Ik ben zes maanden lang dagelijks misselijk geweest toen ik in Korea was.' Hij zuchtte en ging even naast haar zitten. De dood had overal zijn stempel nagelaten, maar het was een beetje rustiger geworden, de beschietingen waren tenminste wat minder hevig. Hij dacht erover om die avond terug te gaan naar Saigon in plaats van te blijven. 'We hebben een massa goed spul verzameld vandaag.'

Paxton keek hem met afgrijzen aan.

'Dit noem jij "goed spul"?' Ze moest ineens aan Jean-Pierre denken met zijn 'geweldige opname' van de 'dode kleine meisjes die elkaars hand vasthielden'. De aanblik brak je hart.

Ralph zei met onverholen irritatie: 'Ik ben deze oorlog niet begonnen. Ik ben gekomen om hem te verslaan. En als ik de mensen maar ziek genoeg maak, zorgen ze er misschien voor dat het ophoudt. Maar als jij hier bent om over cocktailparty's in de officiersclub te schrijven, dan zit je verkeerd, want deze oorlog is niet aantrekkelijk. En als je wat om te lachen wilt, moet je maar wachten tot Bob Hope met de kerst hierheen komt.'

'Ach, loop naar de hel.' Ze was boos, moe en neerslachtig en beroerd van wat ze had gezien. 'Ik ben hier om dezelfde reden als jij.'

'Echt waar? Mooi, want er zijn meer mensen zoals jij en ik nodig in deze oorlog. Mensen die bereid zijn de waarheid te zeggen over wat ze zien, en misschien zelfs bereid zijn ervoor te sterven. Mensen die niet bang zijn voor de waarheid. Is dat waarom je hier bent?' Ze keek hem woedend aan. Hij dreef haar in het nauw, maar de manier waarop ze reageerde beviel hem. Ze was taai en sterk en ze voelde zich echt betrokken. En ze had lef. Er was veel aan haar dat hem beviel. Ze was een 'nummer één', zoals de mannen de dingen noemden die hun goedkeuring konden wegdragen.

'Inderdaad. Daarom ben ik hier.' Ze keek hem woest aan. 'Ik ben hier om de waarheid te vertellen over deze vervloekte, smerige oorlog. Net als jij.'

'Is dat de enige reden?' vroeg hij op de man af toen ze beiden een beetje gekalmeerd waren, en ze besloot hem te vertellen wat ze aan Jean-Pierre had verteld over Peter.

'Mijn verloofde is hier bijna twee maanden geleden gesneuveld.' Hij dacht er een poosje over na, keek haar toen aan en zei iets dat haar schokte. 'Vergeet hem.'

'Hoe kún je zoiets zeggen?' Ze was ontsteld en gekwetst ten behoeve van Peter.

'Dat zeg ik omdat je als je hier behoorlijk werk wilt doen, de reden waarom je hier bent moet vergeten, welke dat ook geweest is. Hij is dood. Hem kun je niet meer helpen. Maar je kunt andere mensen zoals hij helpen, je kunt een heel land helpen door eerlijk en objectief te schrijven. Als je hem alleen maar wilt wreken, of alleen maar zijn nagedachtenis wilt najagen, dan help je daar niemand mee, hem niet, jezelf niet, en ook niet de mensen voor wie je bent gekomen om voor te schrijven.'

Ze wist dat hij gelijk had, maar dat nam niet weg dat het pijn deed om het te horen. In één dag verwachtte hij van haar dat ze volwassen werd, en dat ze de jongen van wie ze gedurende haar hele collegetijd gehouden had uit haar geheugen zou wissen. Maar hij had gelijk. Als schrijver moest ze de wereld vertellen wat ze zag, en niet het verhaal van Peter. Het was een afschuwelijk iets dat hij tegen haar had gezegd, maar ze wisten beiden dat er veel waarheid in school.

Ze kwamen die middag tot Hai Ninh, halverwege de terugweg naar Saigon, en ze kwamen daar in wat gevechtshandelingen terecht en wat ontwikkelingen die Ralph interesseerden. Toen ze verder wilden gaan zei de bevelvoerder tegen hen dat het te gevaarlijk was om die avond terug te gaan. Ze zouden tot de ochtend moeten wachten. Ze sliepen in loopgraven, samen met de manschappen, en Paxton lag daar naar de sterren te kijken en aan Peter te denken. Was het voor hem ook zo geweest? Was hij bang geweest? Vond hij het mooi? Had hij aan haar gedacht? En uiteindelijk, deed het er eigenlijk iets toe? Misschien had Ralph gelijk. Misschien deed niets er iets toe, behalve de waarheid en de mensen die het wisten.

'Gaat het?' Hij schoof dichter naar haar toe en bood haar een sigaret aan die ze afsloeg.

Ze was zo moe en beroerd van wat ze hadden gezien, dat ze niet eens gegeten had. En de rantsoenen die ze gekregen hadden zagen er ook niet al te aanlokkelijk uit. Het eten van de ARVN, rijst en *pho*, witte noedelsoep, zag er heel wat beter uit. 'Met mij gaat het prima.'

'Daar zie je anders niet naar uit.'

Ze glimlachte. 'Jij ziet er ook niet zo geweldig uit.' Maar ze moest toegeven dat hij er beter uitzag dan zij.

'Het spijt me als ik vandaag wat hard tegen je ben geweest. Maar dit is een hard gebied. En je kunt je idealen niet in gevaar brengen of ooit vergeten waarom je hier bent. Zodra het persoonlijk wordt, is het gebeurd. En zelfs al is jouw reis op die gronden begonnen, het is nog niet te laat om je visie te veranderen en een goed, helder en objectief doel voor ogen te houden. Bedenk steeds voor wie je schrijft, en wat je tegen hen wilt zeggen. Dat houdt je menselijk. Maar je moet er geen persoonlijke vendetta van maken. Sommige groentjes doen dat, hun makkers sneuvelen, zij gaan over de rooie en rennen de bosjes in, achter Victor Charlie aan en leven nog ongeveer veertien seconden tot ze op een mijn stappen en opgeblazen worden, en gaan naar de "hoofdkantine" in de hemel, zoals zij het noemen. Wat je hier ook doet, je moet altijd blijven nadenken. De jongens die overleven vergeten dat geen moment.'

Het was een goede raad, dat wist ze. 'Ik moet steeds aan die jongen van vandaag denken, Joe... uit Miami... Ik ken zijn achternaam niet eens... Ik vraag me steeds af of hij nog leeft.'

'Waarschijnlijk wel,' stelde Ralph haar gerust. 'Hij had mazzel. In Nha Trang zaten we vlak bij een militair hospitaal. Hij lag waarschijnlijk een kwartier nadat hij was opgehaald al op de operatietafel. Ik denk dat jij daarbij heel belangrijk bent geweest.' Hij klopte haar op haar arm en probeerde haar gerust te stellen, zelfs als het niet waar was. Het deed er niet toe. Ze had haar best gedaan, en wie weet leefde die jongen dankzij haar. Er waren er zoveel, en hij had er zoveel zien sterven en gewond zien raken. Op den duur raakte je afgestompt, en moe en bitter. Al die kinderen die afgeslacht werden. Je werd er beroerd van. En je vroeg je af waarom een meisje als zij hier wilde zijn. Ze moesten allemaal wel een beetje gek zijn. En als ze dat in het begin niet waren, waren ze het wel als ze vertrokken. Hij glimlachte toen tegen haar. 'Weet je, ik kan je naam maar niet onthouden. Ik weet dat je achternaam Andrews is. Maar je voornaam is zoiets als Pattie, of Patton, hè?'

'Paxton.' Ze grijnsde. 'Als je me maar niet Delta Delta noemt.'

'Misschien moet ik dat wel als ik Paxton niet kan onthouden.' Hij dacht er een poosje over na, en plotseling begon hij te lachen terwijl ze naast elkaar in de loopgraven lagen.

Zij keek hem nijdig aan.

'Wat ís er? Is het mijn naam?'

'Nee, ik vind het een leuke naam, maar ik denk net aan iets idioots. Jij bent van de *Morning Sun* in San Francisco, ja?' Ze knikte. 'Heb je daar een oom?'

'Niet echt.' Ze bloosde, maar dat kon hij niet zien. 'Een mentor zou je het kunnen noemen. Mijn bijna-schoonvader is... een tamelijk hoge piet bij de krant.' Ze wilde hem niet vertellen dat hij de eigenaar was.

'De bureauchef hier zei dat hij hysterische telexen kreeg van de hoge pieten van de *Sun* dat iemands neefje hierheen kwam voor hen. En wat hij ook deed, hij moest ervoor zorgen dat hij niet in moeilijkheden kwam en hij moest hem ver van het strijdtoneel houden.' Hij keek haar grijnzend aan. 'Mejuffrouw Paxton, ik denk dat jij daarmee wordt bedoeld. Niemand heeft eruit opgemaakt dat je een meisje was. Shit... en wat doe ik? Op één dag neem ik je mee naar de twee gevaarlijkste plekken die we hebben.' Hij begon te lachen en Paxxie lachte met hem mee.

'Ik ben blij dat niemand erachter gekomen is wie ik ben.'

'Ik ook.' Hij glimlachte tegen haar terwijl ze daar lagen en af en toe het geluid van een scherpschutter hoorden. 'Ik weet niet hoe je schrijft, maar je bent een prima meid en je hebt lef. De rest komt dan vanzelf wel.'

'Dank je.' Ze glimlachte tegen hem.

'Je zegt het maar. Je kunt wanneer je maar wilt met me mee op missies. Vooropgesteld dat je het aan je oom vertelt.'

Ze glimlachte weer en toen ze eindelijk langzaam in slaap sukkelde dacht ze aan Ed Wilson. Ze was nog maar twee dagen in Vietnam en voor haar gevoel had ze hem al jaren niet meer gezien... Hem, of Gabby, of San Francisco... of Peter.

13

Ralph en Paxton reden de volgende dag met hun ploeg terug naar Saigon en iedereen was erg stil onderweg. Ze hadden dood en pijn en het verlies van manschappen gezien en het was onmogelijk om daar niets bij te voelen.

'Het grijpt je aan, hè?' zei Ralph rustig terwijl hij naast haar zat. Hij had de geluidstechnicus voorin bij de chauffeur laten zitten.

'Ja.' Ze knikte. Ze dacht nog steeds aan de jongen uit Miami. Hoe zou zijn leven eruitzien met één arm? Of nog erger, stel dat hij het niet gehaald had. En waar vochten ze voor? Niemand scheen het nog te weten. Het leek allemaal zo krankzinnig.

'Je wordt hier wel gevormd,' zei Ralph. 'De meeste mensen die hier een tijdje blijven worden nooit meer de oude.'

'Hoezo?' Ze zocht nog steeds naar antwoorden.

'Ik weet het niet... Ze zien te veel, ze trekken zich er te veel van aan. Ze worden verbitterd en boos en gedesillusioneerd. Ze gaan terug naar Amerika en worden daar gehaat en als moordenaars behandeld. Niemand begrijpt het. De mensen in Amerika luisteren naar de radio, gaan naar bars, kopen auto's en proberen vrouwen te versieren. Het kan ze geen sodemieter schelen wat hier gebeurt. En ze willen het niet horen ook. Vietnam? Waar is dat? Wat zou het? Gewoon een zootje spleetogen dat met elkaar vecht... met elkaar vecht, en ons afmaakt. Maar dat vergeet iedereen. Die jongens hier worden voor niks kapotgeschoten.'

'Geloof je dat echt?' Het deed pijn dat te horen, helemaal als ze aan Peter dacht. Het zou gemakkelijker zijn als ze kon denken dat hij als held gestorven was. Maar dat was dus niet zo, zelfs zij wist dat.

'Ja. En het trieste is dat iedereen er zo over denkt. Niemand voelt zich betrokken bij wat hier gebeurt. Volgens mij begrijpen ze het niet eens. Ik weet niet eens of ik dat wel doe. We proberen het Zuiden te redden van het Noorden, net als we in Korea gedaan hebben. Maar dit is niet hetzelfde. De mensen in het Zuiden bevechten ons ook. Je weet niet eens wie bij de Vietcong hoort en wie niet.

Ik denk vaak dat ze dat allemaal doen. Godallemachtig, kijk naar de kinderen. De meesten gooien net zo gemakkelijk een granaat in je gezicht als ze naar je kijken. En die wetenschap maakt de mensen gek. Niemand weet meer wie hij kan geloven, wie hij ongemoeid moet laten en tegen wie hij moet vechten. De helft van de infanteristen hier heeft meer respect voor Charlie dan voor hun eigen bevelvoerende officieren, de Vietcong vecht harder dan wie ook. En de ARVN, het zuidelijke leger, is een lachertje. Snap je wat ik bedoel? Het is krankjorum. En als je hier lang genoeg blijft, word je zelf ook gek. Denk daaraan als je overweegt om te blijven. Zodra je niet meer om de tien minuten de neiging krijgt om het volgende vliegtuig naar huis te pakken, begint de ellende pas goed.'
Hij plaagde haar een beetje, maar Paxton besefte dat hij haar ook deelgenoot maakte van een paar belangrijke waarheden. Er was iets vreemd onweerstaanbaars aan Vietnam, iets waardoor je wilde blijven. Het had te maken met de lucht, de geuren en de geluiden van de mensen, het eigenaardige contrast tussen Saigon en de ongelooflijke schoonheid van het platteland, de onschuld van de gezichten en de pijn van het volk. Je wilde geloven dat ze oprecht waren, dat ze er allemaal door werden gekweld en dat je hen zou kunnen helpen. Maar dat was nu de vraag. Konden we hen helpen en onszelf redden? Of was het allemaal hopeloos? Toen ze om twaalf uur Saigon binnenreden had Paxton nog geen enkel antwoord.
Ralph zette haar af bij haar hotel en ging zelf door naar het AP-kantoor in het Eden-gebouw. Toen ze door de lobby liep, drong het pas tot haar door hoe smerig ze was. Haar veldtenue zat nog steeds vol opgedroogd bloed, modder en zweet. Ze zag er vreselijk uit. Onderweg kwam ze Nigel tegen die haar met opgetrokken wenkbrauwen bekeek.
'Nou, nou, zo te zien heb je een drukke dag gehad, of heb je je gesneden bij het scheren?'
Zijn luchthartigheid irriteerde haar, en terwijl ze haar helm afzette snauwde ze: 'We waren in Nha Trang. En er waren heel veel gewonden.' Voor haar gevoel waren het er veel, en ze voelde de tranen in haar ogen prikken toen ze het zei.
'Moet ik soms verbaasd zijn? Ik geloof dat dat is waarvoor we allemaal hier zijn.' Hij was een verwaande kwast, en zijn hele gedrag ergerde haar. 'Wat doe je met eten vanavond?'
'Ik weet het niet. Ik wil mijn verhaal inleveren.' Vanwege haar

overeenkomst met de *Sun* had ze geen echte deadline en kon ze haar materiaal opsturen wanneer ze iets had. Maar ze wilde hun snel iets doen toekomen om te laten zien dat ze hier was om te werken, en dat ze haar werk serieus nam.

'Misschien zien we je later nog. Is Ralph naar huis gegaan of naar kantoor?'

'Ik ben er vrij zeker van dat hij naar kantoor is gegaan,' zei ze, en ze klonk uitgeput.

'Je kunt beter wat slaap zien te krijgen. Je ziet er afgepeigerd uit.'

'Ben ik ook... Ik zie je nog wel...' Ze was vast van plan om te schrijven over wat ze had gezien, maar toen ze in bad was geweest en 'heel eventjes' ging liggen, viel ze in slaap en toen ze wakker werd was het donker en had ze een enorme honger.

Ze ging naar beneden naar de eetzaal, maar zag geen enkele bekende. Ze probeerde te eten en merkte dat ze het niet kon. Zelfs de ananasmousse die ze zo lekker vond toen ze net aankwam, smaakte walgelijk. Ze kon Nha Trang en wat ze daar had gezien maar niet uit haar hoofd zetten. En na een kop bouillon en wat *chao tom*, kleine garnalenspiesjes, ging ze weer naar boven om haar verhaal te schrijven. Ze schreef tot twee uur 's nachts, en ze huilde toen ze de jongen uit Miami probeerde te beschrijven, en de jongen uit Savannah. Ze bedacht dat ze niet eens wist hoe hij heette. Maar zelfs dat deed er niet toe. Toen ze klaar was ging ze achteroverzitten en ze voelde zich uitgeput, maar opgelucht. Het schrijven over hen had haast bevrijdend gewerkt.

Ze had geprobeerd de schoonheid van het land te beschrijven, de contrasten die ze in die korte tijd had gezien, de verschrikking van de verminkten, de morsigheid van de hoeren, de straatgeluiden, en de ongelooflijke pracht als je naar het noorden reed, het stralende groen en de vruchtbare rode aarde. En toch werd het hele land verwoest, het bloedde, en de Amerikaanse jongens bloedden mee. Bloedden ervoor. Het was een goed stuk waar ze tevreden over was, en ze vroeg zich af wat ze er in San Francisco van zouden vinden.

Ze ging om drie uur naar bed en de volgende ochtend was ze om negen uur op het AP-kantoor, waar ze Ralph tegen het lijf liep, die er fris en zakelijk uitzag in zijn schone witte overhemd en kaki-uniform.

'Wat voer je in je schild, Delta Delta?' Ze glimlachte en hij leek blij haar te zien.

'Dat gaat je niet aan. Ik wil mijn verhaal wegsturen.'
'Nha Trang?' vroeg hij, en ze knikte. 'Tussen haakjes, ik heb eens geïnformeerd. Al die jongens van gisteren hebben het gehaald, behalve één' – haar hart sloeg een keer over – 'degene die het niet gehaald heeft was een zwarte jongen uit Mississippi. Dus met die jongen van jou gaat het blijkbaar goed. Ik dacht dat je daar wel blij om zou zijn.' Ze glimlachte met onverholen opluchting en er kwam een zachte uitdrukking in zijn ogen terwijl hij haar bekeek. Ze was een goed kind. Ze was werkelijk een nummer één, uit het beste hout gesneden. Ze had nog heel wat te leren, maar ze was intelligent, en hij mocht haar. 'Zo gaat het niet altijd. Misschien heb jij hem geluk gebracht. Hij mag nu naar huis.' Dat was ook een manier, met één arm. Maar aan de andere kant; hij ging tenminste niet in een lijkzak naar huis. Geen 'grote kantine in de hemel' voor hem. 'Wat ga je doen vandaag?' vroeg Ralph.
'Op zoek naar problemen,' zei ze spitsvondig.
Hij lachte. 'Kijk maar uit. Die vind je genoeg in deze stad.'
'Dat heb ik gemerkt.' Als het niet iets anders was, had je altijd nog Nigel Aucliffe, of de enigszins getrouwde Jean-Pierre die dat weekend naar Hongkong ging om zijn vrouw te ontmoeten.
'*Time*-magazine geeft vanavond een party in hun kantoren in het Continental Palace. Zin om te gaan?'
'Ja, graag.' Ze wist niet zeker of dit een afspraakje was of gewoon een vriendschappelijke uitnodiging, maar dat kon haar niet schelen. Ze was niet op een romance uit, en elk contact dat ze maakte kon nuttig zijn.
'Ik zie je daar wel.' Hij keek op zijn horloge, en het was duidelijk dat hij haast had. 'Zes uur?'
'Prima.' De rest van de middag liep ze weer door Saigon en ze werd diep geroerd door de kinderen. Ze waren zo kwetsbaar en zo jong, en ze zagen er zo geschonden uit. En toch, als je in een café zat, probeerden ze je van alles te verkopen van heroïne en sigaretten, tot gestolen frisdranken. Ze wist dat ze later nog een stuk over hen zou schrijven. Het was een vreemde wereld, totaal anders dan de wereld die zij kende. Maar toen ze om zich heen keek, was ze blij dat ze gekomen was.
Om vijf uur ging ze terug naar haar hotel, trok een gebloemde zijden jurk aan en nieuwe sandalen, en liep toen de Tu Do af naar het Continental Palace. Het was gemakkelijk te geloven dat dit eens een prachtige stad was geweest, toen hij nog Frans was. In

veel opzichten was hij nog steeds mooi, maar vlak onder het oppervlak voelde je een constante spanning. Zelfs in de cafés waren de mensen er zich voortdurend van bewust dat de vijand overal was en dat er op elk ogenblik een bom in hun midden gegooid kon worden.

Toen ze bij het hotel kwam liep ze langs de bedrijvige terras-bar en ving, zoals gewoonlijk, een glimp op van Nigel. Hij amuseerde zich met een paar verpleegsters van het leger, een van hen zat op zijn schoot, de andere haalde haar vingers door zijn haar en lachte. Paxton zei niets en ging snel naar boven naar de kantoren van het *Time*-magazine.

Er was een aardige menigte. Ralph wachtte al en was in een geanimeerd gesprek gewikkeld met de chef de bureau over de aankomende Democratische Conventie in Chicago. Er waren dat jaar overal rellen geweest, vanaf het moment dat Martin Luther King werd vermoord en de meer recente moord op Robert Kennedy. Ralph deed ijzingwekkende voorspellingen.

'Ik denk dat er rotzooi komt in Chicago.' Op dat moment zag hij Paxton. Hij begroette haar met een warme glimlach, stelde haar aan iedereen voor, leidde haar vervolgens met geoefende hand door de kamer en behandelde haar als zijn kleine zusje. Ze was bepaald geroerd, en dat zei ze ook toen ze een glas whisky dronken nadat ze iedereen die hij voor belangrijk hield had ontmoet.

'Ik meen het, Ralph. Zonder jou had ik nu nog in mijn hotelkamer gezeten.'

'Misschien zou je dan beter af zijn.' Hij nam een flinke teug van zijn whisky. 'Ik heb me gisteren toen we terug waren behoorlijk schuldig gevoeld. Als eerste ervaring met wat hier gaande is was Nha Trang misschien een beetje te veel.'

'Dat vind ik niet,' zei ze rustig terwijl ze hem recht in de ogen keek, 'dat is waarvoor ik gekomen ben.'

Toen grinnikte hij. 'Ik had overigens gelijk. Ik heb gisteren voorzichtig wat "onderzoek" gedaan toen we terug waren. Jij bent inderdaad degene op wie iedereen verondersteld wordt te passen, en die meegenomen moet worden naar party's op de ambassade en in het Golden Ghetto.' Dat was ooit een chic flatgebouw in Gia Long Street.

'Ik hoop dat niemand daar achter komt.' Ze grijnsde.

'Welnee,' antwoordde hij glimlachend. 'Niemand hier heeft tijd om te babysitten. Nu we het er toch over hebben,' hij keek haar

bedachtzaam aan, 'heb je belangstelling voor nog een missie? Ik ga naar Cu Chi om een stuk over de tunnels te maken. Ik dacht dat je het misschien wel zou willen.'
'Dolgraag. Weer om vijf uur?'
Hij lachte. Ze keek zo ernstig en zo gretig. 'Ik haal je om acht uur af. Dat moet vroeg genoeg zijn. En trek je veldtenue weer aan.'
Paxton trok een wenkbrauw op. 'Gaan we dan niet theedrinken in de officiersclub? Mijn vrienden in San Francisco zullen zeer teleurgesteld zijn.'
Hij knipoogde naar haar. 'Maak je maar geen zorgen, Delta Delta, stuur ze gewoon wat donuts.' Ze deed alsof ze hem wilde slaan en hij dook weg en vertrok een paar minuten later.
Ze praatte nog met een aantal andere verslaggevers en ging uiteindelijk weer naar beneden waarbij ze Nigel op het terras uit de weg ging. Hij was inmiddels ontzettend dronken en deed vreselijk verliefd tegen een van de verpleegsters. Paxton ging terug naar haar hotel, at in haar kamer en sliep om tien uur. Om precies acht uur wachtte ze in de lobby op Ralph Johnson.
Hij had deze keer een andere ploeg bij zich: maar één fotograaf en een andere chauffeur. Ze hadden de beschikking over een legerjeep en hun chauffeur was een jonge marinier. Het was een grote, vriendelijke jongen met rood stekeltjeshaar, blauwe ogen en een tatoeage van een cowboy op zijn borst. Hij zei dat hij uit Montana kwam, en Paxton probeerde niet te glimlachen toen hij zei dat hij Cowboy heette. Hij was negentien en was sinds de vorige kerst in Vietnam. Hij had nog zes maanden te gaan voor hij weer naar huis mocht, maar hij zei dat hij zich hier wel lekker voelde. Hij was tijdelijk ingedeeld bij de informatiedienst en reed verslaggevers en hoogwaardigheidsbekleders door het hele land. 'En zolang we niet op een mijn rijden of beschoten worden door spleetogen, vind ik het best.' Hij grijnsde tegen hen, en Paxton stelde vast dat dit joch een bofkont was. Hij had ook in het Noorden in de vuurlinie terecht kunnen komen zoals de anderen.
De rit naar Cu Chi duurde drie kwartier. Ze praatten bijna de hele tijd over paarden en paardrijden, over volwassen worden, en uiteindelijk begonnen Ralph en Paxton te praten over het verhaal waar ze op uit waren. De fotograaf die ze bij zich hadden was een Fransman. Hij heette Yves en hij was een vriend van Jean-Pierre. Hij bleef een beetje op zichzelf en zijn Engels was nogal beperkt waardoor hij enigszins verlegen overkwam, maar dat was hij niet.

Ralph had al eerder met hem gewerkt, mocht hem erg graag en was blij dat hij erbij was op deze missie. Hij was goed, rustig en heel precies in zijn werk, een beetje zoals Paxton.
'De Cu Chi-basis is een interessante plek,' legde Ralph onderweg uit aan Paxxie. 'Het is het hoofdkwartier van de "Tropische Bliksem" Infanterie Divisie uit Hawaï. Ze hebben de basis meer dan twee jaar geleden gebouwd, boven de tunnels die de Vietcong daar had gemaakt, en ze dachten dat ze hen allemaal ingesloten hadden. Maar ze vergisten zich. De Vietcong schijnt de operaties gewoon voort te zetten onder hun voeten, en ze hebben niets dan problemen gehad met Cu Chi sinds ze daar zijn. Het is een gigantische basis, en hij ligt aan de andere kant van de Saigon River, recht tegenover de IJzeren Driehoek, waar we een paar van de allerzwaarste gevechten hebben gehad.'
'Wat gaan we daar vandaag doen?' Ze was dankbaar voor ieder stukje informatie.
'Ze hebben een heel nieuw netwerk van tunnels blootgelegd. Ik dacht dat daar wel een goed verhaal in zat. De kerels die zich met die rommel bezighouden, worden tunnelratten genoemd. Het is een opmerkelijk stel. Spijkerhard en met stalen zenuwen. Ik zou voor geen goud in een van die tunnels kruipen. De Vietcong heeft daar een hele ondergrondse wereld. Ze hebben geprobeerd het grootste deel ervan op te ruimen toen ze vorig jaar de IJzeren Driehoek vrijmaakten. Maar dat is niet gelukt. Vorig jaar hebben ze zelfs een compleet ondergronds hospitaalcomplex gevonden in Than Dien Forest, net ten noorden van de IJzeren Driehoek. De Vietcong-strijders zijn verbazingwekkende mannetjes.' De 'spleetogen' of 'petjes', zoals de soldaten hen noemden, hadden heel wat meer in huis dan je zo op het eerste gezicht zou denken, en Ralph wist dat. Het was een schrander, geslepen, onverschrokken, ongelooflijk moedig volk dat bereid was zich dood te vechten tegen het ARVN, het Zuidelijke leger, en tegen de Amerikanen die hen hielpen.
'Denk je dat ik in de tunnels kan afdalen?' vroeg Paxton gefascineerd, maar Ralph schudde geschokt zijn hoofd. 'Dat moet je beslist niet doen, Pax. Het is te gevaarlijk en ik word al claustrofobisch als ik eraan denk.' Hij rilde zowat, maar ze was het niet met hem eens.
'Het lijkt me juist hartstikke interessant.'
'Volgens mij ben je niet goed wijs.'

Het laatste stuk van de rit werd in stilte afgelegd. Ze was onder de indruk van de omvang van de basis toen ze daar aankwamen, en ook hoe goed die georganiseerd was. Het was heel anders dan de trip naar de frontstelling bij Nha Trang twee dagen geleden, tot ze naar een gebied ver achter de basis werden gedirigeerd dat nog door planten overwoekerd was. De hitte leek uit het kreupelhout op te stijgen, en overal waren soldaten bezig met bulldozers bomen en struiken om te kappen.

'Doe je kogelvrije vest aan,' beval Ralph haar op afwezige toon, terwijl hij iets tegen Yves zei en naar iemand in de verte zwaaide.

'Waarom?' Het was snikheet en niemand anders had het aan. De meeste mannen werkten met ontbloot bovenlijf met alleen hun uniformbroek en hun kistjes aan. Sommigen hadden zelfs hun helm afgezet. 'Niemand heeft het aan.'

'Doe wat ik je zeg,' snauwde hij, 'zij zouden het ook moeten dragen. Cu Chi is berucht vanwege sluipschutters.'

Ze trok een lelijk gezicht en trok het zware vest aan. Toen wilde ze haar helm afzetten, maar een blik van hem hield haar tegen. Net als de soldaten was ze haar zonnebrandolie en insecticide in haar helmband gaan dragen. De meesten hadden hun sigaretten daar ook, en speelkaarten en wat ze verder nog aan spulletjes nodig hadden. Het viel haar op dat iedereen z'n M-16 in de buurt hield en de meesten hadden hun standaard .45'er in hun riem of holster gestoken. Toen ze aankwam had men haar gewaarschuwd geen wapens te dragen, maar de laatste dagen had ze gemerkt dat veel mensen dat wel deden. Je kon vrijwel alles op de zwarte markt kopen. Maar ze had geen behoefte aan een wapen.

Terwijl Paxton haar uitrusting weer in orde bracht, liep er een lange, magere man op hen toe. Het was de man naar wie Ralph had gezwaaid. Hij had rossig haar, lichte ogen en een zorgeloze glimlach, maar de spanning en constante waakzaamheid in zijn ogen waren in tegenspraak met zijn nonchalante manier van doen.

'Hallo, Quinn. Je houdt je jongens aardig bezig zo te zien.'

Kapitein William Quinn van de vijfentwintigste infanterie gaf Ralph en Yves een hand en stak toen vriendelijk zijn hand uit naar Paxton. 'Prettig jullie hier te hebben.' Toen wendde hij zich weer tot Ralph. 'We hebben hier van de week een prachtexemplaar gevonden, nadat ik jou gesproken had. Jezus, dat ding loopt zo'n beetje door tot Kansas.' Hij keek verontschuldigend naar Paxton en toen hij naar het gebied dat ze schoongemaakt hadden gebaarde, zag ze zijn trouwring. Het was een knappe man. Hij was tweeëndertig, had op West Point gezeten, en was dus beroeps. Hij keek Paxton met een verlegen glimlach aan. 'Werk je ook voor Associated Press?' Zijn ogen keken diep in de hare en heel even vergat ze wat hij gevraagd had. Het was een heel aantrekkelijke man en hij had een soort van rustige kracht over zich, een uitstraling van totale controle, maar ook van iets anders, iets vaag wilds en misschien zelfs een beetje gek.

'Ik... nee, ik ben van de *Morning Sun* in San Francisco.'

'Leuke stad. Ik ben een tijdje ingekwartierd geweest in de Presidio, voor ik hierheen ging.' En daar had hij zijn vrouw achtergelaten, maar dat zei hij niet.

'Ze is mijn nieuwe beschermelinge,' verklaarde Ralph glimlachend. 'Doet me een beetje aan mezelf denken toen ik naar Korea ging. Hoewel ik geloof dat ik heel wat minder lef had dan zij,' zei hij bij wijze van compliment, waarvoor ze hem bedankte.

'Niets te danken, Delta Delta,' plaagde hij terwijl ze achter kapitein Quinn aan liepen naar de open plek. Overal kwam je gereedschap en uitrustingen en manschappen tegen, en als je naar de grond keek zag je hier en daar kleine openingen die nauwelijks groot genoeg leken om er een kind door te laten kruipen.

'Godsamme, is dat het?' Ralph zag er verbaasd uit toen hij zich op de grond liet zakken en in een van de openingen gluurde. Normaal gesproken waren ze helemaal verborgen en kon je absoluut geen ingang zien, maar Quinn en zijn mannen hadden alle openingen die ze konden vinden blootgelegd zodat je de tunnels nu beter kon zien. Je zag zelfs de bamboe-buisjes waar ze door ademden als ze daar beneden waren. 'Ik neem aan dat ze na een tijdje wijder worden.'

Maar Bill Quinn schudde zijn hoofd. 'Niet altijd. Het is een wonderlijk volkje.' Hij zei het haast met respect en humor. 'Het heeft ons zes dagen gekost om die kleine knakkers eruit te schieten, het is een hardnekkig zootje.'

'Ja.' Ralph knikte. 'Dat zijn ze altijd geweest.'

Bill Quinn leidde hen rond en Paxton vroeg of ze er een klein stukje in mocht om te kijken. De meeste Amerikanen waren te groot om erdoor te kunnen met hun forse lijven en brede schouders. Maar zij was lenig en soepel en ze wilde zien wat er onder de grond was. Ze leende Yves' camera en een lamp en volgde een van de kleine, pezige tunnelratten, een van Quinns mannen, en na een paar minuten was ze buiten adem. Ze was bleek en bedekt met modder toen ze te voorschijn kwam, ze hijgde een beetje en was behoorlijk bang. Het rook daar beneden nog naar dood, en de man die met haar was meegegaan had verklaard dat ze hen er 'nog niet allemaal uitgetrokken' hadden. Het was een gruwelijk idee dat daar nog ergens leden van de Vietcong lagen te verrotten. Maar alles om hen heen was zo. Nha Trang was op zijn eigen manier net zo angstaanjagend geweest, vooral met dat vuurgevecht en de vreselijke gewonden. Dit was mysterieuzer en onheilspellender, zelfs hoewel de luitenant ter geruststelling zei dat alle tunnels nu veilig waren en dat de enige Vietcong-strijders daar beneden dooie Vietcong-strijders waren.

'Gebruiken jullie honden?' vroeg ze. Ze was onder de indruk van de ervaring, en hij was onder de indruk van haar. Ze was de eerste Amerikaanse vrouw die bereid was naar beneden te gaan. Zelfs Yves, Ralphs fotograaf, was niet bepaald enthousiast geweest. Maar zij was jong, slim en geïnteresseerd, en dat maakte verschil. Ze was bovendien bijzonder knap had de kapitein vastgesteld, toen ze haar waterval van blond haar uit haar helm had bevrijd. Heel knap. En hij kreeg het gevoel alsof hij al een eeuwigheid in Cu Chi zat.

'We gebruiken inderdaad honden,' verklaarde hij. 'Maar we raken er zo verdomd veel kwijt dat we proberen het zonder te stellen. We gebruiken liever mensen, die kunnen schieten als ze in de tunnels zijn, honden niet. Onze jongens hebben tenminste een kans. Maar ik moet toegeven, geen geweldige.' Het was een akelige gedachte, en ze voelde een koude rilling over haar rug lopen toen ze verder liepen en bij een andere opening kwamen, die omgeven was door bamboe-luchtpijpjes. 'Dit hier was een goeie,' ging Quinn verder. 'Er waren zeven mannen en vrouwen. We denken dat ze hier het hele jaar zijn geweest, misschien langer.' Vlak onder hun neus. Ze kwamen er 's nachts uit, zei hij, en vernielden zoveel ze konden aan de basis met sabotage, kneedbommen, handgranaten, sluipschieten. 'We hebben een fors probleem gehad.' Het was nogal zwak uitgedrukt, en Paxton begon voor het eerst aantekeningen te maken.

Een sergeant kwam naar Quinn toe en zei dat er berichten waren over een sluipschutter een eindje verderop. Hij keek even naar Paxton en toen weer naar Quinn. 'Wilt u dat ze teruggaan naar de basis?' Het feit alleen al dat er pers aanwezig was scheen hem te irriteren, en de blik die hij hun toezond was niet bepaald vriendelijk.

Maar Bill Quinn leek zich geen zorgen te maken. Hij keek op zijn horloge en zei iets tegen de radioman, wilde weten of hij contact had met de jongens die het gebied dat nog niet veilig was gemaakt afzochten.

'Nee, ze zitten goed hier,' zei Bill tegen de sergeant, en praatte toen verder met de radioman voor hij aan Ralph uitlegde dat er een sluipschutter was, wellicht twee, en dat ze reden hadden om aan te nemen dat er iets verder nog een tunnel was. 'Misschien krijg je zelfs de kans om te zien hoe we ze opruimen,' zei hij losjes en met een glimlach naar Paxton.

Ze wist het nog niet, maar hij was beroemd in Vietnam. Hij en zijn mannen hadden meer tunnels gevonden en ontruimd dan wie ook in de oorlogsgeschiedenis. Hij was meer dan eens zelf naar beneden gegaan, was vier keer gewond geraakt, twee keer gedecoreerd, en hij werd door al zijn mannen op handen gedragen. 'Om tunnelrat te worden moet je een beetje gek zijn,' zei hij altijd, en dat was een eigenschap waar hij op lette bij zijn mannen. Iets ontzettend onverschrokkens en geks, en toch gedisciplineerd genoeg om te doen wat hun gezegd werd. Ze moesten bereid zijn te sterven in een ruimte waarin je je nauwelijks kon bewegen. En het was Paxtons bereidheid om naar beneden te gaan om te kijken die hem geïntrigeerd had.

Maar zijn sergeant was een stuk minder geïntrigeerd door haar. Hij was duidelijk geërgerd toen de bevestiging doorkwam dat er een tweede sluipschutter was. 'Zal ik ze nu mee terugnemen?'

'Dat lijkt me niet, sergeant,' zei Quinn gedecideerd. 'Ik denk niet dat ze hier helemaal naartoe zijn gekomen voor de lunch. Ik denk dat dit is waarvoor ze gekomen zijn.' Hij kwam evenals Cowboy, hun chauffeur, uit het noordwesten, en hij had een gemakkelijke, wat traag aandoende manier van doen. Maar zijn mannen wisten dat hij dat van het ene moment op het andere kon veranderen in de snelheid van een ratelslang die op het punt staat toe te slaan.

'Wil je misschien iets drinken?' vroeg hij, zich tot Paxton wendend. Ze stierf van de dorst en was blij met de ijskoude cola die ineens uit een koeltas werd opgediept. Ralph en Yves gaf hij er ook een, en even later verplaatsten ze zich naar een tent op een kleine open plek, die hij zijn 'kantoor' noemde. Hij beantwoordde al hun vragen maar bleef in contact met zijn radioman. Na nog

twee telefoontjes fronste hij en zei dat het hem beter leek om weer naar buiten te gaan. De berichten over de sluipschutters bevielen hem niet.
Hij zag er ernstig uit toen ze weer verder liepen, en nu zei hij tegen Ralph en Paxton dat ze zich terug moesten trekken. Yves kroop op zijn hurken door de bosjes en nam met een telelens foto's van iets dat zijn aandacht had getrokken. En toen, nog geen tel nadat ze weer verder waren gegaan, was er plotseling beweging in het struikgewas, en een explosie van artillerievuur vlak voor hen. Iedereen dook op de grond, met inbegrip van Paxton. Bill Quinn kroop vooruit, en de jongen aan de radio deed verwoede pogingen om met iemand contact te krijgen. 'Hallo, Lone Ranger, dit is Tonto... Lone Ranger, hoor je me? Wat hebben jullie daar?'
De stem die antwoordde was staccato. En de radioman rapporteerde snel bij de sergeant dat ze twee sluipschutters hadden en zes Vietcong-strijders die uit het niets leken te komen. Quinn had gelijk. Ze hadden een andere tunnel.
Ralph keek Paxton aan terwijl ze dicht bij de grond bleven, en plotseling was ze blij dat ze haar kogelvrije vest had aangehouden en de helm op haar hoofd had. 'Fijne dag hebben we uitgezocht om hierheen te gaan,' zei Ralph enigszins spottend.
'Het is tenminste niet saai.' Ze glimlachte en deed haar best er niet bang uit te zien.
'Je bent hier te lang,' zei hij boven de herrie uit. 'Je begint een doorgewinterd geval te worden.'
Op dat moment kwam de sergeant weer bij hen terug en wierp een geïrriteerde blik op Paxton. 'De kapitein wil dat u hier blijft,' zei hij. Hij klonk als een liftbediende in een warenhuis en zijn manier van doen ergerde zowel Ralph als Paxton.
'Is er een reden waarom leden van de pers worden buitengesloten?' vroeg Ralph bits, en hij keek onderhand naar Yves die nog steeds foto's maakte met zijn telelens en tevreden leek te zijn met wat hij kreeg.
'Ja, ik zou zo zeggen dat er een goede reden is, meneer,' snauwde de jonge sergeant. 'U heeft een vrouw bij u, en we willen liever niet dat een van u wordt neergeschoten, als u daar niets op tegen hebt.' Zijn accent was puur New York, en zijn manieren ook. 'Klinkt dat redelijk genoeg voor u?'
'Om je de waarheid te zeggen, nee, dat doet het niet.' Ralph keek

hem recht aan, terwijl Paxton toekeek. 'Ik geloof niet dat sekse iets met pers te maken heeft. Als zij bereid is om risico's te nemen, makker, laat haar dan.'

Het was niet onvriendelijk bedoeld, hij behandelde haar met respect en dat vond Paxton prettig. Hij nam aan dat ze in Vietnam was om haar werk te doen, en dat was ze ook. Ze was hem daarvoor dankbaar.

'Bent u bereid de verantwoording op u te nemen als ze gedood wordt?' snauwde de sergeant uit New York. Op het identificatieplaatje van zijn veldtenue stond 'Campobello'.

'Nee, dat ben ik niet,' zei Ralph eerlijk. 'Die verantwoordelijkheid heeft ze zelf genomen toen ze deze baan aannam, net als ik... net als jij, sergeant.'

'U gaat uw gang maar.' Hij draaide zich om en kroop terug door het struikgewas, en even later volgde Paxton Ralph een beetje dichter naar waar de actie was. Ze waren nu voorwaarts gegaan en de radioman had een paar helikopters opgeroepen om de zaak nader te bekijken, maar die werden nu door de Vietcong beschoten.

'Lone Ranger...' Hij riep hem weer. 'Wat heb je?'

Er klonk een vreugdekreet aan de andere kant. 'Hallo, Tonto, ik heb twee dooie indianen en één gewonde... Niet gek... bedankt voor de assistentie en blijf kaarten en brieven schrijven.' En toen plotseling een heel ander geluid. Het M-60-machinegeweer barstte los... twee handgranaten... en voor ze het wist werd ze door iemand vastgegrepen. Er werd een sterke arm om haar schouders geslagen, en ze werd achteruitgesleurd door een kracht die zo sterk was dat ze niet wist wat haar overkwam. En toen ze de grond raakte, voelde ze de trilling van wat een enorme explosie leek. De Vietcong gooide nu ook handgranaten, en een daarvan had haar net gemist. De radioman had zijn post verlaten, en Ralph dook in het struikgewas bijna in de armen van de sergeant. Maar zij zou geraakt zijn als Bill Quinn haar niet gepakt had en als een raket was gaan lopen, zijn leven met dat van haar riskerend. Toen ze op haar buik in de modder lag, met zijn lange ledematen over haar uitgespreid, duurde het even voor ze besefte wat er was gebeurd.

'Heb ik je pijn gedaan?' vroeg hij bezorgd, en zij schudde haar hoofd. Een beetje stijf begon ze zich te bewegen, maar hij zei dat ze moest blijven liggen, hoewel de grondtroepen oprukten naar

de Vietcong en het geschutvuur wat verder weg klonk.
'Nee hoor, niks aan de hand.' Maar hij had haar de stuipen op het lijf gejaagd, en nu veegde hij glimlachend haar gezicht af. 'Je ziet eruit als een kind dat net in de modder is gevallen.'
'Ik voel me als een kind wiens leven net is gered.' Ze keek hem ernstig aan. 'Dank je.'
Hij leek niet onder de indruk en volkomen kalm te zijn, maar daar was hij beroemd om, en daarom mochten mensen hem graag. Hij zou alles doen voor zijn mannen, wat het hem ook zou kosten, en hij vroeg nooit van iemand iets te doen wat hij zelf niet zou doen. Daarom was hij zo geliefd en werd hij zo vertrouwd.
'Ik denk dat Tony gelijk heeft... Ik had een paar dagen moeten wachten voor ik jullie hierheen haalde. Ik was me er niet van bewust dat Ralph nog iemand mee zou brengen.' Hij keek haar verontschuldigend aan en hielp haar toen op de been.
'Ik ben blij dat we er zijn. De tunnels zijn verbluffend.'
Hij glimlachte ten antwoord, onder de indruk van haar moed, en vergenoegd door haar fascinatie voor de tunnels. Het was een baan waarvan hij was gaan houden, voor zolang hij hier moest zijn. Er zat een echte uitdaging in, een beetje mysterie, een hoop gevaar, en je moest op hun manier denken om ze te pakken te krijgen. 'Ik hou van wat ik doe.' Hij glimlachte bedaard en zij merkte dat ze dolgraag een verhaal over hem wilde schrijven, maar ze durfde het niet te vragen. Dit was Ralphs gebied, niet het hare, en ze wilde Quinn niet ergeren, of op iemands tenen gaan staan door te opdringerig te zijn. De sergeant had al voldoende duidelijk gemaakt dat ze allemaal indringers waren. En nu de zaken hier wat moeilijker waren geworden, wilde ze hem niet lastig vallen. 'Je moet een keer terugkomen als we deze opgeruimd hebben. Je gelooft niet wat je daar beneden allemaal vindt.' Ze herinnerde zich de stank van de tunnel waar ze nauwelijks in was geweest. 'Ik bedoel wapens. De meeste wapens die de Vietcong gebruikt zijn gestolen of in beslag genomen van onze soldaten,' legde hij uit, 'artillerie, sovjetspullen, Chinees gereedschap, geneesmiddelen, handboeken... het leert je wat.'
Hij scheen de tunneloorlog als de ultieme uitdaging te beschouwen. Maar ze was haast nog meer in hém geïnteresseerd dan in wat hij deed. Wat was het voor een man die jacht maakte op een complete ondergrondse wereld? Op zoek naar een vijand die niemand anders kon vinden, maar van wie iedereen wist dat hij er

was? Wat voor soort man kon een oorlog op die manier winnen of was bereid ervoor te sterven?
'Voor hoe lang ben je in Vietnam?' vroeg hij, toen ze op zoek gingen naar Ralph en Yves. De gevechtsactie was nu een stuk verder weg, en de sergeant hield de zaak nauwlettend in de gaten, samen met de helikopters. 'Een paar weken?'
'Zes maanden.' Ze glimlachte. Voor haar gevoel was ze hier al heel lang, maar er was sinds haar aankomst nog niet eens een week verstreken.
'Je bent nogal jong om een oorlog als deze te mogen verslaan.' Ze was een moedig meisje en daar hield hij wel van. In feite hield hij wel van alles aan haar. Haar uiterlijk, haar lef, de manier waarop ze zonder aarzelen de tunnel in was gegaan. Hij had nog nooit een vrouw zoals zij ontmoet. 'Heb je al spijt dat je gekomen bent?'
'Nee.' Ze keek hem in de ogen. 'Ik ben er blij om.' Blij en droevig en bang, en soms gelukkig. Ze wist dat ze op het juiste moment op de juiste plaats was, en dat was in ieder geval iets.
Hij stond net op het punt haar te vertellen hoe hij haar bewonderde toen sergeant Campobello plotseling verscheen en zei dat men hem nodig had. Beide sluipschutters waren gewond en gepakt, twee van de anderen waren dood en vier waren gevlucht, waarschijnlijk terug in hun tunnel. Maar als de sluipschutters wilden praten, konden ze misschien achter de exacte lokatie van de tunnel komen.
'Ik moest maar weer eens aan het werk gaan,' zei hij glimlachend. 'Ik zie je nog wel voor je weggaat.' En toen was hij weg, samen met sergeant Campobello. Paxton ging op zoek naar Ralph en Yves. Ze zat vol modder en zag er bijna uit als een van de mannen.
'Dat was op het nippertje.' Ralph keek haar misprijzend aan. 'Als je verdomme voortaan niet beter oplet, krijg je nog eens een kogel door je kop.' Hij vond het ook helemaal niet fijn dat ze in die tunnel was gegaan. 'Wees voorzichtig, Delta Delta. Die lui schieten niet met losse flodders.'
'Ik ben zo voorzichtig als wat,' bitste ze. 'Ze gooiden zo'n vervloekte handgranaat in mijn richting. Ze hadden de radioman ook bijna te pakken. Wat verwacht je eigenlijk van me, dat ik op het parkeerterrein blijf wachten terwijl jij je verhaal krijgt?' zei ze woedend. Ineens schoot hij in de lach. Ze was net als hij toen hij haar leeftijd had, popelend van verlangen erbij te zijn, haar nek uit te

steken en het grootste, beste en gevaarlijkste verhaal te krijgen.
'Oké, kind, ga er maar op af. Maar kom niet bij mij jammeren als je gewond raakt.'
'Doe ik niet,' gromde ze terwijl ze zich weer afklopte.
Hij bleef om haar lachen. 'Je ziet er absoluut niet uit, weet je dat?'
Nu begon zij ook te lachen. Het was een interessante dag geweest en ze vond Bill Quinn heel aardig, misschien zelfs wel een beetje te aardig.
Na een poosje, toen ze klaar waren om te vertrekken, kwam hij terug en bedankte hen dat ze naar Cu Chi waren gekomen en hij bood Paxton aan haar de volgende keer de basis te laten zien. Maar nu moest hij er snel weer vandoor. Ze waren bezig de gevangenen te ondervragen. 'Ik zie je wel in Saigon, Ralph. Misschien kunnen we volgende week een keer samen gaan eten.' Ralph knikte, en Quinn zwaaide naar hen toen ze wegreden.
De sergeant zagen ze niet meer en dat was misschien maar goed ook, besloot Paxton. Hij had kennelijk een hekel aan hen en totaal geen behoefte om met de pers samen te werken. Niet dat dat er iets toe deed. Ze hadden goed kunnen werken en zowel zij als Ralph hadden goede verhalen. Yves zei dat hij ook een paar goede opnames had. Hij had een fantastische van toen ze een van de sluipschutters neerschoten. Het was weerzinwekkend wat hier voor fantastisch doorging. Twee dode mannen en een gewond meisje vertegenwoordigden hier een 'fantastisch' verhaal, een fantastische opname, en misschien zelfs een onderscheiding voor briljante journalistiek. Het was vreemd hoe je een prijs won voor het kijken naar mensen die hier stierven.
Maar toen ze naar Saigon reden kon ze alleen maar aan Bill Quinn denken en aan zijn lichaam dat het hare bedekte toen de granaat afging, zijn absoluut gezag toen hij haar beschermde, en de blik in zijn ogen toen ze zich omdraaide. Haar gedachten gaven haar een schuldig gevoel. Hij was getrouwd, Peter was nog maar net iets meer dan twee maanden dood, en toch was er iets. De pure energie van de man was onbetwistbaar, een soort elektrische spanning die haar naar hem toe trok en die ze onweerstaanbaar opwindend vond.

14

In de week daarop bleef Paxton in de buurt van Saigon. Ze schreef het stuk over het incident in Cu Chi, en een ander stuk dat alleen over de tunnels ging. De krant plaatste haar artikelen onder het hoofd: Verslag uit Vietnam, door Paxton Andrews. Tot nu toe hadden ze al haar stukken geplaatst en de *Sun* publiceerde ze via een persbureau, hetgeen betekende dat ze zelfs in Savannah konden verschijnen, wat haar moeder en haar broer vast zou imponeren.

Maar het was Ed Wilson zelf die haar belde en die haar prees voor haar inzicht en haar kennelijke moed. 'Je bent toch niet zélf in een van die tunnels afgedaald, hè Pax?'

Ze glimlachte terwijl ze naar hem luisterde, en er kwamen tranen in haar ogen. Hij was zo ver weg nu. 'Ik maak het uitstekend,' was alles wat ze zei in antwoord op zijn vragen. Ze vroeg hem haar moeder ook te laten weten dat ze het goed maakte. Ze wist dat ze Beatrice had moeten schrijven, maar ze had er nog niet de tijd voor gevonden. Ze deed de groeten aan Gabby, Matt en mevrouw Wilson.

Na dit gesprek had ze een dag lang last van heimwee. Maar ze had het druk met een ander verhaal. Ze huurde een auto waarmee ze naar Bien Hoa reed, en ze voelde zich ontzettend moedig en onafhankelijk. Op haar tweeëntwintigste zat ze aan de andere kant van de wereld en ontdekte dingen waar ze zelfs nog nooit van had gedroomd.

De zwarte markt boeide haar ook, daarom ging ze op een middag naar Tan Son Nhut Base, waar ze was aangekomen, om daar met mensen te praten over de massale diefstal uit het militaire depot van spullen die meteen naar de zwarte markt gingen, met inbegrip van uniformen en wapens.

Toen ze bij het vallen van de avond langzaam over Tan Son Nhut Base liep, zag ze in de verte een lange man in veldtenue. Hij had een soepele manier van lopen die haar bekend voorkwam. Maar de zon scheen in haar ogen en ze kon niet zien wie het was. Ze kende trouwens zo weinig mensen in Saigon, dat ze zich niet kon voorstellen dat het echt een bekende was. Even later stopte hij en draaide zich om om met iemand te praten. Terwijl hij dat deed keek hij even opzij naar haar en kwam toen langzaam naar haar toe. Het was kapitein William Quinn van Cu Chi. Hij zag er ongelooflijk knap uit toen hij haar naderde en of ze het wilde of niet, ze kon haar hart voelen bonzen.

'Hallo,' zei hij, en hij keek haar aan alsof hij daar op haar had gewacht. Hij had een trage glimlach die zei dat hij zich zelden haastte. Hij leek altijd zo ontspannen en op zijn gemak te zijn, toch voelde je dat er ergens diep in hem een soort elektrische spanning was. 'Hoe kom jij hier?' En toen grinnikte hij. 'Je ziet er heel wat schoner uit dan de laatste keer dat ik je zag.' Haar gezicht had toen vol modder gezeten nadat ze op de grond was gedoken en hij zich op haar had geworpen om de handgranaat te ontwijken. Nu droeg ze een witte linnen jurk, bloemen in haar haar en helderrode sandalen.

'Dank je. Ik werk aan een verhaal over de diefstallen uit het depot, over artikelen die op raadselachtige wijze weer opduiken op de zwarte markt.'

'O, dat.' Hij zag er geboeid uit. 'Als je dat kunt oplossen, krijg je de eremedaille van het Congres. Maar ik denk dat een heleboel mensen hier ervoor zullen zorgen dat je dat niet doet. Het gaat om allemachtig veel geld.'

'Ja, dat had ik al begrepen. Ben je vanuit Cu Chi een tijdje hier?'

Hij haalde onverschillig zijn schouders op. 'Alleen voor een snelle bespreking met de generaal. Ik was van plan vanavond weer terug te rijden.' Hij zweeg even, en ze wist niet waarom, maar ze hield haar adem in, wachtte op hem. Ze wilde niet om hem geven, maar ze deed het wel. Ze werd zo door hem aangetrokken dat ze behoorlijk in de war was in zijn aanwezigheid. Hij gaf haar het gevoel ontzettend jong te zijn, en in andere omstandigheden zou ze zich haast dwaas gevoeld hebben. 'Ik weet dat het een beetje plotseling is,' zei hij zacht, 'maar zou je misschien een hapje met me willen gaan eten voor ik terugrij? Ik heb eigenlijk geen haast.'

Hij keek haar diep in de ogen en de kracht die van hem uitging deed haar bijna trillen. Hij bezat een vreemde combinatie van kracht en tederheid die je moeilijk niet aantrekkelijk kon vinden. Haar hart sloeg een keer over. 'Dat zou ik heel leuk vinden.'

Dat scheen hem genoegen te doen en toen dacht hij even na. 'Vind je het heel raar om naar de officiersmess hier op de basis te gaan voor een hamburger en een milkshake? Daar verlang ik de hele week al naar,' bekende hij. Hij zag er even uit als een kind, en ze lachte.

Hij liep met haar over de basis en ze kletsten wat over Saigon, over het hotel waar ze logeerde, en waar ze op school was geweest. Hij vertelde dat hij rugby had gespeeld op West Point, en dat was gemakkelijk te geloven na die duik die hij laatst gemaakt had om haar voor een handgranaat te behoeden. Toen ze de mess binnenkwamen waren de Beatles op de jukebox, en een heleboel mensen waren aan het dansen. Er hing een gezellige, huiselijke, Amerikaanse sfeer, en voor de tweede keer sinds haar aankomst kreeg ze ineens heimwee. De eerste keer was toen ze met Peters vader in San Francisco had gepraat.

Ze bestelden hamburgers en frietjes, een cola voor haar en een bier voor hem. Ze keken naar de mensen die dansten en naar de muziek luisterden. De Beatles werden gevolgd door de Rolling Stones met 'I Can't Get No Satisfaction', ieders favoriet, en 'Proud Mary' van Ike en Tina Turner, waar Paxton nogal dol op was toen ze op Berkeley zat.

'En, wanneer heb je je diploma gehaald?' vroeg hij toen ze naar de muziek zaten te luisteren en wat zaten te kletsen.

Op de een of andere manier leek hij hier jonger, alsof de druk van hem afgevallen was en hij zich kon ontspannen. Ze bespeurde nu niets meer van de onderliggende spanning.

'Dat heb ik niet gehaald.' Ze grinnikte schaapachtig. 'Ik had in juni moeten afstuderen, maar ik ben ermee gestopt.'

'Dat is perfect,' glimlachte hij, 'perfect in overeenstemming met jouw hele generatie.' Hij plaagde haar en leek het onbelangrijk te vinden. Het leek nu ook niet meer zo dramatisch; het was eigenlijk van geen enkel belang of ze afgestudeerd was of niet.

'De dingen stapelden zich nogal op het afgelopen voorjaar, en ik raakte – ik weet niet – gedesillusioneerd...'

'En nu?' Hij keek haar recht in de ogen. Het kon hem niet echt wat schelen wat ze op school had gedaan. Hij had belangstelling voor haar als volwassene. Dit was een volwassen wereld vol van het echte leven, van pressie en van mensen die plotseling doodgingen, of ze nu op college hadden gezeten of niet.

'Het lijkt niet meer zo belangrijk.'

'Dat is de invloed van Vietnam,' zei hij raadselachtig en hij nam een slok bier. Paxton probeerde er niet op te letten hoe knap hij was. Hij was tenslotte getrouwd. 'De dingen die belangrijk voor je waren doen er niet meer zoveel toe, het huis, de auto, al die kleine stomme dingen die eens zo belangrijk leken. En de dingen die je als vanzelfsprekend beschouwde doen er wel heel veel toe... Hier zijn het de mensen die je belangrijk vindt, waarvoor je in leven blijft.' Zijn ogen lieten haar niet los. 'Thuis lijkt soms heel ver weg, en toch schijnen we daar allemaal voor te vechten.'
'En is thuis waarvoor je vecht?' vroeg ze zacht.
'Ik weet het niet meer zo zeker. Om je de waarheid te zeggen weet ik niet meer waar we in godsnaam voor vechten. Dit is mijn vierde periode hier, en ik zweer je dat ik niet weet waarom ik het doe. We worden verondersteld de mensen met hart en ziel voor ons te winnen, maar dat is gelul, Paxton. We winnen geen bliksem. Alles wat zij zien is dat we hun mensen doden en hun land verwoesten. En ze hebben gelijk, dat doen we ook.'
'Waarom blijf je dan?' vroeg ze. Ze wilde weten waarom mensen hier vrijwillig waren. Niemand wist eigenlijk waarom hij hier was, behalve de jongens die opgeroepen waren. De anderen leken het niet te weten, en als ze het ooit geweten hadden, waren ze het allang vergeten.
'Ik blijf omdat ze hier Amerikaanse jongens ombrengen. Als ik blijf, kan ik ze misschien beschermen. Misschien doe ik dit werk lang genoeg om te weten hoe het net een beetje beter kan. Of misschien ook niet,' zei hij met een zucht, en hij dronk zijn bier op. 'Misschien maakt het geen enkel verschil.' Het was een gedachte om mismoedig van te worden, maar wel één die iedereen op een bepaald moment had geuit. Iedereen voelde op een zeker ogenblik dat wat ze deden zinloos was. 'Je bent een moedig meisje,' zei hij, doelend op haar bereidwilligheid om de tunnel in te gaan. 'Geen enkele andere bezoeker van de basis heeft dat nog gedaan, in elk geval geen vrouw. De meeste mannen zijn ook doodsbang, maar geven dat niet toe.' Zijn ogen glinsterden van bewondering.
'Dank je. Misschien ben ik gewoon stom.'
'Misschien zijn we dat allemaal,' zei hij vriendelijk. De dag na haar vertrek had hij nog twee mannen verloren, een van hen was de jonge radioman die de codenaam Tonto gebruikte. Maar dat vertelde hij haar niet. Dit was niet het juiste moment en ook niet de juiste plaats daarvoor, en het maakte ook niets uit.

Daarna gingen ze naar buiten, de warme avondlucht in, en ze wandelden nog een tijdje. Op de basis waren ze tenminste betrekkelijk veilig. Behalve dat ook daar af en toe sluipschutters waren of bommen vielen.

'Ik zou je graag eens iets van dit land willen laten zien. Het is een prachtig land, zelfs nu.' Er waren tijden dat hij er echt dol op was.

'Dat zou ik fijn vinden. Ik ben vorige week naar Bien Hoa geweest. Ik wil meer zien, maar ik weet nog niet precies waar ik heen moet.'

'Ik kan het je laten zien,' zei hij zacht. Toen draaide hij zich naar haar toe. 'Ik weet niet zo goed wat ik met je aan moet,' zei hij met een blik van verwarring. 'Ik... ik heb nog nooit iemand zoals jij ontmoet.'

Ze voelde zich gevleid en heel erg tot hem aangetrokken en ze wist ook niet wat ze moest zeggen. 'En je vrouw?' Ze besloot openhartig tegen hem te zijn en wilde dat hij dat ook tegen haar was, en daar zag hij wel naar uit.

'We zijn tien jaar getrouwd, sinds ik afgestudeerd ben aan West Point. We hebben drie kinderen. Gek genoeg zijn het alle drie meisjes.' Hij glimlachte. 'Om de een of andere reden heb ik altijd verwacht jongens te krijgen. En het leger zit haar tot híer. Haar vader zat ook in het leger, net als de mijne. Ik dacht dat ze wist wat ze zich op de hals haalde, maar dat was niet zo. Of misschien wist ze het wel maar had ze niet verwacht er zo genoeg van te krijgen. Ze wil dat ik nu naar huis kom, en ik ben daar nog niet klaar voor.'

'Hou je van haar?' Paxton keek hem recht in de ogen. Ze wilde weten hoe deze man in elkaar zat, en hij wilde het haar vertellen.

'Dat deed ik wel. Ik weet het niet meer. Een paar keer per jaar ontmoeten we elkaar in Tokio of Hongkong en maken dan ruzie over de toekomst. Zij wil dat ik een baan neem, en ik weet niet of ik dat nog wel kan. Ik ben tweeëndertig en wat moet je verdomme verkopen? Het feit dat je vier jaar lang in Vietcong-tunnels hebt rondgekropen? Het feit dat je niet op een landmijn bent gestapt? Dat je behoorlijk goed voor je mannen zorgt? Wat word ik dan? Een goede directeur van een padvinderskamp? Ik weet het niet. Ik ben opgeleid voor dit werk. Dat is het, denk ik,' zei hij triest, 'ik ben een geschoolde moordenaar.'

'Hoeveel mannen heb je gered sinds je hier bent?' vroeg Paxton kalm. 'Is dat niet hetgene waar je het best in bent? Je mannen er-

voor te behoeden dat ze vermoord worden door anderen?'
'Kan zijn.' Ze had een goed waarnemingsvermogen, dat vond hij prettig. Hij stelde haar intelligentie op prijs en haar eerlijkheid en lef, en het feit dat ze zo knap was. Ze was alles wat Debbie niet was. Zijn vrouw klaagde en zeurde aldoor, over de kinderen en hun huis, en haar ouders en de zijne, en over Vietnam en hun salaris en het depot, tot hij het niet meer verdragen kon. Hij wilde iets meer dan dat, maar hij wist nog niet wat. Of had het nog niet geweten. Tot vorige week, toen hij Paxton had gezien. 'Ik wil dat je iets weet.' Hij wilde eerlijk tegen haar zijn. 'Ik ben al eens met een paar andere vrouwen uit geweest. Niets belangrijks. Een paar verpleegsters, een milva in Long Binh, een keer een meisje in San Francisco, maar het was altijd recht door zee. Ze wisten dat ik getrouwd was en het was altijd een snelle, eerlijke aangelegenheid. Maar, ik weet niet eens of je me wel mag, dit is anders... Ik heb nog nooit een vrouw zoals jij ontmoet...' Hij wilde gewoon dat ze dat wist.
Ze glimlachte in het licht waarin ze stonden, en zonder erbij na te denken stak ze haar hand uit en beroerde zijn wang. 'Dank je.' Dat gebaar ontroerde hem. Het was zo lang geleden dat iemand hem op die manier had aangeraakt, dat hij was vergeten hoe het aanvoelde. 'Ik geloof dat ik verliefd op je ben. Is het mogelijk dat een volwassen man op een plek als deze verliefd wordt op een meisje en dat er ook nog iets goeds uit voortkomt?' Hij zou niet weten hoe, en toch was er een intensiteit in hun situatie hier, een gevoel dat het leven alleen op dit ogenblik bestond.
'Ik weet het niet.' Ze dacht aan Peter, en even zag ze er droevig uit. Dit was zo anders. Dit was alleen voor nu, geen belofte voor meer, geen morgen en zeer waarschijnlijk geen toekomst.
'Ik heb nooit gedacht dat ik mijn vrouw zou verlaten,' zei hij eerlijk terwijl ze verder liepen, 'en ik weet ook niet of ik dat zou doen. We zijn al zo lang getrouwd en ik hou van mijn kinderen.'
'Hoe vaak zie je ze?' vroeg Paxton.
'Niet vaak. De laatste keer heeft ze ze meegenomen naar Honolulu, maar het was moeilijk. We zijn praktisch vreemden voor elkaar. Dit hier is moeilijk voor hen geweest, en voor haar ook, denk ik. Ik loop in elk geval niet zo vreselijk veel gevaar.'
'Ik kreeg anders laatst een heel andere indruk.'
Dat negeerde hij. Voor hem was het niets. 'Je weet wat ik bedoel. Verdorie, de piloten gaan naar boven en worden neergeschoten

door Charlie en zijn vervolgens krijgsgevangenen. Ik zit toch de meeste tijd achter de linies.' Maar ze wisten allebei dat er hier geen duidelijk omschreven linies waren.

Toen draaide ze zich naar hem om, er was iets dat ze hem moest zeggen. 'Ik vraag niets. Je hoeft me niets te beloven, niets te zeggen. Ik verwacht niet van je dat je me vertelt dat je van je vrouw zult scheiden zodat ik een relatie met je zal aangaan. We kennen elkaar zelfs nog niet. Laten we gewoon afwachten wat er gebeurt.'

'Meen je dat? Geen beloftes? Geen definitieve afspraken? Geen "ik zal voor eeuwig van je houden"?' zei hij, terwijl hij teder een arm om haar schouders sloeg. Ze hield op met lopen en keek hem aan. 'Het enige dat ik van je vraag is: sneuvel niet. Is dat afgesproken?' Ze keek ernstig naar hem, met zijn geweldige lengte en brede schouders.

'Dat beloof ik.'

'Mooi zo. Dat is dan geregeld.' Ze liepen weer verder, ze lachten en praatten en passeerden andere stelletjes die hetzelfde deden. Ze vroeg zich af of hij het niet vervelend vond dat andere mensen hem zagen, maar hij scheen er niet mee te zitten.

Na een poosje hield hij stil en keek haar lachend aan. 'Waar gaan we in godsnaam heen? We zijn halverwege de gedemilitariseerde zone gekomen vanavond. Ik wed dat we de basis van begin tot eind hebben bewandeld.'

Zij lachte ook. Ze vond het gewoon fijn om bij hem te zijn maar het was allemaal wel een beetje raar. 'Ik denk dat ik terug moet naar mijn hotel.'

'Ik rij achter je aan,' zei hij met enige spijt, hij vond het helemaal niet leuk om afscheid van haar te moeten nemen. 'Waar logeer je?'

'Het Caravelle.'

'Wat dacht je van een drankje in het penthouse?' Ze hadden alle twee het gevoel dat er iets gevierd moest worden, hoewel ze nog niet zo goed wist wat.

Paxxie glimlachte. Ze vond het wel een goed idee, en vroeg zich af of ze daar een van de andere journalisten tegen zouden komen, maar dat kon haar niet zoveel schelen. Ze had geen geheimen.

Hij reed achter haar gehuurde, stokoude Renault die het maar nauwelijks haalde, aan, parkeerde bij het hotel, volgde haar naar binnen en sloeg een arm om haar heen toen ze naar boven naar het penthouse gingen. Het was een gedenkwaardige avond geweest voor beiden, en Paxton had het gevoel dat ze in korte tijd een lange weg had afgelegd. Niet alleen de afstand van San Francisco naar Saigon; ze voelde zich of ze vanuit een ander leven in dit leven was geslingerd, en ze wist nog niet zo goed wat ze daarvan vond. Ze wist dat ze zich aangetrokken voelde tot Bill Quinn, en ze had zich nu niet van hem los kunnen rukken. Er zat een zekere drang in haar gevoelens, maar ook angst, en in een vreemde verre hoek van haar hart, ook droefheid. Er waren andere mensen in hun leven, hij had zijn vrouw en zij had het nog steeds moeilijk met Peters nagedachtenis. Maar toch, ze waren nu hier, en plotseling wist ze dat ze hem nodig had, net als hij haar nodig had, en misschien was dat belangrijker.

'Paxton?' Hij sprak haar naam zorgvuldig uit omdat die nieuw voor hem was.

Ze keek hem met een verlegen glimlach aan. 'Ja?'

'Je keek net zo ernstig. Alles in orde?'

Ze knikte. 'Ja. Ik dacht alleen maar even na.'

'Niet doen.' Hij glimlachte en beroerde haar kruin met zijn lippen toen ze het penthouse bereikten. Tom Hardgood was er, en Jean-Pierre die net uit Hongkong kwam en daar alweer met een meisje zat. En toen zag Paxton Ralph die rustig in een hoek zat en in diep gesprek was met een mooie vrouw van Europees-Aziatische afkomst. Ze was verbaasd hem daar te zien. Ze had hem de hele week nog niet gezien en had net die ochtend een bericht voor hem achtergelaten bij het AP-kantoor.

Bill Quinn had hem ook gezien en hij loodste Paxton mee naar Ralph die hen aan elkaar voorstelde.

'France Tran... Paxton Andrews.' Ze was ongelooflijk mooi, was ongeveer van Paxtons leeftijd en ze sprak met een Frans accent. Ze droeg een witte 'ao dai', en ze leek volkomen op haar gemak te zijn in het penthouse.

'Hallo, France,' zei Bill, 'hoe gaat het met An?'

'Uitstekend.' Ze glimlachte en keek liefdevol naar Ralph. 'Het is een klein monster.'

'Dat is ie zeker,' beaamde Ralph. 'Vorige week heeft hij een kikker in m'n laarzen gestopt. Gelukkig keek ik ze even na voor ik ze aantrok.'

Ralph lachte, en Paxton was verbaasd een kant van hem te zien die ze nooit had verwacht. Ze wist niet over wie ze het hadden, maar ze nam aan dat het over een kind ging, kennelijk de zoon

van deze vrouw. Plotseling vroeg ze zich af of France en Ralph getrouwd waren.
Ze praatten nog een paar minuten en toen gingen Paxton en Bill zitten. Ze probeerde er niet verward uit te zien toen ze zich naar hem overboog en vroeg: 'Wie is dat?'
'France?' Hij was verbaasd dat ze dat niet wist. Hij dacht dat ze goed bevriend was met Ralph. 'Zij en Ralph wonen samen. Ze was getrouwd met een jongen van de vijfenveertigste cavalerie, en An is hun kind.' Hij aarzelde. Paxton bleef hem aanstaren, ze wilde de rest van het verhaal horen. 'Hij is voor de geboorte van de baby gesneuveld. An moet nu een jaar of twee zijn. Zij en Ralph zijn nu zo ongeveer een jaar bij elkaar. Hij praat er weinig over, maar ze wonen samen. In Gia Dinh.' Ze wist alleen dat dat een voorstad van Saigon was.
'Zijn ze getrouwd?'
'Nee. Haar moeder was Frans en haar vader Vietnamees, en ik heb maar een paar keer met haar gepraat, maar ze lijkt me nogal uitgesproken ideeën te hebben over gemengde huwelijken. Het leger heeft haar afschuwelijk behandeld toen Haggerty omkwam. Ik weet niet of ze haar weduwenpensioen inmiddels heeft gekregen, maar ze zeiden dat ze een hoer was en dat An niet zijn kind was.'
'En zijn familie?'
'Hij heeft ze nooit verteld dat hij met haar was getrouwd en ik geloof dat zijn familie behoorlijk nijdig was. Uit een of ander achtergebleven dorp in Indiana. Ze weigeren haar of het kind te erkennen.'
Paxton zag er geschokt uit. 'En Ralph dan? Gaat hij dan niet met haar trouwen en het kind adopteren?'
Bill glimlachte om haar naïviteit. Ze wilde alles graag keurig geregeld zien. Maar zo werkte het niet altijd. 'Misschien moet je dat aan hem vragen.'
'Ze is heel mooi.' Paxton was onder de indruk van haar kennelijke ontwikkeling en beschaving.
'Ja,' zei hij. 'En intelligent. Maar als hij haar mee zou nemen naar huis, zouden ze haar daar een spleetoog noemen, net als de hoeren die in de Pink Nightclub rondhangen. In Amerika kent niemand het verschil.'
'Je hoeft alleen maar naar haar te kijken, Bill.' Ze klonk geërgerd.
'Dat hoef *jij* misschien alleen maar te doen, Pax. Andere mensen

zien dat niet zo. Voor hen is een spleetoog een spleetoog, en dat is dezelfde persoon die hun zoon of verloofde of broer heeft gedood. Het zal niet eenvoudig zijn om deze meisjes mee naar huis te nemen.'
'Maar zij is anders.' Paxton bepleitte haar zaak zonder reden.
'Niet voor hen.'
Ze wilde dat het niet waar was, maar vreesde van wel, en het maakte haar droevig voor deze vrouw die ze nauwelijks kende. Maar ze wist dat hij gelijk had. Thuis in Amerika zou dit beeldige Europees-Aziatische meisje niet meer zijn dan een 'spleetoog', net als de anderen.
Ze praatten heel lang die avond, eerst over de oorlog en toen over andere dingen. Over zijn vrouw en kinderen praatte hij niet meer. Hij was al zo lang in Vietnam dat hij zich van iedereen vervreemd begon te voelen. En hij luisterde geboeid naar al haar verhalen over Berkeley.
Hij liep met haar mee naar haar deur toen de bar gesloten werd en liet haar daar achter, zonder enige druk op haar uit te oefenen.
'Ik denk dat ik over een paar dagen weer terug ben in Saigon,' zei hij rustig, 'ik bel je voor ik kom.' En zonder nog iets te zeggen bukte hij zich, kuste haar zacht op de lippen en was verdwenen. Ze wilde hem smeken in leven te blijven, maar durfde nu zelfs niet te denken aan de gevaren die in de Cu Chi-tunnels op de loer lagen.

15

Drie dagen later kwam Bill Quinn terug naar Saigon. Hij had Paxton van tevoren gebeld en hij zag er knap en fris uit in z'n gesteven uitgaanstenue toen hij de lobby binnenliep waar zij op hem wachtte. Dit was een 'echt afspraakje' had hij gezegd en ze glimlachte toen ze hem aan zag komen, lang en jong en ontzettend knap.

'Wauw!' zei hij toen hij haar zag. Ze droeg haar haar los en ze had een roze zijden jurk aan die ze van thuis had meegebracht. Hij was heel kort en liet haar benen goed uitkomen. Ze probeerde er niet aan te denken dat Peter hem altijd zo mooi gevonden had.

Bill had een tafel gereserveerd in een restaurant dicht bij de ambassade en ze voelde zich bijzonder volwassen toen hij haar naar binnen begeleidde waar ze naar een tafel in de hoek werden gebracht. De zaal zag er heel Frans uit en had een romantische verlichting en op alle tafels stonden lekker ruikende bloemen. Hier waren ze eindelijk verlost van de benzinestank. Het waren bijna allemaal Amerikanen die om hen heen zaten.

Ze vertelde over de andere missie die ze met Ralph had gedaan, bij Long Binh, en hij fronste zijn wenkbrauwen toen hij dat hoorde.

'Dat klinkt gevaarlijk.' Hij zag er oprecht bezorgd uit, en vroeg zich af of hij nu iets tegen Ralph moest zeggen.

'Dat is het hier ook. Doe niet zo mal, Bill. Ik ben veiliger dan jij bent in Cu Chi.'

'Om de donder niet,' zei hij. Hij had het gevoel haar te moeten beschermen, wat hij zelf nogal eigenaardig vond. Hij had zich er nooit druk over gemaakt wat Debbie deed, thuis in Amerika. Maar Debbie was in San Francisco; Paxton was tien jaar jonger en dwaalde rond in Saigon, op zoek naar problemen.

'Op zoek gaan naar de Vietcong in tunnels kan ik niet bepaald een veilige bezigheid noemen.' In feite had ze zichzelf de hele week gedwongen daar niet aan te denken. En toen ze met Ralph naar

Long Binh was gegaan had hij haar een nogal strenge vermaning gegeven over 'niet te intiem worden met de troepen', wat ze in eerste instantie amusant vond. Maar toen ze besefte dat hij het meende, had ze zich verbaasd naar hem omgedraaid. 'Hoe kun jij zoiets zeggen?'

Ze doelde op France, dat wist hij, maar het bracht hem niet van zijn standpunt af. 'Voor mij is het iets anders, Pax. Ik ben een man. En Bill Quinn is getrouwd.'

'Nou en? Wat maakt dat voor verschil? Zijn vrouw zit aan de andere kant van de wereld. We kunnen volgende week wel allemaal dood zijn. Wat maakt het dan voor verschil?' In een paar weken tijd was ze gaan denken zoals iedereen in Saigon.

'En als hij teruggaat naar haar?' had Ralph zacht gezegd. 'Hoe denk je dat je je dan voelt? Je hebt in je leven al een keer een gebroken hart gehad, is dat niet genoeg?'

'Daar kan ik niets aan doen.' Ze keek een andere kant op. Ze wilde Ralph geen rekenschap geven van haar liefde. Hij was haar vriend, maar hij had niet het recht haar te vertellen met wie ze wel een relatie mocht hebben en met wie niet.

'Het is niet te laat om ermee te stoppen. Maar Vietnam is een vreemde plaats. De dingen worden heel gauw serieus. En soms worden ze helemaal niet serieus als dat wel zou moeten, omdat we de helft van de tijd als de dood zijn dat we de middag niet meer zullen halen, en de andere helft van de tijd hebben we zoveel mensen zien sterven dat niets of niemand ons nog iets kan verdommen. Ga hier geen verhouding aan met een militair, Paxton... of zelfs met een correspondent. Je zult gekwetst worden. We zijn allemaal een beetje gestoord.' Hij probeerde haar te waarschuwen en hij meende het.

'En wat ben ik nu ik hier met jou ben? Ik ben ook correspondent,' verdedigde ze zich.

Hij glimlachte. Ze was nog zo jong en nog niet beroerd door de gruwelen die de rest van hen als vanzelfsprekend beschouwde. 'Je bent nog nieuw, Pax. Het is niet te laat voor je. Ik zeg je dit... begin niets met Bill. Hij is een geweldige vent en ik mag hem graag. Maar wat er ook gebeurt, je zult gekwetst raken. Waarom zou je dat jezelf aandoen?'

'En France?' zei ze. Ze wilde hem met gelijke munt betalen, maar de uitdrukking op zijn gezicht vertelde haar dat ze een verboden onderwerp had aangeroerd.

'Zij heeft hier niets mee te maken,' zei hij.
Na dit gesprek was hij met een medisch evacuatieteam in een helikopter gestapt en drie uur weggebleven. Toen hij terugkwam werd het onderwerp niet meer aangeroerd en die avond zei ze er niets over tegen Bill. Het was trouwens toch al te laat. Hij hield haar hand vast terwijl ze zaten te praten over het soort dingen waar mensen over praten als alles nieuw is en de liefde begint.
Ze hadden bijna hun chocolademousse op, toen een knap Vietnamees meisje in een 'ao dai' het restaurant binnenkwam en een armvol bloemen neerlegde. Paxton keek naar haar en bedacht hoe sierlijk deze meisjes waren, en op hetzelfde moment draaide Bill zich om en zag haar ook. Hij bekeek haar een fractie van een seconde, zag dat ze vertrok, en sleurde toen, zonder een moment na te denken, Paxton van haar stoel en trok haar onder de tafel. Hij drukte zijn lichaam boven op dat van haar en stevig tegen de muurbank. Op dat moment was er een enorme explosie. Alle ramen aan de voorkant van het restaurant werden eruit geblazen, en om hen heen leken overal lichamen te zijn rondgeslingerd. Daarna was het even stil, toen klonk er gegil en Paxton zag rechts van hen een muur van vlammen ontploffen.
Bill greep haar hand en trok haar mee naar een plek waar ze licht in de duisternis konden zien. Hij trok haar naar de veiligheid van de straat toen de sirenes begonnen te loeien en overal om hen heen mensen leken te schreeuwen. Er werd gegild, er klonken kreten van pijn, en hij wilde haar achterlaten op straat terwijl hij zich terug haastte naar binnen om te helpen, maar ze was vlak achter hem. Haar arm bloedde van een glasscherf die door haar jurk was gegaan, maar verder was ze ongedeerd door de explosie. Haar benen waren geschramd, haar lichaam gekneusd door de kracht van de explosie, maar ze ging terug naar binnen en hielp een vrouw naar buiten te dragen. Ze gilde en kon niet zien. Haar gezicht en haar armen waren bedekt met bloed, en Paxton kon niet meer doen dan haar troosten terwijl ze op de ambulance wachtten. Ze zag dat Bill samen met een andere man twee mannen naar buiten droeg, ze waren allebei dood. Toen namen eindelijk de politie en de dokters het over. Het zag er akelig uit en overal lag bloed en gebroken glas. Paxton trilde hevig toen ze naar zijn auto liepen en hij stopte en trok haar in zijn armen. Ze zaten beiden onder het bloed en ze begon te huilen terwijl hij haar kuste.
Het was een afschuwelijke manier om verliefd te worden, een af-

schuwelijke plek om te zijn, een afschuwelijke oorlog die hen samen had gebracht.
'Wat doen we ook hier?' vroeg hij, en zijn stem klonk geschokt. Dat kwam niet zozeer door wat hij had gezien, maar omdat ze wel dood had kunnen zijn als de dingen anders gelopen waren, en plotseling wilde hij haar voor geen geld meer kwijt. 'Waarom zijn we niet op een normale plaats, zoals New York of Maryland of Texas?'
'Omdat,' ze glimlachte door haar tranen heen, 'je daar je vrouw bij je zou hebben en waarschijnlijk niet eens zou weten dat ik bestond.' Ze lachte en droogde haar ogen, probeerde te vergeten wat ze net doorgemaakt en gezien hadden. 'Of iets dergelijks.'
Hij glimlachte ook. 'Je kunt de dingen zo mooi zeggen, mejuffrouw Paxton Andrews.'
'Ik zeg waar het op staat. Dat is een van mijn grootste tekortkomingen.'
'En deugden. Ik denk niet dat ik zoveel van je zou houden als je dat niet deed. Eén eigenschap die je hier ontwikkelt is een absolute afkeer van gebazel. Dat gebeurt als ik tussendoor in Amerika ben,' legde hij uit toen ze in zijn auto stapten. 'Ik kan niet meer naar die leugens luisteren, de verklaringen, de dingen die niemand gelooft en die iedereen zegt. In sommige opzichten is het gemakkelijker om hier te zijn.' En toen dacht hij aan wat net gebeurd was. 'Althans, dat dácht ik.'
'Dat gebeurt hier nogal eens, hè?' vroeg ze, doelend op de bomaanval. Hij knikte. Toen glimlachte ze verdrietig. 'Hoe komt het dat ik er iedere keer als ik met jou ben uit kom te zien alsof ik door de goot ben gesleurd?'
'Omdat je gek bent dat je hiernaartoe bent gekomen.' Hij kuste haar toen, hard, en op een bepaalde manier vertelde die kus haar dat hij blij was dat ze alle twee nog leefden en dat er niets was gebeurd.
Hij bracht haar naar haar hotel en zonder een woord te zeggen gingen ze naar boven. Hij had bij de bar een fles whisky gehaald en toen ze haar deur opendeed zette hij die op tafel en keek haar toen aan met trieste ogen die zeiden dat hij van haar hield. 'Pax, wil je dat ik wegga?' Hij had een kamer in de Rex geboekt, maar hij wilde hier bij haar zijn zolang dat nog kon, maar alleen als zij dat ook wilde. 'Ik ga als je dat wilt.'
Ze schudde haar hoofd, glimlachte en liep langzaam naar hem

toe. Ze wist niet wat ze moest doen. Peter was nu een paar maanden dood en ze had gedacht dat ze voor altijd aan hem gebonden zou blijven. Maar nu leek hij plotseling tot een ander leven te behoren, een andere wereld, een plaats waar ze nooit meer zou zijn. Alleen Bill Quinn was nog belangrijk. 'Ik wil niet dat je gaat,' zei ze zacht.

Hij boog zich voorover en nam haar in zijn armen. Ze stelde zich voor hem open met alle passie die voortkwam uit verlies, angst en smart, en hij raakte haar met de kracht van een man die elke ochtend opnieuw zijn leven in de waagschaal stelt. Ze waren die avond bijna gestorven en misschien zouden ze morgen sterven, maar nu, op dit moment, leefden ze en behoorden ze alleen elkaar toe.

Hij lag met haar op bed en trok teder haar kleren uit. De jurk was door de explosie aan flarden gescheurd en hij had bloed op zijn uniform, en alles wat ze nu wilden was het verleden van zich afschudden en ook de pijn en de eenzaamheid die hen had samengebracht. Hij voelde haar satijnen huid en kreunde zachtjes. 'O, god, Paxton, je bent zo mooi...' Hij kon niet ophouden haar aan te raken en te kussen en te omarmen. Toen stak ze haar armen uit en trok hem naar zich toe. En toen hij bij haar binnendrong waren er tranen in haar ogen, niet om wat geweest was en wat ze verloren hadden, maar om wat ze samen hadden gevonden.

16

Paxton maakte drie weken later nog een trip naar Cu Chi met Ralph. De Democratische Conventie in Chicago was inmiddels verworden tot een orgie van waanzin, en Harriman hield nog steeds toezicht op de Vietnam-vredesbesprekingen in Parijs. Paxton las het op de telex in het AP-kantoor toen ze daar was om Ralph te ontmoeten voor de voortzetting van de Vijf Uur Show, en de ironie ervan kwam haar als een slechte grap voor. Niets scheen meer ergens op te slaan, behalve wat hier gebeurde, en het leven dat ze nu met Bill deelde. Het enige belangrijke was nu dat hij veilig was en dat er met geen van hen beiden iets zou gebeuren. Elke keer als hij bij haar kwam in het hotel en de nacht met haar doorbracht, wat hij vrij vaak kon doen, leek het een wonder.

Bijna de hele weg naar de Cu Chi-basis onthield Ralph zich van commentaar, maar vlak voor ze daar aankwamen wendde hij zich tot haar met een vraag. 'Het is menens met jullie, hè?'

Ze knikte omdat ze niet veel wilde zeggen waar de chauffeur bij was. Ralph had geen namen genoemd, maar roddels verspreidden zich snel van Saigon naar alle bases. Wie met wie sliep en waarom scheen altijd een populair onderwerp van gesprek te zijn. En er ging nogal wat rond, zoals geslachtsziektes en massa's tropische ziektes.

'Ja,' zei ze ernstig, 'dat zou het weleens kunnen zijn. Het is nog maar kort, en we hebben het hoe en wat nog niet helemaal bekeken. Er zijn een paar dingen waar een oplossing voor gezocht moet worden, als... als...' Als het standhield.

Ralph begreep wat ze bedoelde, schudde afkeurend het hoofd en ging uit het raam zitten kijken. 'Jullie zijn een stel dwazen. Maar dat weet je zelf ook wel.'

'Waarom?'

Ze was nog zo naïef, zo hoopvol. Hij draaide zich om en keek haar aan.

'Omdat je een klap zult krijgen, Pax. Die krijgt iedereen hier. Dat moet wel. Dat hoef ik je toch niet uit te leggen? Je bent een grote meid. Je weet wat de opties zijn en die zijn niet allemaal even fraai.' Hij bedoelde dat Bill of terug zou gaan naar zijn vrouw als hij uiteindelijk naar huis gezonden zou worden, of dat hij kon sneuvelen. Hij kon het natuurlijk overleven, hij kon zelfs bij Debbie weggaan. Maar dat leek Ralph niet erg waarschijnlijk.

'Je bent hier te lang. Je bent te cynisch.'

'Kan zijn,' zei hij en hij stak een sigaret op. Het ergste was dat hij Ruby Queens, het plaatselijke merk, nog lekker was gaan vinden ook. 'Ik heb die film eerder gezien.'

'Misschien heb je niet het goede einde gezien. Misschien ben je niet lang genoeg gebleven. Jij weet ook niet alles.'

'Luister eens,' probeerde hij weer, omdat hij haar graag mocht, 'je bent slim, slimmer dan de meesten. Je doet geweldig werk. Je schrijft prima verhalen. Je zou zelfs ooit de Pulitzer-prijs kunnen winnen.'

'Ja, vast.' Ze lachte geamuseerd.

'Goed, dan geen Pulitzer. Maar je bent goed en dat weet je. Waar heb je deze problemen voor nodig? Je bent hier maar voor zes maanden. Bewaar het voor als je weer thuis bent en je droomprins ontmoet ergens achter een bureau in een leuke, veilige stad als Milwaukee.'

Ze draaide zich resoluut naar hem om. 'Luister, wat er gebeurd is kan ik niet helpen. Het gebeurde. Ik kan niet doen of het niet zo is. En waarom zou ik? Op dit ogenblik zijn we hier. Dit is de werkelijkheid. De rest is allemaal geouwehoer.'

'En als de rest de werkelijkheid is en dit geouwehoer?'

'Dan heb ik me vergist. Heb jij je nooit vergist, Ralph?' Ze wilde het niet weer over France hebben, maar hij was om dezelfde redenen iets met haar begonnen. Omdat ze er nu eenmaal waren, en omdat het moeilijk was en iedereen bang was, en er om hen heen mensen doodgingen. Er was geen beter tegengif voor dat alles te bedenken dan verliefd te worden op iemand, of je het meende of niet. Hoe kon uitgerekend hij dat nou niet begrijpen? 'Luister,' zei ze weer terwijl hij zijn peuk uitdrukte. 'Laat me nou maar met rust. Ik weet dat je het goed bedoelt, maar je begrijpt het niet.'

'Misschien niet,' zei hij somber. En toen hij hen die middag samen zag, vroeg hij zich af of zij gelijk had en hij zich vergiste. Er was ontegenzeggelijk iets hechts en teders en moois tussen hen. Ze probeerden het voor iedereen te verbergen, maar dat was moeilijk. Hun gevoelens voor elkaar waren zo sterk, in sommige opzichten zo lichamelijk en tegelijkertijd zo eerlijk en puur, zo gestoeld op wederzijds respect, tederheid en liefde, dat ze moeilijk te verbergen waren.

Bills sergeant, Tony Campobello, zag het ook en was er woedend over, wat zelfs haar opviel. Hij was maar nauwelijks beleefd tegen haar, en als zij in de buurt was, was zijn toon tegen zijn meerdere ijzig. Bill trok alleen maar geamuseerd zijn wenkbrauwen op. Maar toen ze hem op een middag in de legerwinkel in Tan Son Nhut tegenkwamen, kon Paxton het niet nalaten iets tegen hem te zeggen terwijl Bill afrekende.

'Ik vind het jammer dat...' begon ze te zeggen tegen Tony, maar hij onderbrak haar.

'Wat?'

'Dat je het zo voelt,' zei ze eerlijk, aangezien hij er geen geheim van maakte.

'Wat ik voel heeft hier niets mee te maken,' zei hij afgemeten.

'Waar ben je dan zo kwaad over?' Ze keek hem recht in de ogen, wat bij hem een stuk gemakkelijker was dan bij Bill, omdat Tony ongeveer net zo groot was als zij. 'Of is het gewoon dat je mij niet mag?'

'Jij kunt me geen barst schelen.' Hij wist dat hij behoorlijk over de schreef ging, maar dat kon hem niet schelen. Hij haatte haar en wilde dat ze dat wist. 'Hij is degene die me wat kan schelen. Hij heeft mijn hachje vaker gered dan jij ooit zult weten. Hij heeft in dit godvergeten land meer mannen gered dan je kunt tellen. Jij zet zijn leven op het spel en je weet het niet eens.'

Ze was verbijsterd door zijn woorden en begreep er niets van. 'Hoe kun je dat zeggen?' Ze had niets gedaan dat zijn leven in gevaar bracht. Integendeel, ze wilde dat hij leefde, zelfs als dat betekende dat hij naar huis ging, naar Debbie. Maar ze wilde niet dat hij stierf. Die vent was gek.

'Dame, weet je wat ervoor nodig is om hier in leven te blijven? Je moet elke dag op je buik rondkruipen en maar aan één ding denken: jezelf. Je hoeft maar even aan de knaap naast je te denken, even op je maatje te letten en niet op jezelf, en je bent er geweest. In één seconde is het gebeurd. Weet je waar hij nu aan denkt? Niet aan ons, niet aan zichzelf, niet aan wat hij doet, niet aan wie er in de tunnel is, niet of er een vent in de bosjes op ons zit te wachten... Hij denkt aan jou, en hij zit maar wat te glimlachen.

En weet je wat dat voor resultaat zal hebben? Hij wordt opgeblazen door een landmijn of door z'n kop geschoten door een sluipschutter. En weet je wiens schuld dat zal zijn, dame? De jouwe. Denk daar maar eens aan de volgende keer dat hij je aanraakt.' Toen hij dat zei kwam Bill naar hen toe met zijn boodschappen en hij glimlachte.

'Hallo, Tony... je kent Paxton, hè?' Hij kende haar inderdaad en hij wilde haar niet kennen. En iets aan de manier waarop Paxton keek verontrustte Bill toen de sergeant zei: 'Ja, natuurlijk.' Hij salueerde en vertrok.

Ze zei geen woord tegen Bill over wat hij tegen haar had gezegd, maar toen ze 's nachts naast hem lag en aan de waarschuwing van de sergeant dacht, werd ze bang. Hadden ze allemaal gelijk? Was het verkeerd dat ze van hem hield? Zou het hen alle twee te gronde richten? Was er hier geen ruimte voor liefde? Dat was moeilijk te geloven, en iedereen had iemand, zelfs al was het maar voor even. En al die tijd dat Ralph haar vertelde dat ze het recht niet had om van Bill te houden, leefde hij met een Europees-Aziatisch meisje in Gia Dinh... ging hij 's avonds naar hun gezamenlijke huis, dat was toch zo? Maar hoe kwam het dan dat niemand wilde dat ze met Bill was? Vooral niet die nijdige jonge sergeant?

'Je was erg stil gisteravond,' zei Bill de volgende dag. Ze vertelde hem nog steeds niet wat Tony had gezegd. Ze zei alleen dat ze over een verhaal piekerde.

Bill had drie dagen verlof en ze gingen dat weekend naar Vung Tau, een beeldige kustplaats met prachtige stranden. Paxton dacht nog nooit zo gelukkig te zijn geweest. Een enkele keer praatten ze over de toekomst, maar ze vermeden het onderwerp zoveel mogelijk. Er viel niet veel over te zeggen, alleen de tijd die ze nu samen doorbrachten was belangrijk. En als hij terugging naar Amerika zou hij een besluit moeten nemen over wat hij met Debbie wilde doen. Ze zouden bijna gelijktijdig teruggaan. Zij had beloofd met de kerst terug te zijn, en zijn tijd hier zat er een maand later op. Hij werd eind januari terug verwacht in San Francisco, en hij en Paxton waren het erover eens dat hij nu lang genoeg in Vietnam was geweest. Vier periodes waren voldoende. Hij ging naar huis om uit te zoeken hoe hij verder in zijn levensonderhoud zou voorzien.

'Denk je dat je ertegen bestand bent een legerbruid te zijn?' vroeg hij op een avond toen ze in bed lagen in Vung Tau, en het enge was dat hij het nog meende ook.

'Ik denk het wel.' Ze glimlachte. 'Ik zou voor de *Stars and Stripes* kunnen schrijven.'

'Daar ben je te goed voor.' Ook al was het informatief en werd het door iedereen gelezen.

'Onzin.' Ze draaide zich om in bed en kuste hem. Ze hadden een heerlijke tijd in Vung Tau, en gingen er in oktober weer heen. Kort daarna ging hij naar Hongkong voor een weekje verlof met Debbie. Hij had daar met Paxton lang en breed over gesproken en hij was geneigd het af te zeggen, maar Paxton vond dat hij moest gaan, ook al was het voor haar niet leuk. Ze vond dat ze dat aan Debbie verplicht was. Dit was niet het moment om het uit te praten. Maar toen hij terugkwam bleef hij wekenlang in een slecht humeur. Debbie had hem zwaar onder druk gezet over zijn opvattingen en over de oorlog. Ze had zich sinds kort aangesloten bij een groep die tegen de oorlog was, en ze zei dat hij een moordenaar was. Ze zei ook dat ze een nieuwe auto wilde en dat ze kotsmisselijk was van het leger.

Nixon was inmiddels tot president gekozen, en Paxton kreeg tamelijk goed nieuws van thuis. Met haar moeder scheen het goed te gaan, maar ze wilde haar wel graag met Kerstmis zien. Gabby schreef dat ze weer in verwachting was. Hun leven leek gewoon verder te gaan, maar Paxton kon zich niet meer voorstellen hoe het zou zijn om weer daar te zijn met hen. Na vijf maanden Vietnam had ze het gevoel op een andere planeet geleefd te hebben.

Dat zei ze tegen Bill toen ze op een avond uit eten gingen. 'Weet je, ik voel me al schuldig dat ik het zeg, maar ik wil helemaal niet naar huis met de kerst.' Ze wilde in Vietnam blijven, bij hem. Dat was belangrijker voor haar dan naar huis gaan naar haar familie in Savannah. Dat had ze altijd al vreselijk gevonden en nu zou het nog erger zijn. Ze was te volwassen geworden in dit jaar. Het was gewoon te verschillend. Bovendien, Kerstmis thuis zonder Queenie zou echt afschuwelijk zijn. En terug in Amerika zouden alle pijnlijke herinneringen aan Peter weer bovenkomen. Hoewel ze er nu minder aan dacht, wist ze dat een deel van haar altijd van hem zou blijven houden. Alles was nu gewoon zo anders, maar zelfs Bill begreep dat.

'Waarom blijf je dan niet hier met de kerst?' Hij wist dat hij haar zou moeten aanmoedigen om naar huis te gaan, maar uit puur

egoïsme wilde hij dat niet doen. Het zou hun laatste rustige tijd samen zijn voor hij zelf de maand daarop naar huis ging en moest bedenken wat hij met Debbie wilde.
'Meen je dat echt?' Paxton keek hem ondeugend aan.
'Jazeker.'
'Dat is dan geregeld.' Ze boog zich naar hem over, kuste hem, en ze gingen terug naar het hotel waar ze de rest van de avond vrijend doorbrachten. De volgende ochtend stuurde ze een telex naar de *Sun*. 'Kan niet als afgesproken in december thuis zijn. Belangrijke verhalen in aantocht. Kom 15 januari. Licht a.u.b. familie in Savannah in. Paxton Andrews.' Ze wist dat het enige beroering zou veroorzaken, maar dat kon haar niet zoveel schelen. Ze wilde bij Bill zijn, en wellicht werd dit hun eerste en meteen laatste Kerstmis samen. Als hij besloot een einde aan hun verhouding te maken, hadden ze dit in ieder geval gehad. Ze was er heel kalm onder, maar dat moest je bij alles zijn als je constant met gevaar leefde.
Ze gingen op kerstavond samen naar de kerk, en werden de volgende ochtend in elkaars armen wakker. Hij had haar een sweater gegeven die hij voor haar had gekocht in de legerwinkel, en een prachtige gouden armband, die hij in oktober in Hongkong had gekocht, toen hij daar met Debbie was. Er zat een enkele, kleine diamant in. Hij deed hem om haar pols en kuste haar. Zij had voor hem een mooi horloge bij de legerwinkel gekocht, een paar boeken die hij graag wilde hebben en die ze uit Amerika had laten komen, en grappig ondergoed dat ze op de zwarte markt had gevonden. Het was allemaal niet zo geweldig, maar het beste dat ze onder de omstandigheden konden doen. Maar de armband was echt heel bijzonder en aan de binnenkant waren heel fijntjes hun initialen ingegraveerd, en *Kerstmis '68*.
'De eerste van vele,' zei hij cryptisch toen hij haar kuste.
Die middag gingen ze naar Martha Raye's Kerstshow, en iedereen genoot ervan. Bob Hope was die dag in Da Nang en werd toegejuicht door tienduizend mannen en vrouwen van het leger. Ann-Margret was de hit van de show, hoewel Paxton vond dat het tentoonstellen van sexsymbolen de mannen alleen maar opwond. Maar ze vonden het in elk geval prachtig. Aan het eind van de show speldde generaal Abrams de medaille voor Bijzondere Verdiensten op Bob Hopes shirt, en het publiek gaf hem een staande ovatie.

Paxton en Bill kwamen Tony Campobello tegen bij de show en Ralph was er voor Associated Press. Hij had zelfs France meegenomen met haar zoontje An, een schattig jongetje dat sprekend op haar leek. Bill en Paxton kletsten een poosje met Ralph en France en gingen toen weer verder. Ze zagen hen daarna niet meer. Er was zo'n enorme menigte dat ze Tony of iemand anders van Bills mannen ook niet meer zagen. Tony was uitgesproken koel geweest toen hij zijn kapitein en Paxton was tegengekomen. Zijn gevoelens ten opzichte van haar waren niet veranderd en hij deed bepaald niet zijn best om aardig te zijn. Het deed er ook eigenlijk niet meer toe. Zij en Bill gingen over een maand naar huis. Ze hadden het er nu vaak over hoe raar het zou zijn om in dezelfde stad te wonen, maar niet bij elkaar.

'Het zal niet voor lang zijn,' zei hij steeds, maar Paxton vroeg zich af wat er zou gebeuren als hij zijn kinderen weer zag en echt thuis was. Ze had zo'n gevoel dat hij dan niet meer zo bereid zou zijn hen te verlaten, wat hij nu ook zei in het vuur van de hartstocht. Ze hadden een rustige oudejaarsavond in de officiersclub en besloten de avond met een drankje in het penthouse. Toen bedreven ze de liefde in haar kamer en luidden het nieuwe jaar in met tederheid en passie. En de volgende ochtend lagen ze nog steeds in elkaars armen te kussen en te fluisteren. Ze sliepen het grootste deel van de middag, en tegen de avond moest hij terug naar Cu Chi om zich weer te melden. Hij zou over twee dagen weer in Saigon zijn en zij moest een verhaal voor de *Sun* schrijven. Haar column, 'Verslag uit Vietnam', deed het uitzonderlijk goed, en er kwamen veel positieve brieven op, waarvan sommige aan haar werden doorgestuurd. Ze gaf de mensen een eerlijk beeld over wat hier aan de hand was. Haar artikelen schenen haar eerlijkheid en integriteit uit te stralen. Ed Wilson was bijzonder tevreden en eiste nu de eer van haar uitzending naar Vietnam volledig voor zichzelf op. Op een vreemde manier had hij het gevoel dat zijn zoon door haar woorden gewroken was en dat Peter niet voor niets was gestorven. Ze was erheen gegaan om zijn verhaal te vertellen, en dat van een half miljoen jongens zoals hij. Ze was geroerd door de brieven die ze in reactie op haar column kreeg. Een enkele keer probeerde ze ze te beantwoorden, maar meestal had ze het gewoon te druk.

Het verhaal dat ze de volgende dag wilde schrijven ging over de bedelaars in Saigon en er was nog een stuk dat ze over Hue had gedaan. Dan was er nog één over Martha Raye en de Bob Hope-show. Ze had een paar drukke dagen en om acht uur 's avonds, de tijd waarop ze Bill verwachtte, zat ze nog aan haar typemachine. Hij was laat, maar ze wist dat het soms moeilijk voor hem was om weg te komen. En als Tony Campobello in de gaten had dat hij op weg was naar haar, deed hij vaak van alles om hem op te houden. Het was een spelletje dat hij graag speelde en Bill was er heel geduldig onder, maar zijn eeuwige vijandige houding irriteerde Paxton nog steeds.

Om tien uur keek ze weer op haar horloge en begon ze een beetje bezorgd te worden, maar ze wist ook dat hij als leidinggevend officier niet altijd precies kon vaststellen wanneer hij weg kon. Vooral de laatste tijd was dat moeilijk. Er was zoveel te doen voor zijn vertrek over drie weken. Hij was een nieuwe commandant aan het inwerken die kersvers uit Amerika kwam, en Paxton wist dat dat niet gemakkelijk was.

Om elf uur keek ze weer op haar horloge en begon door haar kamer te ijsberen. Om middernacht was ze echt bezorgd. Ze besloot naar beneden, naar de lobby, te gaan en ze vertelde de telefoniste waar ze te bereiken was voor het geval dat Bill zou bellen. Ze dacht dat hij misschien opgehouden was door een bekende toen hij binnenkwam en dat ze hem in de bar zou kunnen vinden, dat was al eens eerder gebeurd. Maar ze zag niemand die ze kende, zelfs Nigel niet, en ze wist dat Ralph met France en An voor het nieuwjaarsweekend naar familie van haar in Hau Bon was.

Ze dwaalde een poosje doelloos door de lobby, maar hij kwam niet opdagen. En er was niets dat ze kon doen. Het was te laat om de eenheid te bellen. Ze ging terug naar haar kamer. Ze zat bijna de hele nacht op en vroeg zich af of zich een of ander probleem had voorgedaan waardoor hij niet weg kon, maar dat leek haar niet erg waarschijnlijk.

Uiteindelijk viel ze om vier uur in slaap en werd vroeg in de ochtend weer wakker. En nog steeds geen teken van hem. Ze had nog vaag gehoopt dat hij midden in de nacht terwijl zij sliep op zou komen dagen en naast haar in bed zou kruipen. Hij had een sleutel en had haar eerder op die manier verrast als hij onverwacht weg kon van de basis.

Maar deze nacht was er geen verrassing. De andere helft van het bed was leeg toen ze wakker werd en om halfacht ging ze naar het AP-kantoor. Ze keek de telexberichten na om te zien of er gedurende de nacht iets was gebeurd, maar behalve een kneedbom in een bar en een straatgevecht in Cholon was het rustig geweest. Ze wist dat Ralph de vorige avond terug was gekomen, dus belde ze hem een uur later thuis op, vanuit het AP-kantoor.

'Ik weet dat dit idioot klinkt...' Ze voelde zich nogal stom dat ze hem belde, maar ze wist niet wie ze anders moest bellen. 'Bill is gisteravond niet op komen dagen. Er zal wel niks zijn, maar ik dacht...'

'Godsamme, Pax,' zei hij terwijl hij zich kreunend omdraaide in bed, 'en je wilt nu dat ik daarheen bel?'

'Ja.'

'Waarom bel je hem zelf niet? Jezus, je hebt dezelfde referenties als ik.'

'Onzin. Iedereen weet dat ik een verhouding heb met Bill.' Ondanks hun aanvankelijke voorzichtigheid was het een van de slechtst bewaarde geheimen van Saigon geworden.

'Nou en?'

'Ik wil niet voor het bemoeizuchtige vriendinnetje worden aangezien. Ik wil alleen weten of alles in orde is met hem, en dan is het goed, wanneer hij ook komt.' Het was niet eens bij haar opgekomen dat hij met iemand anders uit kon zijn. Hun relatie was niet zo, en ze waren zo verliefd dat het onderwerp 'iemand anders' nooit ter sprake was gekomen.

'Goed, goed, ik bel wel. Wat wil je weten?'

'Dat Cu Chi Base er nog is en niet is aangevallen, en dat met Bill alles in orde is.'

'Luister eens, kind,' zei hij terwijl hij rechtop in bed ging zitten en tegen France glimlachte. Hij was zowel blij als bezorgd voor haar. Ze had hem de vorige avond verteld dat ze zwanger was en dat ze zijn kind wilde hebben. 'Als Cu Chi Base is weggevaagd, zitten we goed in de problemen. Die basis is verdomme groter dan New York.'

'Laat je geintjes nou maar, Johnson, en bel hem.'

'Oké, oké, ik bel al.' Hij hing op en boog zich over naar France, die nog naast hem lag, om haar een kus te geven.

'Gaat het goed met haar?' vroeg France. Zij mocht Paxton ook. En hoewel ze haar niet goed kende, had ze altijd een soort verwantschap met haar gevoeld.

'Ja hoor, prima. Ze wordt gewoon een beetje kribbig en zenuwachtig. Dat gebeurt met iedereen vlak voor ze naar huis gaan. Daar maken ze me allemaal gek mee.'

'En jij?' zei ze en ze keek hem haast droevig aan na haar nieuws van gisteravond, 'wanneer ga jij naar huis, lieveling?'
'Nooit. Tenzij jij meegaat.' Maar ze zei dat ze dat nooit zou doen. En dat meende ze. Ze was te trots om zich als hoer te laten behandelen in Amerika. Ze bleef in Saigon en zou altijd van hem blijven houden.
Hij zat op de rand van het bed en belde Cu Chi. Hij had daar een paar contactpersonen, maar de belangrijkste was toch Bill, en hij vroeg meteen naar diens eenheid. Hij kreeg een jonge knaap die hij niet kende aan de lijn die nogal afhoudend deed toen hij naar Bill vroeg, en toen probeerde hij het met de andere namen, maar zonder resultaat. Plotseling vroeg hij zich af of Paxtons intuïtie juist was, en dat er iets mis was. Toen kreeg hij een idee en vroeg naar sergeant Campobello. Er viel een lange stilte, hem werd gevraagd aan de lijn te blijven, en toen gebeurde er niets meer. Het was bijna tien minuten later toen Tony aan de lijn kwam. Ralph was slim genoeg geweest om niet op te hangen. Tegen die tijd was hij ervan overtuigd dat ze gelijk had en dat er iets mis was.
'Tony?' zei Ralph alsof ze oude vrienden waren, wat niet zo was. Tony mocht hem niet omdat hij Paxton aan Bill had voorgesteld, en Campobello was iemand die, als hij een grief tegen iemand had, dat tot in lengte van dagen kon volhouden. 'Ralph Johnson, AP in Saigon.'
'Ik weet wie je bent, man.' De stem klonk lomp en koud, en hij had geen interesse in het telefoontje. 'Wat wil je?'
'Ik... we... dit is niet officieel, maar we vroegen ons af of er gisteren misschien iets was gebeurd... ik bedoel...' Verdomme, als het iemand anders was geweest had hij ronduit gevraagd of met Bill alles goed was. Maar hij wilde niet dat Campobello wist dat hij voor Paxton belde en hij voelde zich als een kind dat een spelletje speelt. 'Luister eens, er gaan hier wat geruchten dat er bij jullie problemen zijn geweest. Is alles in orde?'
Er viel een eindeloze stilte. 'Zo zou je het kunnen noemen, denk ik. We hadden in het hele weekend maar één slachtoffer. Eentje maar. Niet slecht, hè?' Maar hij klonk kil en bitter.
'Dat is mooi.' Ralph wist niet goed hoe hij verder moest gaan, maar Tony loste dat probleem voor hem op.
'Wat natuurlijk wel vervelend is, is dat het... onze commandant was.' De laatste woorden sprak hij bijna snauwend. 'Weet je wel? Geweldige, lange vent. Zag er echt goed uit. Bill Quinn.'

O, mijn god, het bloed stolde Ralph in de aderen. Wat moest hij verdomme tegen haar zeggen? 'Ik... o, mijn god... hoe is het gebeurd?' Ralphs stem klonk zwak aan zijn kant.

Tony klonk alsof hij huilde. 'Hoe het gebeurd is? Heel eenvoudig. Hij werd een paar maanden geleden verliefd op die vervloekte teef en lette niet meer goed op. Hij begon op de hele vervloekte wereld verliefd te worden, en wilde de droomprins uithangen... Sir Galahad... Je wilt weten hoe het gebeurd is, meneer? Onze jongens waren te verrekte bang om in een gat af te dalen gisteren, en wie denk je dat er ging? Precies, de kapitein. Hij dacht dat hij die knaap aan de andere kant wel te pakken kon nemen omdat hij dat altijd had gedaan. En weet je wat, meneer? Na vier periodes had hij het deze keer mis. Hij was te groot voor het gat, hij was te traag, te oud, en zijn hoofd zat vol met andere dingen omdat hij over een paar dagen naar huis zou gaan met haar, waarschijnlijk om zijn vrouw te vertellen dat ze kon oprotten met zijn kinderen, en die kleine rot-Charlie aan het andere eind schoot hem kapot.'

Ralph voelde zich ellendig terwijl hij naar hem luisterde, ziek van woede en verdriet en verbittering en van de ironie van het gebeurde. Hij had nog maar krap twee weken voor de boeg, en ze hadden hem gedood. Dat was duizenden overkomen. Maar niet deze man. Bill was zo'n aardige vent. En hij was zo verliefd op Paxton.

'Heeft u uw verhaal, meneer Johnson?' vroeg Tony bitter. Hij maakte er geen geheim van dat hij huilde. 'Heeft u aantekeningen gemaakt, of wilt u hierheen komen om het lijk te zien? Hij gaat niet voor morgenmiddag naar huis. En hij zal nu wel niet met zijn vriendinnetje naar huis gaan, denk ik.' Hij was niet de eerste man die tijdens zijn verblijf hier verliefd was geworden, en ook niet de eerste die zijn vrouw bedroog, maar op de een of andere manier had het vanaf het begin de woede van de sergeant opgewekt. En hij had dit aldoor voorspeld. Keer op keer had hij gezien dat mannen iets met een van de vrouwen hier begonnen en er in gedachten zo mee bezig waren dat ze onvoorzichtig werden. Hij was ervan overtuigd dat dat de reden van Bills dood was en niets zou hem van die gedachte kunnen afbrengen. Voor hem had Paxton Andrews Bill vermoord.

'Hier gaat ze kapot aan,' zei Ralph, meer tegen zichzelf dan tegen Campobello.

'Goed. Dat hoop ik. Ze verdient het.'
'Dat meen je toch niet echt, hè?'
'Zeker wel,' zei hij ijzig. 'Ze heeft goddomme mijn kapitein vermoord.'
'Hij was een volwassen man.' Ralph voelde zich moreel verplicht haar tegen deze man te verdedigen, en hij begon nijdig te worden. Ze had niemand vermoord. Als ze al iemand had gekwetst, was zij het zelf. Ze had de sprong met hem gewaagd en verloren. Net zoals ze al eerder had meegemaakt. Maar zo zat de oorlog in elkaar. Als je iets om iemand gaf – een hond, een soldaat, een kind – liep je de kans die te verliezen. 'Hij heeft zijn eigen keuzes gemaakt, Campobello, net als zij. En hij wist wat hij deed. Als hij gisteren te grazen is genomen, dan moet die snuiter aan de andere kant wel godvergeten gehaaid zijn geweest. En ik geloof niet dat Bill ooit onvoorzichtig zou zijn.' Hij was te snel, te scherp, en hij wist heel goed wat hij deed. Er zat veel waars in, maar Tony Campobello wilde het niet horen.
'Gelul. Hij had nooit in dat gat moeten gaan.'
'Waarom deed hij het dan?' drong Ralph aan.
'Misschien om iets te bewijzen, misschien omdat hij aan haar dacht...'
'Hij was niet zo slordig, of zo stom, of zelfs maar zo moedig.' Ook al zeiden alle generaals, en Bill had het ook zelf gezegd, dat je een beetje gek moest zijn om tunnelrat te zijn.
'Hij was stapelverliefd op haar.'
'Ja, dat was hij,' beaamde Ralph ter verdediging van hen beiden, 'maar dat was zijn zaak, en ik denk niet dat hij dat een belemmering voor iets anders zou laten zijn. Dat geloof ik gewoon niet. En als jij daar een eigen standpunt over hebt, Campobello, stel ik voor dat je dat nu begraaft. Als je iets om hem gaf, hou je mening dan voor je. Dat meisje zal hier helemaal kapot van zijn en dan hoeft ze niet nog eens door jou afgebekt te worden als jullie paden elkaar ooit kruisen, en ik hoop bij god dat dat nooit zal gebeuren.'
'Ik ook.'
'Doe me een plezier, ter wille van zijn herinnering, wees een heer en hou je mond als je haar tegenkomt.'
'Krijg de klere, man!' snauwde Tony Campobello in de telefoon en er kwamen weer tranen in zijn stem. 'Dat kreng heeft mijn kapitein vermoord.' Hij gedroeg zich als een kind dat naast zijn do-

de moeder staat en iedereen wil vermoorden die bij haar in de buurt komt. Toen hij even later de hoorn op de haak smeet, zat Ralph een tijd ongelukkig uit het raam te staren. Wat moest hij in godsnaam tegen Paxton zeggen?
France had de hele tijd meegeluisterd en toen Ralph opstond om zich te gaan aankleden kwam ze naar hem toe en legde haar hand liefdevol op zijn schouder. 'Het spijt me van je vriend.' Ze had een prachtig Frans accent, was teder en verstandig. Hij draaide zich om en omhelsde haar. 'Het spijt me voor hen beiden.'
'Mij ook. Ik heb ze een hele tijd geleden gewaarschuwd.'
'Waarom?' vroeg ze zacht.
'Omdat ik vond dat ze fout zaten. De prijs is te hoog als je hier verliest. Ik heb geprobeerd ze dat te vertellen. Maar ze luisterden niet.'
'Misschien konden ze dat niet.' Uiteindelijk was zij wijzer dan hij. Ze keek toe terwijl hij zich aankleedde. En een uur later was hij in het Caravelle en klopte met een sombere blik in zijn ogen op de deur van Paxtons kamer. Toen ze opendeed was ze gekleed in jeans, een shirt van Bill en kistjes, en ze zag er ontzettend aantrekkelijk uit.
'Hebben ze iets gezegd?' vroeg ze zenuwachtig en ze deed een stap achteruit zodat hij binnen kon komen. Ze had haar bed zelf opgemaakt en nadat ze het avondeten gisteren had overgeslagen, had ze nu ook niet ontbeten.
'Ja,' zei hij vaag toen hij binnenkwam en om zich heen keek. Hij wilde dit moment wanhopig graag vermijden.
'Nou?' vroeg ze en hij ging zwaar in een stoel zitten. Dezelfde stoel waar Bill zo vaak in gezeten had. 'Wat hebben ze dan gezegd, verdomme?'
Hoe zei je zoiets? Hoe vertelde je het haar? Hij had dit talloze malen eerder gedaan, en ineens kon die ene keer er niet meer bij, kon hij het gewoon niet meer, hij zou het besterven. Hij was negenendertig en hij had meer gezien, gehoord, geroken en geschreven over doden dan hij in honderd levens wilde zien. Hij begroef zijn gezicht even in zijn handen en keek haar toen aan. Hij kon niets anders meer doen dan het haar vertellen. 'Hij is gisteren gesneuveld, Pax.'
Zijn stem klonk als tromgeroffel in de kamer en even dacht ze dat ze flauw zou vallen. Ze zag weer het gezicht van Ed Wilson voor zich toen hij haar kwam vertellen dat Peter dood was, en het ge-

luid van haar hart dat op de grond smakte en brak. Nu liet ze zich langzaam op het bed zakken en staarde hem aan. Ze weigerde het te geloven. 'Niet waar.'
'Ja,' zei Ralph. 'Hij is naar beneden gegaan in een van de tunnels en Charlie heeft hem te pakken genomen. Het is snel gegaan. Hij heeft niet geleden. De rest doet er niet toe.' Hij wist niet of het waar was of niet, maar hij vond dat hij haar dat wel verschuldigd was. Hij stak zijn hand naar haar uit van waar hij zat, maar zij bleef hem alleen maar aanstaren en merkte het niet.
'Mag ik hem zien?'
Hij aarzelde en dacht aan wat Tony had gezegd, dat zijn hoofd aan flarden was geschoten door Charlie. 'Ik denk niet dat je dat moet doen. Ze sturen hem morgen naar huis.'
'Twee weken te vroeg,' zei ze, haast zonder erbij na te denken. Ze zat daar maar in de ruimte te staren, doodsbleek, in zijn shirt, en had het gevoel dat er voor haar niets meer in de wereld was. Ze was bijna drieëntwintig en ze had twee mannen van wie ze gehouden had aan deze ellendige oorlog verloren, en nu had ze het gevoel dat haar eigen leven voorbij was.
'Ik heb je gezegd dat dit kon gebeuren, Pax. Je wist het zelf ook wel. Dat risico lopen we hier allemaal. Vanmiddag zou ik het kunnen zijn, of jij... maar nu was hij het. Het had wie dan ook kunnen zijn.'
'Maar dat was het niet.' En toen begonnen langzaam de tranen over haar wangen te rollen.
Ralph ging naast haar op het bed zitten en hield haar in zijn armen terwijl zij eindeloos bleef huilen, verdriet dat als onweer onophoudelijk bleef voortrollen. 'Het spijt me... het spijt me zo...' Maar zij had geen woorden meer, kon niet meer denken, kon niet meer getroost worden. Ze had helemaal niets meer. Ze had hem verloren. Weg. Als een herinnering. En het enige dat ze van hem had was de armband die hij haar met Kerstmis had gegeven. Ze zat er afwezig naar te kijken en bedacht ineens dat het leger al zijn persoonlijke bezittingen naar Debbie in San Francisco zou sturen. De boeken die ze hem had gegeven, met een opdracht van haar erin, de prulletjes, de foto's die ze van elkaar hadden genomen in Vung Tau, de brieven.
'O, mijn god... dat kunnen ze niet doen...' Ralph dacht dat het nog steeds het verdriet om hem was, maar toen vertelde ze waar ze aan dacht. 'We moeten ze tegenhouden.'

'Het is eerder voorgekomen, Pax, met andere mannen. Ze zal gewoon moeten begrijpen dat hij in oorlogsgebied was. Hij was hier een hele tijd. Mensen veranderen.'
'Maar dat is niet eerlijk. Waarom zou zij daar nu mee moeten leven?' Ze dacht aan haar moeder, toen haar vader was omgekomen, samen met die andere vrouw. 'En de kinderen. Kunnen we ze niet tegenhouden?'
'Ik weet het niet.' Hij dacht er even over na, had respect voor haar dat ze er zo over dacht, maar wist niet hoe hij het doen moest. Het leger was heel zorgvuldig met het naar huis sturen van iemands bezittingen. Ze stuurden alles op, tot en met zijn ondergoed en zijn ansichtkaarten, wat bewees dat ze alle reden had om bezorgd te zijn.
'Wie kunnen we daarop aanspreken?'
Ze dachten beiden meteen aan dezelfde man, en Ralph kreunde bijna bij de gedachte aan hem, maar Paxton noemde zijn naam het eerst. 'Campobello.'
'Jezus. Ik denk niet dat hij iets voor me zal willen doen, Pax.'
'Dan bel ik hem... nee... ik ga naar hem toe. Hij zal er ook kapot van zijn.' Dat was zacht uitgedrukt, maar Ralph wilde niet zeggen dat die knaap een bloedhekel aan haar had en haar verantwoordelijk hield voor Bills dood.
'Luister, waarom laat je mij dit niet afhandelen?'
Ze snoot haar neus en haar stem trilde weer toen ze antwoordde. 'Ik ben het aan Bill verschuldigd dit zelf te doen. Ik rij erheen.'
'Verdorie. Ik ga met je mee.' Ze had geen idee waar ze inliep, maar al zijn pogingen om haar ervan af te brengen mislukten. De missie om Debbie ervoor te behoeden dat ze van hun verhouding zou weten leek haar nieuw leven te geven en toen hij haar naar Cu Chi reed leek ze haar verdriet iets beter in de hand te hebben. Maar hij had er niet op gerekend dat ze bij hun aankomst meteen Campobello tegen zouden komen, die Paxton bijna letterlijk te lijf ging.
Ralph greep hem ten slotte bij de schouders en schudde hem door elkaar. 'In godsnaam, man, hou op! Zie je niet hoe overstuur ze is?'
'Dat wil ik verdomme wel hopen!' schreeuwde hij en de tranen stroomden over zijn wangen. Paxton stond trillend bij de auto, trilde ongecontroleerd om wat hij net tegen haar had gezegd. Het was ongeveer wat hij eerder door de telefoon tegen Ralph had ge-

zegd, maar met nog meer venijn. 'Wil je zien in wat voor toestand hij is?'
'Alsjeblieft...' Snikkend viel ze op haar knieën en begon te kokhalzen. Campobello werd bleek toen hij naar haar keek. 'Hou alsjeblieft op, ik hield van hem...' Plotseling viel er een stilte. Een eindje verderop stonden rekruten naar hen te kijken, maar die konden alleen maar raden waar het allemaal over ging. Campobello stond trillend en bleek in Ralphs handen Paxton met onverholen haat aan te staren. 'Ik hield van hem. Begrijp je dat niet?' zei ze zacht, en nu snikte hij ook.
'Ik hield ook van hem. Ik zou voor hem gestorven zijn. Hij heeft mijn leven gered in een van die vervloekte gaten... en nu kon ik hem niet helpen.'
'Dat kon niemand, man,' zei Ralph tegen hem, en hij liet hem nu los. 'Niemand kan hier iemand helpen. Het gebeurt, of het gebeurt niet. Kijk eens naar al die jongens die zo vreselijk voorzichtig zijn en die de dag voor ze naar huis gaan sneuvelen, en anderen die maar wat aanrommelen en constant dronken zijn, lopen nog geen schrammetje op. Het is voorbestemd. Het noodlot. God. Hoe je het ook noemen wilt. Maar iemand daarvoor haten brengt er geen verandering in.'
Dat wist Campobello ook, maar dat maakte hem juist zo boos. Hij wilde iemand de schuld geven, iemand verantwoordelijk stellen. Er waren te veel van zijn mannen gesneuveld, en nu was de kapitein dood, de man van wie hij hield, de man die zijn leven had gered, die zijn vriend was geweest, die met hem had gelachen en gedronken, zijn maatje was geweest. Het moest gewoon iemands schuld zijn, en hij wilde het liefst Paxton de schuld geven.
Ralph legde kalm uit waarvoor ze gekomen waren en Campobello keek geschrokken. 'Kun je ons helpen? Ze heeft gelijk. Dat spul moet niet naar zijn vrouw gestuurd worden.'
De sergeant keek haar weer nijdig aan, de boosaardigheid kwam weer terug bij hem, maar zij was inmiddels weer op de been en zag er overstuur maar vastberaden uit. 'Bang om gesnapt te worden, hè? Is het dat?' vroeg hij.
'Nee.' Ze schudde haar hoofd. 'Ik wil haar en de meisjes geen pijn doen. Hij hield ook van haar, en van hun kinderen. Zij hoeven niet gekwetst te worden. Wij hebben het over trouwen gehad, maar dat hoeft verder niemand te weten.' En toen, hoewel ze hem geen uitleg verschuldigd was, vertelde ze hem over haar vader.

'Hij stierf in zijn vliegtuig met een andere vrouw, en mijn moeder moet met die wetenschap leven. Mijn broer heeft me dat een keer verteld en ik vraag me nog steeds af waarom. Dat vroegen we ons allemaal af. In het geval van mijn ouders wist ik het wel zo'n beetje, maar dat maakt het nog niet goed. Dat hoefden we er niet bij te hebben. En zij ook niet. Het is al erg genoeg voor hen dat hij dood is... ik wil graag mijn spullen terug.'

'Zoals wat?' Hij zag er wantrouwig uit, en het was duidelijk dat hij haar nog steeds wilde haten.

'Drie boeken met poëzie waar ik wat in heb geschreven, en een stel foto's en brieven. De rest zal er niet veel toe doen.' Een beetje gegeneerd zei ze toen: 'Ik heb hem voor de kerst wat grappig ondergoed gegeven, en hij had ergens een haarlok van mij. Ik denk dat dat de enige dingen van belang zijn.'

'Wat is de échte reden dat je dit doet?' vroeg hij en hij liep wat dichter naar haar toe, niet in staat te geloven dat ze er geen bijbedoeling mee had.

'Dat heb ik je verteld. Wat er gebeurd is, is erg genoeg voor ons allemaal. Ze hoeft het niet te weten, van ons.' En even, heel even geloofde hij dat ze een goed mens was, en dat deed hem nog meer pijn. Maar wat hij erger vond was de gedachte dat Bill echt van haar gehouden had, dat hij voor haar gestorven was, of zo niet, hij het misschien gedaan zou hebben. Ze waren allemaal moe, verbijsterd en overspannen, en ze waren hier allemaal te lang geweest, Quinn en Campobello, en Ralph, en zelfs Paxton.

'Ga je hierna naar huis?' vroeg Campobello. Hij was Ralphs aanwezigheid bijna vergeten.

Er kwamen weer tranen in haar ogen toen ze antwoordde. 'Ik weet het niet.' Ze haalde haar schouders op. 'Het zal wel.'

Hij knikte. 'Ik zal zijn spullen doorzoeken. Wacht hier.'

Hij bleef een halfuurtje weg terwijl zij huilde en Ralph Ruby Queens rookte, en eindelijk kwam de sergeant terug met een klein pakje.

'Ik heb de boeken, de foto's, de brieven en het ondergoed. Het haar kon ik niet vinden, maar dan is het er ook niet, dus dat doet er verder niet toe.'

Ze vroeg zich af of Bill het bij zich had gehad toen hij stierf, maar ze durfde dat niet te zeggen, uit angst Campobello opnieuw woedend te maken. 'Dank je,' zei ze zacht terwijl ze haar best deed zich te beheersen, en nam het kleine pakje van hem aan. Het zag

er zo meelijwekkend uit. Er was zo weinig over van de enorme liefde die ze voor hem had gevoeld. Zo weinig over van hun hoop en hun dromen. Als de steden die het leger had platgebrand om de Vietcong uit te roken, lieten ze niets achter dan puin en as.
Campobello stond naar haar te kijken toen ze terugliepen naar Ralphs jeep, en toen riep hij haar na. 'Hé...' Hij wilde haar naam niet noemen en zij bleef staan en keek hem aan, de man die haar zo haatte, die dacht dat zij Bill had vermoord.
'Het spijt me,' zei hij met trillende lippen.
Ze wist niet zo goed of het hem speet dat hij zo tegen haar tekeer was gegaan of dat het hem speet dat Bill er niet meer was, maar wat het ook was, het speet haar ook.
'Mij ook,' zei ze terwijl ze in de auto stapte. De sergeant stond nog steeds te kijken toen ze de basis verlieten en terugreden naar Saigon.

17

‘Je moet naar huis, meisje.’ Ralph stond in haar kamer in het Caravelle, en zij zat weer op bed, nu met gekruiste armen en een strijdlustige uitdrukking op haar gezicht. Nixon was een week geleden beëdigd, Bill was alweer een maand dood en zij had een maand geleden naar huis zullen gaan. ‘Er is hier niets meer voor jou. Jouw zes maanden zitten erop. Je krant wil dat je naar huis komt. Bill komt niet meer terug. En ik word stapelgek van de telexen op mijn bureau. Ze willen je terug, Pax. Je bent hier nu zeven maanden. Je moet nu echt gaan.’

‘Waarom? Jij bent hier al jaren.’

‘Dat is wat anders. Ik ben hier aangesteld, en ik heb niemand die thuis op me zit te wachten. Niemand die het ene moer kan schelen. Mijn ouders zijn dood, mijn zuster heb ik al tien jaar niet gezien, en hier ben ik met de vrouw van wie ik hou en die een kind van mij gaat krijgen. Ik heb redenen om te blijven, jij niet. En je begint knetter te worden hier. Je bent net als die jongens die te lang in die tunnels hebben gezeten. Ga naar huis, probeer wat lucht te krijgen, rust uit en ontspan je een beetje. En als je het hier dan nog steeds zo geweldig vindt, laten ze je dan terugsturen of vindt iemand anders die dat wil doen. Maar als je er nu niet als de bliksem uitstapt, ga je stomme dingen doen.’ Ze was al op twee missies geweest met Nigel en Jean-Pierre, en Ralph zag aan wat ze schreef dat ze te overspannen was om enig nut voor zichzelf of voor anderen te hebben. ‘Maak dat je wegkomt voor ik ze bel om je te komen halen.’ Hij wist ook dat ze niet meer lette op wat ze at en ze had hevige dysenterie met hoge koorts gehad. Ze zag er vreselijk uit sinds Bills dood. Ze rouwde, maar probeerde het niet te laten merken. Het was of ze dood op haar voeten stond, maar het niet wilde toegeven.

‘Ben je bereid verstandig te zijn? Mag ik je naar huis sturen? Of moet ik ze bellen dat ze je komen halen? Ze doen het, hoor. Die vent van je in San Francisco begint behoorlijk wonderlijk te doen. Hij wil dat we de ambassadeur bellen en je het land uit laten zet-

ten als je er niet in toestemt om naar huis te gaan.'
'Oké, oké, ik ga wel. Jij wint.'
'Godlof.' Hij slaakte een zucht van verlichting. Hij had enorm over haar ingezeten. Laatst was hij Campobello tegengekomen in de legerwinkel, en die had er ook niet al te best uitgezien. Het had van hen allen een zware tol geëist. 'Goed, wanneer? Is morgen oké?'
'Waarom zo vlug?' Ze wilde meer tijd. Ze wilde helemaal niet weg. Misschien omdat Bill hier gestorven was. Als ze in Saigon bleef was het of ze bij hem bleef, in de kamer die ze gedeeld hadden, bij de restaurants waar ze geweest waren.
'Waarom niet?' antwoordde Ralph. 'Ik regel een ticket voor je voor morgenochtend. Er vertrekt een vrijheidsvogel nog voor de middag. En ik wil jou daarin hebben.'
'Je wilt me gewoon kwijt.' Ze glimlachte door haar tranen heen. Ze vond het vreselijk hem te verlaten, en de mensen die ze had leren kennen, en zelfs de herrie, de stank en de gekte van Saigon. Ze was er op een vreemde manier van gaan houden.
'Ik ben jaloers op die rommel die je schrijft,' plaagde hij. 'Als jij hier blijft rondhangen, krijg ik nooit mijn Pulitzer.'
'Kom je me opzoeken in San Francisco?' vroeg ze triest.
'Is dat waar je zult zijn?' Hij ontspande zich nu ze erin had toegestemd de volgende ochtend te vertrekken.
'Ik denk het. Ik weet het niet. Wel als ze me een baan bij de krant geven.'
Hij glimlachte waarderend tegen haar. In de afgelopen zeven maanden was hij van haar gaan houden als van een jonger zusje, en hij zou haar heel erg missen. 'Ze zouden wel gek zijn om jou geen baan te geven, dame, je bent een verrekt goede verslaggever.'
'Dat van jou te horen,' zei ze met respect en liefde in haar stem, 'betekent veel voor me. Jezus, wat zal ik je missen. Wil je vanavond met me eten?'
'Tuurlijk.'
Hij kwam alleen, had France bij An gelaten, zoals zo vaak. Meestal vond hij het niet prettig als ze met de verslaggevers omging. Bovendien wilde hij vanavond alleen zijn met Paxton.
'Red je het wel?' vroeg hij ernstig na hun tweede whisky.
'Het zal wel,' zei ze en ze keek in het glas alsof daar het antwoord vandaan moest komen. 'Ik weet het niet.' Ze keek hem aan. 'Is iemand ooit nog hetzelfde als ze hier weggaan?'

'Nee,' zei hij eerlijk, 'dat zijn ze niet. Sommigen kunnen het alleen beter verbergen dan anderen. Maar je bent hier niet zo lang geweest, misschien heeft het je niet echt veranderd.'

'Ik denk toch van wel.'

En daar was hij ook bang voor. 'Misschien denk je dat alleen maar vanwege Bill,' zei hij hoopvol. Hij had genoeg mensen gezien die geruïneerd waren door Vietnam. De drugs, de geslachtsziekten, het gevaar, de wantoestanden, de wonden, en de vreemde dingen die het met iemands geest deed. Het land was zo mooi, en de aanwezigheid van de Amerikanen zo verkeerd. Voor de meeste mensen was het verschrikkelijk verwarrend. Maar hij hoopte dat ze er nog niet lang genoeg was om erdoor vergiftigd te zijn, of er zo verliefd op te worden dat ze het niet meer vergeten kon. 'Het zal je goed doen naar huis te gaan. Er is nog een leven na Vietnam, hoor.' Hij glimlachte, maar zij niet.

'Het zou iedereen goed doen om naar huis te gaan. Misschien jij ook op een dag,' zei ze vriendelijk. 'God, wat zou ik je graag daar zien. Het wordt zo moeilijk om terug te gaan. Hoe moet je mensen in 's hemelsnaam vertellen wat je hier hebt gezien?'

'Weet je familie van Bill af?'

Ze schudde haar hoofd. Ze had het aan niemand verteld. Ze had gewacht tot hij een besluit had genomen over Debbie. En misschien zou hij haar uiteindelijk toch niet verlaten hebben. Dat had altijd tot de mogelijkheden behoord. 'Ik denk niet dat ik het ze nu nog vertel. Dat heeft geen zin.'

Hij knikte. Er was veel in Saigon dat je nooit aan iemand kon vertellen.

Ze zaten tot vier uur in de morgen te drinken, en later kwam hij haar ophalen om haar naar het vliegveld te brengen. Ze had dezelfde kleine plunjezak bij zich als toen ze aankwam, dezelfde kleine reistas, dezelfde pijn in haar hart, alleen was het nu veel erger. Ze had twee mannen verloren in Vietnam. En toch was ze er ondanks alles van gaan houden.

'Doe jezelf een plezier, Pax,' zei hij met een droevige glimlach toen ze afscheid namen. 'Vergeet deze plek zo snel mogelijk. Als je dat niet doet, ga je eraan kapot.'

Een deel van haar wist dat hij gelijk had, een ander deel zei dat ze het niet los moest laten. Omdat ze dat niet wilde.

'Pas goed op jezelf, Ralph.' Ze omhelsde hem stevig. 'Weet je, ik hou echt veel van je.'

Toen hij zich van haar losmaakte waren er tranen in zijn ogen, en het laatste dat hij tegen haar zei voor ze aan boord van het vliegtuig ging was: 'Ik ook van jou, Delta Delta.'

18

Ze landde op Oakland Airport na een vlucht van zeventien uur in een toestel dat door World Airways was gecharterd. Ze had onderweg even met een paar soldaten gepraat, maar bijna iedereen was zo uitgeput en opgebrand en bang om weer terug te gaan dat ze met niemand wilden praten, zelfs niet met een mooie blondine als Paxxie. Ze hadden allemaal zo lang op deze dag gehoopt en ervan gedroomd dat het nu angstaanjagend was om naar huis te gaan. En wat moesten ze zeggen? Hoe legde je uit hoe het voelde om iemand te doden? Hoe vertelde je wat je voelde als je bij een man-tegen-man-gevecht iemand een bajonet door z'n lijf joeg, of als je een sluipschutter in zijn gezicht schoot en het bleek een vrouw te zijn? Hoe gaf je een verklaring voor het negenjarige jongetje dat een handgranaat had gegooid en daarmee je vriend had gedood, en dat jij de bosjes in was gerend, hem eruit had getrokken en hem had vermoord? Hoe vertelde je hun hoe dat allemaal was? Of het avondrood op de bergen, het groen van Vietnam, de geluiden en de geuren, en de mensen, het meisje dat niet eens jouw naam kon zeggen, maar van wie je wist dat je van haar hield. Er viel niets te zeggen, voor geen van allen. Dus gingen de meesten in stilte naar huis.

Toen Paxton uit het vliegtuig kwam in een rok en bloes, haar haar in een knot en met de rode sandalen die nu versleten waren, was het moeilijk te geloven dat ze thuis was. Het voelde helemaal niet meer aan als thuis. Thuis was Saigon en een kamer in het Caravelle. Of was het hier in het huis dat ze eens met Peter had gedeeld in Berkeley? Of het huis van de Wilsons? Of haar moeders huis in Savannah? Pas toen ze uit het vliegtuig was gestapt besefte ze dat ze geen thuis meer had.

Een jonge jongen die naast haar stond keek haar aan, schudde zijn hoofd en fluisterde: 'Jeetje, wat een rare gewaarwording om thuis te komen uit Vietnam,' en ze wist wat hij bedoelde omdat zij daar met hem was geweest.

Ed Wilson had een limousine gestuurd om haar af te halen en ze zat rustig achterin op weg naar de krant. Ze was echter niet voorbereid op de ontvangst die ze daar kreeg. Ze voelde zich als een held in een vreemd land toen redacteuren en mensen die ze helemaal niet kende haar de hand schudden en haar vertelden dat ze zulk geweldig werk had gedaan in Saigon. Ze was verbijsterd, had geen idee wat ze bedoelden en de tranen rolden over haar wangen toen ze hen bedankte. Eindelijk was ze alleen met Ed Wilson. Hij keek haar lang en doordringend aan en wist dat het een zware tol van haar had geëist. Ze was veranderd. Ze was broodmager geworden. Maar erger nog, er was iets in haar ogen dat hem bang maakte. Ze waren droevig, oud en wijs. Ze had mannen zien sterven. Ze was op het slagveld geweest. 'Je hebt een zware tijd gehad,' zei hij zonder haar iets te vragen. Ze probeerde te glimlachen toen ze knikte. 'Ik ben blij dat ik gegaan ben.' En dat meende ze echt. Vanwege Bill, en Ralph, en zichzelf. En omdat ze op een vreemde manier vond dat ze het aan Peter verplicht was, en aan haar vaderland.

'Ik wil graag dat je een tijdje naar huis gaat om uit te rusten, Paxton. Daarna kun je terugkomen en schrijven over wat je maar wilt. Je hebt geweldig werk geleverd en we willen je graag houden. Je schrijft dan onder je eigen naam.'

Ze was geroerd en blij en ze wilde dat graag doen, maar er was toch een steek in haar hart als ze dacht aan de column die ze vanuit Saigon had geschreven. 'En "Verslag uit Vietnam"? Gaat iemand anders dat doen?'

Ed schudde zijn hoofd en glimlachte. Alle journalisten waren zo; hun columns waren hun kinderen. 'Nixon belooft de oorlog trapsgewijs af te bouwen, en ik denk dat we op het ogenblik genoeg hebben aan de verslagen die we van het AP-kantoor in Saigon krijgen.'

'Daar zitten een paar geweldige mensen bij,' zei Paxton, denkend aan Ralph.

Maar Ed Wilson glimlachte trots naar haar. 'En jij was een van hen, Paxton,' zei hij eerlijk, 'je hebt me werkelijk versteld doen staan. Ik wist niet dat je het in je had. Ik dacht dat je binnen een maand weer terug zou zijn, geschokt door wat je daar gezien had.'

'Ik was ook behoorlijk geschokt in het begin, maar ik had in elk geval het gevoel dat ik iets zinnigs deed.'

'Dat deed je zeker. En de laatste weken dacht ik dat we je nooit terug zouden krijgen naar San Francisco.' Hij fronste zijn wenk-

brauwen. 'Wat heeft je eigenlijk opgehouden?'
Ze wist even niet wat ze moest zeggen. De man op wie ik verliefd werd is gesneuveld... een andere man... 'Ik... je raakt er nogal bij betrokken daarginds. Het is niet zo gemakkelijk om zomaar weg te gaan.'
'Nee, dat zal wel niet. Nou, ga maar lekker uitrusten en kom over een paar weken terug, zodra je eraan toe bent.' Ze vroeg zich af hoe snel dat zou zijn. Ze keek op haar horloge, en bedacht dat ze nog een hotelkamer moest zien te krijgen. Maar daar had de krant al voor gezorgd. 'We hebben een suite voor je geboekt in het Fairmont-hotel. Marjorie wilde dat je bij ons kwam, maar ik dacht dat je rust nodig had. En je zult inmiddels wel aardig onafhankelijk zijn.' Hij had ook tegen Marjorie gezegd dat als ze een of andere ziekte uit Vietnam had meegebracht, ze die liever niet in hun logeerkamer wilden.
Ze hadden ook een auto met chauffeur voor haar geregeld en de Wilsons verwachtten haar voor het avondeten. Maar tegen die tijd was het vijftien uur later voor haar, en Paxton kon aan tafel haar ogen nauwelijks openhouden. Het was een emotionele samenkomst voor hen allen, en ze had het gevoel dat ze van haar verwachtten dat ze hun zou vertellen waarom Peter gestorven was. Maar ze had geen antwoord voor hen, alleen nog meer vragen.
Gabby kwebbelde tijdens de maaltijd aan een stuk door over hoe schattig Marjie was, hoe levendig kleine Peter was en hoe geweldig hun nieuwe huis was. Ze vertelde uit wat voor materiaal de muren bestonden, wat voor behang ze hadden en dat ze blauwe gordijnen in de slaapkamer hadden.
Paxton was tijdens het diner zo uitgeput en in de war dat ze haar twee keer per ongeluk Debbie noemde. Het was alsof ze er niet tegen opgewassen was. Het was allemaal een beetje te veel en hun leven was de laatste zeven maanden zo verschillend geweest van het hare. Meer dan eens moest ze haar tranen terugdringen en had ze de neiging hun te vertellen dat ze er gewoon niet tegen kon. Ze miste de geluiden, de geuren, haar kamer in het Caravelle, Peter... Bill... Haar hoofd tolde toen ze hen verliet. Terug in het hotel lag ze nog uren wakker en voelde zich kwetsbaar, moe en overstuur. Ze viel eindelijk in slaap toen de zon alweer opkwam, en twee uur later werd ze gewekt door de telefoniste van het hotel en moest ze opstaan en douchen en zich aankleden om haar vlucht naar Savannah te halen.

En daar was het nog erger. Ze had de verkeerde kleren meegebracht. Ze had tegen niemand iets te zeggen. En ze kon niet overweg met de Junior League, of haar moeders bridgeclub, of de lunch die haar werd aangeboden door de Dochters van de Burgeroorlog. Iedereen zei alles te willen weten over Vietnam, maar dat wilden ze niet echt. Ze wilden niets horen over de stank van de dood, of over de jongen uit Miami wiens arm eraf geschoten was, of de bedelaars zonder ledematen die tegen de avond rond het terras van het Continental Palace Hotel kropen. Ze wilden niets horen over geslachtsziekten of drugs, of jongens die door de Vietcong werden gedood, of over oude mensen en kinderen die werden doodgeschoten. Ze wilden niet weten hoe het je hart brak, en hoe je er toch van ging houden.

Ze kon alleen maar tegen mensen zeggen dat het haar zo speet dat ze zo moe was, zo ziek, zo mager, zo absoluut niet in staat hun iets te vertellen. Wat zij wilden was een keurig nette oorlogsfilm met popcorn, geen botten, geen bloed, geen granaatscherven, geen rondvliegende lichaamsdelen die je helemaal volspatten, geen jongens die omkwamen, geen stervend land.

Paxton had zich nog nooit zo eenzaam gevoeld als nu in Savannah. En ze had er nog nooit zo slecht uitgezien, en ze had Queenie nog nooit zo gemist. Maar ze wist dat ze het Queenie ook niet had kunnen vertellen. Ze was volwassen geworden, en ze was alleen. Ze was een vreemde. Het was onmogelijk het aan iemand te vertellen, tenzij het iemand was die daar ook was geweest. Ze ging een keer uit met een paar vriendinnen, maar ze kreeg spijt dat ze hen had gebeld toen ze een jongen tegenkwam in een bar. Ze begonnen te praten en eindelijk was er iemand met wie ze overweg kon. Ze praatten over Ben Suc en Cu Chi en Nha Trang, Bien Hoa, Long Binh, Hue, en Vung Tau, waar zij en Bill hun eerste weekend hadden doorgebracht. Het was als een soort geheimtaal onder oude vrienden en het was de enige goede avond die ze had gedurende haar verblijf in Savannah. Ze namen met een stevige handdruk afscheid, en die avond voelde ze zich wat minder eenzaam toen ze naar huis ging.

Het was ook niet eenvoudig om met haar moeder te praten. Zij dacht dat Paxton nog steeds om Peter rouwde. Maar er was zoveel meer dan dat. Als ze al om iets rouwde dan was het om haar verloren jeugd, om een land dat ze nooit meer zou terugzien, om twee mannen van wie ze had gehouden, en om het deel

van haar dat ze met zich hadden meegenomen.
Volgens haar broer was het allemaal gewoon uitputting. Met wat nieuwe kleren die wat gepaster leken dan haar kistjes, die ze overigens toch maar meenam, vloog Paxton ten slotte half februari terug naar San Francisco.
Ze ging nu echt voor de *Sun* werken. Ze zetten haar voor enkele weken in een hotel tot ze een flatje zou vinden. En elke avond beloofde ze zichzelf dat ze Gabby zou bellen, en kon het dan niet. Ze had haar niets te zeggen, wilde haar nieuwe huis of haar gordijnen niet zien. Matt leek nu op de een of andere manier ontzettend saai en pompeus en ze leken allemaal zo gekunsteld. En zo volslagen onbelangrijk. De tijd dat ze haar allen zo na stonden was voorbij, en de mensen van wie ze sindsdien was gaan houden waren er niet meer. Er was niemand over. Zelfs wat ze voor de krant schreef verafschuwde ze.
Vanwege de ervaring die ze in Vietnam had opgedaan, lieten ze haar het plaatselijke politieke nieuws verslaan en ze vond het ongelooflijk saai. Meneer Wilson drong er bij haar op aan om, indien mogelijk, 's avonds haar studie op Berkeley af te maken en haar diploma te halen. Ze kon zich niet voorstellen dat nog te doen, en het kwam haar allemaal zo vervelend en ontzettend zinloos voor. Ze was constant doodmoe, en ze vond het afschuwelijk om 's avonds naar huis te gaan. Ze was drieëntwintig en had het gevoel dat haar leven voorbij was en dat de enige mensen met wie ze kon praten er niet meer waren.
Zo af en toe kwam ze iemand tegen die ook in Vietnam was geweest en dan doken ze in elkaars leven en praatten urenlang. Dan waren ze weer weg en was er de stilte. En al die tijd wist ze dat in Vietnam mensen vochten, wonnen, verloren en stierven. Ze had het gevoel dat allemaal te missen omdat ze er niet bij was. En tot het voorbij was wilde ze nergens anders zijn dan in Saigon. Ze probeerde dat een keer aan haar redacteur uit te leggen, maar die glimlachte alleen en zei dat ze zulk goed werk deed met de opdrachten die ze nu kreeg.
Paxton bleef het nieuws over Vietnam volgen en zich afvragen wat Ralph en de anderen deden. Waarom waren zij er nog? Waarom moest zij naar huis komen? Wat had ze verkeerd gedaan, waar had ze dit aan verdiend?
In tegenstelling tot de beloftes die zij en het Amerikaanse volk te horen hadden gekregen, schenen de aanvallen toe te nemen en

het aantal slachtoffers groter te worden.
Toen het mei werd, en ze al vier maanden thuis was, hield ze het niet langer uit. Peter was inmiddels meer dan een jaar dood, en ze was naar de plechtigheid bij zijn graf geweest. Maar het ergste was dat ze zich net zo dood voelde als hij was. Hij en Bill hadden tenminste geleefd voor ze stierven, waren gekomen en gegaan, maar zij vegeteerde, schreef over zaken die haar niet interesseerden en ze had het gevoel haar leven te verspillen.
Op 1 juni, vlak voordat Nixon naar Midway ging om Thieu te ontmoeten en in te stemmen met een terugtrekking van 25000 man uit Vietnam, nam ze eindelijk een besluit. Ze liep Ed Wilsons bureau binnen en voelde zich beter dan ze in maanden had gedaan, en eindelijk zeker van zichzelf. Ze vroeg haar haar column terug te geven en zei heel vriendelijk dat als ze haar niet naar Saigon stuurden, iemand anders dat wel zou doen.
Hij was geschokt. Een ogenblik vroeg hij zich af of haar tijd daar te veel voor haar was geweest, en of ze stiekem een tikkeltje gek was geworden. 'Waarom zou je in 's hemelsnaam weer terug willen? Mijn god, Paxton, onze jongens zouden er alles voor over hebben om er niet heen te hoeven.' Dat was een heel ander geluid dan wat hij vroeger liet horen tot het hem zijn zoon kostte. 'Waarom wil je daarheen?'
'Omdat ik daar behoefte aan heb.' Ze probeerde wanhopig het te verklaren. 'Omdat ik hier nutteloos ben. Omdat niemand werkelijk begrijpt wat daar gebeurt behalve de mensen die het kennen.'
'En jij begrijpt het zoveel beter?' Hij klonk sceptisch, maar hij luisterde.
'Nee, maar ik heb het gezien. Ik weet hoe het allemaal werkt. Niemand hoeft het me uit te leggen. En ik kan hier niet zitten praten over de auto's van mensen, hun gordijnen, kinderen en barbecues terwijl ik weet wat daar intussen gebeurt. Meneer Wilson, ik móét daar zijn.'
Hij vond het krankzinnig, maar ze was oud genoeg om haar eigen beslissingen te nemen en haar column was zonder enige twijfel goed voor de krant geweest. Ze kregen heel wat klachten toen ze ermee stopten, maar geen van hun andere mensen had naar Saigon willen gaan. 'Wat vindt je familie hiervan?'
'Ik heb nog niets tegen ze gezegd.'
'En wat als je doodgaat?' vroeg hij zonder omwegen.
'Dan is dat het noodlot,' zei ze rustig, 'net als bij Peter.'

Hij knikte. Hij had zich er, net als zij, bij neergelegd, hoewel hij wist dat Marjorie nog niet zo ver was. Zij verweet het noodlot nog steeds deze onrechtvaardigheid. Hij wist ook wel dat het niet eerlijk was, maar... het was gebeurd...

'Hoe lang wil je deze keer in Saigon blijven, Paxton?'

'Ik weet het niet...' Ze dacht er over na terwijl ze daar zat. 'Misschien een jaar. Zoiets. Eigenlijk zou ik de terugreis liever open laten.' Ze glimlachte tegen hem en voelde zich voor het eerst in vier maanden op haar gemak. 'Ik laat het u wel weten als ik er niet meer tegen kan. Of als de oorlog is afgelopen.'

'Paxton.' Hij keek haar lang en doordringend aan. 'Weet je heel zeker dat je dit wilt?' Toen ze knikte besloot hij zijn eigen nieuwsgierigheid te bevredigen. Hij kon zich niet voorstellen dat ze weer naar Vietnam wilde. 'Heb je betrekkingen met iemand daar?'

Ze wist wat hij bedoelde, maar ze schudde haar hoofd. 'Alleen vrienden, een stel gekken zoals ik,' zei ze, denkend aan Ralph en de anderen, 'die het tot het bittere eind vol willen houden, net als ik.'

'Ik hoop dat het gauw voorbij zal zijn,' zei hij treurig. En toen noemde hij een salaris dat haar verbaasde. 'Je kunt in hetzelfde hotel blijven of in een beter, als dat er is. Doe wat je wilt zolang je daar bent, Paxton. Je hebt carte blanche.' Hij stond op en kuste haar en zij bedankte hem, en toen ze zijn kantoor verliet, straalde ze.

'Iemand heeft hier opslag gekregen,' zei een van de andere redacteuren toen ze voorbijliep.

'Reken maar.' Ze draaide zich om met een grijns. 'Ze hebben me m'n column teruggegeven en ik ga weer naar Saigon.'

'Shit,' zei het meisje hoofdschuddend. Voor de anderen was het niet te begrijpen.

Zodra ze bij haar bureau terug was stelde Paxton een telegram op voor Ralph Johnson in het AP-kantoor in het Eden-gebouw. 'Kom thuis zo gauw ik een vlucht kan krijgen. Bereid je voor. Delta Delta.' Ze verstuurde het telegram en ging naar huis om te pakken en om haar moeder en Gabby te bellen. Haar moeder was ontzet, maar eigenlijk niet verbaasd. En Gabby huilde omdat haar derde kind nu ieder moment kon komen. Maar Paxton had nu haar eigen leven. Twee dagen later zat ze in een vliegtuig naar Saigon.

19

Paxton had het gevoel thuis te komen toen ze aankwam op Tan Son Nhut, en ze keek om zich heen op de bekende basis met meer warmte dan ze had gevoeld toen ze terugging naar Savannah. Ze voelde zich hier meteen op haar plaats, en toen ze in een taxi over de Tu Do reed, naar het Caravelle, waar ze vorig jaar had gewoond, wist ze dat ze er goed aan had gedaan hier terug te komen. Het was een raar idee dat ze vijf maanden was weg geweest, maar nu voelde ze zich eindelijk of ze thuis was. Toen ze wegging was ze verstard geweest, maar nu ze weer terug was voelde ze zich springlevend. Ze liet haar bagage achter in het hotel en zei tegen de chauffeur dat hij haar naar het Eden-gebouw op het plein moest brengen, en toen ze langs het marinestandbeeld reden glimlachte ze. Ze kon bijna niet wachten Ralph weer te zien. Ze liep naar binnen, en daar was hij. Hij zag er geïrriteerd en zeurderig uit, hij kwam net terug van een frontmissie. Hij stond met zijn rug naar haar toe en klaagde over hun chauffeur, die hij waardeloos vond. Ze liep langzaam naar hem toe en tikte hem op zijn schouder. En toen hij haar zag kwam er een brede grijns op zijn gezicht en sloeg hij zijn armen om haar heen. 'Delta Delta... ik geloof mijn ogen niet... gek wijf dat je bent! Wat doe je verdorie hier als je lekker op je kont in San Francisco kunt zitten?'

'O, werkelijk, wie zegt dat? Ik heb alle stomvervelende evenementen die ze hadden verslagen, en als ik ooit nog naar één politieke vergadering of sit-in moet, ga ik kotsen.'

'Welkom thuis,' zei hij zacht en hij leek oprecht blij haar te zien.

'Dank je.' Hun ogen ontmoetten elkaar en ze bleven elkaar even aankijken. Ze hadden samen veel meegemaakt en alles wat ze wist over Vietnam had ze aan hem te danken.

'Te moe voor een drankje? Wanneer ben je trouwens aangekomen?'

'Ongeveer twee uur geleden. En nee, dat ben ik niet. Ik heb geen idee hoe laat het nu voor mij is, maar dat kan me geen barst schelen.' Ze was dolblij hem te zien.

'Het terras van het Continental Palace?' vroeg hij lachend. Hij herinnerde zich haar ontzetting toen ze daar vlak na haar aankomst met Jean-Pièrre was.
Ze vroeg Ralph naar hem toen ze weer naar de Tu Do reden. 'Hoe gaat het trouwens met hem?'
'Hij drinkt te veel, zoals gewoonlijk. Zijn vrouw heeft hem eindelijk verlaten. Ze was het wachten op hem spuugzat. Maar ik denk dat hij het wel verwachtte.' Hij keek af en toe eens even naar haar onder het rijden. Hij was zo blij haar te zien. Ze was een soort familielid voor hem geworden, en zij zag hem precies zo.
'Hoe gaat het met France?'
'Goed.' Hij klonk een beetje vreemd. 'De baby wordt in september verwacht.' Ze keek hem onderzoekend aan en vroeg zich af hoe hij daar nu over dacht. Hij was er eerst nogal van ondersteboven geweest. Hij vond, gezien de onzekere toestand waarin ze leefden, dat ze geen kind moesten krijgen als ze niet getrouwd waren. 'Ik heb geprobeerd het haar uit haar hoofd te praten, terwille van de baby. Maar ze wil het ontzettend graag, dus... *voilà*.' Hij haalde zijn schouders op, maar glimlachte toch. 'Het lijkt erop dat ik vader ga worden.' Hij was nog niet met haar getrouwd, maar nu er een baby in aantocht was dacht hij daar ernstig over na en hij probeerde France ervan te overtuigen dat ze moesten gaan trouwen. 'Hoe was het in Amerika?' Hij was zo lang niet teruggeweest, dat het een vreemd land begon te lijken.
'Vreemd.' Ze was eerlijk tegen hem. 'Het was echt heel raar in het begin. Ik vond het vreselijk. Alle mensen zijn nu zo anders, zo leek het mij althans. Ze zijn allemaal zo met zichzelf bezig, en niemand trekt zich ook maar iets aan van dit alles. Alsof het niet bestaat, behalve voor de mensen die hier geweest zijn. Ze willen niet dat het bestaat, dus bestaat het niet.'
'Dat heeft me al eens verbaasd.' Ze waren inmiddels bij het Continental Palace aangekomen en Paxton merkte dat ze de ondraaglijke hitte van Saigon vergeten was. Het was wel iets heel anders dan het kille San Francisco. Maar zelfs dat vond ze nu niet erg. Ze was gewoon blij hier te zijn, met de onophoudelijke geluiden, de bekende geur van bloemen en fruit en de benzinedampen.
Ze liepen langzaam de trap op en Paxton was benieuwd of ze Nigel zouden tegenkomen. Dat zei ze tegen Ralph.
Hij kreeg een vage blik in zijn ogen en keek haar vervolgens wat

vreemd aan. 'Hij is twee maanden geleden omgekomen in Bien Hoa. Een of andere stommiteit. De auto ontplofte... Het was een kleine bom, geplaatst door de Vietcong... het was een stom ding, en het doodde hem.'
Heel wat van hen stierven aan stommiteiten, zoals Peter, en talloze anderen. En zelfs degenen die in de strijd sneuvelden, dat leek nadien ook stom... zoals Bill. Maar ze probeerde daar allemaal niet aan te denken en gewoon van Ralphs gezelschap te genieten.
'Wat erg van Nigel.' Het speet haar, hoewel ze hem nooit zo had gemogen. 'Werk je veel?'
'Te veel.' Hij glimlachte opgewekt. 'Maar ik vind het heerlijk. Het zal leuk zijn weer samen te werken. Hoe snel wil je beginnen? Ik heb een trip naar Da Nang uitgesteld tot ik iemand vond die met me mee wilde.'
'Ik wil wel.' Ze was nooit naar Da Nang geweest, ze had altijd geaarzeld vanwege Peter. Ze had nooit zo goed geweten hoe ze zich zou voelen als ze op de plek kwam waar hij gedood was. Maar nu was ze er klaar voor.
'Mooi zo. Ik zal het regelen. Wat vind je ervan als ik je overmorgen meeneem?'
'Ik zal er zijn.' Ze glimlachte tegen hem. Toen keek hij op zijn horloge. Hij moest terug naar France. Hij liet haar niet meer zo graag alleen. Ze had zich de laatste tijd niet zo goed gevoeld, en An was op het ogenblik nogal lastig.
'Wil je dat ik je terugbreng naar je hotel?' vroeg hij terwijl hij opstond.
Ze glimlachte en schudde haar hoofd. 'Ik loop wel, als ik tenminste lang genoeg wakker kan blijven. En anders kan ik altijd nog een fietstaxi nemen. Geen probleem.'
Hij boog zich naar haar over en kuste haar op de wang. 'Welkom thuis. Ik ben blij dat het je gelukt is.'
'Ik ook.' Ze omhelsde hem hartelijk. 'En doe de groeten aan France. Ik zie je morgen bij de Vijf Uur Show. Is die er nog steeds?'
Ze lachte bij de gedachte daaraan, en aan al de bekende correspondenten die ze weer zou zien. Dit was nu echt haar thuis, maar dat zei ook iets over haar, en dat was een beetje eng. Ze was nu een van hen, niet meer het groentje. Ze was er een van de harde kern, een van de mensen die hier hoorden tot de oorlog voorbij was.
Ze wuifde naar Ralph toen hij wegging en sloot haar ogen toen

ze een slok van haar drankje nam op het terras. Aan het tafeltje naast haar zat een Groene Baret met een Vietnamees meisje. Hij droeg een camouflagepak in tijgerstreep van het keurkorps en de rood-wit-blauwe das waar ze zo trots op waren. Alleen de Groene Baretten droegen camouflage met bruin, 'de tijgerstrepen'. Paxton dronk een *thom xay*, het ananasdrankje waar ze verslaafd aan was geraakt. Ze had nu niets alcoholisch willen nemen omdat ze wist dat ze dan tegen de vlakte zou gaan. Toen ze haar glas neerzette en opkeek, schrok ze. Het leek wel een droom. Ze was terug, en plotseling waren al de bekende gezichten om haar heen. Maar dit deel van de droom was niet zo prettig.

Ze wist eerst niet wat ze moest zeggen. Ze wilde ook helemaal niets zeggen, maar hij was blijven staan en staarde haar aan en zag er opgelaten en nerveus uit. Het was Bill Quinns sergeant, Tony Campobello.

'Ik dacht dat je weg was,' zei hij op een toon alsof ook hij in de war was door de droom.

'Was ik ook,' zei ze aarzelend, zich afvragend of hij haar weer verbaal zou aanvallen, en nu was Ralph er niet om haar te beschermen. 'Ik ben net terug. Vandaag, om precies te zijn.'

'O.' Hij knikte. 'Hoe was het in Amerika?'

Hij stond daar in zijn uniform, wat ongemakkelijk, praatte tegen haar en ze wist niet wat ze ervan moest denken, maar hij herinnerde haar aan Bill en dat was pijnlijk voor haar, en voor hem ook. Op de een of andere manier waren zij drieën nog steeds met elkaar verbonden, hoewel Bill al zes maanden dood was. 'Het was vreemd om naar huis te gaan,' zei ze eerlijk. 'Er is daar niemand die het werkelijk begrijpt.'

'Dat is wat iedereen zegt. We vertrekken hier als helden, en als je thuiskomt word je als een veroordeelde behandeld.'

'Dit zijn vreemde tijden,' zei ze zacht, terwijl ze zich afvroeg of ze hem moest vragen bij haar te komen zitten. Hij zag er weerbarstig en gespannen uit. Hij was geen lange man, maar hij straalde kracht en een rustig gezag uit dat haar altijd had geïmponeerd. Ze wist dat Bill hem graag had gemogen en hem had gerespecteerd, hoewel haar relatie met hem bepaald niet prettig was geweest. 'Zit je nog in Cu Chi?' Ze wist niet wat ze hem anders kon vragen.

'Ik heb bijgetekend,' zei hij en hij zag er half trots, half schaapachtig uit zoals ze allemaal deden, 'voor mijn vierde periode. Bill zei altijd dat je een beetje gestoord moest zijn om tunnelrat te worden, en ik denk dat hij gelijk had.'

'Of heel moedig, of beide,' zei ze zacht, en terwijl ze weer aan Bill dacht ontmoetten haar ogen die van Tony. Ze zei geen woord, maar Tony wist waaraan ze dacht.

'Hij was geweldig,' zei hij vol bewondering, en toen, een beetje opgelaten: 'Ik ben je een excuus schuldig.'

'Nee, dat ben je niet.' Ze wilde dat niet weer oprakelen. Het was zo'n vreselijke tijd, ze wilde er niet meer aan denken. Toen Bill gestorven was en Ralph het haar kwam vertellen... Ze wist dat ze dat nooit meer kon doormaken en ze keek Tony droevig aan. 'Ik begrijp het wel. We waren alle twee overstuur.'

'Ja... maar jij deed iets heel bijzonders. Ik heb daar lang over nagedacht en ik heb je altijd willen vertellen wat ik ervan vond. Ik ben daardoor gaan begrijpen waarom hij van je hield. En dat deed hij, weet je.'

Ze glimlachte triest bij de herinnering en vroeg zich af wat er zo'n indruk op hem had gemaakt. 'Ik hield van hem en ik neem aan dat jij dat ook deed. Daarom waren we allebei een beetje buiten onszelf toen...'

'Ja. Maar toen je die spullen die je hem gegeven had kwam halen, zodat ze niet bij zijn vrouw terechtkwamen, dat heeft werkelijk indruk op me gemaakt. De meeste vrouwen zouden dat niet gedaan hebben. Die zouden gedacht hebben wat kan het me schelen, of dan merkt ze het maar, of dat het er toch niet meer toe deed. Heel wat mannen hebben hier andere vrouwen, maar ik heb nog geen enkele vrouw gekend die de bewijzen terug wilde hebben, zodat zijn vrouw ze niet in handen kreeg. Hij zou dat fijn hebben gevonden. Die kinderen betekenden alles voor hem.' Er waren tranen in zijn ogen, en zij had ook weer moeite haar tranen te bedwingen. 'En wat je me toen over je vader vertelde... dat had je niet hoeven doen.' Hij kwam een stap dichterbij toen zij haar lege glas neerzette. 'Ik wilde je alleen maar vertellen hoezeer het me speet. Ik heb een keer bij een vent van de AP naar je geïnformeerd, maar die zei dat je terug was naar San Francisco.' Hij stak zijn hand uit en zei: 'Het verbaast me dat je met me wilt praten na alles wat ik toen tegen je heb gezegd.'

'We stonden allemaal onder druk. Maar dank je, Tony.' Ze nam zijn hand toen aan, en die was koel en stevig en sterk, net zoals hij eruitzag. Zijn donkere ogen doorboorden de hare als kogels.

'Dank je.' Ze begon te begrijpen waarom Bill zo op hem gesteld was geweest. Hij was recht door zee en eerlijk, ook al was het een vreselijke driftkop. 'Wil je niet gaan zitten?' Ze wees op de stoel waar Ralph op had gezeten.

Maar Tony schudde zijn hoofd, hij voelde zich nog steeds niet echt op zijn gemak bij haar. 'Nee, het is wel goed. Ik heb over een paar minuten een afspraak.' Hij bekeek haar met ogen die duizend vragen in zich hadden. 'Waarom ben je teruggekomen naar Saigon?'

Ze glimlachte tegen hem. 'Ik heb bijgetekend. Tweede periode.'

Hij lachte. 'Je hebt lef. De meeste mensen weten niet hoe gauw ze hier weer weg moeten komen.'

'Dat gevoel had ik in San Francisco.'

'Kom je daar vandaan?' vroeg hij, duidelijk nieuwsgierig. Bill Quinn had maar weinig over haar verteld.

'Daar is de krant waar ik voor werk, en daar ben ik vier jaar naar school gegaan, in Berkeley. Maar ik kom oorspronkelijk uit Savannah.'

'Shit,' zei hij, en hij leek onder de indruk te zijn. 'Ik heb daar jaren geleden een weekend doorgebracht, na mijn basistraining in Georgia. Die mensen zijn zo conventioneel als wat. Ik dacht dat ze me de stad uit zouden jagen omdat ik was gaan dansen. Ik kom uit New York. In het Noorden gaat het er wat levendiger aan toe.'

Ze lachte om zijn beschrijving van Savannah.

'Je slaat de spijker op de kop. Daarom woon ik niet in Savannah – min of meer – het is moeilijk aan mijn moeder uit te leggen.'

'Dan zal ze het wel leuk vinden dat je in Saigon zit,' zei hij.

Hij zag eruit als iemand die het leven begreep en ze vroeg zich af hoe oud hij zou zijn. Tony was in feite dertig. 'Niet bepaald,' moest Paxton toegeven, doelend op haar moeder, 'maar ze had niet veel keus. Ik kon er gewoon niet meer tegen. Ik moest weg uit San Francisco en terug naar Vietnam.'

'Waarom?' In sommige opzichten begreep hij het niet. Het was een knap meisje, ze was jong, ze had kennelijk een goede baan en ze was intelligent. Ze had overal naartoe kunnen gaan. Waarom was ze in vredesnaam hier?

'Ik weet het nog niet,' antwoordde ze eerlijk. 'Ik ben er nog niet helemaal achter. Onafgemaakte zaken, denk ik. Ik wist alleen dat ik hier hoorde. Ik kon dat onbeduidende gedoe thuis niet meer verdragen. De nieuwe auto, de ouwe baan, de nieuwe gordijnen, dat is waar mensen over praten terwijl hier mensen vermoord worden door de Vietcong,' zoals ze beiden maar al te goed wisten. 'Ik kon het gewoon niet verdragen.'

Hij raakte zijn voorhoofd aan met een gebaar dat zij voor een saluut aanzag. 'Waar ik vandaan kom noemen ze dat *pazza*. Gek. Getikt.' Hij trok een erg New Yorks gezicht.

Ze lachte en stond toen op. Ze begon moe te worden. Er was een tijdverschil van negen uur voor haar en ineens kon ze zowat niet meer uit haar ogen kijken.

'Je ziet er doodmoe uit,' zei hij toen ze, bijna wankelend, opstond.

'Ben ik ook. Ik ben net aangekomen.'

Hij bekeek haar alsof hij een oordeel wilde vellen over haar, en zij deed haar best niet nerveus van hem te worden. Ze dacht aldoor aan zes maanden geleden toen hij zo tegen haar had staan schreeuwen, en aan hoe hij haar toen, en alle keren dat ze uit was geweest met Bill, had gehaat. Maar dat was nu allemaal voorbij en het had geen zin daar nog aan te denken. Hij scheen trouwens op een soort wapenstilstand met haar aan te sturen. En wat had je eraan een vendetta met iemand te hebben? Bovendien wist ze dat Bill het prettig gevonden zou hebben als zij vrienden werden. De sergeant was weliswaar een beetje eigenaardig, maar ze was bereid dat door de vingers te zien. Hij was trouwens niet zozeer eigenaardig als wel gespannen en soms behoorlijk nerveus. Maar wie was dat niet in Saigon?

'Kan ik je een lift geven naar je hotel? Ik heb buiten een gestolen jeep staan. Ik heb hem meegenomen van het vliegveld,' zei hij bedaard, en zij lachte.

'Dat is heel geruststellend. Eigenlijk was ik van plan te gaan lopen.' Maar ze werd al moe van de gedachte. 'Vind je het erg?' Hij schudde zijn hoofd. 'Ik zit in het Caravelle aan het eind van de straat.'

'Dat is een leuk hotel,' zei hij bij wijze van conversatie. 'Ik heb ooit eens in het penthouse gegeten. Het eten is er heel vers.' Hij lachte toen ze hem na deze opmerking bevreemd aankeek. 'Ik weet het. Dat klinkt bespottelijk. Mijn familie heeft een groothandel in voedingswaren. Ik hoor al mijn hele leven of de groenten al dan niet vers zijn als we ergens eten. Als kind vond ik dat vreselijk, kleregroente, dacht ik dan. Toen ik groter werd merkte ik dat het een familievloek was, het wordt een obsessie.'

Ze lachte met hem mee, en ze was zo moe dat ze bijna vriend-

schap met hem wilde sluiten. Het was zo raar om terug te komen en hem meteen tegen het lijf te lopen en gezellig met hem te babbelen na al zijn vijandigheid en woede in de tijd dat ze met Bill omging. Misschien was hij doodgewoon jaloers geweest. Ze had weleens gehoord dat onderofficieren heel bezitterig konden zijn als het om hun kapitein ging. 'Ik zal eraan denken, aan die groenten, als ik daar weer eens eet.' Ze glimlachte vermoeid.
'Doe dat.' Ze waren inmiddels gestopt bij het Caravelle en hij hielp haar met uitstappen. 'Jezus, je slaapt al half.' Ze kon haar ogen haast niet meer openhouden. 'Gaat het wel?'
'Als ik m'n bed maar haal, gaat het met mij prima. Bedankt voor de lift, sergeant.'
'Graag gedaan, juffrouw Andrews.' Hij salueerde keurig en ze was verbaasd dat hij na al die tijd haar naam nog wist. Ze haalde haar bagage op bij de balie, liep haar kamer binnen en zakte zonder zich uit te kleden op bed neer. Twintig uur later werd ze wakker toen de namiddagzon door de ramen naar binnen stroomde. Ze herinnerde zich dat ze de vorige avond op het terras met de sergeant had gepraat. En heel even dacht ze dat ze het gedroomd had.

20

Paxton bleef twee uur wakker. Ze pakte haar spullen uit, nam een douche, ging naar beneden om te eten en ging toen weer naar bed en sliep tot de ochtend. Ralph had een briefje voor haar achtergelaten bij de balie met de mededeling dat hij haar de volgende ochtend om zeven uur zou komen halen. Toen ze om zes uur wakker werd glimlachte ze toen ze de zon zag opkomen. Het was prachtig weer en alweer bloedheet toen ze haar veldtenue aantrok met een kaki-hemd en de veters van haar laarzen dichtmaakte. Het waren dezelfde die Ralph haar een jaar geleden gegeven had toen ze net in Saigon was. Deze keer vond ze het niet meer eng om hier te zijn. Op de een of andere manier had ze nu een goed gevoel over alles. En toen ze de trap afliep zag ze eruit of ze zich lekker in haar vel voelde, en vol vertrouwen dat ze wist wat ze deed.

Ralph was zoals gewoonlijk op tijd en hij had Bertie bij zich, een oude Britse fotograaf, een fantastische vent waar Paxton eerder mee gewerkt had en die ze graag mocht. Hij vertelde schuine moppen toen ze de stad uit reden, en Paxton keek glimlachend naar Ralph terwijl ze een kop koffie uit de thermoskan nam. De zon stond al tamelijk hoog aan de hemel en de straten stoomden haast. En overal nog steeds dezelfde doordringende geur van benzine, bloemen en fruit, dezelfde laaghangende damp, hetzelfde groen op de heuvels toen ze buiten de stad kwamen, dezelfde rode aarde die je deed verlangen het te pakken en door je vingers te drukken, dezelfde bedelaars, dezelfde wezen, dezelfde gewonden en verminkten. Hetzelfde land waar ze zo van was gaan houden dat ze niet langer weg had kunnen blijven. Ralph had de vorige avond nog een bericht achtergelaten in het hotel dat de missie naar Da Nang niet doorging, maar dat hij haar op dezelfde tijd zou ophalen en dat ze ergens anders heen gingen.

'Besef je wel dat ik niet eens weet waar we vandaag naartoe gaan?' zei Paxton. 'Over vertrouwen gesproken. Dus, wat doen we?' vroeg ze aan Ralph terwijl de fotograaf met de chauffeur kletste.

Ralph had zich afgevraagd of het wel verstandig was haar mee te nemen en eigenlijk had hij het af willen blazen, maar toen was het al te laat om haar nog te bellen. Hij had haar de keus willen laten voor ze vertrokken, maar in zijn enthousiasme van weer met haar op een verhaal uit te gaan, had hij vergeten het haar te zeggen.
'We gaan naar Cu Chi vandaag.' Hij keek nerveus op zijn horloge. 'Maar luister eens... het geeft niet, als je terug wilt, gaan we terug. Je hoeft hierbij niet mee te komen. Het stomme is dat ik hier in geen zes maanden ben geweest. En nu ineens, gisteren, kwamen ze met een geweldig verhaal.' De laatste keer dat ze er waren was niet bepaald gemakkelijk geweest. En als die gek daar nog rondliep... 'Ik voel me hier rot over, Pax,' begon hij uit te leggen. 'Ik had jou er gewoon uit moeten laten toen ze me in plaats van naar Da Nang naar Cu Chi stuurden.'
'Nee, dat had je niet. Het is misschien juist goed om dit onder ogen te zien.'
'Wil je terug naar de stad, Pax?' vroeg hij vriendelijk.
Ze schudde zwijgend haar hoofd en staarde een tijd uit het raam. Bill was nu zes maanden dood, Peter vijftien. Zo ging het hier nu eenmaal. Je kon de plaatsen waar ze getroffen of geweest waren niet blijven mijden. Er waren te veel pijnlijke herinneringen. Peter was gedood in Da Nang, Bill in Cu Chi. Ze kon zich niet altijd aan die plaatsen blijven onttrekken. Je moest gewoon doorgaan, gewoon doorleven.
'Ik red het wel,' zei ze zacht. Ze herinnerde zich maar al te goed de laatste keer dat ze hier waren om de brieven te halen die ze hem geschreven had. Dat was de dag voordat ze zijn lijk terugstuurden naar Debbie in San Francisco. En dat deed haar er weer aan denken dat ze Tony Campobello was tegengekomen op het terras. Ze haalde diep adem, nam nog een slok zwarte koffie en keek Ralph aan. 'Je raadt nooit wie ik gisteren op het terras van het Continental ben tegengekomen toen jij weg was.'
'Ho Chi Minh,' zei hij rustig. Hij was zo verrekte blij dat Paxton terug was in Saigon en een verhaal met hem ging doen. Zo graag als hij had gewild dat ze wegging uit Saigon voor haar eigen bestwil, zo blij was hij dat ze besloten had terug te komen. Je kon zien dat de tijd in Amerika haar goed had gedaan en dat ze eraan toe was haar werk weer te doen, het werk waar ze allemaal zo gek op waren en waar ze niet mee zouden stoppen voor de oorlog in Vietnam voorbij was.

'Het was Tony Campobello,' zei ze voor hem. 'Je weet wel, Bills sergeant.' Ze kon weer over Bill praten. In Amerika had ze vijf maanden lang met niemand over hem gepraat omdat niemand hem kende.
'Die gek? Wat heeft-ie gedaan? Heeft-ie z'n drankje in je gezicht gegooid?' Hij herinnerde zich maar al te goed hun laatste ontmoeting in Cu Chi, die was verre van aangenaam geweest. Hij had toen tegen haar staan schreeuwen terwijl Paxton om Bill rouwde en een bundeltje brieven tegen zich aangeklemd hield.
'Eigenlijk, en dit geloof je niet,' zei ze met een blik waaruit haar eigen ongeloof sprak, 'was hij haast sympathiek. Beetje gespannen en nerveus, maar hij...' Ze aarzelde, dacht aan de laatste keer dat ze hem had gezien, zes maanden daarvoor. 'Hij verontschuldigde zich voor de laatste keer dat we hem ontmoetten.'
Ralph keek haar aandachtig aan voor hij antwoordde. 'Dat is een hele verandering. Ik dacht dat die klootzak je wilde vermoorden. Ik zou hem een schop onder z'n kont hebben gegeven als hij iets geprobeerd had, maar ik dacht toen echt even dat hij ze niet meer allemaal op een rijtje had.'
Ze staarde uit het raam terwijl ze daarover nadacht. 'Ik denk dat dat voor ons allemaal gold.' Maar aan haar was niets krankzinnigs geweest. Ze was alleen diepbedroefd over het verlies van Bill. Campobello had zich misdragen. Maar zo waren al die tunnelratten, merkte Ralph op, ze leefden te veel op het randje met veel te veel stress en te veel gevaar. En uiteindelijk gebeurde het met hen allemaal. Ze knapten af. En wie kon het hun kwalijk nemen?
Toen ze bij de hoofdingang van de basis kwamen zei Ralph dat hij de nieuwe commandant wilde spreken, en Paxton volgde hem naar binnen. De commandant was een aardige man, die vertelde dat ze onlangs een heel nieuw netwerk van tunnels hadden ontdekt. Ze hadden een heel wapenarsenaal gevonden, leefruimtes en 'kantoren'. Zonder het te weten hadden de mannen in Cu Chi weer boven op een compleet ondergronds dorp geleefd. Hij liet hun foto's zien en constructietekeningen, gaf toen zijn assistent opdracht hen rond te leiden en zei dat ze bij hem terug moesten komen als ze nog vragen hadden. Terwijl hij sprak bekeek hij Paxton met een waarderende blik. Hij wist niet wie ze was toen ze kennis met elkaar maakten, maar hij wist wel dat het een verdomd mooi meisje was – gevechtsuitrusting of niet – en hij vond dat Ralph een geluksvogel was.

Ze reden daarna naar het eind van de basis, en Paxtons hart deed pijn toen ze om zich heen keek op de plek waar Bill had geleefd en gewerkt. Het bleek toch wel hard aan te komen. Ralph zag het aan haar gezicht toen ze naar dezelfde plaats reden waar ze met Bill waren geweest, en ineens had hij spijt dat hij haar had meegenomen.

'Het spijt me, Pax. Ik had je dit niet aan moeten doen. Dat was onnadenkend van me.'

'Het geeft niet.' Ze gaf hem een klopje op zijn arm, en verschikte haar rugzak. Daar had ze wat aantekeningen in zitten, en wat dingetjes zoals haar veldfles en een EHBO-doos. Haar zonnebrandcrème en het spul tegen insecten droeg ze nog steeds in haar helm, net als de manschappen. 'Ik ben oké,' zei ze, toen ze weer uit de jeep stapten, maar dat was gelogen. Ze was treurig en ze dacht aan hem toen ze plotseling tegen iemand opbotste die haar bijna ondersteboven liep en haar nog net kon grijpen voor ze viel.

'Shit...' zei de stem toen ze struikelde, en meteen pakte hij haar beet.

Toen ze opkeek bleek het Tony Campobello te zijn. 'Hallo,' zei ze verlegen terwijl ze probeerde haar kalmte te herwinnen. Ralph stond al met iemand anders te praten en de fotograaf zette een nieuwe film in zijn camera.

'Het was niet mijn bedoeling je te vloeren, sorry...' En toen zei hij, met een trage glimlach die zijn donkere ogen als kolen liet gloeien: 'Dat schijn ik tegenwoordig nogal vaak tegen je te zeggen. Ben je laatst goed thuisgekomen? Je zag er zo moe uit dat ik me afvroeg of je het wel zou redden.' Zijn New-Yorkse accent was haar vertrouwd geworden, en ze begon steeds beter te begrijpen waarom Bill zo op hem gesteld was geweest. Hij was nerveus en gespannen, maar hij was ook slim, snel en waakzaam en hij was enorm bezorgd voor de mensen om hem heen en voor wat er met hen gebeurde.

'Ik heb toen bijna twintig uur geslapen,' zei ze, 'ik heb niet eens de moeite genomen me uit te kleden.'

'Zo zag je er ongeveer uit.' Hij glimlachte en zag de pijn in haar ogen. Het was moeilijk voor haar om hier terug te komen, dat begreep hij best. Voor hem was het ook moeilijk. Waar hij ook ging, overal werd hij herinnerd aan de mannen die hem dierbaar waren geweest en die hij verloren had. Voor hem en voor de meesten van hen als ze lang genoeg in Vietnam bleven, waren overal schimmen. Er waren ook goede herinneringen, maar er waren zoveel droevige.

'Hoe is het met de groente vandaag?' vroeg ze glimlachend, om het gesprek wat luchthartiger te maken. Ze hadden een blik gewisseld die zei dat ze Bill alle twee misten, en even had ze de idiote neiging om hem aan te raken.

'Behoorlijk vers,' zei hij lachend, verbaasd dat ze zich de details van hun gesprek herinnerde, maar toen werd hij weer ernstig. 'En de sluipschutters ook. We moeten op het oosten letten. We hebben nogal wat activiteiten gehad. Een van mijn jongens is een paar uur geleden in zijn arm geschoten. Niets ernstigs gelukkig, hij heeft mazzel gehad. We houden ons sindsdien gedeisd. Wees voorzichtig als jullie naar de tunnels gaan kijken.' Hij had gehoord waarvoor ze gekomen waren, en zijn commandant had hem opgedragen hun alle medewerking te verlenen.

'Ik zal oppassen, bedankt.' Op dat moment draaide Ralph zich met een geïrriteerde blik om. Hij begon last van de hitte te krijgen en hij was helemaal niet blij te horen dat de Vietcong zo dichtbij zat vandaag. Hij had haar niet op een gevaarlijke missie mee willen slepen. Hij had haar gewoon met wat nieuwe informatie weer willen laten beginnen.

'Ga je mee, Delta Delta, of blijf je de hele dag staan kletsen?'

'Maak je maar niet dik, ik kom al.'

'Maak jij je maar klein. Charlie zit daarginds.'

'Dat heb ik gehoord.' Ze keek even vluchtig naar Tony en ging toen met Ralph mee. Ze werd voorgesteld aan de luitenant die Bill had vervangen en voelde weer een steek in haar hart, maar ze probeerde zich te concentreren op dat waar ze mee bezig waren. Ralph legde uit wat voor opnames hij van de fotograaf wilde en vertelde Paxton wat de invalshoek voor zijn verhaal was. Overal om hen heen waren soldaten en sommige van hen gingen het struikgewas in voor een confrontatie met de Vietcong die daar moest zijn.

'Allemachtig, je zou toch denken dat de verandering van de IJzeren Driehoek in een parkeerplaats net over de rivier, afdoende geweest zou zijn,' mopperde Ralph tegen een van de mannen, maar die knaap haalde alleen zijn schouders op. Hij wist al dat er geen manier was om ze te stoppen.

'Die lui zijn niet af te schudden. Je kunt ze in de fik steken, je kunt ze uitgraven, je kunt die kleine smeerlappen kapotschieten, maar

Charlie blijft komen. Ze hebben gewoon genoeg jongens die ze hiernaartoe kunnen sturen om ons te bezoeken.'

'Ja.' Ralph knikte.

Paxton kroop achter Bertie aan in het hoge gras dat achter de open plek was. Hij wilde een paar opnames maken van het treffen met de sluipschutters voordat hij terugging om naar de tunnel te kijken. Om de een of andere reden volgde Paxton hem, ze voelde gewoon dat ze heel dicht bij een goed verhaal zat. Ralph was met iets anders bezig, er liepen een stuk of vijf soldaten om hen heen en een eind voor hen uit liep de verkenner. Toen Paxton op haar knieën in de bosjes zat, kwam er een radioman bij haar.

'Alles in orde, dame?'

'Ja hoor, prima.'

'Weet u zeker dat u hier mag zijn?'

'Ik wist niet dat ze speciale plaatsen voor de pers hadden.' Maar toen ze dat zei, floot er een kogelregen langs haar. Zonder nog iets te zeggen lieten zij en de radioman zich plat op de grond vallen, zijn armen over die van haar en hun helmen raakten elkaar terwijl ze met hun gezicht in de modder lagen. 'Bij nader inzien,' zei ze zacht terwijl ze wachtten, 'zouden speciale plaatsen zo gek nog niet zijn. Dat was heel dichtbij.' Ze dacht aan die keer dat Bill haar gered had van een granaat, op bijna dezelfde plek.

Maar de kogels waren dichterbij geweest dan ze beseften. Toen ze weer op hun knieën gingen zitten zag de radioman dat Bertie recht door het hart was geschoten en naast hen lag. 'O, verdomme...' Hij voelde z'n pols, maar die was er niet. Dichtbij was weer een nieuwe uitbarsting van vuur en een stuk of tien soldaten kwamen langsrennen, zwaaiend met hun M-16's, en ze openden het vuur op wat ze voor nog twee sluipschutters hielden. 'Maak als de bliksem dat je wegkomt!' schreeuwde de radioman tegen Paxton. 'Ga terug!' Maar toen ze bewoog werd opnieuw het vuur op hen geopend uit een andere hoek, en hij lag boven op haar terwijl hij verwoed om hulp riep. Er waren daar meer dan twee sluipschutters. 'Moeder de Gans... Moeder de Gans... hier Peter Pan... geef antwoord... we zijn op de open plek en worden beschoten, een van de bezoekers is dood en ik zit hier met een Delta Delta, leid ze af, dan breng ik haar terug...'

'Begrepen, Peter Pan... hier Moeder de Gans...' Het was de telefonist op de basis, ze zouden sommigen van de manschappen opdracht geven de sluipschutters te verjagen, maar dat zou niet gemakkelijk zijn.

'We hebben twee mogelijkheden,' zei de radioman terwijl hij Paxton bijna smoorde. 'We kunnen zo hard mogelijk terugrennen via de weg die we gekomen zijn, of we kunnen rechtdoor gaan naar de bomen en dat is korter.' Maar dat was ook waar de sluipschutters zaten en heel wat gevaarlijker voor hen. Hij wist bij god niet wat hij met Paxton aan moest. Het was een jongen van haar leeftijd uit Maine, en het laatste dat hij wilde was dat zij gedood zou worden en dat hij de schuld zou krijgen omdat hij op het kritieke moment de verkeerde beslissing had genomen.

'Ik stem voor de bomen,' zei ze kalm toen er weer een ronde explodeerde dicht bij haar knieën. 'Eigenlijk' – ze maakte zich van hem los en draaide zich om – 'denk ik dat we op moeten schieten.' Meteen stormde ze vooruit en hij volgde haar. Terwijl ze renden werd de plek waar ze gelegen hadden getroffen door een granaat. De Vietcong maakte beslist geen grapjes. Ze rende zonder ook maar te denken. Toen ze bij de bomen kwamen, doken ze op de grond, hijgend. De radioman liet zich naast haar neervallen en precies op dat moment opende de M-60 het vuur en daarachter was een gigantische explosie.

'Daar gaan de hufters,' verklaarde de radioman en maakte weer contact met de basis.

'Hier Moeder de Gans,' antwoordde de basis. 'Peter Pan, waar in godsnaam is je Delta Delta?'

'Ik heb haar hier.' Hij glimlachte tegen Paxton, en zij had de neiging om te lachen. Dit was werkelijk belachelijk. De Vietcong probeerde haar te vermoorden en haar eigen mensen noemden haar nog steeds Donut Dollie.

'Verwondingen?' De stem aan de andere kant klonk bezorgd.

'Zo te zien niet.' De radioman bekeek haar zo goed als hij kon en bevestigde het. 'Kunnen jullie ons hieruit halen?'

'We doen ons best. Ze zijn met meer dan we dachten.' Dat waren ze altijd, Cu Chi schenen ze altijd in groepen te bezoeken. Ze kenden het oude tunnelsysteem te goed, en de recente ontdekking van het nieuwe netwerk bewees dat er altijd weer nieuwe waren. Wat je ook deed, op de een of andere manier was Charlie hun altijd een stap voor en hij leek altijd te winnen. 'Als het goed is hebben we jullie daar over een paar minuten weg, Peter Pan. Hou nog even vol.' Er klonken weer geweerschoten, en Moeder de Gans meldde dat een van de sluipschutters gewond was en gevangen was genomen. De radioman zei tegen Paxton dat ze moest blijven waar ze was en dat hij naar de gevechtslinie ging om te kijken of hij kon helpen.

'Ik ben zo terug.' Maar zodra hij weg was hoorde ze schoten achter zich, en ze wist niet welke kant ze op moest. Er leek geen keus te zijn, behalve achter de radioman aan te gaan, en voor ze het wist was ze ineens weer midden in de vuurlinie. Er lag een jongen op de grond, zijn hele rug was aan flarden geschoten en zijn hoofd was achterovergegooid. Toen Paxton goed keek zag ze dat het de jongen uit Maine was met zijn radio naast hem. Ze was er zeker van dat hij dood was, maar toen ze naast hem ging liggen zag ze dat hij nog ademde. Hij was buiten bewustzijn en twee jongens die dichtbij lagen ook, en toen verwijderde het gevecht zich weer. Maar ze kon de granaten en de M-16's en de M-60 horen. Zonder erbij na te denken greep ze de radio uit de hand van de jongen en deed wat ze hem had zien doen: de basis oproepen.

'Hallo, Moeder de Gans, hoort u mij?' Ze sprak behoedzaam in de microfoon.

'Ik hoor u... dit is Moeder de Gans... wie is dat?'

Ze aarzelde maar een fractie van een seconde. 'Hier Delta Delta. De radioman is zwaargewond. Ik heb hier nog twee andere zwaargewonde jongens.'

'Waar bent u?' Moeder de Gans klonk paniekerig.

'Weet ik niet precies. We zijn in het struikgewas en de gevechten zijn niet zo ver bij ons vandaan. Dat kunnen niet alleen maar sluipschutters zijn. Kunt u ons hieruit halen?' Haar stem klonk vast, maar haar handen die de radio vasthielden beefden. Een van de jongens had zich bewogen en kreunde, en zij bleef zichzelf voorhouden vooral niet in paniek te raken.

'We proberen jullie daar weg te halen, Delta Delta... heb je een fakkel?'

Ze wilde al nee zeggen, maar bedacht toen dat ze er een in haar rugzak had. 'Ja.'

'Ik wil exact weten waar jullie zijn, Delta Delta. Wacht even. Doe niets voor ik het zeg.' En toen hij bij de telefoon wegging, schreeuwde hij tegen iedereen die hem horen kon: 'Iemand moet de luitenant voor me halen. Ik heb daarbuiten een vrouw zitten met drie gewonde kerels, en we weten verdomme niet eens waar ze zijn, ergens in de bosjes.' De luitenant kwam binnen enkele seconden aangerend en een paar minuten later bereikte iemand Ralph die meteen terugkwam naar de basis en met de anderen nerveus naar de radio luisterde. Ze probeerden nog steeds de sluipschutters uit het struikgewas te verjagen, maar iemand had inmiddels nog meer Vietcong gezien, en het werd duidelijk dat ze te maken hadden met een eenheid van het Noord-Vietnamese leger.

'Geweldig,' gromde de luitenant. 'Daar zat ik nou net op te wachten. Het reguliere leger uit Hanoi, en een journaliste uit San Francisco.' Hij sloot zijn ogen om na te denken en zag eruit of hij aan het bidden was.

'Kun je haar daar wegkrijgen, Mack?' Ralph zag er doodsbenauwd uit.

'Christene ziele, Ralph, ik doe wat ik kan. Ik weet waarachtig niet wat daar allemaal zit en ik weet ook niet hoe ze daarin terechtgekomen is. Het klinkt alsof het hele vervloekte Noord-Vietnamese leger daar zit.'

'Zomaar aan de grens van de basis?' Het leek ongelooflijk, maar het was niettemin gebeurd. Het gebeurde overal, ze slopen geluidloos rond terwijl je sliep. En ze sneden je keel door of stalen de geweren, of niet. Maar vandaag was er niets heimelijks aan hun aanwezigheid, en vanwaar ze lag kon Paxton de gevechtshandelingen zien. Ze gooiden granaten naar elkaar, en het M-60-machinegeweer was in volle actie.

'Hier Moeder de Gans,' zei de radioman op de basis in de microfoon. 'Delta Delta, kunt u me nog horen?'

'Ik versta u prima, Moeder de Gans. Kunt u misschien een taxi sturen?'

Ralph schudde zijn hoofd en wenste dat hij haar nooit gevraagd had om mee te gaan naar Cu Chi.

'De taxi komt er zo aan.' En haast op hetzelfde moment leken de gevechten zich verder van hen te verwijderen, dieper de bosjes in en weg van de basis. Het lukte eindelijk. 'Hoe staat het met de gewonden?'

Ze had net naar alle drie gekeken. Een van hen was bij kennis gekomen, de andere twee ademden nog. 'Gaat wel,' zei ze, 'maar het moet niet te lang meer duren. Kunnen jullie snel komen?'

'Geef ons nog twee minuten, dan sturen we een luchtambulance die kant op. Heb je de fakkel?'

'Heb ik.'
'We zeggen wel wanneer, Delta Delta.' In de daaropvolgende vijf minuten verwijderden de gevechten zich steeds verder, toen hoorde ze het gezoem en zag ze de helikopter in de verte. 'Is de taxi in zicht, Delta Delta?'
De stem klonk kalm, maar zij voelde tranen in haar ogen prikken toen ze de helikopter zag. Het had niet lang geduurd, maar het was wel heel erg eng geweest. Ze was terug in Vietnam. Dit was niet San Francisco of Savannah. Hier stierven mensen of ze gingen naar huis zonder armen of benen, of blind, of doof of zonder gezicht. En even had ze gedacht dat ze haar ook te pakken zouden krijgen. Maar nu had ze geen tijd daarover na te denken, nu moesten ze die gewonde jongens zo snel mogelijk in de heli zien te krijgen. 'Ik zie de taxi, Moeder de Gans,' bevestigde ze.
'Laat de fakkel zien, Delta Delta.'
Het zweet liep over Ralphs gezicht terwijl hij in de controlekamer stond te luisteren. Lieve God, laat die rotzakken haar niet vermoorden...
Tussen de contacten met haar door, sprak de radioman ook met de jongens in de bosjes, en met het medische team dat de gewonden in veiligheid moest brengen.
'We zien je, Delta Delta. Ze komen je ophalen.' En daarna stonden de mannen in de controlekamer te wachten, terwijl Paxton bleef liggen waar ze was en de helikopter landde op de plek waar Bertie was omgekomen. Ze zag hen zijn lijk in de helikopter dragen en toen renden twee mannen met een draagbaar naar de bomen waar zij met de drie gewonde mannen lag.
'Ben je in orde?' Ze wierpen een vluchtige blik op haar terwijl ze knikte, legden snel de eerste man op de draagbaar, renden daarna terug voor de twee anderen, en wenkten haar toen. 'Kom, snel...' Ze rende door de enorme stofwolk die de propellerbladen hadden veroorzaakt, en zonder een woord te zeggen trokken ze haar in de helikopter, stegen meteen op en vlogen de korte afstand naar de 159ste medische eenheid op de basis waar ze een heliplatform klaar hadden en waar een groep verpleegsters en stafleden stond te wachten.
'Hallo, Two One Alpha Bravo, hoort u mij? Hier Moeder de Gans... hebben jullie haar?'
'We hebben haar,' zei de piloot bedaard. 'Ze is oké. Hoe gaat het daar beneden?'

'Tot nu toe goed. Je hebt al hun gewonden.'

'Over en sluiten, Moeder de Gans. We gaan landen.'

Paxton had nog steeds de radio vast toen ze landden, en ze trilde over haar hele lichaam. Het bloed van de radioman zat nog op de radio, maar hij was nu in handen van het medisch personeel en het ging goed met hem. Paxton liet hen eerst de gewonden uitladen, toen bedankte ze de piloot opnieuw en klom behoedzaam uit de heli. En bijna onmiddellijk werd ze gegrepen en zo hard omgedraaid dat haar helm van haar hoofd viel en haar gouden haar om haar gezicht vloog.

'Wat deed je daar verdomme?' Ze begreep eerst niet eens wie het was. Hij schudde haar door elkaar als een kind, en even dacht ze dat hij haar ging slaan. 'Weet je niet dat je wel dood had kunnen zijn? Waarom ging je daar verdomme heen? Dat hele verrekte gebied is verboden terrein!'

'Ik...' En toen zag ze hem, zijn zwarte ogen schoten vuur van angst. Het was Tony Campobello.

'Hou jij je nooit aan de regels? Of vind je dat je daar te belangrijk voor bent? Je had dood kunnen zijn, en iedereen die bij je was!'

Maar ineens pikte ze het niet meer, en zeker niet van hem. Ze had dit eerder meegemaakt, en hij hoefde haar niet opnieuw een schuldgevoel te geven. Het was deze keer niet haar schuld geweest, en misschien was het ook niet haar schuld dat Bill gestorven was.

'Hou op met die onzin!' schreeuwde ze terug, haar groene ogen schoten vuur als M-16-geweren. 'Ik heb niets gedaan! En niemand is door mijn toedoen gewond geraakt! Je hebt het hele vervloekte Noord-Vietnamese leger op je stoep staan, man. En omdat jouw mannen niet slim genoeg zijn om ze van je eigen rotbasis af te houden, hoef je nog niet zo tegen mij tekeer te gaan! Ik ben hooguit drie meter verder doorgelopen dan de bedoeling was, en ik ben beschoten!'

'Wat verwacht je daar dan verdomme? Dames die thee serveren? Dit is oorlogsgebied, godbetert!' Ze stonden tegen elkaar te schreeuwen, de gewonden waren allang weg, de heli was weer opgestegen, en zij bleven maar schreeuwen. De mannen in de buurt bemoeiden zich er niet mee omdat ze dachten dat het een persoonlijke kwestie was. En dat was het ook. Het ging een hele tijd terug en de lucht moest nu geklaard worden.

Maar terwijl ze tegen hem stond te tieren kwamen er plotseling

tranen in haar ogen. Het waren tranen van woede en frustratie. 'Schreeuw niet zo tegen me!' riep ze. 'Het was niet mijn schuld dat die jongens gewond zijn geraakt!'
'Nee, maar dat had wél gekund!' brulde hij terug. Op dat moment kwamen Ralph en de luitenant eraan in een jeep en ze zagen hoe die twee woedend tegen elkaar tekeergingen, en Ralph gromde geïrriteerd.
Tony hield zich een beetje in toen hij zijn luitenant zag.
Ralph keek hem dreigend en met onverholen woede aan. 'Ben je weer bezig?' vroeg hij nijdig.
Maar voor Ralph was hij ook niet bang. 'Ze had wel dood kunnen zijn,' zei hij bij wijze van uitleg.
'Dat is godzijdank niet gebeurd,' zei de luitenant. Hij was ouder dan Bill, en hij zag er geschokt uit door de gebeurtenissen van die ochtend. 'Misschien was het een beetje voorbarig om de pers uit te nodigen voor een kijkje in de tunnel.' Hun fotograaf was dood, Paxton had het kunnen zijn en Ralph zag grauw van de doorstane emoties.
Ralph keek haar doordringend aan toen hij zei: 'Misschien moeten we een beetje voorzichtiger zijn. Hoe kwam je er in 's hemelsnaam bij om daarheen te gaan?'
'Ik weet het niet. Bertie zei dat hij snel een paar opnames wilde maken, en ik wilde zien wat hij deed. Ik ben gewoon achter hem aan gegaan, en voor ik er erg in had opende iemand het vuur op mij.'
'Als je die radio niet had gepakt, jongedame, zou je daar nog steeds zijn,' zei de luitenant met enig respect. 'Je hebt je hoofd koel gehouden en waarschijnlijk het leven van die jongens gered.'
Ze keek boos naar Tony en antwoordde, nog steeds woedend: 'De sergeant hier denkt dat ik geprobeerd heb ze om zeep te helpen.'
De luitenant glimlachte. Campobello was een van zijn beste mensen, zij het een beetje heetgebakerd.
'Dat heb ik niet gezegd,' gromde Tony. 'Ik zei dat je jezelf bijna de dood in had gejaagd.' En hij had haar de schuld van Bills dood gegeven... maar dat was een andere keer, een ander verhaal.
'Dat komt dichter bij de waarheid,' zei Ralph, en toen Tony en Paxton met hen in de jeep stapten en elkaar nog steeds dreigende blikken toewierpen, praatte Ralph met de luitenant erover dat Berties lijk terug moest naar Saigon. Iedereen had graag met hem ge-

werkt, en zijn dood was een groot verlies. Weer iemand weg. Weer een dode. Hier was moeilijk mee te leven.

'Ik zou graag uw radioman op de basis bedanken,' zei Paxton voor ze vertrokken. De luitenant stelde haar aan hem voor, en er kwamen tranen in haar ogen toen ze hem ontmoette. 'Ik wilde u nog bedanken...' Ze wist niet wat ze tegen hem moest zeggen. Hij had met zijn koelbloedige optreden haar leven gered.

'Graag gedaan, Delta Delta,' zei hij lijzig. Hij kwam ook uit het Zuiden, maar ze vroeg niet waarvandaan. 'Het spijt me dat we je in een netelige situatie hebben gebracht.'

'U hebt me eruit gehaald. Dat is belangrijker.' Ze wist inmiddels dat het met de drie gewonden goed ging. Alleen hun vriend Bertie was niet zo gelukkig geweest. En Ralph was daar erg door van streek toen ze terugreden naar Saigon.

Ze hadden Tony niet meer gezien voor hun vertrek, maar Ralph was nog steeds razend op hem en ventileerde zijn frustratie door tegen Paxton te schreeuwen. Het was voor hen allen een zware dag geweest, een afschuwelijke dag in een afschuwelijke oorlog, en ze hadden niet eens het verhaal waarvoor ze gekomen waren. Ralph zei dat hij een andere keer terug zou komen, maar nu moest hij terug naar Saigon en rapport uitbrengen bij de AP en wat regelingen treffen.

'Wat is dat met jullie? Iedere keer als ik jullie samen zie staan jullie als gekken tegen elkaar te blèren.' De waarheid was dat hij doodsbang was geweest en nu zo opgelucht was dat haar niets was overkomen, dat hij kwaad op haar was.

'Hij beschuldigde me ervan dat ik door mijn onvoorzichtigheid het leven van die jongens in gevaar bracht.'

'Je was onvoorzichtig met jezelf, wat nog erger is. Je bent hier om over deze oorlog te schrijven, niet om dood te gaan om gelijk te krijgen. En ik weet niet waar hij mee zit, maar volgens mij is hij getikt.'

'Klopt,' bevestigde ze met een venijnige blik. Ze was weer hartstikke vies, en overal zat het bloed van de radioman. Het herinnerde haar aan andere missies die ze gedaan had, en aan de reden waarom ze teruggekomen was naar Saigon. Het was niet zo dat ze er zo dol op was, maar ze voelde het als een verplichting hier te zijn. Maar een verplichting aan wie? Aan haarzelf? Haar land? De krant? Of Ralph? Of Peter? Of Bill? Dat was een interessante vraag. Tijdens de terugrit naar Saigon werd niet meer gesproken. Het was voor beiden een rotdag geweest. Ook voor Tony, die een lange wandeling was gaan maken om voor zichzelf vast te stellen wat hij nou precies voor Paxton voelde.

21

Ralph was nog steeds een beetje nijdig op haar toen hij haar de volgende dag tegenkwam op het AP-kantoor, maar ze nam hem mee om te gaan lunchen en na een paar drankjes nam zijn boosheid af.

'Uilskuiken dat je bent, ik dacht echt dat je er geweest was, toen je daar in de bosjes lag met die jongens. Ik verwachtte dat jij als volgende opgehaald zou worden. Ik zag het al helemaal voor me.'

'Ja, ik ook,' gaf ze toe. Ze dronk een *café sua*, sterke koffie die gezoet was met gecondenseerde melk uit een blikje. Een jaar geleden vond ze dat nog walgelijk, nu vond ze het heerlijk.

'Was je bang?' vroeg hij op gedempte toon. Ze glimlachte. 'Toen het voorbij was wel. Op het moment zelf, ik weet het niet... Ik raakte even in paniek en vroeg me af wat ze zouden doen als ze me pakten maar niet zouden doden. Dat vond ik eigenlijk angstwekkender.' Het was al meer dan eens gebeurd dat journalisten gevangen werden genomen, maar meestal werden ze weer vrijgelaten. De Noord-Vietnamezen wilden hun wat propaganda geven om erover te schrijven, maar de mogelijkheid bleef bestaan dat ze een volgende keer wat minder vriendelijk zouden zijn. En de verhalen over de martelpraktijken van de Vietnamezen waren legendarisch. 'Eigenlijk dacht ik er alleen maar aan dat die jongens daar weg moesten voor ze stierven.'

Ralph knikte in gedachten. 'Arme Bertie.'

'Was hij getrouwd?' Paxton kende hem niet zo goed, maar ze had hem altijd graag gemogen.

'Nee. Hij had hier een vriendin. Een meisje uit Cholon, geloof ik. Verder had hij volgens mij niemand. Geen vrouw, geen kinderen. Ik heb zijn ambassade gebeld. Ze sturen hem morgen terug naar Londen.' Ze knikte, dacht aan toen Bill was teruggestuurd naar Debbie. En toen keek Ralph haar aan, hij zag er heel moe uit. 'Word jij hier nou niet ziek van? Altijd dood om je heen te zien, bedoel ik. Soms vraag ik me af hoe het zou zijn om ergens te wonen waar de mensen alleen maar aan kanker sterven

of aan hun eind komen door uit een skilift te vallen.'
Ze glimlachte en wist wat hij bedoelde, hoewel zij er een tijdje uit was geweest. Maar het bleef moeilijk. Het deed steeds weer pijn. En toch scheen niemand van hen in staat te zijn te vertrekken. Ze konden naar huis gaan en de zaken onafgemaakt achterlaten. Dat was gebeurd toen zij terug was gegaan. Maar het leek toen zo verkeerd om thuis te zijn omdat ze diep in haar hart wist dat het niet over was. 'Ja, ik word er ziek van. Dat worden we allemaal.'
'Ik maak me soms zorgen...' zei hij eerlijk. Zijn derde drankje was niet zo goed gevallen, iets wat zelden voorkwam. Ze zag hem niet vaak dronken. 'Ik denk aan France die hier een baby krijgt. Het is een rotwereld om een kind in groot te brengen.'
'Je zou naar huis kunnen gaan, met hen,' zei Paxton zacht, maar ze betwijfelde of hij dat kon. Misschien was hij al te lang hier om zich ergens anders nog op zijn gemak te voelen. Zulke journalisten waren er, die zo lang in landen als Turkije, Algerije en Vietnam hadden gewoond dat ze niet meer terug konden naar New York, Chicago of Londen. Ze vroeg zich weleens af of hij zo iemand was, of zij...
'Ze wil niet met me mee naar huis. Ze wil hier blijven. Ze weet hoe het was toen ze met Ans vader, een Amerikaanse soldaat, was getrouwd. Het leger behandelde haar als een stuk vuil en zijn familie haatte haar. Ze denkt dat de mensen haar op straat zullen stenigen als ze met me meegaat naar Amerika. En weet je wat, Pax? Ik ben er niet zo zeker van dat ze dat niet zullen doen. Ik weet niet of ik wel het recht heb om haar hier weg te halen. Maar dit is een beroerde plek om op te groeien. In Amerika zou ik zoveel voor An kunnen doen. Maar hier... ik ben al blij als ik hem veiligheid en fatsoenlijk voedsel kan bieden, en uit de problemen kan houden.'
An was nauwelijks meer dan een baby, maar Paxton wist dat er kinderen van vijf waren die heroïne verkochten op straat. Zo'n kind was An natuurlijk niet. France zorgde uitstekend voor hem en hield hem thuis bij haar. Hij ging naar een Franse, katholieke peuterschool die ooit heel exclusief was geweest, en zijn moeder was op en top dame. Maar ze leefden in een stervende wereld, en in die wereld zou hun baby geboren worden.
'Hoe voelt ze zich overigens?' vroeg Paxton.
'Dik.' Hij lachte. 'Ze is leuk.' En hij was enthousiast over de baby. Hij had nooit kinderen gehad, en nu hij op zijn negenender-

tigste vader ging worden vond hij dat reuze opwindend, hoewel hij tegenover zijn vrienden een beheerste onverschilligheid tentoonspreidde.

Ralph ging weer terug naar kantoor en Paxton ging naar Hotel Catinat op de Nguyen Hue om te zwemmen, en daarna naar het Caravelle om haar verhaal te schrijven. Ze had haar gedachten nog niet geordend na wat er de vorige dag in Cu Chi was gebeurd en diep in gedachten liep ze door de lobby van het hotel. Ze schrok op toen iemand haar arm aanraakte en was verbaasd Tony voor zich te zien.

'Ik...' Ze wist niet wat ze tegen hem moest zeggen en vroeg zich af of hij weer tegen haar zou gaan schreeuwen. Die vorm van converseren scheen zijn voorkeur te hebben. 'Wat doe jij hier?'

Hij werd vuurrood toen hij haar aankeek. Het was gemakkelijker met haar om te gaan als ze in veldtenue en kistjes was en dat verbluffende gouden haar onder een helm was verstopt. Maar nu zag ze er ineens heel mooi en heel vrouwelijk uit, en hij voelde zich nogal dwaas terwijl hij naar haar keek. Hij had spijt dat hij gekomen was, maar hij had gevonden dat hij dat doen moest.

'Ik moet je weer mijn excuses aanbieden.' De donkerbruine ogen keken in haar groene, en even zag hij er bijna jongensachtig uit. 'Ik had gisteren niet zo tegen je moeten schreeuwen. Ik... ik zat in angst om je, en was opgelucht dat je oké was, en... het was moeilijk je daar weer te zien. Dat bracht herinneringen boven.' Zijn ogen waren vochtig toen hij dat zei. Hij miste Bill Quinn nog steeds, meer dan een hoop andere mannen, maar hij was ervan overtuigd dat zij dat ook deed. En hij was niet iemand die zijn gevoelens kon verbergen. 'Het moet voor jou ook moeilijk zijn geweest.'

Ze knikte, ontroerd door zijn eerlijkheid. Het maakte het gemakkelijker met hem te praten. 'Ik besefte helemaal niet dat we daar heen gingen. Ik ging gewoon mee voor de rit, voor het verhaal, en toen waren we ineens daar, en ik kon alleen maar denken...' Tranen sprongen in haar ogen. Ze schudde haar hoofd en keek een andere kant op. Toen keek ze hem weer aan. 'Misschien had je indertijd gelijk. Als je te vol bent van iemand raak je misschien wel in de problemen, of misschien andere mensen...'

'Dat had ik nooit tegen je mogen zeggen. Daardoor is hij niet gestorven, zelfs al wilde ik jou de schuld geven. Ik wilde je de schuld geven omdat ik het spuugzat was om Charlie de schuld te geven.

Charlie heeft zoveel fijne kerels die ik kende gedood. En hij heeft het weer gedaan. Het was net zo goed Bills fout,' zuchtte hij. 'Hij had nooit die tunnel in moeten gaan, en dat wist hij. Maar hij was een van die mensen die altijd de verantwoordelijkheid op zich nemen. Hij moest het altijd zelf doen, in plaats van iemand anders, en al die andere keren had hij gewoon geluk. En gisteren liep je er gewoon in. We hadden een complete eenheid Vietcong in onze achtertuin zitten en jij wandelde erin. Iemand zou dat toch wel gedaan hebben, hoe dan ook, en alles bij elkaar genomen ging het behoorlijk goed. Maar ik heb een poosje gedacht dat ze je te pakken zouden krijgen en de gedachte alleen al maakte me gek.'

'Dank je,' zei ze, en ze keek hem met een flauwe glimlach aan, 'dat je bezorgd was.' Omdat je zoveel van de dood zag, was het gemakkelijker om je nergens meer iets van aan te trekken, niets meer te voelen voor iets of iemand. Want als je dat wel deed kon het je dood zijn. 'Toen ik er op weg naar huis over nadacht, was ik ook behoorlijk bang. Toen ik daar zat met die jongens, had ik niet veel tijd om ergens aan te denken voor ze ons kwamen ophalen.'

'Het was op het nippertje,' bekende hij haar. Hij en de luitenant hadden er na afloop over gepraat, en het had een heel akelig verhaal kunnen worden. 'Het had beide kanten op kunnen gaan.' Hij werd al beroerd als hij eraan dacht.

'Ik heb geluk gehad. Ik was eigenlijk net op weg naar boven om erover te schrijven.'

'O.' Hij zag er teleurgesteld uit. 'Ik moest wat papieren ophalen bij MacVee, en ik dacht dat je... ik bedoel, ik wist niet... Je wilt zeker niet ergens een kop koffie gaan drinken?'

Ze aarzelde even, wist niet zo goed wat hij van haar wilde. Maar het verhaal kon wachten, en ze waren allebei behoorlijk van de kook geweest door het gebeurde. Misschien was het een goed idee om een kopje koffie te gaan drinken en vrede met hem te sluiten. Ze vermoedde dat hij ondanks zijn norse uiterlijk volkomen ongevaarlijk was. 'Ja, hoor. Dat verhaal kan ik later wel schrijven.' Ze ging met hem mee naar buiten en ze liepen een klein stukje naar een terrasje op de Tu Do. Ze zaten vooraan met het volle zicht op de chaos en het verkeer en het straatleven, maar beiden beschouwden dat als normaal.

'Ralph zegt dat we altijd tegen elkaar aan het schreeuwen zijn,' zei ze glimlachend, en ze nam een slokje van haar 'thom xay'.

Hij moest erom lachen. 'Ja, dat doen we inderdaad, hè?' Hij keek een beetje schaapachtig en zei: 'Ik geloof dat dat mijn schuld is.'
'Dat kun je wel zeggen.' Ze lachte tegen hem en hij ontspande zich.
'Ik kan er niets aan doen. Ik heb een erg Italiaans temperament.'
'O, is dat het.' Ze lachte nog steeds. 'Volgens Ralph komt het omdat we alle twee getikt zijn.'
'Dat is ook een mogelijkheid.' Hij grijnsde naar haar, en het viel haar op dat hij een heel aantrekkelijke glimlach had als hij een beetje ontspannen was. 'Zo word je hier vanzelf.'
'Is dat een diagnose of een waarschuwing?'
'Beide, denk ik.'
Gek genoeg was het gemakkelijk omgaan met hem, ondanks alle ellende die ze hadden doorgemaakt en de pijn die hij haar had gedaan. 'Ben je getrouwd?' vroeg ze ongedwongen. Hij was er in elk geval oud genoeg voor. In het heldere zonlicht schatte ze zijn leeftijd goed. Hij was precies zeven jaar ouder dan zij. Hij was dertig.
'Nee.' Hij schudde zijn hoofd. 'Wel geweest. Ik ben gescheiden voor ik hierheen ging. Eigenlijk...' Hij zuchtte, en besloot eerlijk tegen haar te zijn. Ze was iemand tegen wie je dat kon zijn. 'Dat is zo'n beetje waarom ik hier ben. Mijn vrouw en ik zijn getrouwd toen we achttien waren. We gingen op de middelbare school al met elkaar. We kregen al heel gauw een dochtertje. Je weet wel, een jaar later, bedoel ik. We zijn niet daarom getrouwd,' legde hij nog uit. 'Ze stierf aan leukemie. We waren er kapot van. We begrepen het gewoon niet. Ze was pas twee jaar, hoe kon ze nou dood gaan? Hoe kon God ons zoiets aandoen? Je weet wel, dat soort dingen.' Hij wendde zijn hoofd af, de herinnering deed nog steeds pijn. 'En toen kwam er een zoontje.' Zijn ogen straalden toen hij haar aankeek. 'Een fantastisch joch. Joey. Joe. We hebben hem naar mijn vader genoemd. En het grappige is dat hij nog precies op hem lijkt ook.' Hij was heel ver weg als hij over zijn zoontje praatte. Paxton zat geroerd te luisteren. 'Hij is grandioos. Hoe dan ook' – zijn gezicht versomberde toen hij verder ging – 'toen Joey twee was zei Barbara, dat is mijn vrouw, dat ze wilde scheiden. Dat was dat. Na een huwelijk van zeven jaar, de dood van het kind vijf jaar geleden en Joey nog maar twee, was het ineens over, wilde ze ermee kappen. Ik dacht dat ik doodging.' Hij keek Paxton oprecht aan toen hij zei: 'Ik wist niet of ik haar om zeep wilde helpen of mezelf.'

'Wat was er gebeurd? Waarom? Had ze er gewoon genoeg van?'
'Nee' – hij keek haar verbitterd aan – 'of eigenlijk is het ja. Ze had genoeg van *míj*. Waarvan dan ook. Ze was verliefd geworden op mijn broer. Hij is twee jaar ouder dan ik en was altijd de ster van de familie. Tommy de geweldige. Tommy de fantastische. Tommy die het zo goed deed op school. En ik, ik werkte me rot met mijn vader en redde zijn zaak. Tommy werd accountant en ging in de stad werken en vervolgens rechten studeren. Hij is nu advocaat. Hoe dan ook, ze liet mij in de steek en trouwde met hem. En ik dacht: barst dan maar. Joey vond hem het einde, en hoe vertel je een kind dat zijn oom nu zijn vader is, en dat zijn moeder een waardeloze bedriegster is? Mijn ouders zeiden dat ik geen heisa moest maken omdat het de familie kapot zou maken.' Hij maakte een hulpeloos Italiaans gebaar. 'Dus ben ik weggegaan en hier gekomen. En ik ben niet meer thuis geweest. Dat is het hele verhaal.'
Hij zat even naar het verkeer te kijken, terwijl zij nadacht over wat hij had verteld. 'En heb je Joey sindsdien niet meer gezien?' Ze stond versteld van zijn verhaal.
Tony keek haar aan en schudde zijn hoofd. 'Nee. Wat kan ik tegen hem zeggen? Dat ik zijn moeder haat?'
'Doe je dat?' vroeg ze eenvoudigweg.
'Ik heb het gedaan. Nu weet ik niet meer wat ik voel. Er was een tijd dat ik 's avonds in bed lag en zo giftig werd dat ik haar wilde vermoorden. In plaats daarvan ben ik Charlie maar gaan vermoorden. Maar eerlijk gezegd... ik weet niet eens of ik nog kwaad op haar ben. Misschien heeft ze de juiste keuze gemaakt. Ze hebben nog drie kinderen gekregen, ze is gelukkig, Tommy houdt van haar, Joey ziet er prima uit op de foto's en ze is gek op hem. Dus wie kan zeggen dat ze er verkeerd aan hebben gedaan? En weet je, eerlijk gezegd kan ik me soms niet eens meer herinneren hoe ze eruitziet.'
'Het gekke is dat dat gebeurt met haat,' zei Paxton. 'Je bent zo druk met haten, dat je soms vergeet waar het eigenlijk om begonnen is.' Dat was in Vietnam gebeurd, en op andere plaatsen, in andere levens.
'Je bent een interessante vrouw,' zei hij ernstig. 'Dat heeft indruk op me gemaakt toen je weg was. Barbara zou zoiets nooit gedaan hebben voor Bill, de brieven en dingen ophalen zodat zijn vrouw ze niet in handen kreeg. Zij maakte er voor mij geen geheim van

dat ze met mijn broer naar bed ging. Maar jij kwam terug, je ging dat hele eind om de brieven die je aan hem had geschreven te halen, zodat ze het nooit zou weten en je haar niet zou kwetsen. En je kende haar niet eens.'

'Ik deed het voor hem.' Maar ook voor hen. Ze had het voor de kinderen gedaan.

'Je hield veel van hem, hè?' Tony moest het vragen.

Ze knikte. 'Ja.' En toen wilde ze het weten. 'Waarom had je toen zo'n hekel aan me? Ik bedoel, in het begin.'

Tony haalde diep adem en probeerde het te verklaren, zowel voor zichzelf als voor haar. 'Ik weet het niet... ik denk dat ik misschien bang voor je was. Dat je hem zou afleiden en hem onvoorzichtig zou maken. Dat meende ik. Ik heb het met andere mannen zien gebeuren. Ze sterven omdat ze verdwaasd naar de foto van een of andere juf staren terwijl ze op een mijn stappen en opgeblazen worden. Maar om je de waarheid te zeggen, zo was hij niet. Ik weet niet, misschien irriteerde het me gewoon... wie zal het zeggen?' Hij zag er weer ontzettend Italiaans uit. 'Misschien was ik jaloers. Het leven is hier soms een stuk eenvoudiger zonder vrouwen.' Dat was waar. Het was voor vrouwen soms ook eenvoudiger zonder mannen. Maar aan de andere kant, soms was het beter mét hen.

'Hij had heel veel waardering voor je,' zei ze tegen Tony, als een laatste geschenk van Bill aan hem.

'En hij hield heel veel van jou,' zei Tony zacht. 'Ik zag het aan zijn gezicht als hij het over je had. Denk je dat hij zijn vrouw verlaten zou hebben?' Hij kon niet nalaten het te vragen. Hij had zich dat later afgevraagd, en Paxton ook.

'Waarschijnlijk niet,' zei ze eerlijk en ze roerde in haar drankje. 'Ik denk niet dat hij zijn kinderen in de steek had gelaten. Het is niet moeilijk om hier van iemand te houden, in de roes van het moment. Het is voor ons allemaal gemakkelijker hier. Je weet niet of je de volgende week nog leeft. Je hoeft je er geen zorgen over te maken of het huwelijk wel zal standhouden, of je zijn werk wel leuk vindt, of hij je familie zal mogen, waar je wilt gaan wonen. Je moet alleen lang genoeg in leven blijven om een weekend naar Vung Tau te gaan. In sommige opzichten is het heel simpel.'

Er zat veel waars in wat ze zei, wist hij. 'Hoe lang blijf je deze keer hier?' vroeg hij, nog steeds nieuwsgierig naar haar. Maar hoe beter hij haar leerde kennen, hoe meer ze hem beviel, ook al bracht

ze hem soms tot razernij. Hij werd gek van haar onafhankelijkheid, haar moed, haar weigering te doen wat haar gezegd werd. Maar tegelijkertijd raakte ze zijn hart met haar fatsoen, haar warmte, haar eerlijkheid, haar goedheid.
'Ik blijf zolang als ik het uithou.' Ze glimlachte. 'En zolang ze mijn werk opnemen.'
'Ik hoor dat je goed bent.'
'Ik weet niet.' Ze haalde haar schouders op. 'Ik hou van schrijven.'
Hij lachte. 'Ik vind het al erg als ik een brief moet schrijven. Ik schrijf Joey zo vaak als ik kan. Maar het is moeilijk. Ik heb hem al zo lang niet gezien.'
'Vind je niet dat je binnenkort eens terug moet om hem op te zoeken?'
'Misschien,' antwoordde hij. Maar in werkelijkheid was hij er bang voor. 'En misschien moet ik hem met rust laten. Wat heb ik hem nog te bieden? Tommy doet het echt goed. En aangezien Joey dezelfde achternaam heeft, denkt toch iedereen dat hij Tommy's zoon is. Waar heeft hij mij voor nodig?'
'Je bent nog steeds zijn echte vader. Hoe noemt hij je als hij schrijft?'
Met verstikte stem antwoordde Tony: 'Papa.' En na een lang zwijgen zei hij: 'Misschien dat ik hem na deze periode ga opzoeken.'
Ze knikte goedkeurend. 'En wat is er met het familiebedrijf gebeurd? De groenten?' Ze glimlachte en hij glimlachte terug.
'Mijn vader is vorig jaar overleden en mijn moeder heeft het bedrijf verkocht. Goed verkocht. Tommy zorgt nu ook voor haar. Ze heeft het geld tussen Tommy en mij verdeeld. Als ik terugga, kan ik er iets mee gaan doen, maar ik heb nog niet bedacht wat. Ik heb er weleens aan gedacht naar Californië te gaan en een boerderij te kopen, of misschien een wijngaard in Napa Valley. Zoiets. Ik wil iets doen met de aarde, het land...' Zijn ogen begonnen te schitteren toen hij erover sprak. 'Dat is het enige dat me echt bevalt aan Vietnam, die vruchtbare rode aarde, en dat ongelooflijk welige groen...' Hij glimlachte tegen Paxton en voelde zich een beetje dwaas. 'Ik denk dat ik in mijn hart nog steeds een boer ben. Misschien zou Joey me wel een keer op willen zoeken als ik zoiets kocht.'
'Daar ben ik van overtuigd.' En iets aan hem zei haar dat het hem zou lukken. In zijn hart was hij een gewone man, met gewone

idealen en fatsoenlijke, ongecompliceerde maatstaven. Maar hij was ook snugger. Hij was de Vietcong niet te slim af geweest in de tunnels van Cu Chi omdat hij geen hersens had. Maar ze was benieuwd naar wat hij met zijn leven ging doen als hij terug was in Amerika. Het was duidelijk dat het niet gemakkelijk zou worden voor hem. En het verhaal over Joey was echt aandoenlijk.
'Ben jij ooit getrouwd geweest, Paxton?' Hij was ook nieuwsgierig naar haar, en hij had haar net zijn hele levensgeschiedenis verteld.
'Nee, nooit.'
'Hoe oud ben je?'
'Drieëntwintig. Na college ben ik meteen hierheen gegaan.'
'Waarom?'
Ze vertelde hem over Peter, Gabby, haar moeder en George. En hoe vervreemd ze zich van hen had gevoeld toen ze na Bills dood terug was gegaan. 'Ik weet niet meer wat ik in Amerika moet doen. Het enige dat ik weet is dat ik nog niet terug kan.'
'Wees voorzichtig,' waarschuwde hij terwijl hij achterover ging zitten in zijn stoel en de dampen van Saigon opsnoof. 'Deze plek werkt verslavend. Net zoals de soldaten die je ziet die verslaafd zijn aan heroïne en ander spul' – en daar waren er de laatste tijd veel van – 'zijn er mensen zoals wij die op hun eigen manier net zo verslaafd zijn, en ons kunnen ze niet laten afkicken.'
Ze wist precies wat hij bedoelde, maar had er ook geen oplossing voor. 'Ik denk dat we gewoon moeten blijven tot we het zelf verwerkt hebben,' zei ze, en ze dacht daarbij ook aan Ralph.
'Ja.' Tony knikte. 'Of tot we doodgaan. Dat kan ook nog. Gisteren was je daar trouwens verdomd dichtbij.' En daar was hij helemaal niet blij mee.
'En jij niet? Jij moet er wel duizend keer dichtbij zijn geweest. Ik begin te geloven dat het gewoon een kwestie van geluk is.' Beiden wisten dat dat waar was, hoeveel jongens werden er niet de dag voor ze naar huis zouden gaan gedood? Heel veel. Het gebeurde gewoon.
'Misschien heb ik inderdaad gewoon geluk.' Hij haalde zijn schouders op. 'Althans tot nu toe. Zo dacht ik er niet over voor ik hiernaartoe kwam.' Hij doelde weer op zijn vrouw. Toen haalde hij een foto van Joey uit zijn portefeuille en liet die aan Paxton zien. 'Hier was hij zes, nu is hij zeven.'
Paxton glimlachte toen ze de foto zag. 'Hij lijkt sprekend op jou.'

'Arm kind.' Tony lachte. Er zat ook een foto van Barbara in zijn portefeuille, maar die haalde hij er nog maar zelden uit. En er waren sindsdien andere vrouwen geweest. Verpleegsters, milva's, en een paar meisjes uit de buurt van Cu Chi. Er was een heel mooi meisje geweest toen ze twee jaar geleden Ben Suc ontruimden. Maar hij had geen barst om een van hen gegeven. Hij had met hen nooit gehad wat zij met Peter en Bill had gehad. Niet sinds Barbara. En hij kon zich nauwelijks nog herinneren hoe dat voelde. Hij wist alleen dat wat hij in Bills ogen had gezien, een soort van licht en vrede, voor hem al jaren geen betekenis meer had.
Ze wandelden op hun gemak terug naar haar hotel op de Tu Do, hoorden het geschreeuw, de tetterende claxons, de voorbijsnellende fietstaxi's, de fietsbellen, het gillen, krijsen en schreeuwen dat bij Saigon hoorde.
Toen ze de trap van haar hotel bereikten, draaide hij zich om en keek haar heel ernstig aan. 'Dank je dat je de middag met me wilde doorbrengen, Paxton. Het verbaast me dat je het deed, ik heb me elke keer als ik je ontmoette als een hufter gedragen.'
Ze moest lachen om zijn eerlijkheid. 'Doe niet zo mal.'
Hij wilde haar vertellen hoe mooi ze was, voor het geval dat hij haar nooit meer zou zien, maar hij deed het niet. Er was iets anders dat hij wilde zeggen, en toen hij haar dat vroeg, voelde hij zich eigenaardig nerveus. 'Je wilt zeker niet een keer met me gaan eten, hè?'
Ze zag er even geschrokken uit, maar knikte toen. Ze wist niet zo goed wat ze van hem denken moest, maar misschien had hij gewoon behoefte aan vriendschap, en daartoe was ze bereid. 'Jawel... dat zou ik leuk vinden...'
'Ik bel je een keer.'
'Bedankt, Tony.' Ze gaf hem een hand en ging naar boven om haar verhaal over de gebeurtenissen van gisteren te schrijven. Toen ze daarmee klaar was, zat ze een hele tijd in het niets te staren en dacht aan het jongetje wiens vader hem vijf jaar geleden had verlaten om naar Vietnam te gaan. Ze wist niet waarom, maar zonder hem ook maar te kennen, ging haar hart uit naar Joey.

22

Tony belde de week daarop toen hij weer in Saigon was. Zij was op dat moment op pad met Ralph en een paar anderen, maar toen ze terugkwam belde ze hem op het nummer dat hij voor haar had achtergelaten. Hij logeerde bij vrienden op de Tan Son Nhut-basis en hij vroeg of ze met hem uit eten wilde en misschien daarna een film wilde zien op de basis. Het leek haar wel leuk, ze had al in geen eeuwen een film gezien.

Hij zou haar om zeven uur ophalen en ze had net genoeg tijd gehad om te douchen, haar haar te wassen en wat anders aan te trekken toen hij op haar deur klopte. Ze gingen naar het restaurant Ramuntcho dat op de parterre van het Eden-gebouw was.

Het was een goed Frans restaurant waar veel soldaten kwamen. Niemand lette op hen terwijl ze praatten, lachten en grapjes maakten. Nu ze elkaar een beetje beter kenden, voelden ze zich tijdens het eten ontspannen en op hun gemak. Hij had een goed gevoel voor humor en ze lag af en toe dubbel om zijn visie op het soldatenleven.

'Waarom teken je dan in vredesnaam steeds weer bij?' vroeg ze.

'Ik heb niets anders te doen. Ik heb twee jaar avondschool gedaan. Ik spreek vloeiend Spaans. Ik was erg goed in het omdoen van luiers.' Hij had buitengewoon goed voor een stervend kind gezorgd. 'Ik word verondersteld over sterk leiderschap te beschikken, en ik ben al viereneenhalf jaar tunnelrat. En wat heb ik daar allemaal aan? Een baan in de riolen van New York? Wat kan ik anders doen?'

'En hoe zit het dan met je boerderij of de wijngaard in Napa Valley?'

'Daar heb ik nog tijd zat voor. Bovendien,' bekende hij, 'hou ik er niet van onafgemaakte zaken in de steek te laten.' Toch had hij zijn zoon in de steek gelaten. Maar toen was hij vijfentwintig en had zich volkomen hulpeloos gevoeld. 'En jij?' vroeg hij haar. 'Wat ga jij worden als je later groot bent?'

'Dorothy in *The Wizard of Oz*,' zei ze zonder enige aarzeling. 'Ik heb iets met rode schoenen.'
'Nu weet ik waarom ik je mag.' Hij grinnikte. 'Je bent gek.' En toen werd hij weer serieus. 'Wil je voor een krant blijven werken als je teruggaat?'
'Ik denk het wel. Ik heb altijd al in de journalistiek gewild en eerlijk gezegd vind ik het heerlijk werk.'
'Je boft. Het is een prettige en respectabele manier om je brood te verdienen.' En ineens dachten ze beiden aan wat er bijna met haar in Cu Chi was gebeurd, en ze schoten alle twee in de lach. 'Nee, dat moest ik maar terugnemen, lijkt me. Wat heb je deze week trouwens allemaal gedaan?' En toen ze hem dat vertelde was hij onder de indruk van de gebeurtenissen die ze had verslagen. Ze was niet bang om vuil te worden, of onder schot genomen te worden, of de gruwelijke kant van de oorlog te zien, en hoewel hem dat bang maakte voor haar, respecteerde hij het ook.
Uiteindelijk besloten ze de film maar over te slaan. In plaats daarvan gingen ze naar de bar in haar hotel en praatten urenlang over zichzelf, Vietnam, Tony's familie, haar familie, en zelfs over Queenie.
'Ik heb het gevoel alsof ik je al mijn hele leven ken,' zei hij waarderend toen hij die avond afscheid nam van Paxton. Er ging iets zo warms en hartelijks van haar uit dat het niet moeilijk was om vrijuit tegen haar te praten en haar te leren kennen.
'Dat gevoel heb ik ook,' bekende ze. 'Ik maak hier geen gewoonte van.' Maar het had hun alle twee goed gedaan. Ze had hem zelfs verteld hoe ongemakkelijk ze zich altijd met haar moeder had gevoeld. Alleen die ene keer, nadat Peter was omgekomen, was het anders geweest tussen hen. Maar toen ze terugkwam uit Vietnam had ze weer geen contact met haar kunnen krijgen. Ze waren gewoon te verschillend.
'Zo'n vriendschap als met jou heb ik sinds mijn jeugd niet meer gehad,' zei hij lachend, 'je weet wel, het soort maatje waar je alles tegen kunt zeggen.' Met Barbara had hij dat ook gehad toen ze heel jong waren. Maar sindsdien nooit meer.
'Wanneer kom je weer naar Saigon?' vroeg ze toen ze in de lobby stonden. Het was na tweeën en ver na spertijd.
'Weet ik nog niet. Ik bel je wel.' Hij leek even te aarzelen, stak toen zijn hand uit en raakte haar schouder aan.
Het telefoontje kwam al twee dagen later, hij had zijn vrije dag

met iemand geruild. Hij stelde weer voor om naar de film te gaan en deze keer kwamen ze bijna tot aan de Tan Son Nhut-basis, maar iemand had op de weg een auto opgeblazen en er was een enorme verkeerschaos. Ten slotte draaiden ze maar weer om en reden terug naar Saigon.

'Wat wil je nu doen? Radio City Music Hall? Een leuke Broadway-show? Een hamburger en milkshake bij Schrafft?'

'Hou op,' kreunde ze. 'Zo krijg ik heimwee.'

'Zullen we gaan dansen in de Pink Nightclub?'

'Laten we naar jouw huis gaan en tv kijken en popcorn eten,' plaagde ze, en nu kreunde hij.

'Ach wat. Laten we teruggaan naar je hotel en wat kletsen.' En dat deden ze weer, en deze keer trok hij haar bij het afscheid in de lobby in een donkere hoek en kuste haar. Hij haalde zijn vingers door haar haar en beroerde de zachte huid van haar schouders, en hij kreunde bijna, alleen al de gedachte aan haar deed zo'n pijn. 'Dit begint moeilijk te worden,' zei hij met de stem van de Munchkins uit de *Wizard of Oz*, terwijl hij zijn broek recht trok. Ze moest om hem lachen.

'Je bent onmogelijk,' zei ze, en kuste hem weer.

'Ik ben buitengewoon mogelijk, dat verzeker ik je. Wil je me uitproberen?' fluisterde hij in haar nek. Ze grinnikte. 'Je hoort me op een moment als dit niet aan het lachen te maken,' fluisterde ze tegen hem.

Hij kuste haar stevig op de lippen. 'Neem me niet kwalijk...' En toen, zomaar uit het niets, zei hij: 'Laten we naar boven gaan, Paxxie...'

'Ik ben bang...' fluisterde ze terug.

'Niet bang zijn.'

Maar dat was ze wel. Degenen van wie ze gehouden had waren gestorven, en als dat nou eens met hem gebeurde? Dat wilde ze hem niet aandoen, en zichzelf ook niet, ze kon het gewoon niet. Ze probeerde dat aan hem uit te leggen terwijl ze daar stonden. Hij keek haar teder aan en streek haar zijdeachtige blonde haar voorzichtig van haar schouders. 'We hebben het niet voor het zeggen, Pax. Het staat allemaal in de sterren, het is in Gods handen. Wat gebeurt, gebeurt... Het is niet jouw schuld wat er met Bill gebeurde... of met Peter... wat ik toen ook gezegd mag hebben. En wat er met mij gebeurt is ook niet aan jou. We moeten gewoon nemen wat we kunnen zolang het nog kan. En van elkaar houden en er voor elkaar zijn zolang we kunnen. Als er iets gebeurt, hebben we ons best gedaan. Paxton, je kunt je niet voor de rest van je leven verstoppen uit angst voor wat er met iemand zou kunnen gebeuren.'

'Maar ik heb het gevoel dat ik ze gedood heb,' zei ze droevig en met tranen in haar ogen.

Hij haatte zichzelf om wat hij tegen haar had gezegd toen hij haar nog niet echt kende. 'Je hebt niemand gedood en dat weet je best... Je bent gewoon bang.' Hij sloeg zijn armen om haar heen en hield haar stevig tegen zich aan. 'Maar, liefje, wees alsjeblieft niet bang. Ik heb nog nooit zo van iemand gehouden als van jou... Loop niet van me weg, alsjeblieft...' Toen keek hij naar haar zoals hij nog nooit naar een vrouw had gekeken, en zei iets dat hij nog nooit tegen iemand had gezegd, maar het was waar, en hij durfde het te zeggen. 'Lieverd, ik heb je nodig.' Ze hadden elkaar nodig, en ze hadden allemaal iemand nodig. De onmenselijkheid van wat ze doormaakten konden ze niet aan zonder iemand die hen erdoorheen sleepte.

Hij liep mee naar haar kamer en dacht aan wat ze gezegd hadden. Bij haar kamer aangekomen trok hij haar dicht tegen zich aan en kuste haar heel lang, en toen hij zich van haar losmaakte keek hij haar met een tedere glimlach in de ogen. 'Wat er ook met ons gebeurt, Paxton... wat je ook besluit... ik zal altijd van je houden.' Toen liep hij zonder zich nog om te draaien snel de trap af, terwijl zij hem nakeek.

23

Een week later kreeg ze een telegram van de Wilsons in San Francisco. Gabby had weer een dochtertje gekregen, ze noemden haar Mathilda, en moeder en kind maakten het goed. Paxton was blij voor haar, maar het leek allemaal zo ver weg, zo ver verwijderd van het leven dat zij nu leidde. En in de rest van die week stond de telex vol berichten over een ongelooflijke bijeenkomst van de jeugd voor een concert in een plaats die Woodstock heette.

Ze was weer uit geweest met Tony, en deze keer waren ze eindelijk in de bioscoop terechtgekomen en hadden *The Producers* gezien die ze alle twee geweldig vonden. Ze hadden ook een fantastisch extra-journaal gezien over de eerste man die op de maan gelopen had, een paar weken geleden. Tony zat er met betraande ogen naar te kijken. Na afloop namen ze hamburgers en milkshakes op de basis en praatten over hun kindertijd. Die van haar in Savannah en die van hem in New York verschilden als dag en nacht en toen ze hem vertelde over de Dochters van de Burgeroorlog, weigerde hij haar te geloven.

'Paxton, alsjeblieft... je wilt toch niet beweren dat er mensen zijn die zich daar nog mee bezighouden. De Burgeroorlog? Niet te geloven.'

Ze had hem ook andere dingen verteld, over haar vader en de dingen die ze met hem samen deed, en over haar geliefde zaterdagochtenden op zijn kantoor. En hij vertelde haar dat hij elke zomer voor zijn vader werkte in The Bronx, dat het zijn familie toen langzamerhand beter ging en dat ze uiteindelijk wat geld hadden. Hoe hard hij had gewerkt als kind. Hoe hij zich een echte man voelde en hoe heerlijk hij dat vond. En hoe hij zich had gevoeld toen hun eerste kind geboren werd, hun dochtertje, en hoe hij zich had gevoeld toen ze ziek werd en stierf. Hij dacht er kapot aan te gaan. En toen kwam Joey als een klein wonder, zo gezond, zo sterk en zo anders.

'Je kunt je niet voorstellen hoe dat was.' Zijn ogen glansden bij de herinnering aan de dag dat Joey geboren werd, hoewel hij er niet te vaak aan wilde denken. 'Het is het geweldigste gevoel ter wereld... kinderen krijgen.' En toen, alsof het nu pas bij hem opkwam: 'Wil jij ooit kinderen, Pax?' Er waren nog dingen die hij niet van haar wist, hoewel niet veel. Als je samen was op een plek als deze, leerde je dingen over elkaar die je anders meestal in een heel leven nog niet te weten kwam.

'Ik denk het wel. Ik heb er nooit zo over nagedacht.' En toen kwam langzaam de herinnering boven. 'Nee, dat is niet waar.' Ze wilde altijd eerlijk tegenover hem zijn. Zo zat ze nou eenmaal in elkaar. 'Toen met Peter dacht ik wel dat ik later kinderen wilde... Met Bill lag het anders omdat ik mezelf niet toestond te denken dat hij werkelijk met me zou trouwen, om later niet al te teleurgesteld te zijn. Het gekke is dat ik altijd een zekere reserve voel bij andermans kinderen.'

'Dat heb je niet als ze van jezelf zijn,' zei hij geruststellend. 'Het is zo anders. Het is gewoon een wonder. Het is moeilijk uit te leggen, maar je voelt die ongelooflijke band, wetend dat dat kind voor altijd een deel van jou zal zijn.'

Ze keek hem over de milkshake teder aan. 'Is dat het gevoel dat je voor Joey hebt, zelfs nu?'

Hij knikte, dacht erover en keek haar toen aan. 'Ja.' Er scheen voor hem geen twijfel aan te bestaan, ondanks alles wat er was gebeurd.

'Dan zou je een keer terug moeten gaan en hem opzoeken.'

'Ja, dat denk ik ook,' zei hij met hese stem.

Later die avond gingen ze ergens dansen en daarna liep hij met haar mee naar haar hotel en met zijn arm om haar schouders liepen ze de trap op. Hij verwachtte niet dat ze hem binnen zou vragen, dus maakte hij aanstalten om weg te gaan nadat ze elkaar gekust hadden, maar ze trok zachtjes aan zijn mouw en toen hij omkeek naar haar zag hij dat de kamerdeur open stond. Hij durfde niet te vragen wat de bedoeling precies was. Hij volgde haar gewoon naar binnen, deed de deur achter zich dicht en kuste haar zoals hij in jaren niemand gekust had, als dat al ooit gebeurd was. En zij reageerde zoals ze nog nooit op iemand had gereageerd. Met hem was alles anders: wat ze dacht, wat ze deed, wat ze voelde. Bij hem was ze weer jong, en oud, en ongelooflijk vrouwelijk, en totaal op haar gemak. Het was of ze voor hem geboren was en haar hele leven op hem had gewacht.

Zijn gevoelens ten opzichte van haar waren precies hetzelfde, en na afloop, toen ze naast elkaar in bed lagen, zei hij dat ook. 'Ik heb nooit van iemand gehouden als van jou, Pax. Ik zou het liefst vanavond nog mijn spullen pakken en er als de bliksem met je vandoor gaan tot we voor altijd gezond en wel thuis zijn.' Maar hier was het gevaarlijk om zo te denken en dat wisten ze beiden. Hij bleef die nacht bij haar, en nog vele nachten nadien. En aan het einde van de zomer leek het wel alsof ze getrouwd waren. Ze gingen overal samen heen als hij vrij had, en ze vroeg zijn mening over dingen die ze nooit eerder met iemand besproken had, zelfs over de missies die ze met Ralph ondernam.

En Tony vertelde haar alles, behalve over zijn eigen missies als hij dacht dat ze te gevaarlijk waren en haar bang zouden kunnen maken.

Ralph werd ook wat toegevender ten opzichte van hem, en begin september gingen ze met z'n vieren uit eten. Die arme France had inmiddels een reusachtige omvang en Ralph plaagde haar met haar uiterlijk, maar later zei Tony dat hij vond dat ze er prachtig uitzag, en dat vertederde Paxton. Ze kon zich niet voorstellen dat ze er zelf ooit zo uit zou zien of een baby in zich zou hebben. Een keer dacht ze de baby te zien schoppen, en het feit dat France zich daar niets van aan leek te trekken fascineerde haar.

'Doet dat geen pijn?' vroeg ze later aan Tony. 'Alles ziet er zo gezwollen en gespannen uit, het lijkt me afschuwelijk.'

'Het is niet afschuwelijk, het is fantastisch. Heus.' Hij kuste haar teder. 'Geloof me maar.'

Ze hadden geen van beiden ooit over trouwen gesproken, of over samen kinderen krijgen, maar ze wisten allebei dat dat uiteindelijk de bedoeling was als ze ooit levend uit Vietnam zouden komen. Maar over dat onderwerp werd ook niet gesproken, in plaats daarvan praatten ze over verlof in Bangkok en over kerstcadeautjes kopen voor Joey. Midden september kreeg hij vijf dagen verlof. Hij nam haar mee naar Hongkong, kocht een ring voor haar en schoof die zonder enige uitleg aan haar vinger. Het was een ring met een hartvormige robijn, gezet in diamanten en Paxton vond hem prachtig. Alles was daarmee gezegd. Ze hadden een geweldige tijd in Hongkong en ze logeerden in het Ambassador Hotel, zoals alle andere soldaten met hun vrouwen en vriendinnen.

Toen ze terugkwamen hoorde Paxton dat Ralph in Da Nang was, wat ze echt stom van hem vond. De baby kon nu elk moment komen en ze had hem al eens gezegd dat hij in de buurt moest blijven, maar hij zei dat hij niet op de baby kon gaan zitten wachten. France had een vroedvrouw bij de hand, en een dokter als er iets mis mocht gaan, en hij had haar voor alle zekerheid Paxtons telefoonnummer gegeven. Hij was er bovendien van overtuigd dat hij minstens een week voordat de baby kwam weer terug zou zijn. Tony en Paxton lagen, na een vrijpartij, in diepe rust in het Caravelle, toen de telefoon rinkelde.

Paxton nam hem op. 'Eh... ja?' Ze had geen idee wie er zo laat nog kon bellen. Ze keek naar de klok in het donker en zag dat het vier uur in de ochtend was.

'Paxton?' De stem klonk Frans en heel even herkende Paxton hem niet. 'Met France.'

O, mijn hemel. Ze zat rechtop in bed en vroeg zich af waar Ralph was. 'Alles in orde met je?'

'Ja hoor, prima...' Paxton zag haar haast beleefd glimlachen in het donker. Ze was het type mens dat nooit klaagde, nooit moeilijk deed en zich nooit opdrong. En toch belde ze Paxton, die ze nauwelijks kende, om vier uur in de ochtend. 'Het spijt me ontzettend,' begon ze beleefd en leek toen in zwijgen te vervallen terwijl Paxton zich afvroeg wat er aan de hand was. Het kwam niet bij haar op dat het meisje weeën had, en dus pijn. 'Ralph is er niet,' begon ze opnieuw, 'en ik kan de vroedvrouw niet bereiken... en de dokter die ik moest bellen voor het geval dat...' Er viel weer een stilte en Paxton begon in paniek te raken.

'France? France!... Ben je daar nog?' Ze schudde aan de knop op de telefoon, dacht dat de lijn dood was, en tegen die tijd was Tony wakker geworden.

'Wat is er?' Hij tilde zijn hoofd op en Paxton wilde het net gaan uitleggen toen France weer begon te praten, nu een beetje kortaf. 'Ik kan de dokter niet bereiken en de vroedvrouw ook niet... en ik heb An hier... het spijt me echt je te moeten storen, maar misschien... als je me naar het ziekenhuis zou willen brengen en An bij je zou kunnen houden tot Ralph thuiskomt...' Ze hield weer op met praten, en nu snapte Paxton wat er gaande was, terwijl Tony naar haar lag te kijken.

'Natuurlijk. Ik ben zo bij je. Maar gaat het echt? Zal ik een ambulance bellen?'

'O nee, natuurlijk niet,' zei ze beleefd. 'Maar kom je wel gauw?'

'Ik kom eraan. En France... komt de baby er al aan?'

'Hopelijk niet voor we in het ziekenhuis zijn. Dank je,' zei ze weer en hing abrupt op. Wat Paxton niet wist was dat ze ondraaglijke pijn had en niet meer kon lopen toen ze de telefoon had neergelegd. Ze had te lang gewacht, maar de weeën hadden haar overvallen. En in haar hotelkamer in het Caravelle trok Paxton al snel haar kleren aan en was Tony uit bed gesprongen.

'Ik breng je naar Gia Dinh, er zal nu niet zoveel verkeer zijn,' bood Tony aan en hij kleedde zich ook al aan.

'Waar is het dichtstbijzijnde ziekenhuis hier?' Paxton probeerde een helder hoofd te houden, maar ze vond het doodeng. Dit was veel angstaanjagender dan beschoten te worden.

'Ik denk dat... ik weet het niet. Ik vraag het wel bij de balie als we naar buiten gaan. Hoe klonk ze?' Hij had zijn uniform al aan en Paxton had een rok en bloes en een paar sandalen aangetrokken en was haar haar aan het borstelen toen hij dat vroeg.

'Eigenlijk nogal raar. Ze viel steeds stil, en ik maar denken dat de lijn verbroken was, maar dat was niet zo.'

'Als ik het me goed herinner, gaat het dan echt gebeuren.'

Paxton pakte haar tandenborstel en glimlachte. 'Ik denk niet dat ze gebeld zou hebben als het niet zo was.'

Ze deden er twintig minuten over om in Gia Dinh te komen. Toen ze het gebouw waar France en Ralph woonden bereikten, drukte Paxton op de bel van hun appartement. Toen er maar niet werd opengedaan, begon Paxton zich af te vragen of ze misschien al zonder hen naar het ziekenhuis was gegaan, maar Tony wees haar erop dat boven nog licht brandde, dus wachtten ze. Eindelijk zoemde de deur open. Ze haastten zich de trap op en vonden haar in elkaar gedoken bij haar voordeur, met een spoor van water achter haar. Ze was kennelijk gegeneerd toen ze zag dat Paxton niet alleen was, maar Tony gedroeg zich of alles volkomen normaal was. Hij liet het enorm opgezwollen meisje op hem steunen toen hij haar terug hielp naar haar slaapkamer. Ze droeg een roze nachtpon met daaroverheen een ochtendjas. In de kamer naast die van haar zag Paxton een glimp van haar zoontje An, dat rustig lag te slapen. Ze deed de deur zachtjes dicht en vroeg France of ze de dokter weer had geprobeerd te bellen, maar die schudde alleen maar haar hoofd en klampte zich aan Tony vast. Het kon haar kennelijk niet meer schelen wie haar ondersteunde en ze besteedde geen aandacht aan Paxton.

'France, je moet je gaan aankleden,' probeerde Paxton kalm te zeggen, maar terwijl ze dat zei slaakte France een gilletje en greep

Tony nog steviger vast. Hij hield haar in zijn armen en legde haar toen weer op bed, tot de wee over was.
'France, we moeten je hier weg zien te krijgen. Ik draag je wel,' zei hij op geruststellende toon, maar ze begon te jammeren en klampte zich weer aan hem vast. Ze was uitzinnig van de pijn die net voor middernacht begonnen was. En het was nu vijf uur. Paxton zag ineens bloed in het bed en schrok. Ze probeerde Tony erop attent te maken, maar die wist allang wat er aan de hand was, veel beter dan Paxton, en hij keek haar kalm aan. 'We gaan nergens heen,' zei hij rustig. 'Haal alle handdoeken die je kunt vinden en ook kranten, veel kranten.' Meteen begon hij zijn schoenen los te maken, en Paxton vroeg zich af of hij gek was geworden. Hij wilde France een ogenblik alleen laten, maar ze wilde hem niet laten gaan, geen moment, en tussen de pijnen door mompelde ze steeds: 'O, dit spijt me zo... het spijt me zo...' En dan kwam de pijn weer, en Paxton keek toe. Ze begreep waarachtig niet hoe Tony dat prachtig kon vinden. Het zag er angstaanjagend en gruwelijk uit, en verschrikkelijk pijnlijk.
Ze kwam terug met alle handdoeken die ze kon vinden, een paar schone lakens en een stapel kranten die ze in de keuken had gevonden. Tony zei dat ze alles neer moest leggen en naast hem moest komen knielen. Toen ze dat deed ging hij achter France staan en hield haar vast. Toen de pijn weer door haar heen sneed, greep ze wild naar Paxtons handen, en Paxton hield haar stevig vast toen France haar baby eruit begon te persen.
'O nee... o nee!' gilde ze. 'De baby komt!'
'Dat weet ik,' zei Tony vriendelijk, en hij zei wat ze moest doen. Tussen twee weeën in bond hij een van de lakens om zich heen als een schort, terwijl France Paxtons hand bleef vasthouden. Elke keer als ze perste, huilde Paxton met haar mee. Tony zei dat ze Frances benen vast moest houden terwijl hij haar schouders pakte en zij bleef persen, en Paxton had het liefst gillend weg willen rennen. Ze vond het vreselijk haar zo'n pijn te zien lijden. Toen perste France ineens extra hard. Ze hoorden een klaaglijk geluidje, en alle drie keken ze naar het kleine rode gezichtje dat uit Frances wezen te voorschijn kwam.
'Daar gaan we dan,' zei Tony, 'nu nog een keer flink persen, kom op...' Nu werden de schoudertjes zichtbaar, en Tony haalde de baby van France en Ralph voorzichtig helemaal te voorschijn. Het was een meisje, en toen Paxton naar dit kleine wonder keek, huil-

de ze. Een seconde maar boog Tony zich naar haar toe en kuste haar. France glimlachte nu, en Paxton stond verbijsterd te kijken hoe Tony de navelstreng afbond met zijn veters. 'Laat een ambulance komen,' zei hij tegen haar. Paxton keek met ontzag naar France en met grenzeloze bewondering naar de man van wie ze hield. Ze wilde hem zeggen hoe geweldig hij was, maar daar zou ze later wel tijd voor hebben. In plaats daarvan ging ze de ambulance bellen en maakte An wakker. Ze hadden France inmiddels toegedekt, en het jongetje was verbaasd en blij toen hij zijn kleine zusje zag.

'Is ze gekomen toen mama lag te slapen?' vroeg hij. De anderen glimlachten. 'Heeft ze je wakker gemaakt?' vroeg hij zijn moeder. Hij vond het helemaal niet leuk dat ze in de ambulance weggingen, maar hij vond het wel spannend dat hij met Tony mee mocht naar het hotel, terwijl Paxton met France en de baby meeging naar het ziekenhuis. Ze was nog ondersteboven van alles wat ze die nacht had gezien, de afschuwelijke pijn, en toen dat kleine snoetje dat te voorschijn kwam, uit haar schuilplaats de wereld in geperst, aangemoedigd door haar moeder. Nu lag ze rustig in haar moeders armen te slapen, en France zag er volmaakt tevreden uit.

'Het spijt me dat ik jullie zoveel last heb bezorgd,' zei ze verontschuldigend in de ambulance.

Paxton bleef haar hand vasthouden, nog vol ontzag over het gebeurde. Het leek allemaal zo onwerkelijk. Oorlog was realiteit. Dood was bijna normaal geworden. Maar dit wonder van de geboorte, dit deel van haar vrouw-zijn kwam als een schok en verbijsterde haar volkomen. 'Je was zo flink, France,' zei Paxton. 'Het spijt me dat ik me niet nuttiger kon maken... ik had geen idee wat ik moest doen...' Ze dankte God voor Tony.

'Je was geweldig,' zei France slaperig en ze deed haar ogen dicht, maar ze hield nog steeds Paxtons handen vast. Paxton bleef tot laat in de ochtend bij haar in het ziekenhuis. Toen ze terugkwam in het hotel was Tony met An aan het spelen, en beiden zagen er buitengewoon blij uit. Gelukkig had Tony twee dagen vrij zodat hij op Paxton had kunnen wachten.

'Hoe is het met haar?' vroeg Tony bezorgd. 'Is alles in orde?'

'Alles is perfect.' Paxton glimlachte bijna verlegen. 'De baby is prachtig en ze was heel tevreden aan het drinken toen ik wegging.' Ze was nog diep onder de indruk van alles wat ze gezien had,

maar op de een of andere manier voelde ze zich nu nog meer met hem verbonden.
Tony keek haar even zwijgend aan, hij had dezelfde gevoelens, en toen, terwijl hij Ans hand nog in de zijne had, sloeg hij zijn andere arm om Paxton heen en kuste haar. 'Je was heel flink vannacht.' Het was een nacht die ze zich altijd zouden blijven herinneren.
'Ik ben van m'n leven nog niet zo bang geweest… Mijn god, Tony, hoe dóén mensen dat?'
'Het is het waard,' zei hij zonder een moment van aarzeling, en ze wist nu dat dat waar was. Dat moment toen het hoofdje van de baby te voorschijn kwam en ze haar eerste kreetje liet horen maakte het allemaal de moeite waard. Paxton wist dat ze het nooit zou kunnen vergeten.
'Het is echt een wonder, hè?' Hij knikte, bukte zich en zette An op zijn schouders.
Ralph kwam hen om vijf uur opzoeken. Toen hij thuiskwam had hij Paxtons briefje gevonden en was naar het ziekenhuis geracet, naar France en de baby. Eigenlijk had Paxton een beetje medelijden met hem omdat zij zijn baby wel geboren had zien worden en hij niet. Hij was buiten zichzelf toen hij bij het hotel aankwam en stond erop champagne voor hen te kopen. Voor hij met An in zijn armen vertrok, bedankte hij hen en zei dat ze de baby min of meer naar Paxton hadden genoemd. Ze zou Pax Tran Johnson heten. En Pax leek een passende naam voor haar. Het betekende 'vrede' in het Latijn.
Toen ze die avond naar bed gingen, was Paxton nog steeds onder de indruk van alles en ze bleef maar denken aan alles wat ze had gezien en meegemaakt.
'Ik weet het niet, Tony,' zei ze zacht toen ze in het donker lagen. 'Ik weet niet of ik daar al aan toe ben.' Ze dacht aan de pijn die ze had gezien, en vroeg zich nog steeds af hoe France dat had uitgehouden.
Maar Tony lachte alleen maar in het donker en kuste haar. 'Daar hoef je je voorlopig geen zorgen over te maken, denk ik. Ik zou zeggen dat je eerst maar eens voor een paar andere dingen moet zorgen.' Zoals Vietnam overleven. Dat moesten ze alle twee.
'Je weet wel wat ik bedoel. Mijn hemel, het zag er echt even afschuwelijk uit.'
'Ik denk dat het behoorlijk erg is,' gaf hij toe. 'Maar ik weet niet,

vrouwen schijnen het te vergeten – dat moet wel – anders zouden ze nooit meer kinderen willen.' De geboorte van Frances baby had hen echt aan het denken gezet, over de dingen die ertoe doen in het leven, de dingen die men achter zich had gelaten na een plek als Vietnam, en plotseling verlangde hij naar een ander leven dan dit. 'Ik zou werkelijk dolgraag weer kinderen hebben,' bekende hij die nacht.

'Jij bent goed met kinderen,' zei ze triest, denkend aan hoe hij met An was omgegaan. Maar wie wist of ze ooit wel de kans zouden krijgen. Wie wist of ze wel in leven zouden blijven om kinderen te krijgen. Maar het was een band tussen hen, een speciaal moment dat ze samen hadden beleefd en dat hen nog dichter bij elkaar had gebracht.

'Ik hou van je, Pax,' fluisterde hij in de duisternis.

'Ik hou ook van jou,' fluisterde ze. Toen viel ze in slaap en droomde van de baby van France.

24

In oktober werd in Amerika een moratorium ingesteld, gevolgd door een enorme demonstratie om de oorlog te beëindigen. En in november was er nog een. Op de derde november beloofde Nixon een eind aan de oorlog te maken en de mensen die hem hoorden en geloofden, waren hoopvol.

En op de zestiende november werd het land opgeschrikt door de onthulling van wat een jaar eerder in My Lai was gebeurd, en ineens kwam er ook in Vietnam een enorm protest. In Amerika werd luitenant Calley aangehouden, en in Vietnam ondervroegen de generaals iedereen over dit onderwerp. De verantwoordelijke mensen in het leger waren verontwaardigd. Er waren aan beide zijden heel veel wreedheden gebeurd in Vietnam, maar dit was de druppel die de emmer deed overlopen. Er werden foto's getoond van doodgeschoten baby's en kinderen. Het AP-kantoor werd, net als *Time*, CBS, ABC en NBC, bestookt met eisen voor journalistiek speurwerk. Het hield iedereen een poosje bezig en resulteerde in enkele verbazingwekkende verhalen. Ralph en Paxton hadden het zo druk dat ze nauwelijks tijd hadden om adem te halen en Paxton moest zich in allerlei bochten wringen om wat tijd voor Tony over te houden.

Tony gebruikte zijn invloed en pleegde wat ruilhandel, en zo lukte het hun om voor Thanksgiving met verlof naar Bangkok te gaan. Ze logeerden in het Montien Hotel en beleefden daar vier van de gelukkigste dagen die Paxton ooit had gekend, voor ze weer teruggingen naar Saigon. De band die ze met Tony had was hechter en intiemer dan ze ooit met iemand anders had gehad. Ze waren zowel vrienden als geliefden, en leken werkelijk alles tegen elkaar te kunnen zeggen. Terwijl ze terugvlogen naar Vietnam praatten ze over My Lai en over luitenant Calley.

'Heb je hem weleens ontmoet?' Ze was nieuwsgierig naar die man, en hij was blij dat hij die vraag met nee kon beantwoorden.

'Nee, maar ik heb wel dat soort verhalen gehoord. Niet officieel, natuurlijk. Er zijn genoeg bange soldaten die de pest hebben aan de spleetogen, en soms gaan ze rare dingen doen. Je weet dat er hier geen regels zijn, Pax, en sommige mannen kunnen dat niet aan. Hun vrienden worden bij bosjes gedood. Ze zien geen uitweg meer. Hun beste vriend is op een mijn gestapt, ze kunnen er niet meer tegen en plotseling krijgen ze een tik van de molen en reageren het af op Charlie.' Dat was zo ongeveer wat er in My Lai was gebeurd, maar het vervulde hen toch met afschuw. De oorlog duurde te lang, en was te smerig.

Met de kerst ging ze met Tony naar de Bob Hope-show, en het was een vreemde gedachte dat ze nog maar een jaar geleden met Bill naar Martha Raye's show was geweest. Maar een jaar hier was niet hetzelfde als een jaar ergens anders. Een jaar in Vietnam leek de tijdsduur van een mensenleven te hebben. Ze had 's morgens haar familie in Savannah gebeld en de avond brachten ze samen verder rustig in haar hotel door. De volgende dag gingen ze op bezoek bij Ralph en France en ze namen cadeautjes voor hen mee, en ook iets voor de baby en An. Kleine Pax groeide als kool en Ralph was duidelijk stapelgek op haar. Ze leek een beetje op Ralph, maar ook op France. Hij probeerde France nog steeds zover te krijgen dat ze met hem trouwde, maar tot nu toe zonder succes.

Ralph vroeg Paxton of ze op nieuwjaarsdag met hem op een missie naar de Mekong Delta wilde gaan, maar ze was dagen achter met haar werk. Tony had die dag dienst en zij wilde die tijd liever aan schrijven besteden in haar hotelkamer. Daarna gingen zij en Tony voor twee dagen naar China Beach in Da Nang en toen ze terug waren ging ze Ralph zoeken in het AP-kantoor om erachter te komen of hij iets gehoord had over een gevechtsbasis bij An Loc die tijdens de jaarwisseling onder de voet gelopen zou zijn.

Niemand scheen te weten waar hij was, maar toen ze de volgende dag weer terugging, wisten ze het wel. Toen Paxton binnenkwam viel er een stilte. Eerst had ze niets in de gaten, ze las de telexberichten even door en ging toen kijken of Ralph in zijn kantoor was, maar hij was er niet. Het was leeg, en aan het schone koffiekopje zag ze dat hij er ook niet geweest was. Ze stond te dubben of ze zou wachten of niet, keek op haar horloge, en toen ze weer opkeek zag ze hen ineens; de anderen, die haar aanstaarden. Iedereen wist het en niemand durfde het tegen haar te zeggen. Ze kenden haar goed en wisten van haar hechte vriendschap

met Ralph. Ten slotte liep de assistent chef de bureau langzaam naar haar toe. Hij wenkte haar zonder iets te zeggen, en zij volgde hem met een verwarde frons naar zijn bureau.
'Wat is er? Waar is Ralph?' Ze klonk jong en levendig en ze had, zoals altijd, haast. Er waren een paar verhalen waar ze die dag achteraan wilde, en ze hoopte dat Ralph snel zou komen opdagen. Toen vertelde hij het haar. Ralph was omgekomen op de terugweg van My Tho, een stom iets, zijn jeep was op een landmijn gereden. Een 'stom iets'... een stom iets... Was het niet altijd een stom iets? Was er ook een intelligente manier om hier te sterven? Door 'friendly fire' of een kneedbom in een restaurant of een houwitser of een landmijn? Wat was daar zo intelligent aan? Wat maakte het uit als het eenmaal voorbij was? Paxton staarde hem aan en kon het niet geloven. Dit kon niet waar zijn. Met Ralph gebeurde dat niet. Hij was hier al jaren. Hij was te slim om gedood te worden, te uitgekookt, te goed, te aardig, te voorzichtig. En hij was negenendertig en had net zijn eerste kind gekregen. Wisten ze dat dan niet? Had niemand dat tegen de vent die de landmijn had geplaatst gezegd? Hij niet... hij heeft een baby... zij niet... iemand thuis houdt van haar... Luisterde niemand naar zulke dingen? Kon het niemand iets schelen? Ze begreep niet wat er mis was gegaan. Ze stond op en verliet zijn bureau zonder een woord, liep terug naar haar hotel, huurde een auto en reed, zonder aan de gevaren te denken, rechtstreeks naar Cu Chi. Ze moest Tony vinden en het hem vertellen.
Tony dacht een visioen te hebben toen hij haar over de basis zag lopen. Ze had zelfs niet haar gevechtstenue aan. Ze droeg een roze rok en bloes en witte sandalen. Het was trouwens stom toeval dat hij haar zag. Hij stond net op het punt een stel nieuwe rekruten mee te nemen voor een oefening. Hij sprong uit de jeep, zei tegen de korporaal dat hij even z'n hielen moest lichten en rende over het veld naar haar toe.
'Wat doe jíj hier?' Ze had hem de stuipen op het lijf gejaagd. Even dacht hij dat er iets mis was, maar toen hij zag hoe ze gekleed was besloot hij dat dat niet zo was. 'Wie heeft je hierheen gereden?'
'Ikzelf,' zei ze. Ze had iets wanhopigs over zich en bleef verwoed om hem heen kijken alsof ze iets zocht.
'Wat is er met je, Pax? Wat is er aan de hand?' Ze keek hem niet aan en ze maakte een onrustige en afwezige indruk. Hij had dit eerder gezien bij mannen die net hun makker hadden verloren,

half in shocktoestand, en op het punt van totale instorting. En toen wist hij het ineens en hij greep haar vast. Hij drukte haar stevig tegen zich aan en dwong haar hem aan te kijken. 'Lieverd, wat is er?' Hij was blij dat ze naar hem toe was gekomen, maar verbijsterd over de krankzinnigheid om in haar eentje naar Cu Chi te rijden. Maar ze was krankzinnig op dit moment. Toen keek ze hem ineens aan en begon naar adem te happen. Haar keel zat dicht en ze kon niet ademen terwijl hij haar vasthield. 'Rustig maar... langzaam inademen... toe maar, goed zo...' Een van de rekruten stond naar hen te kijken, maar dat kon Tony geen barst schelen. Het enige waaraan hij nu dacht was Paxton die naar adem snakte en hyperventileerde in zijn armen. 'Vertel me wat er gebeurd is...'

'Ralph...' Dat was het enige woord dat ze kon uitbrengen en hij voelde zijn binnenste samentrekken.

'Het is goed... rustig aan... blijven ademen...' Hij liet haar voorzichtig op de grond zakken en ging naast haar zitten. 'Het is goed... het is goed, Pax...' Hij had dit eerder meegemaakt, kende het maar al te goed, had het al te vaak gezien.

Eindelijk vertelde ze het hem. 'Hij is op een landmijn gereden toen hij twee dagen geleden uit de Delta kwam. Niemand heeft het me verteld.' Er was een niet-begrijpende uitdrukking op haar gezicht. Plotseling begon ze te snikken en van smart en blinde woede zijn borst met haar vuisten te bewerken. 'Nee... verdomme... nee! Die smeerlappen hebben hem te pakken gekregen! Na al die tijd... hebben ze hem gepakt.'

Hij werd er beroerd van naar haar te luisteren, maar voor hem was het een oud, oud verhaal. 'Weet France het al?'

'Weet ik nog niet. Ik heb haar niet gebeld.'

Shit. Met een soldatenkind en een gloednieuwe baby. En wat moest ze in vredesnaam in Saigon met twee halfbloedkoters? Verhongeren? Haar ouders konden haar niet meer helpen, die hadden zelf niets meer, en van anderen had ze ook geen hulp te verwachten. Dit was echt rampzalig voor haar.

Tony trok Paxton weer in zijn armen en kuste haar zacht. 'Luister eens, ik vind het afschuwelijk, maar ik moet weg. Er staat een heel stel knapen op me te wachten om op manoeuvre te gaan. Zodra we terug zijn kom ik naar het hotel en dan gaan we samen naar haar toe. En ik wil dat iemand je nu terugrijdt.' Ze knikte als een gehoorzaam kind, zag hem amper. Hij holde terug, vond een soldaat die niets te doen had en gaf hem opdracht haar terug te brengen naar Saigon.

'Wees voorzichtig!' riep ze hem na toen ze vertrok, en hij zwaaide en was weg met de anderen. De hele weg naar Saigon zat ze stijf rechtop naast de jongen die haar reed. Ze sprak geen woord, vroeg niet hoe hij heette en beantwoordde zijn vragen niet. Ze zat daar maar uit het raam te staren en dacht aan Ralph, France, An en baby Paxxie. In het hotel liep ze meteen door naar haar kamer en ging op bed liggen. Als de telefoon ging nam ze niet op.

Tony kwam daar die avond om acht uur volkomen over zijn toeren aan. Hij dacht dat er iets met haar gebeurd was omdat de jongen die hij met haar had meegestuurd nog niet terug was gekomen. De spanning begon iedereen uit te putten. Ze waren allemaal te lang hier. En toen Tony haar kamer binnenkwam vond hij haar zoals ze de hele middag al was: liggend op bed en starend naar het plafond.

'Liefje, toe nou.' Hij ging naast haar op bed liggen en praatte rustig tegen haar. 'Luister... hij wist wat hij kon verwachten. Hij wist wat er kon gebeuren. Dat weten we allemaal. We wagen het erop. Hij was daartoe bereid.'

'Hij was de beste verslaggever die ik ooit heb gekend, de beste vriend die ik ooit heb gehad...' zei ze, en ze klonk als een kind dat met de neus van zijn gympen steentjes in het water schopt. Toen keek ze Tony aan. 'Tot ik jou ontmoette, maar hij was... speciaal.' Hij was de broer die George nooit geweest was.

'Ik weet dat hij dat was. Ik mocht hem ook graag. Ik heb een heleboel mannen hier graag gemogen. Sommigen hadden mazzel en gingen gezond naar huis, anderen niet. Als hij hier bang voor was geweest, was hij allang naar huis gegaan.'

Ze wist dat dat waar was, maar het loste nog niet alle problemen op. En ze zou hem zo missen. 'Hoe moet het nu met France? Wat gebeurt er nu met haar?'

'Dat,' zei hij somber, 'is een ander verhaal.' Haar toekomst zou niet gemakkelijk worden.

Hij nam een douche en kleedde zich om, en ze besloten France niet te bellen voor ze de deur uitgingen, omdat ze zo wellevend was en vol zou houden dat alles prima in orde was, ook al was dat niet het geval. Ze gingen er met Tony's jeep naartoe.

En net als in de nacht dat de baby geboren was, deed ze niet open, maar zag hij licht branden. Ten slotte belden ze bij een van de buren aan, die uit het raam tegen hen tekeerging, maar toch de voordeur openzoemde. Toen ze bij haar deur kwamen, werd er weer niet gereageerd. Ze belden een hele tijd en ze hoorden binnen muziek. De radio stond aan, de lichten waren aan, maar er was geen enkel geluid.

Tony keek Paxton bezorgd aan. 'Ik zeg dit niet graag, maar ik krijg het gevoel dat daarbinnen iets niet klopt. Misschien is ze gewoon te veel overstuur om iemand te zien.' Maar de kinderen waren ook stil. 'Of misschien vergis ik me en is ze de deur uitgegaan. Wil je dat we later terugkomen?'

Maar Paxton schudde langzaam haar hoofd, ook zij had een vreemd gevoel.

'Kunnen we erin?' fluisterde ze.

'Bedoel je de deur openbreken?' zei hij nerveus. 'Daarvoor kunnen we gearresteerd worden.'

'Zou er een huisbaas zijn?'

'Ja, misschien wel, maar ik weet niet hoe het met jou is, maar met mijn Vietnamees red ik het niet om "neem me niet kwalijk meneer, maar zou u me in dit appartement willen laten?" te zeggen. Wacht even, dan probeer ik dit,' zei hij en hij haalde een mes uit zijn zak. Hij peuterde een tijdje aan het slot, en net toen hij het wilde opgeven, ging de deur langzaam naar binnen open. Ze voelden zich alle twee toch wel raar. Ze hadden naar binnen gewild, maar nu de deur open was wisten ze niet of ze dat wel konden doen. Het leek zo'n inbreuk.

Hij stapte als eerste naar binnen en Paxton was vlak achter hem. Geen van beiden wist wat ze eigenlijk zochten en ze voelden zich alle twee nogal dwaas toen ze om zich heen keken en zagen hoe schoon en keurig netjes alles was. Alles was blijkbaar in orde. En nog steeds speelde de muziek zachtjes door. Het licht in Ans kamer brandde en Paxton keek daar eerst, maar hij was er niet.

Tony keek in de grote slaapkamer, stopte abrupt en stak instinctief zijn arm uit om Paxton tegen te houden. 'Niet doen!' zei hij snel.

Maar ze was te vlug voor hem en stond al in de kamer. Er leek echter niets mis te zijn. Ze sliepen gewoon. France in haar 'ao dai', met een lieve glimlach om de lippen en de baby, in een prachtig wit jurkje dat iemand voor haar gemaakt moest hebben, in haar armen, en de kleine An die eruitzag als een engeltje, naast hen. Zijn haar was gekamd en hij had zijn mooiste pakje aan. Maar

Paxton begreep het nog niet. Ze wilde tegen Tony zeggen dat ze stil moesten zijn om hen niet wakker te maken. Maar niets zou hen ooit nog wakker maken.
Hij wist het toen hij naderbij kwam en zich bukte om hun gezicht aan te raken. Ze waren al een hele tijd dood. France had de kinderen en zichzelf vergiftigd toen ze het nieuws over Ralph had gehoord. Er lag een briefje in het Vietnamees, en ernaast lag een brief voor Paxton. Toen hij naast hen neerknielde vulden zijn ogen zich met tranen en begon hij te snikken.
Paxton kwam bij hem en huilde ook toen ze hen een voor een aanraakte, als een stille zegening.
'O, God, waarom?' fluisterde ze tegen hem. 'Waarom?' En An, en de baby. De baby die ze nog maar drie maanden geleden op de wereld geholpen hadden, en nu was ze dood... Pax... Vrede... France had bij hem willen zijn, stond er op het briefje in het Vietnamees. Ze wilde dat ze allemaal weer bij elkaar waren, en ze wist hoe vreselijk hun leven in Saigon zou worden. 'Ze had naar Amerika kunnen gaan... ze had...' zei Paxton.
Tony schudde zijn hoofd. Hij wist wel beter. Ze had in Saigon niets kunnen doen zonder de bescherming van Ralph. Dus was ze weggegaan om bij hem te zijn, en had ze haar kinderen meegenomen. En ze waren zo mooi, en zo lief, en zo kalm, zoals ze daar lagen.
Paxton en Tony stonden nog een hele tijd naar hen te kijken, en toen ging hij de politie bellen en legde uit wat er volgens hem gebeurd was. Toen ze kwamen, bleek dat het Vietnamese briefje zijn vermoedens bevestigde. In de brief aan Paxton stond ongeveer hetzelfde; ze bedankte haar en Tony nog eens voor alles wat ze voor hen hadden gedaan, tot slot was er een afscheidsgroet en ze wenste Paxton veel goeds en een gelukkig leven toe. Paxton legde de brief neer en snikte in Tony's armen. Ze had nog nooit zoiets vreselijks gezien of gevoeld. Ze keek toe toen ze alle drie weggehaald werden. An was in een kleine witte doek gewikkeld en de baby was vastgebonden aan haar moeder. Het was meer dan ze aankon en ze snikte nog steeds toen Tony haar wegleidde en terugreed naar het hotel en voor hen beiden een glas cognac bestelde.
'O, mijn god, Tony, waarom? Waarom heeft ze dat gedaan?'
'Ze vond dat ze het doen moest.'
Paxton voelde dit als een zwaarder verlies dan alle andere die ze geleden had. Een verlies dat vermengd was met wanhoop en smart,

en eenzaamheid nu haar vriend er niet meer was. Ze vroeg zich af of ze ooit weer de oude zou worden. En Tony wist dat al zou ze op een dag weer dezelfde lijken te zijn, ze dat waarschijnlijk nooit meer zou worden. Zo waren ze nu allemaal. Er waren allang stukjes van hun hart gevallen, als bij melaatsen.

Het duurde lang voor ze zich weer een beetje mens voelde. Januari was in een waas voorbijgegaan. Februari idem dito. En eindelijk, in maart, toen het regenseizoen aanbrak, begon ze langzaam weer een beetje tot zichzelf te komen. Alles bij elkaar was ze nu bijna twee jaar in Vietnam. Zij en Tony waren nu acht maanden bij elkaar, wat hier tegenwoordig een eeuwigheid was. Ze vond het nog steeds moeilijk om over Ralph, of France of de kinderen te praten. Maar ze kon over anderen die ze verloren had praten zonder zich zo volkomen kapot te voelen. Maar Tony had gelijk. Ze waren veranderd.

Ze gingen niet zo vaak meer uit als voorheen en met het slechte weer dat ze nu hadden, gingen ze ook zelden nog voor een weekendje weg. Ze bleven nu liever in haar hotelkamer, en praatten en dronken en vrijden, en probeerden de zin van alles te begrijpen. Haar artikelen leken sterker te zijn geworden. De krant had haar een tijdje geleden geschreven dat ze wellicht in aanmerking kwam voor een prijs, maar dat kon haar niet echt schelen. Dit soort dingen deed er nu niet toe. Wat ertoe deed was in leven blijven, het einde van de oorlog, en misschien weer eens naar huis gaan om te kijken hoe het daar was, als er al iets was. Ze praatten tegenwoordig ook veel over Joey, en Paxton drong er bij Tony op aan wat vaker naar de jongen te schrijven.

Tony's periode zat er in juni op, en hij wist dat hij niet meer zou bijtekenen, maar hij wist ook niet wat hij dan wél zou gaan doen. Hij wilde niet nog een periode in Vietnam, maar wist niet of hij er al aan toe was om naar huis te gaan. En Paxton had helemaal geen idee wat ze ging doen. In juni had ze de krant gezegd dat ze nog een jaar bleef, maar dat was nergens vastgelegd en ze kon altijd eerder of later gaan. Zij en Tony praatten nooit over toekomstplannen. Het leek zo gevaarlijk dat hier te doen en ze begonnen alle twee een beetje bijgelovig te worden.

Maar ze waren gelukkiger, en stonden dichter bij elkaar dan ooit. De dood van Ralph en France en de kinderen had Paxton tot in het diepst van haar ziel geraakt, en ze had bij Tony troost gezocht en gevonden. En hij had haar nu ook meer nodig. Alleen al de gedachte naar huis te gaan maakte hem bang, hoewel hij er erg weinig over sprak. Op dit moment wisten ze alleen dat ze nog één trip naar Hongkong zouden maken in mei, en dat ze daarna maar moesten bedenken hoe het verder zou gaan. Ze droeg nog steeds de ring met de robijn die hij haar had gegeven toen ze er de laatste keer waren. Ze droeg hem altijd en overal, hij vertegenwoordigde haar verbondenheid met hem en het ontroerde hem dat ze de ring altijd droeg. Net als zij deed hij geen beloftes en stelde hij geen eisen, maar zijn hart was voor haar. Voor altijd.

Drie weken voor ze naar Hongkong zouden gaan, het regenseizoen was in volle gang, ging hij op een missie naar een gebied dat volgens de berichten al wekenlang krioelde van de Vietcong. Ze infiltreerden graag in de regentijd en de infanteristen hadden er een gruwelijke hekel aan hen in de regen te achtervolgen. Ze haatten die constante nattigheid waardoor ze schimmelvoeten kregen. Waar ze ook heen gingen, het was heet, klam, nat en ellendig, maar ze moesten toch achter de Vietcong aan. Op een dinsdagochtend gingen ze op pad en liepen in een gigantische hinderlaag. Vijftien van hen werden vrijwel onmiddellijk gedood, en negen raakten gewond. Helikopters hingen erboven maar konden geen donder zien, en de verkenningsvliegtuigen konden met dat weer niet eens opstijgen. Een tweede eenheid werd ter assistentie gestuurd en nog meer jongens sneuvelden. De luitenant zelf werd door granaatscherven getroffen. Het was een kolossale mislukking en het duurde twee dagen voor ze zichzelf konden ontzetten, en zich met hun doden en gewonden terug konden trekken naar Cu Chi. Ze kwamen nat, ziek, bang en geschokt door wat ze hadden meegemaakt terug. Zonder Tony. Hij werd als vermist opgegeven.

25

De luitenant kwam persoonlijk naar haar hotel om haar het nieuws te vertellen. Maar lang voordat hij kwam en aan haar deur klopte wist Paxton al dat er iets gebeurd was. Ze had het al twee dagen aangevoeld en ze had nauwelijks gegeten of geslapen. Ze voelde gewoon dat er iets mis was, ze wist alleen niet wat. Vreemd genoeg dacht ze niet dat hij dood was, maar misschien gewond. En toen stond de luitenant voor haar deur en ze deinsde terug met een blik van ontzetting.

'Nee...' Ze hield haar hand omhoog, wilde dat hij wegging. Dit kon haar niet weer overkomen. Dat kon niet. Dat zou ze niet toelaten.

'Mevrouw Andrews,' zei hij ongemakkelijk vanuit de deuropening, 'ik wilde zelf naar u toe komen.'

'Waar is Tony?'

Er volgde een lange pauze waarin ze elkaar bleven aankijken en toen schudde hij treurig zijn hoofd. 'Ik ben bang dat hij vermist wordt. Meer kan ik u niet vertellen. Niemand heeft gezien dat hij geraakt werd of tegen de grond is gegaan, maar het was daar één grote puinhoop. De moesson, de Vietcong, we zijn in een hinderlaag gelokt. We hebben grote verliezen geleden en ik ben bang dat er over sergeant Campobello niets bekend is. Voor ons vertrek hebben we het gebied uitgekamd en we hebben zijn lichaam niet gevonden, maar dat wil niet zeggen dat hij niet dood is.'

'Zou hij gevangengenomen kunnen zijn?' Bij die gedachte draaide haar maag zich om. Ze kende genoeg griezelverhalen van Vietcong-strijders die gepraat hadden over de manier waarop zij hun gevangenen behandelen, en ze had het een paar maanden geleden ook nog van een soldaat gehoord die het gelukt was te ontsnappen. Maar hij zou tenminste niet dood zijn. Er zou nog hoop zijn. Misschien.

'Het is mogelijk.' De luitenant wilde geen valse hoop wekken. 'Maar niet waarschijnlijk. Ik geloof niet dat ze eropuit waren om gevangenen te maken, alleen maar om ons zo hard mogelijk te treffen. En dat hebben ze gedaan,' zei hij droevig. Hij stond nog steeds in de deuropening en zij vroeg hem niet binnen te komen. Hij stond daar als de engel des doods en ze wilde hem geen minuut langer in haar leven hebben.

'Waar waren jullie?'

'We zijn door de Hobo-bossen tot Trang Bang gegaan en toen verder naar Tay Ninh, dicht bij Cambodja. En daar zijn we hem kwijtgeraakt.'

Paxton ging op een stoel zitten terwijl ze luisterde en bedekte haar gezicht met haar handen. Ze probeerde te geloven dat hij dood was, maar op de een of andere manier kon ze dat niet. Ze kon dit eenvoudig niet nóg eens meemaken. Niet met hem. Het was erg genoeg geweest met de anderen. Maar met Tony had ze iets dat ze met niemand nog had gehad, een soort vertrouwen, een vreemde symmetrie, een soort onuitgesproken begrip. De een scheen altijd te weten wat de ander dacht. En nu dacht ze dat hij niet dood was, maar ze wist niet waarom. En ze wist ook niet wat ze tegen die man in de deuropening moest zeggen. Ze kon hem alleen maar aankijken en ten slotte bedankte ze hem dat hij het haar was komen vertellen. Het zou erger zijn geweest het van een ander te horen. Maar dit was eigenaardig. De andere keren had ze geweten dat ze dood waren; ze kon treuren, ze kon rouwen. En als ze daar de moed voor had gehad, had ze hen kunnen zien. Maar toen was er geen twijfel geweest. Nu konden ze haar alleen maar vertellen dat Tony verdwenen was in een regenstorm of zoiets. Het was krankzinnig. Misschien zou hij morgen weer op komen dagen.

Nadat de luitenant vertrokken was, lag ze op bed, het bed dat ze de laatste tien maanden met Tony had gedeeld. Ze had het gevoel dat er iemand zou komen die zou zeggen dat er een vergissing was gemaakt en dat hij in orde was. En dat geloofde ze wel.

Dat gevoel bleef dagenlang bij haar. Ze kon niet eens huilen, omdat ze weigerde te geloven dat hij dood was. Ze ging door met leven, als een zombie. Ze schreef columns, ze las telexberichten, ging naar het AP-kantoor, schreef een stuk over Saigon, ze ging zelfs op een korte missie. En als ze in de stad was ging ze naar de Vijf Uur Show. Ze was nu twee jaar in Saigon en iedereen kende haar. Ze was zeker de knapste van alle correspondenten en een van de jongste, en blijkbaar ook een van de beste, dat zou je tenminste kunnen opmaken uit het feit dat de staat Californië haar een prijs had gestuurd. Maar het interesseerde haar eigenlijk geen spat. Ze sloot zich ervoor af, zoals ze met alles deed, en de mensen die haar goed kenden wisten waarom. Tony werd vermist, maar zij was gestorven. In april. En terwijl ze verder ging, kon ze maar nauwelijks functioneren. Alles waar ze om gaf was weg. De mensen van wie ze gehouden had waren vertrokken of gestorven en hadden het verleden met zich meegenomen. En zonder Tony had ze geen heden en geen toekomst.

Het was de tweede mei toen haar broer haar belde met de mededeling dat hun moeder plotseling was overleden aan een complicatie na een galblaasoperatie waarvan Paxton niet eens iets had geweten. Hij vond dat ze naar huis moest komen om Allison te helpen bij het regelen van alles. Ze zei tegen hem dat ze terug zou bellen, en die avond reed ze naar Cu Chi om met Tony's luitenant te praten en om erachter te komen of ze nog iets hadden ontdekt, maar dat hadden ze niet. Niemand wist iets meer dan ze in april wisten. En Tony's familie was officieel op de hoogte gesteld. Sergeant eerste klas Anthony Edward Campobello werd vermist.

'Wat betekent dat, verdomme?' voer ze tegen hem uit, zijn rang en goede bedoelingen vergetend. 'Moet ik hier op hem wachten? Moet ik hem zélf gaan zoeken? Moet ik júllie helpen? Moet ik thuis gaan zitten wachten? Wat moet ik in godsnaam doen?' vroeg ze, en voor het eerst schoten haar ogen vol tranen. Ze kon zich er niet meer voor verstoppen. Hij kwam niet terug, misschien nooit meer, en dat begon ze te begrijpen. En toen vroeg ze met gebroken stem: 'En als hij daar nog steeds is, gewond?'

'Dat denk ik niet,' zei de luitenant vriendelijk. 'Paxton, ik denk dat hij dood is. Ik vermoed dat we hem alleen niet konden vinden. Het spijt me.' Hij stak zijn hand uit en raakte haar arm aan, maar zij deed een stapje opzij zodat hij de pijn niet nog erger kon maken met zijn vriendelijkheid. 'Weet je wat ik denk? Ik denk dat je naar huis moet gaan. We hebben allemaal onze grenzen hier. Wij allemaal. De slimmeriken gaan naar huis als ze die grens hebben bereikt, de anderen wachten te lang. Je hebt er nu het equivalent van twee periodes op zitten, vind je ook niet dat dat genoeg is? Tony zou in juni naar huis gaan, en hij nam aan dat jij dan ook ging. Zet het van je af en ga naar huis. Als we iets te weten komen bellen we je, dat zweer ik.'

Ze knikte, bleef hem een tijdje aankijken en liep toen de kamer uit. Ze wist dat hij gelijk had. Het werd tijd voor haar om naar huis te gaan. Misschien voorgoed deze keer. Zonder Tony. Ze was in Vietnam volwassen geworden. Ze was hier gekomen als een meisje, bedroefd over het verlies van haar vriend, op zoek naar antwoorden. Maar die had ze niet gevonden, ze had alleen vragen gevonden. Ze was vierentwintig en ze had drie mannen aan deze oorlog verloren, vier als je Ralph meetelde. Daar kwamen nog vrienden en collega's bij, en zelfs mensen op wie ze niet zo dol was, zoals Nigel. En een deel van haarzelf dat ze nooit meer terug zou vinden. Maar ze had ook iets gevonden. Ze had een werkelijkheid gevonden, en een land dat stervende was, een prachtig land dat eens zo mooi was geweest en dat langzaam werd vernietigd. Maar ze had het gezien voordat het verdween. En ze had Tony bemind voordat hij verdween. En waar hij ook was, dood of levend, voor haar was hij niet vermist. Ze wist dat ze altijd van hem zou blijven houden, net als van Vietnam.

26

Haar laatste dag in Saigon trok als een droom aan haar ogen voorbij. Het was raar hoe weinig er eigenlijk te doen was nu ze eenmaal besloten had te vertrekken. Ze nam die middag afscheid van iedereen op het AP-kantoor. Haar keel zat dicht toen ze wegging, want toen ze over het plein liep moest ze aldoor aan Ralph en France en de kinderen denken. Ze ging voor de laatste keer naar de Vijf Uur Show en daarna ging ze toch nog maar eens naar het terras van het Continental Palace Hotel. De bedelaars maakten haar niet langer bang, ze deprimeerden haar alleen nog maar. Er was niemand meer om wie ze iets gaf. De mensen die haar dierbaar waren geweest, waren weg, om verscheidene redenen.

Ze kwam Jean-Pierre tegen en dronk wat met hem, maar hij was al tamelijk ver heen en bleef om de een of andere reden maar over Nigel praten. Nigel was al een hele tijd dood, en ze begon zich af te vragen of ze, als ze hier was gebleven, net zo geworden zou zijn als Jean-Pierre: dronken, verward, doelloos, verbitterd. Degenen die bleven werden maar al te vaak zo, en toch werden zij die wél weggingen ook nooit meer dezelfde. Wie bleef er dan over? De gesneuvelden? Wie was er nog onbeschadigd na een tijd hier te hebben doorgebracht? Misschien niemand. Misschien was dat de conclusie van dit alles. Dat er geen winnaar was. Dat er nooit een winnaar zou zijn.

'Kom je weer terug?' Hij keek haar aan, voor een ogenblik bijna nuchter tussen twee drankjes, maar zij schudde haar hoofd en wist dat ze het deze keer meende. Hoe moeilijk het ook zou zijn om terug te gaan, de antwoorden waren voor haar niet meer hier, noch de vragen. Ze moest nu naar huis en er het beste van zien te maken. Ze zou hen blijven aansporen om Tony te vinden, maar misschien kon ze dat doeltreffender van daaruit doen. Er waren meer mensen in Amerika die zich bekommerden om de mannen die ze verloren hadden, of het nu om krijgsgevangenen of om vermisten ging. 'Ik zou zo langzamerhand ook eens naar huis moeten gaan,' voegde Jean-Pierre eraan toe, alsof hij daar nu pas aan dacht. Maar net als zij, had hij niemand om bij thuis te komen. De mensen van wie zij gehouden had waren hier gestorven, behalve Tony, maar die was er nu ook niet, misschien wel nooit meer. En zelfs in Amerika zou niets meer hetzelfde zijn. Er was niets meer dat haar nu nog aan Savannah bond.

Ze nam afscheid van hem en liep de Tu Do af naar haar hotel. Ze voelde een steek in haar hart bij de geluiden en geuren, en ze moest lachen toen ze op het plein een soldaat zag die een stel straatboefjes probeerde te leren hoe ze softbal moesten spelen. In Tan Son Nhut waren vaak softbalwedstrijden waar ze een paar keer met Bill naartoe was gegaan, maar Tony vond er nooit veel aan. Hij was te energiek, te gehaast; hij wilde praten, denken, argumenteren en filosoferen en hij had geen zin om te gaan zitten kijken hoe anderen met een bal speelden. Hij had haar zoveel geleerd in de tijd dat ze hier waren. Over het leven, mensen, oorlog, en dat ze alles wat ze deed zo goed mogelijk moest doen, maar dat had ze al in zich. Ze dacht aldoor aan dingen die hij tegen haar had gezegd, aan denkbeelden die ze gedeeld hadden, en aan de nacht dat ze bij de bevalling van Frances baby hadden geholpen. En nu leek het allemaal een droom.

Ze liep door de lobby van het Caravelle, en herinnerde zich de eerste keer dat hij haar hier was komen opzoeken, hoe opgelaten ze zich gevoeld hadden na hun moeilijke begin. En hoe gelukkig ze op het laatst waren, hoe heerlijk de tijd in Hongkong was geweest. De robijnen ring met het hart droeg ze nog steeds, en dat zou ze ook blijven doen. Net zo goed als ze Bills armband nog droeg, en Peters identiteitsplaatje bij haar papieren bewaarde. Net zoals anderen een haarlok bij zich droegen, of een touwtje, of een klein stukje van iemands uniform of een VERMIST-armbandje met iemands naam erop. Het waren allemaal relikwieën uit een tijd die veel leed, maar ook veel liefde had gebracht, een tijd die zoveel gekost had en nog niet voorbij was.

Overal om haar heen waren geesten toen ze haar tassen inpakte en haar boeken weglegde. Die liet ze voor een paar vrienden achter. Ze nam maar heel weinig mee, behalve haar herinneringen en die kon niemand haar ooit afpakken. De volgende ochtend nam ze een taxi naar Tan Son Nhut Base en wachtte met de anderen om weer naar huis te gaan. Er stonden Vietnamese meisjes te huilen om hun soldaten, en grote, potige, gezond uitziende jongens die stonden te popelen om aan boord te gaan, en een handjevol

gewonden. Maar dit waren de minder ergen. Je kon hun verwondingen zien: een verbonden hand, een ontbrekende arm, gloednieuwe krukken. Met degenen aan wie je niets zag, lag het wat ingewikkelder. De wonden waren er, zoals bij Paxton, je kon ze alleen niet zien.
Ze cirkelden nog een keer over Saigon, en ze hield haar adem in terwijl ze naar beneden keek. '*Chao ong*,' fluisterde ze, terwijl ze koers zetten naar huis. Tot ziens... vaarwel, Vietnam, vaarwel. Ik hield echt van je... Ze sloot haar ogen en kon Tony bijna naast zich voelen. Ze voelde zich een verrader omdat ze hem hier achterliet, maar ze bleven volhouden dat hij dood was en ze moest proberen hen te geloven.
Ze had bovendien geen keus. Ze moest naar huis voor de begrafenis van haar moeder. Maar het eigenaardige was dat ze niets voelde, voor niemand. Ze voelde helemaal niets, behalve een steen in haar hart op de plek waar eens haar liefde voor Tony had gezeten. Ze wist dat ze nog steeds van hem hield en altijd van hem zou blijven houden, maar hij had een deel van haar met zich meegenomen. Dat hadden ze allemaal.
Ze vlogen van Saigon naar Midway en vandaar naar San Francisco. Ze belde de krant noch de Wilsons. Ze wisten dat ze naar huis ging. Ze moest nu overstappen op een toestel naar Savannah, en over een paar dagen zou ze terugvliegen naar San Francisco en dan een besluit nemen over haar baan bij de krant. Maar 'Verslag uit Vietnam' was geschreven en afgesloten, en nu was het voor altijd voorbij.
Het was vier uur in de middag toen ze op Travis Field in Savannah landde. Ze haalde haar bagage op, riep een taxi en gaf de chauffeur het adres van het huis waarin ze was opgegroeid. Ze had nog steeds haar eigen sleutel en toen ze daar aankwam was er niemand. Het nieuwe meisje had vrij sinds de dood van Paxtons moeder, er was geen reden voor haar om hier te zijn. Ze belde George zodra ze binnen was en ging met een kreun van uitputting in de vertrouwde keuken zitten. De koelkast was leeg en er was verbazend weinig in de kasten. Maar het kon Paxton niet schelen. Niets kon haar iets schelen. Het was pijnlijker dan ze verwacht had om hier weer te zijn. Het deed haar denken aan wat geweest was en niet meer was, en aan dingen die er nooit waren geweest.
Ze nam een douche, kleedde zich om en ging naar het rouwcen-

trum in de stad waar ze met George had afgesproken. En toen ze daar op haar moeder neerkeek, voelde ze alleen medelijden, verder niets. Medelijden met de ongelukkige vrouw die ze was geweest, niet in staat liefde te geven of te ontvangen. Haar vader had tenminste geleefd en had zoveel van haar gehouden, en misschien ook van anderen. En Queenie had alles gegeven wat ze te geven had... en Ralph had echt gelééfd... en zelfs France... en Peter en Bill... en Tony... Maar deze vrouw had nooit iets gedaan behalve naar haar clubs gaan en nu was het allemaal voorbij.
'Je ziet er moe uit,' fluisterde George. Hij droeg een donker pak en Paxton zag dat er wat grijs in zijn haar was gekomen, wat hem een zeer gedistingeerd uiterlijk gaf.
'Ik heb net zesentwintig uur gereisd.' Ze bekeek hem meesmuilend. Hij leek zo op haar moeder. Hij had haar met moeite gekust en omarmd, niet gevraagd hoe ze het maakte, en na alles wat ze had meegemaakt was hij verbaasd dat ze er moe uitzag.
'Je lijkt me wat magerder.'
Ze glimlachte naar hem. 'Dat zal ook wel. Vietnam kan een tikje riskant zijn.' Landmijnen, sluipschutters, zelfmoorden, mannen die vermist raakten... Je weet wel, net zoiets als de binnenstad van Savannah, dacht ze. Ze praatten zachtjes naast de kist van hun moeder. 'Hoe gaat het met Allison en de kinderen?' Ze hadden tijdens haar afwezigheid een tweede baby gekregen, en Paxton voelde zich daar volkomen ver van.
'Goed. Ze zou vanavond gekomen zijn, maar de kinderen zijn ziek.' Het gaf niet. Haar moeder zou het toch niet merken.
Er kwamen die avond mensen de laatste eer bewijzen, de meesten behoorden tot de Dochters van de Burgeroorlog. De rouwdienst werd de volgende dag met veel ceremoniële praal in St. John's Episcopal Church gehouden en de kist werd gedragen door de echtgenoten van haar vriendinnen. Het was allemaal keurig en beschaafd, en precies zoals haar moeder dat gewild zou hebben. Na afloop wat alles wat Paxton wilde: weg uit deze stad. Het lege huis deprimeerde haar. Ze zei tegen haar broer dat hij het van de hand moest doen. Ze had er totaal geen belangstelling voor en kon zich ook niet voorstellen weer in Savannah te gaan wonen.
'Tenzij jij en Allison er willen gaan wonen.'
'Het is niet groot genoeg voor ons,' zei hij beleefd. 'Wil je iets van haar spullen?' Ze had een paar parelkettingen, een diamanten horloge dat ze van hun vader had gekregen en een stel oorbellen. Het

meeste had sentimentele waarde, maar Paxton moest er niet aan denken om nu in haar sieraden te gaan graaien.
'Stuur het maar op, en neem ook iets voor Allison.'
'Eerlijk gezegd' – hij leek zijn keel te schrapen – 'zou ze graag mama's kleren willen hebben, en haar bontjasje.' Dat was tien jaar oud en volkomen uit de mode.
Paxton keek hem met weerzin en medelijden aan, ze wilde eigenlijk voorstellen dat hij een nieuwe voor zijn vrouw zou kopen, maar deed het niet. 'Dat is best.' Ze was een stuk groter dan haar moeder was geweest en ze zou het afschuwelijk vinden om haar kleren te dragen.
'Wat ga je nu doen?' vroeg George aan de zuster die hij nooit echt had gekend. Hij begreep nog steeds niet waarom ze bijna twee jaar in Vietnam had doorgebracht, hoewel hij verbaasd was geweest toen hij zag hoe goed ze schreef, en hoe goed haar column was toen die in de kranten van Georgia verscheen.
'Ik weet het nog niet.' Paxton keek hem aan en zuchtte. Ze vroeg zich af hoe Tony hem gevonden zou hebben en wist meteen dat die twee een hekel aan elkaar gehad zouden hebben. Tony was te bot en op de man af, en te eerlijk om die nonsens van George te accepteren. 'Ik ga in de loop van morgen terug naar San Francisco en dan ga ik met de krant praten over wat zij in gedachten hebben. In het begin zal ik wel moeite hebben me weer aan te passen, net als de meeste soldaten die uit Vietnam terugkomen. Vorig jaar had ik er in elk geval wel moeite mee.'
'En je gaat niet meer terug?' Haar keek naar haar, vroeg zich af wie ze was en of hij haar ooit had gekend. Zij had hem kunnen vertellen van niet.
'Ik denk het niet. Ik denk dat ik nu maar hier moest blijven.'
'Ik heb nooit goed begrepen waarom je gegaan bent, behalve... nou ja, toen die jongen stierf. Maar dat was toch geen reden om naar Saigon te gaan.'
'Misschien niet.' Maar dat had haar toch op de een of andere manier twee jaar daar gehouden. Haar verdriet over de oorlog, haar behoefte om te vertellen hoe het werkelijk was, haar behoefte daar te zijn. 'Hoe dan ook, ik laat je weten wat ik ga doen.' Ze nam afscheid van hem en hij kuste haar nauwelijks toen hij haar gedag zei. Toen ze 's morgens het huis verliet, sloot ze het af en liet de sleutel in de brievenbus glijden. Ze zou hem niet meer nodig hebben, en ze had George gevraagd haar spullen op te sturen zo-

dra ze hem haar adres in San Francisco had laten weten.
Ze voelde zich een soort zwerver toen ze wegging. Ze was iemand zonder huis, zonder wortels en met een onzekere toekomst. En als haar broer erover had nagedacht, zou hij het vreemd gevonden hebben dat iemand die haar hele leven onder hetzelfde dak had gewoond, plotseling zo ontheemd was. Met anderen die terugkwamen uit Vietnam ging het precies zo. Ze kwamen terug maar wilden niet meer naar huis, wisten niet waarheen ze moesten gaan of wat ze moesten doen, of wat er zou gaan gebeuren.
In zo'n gemoedstoestand verkeerde Paxton ook toen ze naar San Francisco vloog en daar haar intrek nam in een klein hotel. Deze keer wachtte er geen suite in het Fairmont Hotel en de Wilsons vroegen haar niet te komen eten. Ze dacht er een paar dagen over om Gabby te bellen, maar besloot uiteindelijk dat niet te doen. Ze wist gewoon niet wat ze tegen haar zeggen moest. Wat kon ze zeggen... over France, over Ralph, over Bill, over Tony... Hoe legde je dat allemaal uit aan iemand die veilig thuis had gezeten, naar etentjes was gegaan en naar voetbalwedstrijden en de bioscoop? Niet dus.
Ze zocht Ed Wilson op bij de krant en ze spraken over haar plannen. Het beste dat hij haar kon bieden was een column over plaatselijke gebeurtenissen. In sommige opzichten waren zowel de stad als de krant enigszins kleinsteeds.
'Het is tegenwoordig wat rustiger in het land. De mensen willen niet meer over de oorlog horen, Paxton. Ze hebben er genoeg van. Ze hebben genoeg van de klachten en de demonstraties en de ontevredenheid. Ik denk dat we een rustige tijd tegemoet gaan.'
Maar hij vergiste zich. Hij had geen rekening gehouden met de schok die werd teweeggebracht door een anti-oorlogsdemonstratie op de Kent State University in Ohio, waarbij vier studenten door de nationale garde gedood werden en acht gewond raakten. Het bevestigde datgene waarin Paxton nog steeds geloofde. Dat sommige mensen betrokken waren, en dat het land nog steeds leed onder de open wond die het zichzelf had toegebracht in Vietnam en niet wist hoe die nu te genezen.
De *New York Times* maakte de beslissing gemakkelijker voor haar. De *Morning Sun* had haar heel fatsoenlijk behandeld, en Ed Wilson had haar een kans gegeven in Saigon toen ze nog zo groen als gras was. Maar ze was hun nu ontgroeid. En toen werd ze, geheel onverwacht, door *The New York Times* gevraagd naar Pa-

rijs te gaan om de daar te houden vredesbesprekingen te verslaan. Ze wilden dat ze naar New York kwam om het te bespreken, en ze voelde zich bijzonder gevleid door zowel het aanbod als het bijbehorende salaris. Ze zeiden allerlei aardigs over de column die ze voor de *Sun* had geschreven en schenen haar als een soort expert te beschouwen. Het was niet te geloven, en toen ze de telefoon neerlegde zat ze te giechelen als een kind. Kon ze het maar aan Tony vertellen.

Ze dacht de hele avond aan hem en praatte in stilte met hem, waar hij ook mocht zijn. Die nacht droomde ze van hem, kruipend door de bosjes en de rimboe en zich verbergend in tunnels. Toen ze wakker werd wist ze dat het maar een droom was geweest, maar toch, het gevoel dat ze in het begin had, dat hij niet dood was maar leefde, dat gevoel had ze nog steeds. Soms vroeg ze zich af of het gewoon een soort zelfbescherming was, omdat ze niet tegen nog meer dood bestand was. Maar wat het ook was, het gevoel was echt genoeg.

Ed Wilson was blij voor haar toen ze hem over de baan bij de *Times* vertelde. En opgelucht. Hij had zo'n idee dat ze, als ze was gebleven, een probleem zou zijn geworden. Zoals veel van de jongens die weer thuiskwamen, leek ze niet te weten wat ze met zichzelf aan moest, of wat ze nu eigenlijk wilde. Het leek wel of Vietnam hun hun levenskracht en doelstellingen ontnomen had. Het had hun elan en hun lef weggenomen en nog veel meer. Of misschien komt het door drugs, dacht hij bij zichzelf. Misschien was dat het. Maar wat het ook was, hij was blij dat ze wegging. Hij wist gewoon dat ze niet meer hetzelfde meisje was. Ze was verbitterd, ze was vastberaden, ze was ongelukkig tot in het diepst van haar ziel, en hij wist dat er ook nog veel woede in haar was. Hij wenste haar veel geluk, en zij vroeg hem mevrouw Wilson en Gabby de groeten te doen. Ze had hen geen van beiden meer ontmoet en het was in zeker opzicht een opluchting dat ze niet hoefde te doen alsof ze nog om dezelfde dingen gaf als zij.

In New York had ze een aantal besprekingen bij de *Times*, en ze hadden haar ondergebracht in een hotel dat Algonquin heette. Het zat vol journalisten, auteurs en toneelschrijvers, en een paar zakenlui. Hoewel ze met niemand in gesprek kwam, leek het een interessant stel mensen dat kwam en ging. En wat ze bij de *Times* van haar wilden, beviel haar. Wat ze wilden was de waarheid, en waar ze verder nog tegen aanliep in Parijs. Ze wilden de vredesbesprekingen, een interview met luitenant Calley voor ze vertrok, en verder alles wat ze kon bedenken dat iets te maken had met Vietnam en wat ze daar had gezien. Ze wensten duidelijke taal van haar, en kernachtige informatie zoals haar verslagen over de missies met Ralph naar An Loc en Da Nang, en Long Binh, en Chu Lai, en de andere plaatsen die zoveel betekenis hadden gekregen in de laatste twee jaar dat ze daar was. Ze wilden alles. Het verleden, het heden en de toekomst, tot de oorlog eindelijk afgelopen zou zijn. Ze wilden haar zien als hun reizend redacteur met als specialiteit Vietnam, en Paxton wist dat ze niet beter had kunnen wensen.

'Wanneer begin ik?' vroeg ze met een opgewonden blik in haar ogen.

'Morgen,' antwoordde de hoofdredacteur met een tevreden glimlach. Ze waren bang geweest dat ze de baan niet zou accepteren. Heel veel mensen waren doodziek van het onderwerp. 'Maar zonder gekheid, waarom pak je dat stuk over Calley niet volgende week? We zullen er via de aangewezen kanalen voor zorgen dat je daar binnenkomt. En dan kun je naar Parijs vliegen zodra je ermee klaar bent. Hoe klinkt dat?'

'Fantastisch.' Als je het interviewen van een man die beschuldigd werd van oorlogsmisdaden tenminste 'fantastisch' mocht noemen. Maar ze was blij een beetje tijd te hebben. Voor ze luitenant Calley ging interviewen, wilde ze nog iets anders doen in New York.

Ze liep een hele dag rond in de stad en voelde zich net als toen ze voor de eerste keer Saigon ontdekte; het onderzoeken van nieuwe plekken en geuren, kijken naar de mensen en de activiteit en het verkeer. Ze kocht wat nieuwe kleren, die ze inmiddels hard nodig had, zeker als ze de 'Vietnam-autoriteit' van *The New York Times* ging worden. Ten slotte ging ze terug naar haar hotel en belde hem op. Ze zat op haar bed, sloot haar ogen en zond een klein gebedje naar Tony, in de hoop dat hij het niet erg zou vinden. Maar ze dacht van niet en op de een of andere manier had ze het gevoel dat ze het doen moest. Ze belde Inlichtingen, spelde de naam drie keer, en eindelijk vonden ze hem in Great Neck, Long Island. Thomas Campobello. Ze hoopte dat het de goede zou zijn. Maar dat moest wel, hoeveel Thomas Campobello's konden er nou zijn?

Ze draaide het nummer, en hoorde de telefoon overgaan. Even

dacht ze dat er niet opgenomen zou worden, maar eindelijk was daar een stem. Het was een vrouw.
'Mag ik mevrouw Campobello van u?' Het was raar te bedenken dat als de omstandigheden anders waren geweest, zij zelf misschien zo geheten zou hebben, maar daar mocht ze nu niet aan denken.
'Daar spreekt u mee.' De stem klonk heel erg New Yorks en tamelijk vriendelijk, maar wel jong. En tenzij Tony's moeder een heel jonge stem had, moest dit Barbara zijn, wist Paxton.
'Mevrouw Campobello? Barbara Campobello?'
'Ja.' Ze begon een beetje zenuwachtig te klinken. 'Met wie spreek ik?' Misschien was dit een van die nep-enquêtes waarin ze smerige taal gebruikten.
'Ik... ik weet dat dit een nogal vreemd telefoontje is, maar ik...' Hang alsjeblieft niet op, o, alsjeblieft! 'Ik heb uw ex-man gekend in Vietnam.' Er viel een eindeloze stilte, en beide vrouwen zaten trillend aan hun respectievelijke telefoons. 'Ik... we waren heel goede vrienden, en... hij wilde dat ik u en Joey zou bellen als er iets met hem zou gebeuren.' Dat was gelogen, maar niet helemaal. Hij had een keer toen ze in bed lagen gevraagd of ze zijn zoon wilde opzoeken als er iets gebeurde. Hij had het alleen niet over de moeder van de jongen gehad. Maar Paxton meende een betere kans te hebben als ze de dubbele mevrouw Campobello erbij betrok. 'Ik weet dat dit niet het juiste tijdstip is om u lastig te vallen, maar ik ben toevallig in New York...'
'Hoe kende u hem?' Barbara fluisterde bijna aan haar kant van de lijn, alsof zijn naam taboe was.
'We waren...' – ze wist niet wat ze moest zeggen – '... heel goede vrienden... en... hij hield heel veel van Joey, dat weet u vast wel.'
'Hij had hem in geen vijf jaar gezien,' zei ze bits.
Maar Paxton was beter op de hoogte dan ze verwachtte. 'Hij is niet meer terug geweest in Amerika, mevrouw Campobello. Na het gebeurde... denk ik dat hij het niet kon opbrengen...' Van een beetje schuldgevoel zou ze niet doodgaan. Het was bijna zes jaar geleden en ze had drie andere kinderen van Tony's broer. Hoe schuldig kon ze zich voelen, en wat maakte het uit als het Paxton hielp om met Joey in contact te komen? 'Hij dacht dat Joey gelukkig was bij u en uw man.'
'Dat is hij ook,' zei ze op verdedigende toon.

Paxton voelde dat ze terrein begon te verliezen. 'Weet hij wat er in Vietnam met zijn vader is gebeurd?'
'Alleen dat hij vermist is. Hij schreef Joey van tijd tot tijd, we hebben dat nooit geheimgehouden voor hem. Ik heb hem de brieven altijd gegeven,' zei ze, alsof ze zichzelf wilde vrijpleiten. 'Ik denk dat hij verdrietig was toen we hem vertelden dat zijn vader gestorven was. Dat zou elk kind zijn. Maar het is een nogal stil kind, hij zegt niet zoveel.'
Wie zou dat wel als je moeder met je oom trouwt en je je vader nooit meer ziet? dacht Paxton. Maar ze vond het interessant dat mevrouw Campobello Tony's vermissing zag als een definitieve verklaring dat hij was omgekomen in Vietnam. 'Mag ik met hem praten?' Iets anders was er niet meer te zeggen. 'Zou u dat goedvinden?'
'Wat wilt u tegen hem zeggen?'
'Dat zijn papa van hem hield, dat ik het akelig vind, hoe hij op het laatst was. Het was een van de dapperste mannen in Vietnam. Hij zat bij een eenheid die "de tunnelratten" wordt genoemd. Ze dalen af in die onvoorstelbare tunnels die de Vietcong heeft gebouwd om onze troepen en het Zuid-Vietnamese leger te misleiden. Misschien vindt hij dat spannend en iets om trots op te zijn,' zei Paxton kalm.
'Ja,' zei Barbara Campobello. 'Misschien wel. Maar ik moet het eerst aan mijn man vragen. Hoe was uw naam ook weer?'
'Paxton Andrews.'
'En u heeft hem in Vietnam gekend? Bent u verpleegster of zo?'
'Nee. Ik was daar als correspondent voor een krant in San Francisco. Nu werk ik voor *The New York Times*, en over een paar dagen vertrek ik naar Washington, Georgia en Parijs.' Ze noemde de hele rij op om indruk op Barbara Campobello te maken, en dat lukte. Jeetje, misschien schreven ze wel een stuk over Tony en zijn ex-vrouw en zijn zoon... Paxton had doel getroffen. Ze vroeg zich alleen af wat Tony in godsnaam met zo'n troela had gemoeten. Maar ja, hij was dertien toen ze verliefd werden en achttien toen ze trouwden, dat maakte het iets begrijpelijker. 'Zal ik u terugbellen?' drong Paxton aan.
'Wij bellen u wel. Wat is uw nummer?'
'Ik logeer in hotel Algonquin in Manhattan.'
'Ik zal u vanavond bellen.'
'Dank u.' Toen vervolgde Paxxie wat vriendelijker: 'Ik beloof u

dat ik mijn best zal doen hem niet van streek te maken. Ik wil hem alleen maar ontmoeten... omwille van Tony, omdat ik het beloofd heb.' In zekere zin was dat waar, maar ze wilde hem zelf ook zien, omdat hij een deel van Tony was.
De moeder van de jongen hoorde iets in haar stem en aarzelde een hele tijd. 'Was u verliefd op hem?'
Paxton aarzelde zelfs nog langer. 'Ja, dat was ik.' Ze was er trots op, maar vond dat het deze vrouw eigenlijk niets aanging. Maar vreemd genoeg kregen ze daardoor een zekere verbondenheid.
'Dat was ik ook, lang geleden. Het was een goede man, en een goede vader. We hadden een dochtertje – ze is gestorven – misschien heeft Tony u dat verteld...'
'Ja, dat heeft hij verteld,' zei Paxton zacht.
'Ik denk dat ons huwelijk daarop stukgelopen is. Het was niemands schuld wat er met haar gebeurde. Ik bedoel, het was alleen dat ik er elke keer als ik naar hem keek aan dacht. Hij was er zo kapot van, ik ontkwam er niet aan. En Tommy... nou ja, door hem voelde ik me beter.'
Ja, dat zal best, dacht Paxton bij zichzelf, maar ze vermoedde dat er toch wel iets waars was in wat Barbara zei. Tony had zelf toegegeven dat hij zo verteerd werd door verdriet, en toen zo vervuld was van Joey toen hij geboren was, dat het toch wel iets met hun huwelijk deed. Ze zat er dus niet helemaal naast. Maar haar keuze van een tweede echtgenoot getuigde niet van goede smaak. En haar gebrek aan tact had Tony naar Vietnam gedreven en Joey van zijn vader beroofd. Maar wie was zij om daarover te oordelen? Als Barbara Campobello niet met haar zwager was getrouwd, had zij Tony niet ontmoet in Saigon.
'Het spijt me,' zei Paxton nog eens.
'Ja... ik bel u wel.' Toen hing Barbara op.
Paxton bracht de rest van de middag in het Metropolitan Museum door. Dit was wel even iets anders dan Saigon. Toen ze terugkwam in haar hotel lag er een boodschap van Joey's moeder. Paxton belde haar meteen terug en het deed haar plezier dat ze de volgende ochtend mocht komen. Dan was het zaterdag en had Joey vrij van school. Zelfs Tony's moeder zou er zijn, want ze wilde Paxton ontmoeten. Ze zei er niet bij dat haar man er behoorlijk kwaad over was, maar ze had tegen hem gezegd dat ze het zowel aan Tony als aan Joey verschuldigd was en dat was dat. Bovendien was ze een belangrijke correspondente van *The New*

York Times, en ze zou misschien een hoop heisa maken als ze haar de jongen niet lieten zien, gezien het feit dat het Tony's laatste wens was geweest dat ze de jongen zou opzoeken. Hij had toegestemd, maar was pisnijdig. Het kon Barbara niet schelen. Ze wilde dit doen. Ze vertelde Paxton hoe ze er moest komen en de volgende ochtend huurde Paxton een auto en reed naar Great Neck. Toen ze daar aankwam stonden ze allemaal te wachten. Zelfs mevrouw Campobello senior, in een zwarte jurk, en drie kleine meisjes in 'mooie' roze jurkjes. Ze zagen eruit als suikerpopjes op een taart en Paxton schoot bijna in de lach toen ze hen zag. Ze waren schattig, maar ze waren haar zo vreemd, dat ze niet wist wat ze moest zeggen. Het was allemaal een tikje overweldigend.

Barbara, haar schoonmoeder en de meisjes stonden buiten toen Paxton arriveerde, en in de verte zag ze een grote, krachtige man. Hij kwam niet dichterbij en op deze afstand kon ze niet zien of hij enigszins op Tony leek. Hij stond trouwens kennelijk niet te popelen om haar te ontmoeten. Toen stelde Barbara haar aan haar schoonmoeder voor en toen Paxton haar aankeek zag ze Tony. De oude mevrouw Campobello begon te huilen toen Paxton haar een hand gaf, en ze sprak met een zwaar Italiaans accent.

'U heeft mijn jongen gekend in Vietnam?' Haar stem beefde, niet door haar leeftijd maar van emotie.

'Ja, ik heb hem gekend.' Paxton had ook moeite haar tranen te bedwingen, terwijl Barbara met haar dochters wegliep. 'Het was een geweldige man. U kunt heel trots op hem zijn,' zei ze en haar stem brak. 'Hij was in heel Vietnam beroemd om zijn moed.' Dit was een tikje overdreven, maar niet zoveel, en ze wist dat het voor Tony's moeder veel betekende. Toen prikten er tranen in haar ogen, ze stak haar armen uit en omhelsde de oude dame.

'Het is mijn schuld dat hij is weggegaan... ik had moeten tegenhouden wat er gebeurde, maar dat heb ik niet gedaan.'

'U had niets kunnen doen,' troostte Paxton haar. Ze wist waar ze op doelde. Ze voelden zoveel schuld, allemaal. Ze had zichzelf jarenlang verteld dat Peter door haar schuld was gestorven, en Bill... en nu Tony? Had zij ze allemaal gedood? Hadden zij dat op hun geweten? Of was het Charlie? 'Hij nam niemand iets kwalijk,' zei Paxton geruststellend. 'Hij was gelukkig.'

Mevrouw Campobello snoot haar neus en knikte, en toen keek ze met belangstelling naar Paxton.

'Was jij zijn meisje?'

Paxton glimlachte om dat laatste woord en knikte. 'Hij was een fantastische man en ik hield heel veel van hem.' Ze vroeg zich ineens af waarom ze steeds in de verleden tijd sprak. Ze bleven voor hun eigen gemoedsrust allemaal net doen of ze wisten dat hij dood was, maar dat wisten ze niet.

'Je bent een knap meisje,' zei zijn moeder. 'Wat deed je daar?' Ze werd heen en weer geslingerd tussen nieuwsgierigheid en afkeuring.

'Ik schrijf voor een krant. Zo heb ik hem ontmoet.' Toen glimlachte ze. 'In het begin maakten we constant ruzie.'

Zijn moeder lachte door haar tranen heen. 'Hij maakte met mij ook altijd ruzie. Als kind kon hij me gek maken.' Hij was anders dan Tommy, wilde ze zeggen, maar bedacht zich toen. God had haar daarvoor al gestraft, want Tommy was er nog en Tony niet.

Barbara kwam terug en ze keek Paxton recht aan. 'Joe is binnen als u met hem wilt praten.'

'Ja, graag,' zei Paxton.

Barbara bracht haar naar de voordeur. Ze had duidelijk ooit een goed figuur gehad en ze had een aantrekkelijk gezicht, maar ze leek ongevoelig geworden en hard, en op de een of andere manier teleurgesteld.

Paxton volgde haar naar binnen, en daar zat hij, op de bank, in spijkerbroek, met een schoon shirt en een baseballpetje op. Hij keek naar haar op met dezelfde uitdrukking als waar ze zo van was gaan houden bij zijn vader. 'Hoi,' zei ze zacht. Tot haar grote verbazing trok Barbara zich discreet terug en ging weer naar buiten naar de anderen. 'Ik heet Paxton.' Hij keek haar aan en zij ging in een stoel dicht bij hem zitten. 'Ik heb je vader gekend in Vietnam. Hij heeft me gevraagd je op te zoeken als ik ooit deze kant op kwam. En ik was toevallig in de stad, dus ik dacht, ik ga even langs.'

Hij knikte, vol interesse voor haar. Hij leek zoveel op zijn vader dat het haar bang maakte. 'Ga je een verhaal over mijn papa schrijven? Dat zei mama.'

Paxton schudde snel haar hoofd. 'Nee, Joey.' Ze wilde eerlijk tegen hem zijn, zo eerlijk als ze tegen Tony was geweest. 'Ik ben hier omdat ik van hem hield. En hij hield heel veel van jou... Eigenlijk' – ze glimlachte door haar tranen heen – 'hou ik nog steeds van hem. Ik ben net een paar weken geleden uit Vietnam teruggekomen en ik wilde jou komen opzoeken.'

'Wat is er gebeurd?' Joey keek haar bijna beschuldigend aan. 'Hoe is hij gestorven?'
'Ze weten niet eens zeker of hij wel gestorven is. Ze weten alleen dat hij vermist wordt. Dat betekent dat er een gevecht was en dat hij is zoekgeraakt en niet meer terugkwam. Het kan zijn dat hij leeft of dood is, hij kan daar nog ergens zijn, gewond. Hij kan zelfs krijgsgevangene zijn van de Vietcong, maar niemand weet het.'
'Wauw!' Opgewonden ging hij rechtop zitten op de bank. 'Dat hebben ze me niet verteld!' Hij was acht jaar oud, en ze vond dat hij er recht op had het te weten, daarom had ze het hem ook verteld.
'Niemand weet het precies. Ze denken dat hij dood is. En dat zou ook weleens zo kunnen zijn. Maar de waarheid is dat ze er nog niet zeker van zijn.'
Hij keek haar recht in de ogen en stelde de moeilijkste vraag. 'Wat denk jij?'
'Wat denk ik,' herhaalde ze, en ze vroeg zich af of ze het zou zeggen. Toen besloot ze het te doen. 'Ik kan je niet zeggen waarom en ik kan me vergissen, maar ik denk dat hij nog leeft. Ik voel het gewoon in mijn hart... Misschien komt het omdat ik zoveel van hem hield, dat ik gewoon niet wil dat hij dood is. Misschien voel ik me daarom zo. Maar zo denk ik erover.'
Hij knikte, nam haar woorden in zich op en kwam een beetje dichterbij zitten. 'Heb je foto's van hem?'
Ze kon zichzelf wel slaan dat ze die niet had meegebracht. Ze had er niet eens aan gedacht. 'Ja, maar die liggen in het hotel. Ik zal ze opnieuw laten afdrukken en stuur ze je als ik in Parijs ben.'
Hij knikte opnieuw, was daar tevreden mee. 'Ga je weer terug naar Vietnam?'
'Ik denk het niet.'
'Het was daar zeker wel eng, hè?' Joey kwam weer dichterbij. Hij was helemaal in de ban van haar, van hoe knap ze was en van het feit dat ze zijn vader had gekend. Hij kon met niemand anders over hem praten. Zijn moeder deed altijd of het een misdaad was over hem te praten, zijn oma begon altijd te huilen als hij over hem begon en zijn vader begon dan te tieren. Maar Paxton was een directe afgezant van zijn vader en Joey kon alles zeggen wat hij wilde.
'Het was behoorlijk eng.' Paxton glimlachte tegen hem. 'Maar niet

altijd, hoor. We hebben ook veel pret gehad. En hij praatte vaak over jou,' vertelde ze hem. Toen ze zag hoe zijn gezicht bij die woorden opklaarde, had ze graag haar hand uitgestoken om hem aan te raken.

'Echt waar?'

'Ja. Aldoor. Hij liet me altijd een foto van je zien. Hij was van plan naar huis te gaan en naar je toe te komen.' Maar hij had de kans niet gekregen. Weg op zijn eenendertigste, er was heel wat dat hij nu niet meer zou doen.

'Kom je weer een keer terug om me op te zoeken?' vroeg Joey hoopvol, dichterbij schuivend, en eindelijk stak hij zijn hand uit om haar haar aan te raken, dat zo glad en goudkleurig was en zo anders dan dat van zijn moeder.

'Dat zou ik heel graag willen, als je moeder en je stiefvader het goed vinden.'

Joey trok een gezicht en fluisterde: 'Het is niet echt mijn stiefvader, het is mijn oom!'

En ze fluisterde terug: 'Weet ik! Je vader heeft het me verteld.'

'Hij heeft je alles verteld, hè?' Toen lachte hij. Hij had een nieuwe vriendin en hij vond haar echt aardig.

Ze streek hem toen over zijn haar en beroerde zijn gezicht, en toen zijn moeder weer binnenkwam had ze een arm om hem heen.

'We hebben gezellig gepraat,' zei Paxton. Ze was haar dankbaar dat ze had mogen komen. 'En ik zal Joey wat foto's van zijn vader sturen als ik in Parijs ben.'

'Ja,' zei hij bij wijze van bevestiging. Hand in hand liepen ze naar buiten. Het leek wel of ze al konden communiceren zonder iets te zeggen.

Voor ze vertrok nam ze hem in haar armen. 'Denk eraan hoeveel hij van je hield.' Joey knikte met tranen in zijn ogen en Paxton drukte hem tegen zich aan, herinnerde zich hoe zij zich had gevoeld toen haar vader stierf, maar daarover had ze niets tegen Joey gezegd. 'Ik bel je weer.'

'Oké.'

Ze zag toen zijn stiefvader die zich dichtbij gedeisd hield en haar bekeek. Hij was lang en donker, maar hij leek geen spat op zijn broer. Hij kwam ook niet naar haar toe om haar een hand te geven of kennis met haar te maken. Hij ging terug naar de garage om zich weer te gaan bezighouden met wat het ook was dat hij aan het doen was. Ze bedankte Barbara Campobello nog eens, kuste Tony's moeder ten afscheid, en ze wensten haar veel geluk in Parijs. Het was bijna alsof ze haar kenden.

'Ik stuur je die foto's,' beloofde ze het kind opnieuw. Hij stond nog steeds te wuiven toen ze langzaam de hoek om reed en bedacht hoe verdrietig het was dat hij zijn vader nooit zou leren kennen.

27

Paxton kwam op een prachtige lentemorgen in Parijs aan, een week nadat ze in Washington met functionarissen van het ministerie van defensie had gesproken, en in Fort Benning, Georgia, luitenant Calley had geïnterviewd. Het interview met hem was kort, en in sommige opzichten erg pijnlijk geweest. Hij werd zo langzamerhand het symbool van de oorlog, van het gebrek aan discipline bij de Amerikaanse strijdkrachten, van de wreedheden en van het leed dat ze veroorzaakten. Toen Paxton daar later over nadacht, was ze droevig om hem, om iedereen, om alles wat er was gebeurd.

Maar Parijs heelde wat van de wonden. Ze vond een leuke studio dicht bij de Seine, en 's avonds ging ze vaak alleen wandelen en bedacht hoe anders haar leven nu was dan in Saigon.

Ze leidde hier een teruggetrokken, ernstig en sober leven. Elke dag ging ze naar de vredesbesprekingen waar ze mensen als Kissinger en Le Duc Tho interviewde. In Saigon, hoe moeilijk het soms ook kon zijn, was haar leven gelukkiger en gemakkelijker geweest dan nu. Nu leefde ze alleen met de herinneringen aan een plek die ze nooit meer zou zien en de man die ze daar had liefgehad.

Ze stuurde Joey de foto's, en ze kreeg een met zorg geschreven bedankbriefje van hem terug. En af en toe stuurde ze hem een ansichtkaart van Parijs.

Ze werd volledig in beslag genomen door al het nieuws uit Vietnam. In oktober waren de Amerikaanse verliezen lager dan ze ooit geweest waren. Maar toch, het zou prettig zijn te weten dat het allemaal voorbij was.

Ze nam vaak contact op met alle relaties die ze had om erachter te komen of er enig nieuws was over de vermisten, maar er was nooit iets over Tony. Ze rekende eigenlijk nergens meer op, maar dat vreemde gevoel was er nog steeds. Ze dacht weleens dat het kwam omdat hij voor haar altijd levend zou blijven. Aan het einde van het jaar hadden ze haar er haast van overtuigd dat het hopeloos was.

In november liet de *Times* haar terugvliegen naar Fort Benning, Georgia, voor de start van het proces tegen Calley. Dat was een deprimerende toestand, met afschuwelijke foto's en vreselijke bewijzen die uiteindelijk tot zijn veroordeling leidden.

Na het proces ging Paxton haar broer opzoeken en ze had, zoals gewoonlijk, vrijwel niets tegen hem te zeggen. Bij Allison probeerde ze het niet eens meer.

Daarna ging ze naar Washington voor nog een interview met Kissinger, en vervolgens ging ze naar haar redacteur in New York. Ze belde Joey op, en deze keer nam ze de jongen mee uit lunchen. Hij was net negen geworden en leek nog meer op Tony dan eerst. Ze gingen naar Radio City Music Hall, maar eerst gebruikten ze een heel volwassen lunch. Ze had hem meegenomen naar '21', en hij was geweldig onder de indruk toen hij naar de vliegtuigen keek die bij de bar hingen. De ober, een enthousiast aanhanger van *The New York Times*, had haar naam herkend. Ze werd dan ook op haar wenken bediend, en Joey kreeg van hem een rugzak waar '21' op stond.

'Gaaf is het hier, zeg,' zei hij, vol bewondering voor haar smaak. Ze glimlachte naar hem. 'Denk je dat pap het hier ook leuk gevonden zou hebben?' Voor hem was dat doorslaggevend voor alles.

'Ik denk dat hij het geweldig gevonden zou hebben. We hadden het er weleens over om naar New York te gaan. Of naar San Francisco. Daar woonde ik eerst. Ik ben daar naar college gegaan.'

Hij was enorm geïmponeerd en wilde er beslist alles over weten. Toen ze hun dessert ophadden keek hij haar ernstig aan. 'Mijn vader... mijn andere vader, ik bedoel... je weet wel, mijn oom.' Paxton schoot bijna in de lach, hij was zo gevoelig, en het was op de een of andere manier zo mal en verwarrend. Ze wist dat Tony ook gelachen zou hebben. Hij zou het waarschijnlijk zelfs fijn gevonden hebben. 'Hij zegt dat wat jij gezegd hebt niet waar is... dat mijn vader misschien nog leeft omdat hij vermist is. Hij zegt dat hij vast dood is, en dat jij gek bent.'

'Hij kon weleens gelijk hebben. Op beide punten.' Paxton probeerde te glimlachen. 'Maar de echte waarheid, Joey, is dat niemand het weet. Dat is wat vermist zijn betekent. Sommige mannen die verdwenen zijn, zijn gevangengenomen. Maar zelfs dat weten we niet over hem. Ik hou het allemaal goed in de gaten en ik bel het ministerie zo vaak als ik kan, maar ze hebben nog steeds geen lijst van gevangenen waar je vader op staat. En in de buurt van de plek waar hij verdwenen is, hebben ze ook niet zijn stoffelijk overschot gevonden. Het komt er dus eigenlijk op neer dat niemand iets weet.' Het was moeilijk voor hem. Het was voor iedereen moeilijk. Het was moordend om niet te weten wat er was gebeurd.

'Dus dat betekent dat hij nog best kan leven, hè?' Joey keek weer hoopvol, maar toen hij er nog eens goed over nadacht, keek hij weer somber. 'Maar mijn vader – mijn oom – zegt dat hij dood is. Paxton, denk jij dat ook?'

'Nee,' zei ze en ze schudde haar hoofd terwijl ze hem oprecht aankeek. 'Nee, Joey, dat denk ik niet.' Ze pakte zijn hand en hield die stevig in de hare, en weer bedacht ze hoeveel hij op Tony leek.

28

1971 was een druk jaar voor Paxton dat ze grotendeels in Parijs doorbracht. Ze verwachtte nog steeds veel van de vredesbesprekingen en maakte dat ook duidelijk in veel van wat ze schreef voor de krant. Maar de oorlog ging nog steeds door. En het leger in Vietnam begon wrevelig te worden. Ze hadden de buik vol van de oorlog, en de insubordinatie ten opzichte van de officieren scheen flink toegenomen te zijn sinds haar vertrek. En 'fraggen', het 'per ongeluk' verwonden van de eigen officieren met fragmentatiegranaten begon gebruikelijk te worden. Raciale problemen werden ook weer heviger. En in februari begon het Zuid-Vietnamese leger met acties in Laos om delen van de Ho Chi Minh-route te vernietigen. Maar nieuws over Tony was er niet, waar ze ook informeerde.

In maart ging Paxton terug naar Amerika voor de rest van het proces tegen Calley, en ze was erbij toen hij werd veroordeeld. Ze was in Washington toen daar de enorme demonstratie van Vietnamveteranen tegen de oorlog werd gehouden waarbij sommige mannen hun medailles op de trappen van het Capitool slingerden. Ze schreef erover voor de *Times*, en vloog toen weer terug naar Parijs.

Ze was nog steeds in Parijs toen Daniel Ellsberg in juni de *Pentagon Papers* openbaar maakte. En in juli, toen Nixon Kissingers trip naar China aankondigde. Toen Thieu in oktober 1971 herkozen werd als president van Zuid-Vietnam, was zij nog bezig de vredesbesprekingen te verslaan. In december kon ze eindelijk melden dat de Amerikaanse troepenmacht in Vietnam was teruggebracht tot honderdveertigduizend man, dat was minder dan een derde van het aantal van negentien maanden geleden toen zij er was.

En in al die negentien maanden geen enkel nieuws over Tony Campobello. Het bewijs leek nu wel geleverd te zijn. Als hij gevangen was genomen of zich ergens gewond had verstopt, zou iemand het inmiddels toch wel gehoord hebben. Ze kon Joey ook niet veel hoop meer bieden, en toch, als hij haar ernaar vroeg als ze hem om de paar maanden belde, vertelde ze hem altijd wat ze voelde en dat was dat zijn vader daar nog ergens was. Hij was inmiddels tien en begreep het allemaal beter. Ze had hem ook over haar eigen vader verteld en dat gaf hem een speciaal gevoel van verwantschap met haar. Ze waren alle twee zonder hun vader opgegroeid.

Haar leven was eind 1971 interessant maar vreemd. Ze was vijfentwintig, heel mooi en werd zeer bewonderd in Parijs. Maar het was of een deel van haar leven helemaal niet bestond, en nooit had bestaan. Het was nu afgesloten. Ze leefde voor haar werk en voor een kleine jongen in Great Neck van wie ze was gaan houden. Hij was nu de enige liefde in haar leven. Verder had ze alleen haar herinneringen, en foto's die op de tafel in haar zitkamer stonden. Peter... Bill... Ralph... France... Pax... An... en natuurlijk Tony. Het was een wonderlijke verzameling van mensen die ze had liefgehad en verloren, in een land waarnaar ze nooit meer terug zou gaan en dat ze vreemd genoeg nog steeds miste. Ze miste hoe het was, en wie zij waren, en hoe zij was geweest toen ze allemaal nog daar woonden. En toch, ze was heel succesvol in haar werk en zeer gerespecteerd en op een vreemde manier was ze tevreden. Niet gelukkig, maar tevreden, en ze miste hem nog steeds. En zijn robijnen ring was nog steeds aan haar vinger.

In 1972 was het ellendig in Vietnam en dat deed haar pijn. De vredesbesprekingen hadden nergens toe geleid. En in maart kwamen de Noord-Vietnamezen met hun tanks door de gedemilitariseerde zone en trokken op een vernietigende tocht via Highway One zuidwaarts. Tegen mei was de Route One vol vluchtelingen en soldaten. Het zuidelijke leger bleek geen partij te zijn voor het noordelijke en veel burgers werden op gruwelijke wijze gedood. De foto's die zij en de rest van de wereld te zien kregen, vooral die in *Time*-magazine, waren verschrikkelijk. Een tweede aanvalsgolf verwoestte de Centrale Hooglanden in het Noorden. Overal waren mensen dakloos en aan het verhongeren. De Amerikanen probeerden eruit te stappen en de oorlog terug te geven aan de ARVN, het Zuid-Vietnamese leger, en dat was aan de verliezende hand.

Toen Paxton het AP-verslag zag van een derde aanval in april bij de Cambodjaanse grens, ten noorden van Saigon, sprongen de tranen in haar ogen. Een Vietnamese troepenmacht van drieduizend man had An Loc bestormd en de hele provincie ingenomen. Het werd duidelijk dat de 'vietnamisering' van Vietnam een lachertje was, maar met een te hoge prijs, en niemand in Vietnam vond het grappig.

Midden april gaf Nixon toestemming de gebieden bij Haiphong en Hanoi te bombarderen en voor het eerst in twee jaar was Paxton blij dat ze niet in Vietnam gebleven was. Het werd twijfelachtig of iemand dit zou overleven. Een slachtpartij op grote schaal was zo zinloos. Hier in Parijs kon ze meer doen. Maar waar ze zich echt zorgen om maakte was wat er met Tony zou gebeuren als hij in gevangenschap was of zich ergens op het land verborgen hield. Met die voortdurende aanvallen van de Noord-Vietnamezen waren de Amerikaanse gevangenen in Vietnam in groot gevaar. Na twee jaar koesterde ze nog steeds de hoop dat hij daar ergens een van hen was.

Het enige dat haar afleidde van de val van Quang Tri in mei, was de arrestatie in juni van de vijf mannen die de inbraak in het Watergate-complex in Washington hadden gepleegd. Iedereen in Amerika praatte erover, en hoewel ze op dat moment nog in Parijs was, schreef ze een heel geestig artikel dat in de *Times* werd geplaatst en dat haar veel positieve reacties opleverde. Ze begon langzamerhand een soort ster te worden, maar dat was een aspect van haar leven waar ze weinig aandacht aan besteedde. Ze hield van haar werk, maar de enthousiaste kritieken die ze kreeg lieten haar tamelijk koud. Haar taak in het leven was het geven van informatie, om de leugens en het gebazel met het zwaard van de waarheid te doorklieven, om het zo maar eens te noemen. Haar journalistieke vrienden noemden haar plagend een fanatiekeling. Maar ze had hoegenaamd geen belangstelling voor roem. En het feit dat Kissinger, Nixon, en journalisten van naam over de hele wereld haar hoog schatten deed Paxton plezier, maar voor haar was het niet van het grootste belang. Het enige dat voor haar van belang was, was dat haar artikelen 'iets uitmaakten'.

In oktober 1972 kwam eindelijk, na besprekingen tussen Kissinger en Le Duc Tho, de doorbraak in Parijs, hoewel weinigen dat wisten. Op 21 oktober gingen de Noord-Vietnamezen akkoord met het voorgestelde vredesplan, en binnen vijf dagen was het Kissinger zelf die vanuit het Witte Huis beloofde dat de vrede dichtbij was. Maar president Thieu van Zuid-Vietnam weigerde het verdrag te tekenen, weigerde toestemming te geven voor de noor-

delijke troepen in het Zuiden te blijven uit angst voor wat ze daar aan zouden richten.
En nog geen twee weken later werd Nixon met een verpletterende stembusoverwinning herkozen. Twee weken daarna eiste president Thieu negenenzestig amendementen bij het verdrag dat vrede kon brengen in Vietnam, en Paxton en andere welingelichte journalisten kreunden. De situatie zag er voor de zoveelste keer hopeloos uit.
Gedurende de hele maand december werden de besprekingen steeds opnieuw afgebroken en weer hervat. Er werden Amerikaanse bombardementen uitgevoerd op militaire doelen met de belofte dat de burgers zoveel mogelijk ontzien zouden worden. Hanoi gaf aan dat ze wilden praten als de bombardementen gestaakt werden. Ze stopten voor een enkele dag met Kerstmis. Hanoi liet weer van zich horen. En eindelijk, op 30 december, werden de bombardementen opnieuw gestaakt en werden de besprekingen hervat. En door dat alles heen was Bob Hope naar Vietnam gegaan om voor het laatst met zijn kerstshow op te treden. Maar dit jaar dacht Paxton niet aan hem. Ze was totaal in beslag genomen door de vredesbesprekingen en ieder stukje informatie dat ze kon krijgen van zeer hooggeplaatste bronnen, waarvan sommige in Washington. Het hoogtepunt van de feestdagen dat jaar was voor haar een telefoontje van Joey op kerstavond. Het ging goed met hem en ze voelde zich helemaal warm worden toen hij op gedempte toon zei dat hij haar miste. Ze was zijn speciale bondgenoot, zijn speciale vriendin, de beschermengel die door de vader die hij amper kende was gestuurd om van hem te houden en over hem te waken.
Op 8 januari 1973, de dag voor Nixons zestigste verjaardag, hervatten Kissinger en Le Duc Tho eindelijk de gesprekken in Parijs. En precies een week later zou ambassadeur Ellsworth Bunker in Saigon tegen president Thieu gezegd hebben dat hij geen hulp meer van de Amerikanen hoefde te verwachten als hij het vredesverdrag niet onmiddellijk ondertekende.
Als gevolg daarvan begon de wapenstilstand bijna twee weken later, op 27 januari, vijf dagen na de dood van Lyndon Johnson. Nixon eiste dat alle krijgsgevangenen onmiddellijk vrijgelaten zouden worden. En hij beloofde dat alle Amerikaanse troepen binnen zestig dagen, in maart, uit Vietnam zouden worden teruggetrokken. Paxton hoorde het nieuws in Parijs met ongeloof aan en

hoopte in stilte dat als de gevangenen vrijgelaten werden er heel misschien iemand zou zijn die iets over Tony wist. En anders konden ze hem eindelijk begraven. De ongewisheid was zo vreselijk. Ze kon het bijna niet meer aan na drie jaar. En ze was gaan beseffen dat de onzekerheid en het altijd maar hoop koesteren te veel werd voor Joey. Hij verlangde aldoor naar een vader die er niet was en er waarschijnlijk nooit zou zijn. Hij kon zich beter aanpassen aan degene die hij had, wat voor gebreken die ook mocht hebben, en Paxton wist inmiddels dat hij die had, ook al was hij Tony's broer. Ze vermoedde dat hij een wrok koesterde tegen de jongen omdat hij zich schuldig voelde. Ze vermoedde ook dat hij inmiddels wist dat hij meer, of misschien minder, had gekregen dan hij verwachtte toen hij van start ging met de eerste mevrouw Campobello.

Op 5 februari 1973 werd bekendgemaakt dat er 57597 mannen waren gesneuveld in Vietnam. Dat was hartverscheurend en Paxton moest denken aan Peter, Bill en Tony. Soms was het moeilijk voor haar om onderscheid te maken tussen de vrouw en de journaliste die ze was. Toen ze hoorde dat de krijgsgevangenen op 12 februari vrijgelaten zouden worden, lag ze in bed te huilen. Ze stelde zich voor wat het voor hen en hun vrouwen moest betekenen om eindelijk vrij te zijn, vrij van de pijn, het verlies, de verschrikkingen.

Ze was in Parijs, waar ze niet alleen haar artikelen voor de *Times* schreef, maar ook bezig was met het boek over Vietnam dat ze zichzelf al drie jaar beloofde, toen haar redacteur belde uit New York en haar vroeg met een militair transport mee te gaan naar Manilla.

'Maar waarom?' Waarom moet je mij daarvoor hebben? wilde ze vragen. Het had drie jaar geduurd voor de pijn wat afgezwakt was, drie jaar voor ze niet meer constant droomde over de verminkte kinderen in de straten van Saigon. En nu kwamen de gevangenen naar huis, vol van hun eigen gruwelverhalen. Moest ze echt daarheen terug? Eindelijk was ze zover dat ze niet meer terug wilde, dat ze niet meer verlangde naar dat ongelooflijke groen, de geur van de ochtendnevel. En nu wilden ze dat ze terugging en het opnieuw beleefde. Terug naar het verleden dat ze zou zien in de ogen van de mannen die daar geweest waren.

De krijgsgevangenen werden naar Clark Field op de Filippijnen gevlogen, en ze had twee dagen om daarheen te gaan.

'Is dit een opdracht of een verzoek?' vroeg ze met een vermoeide stem. Het was middernacht in Parijs. Ze belden haar altijd vlak voor ze het kantoor in New York verlieten.
'Een beetje van beide,' zei de redacteur vriendelijk.
Paxton zuchtte. Het begon allemaal weer opnieuw. De verwachting. Het bidden. De hoop dat iemand hem gezien zou hebben.
'Oké,' zei ze na een korte pauze. 'Ik ga wel.'
'Dank je. We stellen dat zeer op prijs.' Maar de redacteur had wel geweten dat ze zou gaan. Ze kon het niet laten. Dat konden ze geen van allen. Vietnam was in hun wezen gaan zitten, in hun ziel. Het was een constante pijn, zelfs als die eenmaal verzacht was. Het was verdriet... het was vreugde... het was een verslaving.

29

Ze vloog van Parijs naar Wiesbaden in West-Duitsland en pakte daar een militair toestel dat haar, acht uur voordat de krijgsgevangenen zouden arriveren, naar Manilla bracht. Terwijl ze tussen de vrouwen en kinderen zat en stilletjes notities maakte, keek ze naar de gezichten om haar heen, naar de kinderen die zich hun vader nauwelijks herinnerden, en ze wist hoe vreselijk het voor hen allen was geweest. Ze wist het maar al te goed terwijl ze hen bekeek, en luisterde.

Ze was sinds een poosje het verlies van Tony gaan accepteren. Wat ze ook in haar hart voelde, haar verstand zei dat hij onmogelijk nog in leven kon zijn. En dat had ze ook tegen Joey gezegd. De vrouwen vertelden elkaar hoe zij er van jaar tot jaar doorheen gekomen waren: met foto's, beetjes nieuws, verhalen van twee mannen die er eerder waren uitgekomen, van vijf die twee jaar geleden ontsnapt waren. Van tijd tot tijd kregen ze een levensteken van hun man en ze hadden het, net als zij, overleefd. Wat er nu nog van hen over was, was natuurlijk een andere kwestie.

Paxton voelde haar maag zich omdraaien terwijl ze met hen zat te wachten. Ze wilde hun pijn of nervositeit niet vergroten en hen ook niet lastig vallen. Ze sprak niemand aan, zat daar alleen te luisteren. Later zou ze wel om interviews vragen, met de mannen praten. Maar nu wilde ze alleen maar kijken en luisteren. Ze hield zichzelf voor dat ze emotieloos was, dat ze hier als journalist was, dat ze niet het recht had zich op te dringen. Maar toen ze de mannen die middag uit het vliegtuig zag komen, huilde ze bijna net zo hard als hun vrouwen. Ze waren mager, onzeker, aarzelend, de meesten met littekens van de strijd, met rood omrande ogen en vieze haren, knokkels gezwollen tot het formaat van uien van de slagen die ze gekregen hadden, en ze stonden op wiebelige, onvaste benen. Oppervlakkig gezien leken ze er heelhuids uitgekomen te zijn, maar als je iets verder keek, zagen ze er vreselijk uit. Ze moesten elkaar ondersteunen, maar ze stonden daar heel fier, keken om zich heen en juichten. Het was een zege van recht en

vrijheid, en liefde en puur overleven, en iedereen die hen zag werd tot in zijn hart geraakt.
Het was een emotionele middag en Paxton bracht daarvan bijna net zo'n groot deel huilend door als zij. Maar voor haar kwam de bevrijding niet, geen ontspanning, geen fantastische omhelzing waar zeven jaar op was gewacht. Hoe hield iemand het zo lang uit? Hoe klampte je je aan hoop vast? En wat zei men tegen elkaar als alles achter de rug was? Stel dat zij gevangen was genomen op een van haar missies met Ralph! Het had een paar keer niet veel gescheeld, wist ze. Als zij nou eens gevangen was genomen door de Vietcong? Ze betwijfelde of ze dat overleefd had, en ze vroeg zich af hoe het hen was gelukt.
De volgende dag begon ze aan haar interviews, praatte met hen nadat ze waren ondervraagd, praatte met hun vrouwen en soms met de kinderen. Ten slotte sloot zich een fotograaf bij haar aan en tegen de tijd dat ze er bijna doorheen was, was ze zelf over haar toeren. En toen, terwijl ze een van hen interviewde, besefte ze dat hij een tunnelrat was geweest in Cu Chi en niet lang vóór Tony's vermissing gevangen was genomen. Haar hand die de pen vasthield beefde zo erg dat ze niet kon opschrijven wat de man zei. Hij had drie jaar gevangengezeten, hetgeen een lange tijd was voor hem, en voor haar, maar Tony was al net zo lang weg en ze wist nog steeds niet of hij dood was of leefde.
'Ik...' Haar stem trilde net zo hevig als haar handen. 'Ik wil u graag iets vragen, onder vier ogen.'
Hij keek haar ineens bang aan, alsof ze hem iets vreselijks zou vragen, iets dat hem of zijn familie voor eeuwig te schande zou maken.
'Heeft u een sergeant eerste klas gekend die Tony Campobello heette toen u in Cu Chi was?' Hij keek haar vreemd aan en knikte met zijn hoofd terwijl hij zich afvroeg of het een truc was. Misschien was Campobello een spion van de vijand geweest. 'Hoezo?'
'Omdat ik van hem hield... ik was toen in Saigon,' zei ze met een stem die zo zacht en gebroken was als die van hem, maar hij had het verleden bij haar teruggebracht en het deed zo'n pijn. 'Hij werd vlak nadat u gevangen werd genomen vermist, en er is in drie jaar nog geen afdoend rapport over zijn geval. Ik dacht, misschien... ik vroeg me af...' Ze begon te huilen en haatte zichzelf daarom. Deze mensen hadden al genoeg meegemaakt zonder haar ellende er ook nog eens bij te krijgen.

Maar hij stak zijn hand uit en raakte die van haar aan met zijn knokige, gebarsten vingers. Ze was zijn zuster nu, zijn vriendin, zijn kind... En ze keek hem door haar tranen heen aan toen hij antwoordde.

'Het enige dat ik u kan vertellen is dat hij twee jaar geleden nog leefde. Ze brachten hem in een van de kampen waar ik was. Ik weet niet eens hoe het daar heette, ik was heel ziek toen ik daar kwam,' ging hij zachtjes verder. Niemand om hen heen kon het horen.

'Weet u waar dat was?' vroeg ze, ook met zachte stem.

'Nee... maar hij was daar. Ik kende hem van Cu Chi... Ik was daar nog niet lang toen ik door de Vietcong gepakt werd... Hij was een taaie... en hij leefde nog toen ze hem hadden. Dat is alles wat ik weet. U zou het Jordan moeten vragen. Hij was er ook en ik geloof dat hij hem kende.'

Maar toen ze Jordan drie dagen later eindelijk te pakken kreeg, had hij slecht nieuws. Tony was een van drie mannen die ontsnapt waren, en Jordan wist zeker dat ze alle drie gedood waren tijdens hun vlucht. Er deden wel even verhalen de ronde dat er maar twee lijken waren teruggebracht, maar dat had hij nooit geloofd en hij verzekerde haar dat niemand kon ontkomen aan hun honden, hun wapens, hun boobytraps, hun speren. Hij moest wel gedood zijn. En de laatste twee jaar hadden hun paden zich niet meer gekruist, en had hij nooit meer zijn naam gehoord. Hij verzekerde haar dat Tony dood was. Dat moest wel. Terwijl hij haar dat vertelde huilde hij, en Paxton ook.

Het was een verschrikkelijke week voor haar, een ongenadige tijd waarin ze tegenover pijn, dood, hoop en verdriet kwam te staan, en hun verhalen aanhoorde over de wreedheden, begaan door de Noord-Vietnamezen. Er kwam geen eind aan, en hun vrouwen waren zo dapper. Toen het voorbij was en ze terugging naar Frankrijk, had ze het gevoel dat ze met hen in de gevangenis had gezeten. Het werd het emotioneel meest uitputtende stuk dat ze ooit had geschreven, en ze zwoer bij zichzelf dat als ze haar weer vroegen, ze het niet meer zou doen. Maar het artikel dat ze schreef was werkelijk briljant. Ze werd door haar collega's geprezen en men zei dat Paxton nog eens de Pulitzer-prijs zou winnen. Ralph plaagde haar daar vroeger mee en Tony ook, maar dat was jaren geleden toen ze jong en groen was. En nu had ze antwoord op haar vragen over hem. Ze kon zich er nu niet meer aan onttrekken.

Op de eerste maart vloog ze naar New York om zijn zoon op te zoeken en hem te vertellen wat de krijgsgevangenen haar verteld hadden, de eerste die hem twee jaar geleden kort had gezien, de tweede die wist dat hij ontsnapt was en die er zeker van was dat hij door de Vietcong gedood was toen ze hem weer oppakten. En na alles wat ze had gehoord op Clark Air Force Base, leek dat nu wel zeker te zijn.
Ze vertelde het Joey zo zachtzinnig als ze kon voor ze gingen lunchen. Ze maakten een lange wandeling door Central Park, en ten slotte gingen ze op een bank zitten en toen vertelde ze het hem. Hij was nu elf, dezelfde leeftijd die zij had toen haar vader stierf. Het was een intelligente jongen en ze wist dat hij het aankon.
'Het spijt me, Joey.' Er kwamen weer tranen in haar ogen. 'Ik dacht dat als hij de dag waarop hij vermist werd had overleefd, hij het verder ook zou halen. Hij was zo stoer, zo sterk, zo slim... zo goed...' Maar hij was er niet meer en dat moesten ze alle twee onder ogen zien. Zonder nog iets te zeggen nam ze hem in haar armen en hield hem dicht tegen zich aan toen ze beiden huilden.
'Geloof je het nu?' vroeg hij droevig.
Deze keer knikte ze. Zowel voor zijn gemoedsrust als voor die van haar. Ze was zevenentwintig en had zo lang van de man gehouden dat het moeilijk was de hoop te laten varen, maar ze wist dat het niet anders kon.
'Ja, nu geloof ik het, Joey. We moeten wel. Hij is heengegaan.' Het was alsof ze hem weer opnieuw kwijtraakte toen ze de woorden van de man die het Hanoi Hilton had overleefd hoorde.
'Wat nu?' vroeg de jongen bedroefd terwijl hij haar hand vasthield.
'Ik weet het niet...' Ze voelde zich verloren. Bijna net zo verloren als drie jaar geleden. De andere vrouwen hadden hun man weer bij zich, maar zij niet. 'We zullen hem niet vergeten... we denken aan hem met een glimlach, we herinneren ons de goede dingen, de gekke dingen... We blijven van hem houden.'
'En jij?' Hij was altijd nieuwsgierig naar haar geweest, en hij vond dat hij nu oud genoeg was om het te vragen. Hij wist dat ze op zijn vader had gewacht, maar wat zou ze nu doen? Hetzelfde wat ze altijd had gedaan, dacht Paxton, maar wat de liefde betrof, dat was allemaal voorbij. 'Denk je dat je nu met iemand anders gaat trouwen?' vroeg Joey met een bezorgde frons. Misschien wel met iemand die niet wilde dat ze met hem omging.

Maar ze las zijn gedachten en trok hem dichter tegen zich aan. 'Nee, dat denk ik niet. Tenzij jij bereid bent razendsnel volwassen te worden. Ik zou op je kunnen wachten, weet je.'
'Wat ga je nu doen? Ga je weer naar Parijs?' Hij miste haar als ze daar was. Er was iets heel bijzonders tussen hen gegroeid. Het was een beetje van wat ze met zijn vader had gehad, maar aangezien ze zelf geen kinderen had, was het meer en minder, en anders. En als antwoord op zijn vraag had ze goed nieuws voor hem. 'Het ziet ernaar uit dat ik binnenkort terugkom naar New York om hier voor de *Times* te gaan schrijven. Waarschijnlijk al eind maart, nadat de laatste troepen teruggetrokken zijn. Het duurt nu niet lang meer.'
Hij keek tevreden. Al kon hij zijn vader niet hebben, hij had haar tenminste.
'Misschien mogen we van je moeder een weekendje ergens heen, als ik terugkom. Denk je dat ze dat goedvindt?'
'Tuurlijk.' Hij zou er wel voor zorgen dat ze het goedvond, hoe dan ook. En ze voelden zich wat rustiger toen ze gingen lunchen. Rustig, maar bedroefd. Ze waren eindelijk begonnen Tony los te laten.

30

De laatste Amerikaanse troepen verlieten Vietnam op 29 maart 1973, en drie dagen later werden de laatste Amerikaanse krijgsgevangenen vrijgelaten in Hanoi. De dag daarvoor vloog Paxton naar New York nadat ze haar appartement in Parijs had opgegeven. Ze logeerde in het Algonquin hotel tot ze iets voor zichzelf gevonden had. Toen ze de volgende dag op de krant kwam, kon ze haar oren niet geloven toen ze haar vroegen naar San Francisco te vliegen om de krijgsgevangenen in het garnizoen te interviewen. Ze weigerde. Ze moesten maar iemand anders sturen. Ze was net terug, ze was moe en ze moest op zoek naar een appartement. Haar argumenten waren geen van alle steekhoudend, dat wisten zowel zij als haar redacteur. Toen ze druk op haar begonnen uit te oefenen, zei ze tegen haar redacteur dat het haar geen barst kon schelen wat ze met haar deden, ze ging gewoon niet, het was te verrekte pijnlijk.

Ze lieten haar die hele dag met rust, maar om zes uur belde de hoofdredacteur en smeekte haar te gaan. En uiteindelijk, moe, met jetlag, uitgeput en behoorlijk nijdig, liet ze zich vermurwen. Ze vloog de volgende dag en was net op tijd om het toestel met krijgsgevangenen te zien landen op Travis Air Force Base. En terwijl ze stond te kijken naar hetzelfde schouwspel als ze zes weken geleden in Manilla had gezien, wist ze hoe uitputtend en smartelijk het weer zou worden. Maar deze keer was ze tenminste voorbereid en ze zette zich schrap voor wat ze van de vrouwen, de mannen en zelfs van de kinderen te horen zou krijgen. In de daaropvolgende dagen was het in alle opzichten net zo erg als ze had verwacht, zo niet erger. Maar het ergste was toen een van hen het had over drie mannen die waren ontvlucht. Dat verhaal kwam haar bekend voor. Een deel van haar wilde het niet weten, een ander deel zei haar dat ze moest. En ze begon hem dezelfde vragen te stellen als aan die andere mannen op Clark, maar nu waren de antwoorden anders. Ja, hij was er zeker van dat er drie mannen ontsnapt waren. En daarvóór hadden twee anderen het ook gedaan, met succes. Weer anderen die het geprobeerd hadden waren allemaal omgekomen, dacht hij. Eén keer een groep van zeven, een viertal en nog eens twee. Maar sommigen kwamen erdoor, en van het drietal waarover hij het had, was dat één gelukt. Twee werden gedood, maar de derde was nooit teruggekomen.

'Wie was hij?' vroeg ze met gesmoorde stem. Ze wilde dat ze nooit hierheen was gekomen, ze wilde niet opnieuw beginnen met hopen. Ze was bereid hem nu te laten rusten, waarom lieten ze haar dat niet doen? 'Weet u wie hij was, meneer?'

'Ik weet het niet meer.' Hij pijnigde zijn geheugen, dat niet meer was wat het geweest was. Ze hadden van alles met hem gedaan. Elektroshock, marteling, zijn beide duimen waren eraf, en hij was bijna zijn been kwijtgeraakt aan gangreen... hoe moest hij verdomme weten wie er ontsnapt was en het overleefd had? Hoe kon hij haar dit nu toch aandoen? Maar het gebeurde, en ze hield haar adem in terwijl ze wachtte. 'Ik weet dat hij van de Cu Chi-basis was, een tunnelrat... maar zijn naam ben ik kwijt. Misschien dat ik het zou weten als ik hem hoorde,' zei hij verontschuldigend.

Ze voelde zich schuldig dat ze hem zo met vragen bestookte, maar ze moest wel.

'Tony Campobello?' fluisterde ze.

'Dat klopt.' Hij staarde haar aan. 'Dat is 'm!' Hij was stomverbaasd dat ze dat wist. 'Hij vluchtte, o, ik weet niet... misschien anderhalf, twee jaar geleden. Ik weet het niet meer zo precies. Maar ik wéét dat hij het gehaald heeft.'

Ze voelde zich slap worden terwijl ze luisterde. 'Hoe weet u dat?'

'Ze hebben zijn lijk niet teruggebracht, en... ' Hij zag er een beetje gegeneerd uit. 'Een van de bewakers heeft het me verteld.'

'Kan hij niet gelogen hebben?' Ze wilde nu haast dat hij dood was, wilde niet meer gekweld worden door hoop, maar ze kon niets inbrengen tegen wat deze man zei. Ze kon er niet omheen.

'Dat denk ik niet. Ze gaven niet graag toe dat iemand was ontsnapt, dus als ze het vertelden, zal het wel waar geweest zijn. En ze hebben een van de anderen gemarteld om iedereen een lesje te leren.'

'Weet u waar hij heen gegaan kan zijn?'

'Het spijt me, nee. Naar het Zuiden neem ik aan, als hij kon... of hij zou zich nog steeds in het binnenland schuil kunnen houden. Als tunnelrat was hij waarschijnlijk behoorlijk geslepen. Hij zou nog in leven kunnen zijn.' Zou... en dan? En wat moest ze Joey vertellen? Dat zijn vader ergens in de binnenlanden 'mogelijk' in leven was? Maar hij kon net zo goed dood zijn in een tunnel, of in een loopgraaf, of ergens in een gat, of een boomstronk. Ze bedankte de man, maakte half verdoofd haar interviews af en nam de nachtvlucht van San Francisco naar New York.

De volgende drie dagen sloot ze zich op in haar kamer en sprak met niemand. Er was niets dat ze kon zeggen of doen. Ze moest nadenken. Ze moest nalopen wat ze hadden gezegd. Ze las haar aantekeningen keer op keer, maar er was niets dat ze kon doen. Op maandag nam ze een besluit.

Ze ging naar haar redacteur en die verklaarde haar in eerste instantie voor gek. Maar na een poosje had Paxton haar overtuigd. Ze was er geweest en ze kende het land. Er zouden nu anderen zijn, nu het leger was vertrokken. Journalisten, medisch personeel, een paar buitenlandse zakenlui, dwazen, opportunisten. Er was beslist iemand. Voor haar bestond er geen twijfel meer. Ze moest terug en net zolang blijven tot ze het antwoord had, hoe lang het ook zou duren of wat voor effect het ook op haar zou hebben.

Ten slotte stemde de redacteur in. Ze hadden weinig keus. Ze konden Paxton kwijtraken of haar laten gaan met hun zegen, dus gaven ze haar alles wat ze wilde.

Dat weekend maakte ze een heel lange wandeling met Joey. Ze vertelde hem dat ze terugging naar Vietnam om zijn vader te zoeken, of zijn stoffelijk overschot, of iemand die haar met zekerheid kon vertellen wat er werkelijk gebeurd was. Ze vertelde hem over de krijgsgevangene in het garnizoen en wat die had gezegd. Hij had er recht op het te weten, daarom vertelde ze het hem.

'Weet je, mijn moeder en vader vinden nog steeds dat je gek bent,' zei hij met een glimlach. Hij had zelf soms ook zijn twijfels, maar hij wist ook dat hij van haar hield.

'Denk jij dat ook?' Ze glimlachte naar hem.

'Soms. Ik vind het helemaal niet erg als je het bent, Pax. Het geeft niet.'

'Dank je. Om je de waarheid te zeggen vind ik zelf ook dat ik gek ben om terug te gaan. Maar ik denk dat ik nooit tevreden zal zijn tot we alles weten. Ik heb een tijdje gedacht dat we het wisten' – na wat ze van Jordan had gehoord op Clark – 'maar kennelijk was dat niet zo. Deze vent was er zo zeker van dat hij het gehaald heeft.'

'Denk je echt dat hij nog leeft? Hij is al drie jaar vermist.' Zelfs Joey klonk nu sceptisch.
'Ik weet het gewoon niet meer, Joey.'
Hij knikte, maakte zich nu zorgen over haar. 'Hoe lang denk je weg te blijven?'
'Ik weet het niet. Ik wil je niets beloven. Ik zal je schrijven, en bellen als ik kan. Ik weet niet hoe het met het telefoonverkeer gaat nu de soldaten weg zijn. Waarschijnlijk knap waardeloos. Maar ik doe wat ik kan. Ik kom terug als ik het antwoord heb, en niet eerder.'
Hij pakte haar arm en hield die stevig in zijn jonge hand. 'Wees voorzichtig, Pax... laat er niets met jou gebeuren, zoals met papa.'
'Ik zal voorzichtig zijn,' beloofde ze hem en ze gaf de jongen een kus en een aai over zijn haar. 'Ik ben niet zo moedig als hij was.'

31

Het vliegtuig zette de landing op Tan Son Nhut Airport in. Vanuit de lucht zag het er hetzelfde uit, maar toen ze lager vlogen zag ze dat er veel meer kraters waren dan drie jaar geleden. En Saigon was ook veranderd. Er waren meer kinderen op straat, meer wezen, meer Amerikaans-Aziatische bedelaartjes, verlaten door hun vaders die naar huis waren gegaan met het leger en hen hadden achtergelaten bij hun moeders die hen niet wilden. Er waren meer drugs, meer prostituees, meer verpauperde gebouwen. Meer chaos. Zelfs hotel Caravelle leek er op achteruit te zijn gegaan, maar ze kenden haar daar nog en waren heel aardig. Ze kreeg deze keer een andere kamer, wat misschien maar goed was ook. Ze had het niet kunnen verdragen om in dezelfde kamer te wonen die ze eens met Tony had gedeeld.

Het AP-kantoor was nog hetzelfde en ze kwam een paar van dezelfde gezichten tegen. Hier leek het wel of er niets was veranderd, maar toch was dat zo. De Amerikaanse soldaten waren weg, daarin zat het verschil.

Ze begon haar oude contacten weer op te nemen en vreemd genoeg voelde ze zich hier nog steeds thuis. Maar toch, er waren hier nu te veel herinneringen voor haar, en ze was te lang teruggeweest in het Westen. Als ze 's nachts wakker lag, dacht ze vaak aan Joey. Misschien was het nu ook anders omdat ze ouder was. Op haar zevenentwintigste stond ze bepaald niet meer te popelen om haar leven in de waagschaal te leggen zoals ze vijf jaar geleden had gedaan. In dat opzicht was ook zij veranderd. En toen ze daaraan dacht, kwam Ralph weer in haar herinnering, en de missies die ze samen ondernomen hadden. Als ze nu de provincie introk ging ze alleen in een huurauto, of met een chauffeur, of met een fotograaf die ze meekreeg van AP. En overal waar ze kwam, in elke stad, ieder dorp, en elke ruïne vroeg ze naar Tony. Niemand had hem gezien, maar ze ging ervan uit dat ze uiteindelijk iemand moest tegenkomen die hem kende, als ze het maar aan genoeg mensen vroeg en er lang genoeg mee door bleef gaan. Althans, als hij nog leefde. Misschien durfde hij niet te voorschijn te komen, misschien was hij te kreupel, verminkt of gewond, en als dat zo was zou ze hem meenemen naar huis en zijn wonden helen... als hij nog leefde, wat nog steeds niet zeker was. Toen ze de verwoestingen zag die de noordelijke troepen en de laatste Amerikaanse bombardementen hadden veroorzaakt, begon ze te begrijpen hoe moeilijk het geweest zou zijn om te overleven en ongemerkt te ontsnappen. Het zou zelfs een opluchting zijn als ze wist dat hij dood was. Iets. Een stukje kleding, een bot, wat haar... iets... dat eens Tony was geweest.

In april kwam Graham Martin naar Saigon om Ellsworth Bunker te vervangen. En in juni explodeerde de Watergate-affaire in Amerika, wat Paxton buitengewoon boeiend vond. De politiek scheen tegenwoordig overal steeds ingewikkelder te worden, en ze genoot van de telexberichten die ze in Saigon las, terwijl ze doorging met het schrijven van artikelen en het zoeken naar Tony. In juli hield de Senaat hoorzittingen over de bombardementen in Cambodja, die in augustus stopten. En een week later benoemde Nixon Kissinger tot minister van buitenlandse zaken in plaats van Rogers. Die zomer was het rustig in Vietnam. Het regende aan een stuk door en Paxton bleef door het land rijden. Ze toonde foto's van Tony, maar niemand had hem gezien en zij liep een longontsteking op.

In september was ze weer beter en zette ze haar zoektocht voort. Elke week bracht ze in haar brieven aan Joey verslag uit. Zelfs zij begon het allemaal een beetje gekkenwerk te vinden. Maar in Vietnam was alles dat altijd geweest. Op straat kwam ze voortdurend verlaten kinderen tegen die half Amerikaans waren en ze gaf hun altijd zoveel geld en voedsel als ze kon, maar hun situatie was hopeloos. Dit was het lot dat France had gevreesd toen ze zichzelf en de kinderen vergiftigde na Ralphs dood. Het was moeilijk te aanvaarden dat ze gelijk had gehad, maar wie wist het nog? Wie wist nog iets? Paxton in ieder geval niet.

In oktober nam Agnew ontslag als vice-president, en in november werd Nixons veto op de wet die het recht van de president om oorlog te voeren moest beperken, door het Congres terzijde geschoven. Ze wilden voorkomen dat dezelfde situatie zich ooit nog zou voordoen. De oorlog in Vietnam was verloren, en ze wilden zich tweemaal kunnen bedenken voor ooit nog eens aan zoiets werd begonnen. Het Congres wilde de controle op de president behouden.

Paxton bracht de kerstdagen in Saigon door, acht maanden nadat ze gekomen was. Ze hield zichzelf voor dat ze naar huis zou gaan zodra ze iets concreets gevonden had, of na een jaar als ze dan nog steeds geen antwoorden had. Maar op de dag af een jaar na haar aankomst, herkende iemand Tony op de foto en dat spoorde haar weer aan. Het was een oude boerin uit het Noorden en ze zei dat ze hem in het bos had gevonden en hem te eten had gegeven en dat hij toen door soldaten was meegenomen. Dus hij was opnieuw gevangengenomen, maar waar en door wie, en wat was er daarna gebeurd? Ze vertelde dit maar niet aan Joey. Dat had geen zin. Maar ze ging gewoon door met zoeken.
En drie maanden later, in augustus 1974, trad Nixon af en werd Ford president. De *Times* vroeg haar terug te komen, en ze weigerde. Ze schreef prachtige artikelen uit Vietnam en scheen geen belangstelling te hebben voor enig ander onderwerp.
Dat jaar bracht ze de kerstdagen weer in Saigon door, al voor de tweede keer sinds ze terug was. Haar broer had inmiddels alle hoop voor haar laten varen, en Ed Wilson was elke keer als hij haar naam in de krant zag geboeid. Haar stukken waren briljant, maar ze leek geobsedeerd te zijn door het land waar ze als meisje heen was gegaan en dat haar, en vele anderen, zo verwond had. Joey begon nu toch ook te twijfelen. Misschien beviel het haar daar gewoon, of misschien kon ze het feit dat zijn vader dood was niet onder ogen zien, of misschien was ze wel gek zoals zijn ouders zeiden. Hij had haar bijna twee jaar niet gezien, maar het gekke was, zoals hij soms stiekem tegen zijn oma zei, dat hij haar nog steeds miste. Hij vroeg zich af of ze ooit terug zou komen, hij was daar niet meer zo zeker van. Hij was bijna dertien, zijn vader was al vijf jaar vermist en al tien jaar bij hem weg. Dat was een verdomd lange tijd om liefde te blijven voelen voor iemand die er niet was. Maar Paxton scheen niet op te willen geven, wat er ook gebeurde, zelfs al werd het haar dood.
Af en toe herkende iemand Tony op de foto die ze hun liet zien. Maar ze wist eigenlijk nooit of ze de waarheid vertelden of logen, of ze een fooi wilden of een beloning, of dat ze haar gewoon een plezier wilden doen. Ze wist het nooit. Het enige dat ze wel wist en waarover ze schreef in de *Times*, was dat Zuid-Vietnam goed in de problemen zat. En ze schreef ook over de geheime belofte van de Amerikanen om een miljoen mensen uit Zuid-Vietnam te evacueren voor het in communistische handen viel, hetgeen nu

gauw zou gebeuren, dat was overduidelijk. En als het zover was zou ze naar huis moeten gaan en Tony hier achter moeten laten, of hij in leven was of niet. Ze zou dan moeten gaan, en opgeven. Maar nu kon ze dat nog niet.

In februari werd de toestand zorgwekkend, en in maart werd het nog erger. Vluchtelingen uit het Noorden stroomden Saigon binnen, en verder naar het noorden ontvluchtten meer dan een miljoen mensen de communisten en kwamen naar Da Nang terwijl Hue ten onder ging en Noord-Vietnamese raketten op de stad en de burgers terechtkwamen. Mensen huilden, renden, vielen en bloedden. Kinderen raakten zoek en werden vertrapt door de menigte. De Amerikanen kregen opdracht te vertrekken, en Paxton met hen. De telexen op het AP-kantoor sloegen op tilt. Iedereen moest eruit zodra Hue gevallen was, berichtten de telexen. Maar drie dagen later zaten de vliegvelden, havens en stranden tjokvol mensen die op welke manier dan ook uit Vietnam probeerden weg te komen. En die laatste paar dagen vergat Paxton haar nutteloze zoektocht en werd weer correspondent.

Op paaszondag viel Da Nang in communistische handen en in april begonnen de Amerikanen, waaronder Paxton, zich te verzamelen. Het was tijd om te gaan. Het was nog maar een kwestie van dagen voor het allemaal voorbij zou zijn. Het land dat eens zo mooi was geweest en dat hun zoveel had gekost stond op het punt ingenomen te worden, en iedereen wist het.

De Amerikanen die nog in Saigon waren begonnen zich zorgen te maken of ze weg konden komen voor de communisten arriveerden, en de Vietnamezen die een nauwe band met de Amerikanen hadden gehad, waren bang het slachtoffer van vergeldingsmaatregelen te worden. Vijftigduizend Amerikanen en Vietnamezen slaagden erin te vertrekken in april. Er was aan meer dan een miljoen Vietnamezen asiel in Amerika beloofd, maar in de laatste weken van april werd al duidelijk dat dit onmogelijk was en dat er maar weinigen weg zouden komen.

Paxton werd opnieuw gewaarschuwd door dc *Times* dat ze moest vertrekken, maar de ambassadeur, met wie ze contact had opgenomen, had haar een plaats in het allerlaatste toestel beloofd, wat er ook gebeurde. En ze ging door met haar berichtgeving over de val van Saigon, met haar eigen camera, haar tas gepakt en klaar voor vertrek. Ze had nu haar zoektocht naar Tony helemaal laten varen. Eindelijk had ze het geaccepteerd. Hij was dood en de mensen op het land die zeiden dat ze hem hadden gezien, hadden gelogen. Ze hadden gezegd wat ze dachten dat ze wilde horen. En toen de laatste dagen van Saigon kwamen, wist ze dat hij dood moest zijn. Ze was inmiddels zo uitgeput dat ze het niet meer kon opbrengen aan hem te denken. Nu wilde ze alleen nog maar terug naar Amerika, naar een schoon bed, een veilige stad, en naar Joey.

Op 25 april vertrok president Thieu naar Taiwan, en op 28 april stonden de communistische troepen tegenover het Zuid-Vietnamese leger bij de Newport Bridge, de toegang tot Saigon. Paxton verbleef inmiddels in de ambassade en wachtte op de allerlaatste communiqués. Als ze dan toch weg moest, wilde ze een van de laatsten zijn die Saigon verlieten.

En in een zacht regentje op de negenentwintigste kwamen ambassademedewerkers plechtstatig mededelen dat Optie IV in werking ging treden. Het zou de grootste evacuatie per helikopter uit de geschiedenis worden. De miljoen Vietnamezen die asiel was beloofd werden aan hun lot overgelaten en alleen degenen die nog in de helikopters pasten konden mee, maar dat waren er niet veel. Paxton keek de hele dag naar het begin van de operatie, hoe helikopters vluchtelingen en Amerikanen naar de wachtende vliegdekschepen voor de kust brachten, en de communisten het vliegveld van Saigon onophoudelijk met raketten bestookten.

Op de negenentwintigste april, schreef Paxton later, hebben zeventig Amerikaanse helikopters achttien uur lang mensen overgebracht van de ambassade naar de wachtende vliegdekschepen. Duizend Amerikanen en zesduizend Vietnamezen zijn weggekomen. Niet een miljoen zoals beloofd was.

Rond de stad waren bussen ingezet om mensen naar het ambassadeterrein te brengen, maar er was zoveel paniek dat de bussen vastliepen en helemaal nergens kwamen. De mensen begonnen hysterisch gillend door de straten te rennen, en overal waren zoekgeraakte en in de steek gelaten kinderen. Paxton probeerde naar buiten te gaan om een paar mensen te helpen. Ze kwam nergens. Je kwam niet vooruit in die uitzinnige menigte. De poorten van de ambassade waren allang opengebroken en er waren drommen mensen op het terrein die probeerden in een van de helikopters te komen. Het waren mensen uit de stad, de provincie, de bergen. Sommigen waren Amerikanen maar de meesten waren Vietnamees, en ze probeerden vertwijfeld aan de communisten te ontsnappen voor die alles overnamen. Paxton wist dat ze nu gauw weg moest en toen ze terugliep tussen de ambassadegebouwen, werd er naar haar armen en lichaam gegraaid toen ze probeerde via dezelfde weg terug te gaan naar waar de ambassadeur wachtte. Toen werd er ineens aan haar getrokken door een stokoude Vietnamees die haar meesleurde terwijl hij zich een weg door de menigte baande. Ze probeerde zich van hem los te rukken en zag dat hij nauwelijks bij bewustzijn was. Hij zat onder de modder, stonk vreselijk en zag er nog erger uit. Zij worstelde om los te komen, maar strompelend kwam hij weer in haar armen terecht. En toen zag ze... het was onmogelijk... dat kon niet... dit was een wrede grap... Ze had nu definitief haar verstand verloren midden in de val van Saigon.

'Nee...' Het was niet zo. Ze wilde alleen maar dat het zo was.

De man zei iets tegen haar in het Vietnamees en richtte zich wat op. Instinctief stak ze haar handen naar hem uit en hij begon in haar armen in elkaar te zakken, maar toen wist ze het heel zeker. Het was Tony.

'O, mijn god...' Om hen heen verdrongen de mensen zich om bij de helikopters te komen, en de meesten zouden het niet halen.

'Hoe ben je hier gekomen?' vroeg ze nog steeds verward en verbijsterd terwijl ze hem aanstaarde en probeerde vast te stellen of ze het niet gedroomd had.

Hij zei weer iets in het Vietnamees en toen hij haar hoorde wist hij het. Hij wist niet wie ze was, maar hij wist dat ze Amerikaanse was en dat hij nu veilig was terwijl zij hem doortastend naar een van de gebouwen leidde.

'Sergeant eerste klas Anthony Campobello, Cu Chi Base, Vietnam,' dreunde hij op terwijl ze hem letterlijk meesleurde naar waar ze de helikopters inlaadden. Ze konden niet langer wachten. En zij had haar verhaal. Ze bleef hier geen minuut langer met hem. Ze moest hem weg zien te krijgen voor iemand hen tegenhield.

Hij had een lelijke jaap in zijn arm. Toen keek hij haar op een vreemde manier aan en er begonnen tranen over zijn wangen te lopen terwijl zij hem half dragend, half slepend naar de helikopters bracht.

'Kom op!' schreeuwde ze over het lawaai heen tegen hem, terwijl iemand haar een baby in de armen probeerde te duwen. Maar ze nam niemand mee behalve hem. Ze had hier lang en hard genoeg voor gevochten. Ze had vijf jaar lang naar hem gezocht en zijn zoon had al die tijd op hem gewacht.

'Tony, kom op!' Hij begon weer in elkaar te zakken voor ze de heli bereikten. Ze was bang dat hij de smalle trap niet zou kunnen beklimmen en zij kon hem niet naar boven slepen en er was daar niemand die hulp kon bieden. 'Verdomme, til je voeten op... Kom op, omhoog...' Ze ging tegen hem tekeer, en ze huilde ook. Maar hij huilde van opluchting. Het had hem twee maanden gekost om van zijn schuilplaats in de tunnels de buitenwijken van Saigon te bereiken, en nu was het hem op het nippertje gelukt. En zij was er. Hij begreep niet hoe of waarom hij haar gevonden had, maar dat deed er niet meer toe. Ze was er. En ze waren samen, ook al zouden ze nu sterven.

'Deze man is een krijgsgevangene!' schreeuwde ze tegen iemand die het niet interesseerde, maar plotseling trokken twee sterke armen hem los van de menigte en duwden hem de helikopter in en toen werd zij er vlak achter hem ingeduwd. Ze vlogen naar open zee, de veiligheid tegemoet, en ineens moest ze denken aan de luchtambulances die de gewonden hadden gered. En nu waren ze vrij, terwijl Vietnam langzaam achter hen kleiner werd. Er waren nog steeds mensen aan het schreeuwen toen ze vertrokken, aan het huilen, smeken. Mensen die gedood zouden worden. Maar zij kon hen niet meer helpen. Ze had over hen geschreven. Ze was er, met tussenpozen, zeven jaar geweest. Ze had voor hen gedaan wat ze kon. En het was te lang geweest. Het had te veel gekost. Er waren er te veel gestorven. Maar Tony niet. Ze keek vol ongeloof naar hem zoals hij in haar armen lag, gehavend, gekneusd, vol littekens en haast onherkenbaar. Maar het was Tony, en hij glimlachte naar haar toen ze de landing inzetten naar het dek van het vliegdekschip en naar de veiligheid.

'Waar heb je in godsnaam gezeten?' Hij grijnsde met zijn met vuil bedekte gezicht. Hij had de laatste twee jaar geleefd in tunnels die hij gemaakt of gevonden had, en hij had overleefd door allerlei kunstgrepen en verschrikkingen waar zij niet aan zou durven denken. En als door een wonder, bij puur toeval, of door de hand van God, had hij haar gevonden.

'Ik heb je gezocht,' zei ze zacht en ze veegde voorzichtig het vuil van zijn gezicht. Hij had zich schuilgehouden in een wagen vol aarde en modder die de stad binnenreed. 'Ik heb een lange, lange tijd naar je gezocht, vriend...' En Joey ook.

'Welkom thuis,' zei een stem terwijl iemand hen naar beneden hielp. 'Welkom thuis!' zeiden de stemmen bij hun ontvangst toen ze uit de helikopter in de veiligheid stapten.
Tony huilde terwijl zij hem in haar armen hield en hun vlag boven hun hoofd wapperde. En in het geraas fluisterde hij:
'Ik hou van je, Delta Delta...'

De volgende dag, op 30 april 1975, om elf uur, werd Saigon ingenomen en gaven de Zuid-Vietnamezen zich over aan het Noorden. De strijd die Amerika met en voor hen gestreden had was voorbij.
En op de *USS Blue Ridge* voeren Paxton en Tony samen naar huis, naar hun zoon en naar de wereld die ze te lang hadden verloren. Een wereld die ze bijna vergeten waren. Maar Vietnam lag nu achter hen. Een verre herinnering, een nachtmerrie, een droom. Voor hen, en voor iedereen, was het eindelijk voorbij.